南京市文联重点文艺项目
江苏省社会科学基金资助项目

南京百年文学史

Nanjing Literature: The Biography of 100 Years

张光芒 等 著

江苏凤凰文艺出版社
JIANGSU PHOENIX LITERATURE AND ART PUBLISHING

《南京百年文学史》编撰委员会

主　任　任家龙　汪　政
编　委　吴　俊　王振羽　何　平
　　　　张光芒　李海荣　张　俊
　　　　濮存周　李志平　王维平
统　筹　陈　敏　毛　敏　蒋灿灿

《南京百年文学史》撰著者

张光芒　张　勇　赵　磊

袁文卓　陈进武

目 录

绪 言 1
 一、南京的诗学地理 1
 二、南京是一座"文学之城" 3
 三、城市性格与文化气质 4
 四、文化传统与文学精神 5
 五、文化意蕴与审美风格 6
 六、从古典走向现代的南京百年文学史 8
 七、"入史"标准、概念框定与叙述体例 9

第一章 传统与现代的碰撞(1912—1927) 14
第一节 概述 14
 一、南京经济、政治、文化的现代过渡 14
 二、文化守成主义的大本营 19
 三、文学理论与批评 26

第二节 小说 35

第二节 诗歌 40
 一、白话新诗 42
 二、旧体诗歌 49

第四节 散文 62
 一、叙事散文 63
 二、艺术散文 66

1

第五节　戏剧 ………………………………………………………… 67

第二章　审美与革命的变奏(1927—1937) ……………………………… 73
　　第一节　概述 …………………………………………………………… 73
　　　　一、南京成为政治、文化的中心 ………………………………… 73
　　　　二、新旧文学的并存与论争 ……………………………………… 82
　　　　三、革命文学思潮 ………………………………………………… 83
　　　　四、文学理论与批评 ……………………………………………… 86
　　第二节　小说 …………………………………………………………… 94
　　　　一、叶灵凤与早期海派小说创作 ………………………………… 94
　　　　二、卢前的婚恋小说 ……………………………………………… 98
　　　　三、现实主义小说 ………………………………………………… 100
　　　　四、历史小说 ……………………………………………………… 102
　　　　五、赛珍珠与《大地》三部曲 …………………………………… 104
　　第三节　诗歌 …………………………………………………………… 107
　　　　一、"新月派"南京青年诗人群 …………………………………… 107
　　　　二、革命诗 ………………………………………………………… 111
　　　　三、"土星笔会" …………………………………………………… 114
　　　　四、旧体诗词 ……………………………………………………… 119
　　第四节　散文 …………………………………………………………… 132
　　　　一、杂感 …………………………………………………………… 132
　　　　二、回忆散文 ……………………………………………………… 134
　　　　三、游记 …………………………………………………………… 135
　　第五节　戏剧 …………………………………………………………… 137
　　　　一、戏剧组织、演出活动 ………………………………………… 138
　　　　二、抗战剧代表作家：陈大悲与吴祖光 ………………………… 140
　　　　三、早期象征戏剧的奠基人：陈楚淮 …………………………… 143

第三章 黑暗与光明的交锋（1937—1949）……146
第一节 概述……147
一、悲情之下的南京文学活动……147
二、文学论争与理论思潮……152
第二节 小说……156
一、战争小说与七月派小说……156
二、讽刺小说……159
三、乡土小说……161
四、言情小说与性爱小说……162
五、张恨水……164
六、无名氏……167
第三节 诗歌……169
一、讽刺诗……169
二、十四行诗……171
三、汪伪时期旧体诗词创作……172
第四节 散文……175
一、报告文学……175
二、杂感……178
三、回忆散文……180
第五节 戏剧……183
一、汪伪戏剧活动……184
二、讽刺戏剧……189
三、路翎的《云雀》……191
四、活报剧……192

第四章 社会主义文学的兴起与探索（1949—1976）……194
第一节 概述……194

一、南京当代文学体制的建立与文学发展 …………… 194

　　二、文学理论与批评 …………………………………… 198

第二节　小说 ……………………………………………… 206

　　一、"探求者"小说 ……………………………………… 206

　　二、其他探索性小说 …………………………………… 208

　　三、军事题材小说 ……………………………………… 210

第三节　诗歌 ……………………………………………… 214

　　一、革命颂歌 …………………………………………… 215

　　二、工农诗人群 ………………………………………… 218

　　三、古体诗词等 ………………………………………… 219

第四节　散文 ……………………………………………… 224

第五节　戏剧与电影 ……………………………………… 227

　　一、剧团发展与演出活动 ……………………………… 227

　　二、沈西蒙 ……………………………………………… 229

　　三、第四种剧本 ………………………………………… 230

　　四、电影文学剧本 ……………………………………… 231

第五章　从复苏到新潮（1976—1992） …………………… 234

　第一节　概述 ……………………………………………… 234

　　一、新格局的建立与文学思潮的演进 ………………… 234

　　二、南京文学的复苏、发展与繁荣 …………………… 240

　　三、文学理论与批评的自由探索 ……………………… 243

　　四、文学活动与文学观念的建构 ……………………… 248

　第二节　小说 ……………………………………………… 264

　　一、高晓声、方之 ……………………………………… 266

　　二、赵本夫 ……………………………………………… 270

　　三、苏童 ………………………………………………… 277

四、叶兆言 ································· 287
　　五、朱苏进 ································· 293
　　六、黎汝清等 ······························· 296
　　七、黄蓓佳等 ······························· 301
第三节　诗歌 ··································· 306
　　一、归来者的诗 ····························· 306
　　二、"他们"诗群 ···························· 313
　　三、其他青年诗群 ··························· 317
第四节　散文 ··································· 321
　　一、《云梦断忆》与回忆散文 ················ 321
　　二、游记散文 ······························· 328
　　三、报告文学 ······························· 330
　　四、杂文 ··································· 331
第五节　戏剧与影视 ····························· 333
　　一、陈白尘 ································· 335
　　二、姚远 ··································· 337
　　三、李龙云等 ······························· 339
　　四、影视 ··································· 344

第六章　生气蓬勃的多元格局（1992—2017）······· 346
　第一节　概述 ································· 346
　　一、文艺领导与文学运行机制的变革 ··········· 346
　　二、长篇小说的繁荣与文学类型的多样 ········· 349
　　三、文学理论、批评与文学活动 ··············· 351
　第二节　小说 ································· 362
　　一、范小青 ································· 362
　　二、毕飞宇 ································· 365

5

三、周梅森 …………………………………………… 372
　　四、储福金 …………………………………………… 375
　　五、庞瑞垠、黄梵等 ………………………………… 380
　　六、韩东 ……………………………………………… 386
　　七、朱辉 ……………………………………………… 388
　　八、王大进 …………………………………………… 390
　　九、黄孝阳、丁捷等 ………………………………… 391
　　十、鲁敏 ……………………………………………… 398
　　十一、朱山坡等其他作家 …………………………… 403
　第三节　诗歌 …………………………………………… 405
　第四节　散文 …………………………………………… 412
　　一、山水游记散文与回忆散文 ……………………… 412
　　二、文化散文与文化寓言散文 ……………………… 414
　　三、杂文和报告文学 ………………………………… 418
　第五节　戏剧与影视 …………………………………… 419

附录一　南京百年文学作家名录 ………………………… 425
附录二　南京百年文学报刊年表 ………………………… 502
主要参考文献 ……………………………………………… 525
后　记 ……………………………………………………… 528

绪　言

一、南京的诗学地理

南京历史悠久,是中国著名的古都,坐拥"六朝古都""十朝都会"之桂冠,亦有"博爱之都""文学之都"之美誉。谢朓名句"江南佳丽地,金陵帝王州"(《入朝曲》)极尽她的富饶和美丽。杜牧诗句"南朝四百八十寺,多少楼台烟雨中"(《江南春》)传神地勾勒出她幽深的文化神韵。在现代文人朱自清眼里,"逛南京像逛古董铺子"(《南京》),一俟走进这个时空,古老的文脉气息总是迎面扑来。

把脉南京百年文学史,挖掘南京的地理诗学特质,既离不开对南京区域文化传统与审美气质的发掘,也要注重对百年来南京文化与审美精神现代性转型过程的追踪。从大的地域文化传统来看,南京文化属于江南文化的范畴,但严格说来,这只是笼统之论。广义上的江南文化范畴较大,不足以概括南京文化传统的精髓和实质。相对而言,金陵文化这一概念更具有针对性和有效性。学术界对金陵文化的界定已基本达成共识,它是指以今南京为中心,辐射周边地区所形成的文化圈,是中华汉文明的重要组成部分。南京作为钟阜龙蟠、石城虎踞之地,处于中华大地南北交汇点上,地理面积并不是很大。在中国种种区域文化中,以南京这样较小的地域形成金陵文化这样一个源远流长、底蕴深厚、影响广泛且气质鲜明、内涵完整、自成体系者,并不多见。并非每一个独立而完整的区域,就一定有完整而系统的区域文学史;也不是每一个地理与气候特征鲜明的地域,就必然有属于自身别具一格的地域文学史。而南京,无论从哪一个角度来说,都有理由、有资格拥有自成体系的文学史。

许多评论家都打过这样的比方:要论团体赛,江苏作家群是全国各省区的第一名,是当代文学界团体赛的冠军。这并非溢美之词。当然,江苏作家并不等同于南京作家,但南京作为江苏省会城市,大多数优秀的作家集中在南京却也是不争的事实。团体赛冠军的比喻用在南京身上确也不算太过分。2017年5月,"文学多样性与城市可持续发展"国际高峰论坛在南京举行。在这次论坛上,南京提出向联合国教科文组织申报"世界文学之都",以填补东亚地区"文学之都"的空白。南京成为国内首个申报"世界文学之都"的城市,这既源于审美文化传统的历史必然性,也是这座文学魅力四射的现代都市顺势而为的结果。而这一切,都为我们梳理南京百年文学史提供了必要的底气和动力。

尤其值得庆幸的是,就在本书初稿完成并进行统稿之时,也就是2019年10月31日"世界城市日",联合国教科文组织发布消息,南京成功入选"世界文学之都"!国内文坛一时间沸腾起来,各界人士纷纷表示祝贺。南京作为中国第一个荣膺此称号的城市,这既是南京文坛的骄傲,也是中国文学界的骄傲。南京入选"世界文学之都",实至名归,也充分证明了南京在世界文坛的重要影响力。在一片欢呼声中,我既激动万分,但同时也有许多特殊的感触。这自然不仅仅因为这部《南京百年文学史》恰好完成于南京成功入选"世界文学之都"之际,更因为我亲历了其中许多的艰辛与不易。2018年底我被南京世界文学之都促进中心聘请为专家组成员,聘书上写的是"南京申创世界'文学之都'特聘专家"。这是一个特别的专家称号,是一份沉重的责任,也赋有神圣的使命感。接受了它,也就接受了一种未曾经历过的挑战。从那时起我全程参与了南京文学资源与文学现状的调研、文学之都申请报告的起草与修改等一系列过程。由南京市委宣传部牵头组织的调研活动和座谈,涉及与文学有关的几乎所有行业与组织,包括出版社、报社、杂志社、文联、作协、图书馆、大学、中小学、读书会,以及文旅局、外办、残联、妇联等等。有了南京荣膺"世界文学之都"的结果,那无数场的调研和讨论、一次次的推敲和修改,无论多么辛苦,都是值得的。更为重要的是,通过这一过程,我对南京的文学传统、文学资源、文学现状与文学走势,增加了许多直观的认识,有了更为深入的了解,产生了许许多多意想不到的体会。

二、南京是一座"文学之城"

南京是一座历史悠久、文脉昌盛的文学之城。南京是中国文学开始走向自觉和独立的起步之城,中国历史上第一个"文学馆"即设立于此,中国第一篇文学理论文章《文赋》、第一部诗论专著《诗品》、第一部系统的文学理论和批评专著《文心雕龙》、第一部儿童启蒙读物《千字文》、现存最早的诗文总集《昭明文选》等均诞生在南京。中国民歌的标志性作品《茉莉花》起源于南京六合民间传唱百年的《鲜花调》。南京文脉持续绵延长达1800年,是中华文明史上的璀璨明珠。作为当时中国的文化中心,南京素有"天下文枢"之美誉。

南京是一座名家荟萃、名著频出的创作之城。据统计,在中国数千年文化史上,有超过1万部文学作品写作于南京或者与南京有关,数量位居全国之首。世界规模最大的百科全书《永乐大典》在南京编纂成书,中国昆曲重要的代表作《桃花扇》在南京创作并演出。中国最著名的诗人李白,就为南京创作了100余首诗歌。《本草纲目》《儒林外史》《红楼梦》等中华传世之作都与南京密不可分。南京还是中国山水文学、声律、宫体文学、宋词等文学形式或类型的孕育地。近现代以来,南京始终拥有对中国文坛的领导力和重要影响力。文学大师鲁迅、巴金等在南京走上文学道路,朱自清、俞平伯、张恨水、张爱玲等文坛巨匠也都与南京有着千丝万缕的联系,美国作家赛珍珠获得诺贝尔文学奖的代表作《大地》三部曲就是在南京创作完成的。

南京是一座全民爱书、读书成风的阅读之城。自古以来,南京就是一个痴心不改的"阅读者"。南京文化传统鲜明的特点在于南北交汇、兼容并蓄、开放包容、审美气息浓郁。崇尚文学、酷爱读书成为南京人最为鲜明的精神气质。清代的吴敬梓曾在其代表作《儒林外史》中,就对南京有"真乃菜佣酒保,都有六朝烟水气"的评价。著名外交家、中国前驻法国大使吴建民在一次接受采访时说,他对故乡南京的最大印象就是"崇尚读书"的整体氛围。当代著名作家叶兆言一言以蔽之:"从历史上看,似乎没有什么地方比南京更适合作为作家的摇篮。"(《南京人》)现在南京活跃着数以千计的文学社团和协会组织,仅民间自发形成的读书会就有450多家。

文学因南京而辉煌,南京因文学而永恒。文学始终是南京社会文化生活的内在血脉,也成为南京城市发展的重要推动力。南京城就是这样的一座"文学之都"。

三、城市性格与文化气质

自越王勾践建越城以来,南京历经东吴、东晋、宋、齐、梁、陈、南唐、明、民国等历史变迁,经过魏晋以来的民族大迁移和南北经济、文化的融合,积淀成独具一格的金陵文化。文人墨客汇聚于此,诗词歌赋层出不穷,既有六朝烟水气,又有南唐悲世音;既有骈文辞赋的规制之作,又有《文心雕龙》之划时代理论创见以及《儒林外史》之革命性的小说突破,可谓历久弥新,连绵不绝。五四新文化运动以来,南京文学一面连接传统文脉,一面经历欧风美雨,形成了古典与现代交融并存的特色。而南京政治地位的变化也导致了文学形态的多元转换,构成民国时期最为独特和复杂的地域文学面貌。1949年后,南京文学在经过政治意识形态的建构与市场化改革之后,重新以独立的姿态走向文化与人性的深处,小说、诗歌、散文、戏剧、文学理论与批评等各个领域杰作频出,蔚为大观,影响深远,南京文学作为重要一极仁立于中国的文学版图上。

南京作为极具典范性的文化符号一直存在于历代文人的视野之中,其独特的城市性格、文化气质、审美意蕴与艺术风格吸引着各地作家驻足于此,创作于此,从而构成南京文学的历史链条。

同时,随着魏晋以来的北方士族与居民的大规模南迁,南京原本具有吴越文化特点的民风、民俗与从北方迁移过来的中原居民的文化态度与生活方式不断碰撞,厚重、质朴的伦理文化与精致、灵动的诗性文化在此融为一体,形成了开放性的文化格局与兼容并包的城市性格。这种城市性格对于文艺的自由发展与个性化的追求是极为重要的,在古代产生了代表中国古典文艺自觉的六朝文学,在当代也构成了推动文学转型发展的新思潮和新的文学形态。此外,这种城市性格还塑造了南京文学的多元结构。长期以来,南京作为政治的枢纽和贸易的集散地,政治文化和市民文化异常发达。古时以太学、国子学和江南贡院为代表的科举文化塑造了南京的士大夫文化形态,从而与以"十里秦淮"为代表的市井文化交相辉映。南京的士大夫阶层与市民阶层长期并存,上层文人的金陵怀古、秦淮情结与下层市民的风月想象、里巷心理相互连接、相互影响,时至今日,南京作家游走于庙堂和民间,出入于典雅与俚俗,这些都构成了南京文学雅俗共赏的审美面貌。

四、文化传统与文学精神

从时空转换的角度看,南京兼容并包的城市性格同时形成新旧杂糅的都市文化气质。这里的"新"与"旧"既指先进与保守的区别,也指坚持创新与坚守传统的区别。在前一种意义上,南京文化体现出复杂的斑驳面貌,这在20世纪20至40年代的文学中表现得较为突出,新文学的不断生长与国民政府官方提倡的三民主义文学、民族主义文学运动构成鲜明的对比。在后一种意义上,南京文化守成主义的影响极为明显,以"学衡派"为代表的知识群体与新文化运动中的先锋人物的论战就反映了这种传统文化本位与西方文化本位的冲突。

一方面,南京政治与文化中心的长期存在,文人士大夫的不断的艺术建构,积淀成了南京文学一以贯之的文学意象、文化心理与精神指向,形成的金陵文化对南京文人具有深远的文化渗透力,并使南京文人产生强烈的精神认同感;另一方面,南京历史上不断遭受战火兵灾,城市几度灰飞烟火,文化血脉几经中断,艰难新生,近代以来的西方新思想、新方法、新艺术也对古典文化造成巨大的冲击,也带来了都市文化的更新。悠久的文化积淀和历史变迁过程中的文化嬗变相互作用,形成了南京新旧杂糅的文学气质。民国时期南京各个大学出现的老一辈作家创办的诗词团体(如潜社、如社、上巳社、梅社、石城诗社等)推动了古典诗词的繁荣,而新一代的知识青年致力于创作白话新诗、话剧作品,推动了南京新文学的兴起,这是这一时期南京文学新旧并存的最佳写照。而当代南京文坛对新的文学思潮进行探寻,推动了"探求者小说""第四种剧本""第三代诗歌""新写实小说""新状态文学""断裂文学""重估当代诗歌"等思潮的兴起,在全国范围内产生重大影响。南京文坛在求新求变的同时,没有在艺术形式和文化心理的变革道路上走得太远,而坚持创作的文化导向、人性审视意识和现实关怀,作品的文人气质、精致的语言和抒发性灵的特点是和南京古典文学传统一脉相承的。来自各地的作家群体汇聚在南京,受到南京传统文化的熏染,产生内在的心理认同,使其努力在坚守传统士人风范与开拓现代视野之间寻找适当的平衡点,构成中和式的文学面貌,这也是和南京新旧杂糅、多元融通的文化气质相一致的。

五、文化意蕴与审美风格

朱偰在《金陵古迹图考》中曾指出,南京"其地居全国东南,当长江下游,北控中原,南制闽越,西扼巴蜀,东临吴越;居长江流域之沃野,控沿海七省之腰膂;所谓'龙蟠虎踞''负山带江'是也"。由于地理位置独特,南京历来为兵家必争之地,各方势力争斗不已,历史上屡遭战火,伴随而来的常常是城毁人亡、荒草遍地、民生凋敝。近现代以来,南京大屠杀的人类浩劫,更是将南京长期积累的文化遗存毁于一旦。历代文人有感于南京循环不已的悲剧性命运与文化断裂现象,往往发思古之幽情,叹沧桑之巨变。"怀古伤今"也就成为南京文学的精神母题与审美意蕴。金陵的繁华易逝与人事已非是古典怀古诗与山水诗的重要寄寓之处。文人目睹物换星移与人世变幻,感受着凄风苦雨与断壁残垣,生发出人生无常的无奈感与念天地之悠悠的时空感,"怀古伤今"的审美意蕴也生发出了南京独有的"悲情文化"。南京文学尤其是诗词、散文中经常出现的对历史古迹的探寻、山水城林的驻足、人物典故的挖掘与政治变故的追问大多不脱这种今昔对比的慨叹之情与悲情意绪,久而久之,南京就形成了许多悲情文化的经典符号,所谓"六朝烟雨""南朝旧事""金陵春梦""秦淮风月"等文学意象就是对此种文化现象的鲜明表达。这种悲情意识是南京文学的底色,潜藏在南京文人的心灵深处,形成了牢固的文化心理结构。后世作家虽接受现代文明的洗礼,文化结构渐趋多元,但现当代作品中大量出现的对王朝旧事的追怀和对逝去的文化记忆的书写仍然与这种潜藏的怀古伤今的心理、意绪存在着千丝万缕的联系。

与这种怀古伤今的审美意蕴相伴随的是南京文人的隐逸心态。南京作家往往更容易感受到历史、政治的无情与命运的无常,对脱离政治的旋涡有着强烈的渴望,形成偏安隐逸的文化心理。现代以来,南京作家大多数都试图摆脱政治权力的控制和官方意识形态的束缚,以独立姿态沉浸于古典文化和新文学的研究与创作之中,接续了这种怀古伤今的创作路数与隐逸悲情的精神取向,在对南京地理、景观、风物的描摹和叙事中建立起与历史的连接,融入到南京文学的文化脉络之中。而这一时期南京文坛对新的文学潮流的倡导,一方面是南京文化的多元与自由的品格所推动的;另一方面,这种创新不是从中心位置往外扩展的,而是往往以边缘姿态、非主流心态为出发点去试图建构文学的新局,"断裂"事件、"诗歌排行榜"事件就是这一文化心理的生动体现。

在系统完整、内蕴深厚的金陵文化的浸染下,南京百年文学表现出既多姿多彩、气象万千又自成一格、气质鲜明的审美风貌。南京兼收并蓄的城市性格,使得不同地域的作家都能在此找到安身立命之所,而新与旧、古典与现代、创新与坚守的文化心态的并存为作家创作提供了多种可能性,形成了南京文学开放多元的艺术风格。许多作家经过多年探索和不断的积累,逐渐形成了自身独特的艺术世界和文学系列,如苏童的"香椿树街"系列、叶兆言的"秦淮"系列、毕飞宇的"王家庄"系列、赵本夫的"黄河故道"系列等。在题材内容上,既有以历史记忆与想象为中心的作品,以现实生活体验为中心的作品,也有以儿童成长、教育为中心的作品,以文学想象力展开的青春小说以及奇幻、武侠小说等。南京文学既有对才子佳人、爱怨情仇等传统的江南文化主题的接续,也有对城市欲望扭曲人性的审视、对人性尊严的坚守和对城市文明病的反拨等。在继承南京质朴与典雅并存的文化气质的基础上,南京当代作家形成了自己的语言风格,如苏童的细腻与灵动,叶兆言的洒脱与纯正,毕飞宇的精致与温婉,韩东的内敛与沉稳,朱文的自然与质朴等,从而形成了精彩纷呈的文学风貌。

六、从古典走向现代的南京百年文学史

通过以上的简要梳理,我们可以了解南京地域文化与南京文学的紧密联系。随着时代变迁与文化转型,南京文学从古典走向了现代。从时间上说,南京百年文学可大略分为六个阶段:

1912—1927年为第一阶段,是从古典到现代的过渡期。新文化运动带来的启蒙思潮与文化守成主义思潮并存,催生了南京新旧两种文学形态。古典文人致力于风物古籍的考订吟咏,在诗词曲赋创作方面颇有成绩,有明清士人清奇悠然的风骨,作品集中于对南京自然风貌、历史古迹、四季景物的描摹,大多借物抒情、追忆前朝、感怀身世,充满悲切苍凉的历史感。新青年作家则致力于白话新诗、现代散文的创作,传播个人主义、人道主义的新思想,鲁迅、朱自清、陆志韦、卢前等人都在这一时期的南京文坛留下足迹。1927—1937年为第二阶段,是南京文学的分化与生长期。国民政府定都南京,政治文化对文学产生重大影响。官方的三民主义文学、民族主义文学运动,左翼作家激进的革命文学实践,新月派的"新格律诗"、"新人文主义"文学批评同时存在,构成复杂的文学面貌。1937—1949年为第三阶段,又可细分为1937—1945年汪伪时期和1945—1949年国民政府还都时期,是南京现代文学史上的黑暗期与反抗期。抗战文学风起云涌,反映首都沦亡的报告文学与回忆散文催人泪下,以汪伪戏剧为代表的汉奸文艺甚嚣尘上,陈

白尘的讽刺剧独树一帜,战争、讽刺、乡土、情爱小说等亦精彩纷呈。

1949—1976年为第四阶段,又可细分为1949—1966年和1966—1976年两个时段,是南京文学的曲折探索期。在前一时段,南京文学一方面被纳入社会主义的文学体制,成为国家政治意识形态建构的一部分;另一方面,南京作家秉持传统的创造与探索意识,在南京相对宽松的创作氛围下,寻找现实主义文学的多种可能性,出现了许多有价值的、引起全国反响的小说、戏剧作品和理论批评,延续了南京文学长期形成的创新传统。1966年后,南京文坛相对宽松的创作氛围被破坏,原来保有的一定程度的文学自主性丧失,许多作家被迫害,许多作品被定为"大毒草",文苑一片荒芜,只有少数作家创作了几部反映路线斗争的作品。其余则是"革命样板戏""大字报"、政治口号和民间戏曲的天下。1976—1992年为第五阶段,是南京文学的恢复发展期(简称"新时期")。这个阶段又可细分为1976—1985年和1985—1992年两个时段。在前一个时段,南京文坛出现了许多反映历史创伤、反思人性灾难的优秀作品,成为当时伤痕文学、反思文学、人道主义文学思潮中的典型代表。在后一个时段,南京青年作家崛起,开始了针对历史、革命与现实生活的先锋性的创新实验,出现了一批重要作品,南京文坛还引领了第三代诗歌和先锋文学、新写实小说创作新潮,在全国范围内产生了重大影响。1992—2017年为第六阶段,是南京文学的多元发展期。南京作家一方面受到市场经济和文化工业的影响,开始了现代性的转化;另一方面又坚守自己的人文关怀传统,商业气息并不浓厚,逐渐形成了自身多元发展与个性化突出并存的创作格局。

七、"入史"标准、概念框定与叙述体例

任何一部区域文学史或地方文学史都不可避免地涉及哪些作家、哪些作品以及哪些作家的哪些创作应该"入史"或者可以"入史"的问题。近代以来,中国社会长期处于动荡与变革之中,作家的流动性与作家身份的多元性大大增强。20世纪末以来,互联网的普及、地球村的出现、全球化理论的诞

生、信息化时代的到来,这一切都使得区域文学变得尤其复杂和不稳定。但全球本土化的新思潮让人们坚信,越是民族的越是世界的,越是地方的越是人类的。区域文学史的价值不仅不会因全球化而消弭,反而愈发凸显出它弥足珍贵的当代价值。

在这样的背景下,对百年以来与南京有关的作家与文学创作如何进行取舍,如何界定南京百年文学史的叙述范畴,从而赋予南京百年文学史以科学而严谨的学术内涵,就显得特别关键。对于这个仁者见仁、智者见智的问题,我们采取了如下思路:

首先把相关的作家分为四种类型,然后对每一种类型作家的文学创作采取相应的叙述策略。

第一种是典型的南京作家。这又分为两种情况,其一是出生在南京并长期在南京生活与写作的作家,如胡小石、叶兆言等。其二是虽然不在南京出生,但有较长期的在南京生活和写作的经历,如赵本夫、毕飞宇等。这类典型的南京作家是南京百年文学史的核心部分,他们的所有创作都要纳入南京百年文学史的叙述范畴。

第二种是准南京作家。这一类型是指无论作家是否出生于南京,但曾经在南京生活过一段时间,并且其创作以南京为书写对象,或者具有较鲜明的南京气质,或者在较大程度上受到南京文化的影响。比如有的作家在南京生活的时期正处于写作起步阶段或者写作风格形成阶段,后来因各种原因长期离开南京。这些作家虽然不属于典型的南京作家,但与南京这座城市有着不可分割的联系,赛珍珠、李龙云等作家可属此列。准南京作家也是南京百年文学史的重要一脉,是不可分割的部分。但对于他们的创作,不宜悉数纳入南京百年文学史的框架之内。他们的文学创作中凡是与南京关系比较密切的部分,比如写于南京,或者创作题材、审美风格等与南京相关的,都是南京百年文学史叙述的题中应有之义。

第三种是南京籍作家。这一类型的作家,其祖籍不一定是南京,但出生于南京,或者在南京有过成长的经历,只是因各种原因离开南京,长期不在南京工作和生活，其文学创作与南京仅有部分的联系，比如张贤亮、王朔等。从区域文学史的角度来说，张贤亮更多的应算是"宁夏作家"，而王朔则被视为典型的"北京作家"。当然，现当代区域文学史写作必然要面对作家叙述的交叉和作家资源的"共享"问题，显然不能将他们排除在"南京作家"之外。他们属于广义范畴上的南京作家。对于这批作家的创作，我们以较少的篇幅稍加介绍评点，不做过多论述。

第四种是非南京作家的南京写作。还有一些作家既不是出生于南京，也没有在南京生活或工作过一定时期，只是短暂地到南京造访、讲学或者旅行过，自然不宜以"南京作家"冠之。但是他们的部分创作以南京为题材背景，或者在南京挥毫成篇。比如胡适1920年暑假曾在南京高等师范学校暑期学校讲学，二三十年代多次赴南京访友、参加政府会议及学术会议等，他的创作中因此都留下了南京的身影。再如四十年代张爱玲数次到过南京，小说《半生缘》的故事就有重要的南京背景。这些创作可称之为"南京写作"，我们有充分的理由将其纳入视野。

关于本书的文学史叙述体例，需要说明以下几点：

其一，在文学史叙述的整体体例上，采取纵横交叉的叙述模式。在纵向上，本书按百余年来南京文学发展历程的六个阶段，分为六章；在横向上，即在每一章内，按概述、小说、诗歌、散文、戏剧（影视）分为五节。

其二，兼顾整体叙述与作家个案的相对完整性。很多作家的创作活动历经不同的文学史阶段，为尽量体现作家创作的完整风貌，我们将作家置于其创作最活跃的阶段，即相应章节内。其在前一阶段和后一阶段的创作，都一并纳入该章节内加以叙述。

比如赵本夫、苏童等作家，他们在第五章中以专节的形式出现。但实际上，九十年代以来，即相应的第六章范畴内，他们的创作仍然十分活跃，重量级的代表性作品不断出现。为了尽量减少对作家创作的人为割裂，不再在第六章中列专节介绍，而是一并纳入第五章的相应章节中。再如范小青，虽然在八十年代即已成名，但那时她主要是"苏州作家"，后来调入南京，长期工作和生活于南京,自然成为典型的"南京作家"。基于此,就把范小青置于第六章中列专节叙述,她前一时期的创作在此处一并纳入。

其三,适当兼顾文学批评。文学创作与理论批评在文学发展史上历来是有机互动的两翼,南京百年文学史的辉煌与厚重,不仅体现在各种形式的文学创作中,文学理论研究与文学批评也共同参与了令人瞩目的"南京作家群"现象的形成。而且,南京作为全国文学批评的重镇,其批评家群体阵容庞大,数量众多,特色突出,影响广泛。因此,在本书当代文学史部分,对活跃在南京的批评家群体也有所介绍,主要集中在"概述"中有关文学理论与批评的部分。近年来研究界出现的各种地域文学史著作,虽然一般也包括文学理论与批评这一块内容,但往往截至"新时期"以前。而对于作家的叙述自然不太加以限制,无论多么年轻的作家,只要其创作具有一定的水准,都可以纳入地域文学史的叙述范畴。地域文学史对于批评家的叙述与对于作家的叙述出现这样的差异,一方面固然是因为文学史的重点乃文学创作史;另一方面也有更重要的原因,即文学史的撰写者对于同行或距离太近的批评家,如何进行评价,评价的篇幅如何分配,评价的分寸如何拿捏,都是不好把握的问题,很容易"出力不讨好"。因此,一般的地域文学史干脆回避这些问题,是可以理解的。

但我们认为,既然是区域文学史,非常有必要将活跃在这一区域的批评家纳入其中。可以说,将新近批评家一并纳入文学史叙述中,既是本书的尝试,也是本书的特色之一。当然,本书同样不能保证对于批评家的评价能够解决上述问题,但尽力做到客观全面。一是用简练的语言进行客观介绍,不做过多评价,也不做详细论述;二是根据编委会的意见,以年龄为界,凡是六十年代末以前出生的南京批评家皆纳入其中。

其四,力求做到学术性与资料性兼备。本书的文学史叙述既力求突出南京特色与南京元素,也坚持较高水平的文学标准和学术标准。在一定的水准之上,以材料说话,用文本发言。同时,本书作为首部系统的南京百年文学史著作,也兼顾到区域审美传统、区域文化与地方性特色。特别是在一般的全国性的文学史著作中容易被忽略的,但又有一定文学史价值的作家作品,包括近年来崭露头角而尚未被关注到的年轻作家,本著述均纳入叙述范畴。

为充分发掘南京百年文学史叙述的文学资源,我们对上述四种类型的南京作家、批评家进行了尽可能全面的搜集工作,以"作家名录"的形式整理出来,共计400余位,以"附录一"的形式列于正文后。表中作家按出生年份的顺序排列,"简介"一栏对所列南京作家进行简单介绍,重点关注其与南京文学的关系。另外,为更直观地显示南京文学在整个中国现当代文学史上的独特地位和重要贡献,我们还搜集整理了南京百年文学报刊年表,共计230余种报刊,以"附录二"的形式列于正文后。该年表按创办时间排序,并对其出版周期、编辑者或主办者等信息加以汇集。该年表中包括10余种有一定影响的民间刊物,从中也可以看出当代南京文化积淀之深厚和文学气质之浓郁。

第一章　传统与现代的碰撞
（1912—1927）

南京是江南重要而特殊的城市，在王朝国家时期因其重要的地理位置而发展为具有战略意义的城市。民国时朱偰在《金陵古迹图考》中对南京城市地位进行了中肯评价："其地居全国东南，当长江下游，北控中原，南制闽粤，西扼巴蜀，东临吴越；居长江流域之沃野，控沿海七省之腰膂；所谓'龙蟠虎踞''负山带江'是也。……实则金陵一隅，实中国民族思想之策源地。……虽未必尽为全国中心，然有事之秋，登高一呼，天下响应。"[①]在中国文化东移南迁的历史过程中，南京始终是文化要津，"中国很少有地方在文学掌故的深度上能超过南京，在中国人心目中，也没有什么另外的掌故更能为地方增光和扬名的了"[②]。20世纪以来，南京兼具政治中心、文化中心的城市职能。

第一节　概　述

一、南京经济、政治、文化的现代过渡

在中国近现代历史发展的长河里，南京始终在重要的历史时刻中占据显要地位。20世纪初叶，南京作为政治中心聚集了众多文化精英，形成文学上的繁荣局面，延续了南京这座城市在文化、文学领域中的辉煌。朱偰指

---

① 朱偰：《金陵之形势》，《金陵古迹图考》，商务印书馆1936年版，第11页。
② 牟复礼：《元末明初时期南京的变迁》，[美]施坚雅主编：《中华帝国晚期的城市》，叶光庭等译，中华书局2000年版，第138页。

出:"尝以为中国古都,历史悠久,古迹众多,文物制度,照耀千古者,长安、洛阳而外,厥推金陵。……而此四都之中,文学之昌盛,人物之俊彦,山川之灵秀,气象之宏伟,以及与民族患难相共、休戚相关之密切,尤以金陵为最。"[①]这并非谬赞,在文化传承的过程中,南京的确是居功甚伟。

1. 晚清洋务运动的重镇

南京是晚清时期洋务运动的重镇,对西方近代科学技术在中国的传播做出了重大贡献。洋务派主张"讲求洋器",创办了大量的近代军事企业,致力于西洋兵器的制造,其中南京的金陵机器局规模较大、延续时间较长。1865年李鸿章由江苏巡抚升任两江总督,他将苏州炮局的机器设备和工作人员迁到南京雨花台附近,专门制造枪炮,并更名为金陵制造局。这是一所大而全的军事企业,由清政府下拨经费,制造的枪炮大部分运往天津,装备淮军和建设北洋防务。金陵制造局引进了当时世界先进的机器设备和近代化生产技术,基本采用了资本主义生产方式,它的生产和存在意味着南京近代化的进程开始了。此后胜昌机器厂、青龙山煤矿、金陵电灯厂先后建立,官办和民办企业共同促成南京近代工业的繁荣局面。金陵机器局的出现开南京工业企业聚集的先河,也是南京这座城市近代化的起始点。

2. 1912年中华民国临时政府定都南京,政治地位逐渐凸显

1911年底孙中山在已宣告独立的17个省市代表的民主选举下,当选中华民国临时大总统。1912年1月1日,孙中山在南京原两江总督府(今南京总统府)举行临时大总统就职典礼。"其时上海各军队先期齐集于车站,擎枪排列,各团队均举代表到站恭送,一时莅至者不下万余人。车启行时,鸣炮示庆,响彻云霄。沿途各大车站欢迎致敬者,更不知凡几。下午五时,车抵下关,稍停,鸣礼炮,奏军乐。各营队皆双手举枪,驻宁各国领事亦在车站迎迓。停泊长江军舰,各鸣礼炮二十一响,以表敬意。"[②]这一典礼庄严宣告了亚洲地区第一个民主共和国建立。南京临时政府的建立构建了中

[①] 朱偰:《自序》,《金陵古迹图考》,商务印书馆1936年版,第1页。
[②] 张宪文等:《中华民国史》第1卷,南京大学出版社2005年版,第93页。

国现代国家的雏形,确立了建立现代中国的基本原则,反对封建专制,制定了共和国的政治体制,制定和颁布了各种条例法规,推行选举制度。这是中国从封建社会走向现代国家的起步,是革命者归纳总结中国数千年的历史经验,结合现实学习西方先进制度后发起的政治变革,也是促进中国历史进步的正确选择。

因国内政治形势变化,南北和谈达成,袁世凯武力攫取了革命的果实,接任临时大总统,并将首都由南京迁往北京。随后,南京不仅仅作为长江中下游的一个重要城市而存在,也随之成为捍卫共和的中心城市。1913年7月黄兴等人在南京领导反袁斗争。1913年9月张勋率"辫子军"攻陷南京后,南京开始处于北洋军阀的统治之下。1919年南京人民积极参加五四爱国运动。第一次国共合作建立后,国民革命运动在南京蓬勃发展。1927年3月,北伐军攻占南京,终结了北洋军阀在南京的统治。在这一时期,南京是省、道、县三级政权机关的所在地,是江苏省的政治中心,同时也是东南地区的政治中心和军事中心,其中直系军阀盘踞南京最久。

20世纪初南京承载了社会政治制度的重大变革。这期间中西文化碰撞与融合,南京在新文化各个领域都获得了巨大的发展,从而奠定了从传统向现代转型的基础。

3. 受五四新文化运动影响,出现启蒙性的新思潮

1912年至1927年间,南京的教育事业发展迅速。到1927年6月,南京共有市立小学48所,私立小学数十所。1915年8月11日,南京高等师范学校正式招生,9月10日正式开学。该校继北京高师、武昌高师、广州高师之后创立,是民国初年我国四所高等师范学校之一。私立教会大学金陵大学蓬勃发展,其在清末初建时只设文科;辛亥革命后,先后添设了师范科、华言科、医科、农林科,有18个系(科)和3个专修科,初步具备了近代化大学的基本条件。

1919年的五四运动带来的思想变革,首先在南京高校中体现出来。五四运动以来南京高等师范学校(简称"南高")实行民主治校,推行民主管理,

提倡科学,昌明学术。倡导民主精神,推行民主体制,实行教师议政,学生"自动自治",是南高管理上的一个进步。南高在五四的促动下首开女禁,校长郭秉文、学监主任兼文史地部主任刘伯明、教育系主任陆志韦在校务会议上一致通过提案,自1920年暑期正式招收女生8名,女旁听生50余名,是中国女子高等教育的创举。在领导体制方面采用责任制和评议制相结合的原则,重大问题均交校务会议先行讨论。在学生方面,则积极支持和指导学生自治会的各种活动,各种学术学会、研究会相继成立,各种油印的、铅印的学术性、文学类刊物百花齐放。

  南高在推动科学研究方面也做出了极大贡献。最初南高只是国立高校之一所,不为世人所重。1921年7月16日,时任北京大学校长的蔡元培率中国教育代表团赴美,并针对中国教育现状发表题为《在旧金山华侨欢迎会的演说词》,认为当时中国高等教育只有北京大学较具规模,其他院校均刚起步,未成气候,"东南大学新办预科,其幼稚可以想见"[①]。实质上南高、东南大学的起步虽晚,但由于其发展重心始终在学术上,无论社会科学还是自然科学都进步飞快。校长郭秉文延揽了一批著名的科学家,1918年在美国成立的"中国科学社"因多数会员回国在东南大学任教,将办事处迁往南京成贤街文德里,建立科学社会所,直至1931年迁往上海。南高、东南大学成为民国时期"中国科学社的大本营",并作为中国现代科学发展的主要基地,参与了中国现代科学建立的奠基工作。中国科学社成立后发展迅速。1919年有社员435人,到1924年便增为648人。其社员绝大多数都是中国从事科学工作和工程技术工作的卓有成就者,他们实行科学教育,重视科学训练,培养出大批科学人才,也使科学精神和科学态度深入人心。1921—1927年,政治混乱,军阀克扣教育经费,各国立大学纷纷发生"索薪"风潮,而东南大学却迅速发展,引进了人数众多的留美学生来校任教,并从北京大学、南开大学等著名大学聘任了许多教授,兴建了大规模、现代化的图书馆、教学

[①] 蔡元培:《在旧金山华侨欢迎会的演说词》,《蔡元培全集》第4卷,中华书局1984年版,第57页。

楼、办公楼、体育馆、宿舍等建筑。全面的学科建设、现代化的教育体系及迅猛的发展势头,使得当时的燕京大学校长司徒雷登在个人回忆录《在华五十年》中,对东南大学及其校长郭秉文赞誉有加,甚至称赞东南大学是当时最好的大学:"东南大学是第一所现代国立高等学府,在当时也自然是最好的大学。他延揽了五十位留学生,每一位都精通他自己所教的学科。他是按美国的模式来推进教育事业的。"① 当时的北京大学近代史教授梁和钧也在《记北大(东大附)》中肯定了东南大学在科学、社会科学领域的贡献:"东大所延教授,皆一时英秀""北大以文史哲著称,东大以科学名世。然东大文史哲教授实不亚于北大"。② 东南大学以综合大学的标准致力于人文与科学学科的平衡。东大的心理系,兼存于"文理"和"教育"两科;生物系并属于"文理"和"农学"两科,旨在兼容哲学社会科学与自然科学两方优势,汲取文理长处,实现学科交汇发展。

除了推重科学之外,南高、东南大学还设立了众多文史哲研究会,所主办的由商务印书馆出版的《文哲学报》《史地学报》《学衡》等,都曾风行一时,影响颇大。此时的东南大学不仅是"学衡派"的大本营,还曾经是中国现代文化史上著名的"中华教育改进社"的大本营。东南大学的师生主张传承中华民族传统文化、民族精神,同时又主动吸收西方科学、教育、哲学等方面的新理论、新方法,以圆融理智的态度促进中西文化、科学精粹的结合,使东南大学成为站在世界科学之林中的先锋,也是坚守中国传统文化的阵地。南高、东南大学多方邀请国内外著名人士来校演讲,加强中西学界的交流。1920年4月,美国教育界泰斗杜威在南高系统讲授了"教育哲学""哲学史""试验伦理学"三门课程,并用设题问答的方式与南京教育界人士多次会谈,促成了南高的教育改革和从幼稚园到大学的"杜威学校"完整体系的建立。

---

① 司徒雷登:《在华五十年——司徒雷登回忆录》,程宗家译,北京出版社1982年版,第96页。
② 王运来:《略论郭秉文"四个平衡"的办学思想》,《扬州大学学报(高教研究版)》,2000年第4期。

1920年10月,英国哲学家罗素在东南大学进行"关于哲学"的演讲,之后接受"中国科学社"邀请又做了一场关于"爱因斯坦引力新说"的演讲。1924年泰戈尔访华应邀到东大讲演,主题为"中印文明"。频繁的国内外学术交流,活跃了校内的学术气氛,激发了学生学习和科研的兴趣,提高了学校的整体学术水准和国际知名度。

特别值得一提的是,1924年1月13日,在南京高等师范学校梅庵(今东南大学内)成立了南京社会科学研究会。研究会采取读书报告、轮流演讲、互相辩论、公开演讲等办法,学习马克思主义,研究改造中国的问题。据不完全统计,1923年至1924年,仅《向导》周报、《学生杂志》《中国青年》等刊物,就先后发表了团地委委员长谢远定撰写的揭露帝国主义封建军阀残酷镇压人民罪行、讴歌工人、农民的伟大,砸碎旧中国,建立新中华等方面的54篇通讯、杂文和诗歌。

二、文化守成主义的大本营

20世纪初期,南京与整个中国一样,政治、经济、文化上出现了巨大危机,文化守成主义传统作为维护社会稳定的力量,从约定俗成的潜规则转变成新文化运动主张的文化激进主义与传统相抗衡的思想。这种转变标志着文化守成主义传统优势地位的丧失,也是民族危机下政治与文化关系的重大变化。南京的文化守成主义观念首先表现在对传统文化的固守,如同清末民初士人一样,他们关于"国粹""国故""国学"的论说带有泛政治化的意识形态倾向,具有"反清排满"和抗衡西学的某种文化意图。这既是文化认同和对历史上早期"民族—国家"想象的体现,又是出于为现实的"民族—社会"寻求文化精神依托的需要。虽然新文化阵营也提出以科学方法"整理国故",北京大学研究所国学门将"国学"分为五大门类:文学、哲学、史学、考古学和文字学,在形式上似乎与文化守成主义有相近之处,但从基本的思想取向上看来,二者性质完全不同。胡适首先强调的是学术与政治思想之间没有关系,"整理国故"只是从学术角度进行历史研究,"若以民族主义或任何主义来研究学术,则必有夸大或忌讳的弊病。我们整理国故,只是研究历史而已,只是为学术而作功夫,所谓'实事求是'是也,绝无'发扬民族精神'的感情作用"①。就此而言,南北分歧较大,南京的文化守成主义传统始终站在新文学思潮的对立面,不断证实政治意识对文化形态、学术研究有深刻影响。其次,南京文化守成主义还受到西方守成主义思想,尤其是白璧德"新人文主义"思想的影响,表现在他们对于西学有选择地吸收利用,希望能够找到一条能够促进国家富强、保留传统文化精粹和西方文化精华的文化建设方案。南京的文化守成主义传统与民国时期政治的守成主义倾向虽然在表现形式上相近,但本质、指向和宗旨上完全不同。混淆二者的差别,是对文化守成主义理念的误读,也是对南京文化守成主义传统独特文化价值的消解。

1922年1月,梅光迪②、胡先骕③、吴宓④等教授在东南大学创办了《学衡》杂志,其宗旨是"论究学术,阐求真理,昌明国粹,融化新知,以中正之眼光,行批评之职事,无偏无党,不激不随"⑤。这一宗旨具有一定合理性,自有其存在价值。它反对全盘否定传统文化,不认同当时知识界流行的对西方文化盲目信服并无条件学习的"全盘西化论";主张发掘保存传统文化精粹,理性吸收西方文化,促进社会进步。"学衡派"的主要成员坚持整理、继承中国国学,对中国传统文化进行了创造性的研究,这些积极的贡献,应当得到肯定。除了《学衡》之外,东南大学还出版了其他学术刊物。1921年7月"史地研究会"开始出版会刊《史地学报》,张其昀、缪凤林、陈训慈等先后担任编辑部主任或总编辑。《史地学报》共出版4卷数十期,在第2卷第2期之前为季刊,此后改为月刊。该刊上曾经登载了柳诒徵、陈训慈、竺可桢、

---

① 胡适:《答胡朴安》,耿云志、欧阳哲生编:《胡适书信集》上册,北京大学出版社1996年版,第465页。
② 梅光迪(1890—1945),男,字迪生、觐庄,安徽宣城人。
③ 胡先骕(1894—1968),男,字步曾,号忏盦,江西南昌人。
④ 吴宓(1894—1978),男,字雨僧、玉衡,笔名余生,陕西省泾阳县人。
⑤ 《〈学衡〉杂志简章》,《学衡》,第1卷第1期,1922年1月。

张其昀等人的重要文章,还连载了梁启超在东南大学讲学期间完稿的专著《中国近三百年学术史》。

1922年10月23日,南方学术重镇东南大学国文系师生成立了"国学研究会",筹划建立"国学研究院"作为学科研究人才培养体系的延伸,"国文系学成修毕之后,特设国学院以资深造,为国立东南大学专攻高深学问之一部"[①]。这一宏图从开始就遭到北方新派学者的抨击和校内新派的轻视。从"国学研究会"到"国学院"的历程,集中反映了20世纪20年代早期南北学术界在"整理国故"运动中的地缘与派分。1921年胡适在东南大学进行题为"研究国故的方法"的演讲,这次学术交流激发了东南大学师生的研究兴趣。当时的系主任陈中凡毕业于北大哲学系,他把北方学风和学术研究方法带入了南京,种种因素共同促成了东南大学"国学研究会"的出现。这一组织是在教师指导下建立的学生社团组织,其思想核心来自东南大学的文史教授:陈中凡[②]、顾实[③]、吴梅[④]、陈去病[⑤]和柳诒徵[⑥]。教授们的学缘背景和学术倾向对"国学研究会"有极大影响。顾实早年留学日本,深受《国粹学报》影响,陈中凡是北大黄侃、刘师培的得意门生,自然深受"国粹派"的精神熏陶,吴梅是南社成员,与陈去病交善。由此看来,"国学研究会"以"整理国学、增进文化"为宗旨,与国粹思潮有传承关系,与新文学阵营提出的"整理国故"的学术思潮迥然不同,与"学衡派"的文化保守主张也有分歧。在这种情况下,陈中凡等人创办刊物,宣传以科学方法整理国故的宗旨。1923年3月创刊的《国学丛刊》原定为季刊,每年4期,主要负责人是陈中凡、顾实,后因陈中凡于1924年11月离开东南大学到广东大学任文科学长,无人主持而难以按期出版。该刊体例分为插图、通论、专著、书评、文录、诗文、杂

---

① 顾实:《东南大学国学院整理国学计划书》,《国学丛刊》,第1卷第4期,1923年12月。
② 陈中凡(1888—1982),男,原名钟凡,字斠玄,号觉元,江苏盐城人。
③ 顾实(1878—1956),男,字惕生,江苏武进(今江苏常州)人。
④ 吴梅(1884—1939),男,字瞿安,号霜厓,江苏长洲(今江苏苏州)人。
⑤ 陈去病(1874—1933),男,字巢南,一字佩忍,别字病倩,号垂虹亭长,江苏苏州同里人。
⑥ 柳诒徵(1880—1956)男,字翼谋,亦字希兆,号知非,晚年号劬堂,江苏镇江丹徒人。

俎、通讯,后来栏目略有调整,改为插图、通论、专著、书评、文录、诗录、词录、通讯。顾实在《国学丛刊》创刊号的《发刊辞》中开宗明义:"强邻当前而知宗国,童昏塞路而知圣学。语曰'见兔顾犬,亡羊补牢'。洵乎犹足以有为也。昔者隋唐之隆也,华化西被,方弘海涵地负之量;迨及逊清之季,外学内充,大有喧宾夺主之概。曾几何时,事异势殊。自非陈叔宝太无心肝,谁无俯仰增慨?则海宇之内,血气心知之伦,咸莫不嚣然曰'国学'。与夫本会同人,近且出其平素之研究,而有《国学丛刊》之举行,岂有他哉?一言以蔽之曰:爱国也,好学也,人同此心而已矣。"①由此可见,"国学研究会"是在内忧外患、强敌当前时,学术界"全盘西化"思潮甚嚣尘上之际提出的发展新思路,继承了国粹派依靠学问寻求发展新路径的政治主张,而与胡适在北京大学倡导的从纯粹学术角度来"整理国故"思想有着明显的差异。顾实和他的同人把"国学"视为国家和民族的形象化体现,是对"宗国"和"圣学"的"知"和"思"。同时在学术研究中将学问本身与国家观念相连,并且从"国学"中想象和构筑民族国家和民族文化的主体,要广求知识于世界,"扫千年科举之积毒,作一时救世之良药""不随波逐流,庶几学融中外,集五洲之圣贤于一堂。识穷古今,会亿祀之通俄顷"。②顾实的整理国学与整理国故有区别,主要偏重于"典籍部",反对用西式的方法来整理,强调用中国传统学术方法如疏证、校理、纂修等进行整理。

"国学研究会"成立后,立即着手开展系列活动。首先,从1922年10月至1923年1月,每周邀请校内外学者进行国学专题学术演讲,并将演讲内容结集出版为《国学研究会讲演录》第1集。其次,基于崇敬国学的心理,集中进行"国学"大师著作的编辑出版。《国学丛刊》2卷第4期刊载的《本刊两卷总目并叙旨》提到该会出版了俞樾、刘师培的两部著作。再次,集中发表东南大学师生的旧体诗词作品,教师的文章主要来源于国文系的陈中凡、顾实、吴梅、孙德谦、李笠、胡光炜、陈去病等人。1923年4月,东南大学国

---

① 顾实:《发刊辞》,《国学丛刊》创刊号,1923年3月。
② 顾实:《发刊辞》,《国学丛刊》创刊号,1923年3月。

文系教授们筹划将"国学研究会"升级为"国学院",顾实起草了《东南大学国学院整理国学计划书》:"盖凡一国历史之绵远,尤必有其遗传之学识经验,内则为爱国之士所重视,外则为他邦学者所注意。远西学风莫不尊重希腊学术、罗马学术及其本国学术。吾国亦独不宜然。故今日整理国学,为当务之急。况夙号世界文明之一源,焉可稍失其面目哉?"①明确指出"整理国故"是爱国知识分子分内职责,是弘扬中华文明的重要途径。针对北方学者试图以"科学方法"来"整理国故"的研究思路,东南大学学者认为"以国故理董国故"的理论更有现实意义,所谓的科学方法整理国故多半沦为断章取义、哗众取宠,甚而导致文化面貌不中不西、不伦不类,"以国故理董国故者,明澈过去之中国人,为古装华服,或血统纯粹之中国人者也。而以科学理董国故者,造成现在及未来之中国人,为变服西装,或华洋合婚之中国人也"②。顾实还提出开设"诗文部"以提倡旧体诗文的写作。他认为文学是时代精神的体现,民族精神往往体现在诗文创作中,并对国家社会的发展起到积极作用,甚至影响国家的兴衰存亡。这是中国传统学人之诗流脉的延伸,诗人之诗的深层扩展,也是南京文化守成主义传统的明确体现。

这种倡议受到东南大学的新文学支持者和北方新文学阵营的反驳。1924年3月27日、29日周作人(陶然)在《晨报·副镌》上发表了《国学院之不通》和《国故与复辟》,针对"诗文部"的设立价值、"国学"与"国故"的谬误进行反驳。1924年3月30日《晨报·副镌》刊出了天军的《评〈东南大学国学院整理国学计划书〉》,质疑其分类和一系列解释。1924年4月17日《晨报·副镌》署名Z.M.的《顾实先生之妙文》对顾实整理国学的方法大加批驳。东南大学国文系中倾向新文学的教授们对这份计划书并不赞同,陈衡哲③私下对胡适抱怨:"他(指顾实)那钦定式的艺术观,也一定能邀许多有

---

① 顾实:《东南大学国学院整理国学计划书》,《国学丛刊》,第1卷第4期,1923年12月。
② 顾实:《东南大学国学院整理国学计划书》,《国学丛刊》,第1卷第4期,1923年12月。
③ 陈衡哲(1890—1976),女,原名燕,字乙睇,号莎菲。祖籍湖南衡山,出生于江苏武进(今属常州)。

产阶级的赞赏的。东大国文系之糟为全校之冠。"①时任东南大学副校长的任鸿隽给胡适的信中称:"东大的文学、哲学系,都不曾组织完备。……国学院的计画,虽然荒谬可笑,但这不过是说说而已,不碍事的。"②内外压力下"国学院"计划不了了之。

此一时期文化守成主义传统是南京文学创作的主导,这一传统促使中国传统文学与西方文学的精粹融合。文化守成主义对作品艺术价值要求较高,明确反对新文学浮泛虚夸文风,重新树立厚重典雅的文学规范。这一时期南京文学的主要社团和成员以大学校园为活动场所,新旧文学阵营共同进行文学活动。南京的文化守成主义传统建立在悠久的城市历史之上,是这座城市从古至今潜在而自觉的思想指向,也是南京丰厚的文化、文学遗产给南京知识分子带来的自然的文化选择。

二三十年代的南京文坛文学理论中最为突出的也是以"学衡派"为首的文化守成主义思想,其提出的兼容中西的新文化建设方针,与新文化运动形成互补。《学衡》杂志创刊于1922年,由上海中华书局印刷发行。从1922年1月至1933年7月,《学衡》共发行了79期。杂志内容分为:通论(由梅光迪主持);述学(由马承堃主持);文苑(由胡先骕主持);杂缀(由邵祖平主持)等。"学衡派"的筹备、成立和基本宗旨都体现出西方守成主义思想的特征。其办刊宗旨中,"昌明国粹"强调对中国传统文化的继承,"融化新知"则主要指吸纳西方文化中的精髓,尤其是对白璧德的"新人文主义"的译介与贯彻。新人文主义思想是美国思想家选择了欧洲文化,将其移植到美国并取得成功的典范。这种奇迹般的成功使得留美的中国学生自然地将它作为楷模,希望能把这样的经验应用于中国,使中国尽快强大起来。另外从思想因缘看,新人文主义与中国传统文化渊源颇深,其思想的核心——"内在的

---

① 《陈衡哲致胡适》(1924年4月13日),中国社会科学院的近代史研究所中华民国史组编:《胡适来往书信选》上册,中华书局1979年版,第243页。
② 《任鸿隽致胡适》(1924年4月15日),中国社会科学院的近代史研究所中华民国史组编:《胡适来往书信选》上册,中华书局1979年版,第245页。

限制原则",一部分源于爱默生受到中国文化的启发,佛教和儒家等东方思想中的人文主义元素是白璧德思想的重要资源,其平衡协调、谨守中庸的文化理念与孔子的"中庸之道"以及佛家的"正心即佛"有着明显的传承关系。白璧德在《卢梭与浪漫主义》里谈到了儒家思想,中西会通、彼此参读,真正形成"世界的人文主义"视野。"学衡"诸子引入新人文主义,目的是在文化激变时代确立取舍传统文化与西方文化的标准,寻找适合于中国发展的文化道路。新人文主义通过留美学生梅光迪、陈寅恪、张歆海(鑫海)、吴宓、郭斌龢、汤用彤、楼光来、梁实秋、林语堂等人的接受、传播和阐发,在中国现代文学批评史上产生了深远的影响。

以梅光迪、吴宓、胡先骕为代表的"学衡派"以中西文化兼容并蓄的姿态与新文学运动抗衡。他们用新人文主义的"制衡"立场平视新旧,既不主张全盘西化,亦不赞成中国传统糟粕论。他们理性公允地在新旧文化中搜寻不合理之处,如指出白话文运动以自然科学进化观念为理论依据不恰当,文学革命论者对西方文化源泉的理解、选择与接受并不全面,各民族漫长发展历程中形成的自身特性被忽略,新文学的创作成就不尽如人意等。在文学上,"学衡派"重视文学的永恒价值,忽略文学的时代性。他们激烈地认定"新文学一名词根本不能成立,应在废置之列"[①];进而指出文学的发展只是"文学体裁之增加,实非完全变迁,尤非革命也",所以文学不能"革命"。[②]"学衡派"与文化激进主义者的根本分歧不在于新文化运动是否应该发生,而在于"新文化"应该如何生成。文化激进主义者主张"西化",对文化进行"彻底的""全盘的"全新改造,"学衡派"主张"创新之道,乃在复古欧化之外",要"兼取中西文化文明之精华而熔铸之,贯通之"。[③]"学衡派"提出的

[①] 曹慕管:《论文学无新旧之异》,《学衡》第32期,1924年8月。
[②] 梅光迪:《评提倡新文化者》,《学衡》第1期,1922年1月。
[③] 吴芳吉:《再论吾人眼中之新旧文学观》,孙尚扬编:《国故新知论:学衡派文化论著辑要》,中央广播电视出版社1995年版,第241页。

中西贯通的文化创新理念实际上是以各种文化体系的平等位置为价值预设,而不是把不同文化、文明在一条进化直线上进行优与劣、先进与落后的二元论区分。"学衡派"作为中国现代学术启蒙的一面旗帜,其倡导的学术规范和对传统思想精粹的倡扬,对于中国学术思想的均衡发展、民族文化的弘扬,起到了一定的作用。由于其思想主旨与采用的文言形式,偏离了当时中国社会发展的主题,"学衡派"长期遭到曲解和打击,文学观念影响力较小,没能真正推动中国文学的现代化进程。梁实秋指出白璧德"人文主义的思想,固有其因指陈时弊而不合时宜处,但其精意所在绝非顽固迂阔。可惜这一套思想被《学衡》的文言主张及其特殊色彩所拖累,以至于未能发挥其应有的影响,这是很不幸的"。"学衡派"在抨击新文化运动的同时,并没有很扎实地发掘传统文化中的精神并与当时的文化背景结合从而形成有力的话语声势。"学衡派"的代表人物引入白璧德的人文主义观念,客观上矫正了新文化运动带来的"全盘西化"的倾向,提出了中西并蓄、古今共通的新文化建设方针,因所处时代局限而未能构成较大影响,但他们所提供的文化发展方案,公允地看,仍称得上 20 世纪 20 年代难得的具有明晰学理性的建设性构想。

三、文学理论与批评

在新诗理论体系的重构过程中,这一时期南京诗坛上涌现出陆志韦、卢前、胡梦华等诗歌创作者兼理论家,他们提出了对新诗的不同理解,在诗歌韵律、语言形式及情感抒发方式等方面提出了更具有诗性的规范。

1. 新诗理论的传统补充

在讨论新诗格律化时,研究者常关注的是以闻一多为代表的主要借鉴英美格律后形成的新格律诗的理念与实验,而忽略了对传统长短句的音节改造后形成的诗歌范式。陆志韦是第二条路线的最早践行者,他学贯中西,自幼熟读杜甫等大家的经典诗句,也涉猎了大量的英美诗歌,"我费在西洋诗上的时间反比中国诗多些"①。在此基础上他对现代新诗形式进行了多元尝试：一、"破除了四声做长短句"；二、"用白话填词"；三、以"古诗的格调，试用白话改写"，前两种尝试并没有成功，但第三种尝试初步做到传统诗歌的音乐美与现代诗歌的自由形式的结合；四、"舍平仄而采抑扬"，他认为诗歌的美来自特有的语言节奏，现代诗写作可以不完全沿用传统诗词的平仄韵律，但要"一抑一扬，自成节奏"；五、无韵和有韵，他把诗歌押韵标准划定为大致顺口，"我用节奏尚且要废平仄，押韵当然不主张用四声"，不追求严苛的平仄，"用国语或一种方言为标准，不检韵书"。②这种诗歌形式的探索为新诗自由体式和诗歌音乐美的结合寻求新的出路，也较好地提高了新诗读者的接受度。陆志韦还曾在诗集序言《我的诗的躯壳》和演讲《中国诗五讲》（英文版）中强调对新诗诗体建设的重视，认为当下新诗创作应重视语言美，应多凝练节奏，同时在自己的诗集《渡河》中尝试了改造传统旧诗词的新诗创作方式。

2. 胡梦华《读了汪静之君的〈蕙的风〉以后》

"学衡派"成员善为旧诗文，主张以"新材料入旧格律，合浪漫之感情与古典之艺术"③。所谓"新材料"指的是"西洋传来学术文艺生活器物，及缘此而生之思想感情等"，所谓"旧形式"即"吾国诗中所固有之五七言律绝古体平仄押韵等"④。吴宓、吴芳吉、胡先骕等人都有诗集行世，在"学衡派"对"新文学"的整体批评中关于新诗的审美标准的讨论是其中的重要部分。梅光迪、吴宓、吴芳吉、李思纯、邵祖平等，都曾对新诗提出过尖锐的批评。他们对"诗"的构想与他们设计的文化发展路径相同，与新诗的发生具有相同的历史处境和共同的发展意图。他们认为新诗根本不是诗。"学衡"诸人对"新诗"的质疑早在"学衡派"聚集之前就存在。梅光迪与胡适在美国留学时

---

① 陆志韦：《我的诗的躯壳》，《渡河》，亚东图书馆1927年版，第12页。
② 陆志韦：《我的诗的躯壳》，《渡河》，亚东图书馆1927年版，第20-21页。
③ 吴宓：《论今日文学创造之正法》，《学衡》第15期，1923年3月；亦见于吴宓：《评顾随〈无病词〉〈味辛词〉》，《大公报·文学副刊》第73期，1929年6月3日。
④ 吴宓：《论诗之创作答方玮德君》，《大公报·文学副刊》第210期，1932年1月18日。

期的论争是"白话诗"方案提出的直接策动源。而"学衡"诸人与新文学间的冲突,大多在他们留学美国期间就已经开始。胡适与胡先骕早在美国就相识,在《文学改良刍议》一文中,胡适在谈到"八事"中"务去烂调套语"一项时提到"今试举吾友胡先骕先生一词以证之",认为胡先骕的词"骤观之,觉字字句句皆词也,其实仅一大堆陈套语耳"。胡先骕对此大为不满,在《中国文学改良论》中反唇相讥,指出白话诗不是诗,并对刘半农、沈尹默的诗作大加嘲讽。胡适《尝试集》出版后,胡先骕更是"不惜穷两旬之日力",倾尽全力进行批评。这篇长文《评〈尝试集〉》被认作"是文学革命自林纾而外所遇之又一劲敌"①。全文仿照《文学改良刍议》分成八个部分,"从《尝试集》之性质"到"声调格律""文言白话用典"与"诗"之关系,再到"诗之模仿与创作""古学派与浪漫派之比较",从大处着笔,理论的辨析与文学鉴赏占据了大部分篇幅,把《尝试集》中的具体作品概括为"枯燥无味之教训主义""肤浅之象征主义""肉体之印象主义"。胡先骕在《评〈尝试集〉(续)》中指出:"胡君之诗所代表与胡君论诗之学说所主张者,为绝对自由主义。而所反对者为制裁主义、规律主义。以世界文学之潮流观之,则浪漫主义、卢骚主义之流亚。"并且做出价值论断:"是胡君真正新诗之前锋,亦独创乱者为陈胜、吴广,而享其成者为汉高。此或《尝试集》真正价值之所在欤。"②

白屋诗人吴芳吉也认为"民国之诗,当有民国之风味",提出新的诗歌标准:

> 余所理想之新诗依然中国之人,中国之语,中国之习惯,而处处合乎新时代者。余之取于外人,亦犹取于古人,读古人之诗,非欲返作古人,乃借鉴古人之诗以启发吾诗。读外人之诗,断非谄事外人,乃利用外人之诗以改良吾诗也。

---

① 陈子展:《最近中国三十年之文学》,《中国近代文学之变迁:最近三十年中文学史》,上海古籍出版社2000年版,第293页。
② 胡先骕:《评〈尝试集〉(续)》,《学衡》第2期,1922年2月。

> 余之于诗,欲以中国文章优美之工具,传述中国文化固有之精神,即一身为之起点,应时代以与无穷,不必高谈义理,但注重于躬行。不必虚矜考据,但终期于创作,不必专务词章,但求为人为文之归一致。①

"学衡派"在树立新诗审美标准时重申儒教世界"改头换面"的先秦孔孟的人文主义理想和文学道统。梅光迪坚持认为西方"物质文明固尚矣,其道德文明实有不如我之处"②,他所认为的"将来在吾国文学上开一新局"指复兴孔教和国学。儒家礼教是其推崇的思想资源,"孔子生前数千年之道德经验,悉集成于孔子,而后来数千年之文化,皆赖孔子而开"③。柳诒徵也指出:"盖中国最大之病根,非奉行孔子之教,实在不行孔子之教。"④新旧两派对于诗歌标准的歧见集中体现在关于新诗集《蕙的风》的论争中。《蕙的风》的作者汪静之是安徽绩溪人,胡适的同乡。20 年代就读于浙江第一师范学校⑤,在朱自清等新文化倡导者的影响下,对新诗产生浓厚的兴趣,与应修人、冯雪峰、潘漠华共同组织湖畔诗社。这一阶段他与曹佩声、丁德桢、傅慧珍、符节因分别恋爱,种种爱情纠葛使得他拥有丰富的爱情诗素材。不久情诗集《蕙的风》在上海亚东图书馆出版,胡适、朱自清和刘延陵三人作序,周作人题签,并请鲁迅审读。胡适很是赞颂汪静之:"在解放一方面,比我们做过旧诗的人更彻底得多""我现在看着这些彻底解放的少年诗人,就像一个缠过脚后来放脚的妇人望着那些真正天足的女孩子们跳来跳去,妒在眼里,

---

① 吴芳吉:《白屋吴生诗稿自叙》,《学衡》第 67 期,1929 年 1 月。
② 梅光迪:《致胡适信四十六通》,罗岗、陈春燕编:《梅光迪文录》,辽宁教育出版社 2001 年版,第 124 页。
③ 张其昀:《中国与中道》,《学衡》第 41 期,1925 年 5 月。
④ 柳诒徵:《论中国近世之病源》,《学衡》第 3 期,1922 年 3 月。
⑤ 浙江第一师范学校是民国时期名扬东南的新文化壁垒,1920 年发动"挽经风潮",迫使原校长经亨颐和"四大金刚"(刘大白、夏丏尊、陈望道、李次九)离开学校。学校聘请了朱自清、俞平伯、叶圣陶和刘延陵等人任教。1921 年,"晨光社"在潘漠华的策划下在该校成立。

喜在心头"。① 汪静之称其作诗从内容到形式"有意摆脱旧诗的影响,故意破坏旧诗的传统"。正是这种自觉地与传统诗歌划清界限、摆脱原有诗歌规范、试图开拓新诗歌的情感范畴的努力,使得汪静之在五四以来尚无佳作的新诗领域初试啼声便大受褒扬,出版后迅速加印四次,销量高达两万余册,引起的巨大反响"较之陈独秀对政治上的论文还大"②。

新文学界极力褒扬《蕙的风》所具有的开创意义,然而这些诗歌瑕疵明显,内容粗浅简单,语言过分直白乃至庸俗,诗体不够完善。三位文学巨匠在序言里,不约而同地以一种辩护的姿态,率先提出这个问题,并极力为之周全。胡适的序言一如既往地构建"诗体解放"的历史神话,对可能出现的质疑如诗歌情思过于婉转、长诗太繁琐、短诗太简短等问题进行有时代特征的辩护:

> 成见是人人都不能免的,也许有人觉得静之的情诗有不道德的嫌疑,也许有人觉得一个青年人不应该做这种呻吟宛转的情诗,也许有人嫌他的长诗太繁了,也许有人嫌他的小诗太短了,也许有人不承认这些诗是诗。但是,我们应当承认我们的成见是最容易错误的,道德观念是容易变迁的,诗的体裁是常常改换的,人的情感是有个性的区别的。③

朱自清、刘延陵的序言,则更有现实针对性。朱自清说:"我们现在需要最急切的,自然是血与泪底文学",在承认这一"先务之急"的前提下,他还认为并非"只此一家",从而为"静之以爱与美我为中心的诗,向现在的文坛稍稍辩解了"。④ 刘延陵表述更为直接:"中国几千年来的文学是太不人生的,

---

① 胡适:《〈蕙的风〉序》,《蕙的风》,亚东图书馆1922年版,第1页。
② 沈从文:《论汪静之的〈蕙的风〉》,《文艺月刊》第1卷第4号,1930年12月。
③ 胡适:《〈蕙的风〉序》,《努力周报》第21期,1922年9月。
④ 朱自清:《〈蕙的风〉序》,朱乔森编:《朱自清全集》第11卷,江苏教育出版社1996年版,第122页。

而最近三四年来则有趋于'太人生的'之倾向。对于静之的'赞美自然歌咏爱情',批评者、读者也不应持太多偏见。"①湖畔诗人应修人私下也对周作人说汪静之的有些诗"未免太情了(至于俗了),似乎以删去为宜"②。诗集出版后,当时远在美国求学的闻一多在与梁实秋的通信中指出,即便在新道德标准下,"便是我也要骂他诲淫,我骂他只诲淫而无作诗。……没有诗之有淫,自然是批评家所不许"③,甚至认为"这本诗不是诗,描写恋爱是合法的,只看艺术手腕如何",大骂它"只可以挂在'一师校第二厕所'底墙上给没带草纸的人救急"。④

新文学内部对这部诗集的歧见,仅停留在对于诗歌欣赏习惯与艺术手法的不同认识上。1922年10月24日东南大学西洋文学系的学生胡梦华在《时事新报·学灯》上发表《读了汪静之君的〈蕙的风〉以后》,情形发生了巨变,对《蕙的风》的不同看法从诗歌本身延伸到了新旧文化理念分歧、道德观念更替。文中胡梦华将《蕙的风》中的165首诗分为三类:"轻薄的,纤巧的,性灵的。大概言两性之爱的都流于轻薄,言自然之美的,皆失于纤巧,然二者之中亦有性灵之作。"并指出这部诗集是作者的一部"情场痛史",因"哀痛过甚"而"过于偏激,而流为轻薄"。这种看法与事实相符,汪静之曾指出"《蕙的风》抒写的是'我'与四个恋人之间的患得患失的情事,符竹因(绿漪,录漪)外,其他三个分别是曹诚英(诗中用B代称)、丁德桢(诗中用D代称)和傅慧贞(诗中用H和蕙代称)"。胡梦华认为在爱情的名义下,诗人罔顾爱情应具有的忠诚品质,游走在数位恋人之间,自我辩护为"道德是依时代精神而转移……破坏旧道德的人不是无道德,却是最有道德的人,因为旧道

---

① 刘延陵:《〈蕙的风〉序》,王训昭编:《湖畔诗社评论资料选》,华东师范大学出版社1986年版,第104页。
② 朱自清:《1922年9月21日致周作人信》,楼适夷编:《修人集》,浙江人民出版社1982年版,第267页。
③ 闻一多:《致梁实秋》(1922年11月26日),《闻一多书信选集》,人民文学出版社1986年版,第102页。
④ 闻一多:《致闻家驷》(1923年3月25日),《闻一多书信选集》,人民文学出版社1986年版,第145页。

德已经变成不道德了"①。这种行径与道德无关,是极端个人主义导致的自我膨胀。胡梦华所指出的"盖文学主美,虽不必去提倡道德,做无聊的伦理教训,要于抒写恋爱之中,而勿为反善德的论调,以致破坏人性的天真,引导人走上罪恶之路。故言情必不失情之正。不然,就是丑的文学,堕落的文学。还有一点,更望读者明白:我决不是主张强抑感情的中庸道德家,反对自我的实现,与性灵的流露"②。虽然没有切中肯綮,但也间接地点出文学不能完全藐视社会规范,损伤人性中天真质朴的一面,无论是以爱之名,还是以道德之名,人性总是在它们之上永恒存在的。诗人对自己的浪漫史颇津津乐道,导致"天真烂漫的年轻人们还以为:'文人无行'是常事,是荣耀的事;不然《蕙的风》集子里何以尽载些这样的诗,还有中学教员,新诗的努力者,大学的教授,全国景仰的学者,替他做序呢?辩护呢?"③《蕙的风》没有体现出作者良好的训练和素养,只求量不顾质,让人怀疑作诗只是为了诗人的娱乐,如"我昨夜梦着和你亲嘴,甜蜜不过的嘴呵!醒来却没有你的嘴了;望你把你梦中的那花苞似的嘴寄来吧"。这些诗句有拿肉麻当有趣的嫌疑,胡梦华把这些诗句解读为以肉欲的描写来撩拨青年读者的情绪,甚至可能带来更多不道德的行为,平添许多罪恶,据此评价《蕙的风》"于诗体诗意上没有什么新的贡献"④,可算是公允有依据的。

  胡梦华针对《蕙的风》所做的不算严谨的批评引发了新文学阵营的围攻,1922年10月30日,章洪熙在上海《民国日报》副刊《觉悟》发表《"蕙的风"与道德问题——问胡梦华君》,从艺术与道德关系的角度为《蕙的风》辩护,提出"一切艺术、一切文学,都是不能用道德来批评的"⑤。胡梦华发表《悲哀的青年——答章洪熙君》(载《民国日报·觉悟》,11月3日)进行回应。随后周作人发表《什么是不道德的文学》(载《晨报副刊》,11月1日),

---

① 胡梦华:《重印〈表现的鉴赏〉前言》,非正式出版物,第24页。
② 胡梦华:《读了汪静之君的〈蕙的风〉以后》,《时事新报·学灯》,1922年10月24日。
③ 胡梦华:《读了汪静之君的〈蕙的风〉以后》,《时事新报·学灯》,1922年10月24日。
④ 胡梦华:《读了汪静之君的〈蕙的风〉以后》,《时事新报·学灯》,1922年10月24日。
⑤ 章洪熙:《"蕙的风"与道德问题——问胡梦华君》,《民国日报·觉悟》,1922年10月30日。

只字不提《蕙的风》是否具有诗歌的特质,只质疑胡梦华所说的"不道德的文学"究竟指什么,并从私德上批评胡梦华,称之为"中国的法利赛",将胡梦华扭曲为封建道德卫道士,以绝对肯定的姿态力挺《蕙的风》"可以相信没有'不道德的嫌疑'"①。鲁迅也发表《反对"含泪"的批评家》,因胡梦华对《蕙的风》中诗句进行了道德上的指摘,取笑胡梦华成了"含泪"的批评家:

> 临末,则我对于胡君的"悲哀的青年,我对于他们只有不可思议的眼泪!""我还想多写几句,我对于悲哀的青年底不可思议的泪已盈眶了。"这一类话,实在不明白"其意何居"。批评文艺,万不能以眼泪的多少来定是非。文艺界可以收受创作家的眼泪,而沾了批评家的眼泪却是污点。胡君的眼泪的确洒得非其地,非其时,未免万分可惜了。②

胡梦华随后发表《"读了〈蕙的风〉以后"之辩护》(载《时事新报·学灯》,11月18日至20日),试图将问题拉回到诗歌的审美特性讨论上,指出:"我没有反对吟咏恋爱之作,并且还是喜欢读恋爱诗的。第二,我对于文学与道德乃主调和的,不冲突的;自然不赞成不道德的文学,也不提倡道德的文学。""艺术家最紧要的工夫是要修养自己的情感,极力往高洁纯挚的方面,向卜摸索,向里体验。"并且指出他之所以要批评《蕙的风》,不是因为其取材专在男女恋情,而是因为"写法不道德",并以子之矛攻子之盾,反问"倘若周作人君还承认他从前'人的文学,当以人的道德为本'这句话,在周君眼光里,文学当然也有道德不道德之别"③,巧妙地回答了周作人的提问,还重申了自己对文学与道德关系的认识。于守璐以《答胡梦华君——关于"蕙的风"的批评》(载《时事新报·学灯》,12月29日)反击。论争逐渐偏离了对诗歌本体的认识,延续了20年代新旧文学的矛盾。在论辩的过程中,胡梦

---

① 周作人:《什么是不道德的文学》,《晨报副刊》,1922年11月1日。
② 鲁迅:《反对"含泪"的批评家》,《晨报副刊》,1922年11月17日。
③ 胡梦华:《"读了〈蕙的风〉以后"之辩护》,《时事新报·学灯》,1922年11月18日至20日。

华始终孤军作战,"学衡派"根据地东南大学师生并未参与,胡梦华代表的只是个人对于诗歌审美观、应担负的道德规范和诗人的写作技巧的看法,并没有得到东南大学师长如吴宓、梅光迪等人的授意或支持,也从未打算以此作为攻击新文学的依据。

这场论争是新旧文学的一次正面交锋,除了对文学作品与道德的关系进行讨论外,还涉及白话诗能否具备"诗美"的问题。汪静之标榜的"真情流露自然诗,/不琢不雕本色诗。/无束无拘随意写,/推翻礼教臭藩篱"并不是诗美所应该达到的境界,反倒像高呼口号的顺口溜。推翻礼教,真情入诗,当然是一种良好的愿望,但将肉麻撒娇和自我吹捧当作新文化的象征,这是白话诗走入的误区,也是新文学发展路径中颇有反讽意味的阶段。

3. 卢冀野与新诗理论

卢前作为曲学大师吴梅的得意门生,曲学方面的成就自不待说,他在新诗创作及新诗理论上也颇有创见。在《春雨》诗集出版后,因其文风新旧杂糅,就有人质疑这种诗歌的归类,认为这不是纯粹的新诗,又和旧体诗差别很大,为此卢前总结了新旧诗歌的界限分野:

> 予有说也:溯逊满晚季,新文学盛称一时。所谓新文学者,以旧格律传新精神。如南社马君武辈,新会梁任公,其文传诵至今。洎乎胡适海外归来,复以新文学相号召。彼之新文学,初止于用白话而已。其后和者议纷,破除陈骸无遗(彼等称旧律为骸骨),于是口所道,心所思,无论为情绪之表现,理知之寄托,悉名之诗,"啊,罢,啦,呀",语尾辞遍纸上,比来报章犹可见及。①

他打破了新文学革命提出的诗歌观念:采用白话文,完全摒弃旧体文学的用典、用韵习惯,将传统诗歌中的意境和韵律彻底摧毁。他强调诗歌的最

---

① 卢前:《春雨·诗序》,《卢前诗词曲选》,中华书局2006年版,第7页。

终目的是以美来感化读者,"以旧格律传新精神"才能达到新旧精粹结合、传统文化复活于新文学形式的目的。在他看来,文学不应武断地分为新旧两个阵营,两者的结合往往更容易创作出艺术精品。

卢前提出了新的诗歌观念,认为不必拘泥于形式,"文学无新旧也,有新旧也。无新旧,以其不失文艺之本质;有新旧,以时代之影响无常,文士之思想迁变"。只要不失"诗"的本质,达到描景叙事、表情传意的作用,具有鲜明的艺术特色,就应算作好诗,"今予所为,不合于旧诗词曲之格,只求赏心悦目;别存之,号曰新体。……予之新体,诚近于旧诗词曲矣,然非旧诗词曲也!"[①]他明知自己的作品无法明确归类,也不愿改弦易辙,将自己划入某一阵营,在他看来,文学作品的社会价值和审美价值均在于传达思想、抒发情感,达到这种艺术效果的诗歌无论形式新旧,都值得发表传播。他的这种诗歌观在当时未能得到文学界认可,时至今日,在他的作品沉寂近五十年、再度成为研究热点时,研究者才认识到卢前诗歌观念的超前性,他通透的人生观在其中展露无遗。

第二节 小 说

民国时期南京文学中,小说所占的比重较大,大量校园刊物刊载了短篇小说创作,一些较为成熟的长篇小说也在此一时期出版,如倪贻德[②]的自叙传小说多以南京的生活经历为原型加以渲染、结构。他的美术专业背景使得其小说创作带有强烈的画面感,并深受五四时期创造社文风的影响,小说多以青年知识分子的情绪波动和心理变迁为主题,对冷峻的社会现实也进行了批判。匡亚明的小说《血祭》则以大革命时期青年知识分子的命运为主题,作品中充满革命热情。

陈衡哲是一位敢为风气之先的女性,她是现代中国留学生中的第一位

---

① 卢前:《春雨·诗序》,《卢前诗词曲选》,中华书局 2006 年版,第 8 页。
② 倪贻德(1901—1970),男,笔名尼特,浙江杭州人。

女性,中国第一个选择西洋史专业的留学生,也是中国第一个女博士。在新文学史上她是中国第一位白话文女作家,新文学史上第一个童话写作者。1914年陈衡哲赴美留学,次年在《留美学生季报》上发表文学作品,1917年她以"莎菲"的笔名发表了白话文小说《一日》,以零散笔墨对美国女留学生一天的生活进行描述。1928年胡适为陈衡哲的第一部小说集《小雨点》写序时指出《一日》是新文学运动初期最早的白话作品。夏志清也认为这是"最早一篇现代白话小说",虽然思想深度及结构上与鲁迅的《狂人日记》无法媲美,但发表时间上要早一年。1918年陈衡哲在《新青年》上发表白话小说《老夫妻》,这是继《狂人日记》之后的第二篇白话小说。1920年陈衡哲受聘于北京大学时,在《新青年》上先后发表《小雨点》《波儿》,以儿童视角创作童话故事,颇具童趣。1924年陈衡哲受聘于东南大学历史系,其间创作过小说《运河与扬子江》,发表于《东方杂志》第21卷13号。同年陈衡哲还发表了短篇小说《洛衣思的问题》,发表于《小说月报》15卷10号。1926年她创作发表了小说《一支扣针的故事》。这些小说在1928年由新月出版社结集出版,书名为《小雨点》。这本书中收入的十篇作品写出了五四初期的青年知识分子不满于现实而积极奋斗、寻求出路的态度和旺盛的生命力。

倪贻德是创造社中期的主要成员,曾出版小说集《玄武湖之秋》《东海之滨》《百合花》等。他的小说常以青年知识分子自叙传的手法描述自己悲惨的身世或追忆已经逝去的爱情,文字感伤而不颓废。1923年9月,他在南京美术学校任教时创作了《玄武湖之秋》小说集中的大部分作品,同名小说有浓厚的自叙色彩,围绕男性教师与女学生之间的暧昧情愫进行描述,通篇洋溢着自恋自伤的感情。作者为避免读者将人物、情节对号入座,特意在小说前言中声明:"但像我这样一个一无可取的世界上所无用的人,试问那一个女子肯和我发生恋爱,我又何从而能失恋呢?所以我这里面所描写的,与其说它是写实,倒还不如说它是由我神经过敏而空想出来的好;与其说它是作者自身的经验,倒还不如说它是为着作者不能达到幸福的希望因而想像出来以安慰自己的好。"①但这番声明并未奏效,师生恋的故事发表后引起了社会上的负面评价,直接导致倪贻德失去教职离开南京。其小说集《玄武湖之秋》被列入创造社丛书第九种,由泰东书局1924年4月初版。全书收入十篇小说:《江边》《花影》《怅惘》《下弦月》《穷途》《寒士》《玄武湖之秋》《归乡》《黄昏》《秦淮暮雨》。倪贻德小说中频繁提到求生谋职的压力以及因大大小小的挫折而产生的对人生意义的怀疑,如《江边》中提到两位同学N和谷尼在社会中谋生,谷尼欲推荐N去镇江某校就职,二人抵达后却发现该校无力维持,只得失望而归。文中写道:"我们也正如无归宿的迷鸟,彷徨在灰色的黄昏中,飞到那边,那边暂时栖一栖也好;飞到这边,这边暂时息一息也好;人生何尝不是如此呢?长途奔走,碌碌风尘,究竟找到了什么呢?"②《穷途》中主人公原为私塾先生,不幸私塾失火,他失业后拜托同乡介绍美术学校里书记员的职务。此后有人劝他重操旧业,他却因宴席间失礼而错失机会。在学校里也因无心得罪校长而被免职,最终跳水自尽。《寒士》(创作于1923年10月1日,南京)中以自叙体描述了自己从上海到南京学校任职的过程。"我"由于经济困顿,连车费和定居费用都筹措不出,于是只能冒昧去向发表过自己几篇作品的创造社借款,社团同人慨然应诺,并准备酒菜为其饯行,助"我"顺利登上前往南京的列车,一路车行,路过无锡时引发了"我"对原来的女同学的回忆,过镇江时景致的变化又引发了"我"的身世之感。等车到下关车站时,"我"紧张得忘记了学校地址,恍惚着做了个噩梦,幸而遇到来车站接"我"的V君才算平安抵达。小说中提到对南京的第一印象是城市非常老旧阔大,似乎永远难以到达目的地。费了一番周折抵达学校后,旧派作风的校长、寂寥阔大的房间使得"我"做了个悲伤的梦。这噩梦给青年人心中抹上了无尽的哀伤,预示了未来的风波。

为迎合当时读者的需求,倪贻德的大部分小说以青年男女的爱情或暧昧情愫为主题,《花影》中描述了表兄妹三哥和蕙妹幼年时期耳鬓厮磨,共同

---

① 倪贻德:《致读者诸君》,《玄武湖之秋》,泰东图书局1924年版,第2页。
② 倪贻德:《江边》,《玄武湖之秋》,泰东图书局1924年版,第5页。

成长的美好情感,长大后因变故有情人被强行拆散,表妹被逼与他人订婚,文风缠绵哀婉。《怅惘》中写洋车夫的妻子 S 姑娘与学文学的 T 先生之间的暧昧情愫以及这段情感不了了之的结局。S 姑娘不满丈夫粗暴,出外做模特谋生,T 先生愿意义务教她认字,教学过程中两人暗生情愫,一段佳话却因 S 姑娘的丈夫发现后将妻子囚禁起来而告终。小说中对 S 姑娘身不由己的命运并未着墨过多,通篇在强调 T 先生的无病呻吟:"可怜我这小半部败破的生命史中,又无端添上了这一段难忘的创伤了!"《下弦月》中则用剧中剧的手法将《怅惘》里描述的故事复述了一遍。小说中主人公因生活困窘、缺少浪漫恋爱而自怨自艾,他创作了半部剧本,剧中文学青年 T 先生因与有丈夫的女模特发生恋情而受到众人的鄙夷。剧作家借剧中人物来抒发自己的不平怨愤和对爱情的朦胧的向往。

《玄武湖之秋》(1923 年 12 月 2 日于白鹭洲)是倪贻德的代表作。它的副题为"一个画家的日记",讲述了"我正当年轻的时候,同了三个美貌的女学生,在那玄武湖上,如何相亲相爱,后来分别之后,又如何的思慕她们的一段想象"。小说写青年教师"我"与班上三个美貌女学生 T、S、F 一起游湖,着重描写阴雨中玄武湖的残荷疏柳如水墨画一般的景致,烘托出凄苦悲哀的感情基调。秋风带走了时代的生机和作者的活力。在衰颓的湖面上,"我"撑着一条小船,巧遇三位女学生,"我"携她们一同登上 C 寺观赏秋景中的空阔寂寥之美。随后在寂静的玄武湖上消磨时光,共度了一个安静的下午。归来的途中遇雨,于是互相扶携,"我"为三位女生扛着画具,心想:"我今朝做了她们的先生而兼仆役了。啊啊,我情愿永远做她们的驯仆!我情愿永远做她们的忠臣!"他们没料到正常的师生交往,在流言蜚语里变形,遭遇污蔑却百口莫辩的"我"越来越沉湎于自伤的情绪无法振作,"境遇的困苦,生世的孤零,社会的仇视,便把我这美好的青春时代,完全沦落在愁云惨雾里面不能自振"。[①] 无邪的师生情感遭到众人的讥讽和学校官僚的强行

[①] 倪贻德:《玄武湖之秋》,《玄武湖之秋》,泰东图书局 1924 年版,第 117 - 130 页。

干预。毫无抵抗之力的"我"想脱离这个沉闷的环境,却苦于找不到新的饭碗,消沉抑郁到无法控制情绪。作者借书写青年人迷茫无力的情感,抨击封建的黑暗压抑的社会。

《玄武湖之秋》发表后,师生恋主题引起社会上诸多非议,倪贻德因此丢掉教职、离开南京,在自叙体小说《秦淮暮雨》中他描述了这段遭遇的前因后果:小说发表后,许多道貌岸然的卫道士当面或写信指责他,"他们有的说我没有真实的感情,没有纯洁的恋爱,以女子为儿戏,有污辱了女性的人格;有的说我没有修养和沉静的工夫,太是赤裸裸的描写,使人看了心神不安,有失了美的价值,有的说我只有肉的爱而没有灵的爱,是礼教的教徒,色情的狂奴……"①学校借口这篇小说引起极大的社会公愤,辞退了他。他极为悲愤不平,仅仅为了安慰自己寂寞的生活在小说中构想了一段虚幻的情感故事,就导致自己被人嘲笑辱骂,失去了生存的根基,"从此白鹭洲前,乌衣巷口,又不能容我的低徊踯躅了!车过桃叶渡头,我看见两岸的楼台水榭,酒旗垂杨,以及秦淮河中停泊着的游艇画舫,笼罩在烟雨之中的那种情调,又想起半年来在外作客,被人嘲笑,被人辱骂,甚至被人视为洪水猛兽而遭驱逐的那种委曲,我的眼泪竟禁不住一颗一颗的流了出来"②。这不仅是作者因文罹祸的个人遭遇,也是那一时代青年知识分子备受压抑的命运写照。

倪贻德的小说除了关注社会、聚焦个人情感的主题外,也有将二者结合起来、批判现实的作品。《归乡》(1923 年 12 月 28 日,南京秦淮)是倪贻德比较独特的现实主义题材小说,作品中描写了一对表兄妹 N 君与蕙的错位的情感,他们俩自幼一起成长,相处融洽,本以为能结为夫妻,不料命运弄人,长大后的蕙被家人另许豪门,N 君心灰意冷后远走他乡,痛悔一片真心赋予薄情人,理智上他"觉得这种意志薄弱,情感淡漠的女子,没有再依恋和追慕的价值",可是情感不由自主地让他感怀过去的温暖,并将爱人背信弃义的原因归结到旧式家族的父母之命,因此说服自己应该遵守儿时的诺言,

---

① 倪贻德:《秦淮暮雨·寒冬》,《玄武湖之秋》,泰东图书局 1924 年版,第 186 页。
② 倪贻德:《秦淮暮雨·白鹭洲》,《玄武湖之秋》,泰东图书局 1924 年版,第 168 页。

即便两人已无缘携手,也应该返乡去看望嫁入豪门的她。然而,返乡之后的打击接踵而来。N偶遇旧日友人,得悉蕙现在俨然是豪门贵妇人,"穿的是锦绣丝罗,戴的是金银珠宝,乘的是光亮的车儿,每晚总是偕着她年青的丈夫,出入于戏院酒楼之间;她的容貌是比从前更加丰美了!她的风姿是比从前更加出众了",因容貌秀美、生育有功,蕙在婆家深得丈夫、公婆喜爱。N君前来拜访时,震惊于蕙婆家陈设华贵的厅堂,束手束脚不敢自主,之后因衣着简朴被斥为"穷鬼"赶出大门,未能与表妹相见。一对过去的有情人在不同的命运驱使下渐行渐远,N只得伤心欲绝地来到西湖边,在雷峰塔上远看落日晚霞,倒在"一片空洞的黑暗,只远远地恍惚有一种古寺钟声嗡然的余音在他的耳边低低地隐灭下去"①。作者文笔优美,景色描写细致,摆脱了传统小说才子佳人历经波折、终成眷属的套路,用现实主义笔法展示出人生遭际不同带来的巨大的阶层鸿沟,展现出对落拓不羁的知识分子的同情和感怀。

第三节 诗 歌

民国初期的南京虽然没能如北平、上海那样汇集了大量的新文学作家,但在新文学创作上形式多样,尤其在白话诗歌创作上继承了古典诗歌韵律等形式上的美感,极大地保存了诗歌应具有的诗性。南京教育的发展,使得大量新文学阵营中的作家曾经在南京执教或工作,以南京自然风光或社会面貌为主题进行诗歌创作。在新教育的推行过程中,南京也培育出大量的新诗作家,他们的诗歌理念中正平和,试图在自己的诗作中将传统诗歌的韵律节奏与现代诗歌的表意抒情结合起来,打破新旧文学的壁垒,强调诗意和诗性的张扬,形成新的诗歌范式。

其中新文学领袖胡适②与南京之间的关系密切,1920年曾于南京高等

---

① 倪贻德:《归乡》,《玄武湖之秋》,泰东图书局1924年版,第157页。
② 胡适(1891—1962),男,原名嗣穈,行名洪骍,字希疆,后改名适,安徽绩溪人。

师范学校暑期学校讲学,1922—1924年胡适的好友任鸿隽任东南大学副校长时,胡适曾多次到南京访友赴会,留下大量白话自由体诗作,如《我们三个朋友》《许怡荪》《湖上》《外交》等,收入《尝试集》第三编。胡适在南京的诗作多以友情的赞颂为主题,如《许怡荪》作于1920年7月。"七月五日,我与子高过中正街,这是死友许怡荪的住处。傍晚与诸位朋友游秦淮河,船遇金陵春,回想去年与怡荪在此吃夜饭,子高、肇南都在座,我们开窗望见秦淮河,那是我第一次见此河;今天第二次见秦淮,怡荪死已一年多了!夜十时我回寓再过中正街,凄然堕泪。人生能得几个好朋友?况怡荪益我最厚,爱我最深,期望我最笃!我到此四日,竟不忍过中正街,今日无意中两次过此,追想去年一月之夜话,那可再得?归寓后作此诗,以写吾哀。"①诗歌中文字浅白,直抒胸臆,诗中不断追忆好友勉励安慰自己的情景,缅怀自己逝去的友人,基调感伤。《我们三个朋友》则是赠给任叔永和陈衡哲夫妇的诗歌,三人曾同是留美学生,对文学的看法接近,回国后过从甚密,在诗歌中胡适一边歌咏南京风物,一边感怀友情弥足珍贵:"月半圆了,/照着一湖荷叶;/照着钟山,/照着台城,照着高楼清绝。"②在时光流转之际,历经磨砺的友谊长存于心间。胡适部分诗作也包含针砭时事的主题,如《外交》里以白描的手法描述了深夜泥水匠修补鼓楼的红墙的场景,第二段则讽刺道:"我们很感谢美国的议员团,/你们这一次来游,/使霉烂的南京也添上一些儿新气象!"③揭示了深夜赶工的原因是为了国际形象而粉饰腐败霉烂的墙壁,而不是为了市容市貌的美化,国民政府的腐败借此昭然若揭。胡适在南京创作或以南京为背景创作的诗歌作品文风浅直,近于断句的散文,缺乏传统诗歌的意境和韵律美,如《湖上》:"水上一个萤火,/水里一个萤火,/平排着,/轻轻地,/打我们的船边飞过。/他们俩儿越飞越近,/渐渐地并作了一个。"④叙

---

① 胡适:《许怡荪》,《尝试集》,亚东图书馆1922年版,第75页。
② 胡适:《我们三个朋友》,《尝试集》,亚东图书馆1922年版,第81页。
③ 胡适:《外交》,刘东主编:《近代名人文库精萃·胡适》,太白文艺出版社2012年版,第70页。
④ 胡适:《湖上》,《尝试集》,亚东图书馆1922年版,第84页。

述了诗人泛舟湖上,看到玄武湖边萤火虫纷飞的情景,彻底打破了古诗中用典用韵的特征。

一、白话新诗

辛亥革命后,南京文坛上涌现出以胡小石、宗白华以及高二适①等为代表的白话诗人,然而也遮蔽了部分出色但却被忽略的诗人,陆志韦②便是其中一位,他不以诗歌创作为主业,无党无派,文学创作只是他个人的爱好,所有的诗歌作品均是其个人审美品位的体现,而并非社会流行思想风潮或政治理念的宣传工具。1923年陆志韦出版诗集《渡河》,收录诗歌90首,内容广泛。他在《自序》中强调诗歌创作带有"业余"心态,形式自由、题材广泛。"我的做诗,不是职业,乃是极自由的工作。非但古人不能压制我,时人也不能威吓我。"陆志韦的新诗没有明显的思想倾向,也不受文坛"将令",完全发自于内心,具有独立的诗歌立场和多元的诗歌形式,"我对于种种不同的主义,可一概置之不问。浪漫也好,写实也好""我绝不敢用我的诗作宣传任何主义或非任何主义的工具……我作诗只是为己,不愿为人"。③ 这种不党不群的诗歌创作态度使陆志韦的作品成为现代新诗史中独具特色的部分。

陆志韦的新诗价值不仅体现在他自由的诗歌态度上,还体现在他对新诗形式的观念中。新诗运动最基本的理念是把旧诗的形式格律看作束缚思想内容自由表达的"枷锁镣铐",而把"作诗如作文"的白话自由诗看作诗歌发展进化的必然。当五四新文化运动的先驱纷纷投靠西方文化阵营、摒弃传统诗歌形式韵律时,陆志韦这位从美国留学归来并多年从事西方心理学的博士,却对中国传统诗词情有独钟,他强调中西文化结合才能产生意境优美、形式完整的新诗。他在《我的诗的躯壳》里提出新诗的形式格律可以走一条向中国传统词的格式借鉴的发展之路。他认为:词这种长短句式,比律

---

① 高二适(1903—1977),男,原名锡璜,江苏东台人。
② 陆志韦(1894—1979),男,原名陆保绮,浙江湖州人。
③ 陆志韦:《自序》,《渡河》,亚东图书馆1923年版,第5页。

诗要灵活,我们熟知的词牌就有数十种。"我以为中国的长短句是古今中外最能表情的做诗的利器。有词曲之长,而没有词曲之短。有自由诗的宽雅,而没有他的放荡。再能破了四声,不管清浊平仄,在自由人的手里必定有神妙的施展。"①陆志韦的诗歌理论不断发展完善,1934年在芝加哥大学国际会议厅做过多场以中国诗歌为主题的演讲,包括文人的诗与格律、古代和现代的民歌、诗的艺术技巧等。陆志韦的诗"十之八九是有韵的诗""可以随语句的意义,一抑一扬,自成节奏",②不断进行新体式的尝试,而不是古诗中严守平仄的韵律。在四声、清浊、平仄不太严格的情况下,长短句不失为一种可以兼顾音义的方法。这种做法能够帮助结构松散的白话诗尽可能接近旧诗那种音义两全的效果。如陆志韦的《渡河》里的《人口问题》就采用了长短句的形式,以自由的韵律、基本白话的语体,来展现战乱中的人性:

> 女娃娃,今年不要钱。
> 领了张家的,
> 伴我们的宝贝过新年。
> 生儿十六不做亲,
> 黄泉路上冷清洁。
> 算起来三十五抱孙不算早
> 也不枉做了一世的难民。
> 所以好古先生们,
> 伦常道德都要旧。
> 七出之条有"不育",
> 第一大罪是"无后"。
> 岂不知尧舜以孝道治天下
> 又何必用几何级数量人口。

---

① 陆志韦:《我的诗的躯壳》,《渡河》,亚东图书馆1923年版,第19页。
② 陆志韦:《自序》,《渡河》,亚东图书馆1923年版,第1页。

这首诗部分地平衡了诗歌音节韵律与思想意义之间的关系，但是语言形式仍然带有旧体诗词的腔调，这可能是受限于陆志韦幼年所受的国学教育，旧体诗词对他的影响至深，因此在进行白话诗的创作时仍旧试图用长短句句式来规范自由诗，虽然在结构上是宽松的，但旧诗词系统里的四声、清浊、平仄这些质素在他的诗歌作品中仍是主要的约束。诗人在文雅与通俗、白话与文言之间不断跳荡，导致采用长短句模式的句子体现出旧体诗词的面貌，用白话语气的句子则近似打油诗，这使得整首诗风格并不完全一致，艺术上也不够圆融，类似民间的"打油诗"或者不通旧词章法的人作的"蹩脚"的词。但是他的这种诗歌主张给当时"全盘西化"的诗坛提出了另一条更接近读者阅读观念的发展道路，为保留中国诗歌的诗性做出了努力。

《渡河》这部诗集出版后毁誉参半，1923 年 12 月 8 日，周灵均在北京星星文学社《文学周刊》（第 17 号）上发表《删诗》一文，将陆志韦《渡河》、胡适《尝试集》、郭沫若《女神》、俞平伯《冬夜》、康白情《草儿》、徐玉诺《将来之花缘》、汪静之《蕙的风》和朱自清、周作人、徐玉诺、郭绍虞、叶绍钧、刘延陵、郑振铎合集《雪朝》八部新诗相提并论，全用"不佳""不是诗""未成熟的作品"等言语予以全盘否定。相对公允的评价直到 1935 年才出现，朱自清编选《中国新文学大系·诗集》时选入了陆的七首诗，并在导言中提到"第一个有意实验种种体制，想创新格律的，是陆志韦氏""他的诗也别有一种清淡风味，但也许是时候不好吧，却被人忽略过去"。[①] 四十年代初，朱自清在《诗的形式》一文中说《渡河》"试验了许多外国诗体，有相当的成功"[②]，1947 年朱自清又说："陆先生是最早的系统的试验白话诗的音节的诗人。"[③]朱自清再三的肯定可以证明陆志韦的诗在诗歌形式、音律上具有开创意义，是 20 年代南京新诗创作的重要组成部分。

[①] 朱自清：《〈中国新文学大系·诗集〉导言》，蔡元培等：《〈中国新文学大系〉导言集》，贵州教育出版社 2014 年版，第 206 页。
[②] 朱自清：《新诗杂话》，《朱自清全集》第 2 卷，江苏教育出版社 1996 年版，第 396 页。
[③] 朱自清：《新诗杂话》，《朱自清全集》第 2 卷，江苏教育出版社 1996 年版，第 396 页。

与陆志韦同期出现的东南大学新诗诗人卢前①虽然在诗歌形式上没有太大的贡献，但在诗歌创作实践中却体现出与陆志韦不谋而合的诗歌观念。卢前出身书香门第，1922年因数学成绩不合格以"特别生"名义被东南大学破格录取，从吴梅先生治曲，被誉为"江南才子"，成为吴门中继任中敏之后的又一位近代散曲学大家，同时也是一位著述丰富的诗人、剧作家、戏剧评论家，一生致力于新旧文学创作、传统典籍整理和对传统文学的现代转化，在新旧文学的创作实绩和研究水准上都是现代文学中极富价值和别具特色的一部分。早期曾出版新诗集《春雨》（南京书店，1926）、《绿帘》（上海开明书店，1934）等。1937年抗战全面爆发后，卢前积极参与政治活动，自1938年6月开始连任国民参政会四届参议员，出版《民族诗歌论集》（重庆国民图书出版社，1940）等。抗战结束后，曾任南京市文献委员会主任、南京通志馆馆长，主持历史地理类刊物《南京文献》的编辑出版，出版文化散文杂记《丁乙间四记》（南京读者之友社，1946）、《东山琐缀》（江宁文献委员会，1948）。新中国成立后致力于文学创作，在上海的《大报》《亦报》上开设专栏，连载长篇小说。

　　从卢前的创作来看，他是介于新旧文学之间的独特个体。在20年代文化守成主义风潮弥漫的东南大学，卢前深受具有旧文人气质的曲学大师吴梅的影响，被称为"国中治曲之第一人"，其创作题材取自生活琐事，文采飞扬。受五四以来的新文学思潮影响，卢前的旧体文学创作往往运用现代理论或现代手法进行改装，以词曲文献校勘为基础，加入个人生活感悟，形成了辞藻富丽、诙谐得体的文风。卢前文学成就的特别之处集中体现在新诗创作中。年轻时他出版了两部新诗集《春雨》和《绿帘》。他自称："我之从事新体诗的制作，始于一九一九年。"这种创作凝结了新旧两种文学的特色，既是受当时风起云涌的新文学运动的影响，"自胡适之先生的文学革命说高唱入云，风景云从，颇极一时之盛。我也于花晨月夕，不自禁的就随便的涂抹

---

① 卢前（1905—1951），男，原名正绅，后改名为前，字冀野，江苏南京人。

起来"①,不追求韵脚平贴,使用俗字俗语和新式断句方法;又不脱旧体词曲的痕迹,字句、典故的运用非常娴熟,重情致、营意境的手法与传统诗词毫无二致,"其音节谐和有含着无限宛转情深之感"②。卢前的新诗展现出新旧兼容、进步与保守杂糅并存的复杂状况,略有沿袭前人、不具独特眼界的弊病。如《秦淮河畔》中所云:

> 这滚滚去的明波,/活生生困住我。/心随潮起落!
> 一样潮汐逐江流,/水油油,心悠悠,/心上人知不?

起首"这滚滚去的明波"让人看来明晓易懂,既有新诗的通俗特质,又类似《红楼梦》中"一夜北风紧"的功用:拓宽视野,给下文留出无限想象空间和发挥余地。下一句"活生生"则展现出作者对词曲的熟悉,信手拈来的都是元曲中的下里巴人常用语,自然风致跃然纸上。到下阕"水油油,心悠悠"则完全是词曲的写法,但接着是"心上人知不?",这里的"不"即"否",韵脚非常工整,带有秦淮河岸民间"风"的佻脱泼辣,又包含新体诗中恋爱自由、情感解放的主题,言语坦白,感情炽热。整首诗除了字句形式上具有新旧两种特征外,在表达意趣上也是新旧兼顾的。没有旧式文人的优雅,也没有俗到粗鄙,含意与民歌或新体情诗接近,借景起兴,显示出未经世事的少年创作题材上的偏狭。《本事》也是卢前的一首情诗,读来更清新自然,有少年本色。没有借鉴旧诗的格式句法,不同于传统情诗中的温婉含蓄,也没有新体情诗中的肆意张扬,用平淡简朴的语调简洁地描摹出一幅青梅竹马在明媚春光中安闲相对的静态图,唤起读者对青春岁月里初恋的青涩纯洁记忆:不掺杂任何利益、欲望。诗中传达出的纯净的少年情怀,"清灵浪漫"③,让人非常沉醉,久久回味。

---

① 卢前:《春雨·后记》,《春雨》,开明书店1937年版。
② 李清悚:《读〈春雨〉》,《卢前诗词曲选》,中华书局2006年版,第40页。
③ 胡梦华:《读〈春雨〉》,《卢前诗词曲选》,中华书局2006年版,第40页。

记得那时你我年纪都小,/我爱谈天你爱笑。/有一回并肩坐在桃花下,/风在林梢鸟在叫。/我们不知怎么样困觉了,/梦里花儿落多少?①

在《寒食节放歌》中,卢前感染了南社诗人所特有的民族主义激情,刻意模仿他们的口吻,用"狂奴""新中华"之类的词极力渲染热爱祖国而有心无力的困境,句式借鉴了唐诗中的自由体式,音节铿锵,很有鼓舞人心的力量。

君不见雨花台上年少狂奴,/踏青去,拍手高呼:"多少年来! 多少囚徒! /血花溅处,只墓草青青无数。/从今为新中华开辟光明路,/发愿:入地狱,舍身地狱!"/呼不尽中心情热! 荡不净人们污浊! /哦,狂奴! 日暮穷途,山头独哭!

卢前新诗中带有旧体色彩,在《招舟子过桃叶渡》《所见(蒋山中)》等诗中表现得非常明显,展露了作者深厚的古典文学功底和传统文人的审美意趣。桃叶渡和蒋山(钟山的别称)都是具有历史文化记忆的地方,桃叶渡已经消失,"于今只剩得斜阳老树!"当年王献之的爱妾桃叶早已香消玉殒,留给后人追怀的只有略带温情的地名。而钟山里"空山寂寂",风中斜阳下,诗人看到的是"点点鸦栖",似动还静,略带伤感而静谧的情怀弥漫其中。卢前的新诗集《绿帘》古典色彩更为浓重,通过这种新旧杂糅的创作方式,卢前试图探索"究竟新体能替代了旧体没有? 新体诗已达了成熟期没有? 像这样是不是一条可通的路?"。由于作者的兴趣更接近于旧体诗歌,对新诗的评

---

① 这首诗影响深远,1942 年卢前在《南行剩句》后记中提到"返沙舟中,闻诸少年歌所谓《本事》曲,余十七八时作,黄自教授为制谱者"。相隔近二十年,这首诗仍在青年中广为传唱。70 年代台湾女作家三毛在散文《梦里花落知多少》中用这首诗收尾,琼瑶在《船》中让女主角唐欣演唱这首诗,使其更为人知晓。参见朱禧:《卢冀野评传》,江苏古籍出版社 1994 年版,第 91 页。

价不高,希望进行"旧坛盛新醴"①的创作,尽快完成新诗格律化,因此这部诗集更有旧体词曲的意味。如《绿帘无语望黄花》,三次用"绿帘卷不尽的西风"开篇,但"黄花"却不是"当日的风光""苗条"和"馨芬"了,不能尽如人意的变迁带来无尽的凄凉哀伤。最后一节非常突出地展示了作者化用词曲的功力:

> 可怜捧着一颗脆弱的心儿,/悯悯地送了珍惜的青春。
> 恍惚才低吟着蓝田日暖,/没来由早已是泪雨纷纷;
> 漫说道什么如烟如梦,/怎样把往事从头问?
> 恍惚又听得了高山流水,/无端重提起新仇旧恨;
> 难道是苍天生了我,/消受一刹那温存都没有份!

诗人灵活化用了典故"蓝田日暖""高山流水"等,这个阶段卢前专注于传统词曲研究,在诗中情不自禁地带入了曲的表达形式,"没来由""无端"等曲子中常用的串词让整首诗带有浓厚的古典意味。《蛾眉曲》中的"镇日价愁思不定",类似《牡丹亭》里杜丽娘整日情思昏昏。在《帘底月》中直接引用《牡丹亭》中名句"良辰美景奈何天"。又多用典故,如"前度刘郎"(《蛾眉曲》)借用了"前度刘郎今又来"(刘禹锡《再游玄都观》)等,"爱惜春光,莫待花儿老"(《花鸟吟》)意境化自"花堪折时直须折"(杜秋娘《金缕衣》)。从题目到情节,这些诗都展现了古典浪漫主义情怀。《绿帘》诗集中的新诗虽与旧体词曲形式上有所区别,但本质上传达出的仍旧是传统文人的审美指向。在这两部新诗集之后,卢前自称几乎与新诗"绝缘"②,主要致力于散曲的研究、旧体诗词曲赋的创作。

从卢前留下的众多新诗创作来看,他是难得的自觉融合新旧文学特征

---

① 卢前:《绿帘·自序》,《卢前诗词曲选》,中华书局2006年版,第46页。
② 卢前:《绿帘·自序》,《卢前诗词曲选》,中华书局2006年版,第46页。

的作家,打破了新旧界限,让诗歌创作回归于本质,既是南京深厚的传统文学底蕴的继承者与发扬者,也是东南大学新诗阵营中的重要创作者和研究者。

二、旧体诗歌

民国初年南京文坛上传统文学创作数量极多,质量高下不等,其中丘逢甲、南社成员、潜社成员的诗词创作最为突出。南京文坛上的旧体文学创作具有深厚的文化积淀和较丰富的媒体传播资源,除了通过传统文人结社、自费结集出版外,还在大量刊物上开辟了诗词专栏,促进诗词传统的传承。南京各所高校如金陵大学、东南大学延聘国学名师,在课程设置中有意识地偏重传统文化,并以师生唱和的形式进行定期创作,其中不乏佳作。这些作品多以同人诗集的形式结集出版,虽影响有限,却为南京文坛的丰富性做出了贡献。

丘逢甲[①]是晚清时期的著名诗人,他的诗文尤其是绝句和七律得到时人的高度评价,梁启超将其誉为"诗界革命巨子",文学史家钱仲联曾评其《岭云海日楼诗钞》"七律一种,开满劲弓,吹裂铁笛,真成义军旧将之诗",柳亚子称赞他"时流竟说黄公度,英气终输仓海君。战血台澎心未死,寒笳残角海东云"。他与民国南京渊源极深,甚至可称之为民国缔造者之一。1911年11月下旬广东独立后,他被推举为南京民国临时议会的广东省代表之一,也是唯一一位台湾籍代表。南京会议期间,丘逢甲尤为欣喜,他踏雪游历了明孝陵、莫愁湖等名胜古迹,连作《谒明孝陵》《登扫叶楼》《雪中游莫愁湖》等十首诗,热情歌颂辛亥革命,抒发自己的喜悦。诗人放眼宇内,处处生机勃发,民族复兴在望,感慨良多。

[①] 丘逢甲(1864—1912),男,谱名秉渊,字仙根,号蛰仙,晚清台湾府淡水厅铜锣湾客家人。

>郁郁钟山紫气腾,中华民族此重兴。
>江山一统都新定,大纛鸣笳谒孝陵。
>如君早解共和义,五百年来国尚存。
>万事从今真一系,炎黄华胄主中原。
>将军北伐逐胡雏,并告徐常地下知。
>破帽残衫遗老在,喜教重见汉威仪。
>汉兵到处虏如崩,万马黄河晓蹴冰。
>直扫幽燕捣辽沈,昌平再告十三陵。

《谒明孝陵》中诗人怀着喜悦的心情拜谒明孝陵,遥望繁树笼罩的钟山,仿佛看到紫气升腾于钟山之上。"紫气"描述了日出之际拂晓时分缤纷的朝霞为钟山涂上了瑰丽的色彩,同时也预示着辛亥革命成功后,南京临时政府的建立标志着中国走向民主共和体制,革命事业蓬勃发展。诗人坚信"中华民族此复兴",对未来充满希望,渴望"江山一统"。这首诗情绪豪迈、节奏有力,爱国主义感情洋溢于诗句间。国民政府第一次选举之后的谒陵不同于民族危亡之际难民遗民的陵前哀告,丘逢甲欢欣鼓舞地预告"喜教重见汉威仪",凸显谒陵的意义:清朝被推翻,国民政府建立意味着汉室重建,改朝换代的胜利是值得祭拜祷告明太祖的。

除了时事题材的作品外,丘逢甲的山水诗流畅清新、明朗爽利。如《雪中访莫愁湖》:

>湖波如镜荡寒光,曾照金钗十二行。
>一片明光新境界,雪中来过郁金堂。
>年年打桨石头城,坐阅王侯几战争。
>任夺江山夸胜着,一湖难夺女儿名。
>江边何处莫愁村,湖雨湖云荡客魂。

长得佳人抱腰看,不教洗马对人言。

长祝龙天护美人,英雄儿女局翻新。

荷花杨柳华严界,再借湖光现色身。

诗人踏雪欣赏美丽的莫愁湖,"湖波"四句以清新、质朴的语言描绘莫愁湖的神韵。"年年"四句感慨千年历史沧桑、朝代更迭,歌咏"难夺女儿名"的莫愁湖,洋溢着诗人歌颂新革命的豪迈情愫。诗人同时期的佳构《登扫叶楼》,气势磅礴,境界雄伟阔大,颇有壮美的审美意蕴。

我护百粤军,饮水古建业。

雪耻告百王,扫胡如扫叶。

落叶萧萧满石头,江山佳丽此登楼。

坐领东南控西北,金陵仍作帝王州。

今日征诛一洒扫,群胡如叶风前堕。

依然龙虎帝王都,我来偶借蒲团坐。

楼外长江江外山,今日江山方我还。

眼前待说弥天法,未许老僧闲闭关。

诗人在革命胜利之际,登楼望远,展望未来,国家复兴在即,其欣喜、豪迈之情自然而然激荡心间,所以作者能奏出时代的最强音。丘逢甲对国家的未来有了清晰明朗的认识后,其人其诗也渐入佳境,诗歌风格逐渐转为豪迈雄健,激情飞扬。

南社为了配合同盟会的革命斗争,积极创办各种报刊,试图以传统古典诗歌和文言文为工具宣传反清思想。他们在作品中热情讴歌民主革命,呼唤民主自由,鞭挞封建专制,表现出强烈的爱国主义和民主主义精神。"南社在成立时是一个传统的民间的文学社团,并带有相当浓重的地域色彩,其对革命的热情要远远高于对文学的热爱。"①它是以政治斗争为号召而结社的,而不仅是因艺术志趣相近,为互相探讨诗艺而聚集。1910年1月他们创办了文言年刊《南社丛刻》(又名《南社》),直到1923年12月南社分裂才终刊,前后共出版过22期。该刊从《国粹学报》得到启发,内容分为文选、诗选、词选,推举陈去病、高旭、庞树柏分任编辑,他们都是南社重要诗人。第三集改由景耀月、宁调元、王无生分任诗选、文选、词选编辑。作品大都有为而发,"语长心重,本非无疾以呻吟;兴往情来,毕竟伤时而涕泣"②,文学旨趣和"推翻鞑虏"的时代要求相契合。作者或是出于忧国伤时之情,或是抱着易代兴亡之感,或是思念革命同志,或是哀悼殉难故人。高旭的《愿无尽庐诗话》主张通过作品"鼓吹人权,排斥专制,唤起人民独立思想,增进人民种族观念"。他力图证明"诗界革命"和"复古"之间并没有矛盾,"诗文贵乎复古,此固不刊之论也,然所谓复古者,在乎神似,不在乎形似""苟能探得古人之意境神髓,虽以至新之词采点缀之,亦不为背古,谓之真能复古可也。故诗界革命者,乃复古之美称"。③ 此外还有俞剑华④的《蛰景集诗》《蛰景集词》等。

南社内部对诗歌"尊唐""宗宋"颇有纷争。柳亚子等人坚决提倡盛唐之音,他们本身对宋诗并无好恶,但将宗宋派视为"满清文学"的代表进行猛烈抨击,柳亚子提到诗歌主张的分歧如何扩散到社团内部矛盾:"从满清末年到民国初年,江西诗派盛行,他们都以黄山谷为鼻祖,而推尊为现代宗师的,却是陈散原、郑海藏二位先生,高自标榜,称为同光体。我呢,对于宋诗本身,本来没有什么恩怨,我就是不满意于满清的一切,尤其是一般亡国大夫的遗老们。亡友陈勒生烈士曾说过:'满清的亡国大夫,严格讲起来,没有一个是好的。因为他们倘然有才具,有学问,那末,满清也不至于亡国了。满

---

① 栾梅健:《民间的文人雅集:南社研究》,东方出版中心2006年版,第60页。
② 陈去病:《南社诗文词选叙》,《民吁报》,1909年10月28日。
③ 高旭:《愿无尽庐诗话》,徐中玉主编:《中国近代文学大系》第1卷,上海书店1994年版,第696页。
④ 俞剑华(1886—1936),男,名锷,原名侧,又字一粟,出生于江苏太仓。

清既亡,却偏要以遗老孤忠自命,这就觉得是进退失据了。'勒生烈士对于他们,是深恶痛绝的,而我便很同情于勒生。在南社第五集上替胡寄尘兄作诗集叙,已在痛骂同光体的元老了。"①他将"宗唐"和"宗宋"这两种不同艺术追求的诗歌对立起来,认为自晚清以来同光体诗人与南社派诗人诗歌主张交锋了四五十年。南社诗歌"鼓吹新学思潮,标榜爱国主义"②,高扬布衣之诗的旗帜。"余与同人倡南社,思振唐音以斥伧楚,而尤重布衣之士,以为不事王侯,高尚其志,非肉食者所敢望。"③"宗唐派"试图以豪迈雄健的盛唐气象扫除晚清以来遗老遗少们过分推敲字句的文风;思想上极力鼓吹民主革命,反抗满清统治,文学上将桐城派、同光体诗人斥为"文妖诗鬼"。当时柳亚子很自豪地作诗云:"一代典型嗟已尽,百年坛坫为谁开?横流解语苏黄罪,大雅应推陈夏才。"(《时流论诗多骛两宋,巢南独尊唐风,与余相合,写诗一章即用留别》)苏黄即指以苏东坡、黄庭坚为代表的宋诗派,暗指宗宋派所推崇的宋代诗人的诗歌并不足为典范,陈夏指的是明代的尊唐诗人陈子龙与夏完淳,他认为这两位的才华和气魄才应为南社诗歌效仿的范本。

  唐宋之争的矛盾不断激化以致南社分裂。柳亚子素来倡导唐音,吴虞在《民国日报》发表《与柳亚子书》公开支持宗唐。1917年胡先骕在给柳亚子的信中公然赞美"同光体"。柳亚子以武断的口气坚决予以回击:"诗派江西宁足道,妄持燕石诋琼琚。平生自有千秋在,不向群儿问毁誉。"这种激烈的态度使得胡不再参与南社活动,与同光体诗人交往更为频繁。《学衡》杂志创办后胡先骕在《诗录》栏目中发表了许多同光体诗人的诗歌。成舍我其时掌管《民国日报》,在副刊上发表了许多宋诗,柳亚子提出抗议后,成舍我将宗宋派诗歌交给吴稚晖担任主笔的《中华新报》发表,柳亚子极力阻挠。闻野鹤在《民国日报》上发表文章对同光体表示推崇认可,柳亚子发表《质野

---

① 柳亚子:《我和朱鸳雏的公案》,柳无忌编:《南社纪略》,上海人民出版社1983年版,第149-150页。
② 马君武:《马君武诗稿自序》,《马君武诗注》,广西民族出版社1985年版,第1页。
③ 柳亚子:《胡寄尘诗序》,杨天石、王学庄编著:《南社史长编》,中国人民大学出版社1991年版,第200页。

鹤》一文强调民国成立,应去除江西派的恶劣影响,写出有开国气象的雄健作品,诗歌革命与政治革命应一致,并将自己比拟为革命起义领袖:"亚子虽无似,不敢望诗界之拿破仑、华盛顿,亦聊以陈涉、杨玄感自勉。"①闻柳争论时,正值清廷复辟,溥仪发出诏书召集同光体诗人入京,沈曾植被任命为学部大臣,陈宝琛为帝傅。柳亚子据此发表《再质野鹤》,认为同光体实为封建帝制的帮凶,为祸甚大,必须铲除。闻野鹤偃旗息鼓后,朱鸳雏出面为同光体辩护,认为郑孝胥等人品质高洁,并非卖身求荣的小人,赞美其诗作"语意之间,莫不忧国如焚,警惕一切"②,指斥柳亚子是妄人。柳亚子反唇相讥:"鼓吹同光体者,乃欲强共和国民以学亡国士大夫之性情,宁非荒谬绝伦耶!"不经集体讨论,柳亚子以南社主任身份将朱鸳雏开除出社,在《民国日报》上刊登紧急启事。1917年成舍我联合蔡守、刘泽湘、周咏等人在上海成立南社临时通讯处,发表紧急通告,在《申报》上登广告:"南社同仁公鉴:柳亚子因论诗与朱、闻不合,一论唐诗,二论宋诗,遂不准《民国日报》刊登,又不准《中华新报》登,如此一来,哪有新闻(言论)自由可言?南社是个完全平等的文学社团,柳亚子不过是个书记,不是社长,怎能驱逐他人出社?如此荒唐之人,怎能主持一个文学社团呢?请所有南社同仁主持公道,最好能一起驱逐柳亚子出社!"③柳亚子反驳,要驱逐成舍我。两派分别以《民国日报》和《中华新报》为阵地,进行激烈辩论,内部分歧愈加扩大,形成对立局面。成舍我联合南社元老高吹万等提出"南社革命",试图驱逐柳亚子。同年九月,南社陈去病等237人在《民国日报》上发表力挺柳亚子的启事,认定抵制柳等同于南社毁灭。1917年10月,南社改选主任,柳亚子高票获选但因纷争不断多次主动辞职,南社因诗歌主张分歧而上升到政治立场的差异,两派分歧逐渐加大,社团失去了进步意义,从组织到文学态度逐步衰落直至退出历史舞台。由宗唐、宗宋之争可见,南社的诗歌革命主张浮泛粗浅,缺

---

① 柳亚子:《质野鹤》,《民国日报》,1917年8月。
② 朱鸳雏:《平诗》,《民国日报》,1917年7月9日。
③ 成舍我:《南社因我而内讧》,《中央日报副刊·长河》,1989年11月13日。

乏学理层面的理智思考,论争的焦点是诗歌与革命的关系,远远偏离了文学旨归,有狭隘民族主义的迹象。

南社偏重传统文学,在古典诗词上较有造诣且自视甚高。柳亚子曾评点:"至于所谓正统派的诗人,老实说,都不在我的心上呢。国民党的诗人,于右任最高明,但篇章太少,是名家而不是大家;中共方面,毛润之一支笔确是开天辟地的神手,可惜他劬劳国事,早把这劳什子置诸脑后了。这样,收束旧时代,清算旧体诗,也许我是当仁不让呢!"①新文学阵营对南社诗歌评价不高,胡适多次提到他的"文学革命八事"是"对当时中国文艺状况"②,主要是南社的创作倾向而提出的。1916 年胡适在给任鸿隽的信中称:"适以为今日欲救旧文学之弊,须先从涤除'文胜'之弊入手。今日之诗(南社之诗即其一例),徒有铿锵之韵,貌似之辞耳,其中实无物可言。其病根在于重形式而去精神,在于以文胜质。"胡适在 1916 年 7 月 22 日与南社社员梅光迪通信中,曾写道:"诸君莫笑白话诗,胜似南社一百集。"③胡适的《文学革命纲领》中所提到的古典诗歌的滥用典、惯用陈言套语、善作无病呻吟等弊病全以南社成员创作的古典诗词为例,反复指出南社成员"志在'作古'",不是诗人,而是诗匠。这种批评是极有根据的,南社借文学来鼓吹革命,二次革命后国事日非,志气颓唐,南社成员一贯标榜的气节也因为社中首脑参与筹安劝进,支持袁世凯做皇帝而沦为笑柄。传统的文学观念使得其诗歌创作成为诗人发牢骚、述心境的游戏之作。所作诗词大多为伤春悲秋、无病呻吟之作,如柳亚子所说"抱着'妇人醇酒'消极的态度,做的作品,也多靡靡之音,所以就以'淫滥'两字,见病于当世了"④。

旧体文学在民国时期的南京文坛上始终占有一席之地。首先《学衡》杂

---

① 江苏省吴江县档案局编:《柳亚子早期活动纪实》,档案出版社 1991 年版,第 263 页。
② 胡适在《新文学大系·建设理论集导言》《什么是"国语的文学""文学的国语"》等文章中反复提及。
③ 胡适:《留学日记·卷十四》,《胡适全集》第 28 卷,安徽教育出版社 2003 年版,第 415 页。
④ 柳亚子:《新南社成立布告》,柳无忌编:《南社纪略》,上海人民出版社 1983 年版,第 101 页。

志设有《文苑》《杂缀》栏目,发表旧体诗文。《学衡》创刊(1922年1月)时就规定了它将采取的"体裁及办法",达到"以吾国文字,表西来之思想"的目的:

(甲)本杂志于国学则主以切实之工夫,为精确之研究。然后整理而条析之。明其源流,著其旨要,以见吾国文化。有可与日月争光之价值,而后来学者得有研究之津梁、探索之正轨,不至望洋兴叹,劳而无功。或盲肆攻击,专图毁弃,而自以为得也。

(乙)本杂志于西学则主博极群书,深窥底奥。然后明白辨析,审慎取择。庶使吾国学子,潜心研究,兼收并览,不至道听途说,呼号标榜,陷于一偏而昧于大体也。

(丙)本杂志行文则力求明畅雅洁,既不敢堆砌饾饤,古字连篇,甘为学究。尤不敢故尚奇诡,妄矜创造。总期以吾国文字,表西来之思想。既达且雅,以见文字之效用。实系于作者之才力。苟能运用得宜,则吾国文字,自可适时达意,固无须更张其一定之文法,摧残其优美之形质也。

采用文言形式作论、抒情是该刊的特色,旧体诗文的作者不仅有东南大学师生,还包括民国时期旧体诗词创作的领军人物,江西诗派、浙派、闽派、常州词派等各种风格的旧体诗词都曾刊登于此。大部分旧体诗题材为游记或即景抒情,如周岸登的《台城路·重过金陵》(《学衡》第4期,1922年4月):

石头风紧花如雾,催归雁程秋晚。梦碾飙轮,霜砭病骨,消得吴云轻翦。江空恨远,正枫落敲诗,砚笺流怨。翠羽飞来,未谙愁重讶杯浅。

银筝凄弄夜久,泪痕双照处,衫袖还满。巷口乌衣,遨头绣陌,曾识春人莺燕?零萧胜管,问烟月前朝,去尘奔电。半枕寒潮,断魂和浪卷。

第一章　传统与现代的碰撞(1912—1927)

这首词温婉蕴藉,带有去国怀乡的幽怨。石头城、乌衣巷都是前朝胜迹,如今只剩下"零萧胜管",怎不让人抑郁感伤?又有徐震堮[①]的《忆旧游·台城秋柳》(《学衡》第 44 期,1925 年 8 月):

问绿阴旧梦,弱絮前生,几度芳菲,寂寞台城下。伴江蓠岸芷,相对依依。泪凝往时,眉妩愁影落春溪。纵千种风情,水边鸦外尚有斜晖。

乌啼白门路,胜草没宫墙。尘锁朱扉为舞,春风久叹哀。蝉曲破憔悴,罗衣旧衾,漫思铜辇,幽恨化云归。但冷月荒波,年年故国秋雁飞。

用字、用典都不生僻,情致自然,描摹南京景物细致,带有江南的温婉风情和浓厚的传统文人情怀。"学衡派"成员游山玩水后的记游诗也占了较大比重,如柳诒徵的《独往灵谷寺》《庚申四月十日游牛首山》等,诗风轻松自然,多景物描摹,少感怀伤逝。1923 年末东南大学发生巨变,校内失火、刘伯明去世,《学衡》迅速走向衰败,这时的诗歌开始展示出感时忧世的情怀,如柳诒徵的《校东楼灾诗以吊之》(《学衡》第 28 期,1924 年 4 月):

及见兹楼启百楹,诸儒计晷挟书行。
重来已积沉沙感,八载徐深暖席情。
霁雨云山环讲坐,宵昕图史摘寰瀛。
柏梁一炬财俄顷,忍过梅庵话晚清。

诗中抒发了校内失火带来的悲痛心情,除了财物资料的损失外,更让人疑虑学校会否因火灾而一蹶不振。在这种忧虑心情里,作者自晚清李瑞清修建的"梅庵"走过,怀想这所学校从晚清到民国的历程,感伤自己八年来就职于此的深厚情谊。1924 年东南大学西洋文学系解散,吴宓决定离开南京

[①] 徐震堮(1901—1986),男,字声越,浙江嘉善人。

时,柳诒徵写了《甲子六月十六日偕吴雨僧吴碧柳观龙膊子湘军轰城处作》(《学衡》第 33 期,1924 年 9 月),数年后吴宓作《中秋夕书感示寓中诸友》提到这次离散:

> 少年儿女秋闺意,流转死生世上情。
> 各有奇愁说不得,几曾佳节月能明。
> 两年栖隐青苔长,一夕离筵断梦惊。
> 大海浮航无住着,营巢作茧定何成。

从诗中不难看出"学衡派"在学校巨变后不得不面对离散时的愁苦、无奈与茫然。"一夕离筵断梦惊"乃是诗人自我安慰,天下无不散的筵席,然而当离散到来时,还是让人心惊烦闷,茫茫人世仿佛无处可以安身。虽有自信事业"定能成",但在这样颓唐的心境中,这句话不像预言,更像是底气不足的自我鼓励。

《学衡》刊登的诗作善从现实生活寻找题材,如向楚的《过金陵》(《学衡》第 15 期,1923 年 3 月)、陈衡恪[1]的《浦口待车·是时闻临城盗劫》(《学衡》第 20 期,1923 年 8 月)。另外《学衡》第 54 期(1926 年 6 月)中沿用了旧文人诗歌唱和的方式,以柳诒徵与李思纯同游中央公园的唱和展现旧体文学成就,这种形式既是对传统文人组织诗会、互相唱和的雅趣的继承,也和 30 年代中央大学教授分韵写诗的闲情逸致相似。《学衡》的旧体诗文中,吴芳吉的作品较有个人特色,吴芳吉是吴宓在清华时的同学,因学潮时不肯向校方屈服而退学。吴宓和他早在 1915 年就结下深厚友谊,文学理想相当接近。1915 年 2 月 20 日,吴宓在日记中写道:"尝与友人谈,谓今日诗文,均非新理想、新事物,不能成立;而格律词藻,则宜取之旧。"[2]《学衡》创刊后,吴芳吉一直致力于用新旧融合的方式来写诗,力图让诗歌通俗易懂,不失文

---

[1] 陈师曾(1876—1923),男,又名衡恪,号朽道人、槐堂,江西义宁人(今江西省修水县)。
[2] 吴宓:《吴宓日记》第 1 册,生活·读书·新知三联书店 1998 年版,第 408 页。

采。他的遗著后来由门人周光午整理发表在《国风》上。吴芳吉的《寄答陈鼎芬君南京慰其升学之失意也》(《学衡》第 46 期,1925 年 10 月)形式独特,清新自然:

请君试访台城西畔鼓楼前,定有阳春白雪声渊渊。
人生师友得最难,得之忘食复忘年。后湖莲叶何田田。

以唐诗的形式和现实求学失败的题材,创作了古典与现代相结合的诗歌,不泥古,不盲目欧化,尤其最后一句收梢既切景,合乎南京后湖(玄武湖)的静态,又借用了民谣《江南曲》中"莲叶何田田"的风情。

陈三立[①]自晚清以来定居南京,作为晚清以来诗坛影响最大的"同光体"代表诗人和赣派(近代江西诗派)首领,他定居金陵的三十多年正经历了从晚清四公子之一"义宁公子"转型为"神州袖手人"的"散原老人"的过程。他不再关心政治,在散原精舍中创作了上千首忧国忧民的诗作。现存代表诗集《散原精舍诗》《散原精舍诗续集》都是这个时期的成熟之作。其后期诗歌主题多集中于民族危亡、家国之痛,既有对列强入侵的愤慨无奈,又有对腐败落后的清廷的绝望,还有对战乱中民众的深切同情。父亲去世后,1901年清明,他创作了《崝庐述哀诗五首》:"昏昏取旧途,惘惘穿荒径。扶服崝庐中,气结泪已凝。……呜呼父何之,儿罪等枭獍。终天作孤儿,鬼神下为证。"(《其一》)诗作将家国破碎的痛苦失意凝聚在成年无依的"孤儿"身上。父母合葬的墓地是诗人感情的寄托,因此关于西山崝庐的题咏成为陈三立文学创作中比较集中的主题。

面对八国联军入侵、国将不国的情况,陈三立悲愤地写道:"狼嗥豕突哭千门,溅血车茵处处村。"诗句生动刻画了八国联军烧杀抢掠的暴行及中国民众的悲惨处境。这种局面与晚清政府的腐败无能有密切关联。这个时

[①] 陈三立(1853—1937),男,字伯严,号散原,江西义宁人。

期,陈三立及其友人俞明震、缪荃孙、陈庆年、陈作霖、李瑞清等交游密切,曾多次组织文人雅集,其中与"同光体"诗歌领袖郑孝胥的频繁交往,既是一段佳话,也成就了陈三立独特"避俗避熟,力求生涩"的诗风。他的诗句中常用"残阳""劫灰""苍茫""疏灯"等意象连缀出悲凉萧瑟的景象,风格沉郁顿挫,他也因此被视为清末诗坛泰斗。陈衍在《石遗室诗话续编》中称赞他的作品自晚清以来五十多年间"称雄海内";汪辟疆则在《光宣诗坛点将录》中将其比作"诗坛都头领、天魁星及时雨宋江",诗评家们对陈三立的评价并非过誉,他的诗风影响了晚清以来的旧体诗坛,是清末民初当之无愧的诗坛领袖。

南社成员、《学衡》作者曹经沅[①]在南京旧体诗歌创作上格外出众,从1910年开始,曹经沅就致力于个人旧体诗创作和旧体诗传统的延续,被卢冀野誉为"近代诗坛的维系者",台湾近代史学家周开庆评价他为"一时诗坛的重心"[②]。他的旧体诗综合唐宋诗的特点,不仅具有审美价值,而且在诗中记载传递出当时的社会状况,以旧体诗的形式记述了民国时期的历史和文坛变迁。1925年他创作了《南京杂诗四首》:

庚戌(作者注:1910年)廷试后过宁,曾到秦淮河,小立即去,今忽忽十五年矣。时东师云集,歌楼扃户,游人极少。

门巷枇杷尽不开,画船愈少愈堪哀。复成桥畔盈盈水,曾照宫袍玉帽来。

访陈考功不遇

虎踞龙蟠迹已陈,朱门是处没荆榛。散原老向杭州住,谁与钟山作主人。

---

① 曹经沅(1891—1946),原字宝融,后字缦蘅,四川绵竹人。
② 黄稚荃:《借槐庐诗集序》,曹经沅遗稿、王仲镛编校:《借槐庐诗集》,巴蜀书社1997版,第2页。

第一章　传统与现代的碰撞(1912—1927)

下关信宿闻歌有感,翌晨即北行矣。

聒耳笙歌夜未央,江楼一夕几回肠。灯前自写南来录,却悔匆匆负建康。

独游莫愁湖,时北师到宁,皖帅初易。

人豪寂寞胜人奴,浅水寒芦已半枯。日暮胜棋楼下过,惊心此局已全输。

诗歌通过对个人科举、访友、行旅、游湖的描述,反映了晚清朝廷变迁、军阀混战、国民党北伐等社会动荡情形以及南京的市井风情。

以南社成员、词曲家吴梅为核心组织的文学社团在旧体文学创作上也颇有成绩。1922年,吴梅从北京迁到南京,在中央大学任文学教授,主讲词曲,同时在金陵大学中文系和上海的光华大学兼课。吴梅具有典型的传统知识分子特征,在新文学浪潮中始终坚持传统词曲实践和曲学研究。他对白话新文学的态度中立,不参与也不反对,理性地将新旧文学视为并存且互不干涉的两种文学取向。同时他坚持开设词曲课程,不仅从学术角度传授词曲理论,还鼓励学生组织词曲社团、填词谱曲、粉墨登场,推动古典词曲的创作和研究。1924年二、三月间,吴梅与学生组织"潜社",之所以用"潜"字命名,据说是因为吴梅认为当时"东大教授中,实不免有借学术的组织,作其他种种企图的。他不愿意因此而引起其他的纠纷,所以用这个名字,希望大家埋头学习,暂时不要卷入政治的旋涡"。1924年春至1926年,东大学生赵万里[1]、陆维钊[2]、王起(季思)[3]、唐圭璋[4]、濮舜卿等十多人参与其中,"社有规条三:一、不标榜;二、不逃课;三、潜修为主"[5]。潜社每一月或两月一

---

[1] 赵万里(1905—1980),男,字斐云,别号芸盦、舜盦,生于浙江省海宁市。
[2] 陆维钊(1899—1980),男,原名子平,字微昭,浙江平湖人。
[3] 王起(1906—1996),男,字季思,浙江永嘉人。
[4] 唐圭璋(1901—1990),男,字季特,生于南京。
[5] 吴梅:《吴梅全集·瞿安日记》,河北教育出版社2002年版,第28页。

聚,在秦淮河上游玩饮酒中填词谱曲。"以词课为常,间或课曲。在万全酒家举行次数最多。或买舟秦淮,其舟曰'多丽舫'。社友既集,择调命题,舟乃复荡至复成桥下。"潜社的主要艺术成就在于词曲,长短句的自由形式让他们展现出无限风雅,而格律严格的旧体诗多少制约了他们的才情。这种社团活动近似传统文人的以文会友,他们聚集同好,纵情诗酒,不谈政治,只关注传统文学作品的艺术价值和传统文学形式的创造性的继承与发展。潜社曾印行刊物《潜社词刊》,收入词曲二百余首。除了词曲之外,潜社也曾分韵联句,如《秦淮舟中联句》:

烟波淡荡摇碧空(吴霜厓师),朱楼两岸倒影重。中有美人歌子夜(周雁石),四条弦子生春风。尊前亦有伤心事(王玉章),瞿然一柱南朝松。长桥吹雨湿衣袂(束天民),迴船打桨殊匆匆。我来客散青溪曲(陆维钊),关城晚霭微芒中。高吟对酒苍龙咽(王西徵),拔剑起舞飞长虹。年年洒尽沧州泪(孙雨廷),弹上征衫总不红。媚香楼与湘真阁(卢前),秦淮轶事多珍丛。而今冷落江南路(赵万里),独跨疲驴吊故宫(霜厓师)。①

随着吴梅南下广东中山大学任教,潜社的活动逐渐沉寂。

第四节 散 文

民国初年,南京拥有南北交通中枢和教育重镇的地位,许多作家曾在此驻足或短暂停留,他们常以散文的形式描述自己在南京的生活及对这座城市的感触。南京不仅是他们作品中的地理背景,更是文章中文化内涵的来源。如觉余在《游灵谷寺记》中提及自己多年来事务缠身未能忘情山水,与

---

① 卢前:《冀野选集》,美中文化出版公司1997年版,第44页。

友人同游灵谷寺后,不仅为其秀美风景折服,同时感慨于其悠久的历史和宗教情怀:"登院阶纵观山景,四顾林竹庞杂,俯视临近,则山峦环列,苍翠相接,历来知名之士,好佛之僧,咸以此为灵秀之地。咫尺西天者,意在斯乎。"①文中亦有沧海桑田之叹:曾为古金陵四十景的桃花坞等如今都已烟消云散,作者兴尽而归后写作了这篇游记。

一、叙事散文

朱自清②虽未在南京长期居住,但因他家乡在扬州,往返北京、上海、浙江均从南京浦口车站乘车,因此曾多次游览南京,并以南京为背景创作了叙事散文《背影》、抒情散文《桨声灯影里的秦淮河》《南京》。叙事散文《背影》描述了1917年冬父亲在南京车站为自己送别的经历,散文中人物、情节都很简单,父亲送"我"到车站,临别前在车站翻越栏杆为"我"买路上吃的橘子。文笔质朴动人,用回忆的手法记录了车站上定格于"我"心中的父亲的背影。父亲这个奋斗终生的旧式知识分子为了家庭在社会上苦苦挣扎,却难逃老来颓唐的处境。父亲的背影并不高大,却是旧时代中国所有父亲的缩影:他们默默肩负着家庭的重任,前无支持,后无依靠,妻儿老小全仰赖自己生活,一生只能竭力奉献,绝不哀求怜悯。简短的篇幅中四次提到作者"流泪":祖母去世让"我"倍感天人永隔的悲痛;父亲蹒跚着去买橘子让"我"痛悔自己的轻狂,充满无法分担父亲肩头重担的无力感;车站分别时感受到父亲多年的艰辛,为亲人离散伤感;之后阅读父亲来信,为父亲的宽厚又一次流下伤感无力的眼泪。本篇写出了成为父亲意味着从此失去了退缩的权利,即便失去亲情的落脚点,经济上困顿无助,也绝不能在亲人面前露出穷途末路的感伤。

---

① 觉余:《游灵谷寺记》,丁帆主编:《金陵旧颜》,南京出版社2014年版,第20页。
② 朱自清(1898—1948),男,原名自华,号秋实,后改名自清,字佩弦,原籍浙江绍兴,出生于江苏省东海县(今连云港市东海县平明镇)。

除了朱自清外,鲁迅①在《朝花夕拾·琐记》中也曾细致回顾过自己在南京的求学生涯。1898年因科场舞弊案家道败落的鲁迅背井离乡,在远亲帮助下投考南京仪凤门外的江南水师学堂。1899年到1902年鲁迅转学到江南陆师学堂附设的矿路学堂。散文集《朝花夕拾》中的《琐记》一篇,鲁迅回忆就读于矿路学堂时在青龙山煤矿看到的人间地狱般的矿洞状况:"情形实在颇为凄凉,抽水机当然还在转动,矿洞里积水却有半尺深,上面(淋水)点滴而下,几个矿工便在这里面鬼一般工作着。"②除了曾在南京求学外,鲁迅在1913年到1932年的日记中还记录了十次路过南京略作停留的过程,如1926年8月28日"午后二时半抵浦口,即渡江寓招商旅馆"。毕业多年后携恋人故地重游,大概会心有所感,因此要在日记中特意提一句。在鲁迅眼中,南京虽陈旧保守,却别有一番敦厚质朴的亲近感:"在我的眼睛里,下关也还是七年前的下关。""赶挑夫和茶房还是照旧地老实,板鸭、拆烧、油鸡等类,也依然价廉物美。喝了二两高粱酒,也比北京的好。"③鲁迅写于南京、回忆南京、在南京印行和涉及南京的论文、著述、日记和书信大约50余篇。目前所能看到的鲁迅最早的作品是1898年他在南京创作的散文《戛剑生杂记》和《莳花杂志》。在南京求学期间,他使用传统章回小说手法翻译了法国作家儒勒·凡尔纳的《地底旅行》,即《地心旅行记》。他的旧学功底深厚,1914年前后曾创作十三首旧体诗歌《别诸弟》《莲蓬人》《惜花》等,作品多与作者当时的现实处境有关,托物言志,文采斐然。《呐喊·自序》《朝花夕拾·琐记》《忽然想到》等文章中鲁迅多次记录自己在南京的求学生涯和青春记忆。相比鲁迅曾长期生活过的京沪而言,南京是鲁迅离开家乡的第一个驻扎点,也是他最早接触科学、文学新思想的地方,是这位文化巨人的精神起点。

---

① 鲁迅(1881—1936),男,原名周樟寿,后改名周树人,字豫山,后改豫才,浙江绍兴人。
② 鲁迅:《琐记》,《鲁迅全集》第二卷,人民文学出版社2005年版,第307页。
③ 鲁迅:《上海通信》,《鲁迅全集》第三卷,人民文学出版社2005年版,第363页。

第一章　传统与现代的碰撞(1912—1927)

旧派文人包天笑①也曾在自传散文集《钏影楼回忆录》里提及自己新婚不久在亲戚的举荐下到南京高等学堂蒯光典家任教,一路从苏州辗转到上海,再乘船到南京。《初到南京》中他提到南京的荒凉面貌,从仪凤门内直到鼓楼一片荒芜,马路两边零星有几间茅屋,据说是因为太平天国时期的战火,导致城市满目疮痍。"现在一进仪凤门,但见一片荒芜,直到鼓楼,好像是一条马路,此刻马路上遍生青草。至于马路两旁,全无房舍,难得有几处,有住居近处的,筑几间茅屋,种几丘菜地,此外则一望无际的蔓草荒烟而已。"②城市景象虽不让人满意,在南京的生活却极为安定,包天笑原是位饱读诗书的先生,苦于家累没有机会游学提升,在南京一年多的游历、蒯先生对他的不倦指导,促使他从教书先生转向文书秘书,打开了他的视野,指引了他未来的职业发展方向。《在南京》中作者描述:"我在南京,差不多有一年多,除教书以外,便请教蒯先生,而以他的素好健谈,又诲人不倦,因此也很多进益。……我颇想拜他为师,执弟子礼。"③但蒯先生认为以朋友相交一样可以互相切磋,两人亦师亦友。

在中国城市发展史中,几乎所有的城市都是由乡村蜕变而来,封建王朝时代城乡之间没有明显的界线,城市本身仿佛是一个扩大了的乡村,直至现代都市出现才孕育出新的文明。大量市民聚居在城市里,带来了交往、对话的便利;商业的兴起,推动了经济的发展;对话的频繁,促进了文化的发展。直到 20 世纪 20 年代,南京都没有转变成现代化的都市,仍旧是个大乡村型的城市。陈西滢④曾赞美南京城特有的质朴气息,集市与田野并没有分界线,在自家的小花园中便能看到远处的紫金山,在规划严瑾的首都随处可见田园景象。"可是我爱南京就在它的城野不分明。你转过一个热闹的市集就看得见青青的田亩,走尽一条街就到了一座小小的山丘,坐在你的小园里

---

① 包天笑(1876—1973),男,初名清柱,又名公毅,字朗孙,笔名天笑等,江苏苏州人。
② 包天笑:《初到南京》,叶皓主编:《金陵文萃》,南京出版社 2009 年版,第 127 页。
③ 包天笑:《在南京》,《钏影楼回忆录·钏影楼回忆录续编》,三晋出版社 2014 年版,第 159 页。
④ 陈源(1896—1970),男,字通伯,笔名陈西滢,江苏无锡人。

就望得见龙蟠的钟山,虎踞的石头。"①这样的南京不是摩登的现代都市,而是兼具现代都市和传统田园两种特色的城市。

二、艺术散文

朱自清和俞平伯②曾于1923年8月同游秦淮河,之后以《桨声灯影里的秦淮河》为题创作了同名游记散文,这两篇散文成为现代文坛上的双生花,虽然散文作品记录的是两位作家同时同地的游览,但两位作家的艺术追求和关注点差异较大,文风迥异,两篇对比后足以让人看到白话散文的魅力。朱自清文字简洁地描述了游览的始末,对七板子舱前顶下的灯彩、夜幕笼罩的大小船上的灯火烟霭、沿着秦淮河岸边行走沿途远远传来的弦歌声、大中桥和桥边残破的房子都进行了细致的描述。而俞平伯的文章则截取大中桥外的灯火、光影、河水和游船进行粗略勾画,作品不重记事写景,重在内里的哲学思考。他在逆旅人生中考量的是混乱世情,拒绝秦淮河上的歌女邀约也并不是出于道德考量,他的所思所想远超出了秦淮河这个特定场景,升华到人生苦难的难以规避,众生皆苦而爱永存。朱自清的散文中凝结着淡淡的哀愁和对现实的憎恶,泛舟秦淮河之上,本想在大自然里涤荡心灵、欣赏自然之美,却遭遇船上歌妓,朱自清深知这些不幸的女子是旧制度旧社会的产物,以自己的歌喉和肉体来求得生存。朱自清一边以现代知识分子的道德规范自己,拒绝歌妓的要求:"你不知道这事我们是不能做",一边却好奇这些女子的技艺和命运,他坦诚地描述自己的矛盾心情,既盼望在秦淮河上聆听妙音,不枉此行,又忍不住揣测歌妓的悲惨身世,进而从道德层面上对自己的这番想法进行遏制,世故而成熟地避开了可能出现的指摘,树立出知识分子清高善思的形象。"我这时一面盼望,一面却感到了两重的禁制:一、在通俗的意义上接近妓者,总算一种不正当的行为;二、妓是一种不健全的职业,我们对于她们应有哀矜勿喜之心,不应赏玩地去听她们的歌。

---

① 陈西滢:《南京》,《西滢闲话》,新月书店1928年版,第166-167页。
② 俞平伯(1900—1990),原名俞铭衡,字平伯,浙江湖州人,生于江苏苏州。

在众目睽睽之下,这两种思想在我心里最好旺盛,两个相反的意思在我心头往复。卖歌和卖淫不同,听歌和狎妓不同,又干道德甚事?"①整篇散文里以明朗的笔调赞美自然,同时对社会丑恶进行鞭挞,形成了繁复的艺术效果。

俞平伯的散文情调更为感伤哀苦,作者眼中的秦淮河如同淡妆的女人,"寂寂的河水,随双桨打它,终是没言语。密匝匝的绮恨逐老去的年华,已都如蜜饯似的融在流波的心窝里,连呜咽也将嫌它多事,更哪里论到哀嘶。心头,宛转的凄怀;口内,徘徊的低唱;留在夜夜的秦淮河上"②。行走在秦淮河上的游船激起的水花不能倾诉出河水的寂寞,在暗夜中,喧闹的河面和满怀愁思的作家无法达成共鸣,与友人同游的乐趣并不能冲淡自己内心的忧伤,反而使作家更能感受到心灵的虚空,人生的无奈和无力感充斥于文字中。

朱自清以平实的文笔、对人生关切的态度来描述秦淮夜景及夜游秦淮时的遭遇,而俞平伯以虚无哀伤的情调书写了秦淮河承载的漫长历史和无限忧愁。两位作者同游一处,笔墨间却折射出截然不同的人生态度,一为现实主义的书写,一为小资感伤的情怀。

第五节 戏 剧

20世纪20年代南京现代戏剧处于青涩的发展阶段,主要参与者是高校师生,东南大学培养了许多中国现代戏剧界、电影界的明星,如教育系的侯曜、濮舜卿,英文系的顾仲彝,他们在南京求学阶段便开始剧本创作,参与戏剧演出。他们早期创作深受20年代易卜生的社会问题剧风格影响,现实主义风格鲜明,多以社会中的妇女问题、民生问题、家庭伦理问题、社会政

---

① 朱自清:《桨声灯影里的秦淮河》,《朱自清散文选集》,二十一世纪出版社2014年版,第10页。
② 俞平伯:《桨声灯影里的秦淮河》,《桨声灯影里的秦淮河》,中国青年出版社2017年版,第25页。

经问题为切入点,虽技法较稚嫩,以青年的热情为创作原动力,但与同期戏剧创作相比仍不失为佳作。

侯曜①的剧作家及导演的道路开始于东南大学。1923年,东南大学主楼口字房遭遇火灾,1924年,学生自治会议决定举办游艺会,排演剧作筹款,侯曜自告奋勇进行剧本《山河泪》创作并参与排演来筹募善款。《山河泪》的创作与演出较有代表性,后在上海商务印书馆作为文学研究会通俗戏剧丛书第四种出版发行。侯曜为创作《山河泪》曾亲访参与独立运动的朝鲜革命家,"《山河泪》取材于《韩国独立运动之血史》《韩国真相》和英文版的《高丽之独立运动》三书内容"②。作者花了几个星期搜集材料并进行撰写,排演时还曾亲自扮演剧中角色安南潜。选题的主要目的是"描写韩国独立运动的精神,并借此书替世界被压迫的民族作不平鸣,向帝国主义之野心家作一当头棒喝,更希望世界此后成一个平等、博爱、互助、共存的大乐园。我不知道这本剧能否衔得起这个重要的使命,但是无论如何,总可以赤裸裸的把作者的苦心表现出来吧!"③剧作借歌颂韩国独立运动,隐喻当下危机重重的中国社会,替全世界被压迫的民族发出一声不平的怒吼,展现奋勇拼搏的民族精神。

随后侯曜与同人一起组建剧社,公演自己创作的校园剧《人间乐园》《弃妇》《复活的玫瑰》等。这种选择是侯曜出于自身对戏剧的爱好,也是当时青年知识分子试图以戏剧形式启蒙民众的意图的体现,客观上促进了南京现代戏剧事业的发展。侯曜早期剧作基本均在校内创作:《弃妇》1922年11月初"脱稿于东南大学""改订于南京平民教育促进会";《可怜闺里月》"十二,四,十六,改订于南京鸡鸣寺";《摘星之女》"1924年8月15日于东大";《顽石点头》"1925年元月27日改订于南京东南大学";《春的生日》"民国十四年2月7日作于东大"。《刀痕》《可怜闺里月》《复活的玫瑰》结集成册,成

---

① 侯曜(1900—1945),男,字一星,广东番禺人。
② 侯曜:《序》,《山河泪》,商务印书馆1927年版,第1页。
③ 侯曜:《序》,《山河泪》,商务印书馆1927年版,第1页。

为侯曜出版的第一本剧作集。前两出戏以青年人关心的爱情婚恋题材为主,重点凸显青年人对封建制度和家长包办制的反叛,对传统礼教吃人本性予以揭发。《复活的玫瑰》则是反战主题,剧作中富翁顾颂梅收留了孤女沈云兰,云兰与顾颂梅的儿子顾少梅青梅竹马。顾少梅赴沪升学,顾家姑母觊觎长兄家财,假装遭夫抛弃入住顾家,并欲撮合女儿陆慧珍与少梅。顾颂梅病逝后,姑母一家鸠占鹊巢,施计令云兰误以为少梅变心,更图毒害云兰,结果反伤了自己的女儿慧珍,并酿成火灾。云兰于浓烟中救出慧珍后离开顾家,投身孤儿院工作。顾少梅得慧珍相助找到云兰,冰释前嫌。剧本颇具张力,极有艺术感染力,得到郑振铎、吴俊生、曹聚仁等当时较为著名的评论家的赞许。1923年郑振铎、吴俊生在为《复活的玫瑰》作序时都提到侯曜戏剧的舞台感染力:"他们在舞台上的感化力,都实比在书本上大。这是我们在当时舞台下所确曾感到的。"[1]曹聚仁在为侯曜《复活的玫瑰》作序时也表示:"读了侯君这本戏剧之后,我愿侯君拿攻击婚姻制度的热烈情感,去攻击经济制度;我尤愿那些为婚姻制度下泪和怒目的男女,转而怨恨诅咒经济制度!"[2]

易卜生的《玩偶之家》译介到中国之后,对五四以来的青年知识分子产生了极大影响。主人公娜拉成为中国青年知识分子尤其是女性知识分子学习的楷模,是追求个性解放的先锋人物。侯曜在剧作《弃妇》(上海商务印书馆,1925)中塑造了中国娜拉吴芷芳的独特形象。《弃妇》在被搬上电影银幕之前,原名为《空谷佳人》。吴芷芳原本是封建黑暗社会中的传统女性,安于做一个循规蹈矩的贤妻良母,不料时运不济,丈夫出轨,婆婆百般刁难,不得已离开婆家,成了受人嫌憎的弃妇。但她受过基本教育,在人生困境中幸运地获得同学杨素贞的帮助,从依附于他人生存的弃妇蜕变为经济独立、个性解放的现代女性。面对吃人的社会,她宣告:"我与其做万恶家庭的奴隶,不如做黑暗社会的明灯!我与其困死在家庭的地狱里,不如战死在社会的地

---

[1] 郑振铎:《序》,侯曜:《复仇的玫瑰》,商务印书馆1924年版,第1页。
[2] 曹聚仁:《序》,侯曜:《复仇的玫瑰》,商务印书馆1924年版,第4页。

狱里！我与其把眼泪洗面，不如拿鲜血沐浴！"①然而残酷的环境并没有为女性留出独立的空间，吴芷芳就任秘书一职却受到老板的欺凌，失业后她愤懑地指出女性如同奴隶，在社会、家庭中遭受重重压迫，如何从这个噩梦中醒来，如何让女性摆脱宿命的悲剧，如何与不公的社会进行抗争？"我们女子今天到了这种奴隶的地位，并不是命运上应该如此。实在是因为我们失掉女权的原故！我以为决不能归罪于命运，只有归罪于自己！我们自己为什么自暴自弃！我们自己为什么大梦不醒！我们自己为什么不要脸！为什么不争气！为什么不努力！为什么放弃人权而不争！"②这一悲壮的与旧时代决裂的宣言，让侯曜塑造的"中国娜拉"更有时代性和艺术感染力。王式禹盛赞这一角色是 20 世纪以来女性解放的典范，如海上灯塔一般为迷茫困顿的女性们指明了斗争的路径。"《空谷佳人》中的芷芳，足为谈女子解放者之模范，乃女子悲苦的结晶。足以振起女子自身之精神，使向前奋斗；足以引起社会情感，使大家了解，辅助以除去女子解放的阻碍。在这黑暗的世界里，有了这本剧，也可谓空谷之足音，海中灯塔上的光闪了。"③《弃妇》中提出现代女权运动应鼓励女性自力更生，在经济上不依附于男性或旧家庭，进而争取男女平权，包括参政议政、受教育权和经济平等权，得到真正的"人"的价值。作为男性剧作家，侯曜的这种平等观念和创作思路在当时是颇有勇气的，他运用现实主义手法对社会现实制度提出强烈批判，以被欺凌的无助女性的命运来抒发知识分子在社会中遭受的重重压迫和挫败，进而借用剧中人物对腐朽黑暗的旧观念进行批判，塑造新的知识分子形象，塑造新的人生意义。他的创作体现出对现实的关注和对弱势群体的悲悯同情，他创作戏剧的目的也就是在这个罪恶的世界里安慰疗救那些遭遇悲惨的灵魂。

毕业后侯曜曾在上海长城、联华等影片公司担任戏剧编导，知名作品有《海角诗人》《弃妇》《摘星之女》《西厢记》等，他的现实主义戏剧风格在中国

---

① 侯曜：《弃妇》，侯曜：《复仇的玫瑰》，商务印书馆 1925 年版，第 17 页。
② 侯曜：《弃妇》，侯曜：《复仇的玫瑰》，商务印书馆 1925 年版，第 17 页。
③ 王式禹：《序》，侯曜：《复活的玫瑰》，商务印书馆 1924 年版，第 11 页。

戏剧史上占有一席之地，被誉为"中国现代话剧文学开拓者"和"新派电影家"，其电影理论著作《影戏剧本作法》被认为是于西方戏剧理论之外建立了新的东方理论体系。[①]

教育系的濮舜卿[②]不仅是侯曜的同学、志同道合的戏剧合作者，也是他的伴侣，在东南大学就读时他们一起组织东南剧社并参与剧作排演。濮舜卿才华横溢，被视为中国电影史上第一位女编剧，存留下来的剧作中最出色的是《人间的乐园》，被认为是当时"学校剧"的代表，另有《她的新生命》等剧作集。她擅长细腻的创作，1926年，剧本《芙蓉泪》在中华国民拒毒会举办的电影剧本征文比赛中荣获最高奖。其剧作关注女性命运，善用浪漫手法从东西方神话中解读女性解放意识和现实情怀。

《人间的乐园》从《圣经》里寻求灵感，将人类始祖亚当夏娃被逐出伊甸园的故事从女性的角度重新阐释。剧中夏娃成为吃禁果的主导力量，而不是蛇。她认为禁果代表的是上帝和天使的特权，人类不能采摘禁果不是因为果实有毒，而是人类没有资格与上帝享受同样的果实。她判断"这些果子又红又大，一定是很好吃的！"上帝和天使每到果实成熟时便来采摘，却不允许人类使用，恫吓人类这些果实致命。当夏娃克制不住自己的好奇，从智慧树上摘下第一颗果实时，这颗果子在她手中变成了同情鼓励她的"智慧"女神。人类偷吃禁果引得上帝震怒，将亚当、夏娃赶出伊甸园，两人绝望之际，"智慧"女神向他们指出一条明路，到人间去承担人的使命，依靠自己过人应该过的日子。在她的鼓励之下，亚当和夏娃来到人间，创造出一片繁荣。上帝很高兴，命令把生命树上的果子也赠了夏娃，智慧女神拒绝了上帝的好意，她以为上帝的施舍不是夏娃所渴求的，人类的价值在工作和独立的精神中已经凸显出来，而上帝的所谓恩赐无非是让人类屈从于他的神力，因敬畏而接受上帝的控制。上帝闻言大怒，将亚当和夏娃彻底赶走，并惩罚智慧女

---

① 陈犀禾：《中国电影美学的再认识——评〈影戏剧本作法〉》，丁亚平主编：《1897—2001百年中国电影理论文选》，文化艺术出版社2003年版。
② 濮舜卿（1902—？），女，原名濮傍，浙江省杭县人。

神。这一章节体现出女性对男性权威的挑战及自我意识的觉醒,作者在思考:如果男权社会中没有女性独立生存的空间,女性无法获得自由该怎么办?女性的幸福和个体生命价值如何实现?这些问题使得她的剧作超越了五四初期女性题材作品中仅描述女性悲惨命运,张扬女性反抗意识的境界,进入到女权主义的深层,从社会、经济、女性个体经验中分析女性的未来发展趋势。

1926年,濮舜卿与丈夫侯曜一起创作剧本《月老离婚》时同样借用中国神话故事资源,描写月老撮合下的包办婚姻造就了人世间无数怨偶,他们以其人之道还治其人之身,将月老与丑陋蛮横的胖大嫂配成一对夫妻,让月老在生活中深受其苦,亲身体会到没有感情的婚姻是对人性的戕害,于是月老郑重卸任,决定以后再不包办人间的婚姻。剧作视角独特,文字明白晓畅,着眼点与现实密切相关,演员表演动作夸张,是一出情节离奇的轻喜剧,后来改编搬上银幕,深受观众欢迎。

第二章 审美与革命的变奏
（1927—1937）

　　1929年,国民政府颁布了《首都计划》,提出了改造南京的具体构想,对南京城市的功能分区、道路交通、供水供电、通信设施、现代房屋建筑、城市绿化进行了细致设计。城市规划、政治等因素促使1927年南京成为中华民国的首都。二三十年代的南京文化教育事业发达,高等院校数量众多,金陵大学、中央大学汇集了当时各学科知名学者。1928年,中央研究院在南京建立后,天文研究所、气象研究所、地质研究所、自然历史博物馆（后改为动植物研究所）、心理研究所、历史语言研究所、社会科学研究所等机构相继落户南京,使南京成为自然科学和社会科学发展的重镇。1927年至1937年,国民政府统一财政,制定经济建设方针,设立工业经济行政管理机构并颁布法律法规；试图裁撤厘金,关税自主。1936年,中国经济发展一度成为民国时期的高峰期。但总体上,20世纪二三十年代,全世界都处于风云变幻、动荡不安的状态。一方面,西方国家不断陷入经济危机,邻国日本多次挑衅；另一方面,30年代的中国风雨不调,自然灾害频发,国内战争不断。在政治困局和经济短暂的繁荣影响下,这一时期南京文学面貌也较为繁复多元。

第一节　概　　述

一、南京成为政治、文化的中心

　　1927年是国民革命即将取得最后胜利的紧要关头,蒋介石集团相继在南京、上海实行"清共""分共"政策,并于1927年4月在南京成立国民政府,经过多方融合,实现与武汉汪精卫集团、上海西山会议派的统一。被重新定为首都的南京集中了国民党的要害部门,如国民政府、行政院、立法院、司法院、考试院、监察院、中央党部等皆设于此。南京再次被推向各派政治势力角逐的舞台,成为当时中国的政治中心和文化中心,正如孙中山在《建国方略》中评价:"其位置乃在一美善之地区。其地有高山,有深水,有平原,此三种天工,钟毓一处。在世界中之大都市,诚难觅此佳境也。南京将来之发达,未可限量也。"政治地位确立后,南京的文化教育事业也得到了迅猛发展。首先,1927年在江苏试行大学区制后,国民政府决定将东南大学在内的八所院校合并改建为国立第四中山大学。1928年初,国立第四中山大学改称国立江苏大学,5月又改名国立中央大学。这是现代中国培养人才最多的大学之一。其次是私立教会学校的发展。1927年后,教会大学中掀起了一场以收回教育权为主旨的"本土化"运动,在国民政府支持下,陈裕光成为教会大学——金陵大学的第一位华人校长。从1927到1937年,南京地区的公立和私立高校共有八所,在民国教育中算得上实力雄厚。

在传媒出版方面,南京也在这十年中有了更大的文化影响力。1928年成立军用图书社,1932年成立拔提书局。1933年,南京已有天一书局、钟山书局、京华书局、花牌楼书局、青白书局、新亚洲书局、新京书局、群众图书公司等出版机构数十家,其中规模较大、较有特色的是钟山书局。1933年国民党官方出版机构正中书局在南京成立。该书局由陈立夫创办并自任总经理,总局设在南京,在上海、北平、天津、汉口等地还设有分局或发行所。

1928年,国民党宣布中国步入"训政阶段",开始在全国实行"党治",即实行"以党治国""一党专政"的方针。国民党收紧了宣传政策,推行"以党治报",对非政府主办的新闻机构进行严密监控和行政管理。"九一八"事变后,国民党利用民族危机,进一步收拢新闻自由,极力宣传"国家""民族"等抽象观念,对新闻主题进行严格限制,凡是与政府相关的负面报道,一律被冠以危害"国家""民族"的罪名,强制取缔。另外加强对新闻的控制,实行所谓"科学的新闻统制"。此后国民党的新闻统制思想与政策进入了一个将国民党的新闻事业与非国民党的新闻事业统筹规划、全面统制的新阶段。

1928年6月,国民党中央颁布执行了《指导普通刊物条例》和《审查刊物条例》,文件中对非国民党系统的报刊的出版与传播进一步限定:"各刊物立论取材,须绝对以不违反本党之主义政策为最高原则",同时加强政府的控制,所有媒体"必须绝对服从中央及所在地最高级党部宣传部的审查"。1929年,国民党中央又颁布了《宣传品审查条例》,指出所有机构的宣传品,包括报刊和通讯社稿件在内,都要送交国民党党部审查,并宣布凡"宣传共产主义及阶级斗争者""反对或违背本党主义政纲政策及决议者""妄造谣言以淆乱观听者"为反动宣传品,必须"查禁查封或究办之"。同年国民党中央还颁布了《出版条例原则》,"凡用机械印版或化学材料印制定新闻纸类、书籍、图画、影片及其他文书,出售或散布者,均认为出版品",均应"登记审查",凡"宣传反动思想""违反国家法令""妨害治安""败坏善良风俗"的出版品,"不得登记"。1930年12月16日,国民党以国民政府的名义颁布了《出版法》,正式将新闻统制政策合法化。《出版法》第四章规定,意图破坏国民党、损坏民国立意及伤风败俗的新闻都应被定为反动新闻,如有此类现象,报刊可能被查封。这些限制条文没有明确定义,意义含混,如"意图破坏""意图颠覆"等词,使得日后国民党当局可以任意解释,并据此控制报刊。1933年后,国民党的新闻统制政策从亡羊补牢转变为未雨绸缪,在新闻界推行新闻检查制度,在新闻尚未面世前进行阉割式审查。1933年1月19日国民党第四届中央执行委员会第五十四次常务会议又通过了《新闻检查标准》和《重要都市新闻检查办法》。依据以上文件,国民党中央宣传委员会在南京、上海、天津等城市设立新闻检查所,主要负责当地所有新闻稿件刊发前的审核,对不送检查之报纸,将给予一天至一星期停版之处分或"其他必要之处分"。为了防止对自己不利的新闻的传播,政府要求各地报纸采用"中央通讯社"通稿。

1934年国民党《文艺宣传会议录》中的记录显示这些政策条例实行后,国民党中宣部审查了469种书刊,查禁和扣留的书刊接近半数。而实际上从1929年至1934年国民党宣传机构的审查标准是,左联作家所有图书一概焚毁,是现代版的"焚书坑儒"。

打压左翼文学的同时,民族文艺运动得到国民党政府经费资助和宣传机构的大力吹捧,但由于文学理念含糊、作品文学价值低,很快偃旗息鼓。1930年6月王平陵、潘公展等发起"中国民族主义文学运动",7月成立"中国文艺社",出版了《文艺月刊》等刊物;线路社和流露社分别创办了《橄榄月刊》《流露月刊》,还出版有《开展丛书》《文艺丛书》等。由于政局的动荡,南京作家流动频繁,所办文艺社团、刊物生命都较短暂。

1930年7月,由国民党中宣部直接领导的"中国文艺社"成立,骨干成员有王平陵[①]、左恭[②]、钟天心、缪崇群[③]、周子亚[④]等,出版《文艺月刊》和《文艺周刊》。前者创刊于1930年8月15日,每期容量达15至20万字,是当时不多的几种大型文学月刊之一,1937年10月21日起改为《文艺月刊·战时特刊》,不定期出版。后者约创刊于1930年9月间,附于《中央日报》,每周四出版,内容简短,主要登载中国文艺社的动态信息。《文艺月刊》共出版了73期。起初刊物倾向于重视作品的艺术性,与政治保持一定距离,很少刊登与政治相关的文章,这种精益求精的艺术追求吸引了许多政治立场截然不同的作者和读者,一些左翼知名作家如原南国社成员皮牧之、马彦祥,"京派"作家梁实秋、沈从文、凌叔华等,"现代派"作家施蛰存、戴望舒、穆时英、杜衡等,巴金、李青崖等自由作家,左联作家聂绀弩、鲁彦等,都曾在《文艺月刊》上发表过作品。只有批评左翼普罗文学的文章才能看出其背后的党派立场。如王平陵的《会见谢寿康先生的一点钟》(《文艺月刊》创刊号)借谢寿康之口宣称"文艺是无阶级的,无国界的,不是代表某一时代的某一阶级的留声机","现代中国文坛上,那些畸形的不成样的东西"完全离开了

[①] 王平陵(1898—1964),男,小说家、散文家,原名仰嵩,江苏溧阳人。
[②] 左恭(1904—1976),男,湖南湘阴人。
[③] 缪崇群(1907—1945),男,笔名终一,江苏六合人。
[④] 周子亚(1911—),男,浙江杭州人。

现实生活,"中国劳动界的痛苦,并不就是他们所描写的那样,他们那样虚无缥缈的理想,也绝不是中国劳动界所需要的东西"。① 徐子的《鲁迅先生》(《文艺月刊》创刊号)中也暗讽:"不过该考虑的:文艺固然无法避免被政治家利用,但是文艺的目的与内容是否就等于政治的目的与内含? 而且,文艺家在一种暴力与一定的口号下,是否可以创造有生命的文艺来? 中国共产党的先生们原来是对什么事物都是只问目的不择手段的,在政治方面搅了若干时,现在又搅到文艺的园地里来了。"缪崇群的《亭子间的话》(《文艺月刊》第 1 卷第 2 期)借引用李锦轩发表在《前锋周报》创刊号上的《符咒与法师》中的文字,暗嘲普罗文学。周樵则在《通讯》(《文艺月刊》第 1 卷第 2 期)中骂共产党:"他们又复把这些残酷的兽行,妨害到幼稚的中国文艺界,提倡什么普鲁列塔利亚的文艺,把流行的打倒式与拥护式的宣传标语,笼罩着文艺的形式,便自诩为这是'革命文学''大众的文学'。"认定左翼作家是苏俄赤色帝国主义卢布收买的文坛走狗。克川的《十年来中国的文坛》(《文艺月刊》第 1 卷第 3 期)批评蒋光慈、郭沫若、洪灵菲、戴平万等左翼作家的作品"不是个人主义的思想,便是英雄崇拜,或者是放进了些感伤和悲观的气分。……即使在技术方面,也是不太高明的东西。"苏雪林在《郁达夫论》(《文艺月刊》第 6 卷第 3 期)中攻击创造社作家:"在文艺标准尚未确定的时代,那些善于自吹自捧的,工于谩骂的,作品含有强烈刺激性的,质量粗滥而量尚丰富的作家,每容易为读者所注意。"②文中将郁达夫称为借色情露骨描写博取读者眼球的哗众取宠的作家,彻底否定创造社的文学创作成就。这种倾向在《文艺月刊》第 11 卷第 1 期《编辑后记》中明确展现:"民族文艺之重要,在今日已成为人人皆喻之事实。本杂志素以严肃之态度,提倡民族文艺;但极力避免心不由衷的口号文学。"据此可证实《文艺月刊》的确是"三民主义"文学阵营的重要组成部分。

中国文艺社的另一刊物《文艺周刊》由王平陵、缪崇群主编,是《中央日

---

① 王平陵:《会见谢寿康先生的一点钟》,《文艺月刊》,第 1 卷第 1 期,1930 年 8 月。
② 苏雪林:《郁达夫论》,《文艺月刊》,第 6 卷第 3 期,1934 年 9 月。

报》的副刊之一。该刊曾登载过叶楚伧、陈立夫等关于文艺的讲话(《叶楚伧先生的"艺术论"》,1931年1月15日;陈立夫《中国文艺复兴运动》,1931年2月19日),以及诸如洪为法的《普罗文学之崩溃》(1931年2月26日至3月5日)这样的长篇批评,但此类文章数量较少,相反,倒是"中国文艺社"社员的一些与政治并无多少瓜葛的诗文挤掉了不少版面,这使得《文艺周刊》颇像是"中国文艺社"社员们自家的游艺园。

线路社1930年成立于南京,骨干成员有何迺黄[①]等,办刊经费主要来源是国民党组织部津贴,曾创办过《橄榄月刊》、《橄榄周刊》(《中央日报》副刊之一)、《线路》半月刊和《线路》周刊。骨干成员何迺黄是极端反动的右翼文人,他肯定文艺与政治之间的密切关系,认定文艺是鼓吹思想和理论的工具,反对左翼文艺,将其贬斥为没有时代性的"破锣文学"。他大力鼓吹"三民主义"文学,是国民党文艺政策卖力的吹鼓手:"我们的材料,应取之于党义,拿文艺去宣传,最好我们作一篇文艺,要含有宣传本党主义的作用,使读者读完以后对于'三民主义'有更深的感觉,并且也勿堆塞了许多生硬的奥妙的名词,以致读者感到枯燥、乏味和失了宣传的意义。……我们党治下的作家们,大家站在本党的立场,用文艺去发扬主义的光辉;不然,则离开了时代的文艺,立刻便会夭亡的!"[②]

"流露文艺社"是自称"仅只知道哭的愚笨的小孩"的成员组建的文学社团,接受组织部津贴,社务由萧卓麟主持,成员有左漱心、庄心在等,曾经创办《流露》月刊、《中国文学》月刊和《流露》周刊(《新京日报》副刊)。1934年8月停刊且社团停止活动。《流露》月刊创刊于1930年6月1日,虽说是月刊,可实际上除了前两期尚能按期出版外,几乎每期都要延期出版。从第2卷起,改为半月刊,自3卷1期(1933年3月2日)起又恢复为月刊。1933年3月,南京的"流露社"在沉寂了一年多之后,出版了《流露》3卷1期革新号,由原来的月刊改为半月刊,版式也由24开改成16开。"流露社"宣称自己

---

① 何迺黄(1902—1969),男,广东兴宁人。
② 何迺黄:《革命与文艺》,吴原编:《民族文艺论文集》,正中书局1934年版,第111页。

第二章 审美与革命的变奏(1927—1937)

的文学主张没有任何理论色彩,完全出自内心,用真情实感的眼泪发出文学的声音,是青年人"哭的文学"。《流露》上很多作品表现了青年人对现实世界的不满以及由此而起的难以排遣的郁闷和悲愤。《流露》月刊上发表了一些民族主义作品,比如梦如的《战场之上》(1卷3、4号合刊)写的就是"革命军人""为着求民族的生存,求社会的安宁,谋大家的福利",在中原大战的战场上奋勇搏杀的故事。萧卓麟的《红对联》讲述的是1933年春节南京市党部印发了一批宣传抗日的红对联,结果引来日本人的抗议,南京市政府只好下令撕掉红对联,表达了对侵略者强烈的民族仇恨。

"开展文艺社"是南京较重要的民族主义文学社团,最初发起人是曹剑萍、翟开明、刘祖澄三人,不久潘子农①、卜少夫②等相继加入。"开展文艺社"的定期出版物计有《开展》月刊、周刊,《青年文艺》及《民俗》周刊。《开展》(第4期,1930年11月15日)刊登了社团的第一届职员名单,据此可看出社团成员多为南京各党政机关中的工作人员,其中骨干力量曹剑萍时任南京市党部秘书处秘书,赵光涛时任江苏省立民众教育馆主任,总出版组干事程景颐在铁道部工作,戏剧组干事叶定来自南京市党部。"开展文艺社"在南京、上海、镇江、杭州、宁波等地均有成员,其中较活跃的有娄子匡、仇良燧、段梦晖等。《开展》月刊1930年8月8日创刊,共出版12期,终刊于1931年11月15日。"开展文艺社"在发刊词中宣称:"民族主义文学,以水到渠成之势,尤疑的成为支配中国文坛的一种新的势力了。"社团宗旨就是宣传发展民族主义文学,为当时文坛增加一股文学新力量。在这一宗旨指导下,刊物刊载了大量政治态度鲜明的宣传性文章,如一士的《民族与文学》(《开展》月刊创刊号)指出文学应当以民族意识为指导,进而去指导人生,"在中国的现在状况之下,只有民族的生活意识,而不许可有个人的生活意识",文学应该"以指导和解决民族的物质生活为其外缘的意义的最高原则"。创刊号将前锋社发表的《民族主义文艺运动宣言》改题为《中国民族主

---

① 潘子农(1909—1993),男,浙江湖州人。
② 卜少夫(1909—2000),男,原名宝源,笔名邵芙、庞舞阳等,原籍山东滕州,江苏镇江人。

79

义文艺运动宣言》,并刊载了原文。《开展》周刊由卜少夫主编,出版渠道为《新京日报》副刊,共出了30多期。

《青年文艺》以《中央日报》副刊出版,由曹剑萍编辑,影响较小。在民族主义文艺和"三民主义"文艺的论争中,"开展文艺社"坚定地站在了民族主义文艺一边,认为"三民主义"文艺虽与民族主义文艺"实出一辙,而旗帜之鲜明与堂皇,更非民族主义文艺所可并肩而语",自然就更"容易被人谈焉而置之"。他们认为从概念范畴来看,"三民主义文艺"属于"民族主义文艺"的重要组成部分,文艺作品表现"三民主义"是"为了民族",让文学承担起政治宣传的职责,而"为了民族"是民族主义文艺理论的要义之一,所以"三民主义文艺"应该是"民族主义文艺"不可或缺的部分。

《长风》半月刊是南京的另一份打着民族主义旗号的刊物,创刊于1930年8月15日,由徐庆誉[①]主编,南京时事月报社印刷发行,同年10月15日第5期后停刊,《长风》半月刊自称发行动机是想从学术立场"整理紊乱颓废的思想"。在民族精神方面,刊物提出,攻击共产党人过分强调阶级斗争,在社会中往往容易激起仇恨,引发社会动荡,而颓废主义者则自甘堕落,对年轻人造成负面消极影响,因此提出"我们为中国民族谋解放计,十二分的希望共产主义者与颓废主义者回头猛省,打破以往的成见,和我们一同站在革命的战线上牺牲奋斗"。他们提倡的所谓民族精神是"忠孝仁爱信义和平",是包裹在中国传统的道德文明之下的民族主义观念。

《矛盾》月刊创刊于1932年4月,1934年6月第3卷第4期终刊,共出版3卷16期,由矛盾出版社编辑发行。第1卷为24开本,由潘子农主编,1933年9月第2卷起迁往上海,改为16开本,由汪锡鹏[②]、徐苏灵[③]、潘子农共同编辑,发行人为刘祖澄。该刊宗旨是:"以我们锋利的矛,去刺破一般丑恶者用来遮隐他们罪孽的盾,更以我们坚实的盾,来抵抗一般强暴者用作欺

[①] 徐庆誉(1898—1997),男,湖南浏阳人。
[②] 汪锡鹏(1906—?),男,笔名双贝子,江苏南京人。
[③] 徐苏灵(1910—1997),男,原名徐玉麟,原籍天津,出生于上海。

凌大众的凶器的矛。"①《矛盾》月刊主要撰稿人有王平陵、黄震遐、杨昌溪、洪深、欧阳予倩、陈白尘、熊佛西、戴望舒、老舍、徐迟等。刊发作品有强烈的时代意识和民族情怀,如刘祖澄的《辱》(《矛盾》月刊第1卷第1期)、赵光涛的独幕剧《敌人之吻》(《矛盾》月刊第1卷第1期),袁牧之的《铁蹄下的蠕动》(《矛盾》月刊第1卷第2期)等。1931年潘子农主编的第1卷第5、6号合刊为《戏剧专号》,内有欧阳予倩、熊佛西、马彦祥、唐槐秋、袁殊、袁牧之、陈凝秋等人的文章,是当时仅有的期刊戏剧专集,促进了30年代南京话剧运动的发展。第2卷第3期是《追悼彭家煌氏特辑》,第3卷第3、4期合刊为《弱小民族文学专号》。

"新垒社"是国民党改组派干将李焰生一手组建的文学社团,集合了一群失意的国民党左派人士以及部分退党的前国民党党员,《社会新闻》讽刺"新垒社""负有改组派之政治使命"。李焰生则声称《新垒》"是纯文艺的刊物","我们摆脱一切党派,我们不满于一切党派,才办此《新垒》"②。从《新垒》月刊、半月刊的内容看,"新垒社"成员不满于现代中国文坛的"乌烟瘴气荒芜颓废",认为文坛上的各派"或为一般少爷绅士们所迷恋为精神的鸦片,或为一般政治运动者利用为党派的工具,甚而至于以之做巴结要人之进身阶,求名求利之敲门砖""他们曲解文艺本身的意义和价值,把文艺带上歧路"。③ 他们反对政治介入文学,认为将文艺当作宣传工具或争斗武器,"其价值不过等于一张政治传单,只能收一时的政治煽动的效果""对于人生断难有其他的有价值的贡献"。④ 但他们也指出民族文艺运动是时代的自然产物,其存在与其他文学形式一样是有价值的,当前的问题在于文坛上所谓民族文艺的运动者多为政治打手或政治宣传家,文艺作品只是进行宣传或攻评对手的工具,这是对文学的伤害,也是新垒社所嫌恶的。整体看来,新

---

① 《我们的话》,《矛盾》创刊号,1932年4月。
② 焰生:《新垒漫话》,《新垒》,第1卷第5期,1933年5月15日。
③ 焰生:《新的壁垒》,《新垒》,第1卷第1期,1933年1月10日。
④ 持大:《文艺与党派》,《新垒》,第1卷第5期,1933年5月15日。

垒社成员对国民党的文艺政策并不反感,他们只是质疑参与建设民族文艺的人以文学救民族的信念,借文学的名义来谋党派私利。

二、新旧文学的并存与论争

1927—1937年,国民党政府定都南京,中央大学成了首都大学,战时蒋介石曾一度兼任中央大学校长,中央大学在中国大学中的地位得以提升。其间,中央大学学生或教授同人主办的刊物有50多种,重要的有22种①,其中《国立中央大学半月刊》《国风》是较有代表性的刊物。

《国立中央大学半月刊》于1929年10月1日创刊,1931年1月16日停刊,共出版两卷24期。刊物创刊号发表了中央大学校长张乃燕(君谋)的《序》、戴超的《发刊辞》,明确传达出学校对刊物的支持。1930年11月张乃燕辞职,由朱家骅接任校长。1930年12月15日第2卷第6期的《本刊启事一》公告:"因新旧校长交替,奉命暂时结束。"校务顺利交接后,刊物却没有复活。

《国立中央大学半月刊》第1卷第9期的《投稿简章》中称刊物选稿标准宽泛:"无论自撰或翻译""不拘文言白话"。《国立中央大学半月刊》上,旧体诗词与白话新文学作品并存。20世纪30年代白话文学在南京也已经初具规模,中央大学学生的新文学作品随着白话文学的日渐成熟而成为30年代南京校园文学中的重要组成部分。除新文学作品外,旧体诗词也是刊物的重头戏。1930年6月1日出版的第1卷第15期《国立中央大学半月刊》发表了"上巳社诗钞"和"禊社诗钞",作者分别有王瀣(伯沆)、黄侃(季刚)、汪

---

① 参见沈卫威:《"学衡派"谱系——历史与叙事》,江西教育出版社2007版,第360-404页。22种刊物包括《国立中央大学日刊》(1930—1937)、《中央大学校刊》(1938—1947)、《国立中央大学半月刊》(1929.10—1931.1)、《史学杂志》《地理杂志》《方志月刊》《地理学报》《国风》《国立中央大学图书馆年刊》、《国立中央大学法学院季刊》(1930—1932)、《国立中央大学社会科学丛刊》《国立中央大学心理半年刊》《中央大学心理教育实验专篇》、《国立中央大学农学丛刊》(南京)、《国立中央大学农学院旬刊》《国立中央大学教育丛刊》《中央大学教育学院教育季刊》《中央大学教育行政周刊》《中央大学心理讲座研究报告》《中央大学商学院丛刊》《文艺丛刊》《艺林》。

国垣(辟疆)、何奎垣、胡光炜(小石)、王易(晓湘、晓香)、汪东(旭初)、何鲁。"上巳社诗钞"和"禊社诗钞"是30年代高校发展相对稳定状况下,高校师生重拾传统文人雅趣吟咏的诗作,展现了南京文化守成主义传统的顽强生命力,是学人之诗,也是诗人之诗,增添了民国时期南京文学创作研究的丰富性。

《国风》半月刊创刊于1932年9月1日,终刊于1936年12月,共出版8卷90号。刊物的宗旨是:"一、发扬中国固有之文化,二、昌明世界最新之学术。"①柳诒徵将其详细解释为:"本史迹以导政术,基地守以策民瘼,格物致知,择善固执;虽不囿于一家一派之成见,要以隆人格而升国格为主。"②从宗旨看来,《国风》延续了《学衡》中对中华民族传统文化的推崇,从文学观念到文学形式都与新文化阵营针锋相对,尊崇儒家思想,坚持并推广旧体诗词创作,学术上以国学研究为主,适当译介西方新知,另有零星文章结合时事,与科学、国防教育有关。刊物的基本编辑模式和文章的半文言文体都和《学衡》相近。③唯一不同的是柳诒徵及其门下弟子在《学衡》前期是不积极的撰稿人,不参与编辑活动。而《国风》的编辑活动主要由柳门弟子完成,文风质朴,材料扎实,注重国学研究。"尊孔"是《国风》以"民族文化"为本位的突出表现。1932年《国风》第3号为纪念孔子诞辰出版"圣诞特刊",内容包括《孔子之风度》(梅光迪)、《孔学管见》(柳诒徵)、《谈谈礼教》《如何了解孔子》(缪凤林)、《孔子与西洋文化》(范存忠)等纲领性文章,文章从学理、方法论角度细致批驳新文学阵营为展现革命面貌而全面"反孔"的荒谬之处,强调孔子学说对当今世界的巨大影响,指出孔子创立的儒家学说的文化意义。

三、革命文学思潮

二三十年代的南京文学始终处于国民党政府的文化专制政策控制中,

---

① 《国风》封面,第2卷第1号,1933年1月1日。
② 柳诒徵:《发刊辞》,《国风》创刊号,1932年9月1日。
③ 沈卫威:《民族危机与文化认同——从〈国风〉看中央大学的教授群体》,《安徽大学学报》,2005年第3期。

但左翼革命文学对南京文坛的影响也同时存在,形成了两种政治文学的对峙。1928年中国共产党在《宣传工作决议案》中指出党员应参加各类文学、科学团体,通过积极的社团活动来扩大党的影响力,并于年底成立了"中国著作者协会",受限于条件,具体措施未能落地。1929年6月中国共产党召开了"六届二中全会"并通过《宣传工作决议案》,决议中再次强调应广泛参与文化活动,"党应当参加或帮助建立各种公开的书店,学校,通讯社,社会科学研究会,文学研究会,剧团,演说会,辩论会,遍及新书刊物等工作",以便动员群众力量,扩大党派政治影响。两份决议都强调了文学与政治的密切关系,凸显了文艺工作的重要价值。在决议指导下,1930年中国左翼作家联盟经过多次筹备会议商讨成立,《萌芽》月刊在第1卷第3期中以"文学者参加'自由大同盟'底发起"为题报道了左联纲领及主要成员的相关信息。左联在上海成立后,对年轻人的影响力迅速扩散,不断在各地建立外围组织。1933年陈鲤庭[1]和宋之的受上海剧联指派到南京组建了南京分盟。作家联盟和中国左翼戏剧家联盟分别在南京成立了分盟,团结了一批作家和戏剧家,代表作家有张天翼、方光焘[2]、胡风、巴人、吴组缃、陈白尘、欧阳山、蒋牧良、楼适夷、瞿白音、洪叶(吴天)、施玉、王家绳、高履谦、许之乔等。上海剧联南京分盟成立"磨风艺社",与"大众剧社"联合排演了富有革命色彩的独幕剧《战友》《江村小景》《秋阳》《丰收》和《放下你的鞭子》等,在城乡进行多次演出,引起了较大反响。1935年初上海剧联章泯导演应邀到南京指导洪深原创剧作《香稻米》和挪威剧作家易卜生的名作《娜拉》。其中《娜拉》是20世纪20年代中国青年知识分子的启蒙社会剧,演员精湛细腻的演出激发了中国青年追求个性解放、婚恋自由的意识,上海剧联推荐他们赴沪巡回演出。但娜拉的扮演者王苹因演出失业,并被家人限制人身自由,剧社为此强烈抗议,在舆论界引起轩然大波,社会压力迫使张道藩出面调解恢复王苹的教职,以女性真实的抗争轨迹重现了娜拉的勇敢无畏。活跃的剧社活

---

[1] 陈鲤庭(1910—),男,上海人。
[2] 方光焘(1898—1964),男,原名曙先,浙江省衢县人。

第二章　审美与革命的变奏(1927—1937)

动引起国民党当局的警觉,剧社活动多次受到警察干涉,被迫转入地下。在严酷的政治局势下,1936年左翼剧联宣布解散,南京分盟中部分成员离宁赴沪。

三十年代初南京的左翼文学组织活跃,除了上海剧联南京分盟外,还有聂绀弩、金满成组织的"甚么诗社"、向培良组织的"青春文艺社"和黄其起、吴漱予、段可情、项德言主导的"白门文会"。1931年,"甚么诗社"由当时任国民党中央通讯社副主任的聂绀弩①和南京《新民报·葫芦》副刊主编金满成②倡导组建,成员多达100余人,主要成员有赵迦德、屠凝冰、段诗园,文学活动主要以报纸副刊为阵地发表《甚么诗刊》,曾出版诗刊《甚么月刊》,1931年"九一八"事变后,"甚么诗社"的斗争任务转交给文艺青年反日会。

"青春文艺社"在1931年成立于南京,主要成员有向培良③、朱之倬、姜缦郎等。1931年向培良在南京五卅中学任教,随后朱之倬、黄志尚、戴望峰等人也从长沙来到南京,他们共同商议成立青春文艺社,出版《青春》月刊。《青春》月刊第1期出版于1931年5月24日,宣言称创刊使命为"奋起青年精神,创造强健真纯的艺术,企求于艺术与生活之无间的融和"。该刊承印和发行单位都为南京拔提书店,因经费原因只印了一期。后筹款未成,第二期夭折。"一·二八"事变后成员回长沙,"青春文艺社"结束了在南京的发展,转移去了长沙。

1932年,黄其起、吴漱予、段可情、项德言等在南京成立了白门文会,在南京高楼门傅厚岗4号,设立了《彗星》编辑部,于1933年元旦创刊了纯文艺月刊《彗星》。《彗星》第1卷第1期《编后》中说,白门文会是由一群"不是那么有钱和有闲的人"组织起来的,并在卷首说:"我们的彗星出现于中国文坛中,它的希望如下:一、希望中国文坛有丰富的收获。二、希望能扫清中国文坛上的一切妖氛魔气。"《彗星》设小说、诗、剧、文、批评诸栏目,黄其起、吴

---

① 聂绀弩(1903—1986),男,原名聂国棪,笔名绀弩、耳耶、悍膂、臧其人等,湖北京山人。
② 金满成(1900—1971),男,曾用笔名东林、冬林、秋羊、许田等,四川峨眉人。
③ 向培良(1905—1961),男,笔名漱美、漱年、姜良,湖南黔阳人。

漱予、段可情、项德言负责期刊编辑,曾发表的主要作品有:项德言的短篇小说《警察》,描写一名警察因记录了警察厅长的车祸受到训斥和不公正的惩罚的故事;黄其起的长诗《前夜》则以社会生活为主线,描述了小偷、妓女、兵痞、工人、破产农民、地主绅士等各阶层的生活,重点对比"朱门酒肉臭,路有冻死骨"的贫富悬殊的社会生活场景。另有赵景深的《文学的特质》、孙俍工的独幕剧《审判》等。《彗星》被认为是20世纪30年代南京文坛的一股清新之风。1933年6月,《彗星》出版到第6期停刊,白门文会也停止了活动。

南京的左翼文学组织1936年后逐渐消散,社团活动沉寂,而革命著作的出版并没有完全消失。1936年底鲁迅先生去世后,学生费明君①编辑出版《鲁迅先生语录》,该书编者署名"雷白文",无出版单位。书中收录鲁迅1918年至1936年的语录190余则,每则注明出处。另有附录:一、鲁迅先生传略,二、译著书目,三、笔名表。前有鲁迅画像、遗像及逝世前十日的手迹,后有编者写的《后记》和《再记》说明编书和印刷的情况。该书共印2200册,内纪念本20册,精印本200册,均为非卖品,普通本2000册。

四、文学理论与批评

20世纪二三十年代的南京文学理论主要以民族主义为核心的"三民主义"文艺理论为主,"三民主义文学""民族主义文学"是由当时的政治文化催生、权力和金钱培植出来的畸形的文学形式,是为政治目的服务的宣传文学,也是30年代南京文坛上不可忽视的文学潮流。正如鲁迅所预言的:"民族主义文学"这类"宠犬"文学,"他们将只尽些送丧的任务,永含着恋主的哀愁,须到无产阶级革命的风涛怒吼起来,刷洗山河的时候,这才能脱出这沉滞和腐烂的运命"②。这种右翼党派文学为政治意义牺牲了文学价值,单调的口号、说教形式和明确的政治企图注定了其艺术感染力薄弱、生命力短

---

① 费明君(1911—1973),男,曾用名陶荻亚,笔名雷白文、清子等,浙江宁波人。
② 鲁迅:《"民族主义文学"的任务和运命》,《文学导报》,第1卷第6、7期合刊,1931年10月23日。

暂、社会影响较小。与此同时,在中央大学任教的罗根泽①教授的《中国文学批评史》在1934年出版,被誉为中国现代学术史上三部文学批评史经典之一,与其他两部——郭绍虞《中国文学批评史》(1934年出版)、朱东润《中国文学批评史大纲》(发轫于1931年,正式出版于1994年)鼎足而立,各具特色。

1. 以民族主义为核心的"三民主义"文学理论

1928年国民政府在政治军事上完成初步统一,迁都南京后,为加强中央政府权力,制订并推行了一系列政治、经济和军事、教育的建设计划,文化艺术领域出现了以政治宣传为目的的党治文化、党治文学。当时蓬勃兴起的左翼文学运动使国民党中宣部担心左翼文学运动所宣传的阶级论会激化国内阶级矛盾,造成人们思想上的变乱,直接危及国民党的建国方略的实施,甚至从根本上动摇国民党的统治,因此国民党当局积极扶持官方文艺团体,推行官方文艺政策。早在1929年6月,国民党全国宣传会议第十次会议公布了新的文艺政策,强调建立弘扬民族精神的"三民主义文学",打压左翼文学和封建文学。在国民党宣传家眼中,民族主义文艺运动对民族复兴有巨大帮助,"文艺是民族的生命,文艺运动是民族复兴的前驱,在目下因为我们需要创造一种培植民族精神,鼓舞民族生命之新文学,来负担这伟大的工程,民族主义文艺之真正意义既是如此,今后文艺运动所应有的定向亦复如是",因而应该推动民族主义文艺运动的发展,让文艺真正实现其使命和责任。"我们今后的文艺,是负有二种使命,一是民族生活的诚实底反映,二是民族生命的向前底推进,当我们愿意创作的时候,千万不可丢了这二个重大的方针。"②1930年,时任国民党中央宣传部部长的叶楚伧在《民国日报·元旦特刊》上发表文章《三民主义的文艺底创造》,强调"文艺创造,是一切创造根本之根本,而为立国的基础所在""若没有三民主义之文艺,则三民主义

---

① 罗根泽(1900—1960),男,字雨亭,直隶深县(今河北深州市)人。
② 周子亚:《论民族主义文艺》,吴原编:《民族文艺论文集》,正中书局1934年版,第2-12页。

之革命,成为孤立无援,而非常危险"。他特别警告道:共产党徒正在乘虚而入,"用一种很热烈的情调""很富于挑拨性的色彩"和"很富于煽动性的文字",以及"不复杂而简易的构造",做他们的文艺工作,国民党若是任其发展下去,自己却"一点也不去运动",那简直是"自暴自弃"。叶楚伧再三强调:"建设三民主义之文艺乃是目前至重要的工作",但对政策具体实施方法并没有明确的指示:"要以三民主义之思想为思想,思想统一以后,三民主义的文艺自然会产生了。"1930年4月,国民党上海特别市执委会宣传部召开第一次全市宣传会议,对"三民主义"文学观念和作品创作迟迟未能推进的状况进行分析,宣传部部长陈德徵认为当前文坛只有一些背离"三民主义"文学主张、偏向于不稳定因素的文艺作品出版,虽然政府采取了审查取缔的方式,但这是治标不治本的方法,"根本方法,尤在我们自己来创造三民主义的文艺,来消灭它们"。会议决定以《如何建设革命文艺以资宣传案》为依据,强行要求坚守和扩张文艺阵地,各区党部刊物"尽量刊载革命文艺之理论及创作",宣传部应编辑革命文艺刊物。这一时期南京民族主义文艺运动的参与社团及刊物有:开展文艺社及其出版的《开展》月刊,长风社及其出版的《长风》半月刊、《活跃周报》等。在"民族主义文艺"和"三民主义文艺"的论争中,"开展文艺社"坚定地站在了"民族主义文艺"一边,认为"三民主义文艺"虽与"民族主义文艺""实出一辙,而旗帜之鲜明与堂皇,更非民族主义文艺所可并肩而语",自然就更"容易被人谈焉而置之","三民主义文艺"应是"民族主义文艺"的重要组成部分,而不是独立的系统理论。

1932年至1937年抗战爆发前为民族主义文艺运动的后期。1932年3月1日,在蒋介石授意下,贺衷寒、邓文仪、康泽等黄埔骨干分子在南京发起成立"三民主义力行社"。"力行社"外围组织分两层,即"青会"("革命青年同志会"和"革命军人同志会")和"复兴社"。在思想文化方面,"力行社"主张以法西斯主义拯救疲弱的中国,他们在文化学会的帮助下创办报刊宣传强力治国、铁腕手段。这是"三民主义"文学的一条歧路,1932年底,"三民主义"与法西斯主义的关系和未来国家发展路径成为当时的热门话题。这一时期民族主义者指出:“民族主义底目的,是要使民族能够独立,并且在各民族间处于平等的地位;凡能使得达到这目的的文学,就是民族主义的文学,无论是戏剧、小说、诗歌或者散文。同时,凡是攻毁民族主义前途底障碍的文学,和暴露民族主义敌对底丑态的文学,也都是民族主义的文学。”[①]官方理论家从“三民主义”的立场解释民族主义文艺运动存在及发展的合理性,民族意识往往能为文艺所唤醒,“三民主义”运动是推进国民革命必须做的前期工作;并且结合民族危机,指出当前任务是:“中国人要为全世界的弱小民族打抱不平,必须先把自己从不平等的地位提高到平等地位,换言之,须先恢复中华民族的地位,民族主义的文艺运动,就是唤起中国人的民族意识,为恢复民族地位打基础的一种切要的工作;我们承认他是以负起推进国民革命的使命的,也不为过分罢。”[②]他们标榜自己不同于左翼文学的功利态度,将文学视为“宣传的利具”“阶级的武器”,通过文艺宣传国家主义思想,从而争雄世界。他们认为自己只是“借文艺的力量来作喇叭的吹号,把大众已失了的心拉回转来,从新来弹出有节奏的沆瀣的音调,使民族的生活,有着精神的接济,永久的生命得以继续绵延”[③]。“矛盾社”的《矛盾》月刊、“新垒社”的刊物《新垒》是民族主义文学的典型代表。

国民党统治时期“三民主义文学”一直存在,“三民主义文学,以三民主义为原则而建设的革命文学”。右翼党派文学社团要求现代文学以“三民主义”为指导思想,建立“忠君爱国”的“反帝国主义精神,反封建宗法制度的精神,唤醒民族尚武的精神,恢复吾国固有道德的精神,描写民生疾苦的精神”,并公开指出“三民主义文学”的提出就是为了对抗左翼文学,“三民主义文学排斥普罗文学,要以正确的理论来批评普罗学说,在积极方面,我们只

① 许尚由:《民族主义的文学》,吴原编:《民族文艺论文集》,正中书局1934年版,第41页。

② 潘公展:《从三民主义的立场观察民族主义的文艺运动》,吴原编:《民族文艺论文集》,正中书局1934年版,第76、85页。

③ 周子亚:《论民族主义文艺》,吴原编:《民族文艺论文集》,正中书局1934年版,第14页。

有更进一步地努力于建设我们三民主义文学之园地"①。他们认识到"三民主义文学"没有理论基础必然会陷于"散乱而不一致",以"三民主义文学"理论来统一国民党文艺界的思想,结成国民党的大规模宣传阵地。《我们的文艺运动》中强调指出"三民主义文学"的社会职责是维护和发扬民族精神,在这一过程中它要以被压迫的民众命运为主题进行创作,同时要跳出生活经验,升华到政治、文化理论,"指导大众生活底行动,做革命民众前导的明灯,做革命民众反省的明镜,做革命民众生活底燃料"②。"三民主义文学"不应拘泥于空洞的政治口号,应在现实社会中寻求写作材料,"帝国主义侵略的狂暴,手工业的没落,小有产者的破产,豪绅地主的贪婪,贪污投机的卑污,反动分子的捣乱,男女的互相误解,青年心理的矛盾,饥荒兵匪的僚乱,老弱的颠沛流离",都可以成为描绘的对象。据此可见,"三民主义文学"除了强调用"三民主义"思想来统率文学外并没有多少特别的内容,"文艺本来是不分派别的,加上'三民主义'四个字,不过是一种标榜罢了"③。

2. 陈梦家的新诗理论

1930年1月,国立中央大学法律系学生陈梦家在校刊《国立中央大学半月刊》第1卷第7期上发表题为《诗的装饰和灵魂》的文章,继承发展了"新月派"新诗理论,强调诗是"美的文学",应当以独特的形象与灵魂来构建出可吟诵歌唱、回味无穷的作品。进而他将诗的内涵分为外在的韵律和内在的诗感,强调诗意中应富含哲学意味。"诗在内容上不仅是一些平凡的描摹与感慨,更其要有哲学意味。"陈梦家对诗歌韵律的探讨是对新月派新诗实践者闻一多、徐志摩诗歌理论的继承与发展。徐志摩通过大量诗歌节奏、结构和韵律的变化来探索新诗"三美",闻一多则从中国古典诗歌中寻觅新诗的独特节奏,认为新诗应该保留本土色彩,吸纳西方诗歌的长处,走中西

---

① 林振镛:《什么是三民主义文学》,吴原编:《民族文艺论文集》,正中书局1934年版,第184-201页。
② 东方:《我们的文艺运动》,《民国日报·觉悟》,1930年5月21日。
③ 陶愚川:《我们走那条路》,《民国日报·觉悟》,1930年8月13日。

结合的艺术之路方能发展并得到读者的青睐。

1926年闻一多发表了《诗的格律》,他认为,新诗必须要有节奏美:

> 诗的所以能激发情感,完全在它的节奏;节奏便是格律。……这样看来,恐怕越有魄力的作家,越是要戴着脚镣跳舞才跳得痛快,跳得好。只有不会跳舞的才怪脚镣碍事,只有不会作诗的才感觉得格律的缚束。对于不会作诗的,格律是表现的障碍物;对于一个作家,格律便成了表现的利器。①

以此为基础,闻一多提出了以"包括音乐的美(音节),绘画的美(辞藻),并且还有建筑的美(节的匀称和句的均齐)"为核心的诗的格律这一主张。他重点分辨了传统律诗与现代新诗的差别:传统律诗形式单一,内容与格律没有关联,而新诗的格律则变化多端,与内容相得益彰。

而徐志摩对于诗歌形式的探索则更为不拘一格,他的诗歌理论颇为灵动,他认为诗是生机勃勃的整体,"一首诗的秘密也就是它的内含的音节的匀整与流动"。他以诗人的丰富想象力将诗歌的字句、音节和结构比拟为人的各部分躯体,"一首诗的字句是身体的外形,音节是血脉,'诗感'或原动的诗意是心脏的跳动,有它才有血脉的流转"②。他的作品每首的节奏、句式、韵脚都与众不同,句式自由组合,韵脚交杂错落,构成浪漫轻灵的风格。他的诗句排列严格遵循"建筑美"的诗歌要求,句式交错,排列工整,如《再别康桥》:

> 轻轻的我走了,
> 正如我轻轻的来。
> 我轻轻的招手,

---

① 闻一多:《诗的格律》,《晨报副刊·诗镌》第7号,1926年5月13日。
② 徐志摩:《〈诗刊〉放假》,《晨报副刊·诗镌》第11号,1926年6月10日。

作别西天的云彩。

也有长短句交叉,共同组成诗歌的节奏感的,对诗歌形式进行自由的探索:

> 我站在桥上,
> 这甜熟的黄昏,
> 远处来的箫声和琴音——点儿,线儿
> 圆形,方形,长形,
> 尽是灿烂的黄金,
> 倾泻在波涟里,
> 澄蓝而凝匀。

朱自清盛赞徐志摩一直致力于诗歌体制的多元尝试,对现代新诗形式的发展做出了贡献。

陈梦家在两位老师的基础之上继续深化,指出现代诗歌以诗感为主,以韵律为诗歌的形式修饰:"韵律就是'诗的装饰'""它的目的在于'衬托'诗的灵魂",并认为"诗的灵魂乃是诗的生命",[1]这灵魂就是诗感。诗感就是作家抒发的真挚炽烈的情感意绪。诗人在尝试多种诗歌形式的同时,应更注意诗歌作品的思想情感,强调诗歌审美风格。诗歌形式要服务于诗歌内容的完整表达。最后陈梦家突出地强调:"诗,要其有自然的格式,自然的音韵,自然的感情",要"哲学意味溶化在诗里"。诗歌要含蓄,情感要深邃,能让读者感受到言外之意、韵外之旨,切忌稍有诗思便一挥而就。这一点在陈梦家自己的创作中时有体现,使得他的诗句深邃而不浮泛,含蓄而不晦涩。

1931年,陈梦家应徐志摩邀请编选《新月诗选》,所写的6000多字的

---

[1] 陈梦家:《诗的装饰和灵魂》,《国立中央大学半月刊》,第1卷第7期,1930年1月。

《新月诗选·序》,被认为是后期新月派诗论的代表,也标志着陈梦家诗歌理论的进一步发展。《新月诗选·序》全面描绘了当时的文坛现状,阐释了新月诗派的理论主张,并对所选诗人诗作进行评价,共分为三个部分:第一部分总结了新诗10多年来的发展情况和编选的目的;第二部分阐述了作者的诗歌理论和创作主张;第三部分则对入选诗人及作品进行评价。陈梦家的诗歌理论总结颇具诗意,他指出五四以来新诗发展悄然灵动,如水流"在山涧里悄悄走着生命无穷的路",而新月诗派如同诗坛中的一股支流,也在"忍耐的开辟新的路子"。新月派一贯以严正扎实的钻研态度来主张新诗基本的"三美":"主张本质的醇正,技巧的周密和格律的谨严差不多是我们一致的方向。"提出诗歌所应具有的内在美,强调格律的应用要与诗情契合,"我们绝不坚持非格律不可的论调,因为情绪的空气不容许格律来应对时,还是得听诗的意义不受拘束的自由发展"[①]。《新月诗选》中既选了格律谨严的《再别康桥》,也选入了无韵格律体《季候》《我等候你》等,此外还有沈从文的散文诗,入选原因是想象力精巧,表现出宽容多元的诗歌审美标准。

　　陈梦家强调重视诗歌"本质的醇正",写自己真实的情感,避免情感的泛滥,表达要适当。入选诗歌多短小精悍,在精致中蕴含着无限象征的意味。所选的八十首诗作是情感澄澈清明的佳作。另外陈梦家还提出了诗歌两重创造的含义,在表现上"它是一个灵魂紧缩的躯壳";"在诗的灵感上,需要那新的印象的获取",有意借鉴象征等现代派的艺术手法,这多少也影响到了他对诗歌的选择。

　　这篇序言虽然用散文形式书写,但通篇都是诗的语言、节奏和韵律,以及比喻、拟人等修辞手法,使得文章文采斐然,集中展现了陈梦家成熟的诗歌理论。

[①] 陈梦家:《新月诗选·序》,新月书店1931年版,第15页。

第二节 小 说

20世纪二三十年代,南京的小说继承了现实主义文学传统,以社会生活为切入点,真切地展示着民生疾苦,如陈瘦竹①的小说集《奈何天》中收录的小说大都以农村生活为题材,展示20世纪30年代江南农村经济的破败、广大农民困苦的生活惨状,《田》《牛》为其中具有代表意义的作品。陈瘦竹的作品还反映小资产阶级知识青年的穷愁潦倒与思想苦闷,代表作品有《巨石》。另有小说家、戏剧家鲍雨②以都市生活为描摹重点,文笔细腻。南京作家叶灵凤③早期加入创造社,受"为艺术而艺术"的浪漫主义思想影响,但没有像创造社后期作家一样转向革命文学,自觉地完成小众转型,成为早期海派文学代表作家。他接受了现代主义的技法影响,其小说具有现代主义倾向,风格趋向唯美浪漫。抗战爆发后,他主要写作散文随笔。

一、叶灵凤与早期海派小说创作

叶灵凤在现代文学史上是一位独特的作家,他是中国心理分析小说最早的践行者之一,但在文学史上他却长期背负污名。这主要源于他与鲁迅的多次论战,他曾被鲁迅称为"流氓作家",1931年被开除出左联,三十年代末因供职于日本公司而被误解为"汉奸文人"。在这种道德定位下,他的文学成就较难得到客观评价。他的小说创作虽只有十几年,但技法相对成熟、主题丰富、文字流畅、心理描摹细腻,在文学史上应有一席之地。

叶灵凤1924年发表了第一篇小说《内疚》,以第一人称书信体表现少妇在爱与不安中的内心挣扎。1925年加入创造社,开始了其文学创作的第一

---

① 陈瘦竹(1909—1990),男,原名定节,又名泰来,江苏无锡人。
② 鲍雨(1913—1983),男,原名钦鲍雨,又名钦国祥(钦国贤),江苏宜兴人。
③ 叶灵凤(1905—1975),男,原名叶蕴璞,笔名叶林丰、佐木华、临风、亚灵、霜崖等,生于江苏南京。

个阶段。他学习了创造社浪漫主义艺术风格,在宏大的背景下关注个体"小我",表现知识分子苦闷、感伤、扭曲、病态的心理,描写婚外恋、姐弟恋、叔侄恋等禁忌之恋,具有世纪末的颓废情调。叶灵凤在《摩伽的试探》《昙花庵的春风》《处女的梦》《浪淘沙》《浴》等小说中塑造出一系列坦白率真、勇于追求个人幸福的人物形象,将人性与道德的对立作为切入点,描摹人性与封建伦理之间的矛盾对抗。《摩伽的试探》讲述了摩伽上街替妻子买线,和伙计为菲薄费用产生口角,回家后发现妻子正与邻居调情,深感人生一切都是虚空,于是离开家乡到云蔚山修行,却发现无法救赎自身,几次想去投崖自杀,了却磨难,后在幻境中看到淑雅的女性静姑说:"请慈悲一下,将我抱进去罢。"那一刹那让他原本寂冷的人性重新鲜活起来。小说中借摩伽心路历程的描写展现出人的生理情欲与理性抑制之间的纠结撕扯,从而描摹出双重人格的复杂。《昙花庵的春风》讲述了十七八岁的尼姑月谛被禁锢在昙花庵中。师父告诫她要六根清净,她却在金娘那里得到了性启蒙。她渴望冲破宗教束缚,却又不敢直面欲望,目睹金娘与情人厮混而受惊坠亡。《明天》中的单身学者适斋叔深夜闯入侄女丽冰的房间,丽冰却对叔父违背人伦的做法表示同情,人的欲望会战胜一切伦理纲常,小说肯定了情与欲的存在合理性,带有"至情论"的影子。

他的小说注重幻美氛围的营造,具有神秘色彩。《鸠绿媚》《摩伽的试探》等作品"都是以异怪反常,不科学的事作题材——颇类于今流行的以历史或旧小说中的人物来重行描写的小说。但是却加以现代背景的交织,使它发生精神错综的效果"[①]。《鸠绿媚》描述了三个环环相扣的离奇故事:第一个是现实故事,春野为画家写了一篇介绍,得到的酬劳是一个波斯公主的骷髅,从此每夜手握骷髅入梦,必有一美女梦中相会;第二个是戈碧堡堡主鸠根的独女鸠绿媚爱上了自己的老师白灵斯,却因父母之命与汉拉芬定下婚约,出嫁当天她与白灵斯相约殉情跳楼身亡;第三个是以画家雪严的视角

[①] 叶灵凤:《灵凤小说集·前记》,陈子善编:《叶灵凤小说全编》上卷,学林出版社1997年版,第4页。

叙述,波斯公主代达丽与异邦教士克玛尼斯相爱,恋情遭到国王反对,公主被迫嫁给一位亲王,婚礼当晚自尽。她死后,克玛尼斯偷走公主遗体存留的骷髅,并与之昼夜相伴,直到离世,骷髅由巴黎博物馆收藏。小说中现实与梦境相互交织,营造出幻美的氛围,情节扑朔迷离。

叶灵凤不仅从异域传说中选取素材,还在自己的小说里尝试化用中国传统神怪小说情节。《落雁》中描写了男主人公在电影院门口搭讪一位穿黑色斗篷的女子落雁,电影散场后,他受落雁之邀去她家做客,并与她的父亲一起谈论诗词。不料落雁父亲专爱少年,落雁不忍男子被害,趁父亲出去时,塞给男子一块钱让他逃命。待男子逃离后却发现手里握着一块纸洋钱。小说情节扑朔迷离,有《聊斋》中鬼怪题材小说的诡秘艳情风格。

30年代初叶灵凤曾受左翼文学影响,创作过一些非典型的革命小说。他遵循革命加恋爱的模式,但始终坚持思想的独立与自由,注重对知识分子个人形象的刻画,用大量的笔墨表现他们内心细腻的情感。短篇小说《神迹》中的宁娜是革命者的后代,有着坚定的革命信仰,一切以革命事业为重。宁娜不愿回应表哥炽热的追求,仅把表哥当成掩护自己完成革命工作的工具。中篇小说《红的天使》中革命者丁健鹤认为恋爱会使人沉醉,因此对女性敬而远之,从不考虑爱情。碰到表妹淑清后,他惊叹淑清的才识与智慧,认为她是个志同道合的女性,革命与恋爱相伴而生,他们并肩战斗,小说末尾丁健鹤的爱情宣言是"相爱是为了能共同为人类幸福而努力",境界高尚。小说以丁健鹤与淑清间的情感发展为主要线索,细腻地描摹了两人在恋爱过程中的种种细微心理状态,使人物形象显得生动而饱满。

随后叶灵凤进入自己文学创作的第二个阶段,通过对充满肉欲的情爱的描写表现都市人对欲望生活的迷醉,成为早期海派小说家的代表。《流行性感冒》描写男女主人公在爱情游戏中的厮杀角逐。蓁子故意用语言以及一些暧昧的小动作挑逗异性,等男性落入圈套便成了她标榜个人魅力的战利品。男性也没有沉湎于蓁子的柔情,在爱情的对抗赛中步步为营,两人的恋爱是一场心理较量。爱情如"流行性感冒"一般,成为一种传染病毒,都市男女或被动或主动地染上它,欲罢不能。《夜明珠》中的"我"与夜明珠在舞厅里相识,彼此素昧平生。都市的快节奏加速了恋爱的进程,"我"与夜明珠很快坠入爱河,相约离开上海另寻爱巢。然而夜明珠却沉溺于灯红酒绿的舞厅,将二人的约定抛之脑后,脆弱的恋爱关系就此结束,各自回到以前的生活中。小说节奏紧张,细腻地展现出都市男女将爱情视为生活的调味品、游戏人生的选择。

此类作品中既有现代性的追求,又有对传统伦理的彰显。《紫丁香》的主人公在妻子去世后相思成疾,善解人意的紫丁香来探病劝慰"我"要振作起来。分别时她赠送了一张照片给"我",希望能对"我"略有帮助。"我"对妻子的忠诚也体现出婚姻制度里的夫妻对彼此忠贞的道德准则。紫丁香的主动温情则塑造了小说温暖的感情基调。《忧郁解剖学》中顾君逸深爱吴静娴,但因为婚姻会加速爱情的消失,为了让彼此的爱意永恒,他决定永远不提结婚,在心中保留女孩最纯洁的印象,情节虽有不近人情之处,但也有古典爱情矢志不渝的情致。《燕子姑娘》中打扮时髦的燕子姑娘被男子屡次欺骗却痴心不改,甘心成为他招之即来、挥之即去的"燕子"。"恋爱脑"让她从不拒绝爱人的要求,应邀抵达上海时却发现爱人又背弃了她,堪称现代"痴情女子负心汉"的故事。

30年代叶灵凤开始尝试长篇通俗小说的创作,"这是我第一次有意识地要尝试的大众小说,是想将一般的读者由通俗小说中引诱到新文艺园地里来的一种企图"[①]。这是他文学创作的第三个阶段。他的创作通俗却坚守自己的文学主张,长篇通俗小说《时代姑娘》反映了女性个性解放的追求。女主人公秦丽丽为反抗包办婚姻而离家出走,与爱人定情后没有将自己定义为某人的附属品,勇敢地离开爱人去上海独立生活,对她而言,人生有三种选择:与情人保持关系、接受家庭包办婚姻或去挑战独立的未知世界。最终她选择了布满荆棘的独立之路,奔赴上海。《永久的女性》中描写的是艺

---

① 叶灵凤:《时代姑娘·自题》,《叶灵凤小说全编》,学林出版社1997年版,第472页。

术与人性的冲突、挣扎。朱娴因家庭原因与刘静斋订婚，内心却抗拒无爱的婚姻，渴望有一场轰轰烈烈的爱情。机遇巧合她接受画家秦枫谷邀约充当绘画模特，画家在作画过程中一方面希望早日完工，在缪斯女神的眷顾下完成自己的巅峰之作；另一方面却希望进度迟缓，与模特厮守的时间拖长，让甜蜜的爱意能延续下去。一对有情人未能在合适的时机相遇，也无力抗衡世界，于是朱娴在短暂的反抗后，出于传统的孝道回归家庭听从父亲的安排，表现了对传统伦理道德的回归，这场风花雪月的爱情注定是个悖谬的悲剧。《未完的忏悔录》中的韩斐君与歌舞明星陈艳珠相爱，成了众人眼中的"火坑孝子"。他们以为自己的爱情感天动地，却发现自己其实是庸俗世人中的一员，现实让他们分离，在短暂的交集之后各自回归原来的生活轨道。叶灵凤借三部长篇对男女婚恋故事的描述，展现出现代女性对爱情、自我价值的不同认识。三部长篇通俗小说在形式上均为章回体，这是为了适应报纸连载的要求，每章字数接近，且每段都需要有较完整的故事情节。形式的限制使叶灵凤的小说语言和叙述特色受到一定的限制，多少降低了他的艺术水准。

叶灵凤的通俗小说是文艺大众化运动中的重要组成部分，他的小说创作选题独特丰富，技法多元，在小说内容与形式的探索上展现出海派作家、新感觉派作家及通俗言情小说家的不同风格，为现代小说成长历程提供了扎实的佐证，在文学由雅向俗的过渡中留下了绚烂的一笔。

二、卢前的婚恋小说

卢前不仅在新诗创作方面卓有成就，小说领域也多有收获，1928年泰东图书局出版其小说集《三弦》，集中收入三篇短篇小说《金马》《T与R》和《落花时节》。他青年时期的小说创作与其新诗风格接近，文笔清新，以饱含诗意的文字来描述青年男女之间或纯洁或苦涩的爱情萌动。《金马》中以第一人称叙述了金马和恋人张女士的爱情纠葛。"我"的朋友金马来访，与"我"一同到台城散步聊天，金马向"我"倾诉他与好友的妹妹张女士一见钟情,却因自己已婚而"恨不相逢未娶时"。两人情投意合,在苏州 R 中学里厮守,金马起意与原配离婚。这时张女士忽然接到留学生来昆金的一封求爱信,不久移情别恋。金马为此苦恼,曾要在张女士面前跳黄浦江自尽,后来因情伤跳电车手臂受伤,并以裁纸刀割下左手第二指,留血书后欲自尽,路遇朋友阻止后决定重新做人。而小说末尾提到张女士已经另结新欢,"那一位男子不是来昆金,也不是金马"。小说中对于现代女性将个性解放演绎成作风放浪的行为颇不赞同,但对已婚出轨的金马却满怀同情。对青年男女之间的爱与背叛进行了细致的描述,并适时穿插诗句,渲染气氛,传达情绪。如以黄仲则的"如此星辰非昨夜,为谁风露立春宵"来慨叹金马与张女士的痴恋,用"天长地久有时尽,情爱绵绵无绝期"来盛赞两人热恋的甜蜜。情节较为曲折,以金马诉说的方式来推动情节,结尾有余味。

《T 与 R》则着力刻画了保守的社会风气对青年男女情感的隔离。在刚刚推行男女同班的学校里,T 小姐和 R 先生为同班的优等生,彼此欣赏,假日里在女生宿舍楼下会堂约谈,不料学校很快传来风言风语,校长发布公告要求男女生"勿常相接谈,互相规避"。两人只得人前疏远,书信传音。毕业时两人相约去吴淞观海,随后 T 小姐去了 P 省,两人分隔两地只靠鱼雁传书。R 先生从原来的才子变成了酒徒烟鬼、飘零于海上的游子,而 T 小姐在异地生了重病,小说以"我"给 T 的信收尾,慨叹两人的相思何时能解,几时能过上甜蜜的日子。作者卢前具有深厚的传统文化功底,在诗词曲赋方面均有造诣,因而小说里常出现曲词类的段落,如 R 先生的书信中写道:"生原多恨,怎惯凄凉。我本工愁,难禁风雨。"文字典雅,寥寥数字,意境油然而生。小说也间接抨击了封闭保守的社会风气对青年男女情感的戕害。

《落花时节》中则模仿通俗小说里才子佳人的情节,描述了一位聪慧的女性在礼教社会中被逼致死的故事。小说主人公是旧家公子悟今,他自幼聪慧,幼时在家中接受私塾教育,长大后入学校,渐渐颓废起来。杭州的姑姑与他会面,对他的才能大加赞叹,并替他介绍了表姐筠姑。他与筠姑相得,想要其为妻,却因筠姑家境略差,父母不赞同,长久不见情谊慢慢淡了。

战乱时筠姑带着儿子避难到上海,这时悟今才得知筠姑嫁给了低能的丈夫,每日以泪洗面,筠姑将三个月的儿子桂儿未来的教养托付给悟今。战乱平息后,筠姑返乡,待假期悟今回乡后听说筠姑去世,他前去墓地拜祭。这位温婉聪明的女子还在花季就提前凋败了,小说末尾点题,痛悼这让人痛心的落花时节。

这部小说集表明卢前受到了两种文化资源的影响:一方面,五四个性解放、婚恋自由的观念在青年卢前身上产生了一定影响,因此他的小说多以年轻人婚恋问题为主题,以纯洁细腻的笔触描述青年男女之间彼此吸引、不断试探的爱情;另一方面,卢前深受传统文化的熏陶,在婚恋观念方面趋于保守,他个人的婚恋经历完全是传统婚姻,而他的小说对波动不定、过分自我自私的新派恋爱也不赞同,尤其对朝秦暮楚的新女性更以男性的立场予以嘲讽。

三、现实主义小说

二三十年代南京文坛上的小说继承了五四以来的现实主义文学传统,关注民生疾苦,其中丁玲[①]在小说集《意外集》中借各阶层民众的苦难生活展现了自己被软禁后的阴沉心情和对当局政府的憎恶。陈瘦竹则在1928年励步书店出版的中篇小说《灿烂的火花》中展现出对无锡农民苦难生活的深切同情。

对于丁玲来说,南京既是她年少求学之地,也是她背负污名的处所。1924年她曾与好友王剑虹一起在从湖南到南京求学。1933年5月,丁玲与丈夫冯达在上海被国民党特务绑架,自1933年5月至1936年9月,丁玲被押解幽禁于南京。环境恶劣、心境阴沉导致本应处于创作旺盛期的丁玲搁笔多时,但她又不甘心从此失去写作的能力沦为主妇,因而在朋友的"友好的督促"下,"在这极不安和极焦躁中勉强写了一些"。[②] 这时期的作品共计

[①] 丁玲(1904—1986),女,原名蒋伟,字冰之,湖南临澧人。
[②] 丁玲:《〈意外集〉自序》,《丁玲全集》第9卷,河北人民出版社2001年版,第24-25页。

《松子》《一月二十三日》《陈伯祥》《团聚》和一篇报告文学《八月生活》，连同被捕前的旧作《莎菲日记第二部》（未完）《杨妈的日记》和《不算情书》都收入1936年11月上海良友图书印刷公司出版的《意外集》。

《意外集》回归五四以来的现实主义传统，以人道主义立场描写"小人物"悲惨痛苦的生活。小说《松子》借松子的惨痛经历隐喻作者本人身不由己、毫无出路的生活现状。松子的父母是乡村中的底层佃农，因天灾全家失去生活基础，沦为"流丐"。松子为帮助父母维持家计，日日出去劳作，在垃圾堆里寻找食物和燃料。在家中他是父母的出气筒，弟弟遇车祸，他被父亲打得"两天都爬不起来"。饥饿驱使他深夜去偷瓜，然而瓜没偷到，妹妹却被狼吃掉了。有"家"不能回，"他悄然转过身，没入黑暗里了，那无止境的黑暗里去了"。生存压倒了一切，温饱与亲情都成了不可企及的奢望。《一月二十三日》中以散文化的手法描绘了棚户区的贫民们的生活画面。在大雪纷飞的寒冬，住在城郊茅棚里的难民们将希望寄托在一月二十三日赈济日可能得到的救济上。据说，郭老爷要派人送衣服，王老爷也答应送钱来。然而最终期望变成绝望："只剩下肆虐的风雪，霸占住这里的夜。"无论是松子一般的时代乞儿还是棚户区里的贫民群体，凋敝的经济让他们失去了谋生的能力，苦苦挣扎在生死线上。

《意外集》中关注底层民众，超越左翼文学中的阶级观念，着重描写社会大潮中遭受打击的各阶层失意者。《团聚》中陈老爷是退职的小官僚，战争发生后"靠一点祖田拖延着日子"。在团聚的日子里，怀着八个月身孕的大女儿凤姑想筹措一笔款项赎回被关在戒烟所的丈夫，二儿子精神失常，大儿子带着的两个小少年"都像有病"，三儿子因回家丢掉教职。从情节上来看，这种巧合过于刻意，在一个家庭身上集聚了人间各种苦难，但从内容上突破了阶级论的局限，用普泛的人道主义情怀审视人的生存困境，思考人生命运。报告文学《八月的生活》以第一人称描述了印刷所里八个学徒从夏至冬八个月的艰辛生活，他们食宿条件恶劣，工作强度大，薪水菲薄还要遭受师父叱骂。更为艰辛的日子在印刷所倒闭后到来，学徒们流浪街头，衣食无着时不禁期望重回那个条件恶劣的人间地狱。作品以阴沉的笔调书写出社会底层人民的心声,在争取奴隶的价格而不得的社会中,人的尊严和价值早就荡然无存。

1933年以后丁玲以一名被误解的遭软禁者的视角,重新审视自己的创作。她被迫失去了革命者的身份,难以继续正面宣扬革命意识,被迫疏离左翼革命文学思潮,回归个人立场。她在南京的处境进退失据,导致搁笔多年,1936年10月她赴陕北途中所作"自序"中坦陈:"我得了一个机会,离开了一切,独居在幽静的居所,时间过去又过去,长长的三年,虽说有绝对的空闲,有更多的材料,但我没有写。我只是思索,简直思索得太多了,变得很烦躁。"①之后她抑制不住自己的创作冲动,从个体思考出发,在作品中彰显人道情怀,这种尝试对丁玲来说不能尽如人意,她甚至认为这是一部为了混稿费的渣滓集。虽然作者本人对此评价不高,但在丁玲一生的文学成果中,这部未能受到足够重视的文集算得上是丁玲文学道路的转型之作,"以人性视角、个性立场和批判精神对自我'内心的战斗历史'作出了真实的书写,表现出对自我的忠实和对以个体为本位的五四思想立场的忠实"②。

四、历史小说

沈祖棻③出身于书香门第,毕业于南京中央大学和金陵大学,是著名的诗人、词人、小说家和文学研究者,被称为"当代李清照"。1935年到1937年,她在《文艺月刊》上发表了《辩才禅师》《茂陵的雨夜》《马嵬驿》等五篇历史小说,显示出独具女性特色的写作风格。《茂陵的雨夜》以卓文君和司马相如的故事为原型,《马嵬驿》则以唐玄宗杨贵妃的故事为题材,小说从女性视角出发,对女性情感、命运进行关注和思考。《茂陵的雨夜》中开篇她写到

---

① 丁玲:《〈意外集〉自序》,《丁玲文集》第6卷,湖南人民出版社1984年版,第591页。
② 秦林芳:《论〈意外集〉在丁玲文学道路中的意义》,《中国现代文学研究丛刊》,2010年第5期。
③ 沈祖棻(1909—1977),女,字子苾,笔名紫曼、绛燕,浙江海盐人,出生于苏州。

"茂陵秋雨病相如"(李商隐《寄令狐郎中》)和"茂陵多病后,尚爱卓文君"(杜甫《琴台》),以古诗为原型,激发现代小说创作。文中对司马相如和卓文君的爱情大加赞誉,卓文君私奔再嫁不是女性身上的污点,作者认为卓文君的精神贞操仍旧是纯洁的,为追求真爱而超越伦理道德是女性个性解放的合理要求。为了司马相如的健康,卓文君与丈夫分居,在这个雨夜她辗转反侧,难以入眠。生老病死难以抗拒,却不能阻隔爱情。《马嵬驿》取材于唐明皇和杨贵妃的爱情悲剧,以第三人称的叙述视角,截取了李杨之恋由喜转悲的关键点,用大段的心理描写来刻画杨玉环对爱情的认识。起初她得到寿王宠爱却并不满意,因为这不是平等的爱情,"她以为她并不是寿王的爱人,只是他的一件珍玩,一个奴隶"。而她与唐玄宗成亲时,长生殿前玄宗许诺爱情要延续生生世世,她才感受到平等的夫妻之爱,而不是帝王的恩赐,她不介意背负乱伦祸国的罪名,只要能常伴在爱人身边。然而在马嵬坡上,爱人虚伪的面具被揭穿后,她觉得爱情信念完全被摧毁,失去了求生意志。作家在小说中让杨玉环因爱生怖,当爱被利益玷污时,她宁为玉碎,不为瓦全,愤而以生命为爱情的祭品。女性对爱情的忠贞和呼唤人性解放的要求,在小说中不断加强,不断压抑,激发出古典爱情的精神诉求。

　　沈祖棻着力刻画女性的爱情理念之外,还在小说中同步传递时代精神。《崖山的风浪》是以"救国图存"为主题来创作的,作者在《自传》中说:"写作中寄托国家兴亡之感。"现实的民族危机让作者在作品中以内心活动反衬形势的紧迫,宣扬极强烈的爱国主义思想。小说最后写道:"我们不爱惜我们的生命,但要尊重我们的责任!"正所谓"天下兴亡,匹夫有责",作为一位学者型文学家,沈祖棻的小说里浸透着丰富的学养,《辩才禅师》取材兰亭旧事,塑造了两位视艺术高于生命的人物形象。作者以全新的立意重新诠释辩才禅师与太宗关于《兰亭》的故事,辩才与太宗都将《兰亭》视为自己精神的依托,太宗希望以《兰亭》陪葬,辩才在失去《兰亭》后变成没有灵魂的行尸走肉。作者借小说来展现艺术的魅力是永恒的,是超越时间和权势的。沈祖棻善于在历史小说中投射现实问题,她的最后一篇历史小说《苏丞相的悲哀》写于她毕业后就职南京《朝报》馆《家庭妇女周刊》时,借苏秦两次返乡受到的不同待遇来映衬现实社会中的世态炎凉,整体感情基调灰暗。

作为一位诗人和学者,沈祖棻的小说往往借历史事件生发而来,以诗性的语言和节制的情绪来组织全篇,张扬女性的现代情感观念和入世情怀。

五、赛珍珠与《大地》三部曲

赛珍珠[①]对于南京文学来说是超然的个体,她在美国出生,在中国长大,汉语和英文都是她的母语。她不仅是美国第一位获得诺贝尔文学奖的女作家,也是目前唯一一位以描写中国题材获得诺贝尔文学奖的美国作家。1920年至1935年赛珍珠随丈夫定居于南京,受聘于金陵大学和国立东南大学,教授英语和宗教课程。精通中文的优势,让她在这一时期细致地观察了周围环境,踏上文学创作之路。作为在中国长大的美国传教士的女儿,她自幼与中国用人朝夕相处,对传统中国文化的认同根深蒂固,因此在写作中能够采用中西双维视角,以边缘倾听者的身份进行观察和书写。

1923年赛珍珠在《大西洋月刊》上发表了《也在中国》,描述了女学生身上发生的一些变化。1924年她又在《论坛》和《中国》上发表了《美在中国》和《中国学生的思想状态》两篇文章,对自己身边的中国学生的状况进行详细描述。1925年赛珍珠在《亚洲》上发表了一篇小说,名为《一位中国女子说》,以美国式的乐观叙述了新旧文化冲突对传统中国女性的生活带来的积极影响。作品中的女主角桂兰是自幼接受传统教育的大家闺秀,"我的父母就按照他们推崇的全部老传统来培育我"[②]。她有近乎完美的小脚,琴棋书画样样皆通,当她嫁给海外留学归国的丈夫时,却发现自己的所有观念都与丈夫背道而驰。新婚夜丈夫宣布将平等地对待她,不会强迫妻子做任何事

---

① 赛珍珠(Pearl Buck,1892—1973),女,原名珍珠·赛顿斯特里克(Pearl S. Buck),美国人。
② [美]赛珍珠:《东风·西风》,林兰等译,漓江出版社1998年版,第389页。

情。于是桂兰在丈夫的影响下放足、摒弃"三从四德"的封建观念,夫妻关系越发和睦。这自然是赛珍珠对婚姻的美好想象,夫妻琴瑟和鸣的相处正是中西文化和谐共存的过程。随后赛珍珠又创作了小说续篇,描述桂兰的哥哥是一位中国留学生,他与美国教授的女儿结合,回国后因文化冲突导致母亲愤懑而终,哥哥被逐出家门,跨种族婚姻让两个家庭遭受了巨大的打击。两部小说集中体现了东方与西方、传统与现代的交锋。1930年4月赛珍珠将这两部小说以《东风·西风》为题结集出版,受到读者的欢迎。这让赛珍珠意识到"关于中国素材的小说是有市场的",这种创作主题得以延续并生发出系列作品。

《大地》是赛珍珠1930年定居南京时发表的英文小说,"她对中国农村生活所作的丰富而生动的史诗般的描述"让她获得了巨大成功,帮助她获得了1938年的诺贝尔文学奖。《大地》三部曲分为《大地》(1930年)、《儿子们》(1932年)和《分家》(1935年)三部分,这一鸿篇巨制描述了中国农民的"土地"故事。

《大地》讲述了一个勤劳朴实的中国农民王龙的故事,他早年丧母,与父亲一起辛勤耕种,娶了地主家女佣阿兰为妻。婚后两个人勤恳工作,积攒了钱买地,不料遇到大旱颗粒无收,只得逃到南方去谋生,趁乱发了横财后返乡。王龙纳妾冷落阿兰,阿兰病逝后,王龙将土地分给儿子管理,儿子们私下商议要将土地卖掉。小说展示了一个家族的兴衰起伏,是另一种意义上的乡土小说,具有浓厚的地域色彩。小说将叙事的聚焦点放在了农民与土地关系的书写上,王龙将土地视为自己的理想和价值,对以农业文明为基础的儒家文化秩序深感认同。《儿子们》主要讲述王龙的小儿子工虎卖掉土地、埋葬父亲后,加入军队,将南方的部队拉到北方的家乡附近,逐渐壮大,成为雄霸一方的地方军阀。土地变成了"地盘",成为政治、军事、权力的象征。第三部《分家》中讲述的第三代子孙王源的故事,王源厌倦了军营生活,出国学习农业技术,试图借此改变农民意识,却屡屡受挫。祖孙三代与"土地"关系的变迁体现了中国由"农耕社会"转向"现代中国"的过程。

《大地》三部曲中有大量农村习俗的描述,这源于赛珍珠在安徽宿县的生活经验,她对皖北农村风俗及农民性格和劳作习惯比较了解,小说中以写实的手法再现了农村原生态的生活场景。赛珍珠的"中国题材写作"成为沟通现代中国与西方世界的桥梁,让西方人尤其是当时处于经济危机、思想危机中的美国人更多地了解中国。这种文本也丰富了中国现代文学对现代中国人的生存与生命的观照。但《大地》在中国文坛上最初并未得到合理的评价,中国作家多认为这部作品内容浮泛,满足了外国人的猎奇心理,与中国的实际情形大相径庭。鲁迅1933年在致姚克的信中论及:"中国的事情,总是中国人做来,才可以见真相,即如布克夫人(即赛珍珠——引者按),上海曾大欢迎,她亦自谓中国如祖国,然而看她的作品,毕竟是一位生长中国的美国女教士的立场而已……她所觉得的,还不过一点浮面的情形。"①中西文化鸿沟不可能通过一部作品填平,文化上的差异导致对赛珍珠的作品评价毁誉参半。但客观来看,在大量外国作家将中国人描绘为劣等民族、黄祸的化身时,赛珍珠小说在西方所产生的轰动效应使欧美人民对中国民众的现实生活状况有所了解,部分揭开了神秘的东方帝国的面纱。研究者指出赛珍珠的作品"为数以百万计的欧洲人提供了关于中国农村家庭和社会生活的第一幅画面"②。赛珍珠的文学创作在获得诺贝尔文学奖之后强势进入学术界的研究视野,并成为美国文学史中不能忽略的部分,她的出现使美国女性作家的地位得到重建,也让中国成为美国文学界关注的领域。赛珍珠的大部分作品有中译本,《大地》自出版以来已有8种不同的中译本,其中仅商务印书馆就印刷了12次。这表明她的中国题材小说创作在中国的接受是成功的。赛珍珠在中西文化,尤其是在中美文化交流中做出了不可磨灭的贡献。

---

① 鲁迅:《一九三三年十一月十五日致姚克信》,《鲁迅全集》第12卷,人民文学出版社2005年版,第272-273页。
② Elizabeth Croll, *Wise Daughters from Foreign Lands: European Women Writers in China*, London: Padora Press, 1989:209.

第三节 诗 歌

20世纪二三十年代,南京新诗创作繁荣,以高校师生为主要成员的新诗社团活跃,后期"新月派"诗人群和"土星笔会"为其中创作实绩较突出的团体。这两个团体均有自己的诗歌纲领和诗歌专刊,在古典文化和现代诗歌技法的共同影响下,其创作出的具有韵律美、节奏美、意境美的现代诗歌,成为南京新诗发展历程中较为成熟的部分。

一、"新月派"南京青年诗人群

1927年国民党政府定都南京后,同年6月,东南大学改名为第四中山大学。1927年8月,新文学作家、诗人、美学家宗白华①就任第四中山大学文学院长时,聘闻一多为外文系主任,一年的执教过程中,闻一多慧眼识珠,发掘了两位"新月派"后期的代表诗人:陈梦家②、方玮德③。1929年9月,徐志摩④到中央大学英文系兼职任教时,结识了曾受惠于闻一多的年轻诗人陈梦家、方玮德,又通过他们认识了方玮德的姑母方令孺⑤,在南京成立了一个专门研讨作诗的组织"小文会"。他们的相识再次激发了徐志摩对新诗的热情,他说:"要不是去年在中大认识了梦家和玮德两个年青的诗人,他们对于诗的热情在无形中又鼓动了我奄奄的诗心,第二次又印《诗刊》,我对于诗的兴味,我信,竟可以消沉到几乎完全没有。"⑥当陈梦家等人决议办《诗刊》时,徐志摩多方奔走约稿。1931年1月,《诗刊》季刊在上海面世,徐志摩、陈梦家、邵洵美、孙大雨负责组稿和编选,陈梦家与新月书店职员萧克

---

① 宗白华(1897—1986),男,原名宗之櫆,字伯华,祖籍江苏常熟,生于安徽安庆。
② 陈梦家(1911—1966),男,笔名陈慢哉,祖籍浙江省上虞县,生于南京。
③ 方玮德(1908—1935),男,字重质,安徽桐城人。
④ 徐志摩(1897—1931),男,名章垿,字志摩,浙江海宁人。
⑤ 方令孺(1896—1976),女,安徽桐城人。
⑥ 徐志摩:《猛虎集·序》,《猛虎集》,新月书店1931年版,第1页。

木负责校对,计发表诗歌18首,诗论1篇。创刊号的封面出自张光宇、张振宇兄弟之手,正面印有一端坐的裸体女子,上端则有一只回头放声歌唱的夜莺。《诗刊》第1期《序语》中,徐志摩详细讲解了刊物的缘起:同好们在五年前《晨报·副镌》十一期诗刊的基础上集合,希望能凭借对文学的热爱重新汇聚成一个小诗坛,在物欲横流的社会中保留一点向上的光。《诗刊》甚至可以视为"新月派"诗人的又一阵地,前3期刊登的大部分作品均为新月诗人的诗作,另有两篇诗论文字。主编徐志摩曾准备在4期中"让出一半或更多的地位来给关于诗艺的论文",如果有"相当的质量",则打算出一本"论诗的专号"。不料1931年11月徐志摩坠机遇难,直接导致《诗刊》无人主持,1932年7月30日,《诗刊》季刊勉力出版了第4期即终刊号,由陈梦家编辑并撰写了叙语,封面是一幅戴黑框眼镜的志摩漫画像,内页有志摩的一幅遗像。

《诗刊》共发表诗作106首,译诗16首,诗论3篇,包括闻一多的封笔长诗《奇迹》、徐志摩"在沪宁路来回颠簸中"写成的长达四百零三行的叙事诗《爱的灵感——奉适之》、孙大雨"精心结构的诗作"《自己的写照》、陈梦家与方玮德的唱和之作《悔与回》、孙大雨与徐志摩所译的莎士比亚诗剧等。《诗刊》的撰稿人计有徐志摩、闻一多、孙大雨、陈梦家、方玮德、林徽因、方令孺、邵洵美、宗白华等。梁实秋、梁宗岱、胡适则发表了三封给徐志摩的论诗信函。《诗刊》印行期间,1931年9月,陈梦家从《诗镌》、《新月》月刊及《诗刊》中选出了诗作,汇编为《新月诗选》并作长序,这意味着第二代新月诗人群正式登场。新月前期诗人在《诗刊》上发稿不多。陈梦家、方玮德、梁镇、俞大纲、孙询侯等南京中央大学诗人群体则是《诗刊》的重要撰稿人。

1931年陈梦家出版《梦家诗集》,收入约50首新诗并将自己的诗集和《诗刊》寄给胡适,1931年2月9日得到胡适的积极鼓励。陈梦家把胡适的回复题名为《评〈梦家诗集〉》刊在《新月》第3卷第5、6合期上。陈梦家细致解读诗歌创作的审美标准:"我们欢喜'醇正'与'纯粹'。……'醇正'与'纯粹',是作品最低限的要求,那精神的反映,有赖匠人神工的创造,那是他灵

第二章　审美与革命的变奏(1927—1937)

魂的转移。在他的工程中,得要安详的思索,想象的完全,是思想或情感清虑的过程……所以诗要把最妥帖,最调适,最不可少的字句,安放在所应安放的地位。它的声调,甚或它的空气,也要与诗的情绪相默契。"[1]同时还强调创作诗歌的严肃态度和严整的形式要求:"主张本质的醇正,技巧的周密,和格律的谨严,差不多是我们一致的方向……态度的严正又是我们共同的信心。"这是新月派后期诗歌主张的集中体现。陈梦家在《雁子》中很好地贯彻了上述的创作宗旨,技巧纯熟,音节严谨。"从来不问他的歌,/留在哪片云上?/只管唱过,只管飞扬,/黑的天,轻的翅膀。"[2]

陈梦家称赞方玮德的作品结构精巧,字句凝练,富有个人特色。如《幽子》意境优美,带有孩子般天真的气息。"每到夜晚我躺在床上,一道天河在梦中流过,河里有船,船上有灯光,/我向船夫呼唤:/快摇幽子渡河!"[3]这两位中央大学的诗坛新秀合作了一首长诗,题为《悔与回》,虽为合作,风格却统一为"新月派"的严正浪漫。"你尽管用蛇一般的狠毒来咒诅/我的罪恶,我的无可挽救的坠落;/用不赦的刻薄痛骂我的卑鄙,/我全都不怕。我只怕你/一千回的诅咒里一次小小的怜惜。"这首诗用非凡的语言张力来展示美与丑之间的纠葛对立。柔情与残忍对罪恶的不同态度,让自觉意识到自己的"原罪"的诗人饱受煎熬。在仅存的良知召唤下,残忍成了诗人解脱的良药,"怜惜"或"膜拜"只让人清醒地痛苦。这是对充斥着利益交换的黑暗世界的控诉,也是对青年彷徨无助心态的描摹。1931年闻一多在《论〈悔与回〉》中强调语言的暗示性,强调"明彻则可,赤裸却要不得";赤裸地、淋漓尽致地表现丑恶,"不是表现怨毒愤嫉时必需的字句"。[4] 简单地说,诗人应当用诗的力量、艺术的力量抨击丑恶,在美和丑的对比中引发人们对丑的憎恶和对美的向往。

---

[1] 陈梦家:《〈新月诗选〉序言》,杨匡汉、刘福春编:《中国现代诗论》(上编),花城出版社1985年版,第147,149页。
[2] 陈梦家:《雁子》,《诗刊》创刊号,1931年1月。
[3] 方玮德:《幽子》,《诗刊》第2期,1931年4月。
[4] 闻一多:《论〈悔与回〉》,《闻一多全集》第三册,开明书店1948年版,第283页。

方令孺作为"新月派"中起步较晚的女诗人,在诗歌创作中也别具特色。她出身名门,自幼丧母,是较早出国留学、追求个性解放的女性知识分子,但她三十多岁开始提笔创作时,心态已经沉稳保守,创作多取材于自然、友人及自身经验。1930年她与丈夫离异后到青岛大学任教,在侄儿方玮德和外甥宗白华的介绍下结识了新月派诗人徐志摩和陈梦家,开始了新诗及白话散文的创作。方令孺的诗歌风格倾向于传统与西方现代诗歌风格的融合,情诗表达手法上婉转曲折,偏于冷峻凄清,理性色彩较浓。她的《诗一首》中对爱情的态度理智冷漠:"爱,只把我当一块石头,/不要再献给我,/百合花的温柔,/香火的热,/长河一道的泪流。"①婚姻的不如意让她对爱情极为抗拒,心境沉寂。另外几首诗作《幻想》《任你》《她像》等也偏于表现理想美难以实现的惆怅心情。《她像》这首诗如同她给自己的自画像:"她像一缕浮云,随着秋风浮沉。更像神林里的枭鸟,只爱对着幽暗默祷。"在爱情经验中未能得到美好感受,诗人转而在自然中寻求慰藉,《月夜在鸡鸣寺》中诗人执着地渴望着:"有一件惨痛的心思在捉弄我,/我伸开我的双臂,/现出这永不得完成的渴望!"谁能如小飞侠彼得·潘一样永不长大,永远在童趣的虚无之地生活?诗人只盼望在成人社会中的尔虞我诈里脱身,寻求心灵的净地。《听雨》描述了夜雨勾起了作者满腔的愁思,节奏严谨,情感丰富。诗人喜欢运用"黑夜"的意象,她"乘着微茫的星光"希冀寻觅到"灵奇的光",为自己寻求新的方向(《灵奇》);月夜她在鸡鸣寺看到深沉的夜色中弥漫着的安宁,"自浸在宇宙的大海里,与极美的黑夜同在"(《月夜在鸡鸣寺》);她曾自问:"我能爱一切像我爱黑夜这样的热烈吗?"黑夜给她安全的包裹,让她独自省察自我,感知自己的内心世界,夜的宁静深沉、广阔无垠,与诗人善于沉思、内敛含蓄的性格接近。

方令孺的散文创作数量较多,主题多为缅怀故友,思念亲人,回顾过去的道路,思索未来的人生。书信体散文《信》中梳理了自己的不幸遭遇,用

---

① 方令孺:《诗一首》,陈梦家编:《新月诗选》,新月书店1931年版,第113页。

"酸涩""苦痛""委屈""忧愁""冷寂""凄凉"等来形容自己的生活。她的散文带有浓厚的女性情怀,她眷恋血缘亲情,"'家',我知道了,不管它给人多大的负担,多深的痛苦,人还是像蜗牛一样愿意背着它的重壳沉滞的向前爬"①。传统女性对家庭的向往和执着展露无遗。对英年早逝的诗友的怀念也是方令孺创作的情感源泉,如《志摩是人人的朋友》(1931年)和《悼玮德》(1935年)是她为遭遇空难的好友徐志摩写的回忆文章和为不幸病故的侄儿写作的悼文,年轻的亲人好友与自己天人永隔,沉痛难以遏制,文字哀婉,文章中细致描述了相识相交过程中的点滴,展现出深沉的哀悼和惋惜。另外作者有部分游记散文,《游日杂记》和《琅琊山游记》都印证了这位女作家细腻的文风和扎实的文字功底,她的散文写景细致入微,抒情动人心弦,在现代女性作家创作中别具特色。

方令孺的现代诗多表现对理想生活的向往和对现实的忧郁苦闷,有女性冥想的情怀,也有隐者遁世的韵味,偏重高雅的艺术追求。相比同时期文学作品,政治色彩比较淡薄,对宏大社会主题很少涉及,常在个人情感的抒发中呈现给读者一定的情致思理,强调词藻清丽、韵律和谐,追求文学的形式美和意境美。

总体看来,30年代中央大学新月派诗人群体的新诗创作和新诗理论继承发扬了中正平和的文学主张,结合新月派在诗歌格律方面的主张,创作出了大量艺术手法圆融、情感真挚的新诗作品。

二、革命诗

20世纪二三十年代南京新诗创作不仅有艺术至上的新月派诗歌,还有与左翼运动紧密相连的革命题材诗歌。其中关露②的作品紧扣时代、针砭时弊,这一时期关露的诗歌作品结集为《太平洋上的歌声》,1936年11月由上海生活书店初版,后由上海书店重印。全书82页,无序跋,收有22首诗

---

① 方令孺:《家》,方令孺:《信》,文化生活出版社1945年版,第84页。
② 关露(1907—1982),女,原名胡寿楣,又名胡楣,原籍河北延庆,生于山西右玉。

作:《太平洋上的歌声》《风波亭》《娜达姑娘》《没有星光的夜》《海燕》《悼高尔基》《病院》《失地》《你去吧》《逃亡者》《纪念马亚可夫斯基》《当店》《别了,恋人》《飘着白雪的梦里》《囚徒》《昨夜你忧伤》《赛金花像》《舞》《战地》《向日葵》《故乡,我不能让你沦亡》和散文诗《悲剧之夜》。这部诗集的第一首长诗《太平洋上的歌声》,从太平洋上传来的歌声传入聪明的政治家耳中入手,并以此为线索贯穿全诗,首先听到的是"雄资富厚的美利坚",是"不见太阳的日市",这里遍布着"煤油,汽车,铜钱""千万制造者的工厂""四百磅体重的资本大王"和"堆积如山的过剩的商品",俨然一个富足的国家。然而另一种截然相反的社会面貌是:"百万纺织业的罢工;/看管生产的机器,/衣衫褴褛的奴隶。"生活奢侈的资本家和窘困的工人阶层的差异跃然纸上。以诗歌的形式对帝国主义不平等本质的揭露,更易激起读者的愤慨,也更能描摹为奴隶的人民的悲惨命运。

30年代民族危亡时期国民政府内部主和派的不抵抗政策在关露的诗歌中受到嘲讽:"老百姓说:/'昨夜来了一队洋兵。/我们没人抵抗!'"(《失地》)"洋兵"进驻中国如入无人之境,中华民族的尊严和血性被彻底践踏,而政府却为此百般辩护,他们的绥靖政策带来的是现代国家屈辱史。《风波亭》借用岳飞抗金受阻的故事展现了作者对政府一味妥协的不满:"我在你历史的故事中,/记得你两重的命运:/记得你屈辱的奴颜,/记得你英雄的强硬,/记得你卑污的史迹,/记得你爱国的忠勇的呼声。/记得你那阴冷的柱木上,/在被古老的蛛丝缠绕的下边,/飘展着两条相互争搏的对文:/一条是'精忠报国',/一条是'卖国求荣'。"作者用辛辣直白的嘲讽对国民党出卖国家利益的举措进行揭露,对中国共产党影响下的广大人民及国民党内部的爱国将士的民族情感加以赞誉,两相对比,加强了对国民党妥协政策的讽刺。

在诗集《太平洋上的歌声》里,作者用成熟的笔调和直白的语言展示了中国"逃亡者"的痛苦生活:个体经济破产,人民失去生存保障,为了生计四处奔走。国难当头,政府一味麻醉民众,有识之士早就指出拿出全民族的力量来抵抗我们的民族敌人是唯一的生路。关露的诗歌是明显的政治宣传与文学结合的产物,是 30 年代左翼文学的重要组成部分,她的诗歌适应了时代的需要,在当时的历史环境中起到了鼓舞民众、激发爱国热情的作用。

吴奔星[1]从 20 年代末开始诗歌创作,先后在《现代》《诗志》《新诗月刊》等诗刊发表了《晓望》《门里关着一个春天》《别》《萤》等。他与李章伯创办诗歌杂志《小雅》(1936),提出"诗贵创新,诗贵有我"的主张,为推进新诗现代化运动做出了重要贡献。抗战爆发后,他积极投身抗日救亡运动,发表了《过无名英雄墓》《都市是死海》《赠给洞庭湖》《小鸟辞》《烟海》《生活》等 30 余首抗战诗歌。这些诗歌沉稳扎实,境界阔大,对内心情绪的挖掘与现实的书写结合紧密,艺术上更为成熟。他的诗歌中,《保卫南京》(发表在 1937 年 12 月 2 日《火线下三日刊》第 7 号,黎澍主编)堪称抗战诗篇的领先之作:

"四百兆"人民,一条心,
咿唉呀! 保卫"南京"!
南京,美丽的盛京,
远则宋、齐、梁、陈,
近则民国之诞生;
一草一木,一沙一石,
都染有我祖先的血腥;
我们要守卫,守卫南京,
莫辜负了缔造之艰辛![2]

在诗人眼里,南京是中华文明的象征。全诗从古都南京历史着手,"一草一木,一沙一石,都染有我祖先的血腥"很自然地与扬子江、紫金山、玄武湖和秦淮河等自然景物衔接起来。诗人迅疾将视线转移到大和兵和"四百

---

[1] 吴奔星(1913—2004),男,湖南安化人。
[2] 吴奔星:《保卫南京》,《火线下三日刊》第 7 号,1937 年 12 月 2 日。

兆"人民,并运用"轰隆声""呻吟声"等,生动描绘了南京城战火弥漫的真实场景,传达出一种浓厚的悲情感。面对大和兵"汹汹涌涌"而来,诗人发出了"四百兆"子孙保卫南京和一心抗战的呐喊。这首抗战诗歌发表在侵华日军攻陷南京后的第二天,具有很高的艺术和史料价值。

三、"土星笔会"

1930年,中央大学和金陵大学学生常任侠[①]、汪铭竹[②]、孙望[③]、程千帆[④]、滕刚、章铁昭、艾珂七个人组织了一个新诗社团"土星笔会",从1934年9月1日到1937年5月编辑出版同人新诗刊物《诗帆》,出版3卷17期(实际为16册,第2卷第5、6期为合刊)。第1卷是半月刊形式,第2卷和第3卷为月刊形式。前两卷仅注明由"土星笔会"编辑发行,第三卷改由汪铭竹任编辑及发行印制人。《诗帆》从第1卷至第2卷第1期中只刊登"土星笔会"七位同人汪铭竹、孙望、程千帆、常任侠等的诗作以及法国现代派诗人波多莱尔(今译"波德莱尔")和魏尔伦的译诗。自第2卷第2期开始,刊物扩大影响,接受"笔会"外的稿件,刊发了唐绍华、周白鸿、仓庚等人的作品。第2卷的第5、6期合刊为英年早逝的诗人"玮德纪念特辑"。从第3卷第1期开始又改"外稿推荐"为"友朋寄稿",增加了诗论、诗话、诗坛消息等内容,作者中的新生力量包括孙多慈、毛清韶、邹乃文、霍薇、李白凤等人。新作者多来自中央大学、金陵大学,另有少部分是北京、上海的诗人。"土星笔会"集结了校园同好创建刊物,在30年代的南京文学创作领域形成一定影响,填补了南京新诗界的空白,但因传播途径有限,在全国范围内影响并不大,代售处仅有南京花牌楼现代群众书局和上海杂志公司,另寄赠各大图书馆,刊物在市面上并不常见,客观上制约了社团发展和诗会的新诗理念的

[①] 常任侠(1904—1996),男,笔名季青、牧原,安徽颍上人。
[②] 汪铭竹(1905—1989),男,原名汪宏勋,祖籍江苏南京。
[③] 孙望(1912—1990),男,原名自强,字止畺,也称子强,江苏常熟张家港人。
[④] 程千帆(1913—2000),男,原名逢会,改名会昌,字伯昊,四十岁以后,别号闲堂,祖籍湖南宁乡。

传播。

《诗帆》第1卷第6期至第2卷前4期刊载了滕刚翻译的法国象征派诗作,如《病了的诗神》《十四行》等13首波多莱尔的诗,《天真之歌》等9首魏尔伦的诗,以及S.普鲁东的《眼睛》等。① 除此之外,英国、俄罗斯、日本等国的诗歌译作也被不断刊载。译诗的选择展现了诗歌群体的审美倾向,其中法国诗人魏尔伦对《诗帆》的影响最为明显,陆耀东指出"土星笔会"的名称取自魏尔伦第一本诗集名"土星人诗集",倾向于展现时代和社会带来个人的坎坷命运。② 常任侠提供的关于"土星笔会"的命名的另一种说法与魏尔伦基本无关,他说:"因为只有六个人,集会常在星期六,所以定名土星笔会,也是因为北京有一个《水星》诗刊而起的。"③"土星笔会"的发起原因是"当时南京的新文艺思潮很沉寂"④。虽然常任侠频繁参加中央大学教授们的诗会,"结潜社,填词唱曲;入诗会,登高分韵",但是中央大学、金陵大学的这班青年人在新文学的影响下希望用入门更容易、形式更自由的白话诗歌来抒发青春期的种种苦闷和感触。当时"哲学系出身的汪铭竹首先倡议,印发新诗刊,形式要美观,内容要富有田园风味,或展示都市的忧郁"⑤。从《诗帆》中刊载的诗歌风格来看,陆耀东对社团命名原因的说法更有根据。"土星笔会"中的诗人们都曾努力学习法国现代派诗歌的写法,并模仿其沉郁伤感的诗歌风格和跳荡繁复的意象。

30年代的新诗界中,《诗帆》应算是比较精良的刊物,得到了当时许多诗人的关注。"设计版画和插图装帧有郁风、罗吉眉和卜少夫。创造社的滕固给予同情和支持。诗人方玮德属于新月派,对《诗帆》特别赞美。去世的时候辑录组诗,并刊登遗像,以酬知己。"⑥据统计,"《诗帆》同人共九位在该

---

① 汪亚明:《现代主义的本土化——论"诗帆"诗群》,《文学评论》,2002年第6期。
② 陆耀东:《沈祖棻程千帆新诗集》,武汉大学出版社1992年版,第2页。
③ 沈宁:《常任侠致孙望书札考释》,《新文学史料》,2004年第11期。
④ 常任侠:《土星笔会和诗帆社》,《新文学史料》,1993年第1期。
⑤ 常任侠:《土星笔会和诗帆社》,《新文学史料》,1993年第1期。
⑥ 常任侠:《土星笔会和诗帆社》,《新文学史料》,1993年第1期。

刊上发表诗计194首,其中诗作最多的四位是:汪铭竹先生60首,程千帆先生45首,孙望先生23首,常任侠先生21首"①。从"土星笔会丛书出版预告"可知,他们已出版和计划出版的诗文集有17种。"土星笔会"中的常任侠、章铁昭、汪铭竹等都出版过个人诗集或译诗集,但程千帆的诗集《三问》和第3卷第6期的命运一样,因战火而"下落不明"。

"土星笔会"没有明确提出自己的创刊宗旨,通过滕刚在创刊号的诗歌《题〈诗帆〉》稍能看出这群年轻人的诗歌观:"想一支曲子/携往暗蓝的海滩"或"危坐在云光里",体现出象牙塔中的学院派诗人借新诗抒发自己的青春意绪和未来期许的心路历程。他们没有严格的新诗概念和明确的思想倾向,程千帆曾指出:"诗不能借重音乐,诗不能借重绘画的长处,韵和整齐的字句会妨碍诗情。"《诗帆》同人在翻译外国诗歌的过程中逐渐培植自身的审美特性,吸纳传统诗歌的营养,多用转接词,并灵活化用古典意象,"从旧的事物中也能找到新的诗情"②。同时在诗作中加入西方诗歌的特质,结成一种特别风味的新诗。③ "他们既不喜新月派的韵律的锁链,也不喜现代派的意象的琐碎,标举出新古典主义,力求诗艺的进步,对于现实的把握,与黑暗面的解剖,都市和田园都有所描写。"④

《诗帆》中的作者大多是中央大学或金陵大学的学生,他们深受南京文化守成主义传统的影响,善于运用古典意象营造诗情氛围,他们从古典诗词,尤其是唐诗和宋词中汲取营养,并非简单地摹古或直接化用诗词,运用诗词中常见的意象或典故来传达现代意义的情绪,达到让人耳目一新的效果。他们大量借鉴古诗词,如《相见欢》(常任侠,第1卷第3期)借用了词牌名,"不信在恒河沙粒的人群中,/乃有此世界众妙之汇集"。化佛典为爱情的喟叹,用直白的描述表达青年男女之间爱情的欢愉。《台城路》(程千帆,

---

① 戴望舒:《诗论零札十》,《望舒草》,上海书店1933年版,第122页。
② 常任侠:《五四运动与中国新诗的发展》,《中苏文化》,1940年第3期。
③ 常任侠:《土星笔会和诗帆社》,《新文学史料》,1993年第1期。
④ 陆耀东:《沈祖棻程千帆新诗集》,武汉大学出版社1992年版,第8页。

第二章 审美与革命的变奏(1927—1937)

第2卷第2号)同样借用了词牌名,并且多用典故,如达摩面壁、秋日台城等。《速写·一女人》(常任侠,第1卷第4期)表面看来是诗人以鉴赏的姿态描绘的一幅女子素描,实质上诗中的"柳"谐音为"留",正因为"我"没有留下落地的柳,本以为是彼此放过,却不料让柳条在别人脚下备受蹂躏。悲剧的发生,引发诗人的痛悔,诗歌表面上叙述诗人与柳条之间的纠葛,实际上借柳条的命运展现了对旧时代女子命运完全受人操纵的叹惋。他们善于抒发古人古事引发的感怀。《绣枕》(程千帆,第1卷第1期)、《绣枕新题》(程千帆,第2卷第4号)抒发了一个闺中少女的寂寞情怀,"古旧又新鲜的恋情"让人费尽思量,也让读者叹息少女青春岁月的无谓消磨,这种带着薄愁的情怀与古代的闺怨诗一致,时空枷锁扼杀了少女的生机,"十年来时空之锁链/已使人无反叛之勇气",也磨灭了少年纯稚的情怀。《怀通眉诗人李贺》(滕刚,第1卷第3期)则干脆从唐代诗人入手,"留下这灵魂的遗蜕/委蛇于残害的岁月/随着永恒的日晷轮转",直抒胸臆,赞叹天才诗人的不朽。《梦之归舟》(汪铭竹,第1卷第3期)拉出民俗中的月下老人来印证爱情的永恒,盼望爱情这不系之舟早点返航。《莫愁湖怀古》(汪铭竹,第2卷第3号)满怀诗情地叙述了湖北莫愁姑娘远嫁而为金陵卢家少妇的故事,字句新奇跳荡。

他们不断在诗句中彰显古典意象的现代意义,如《伽蓝寺》(程千帆,第1卷第1期)中的"长明灯则情欲的眼,/看不厌时新的装束"。诗人以一种新奇的角度观察古刹庙宇中供奉神佛的灯盏,探索它在现代社会中的功用——不仅是善男信女朝拜的对象,更是神佛好奇窥探现世的途径。绛燕(沈祖棻)的《给碧蒂》《来》《忍耐》《过客》中的爱情既有中国传统道德所崇尚的忠贞专一、温柔贤淑的特色,"来吧,来休息一会吧,/这里是你温暖的家!"又有现代女性意识独立自尊的烙印,"我凝望着我的过客远去的背影,/用早祷时宁静的心情替他祝福;/但是我从此关上那扇静静的门,/不再招待冬夜山中风雨的过客;/我不在四谷的月光下寻找失落的梦,/只默默的燃一炉火,唱起我自己的歌"。坚韧与温柔恰到好处地糅合成现代知识女性落落大方的气质,展现出女性细腻的情致和自信的态度。

这群诗人对当时流行的现代主义诗歌很感兴趣,他们尝试着追随潮流,使用欧化语体来描摹心情。他们的诗歌不仅表现出优美的古典情怀,同时充斥着现代意识的影响和对现代技巧的尝试。如滕刚的《紫外线舞》(第1卷第3期),与上海新感觉小说选材和格调类似,选取都市中最具动感、最富现代意义的社交场所——舞厅作为表现对象,他的笔下描摹出都市中四处奔涌的欲望,他们的耳朵机敏:"已变成一群白胸脯的水禽/从险峻的波涛之尖端/寻求它们的新陆";他们的目光锐利:"如野燕猎食,在空中发出一长弩",舞女的肢体高速旋转,在暗淡灯光下被分解成精确的"截断美术",在这一场景中,人仿佛失却文明品性,逐渐物化,回归兽性,放荡恣肆,字里行间都表现出诗人对都市丛林中享乐者的鄙视、对不幸者的同情与悲悯。汪铭竹也是一位摹写都市感觉的高手,他将都市视为纯朴的乡村的对立面,是物质享受的天堂,也是道德堕落的地狱。《人形之哀》中他写出了现代都市人孤独脆弱、放纵享乐的特殊生活形态。在《乳底礼赞》《手》《三月风》《春之风格》等诗中则描写女性躯体,以肉感的、大胆的描写,表达都市中欲望的变形膨胀。在诗人笔下女性的乳房肉感动人,是"孪生的富士山"峰峦叠起,"是撒旦酒后手谱的两支旋律"引人沉醉(《乳底礼赞》),是三月风流连的禁地(《三月风》),是"游子"的"流戍地"(《手》)。这种创作上的尝试使诗歌感染了"世纪末"的颓废,欧式语言夹杂其中,使得诗歌风格混杂,破坏了诗歌的美感。《诗帆》中的诗歌关注生命中的情绪流转,汪铭竹的《孤愤篇》和《冬日晨感》从青年敏感多变的情绪中寻找题材,形成一幅独特的青春图景。除了以上两种不同风格的作品外,《诗帆》中还有许多现实主义作品,表达了诗人们的爱国热情,如程千帆的《吴淞早春》《五千年》等。

"土星笔会"诗人们的作品显示出相当纯熟的现代汉语功力。文字简洁明朗,句法稳中有变,将口语、文言和外语语法杂糅交错,形成一种独特的语言风格,充分显示出汉语所独具的诗性特色。常任侠在《诗帆》终刊后还坚持认为:"在过去新诗刊物中,延续得最长久,而成绩也最可观的要推《诗帆》

与《新诗月刊》。""土星笔会"的诗人们,直接受中央大学、金陵大学学风影响,主要成员在《诗帆》停刊后,很快都走上了古典诗词或古典文学研究的道路,对自己青年时期参与的新诗创作的评价并不高。公允地说,《诗帆》中的作品虽有稚嫩之处,但是他们吸纳传统文学资源、融入现代生活感受的努力,远比早期"一些古乐府式的白话诗,一些《击壤集》式的白话诗,一个词式和曲式的白话诗"稳练,也比一味模仿西方诗歌形式和语言,让人读不懂的新诗更成熟,更符合中国读者的欣赏习惯。这并不是西方现代主义诗歌移植本土的过程,而是在中国传统文化的基础上对现代主义诗歌进行改装,构建了包含着清丽自然的古典意趣和奇幻多变的现代技巧的新诗。

四、旧体诗词

长期以来,现代文学史中对旧体文学的创作、发表及影响常忽略不谈,造成了新文学一枝独秀的文学场景,这种做法破坏了文学的多元性和完整性。实际上,旧体文学虽然在五四以后退出主导位置,但其传统却源远流长,始终有迹可循,传统诗文的发表传播也仍有市场,对其进行研究是对现代文学面貌的整体把握,也是对历史的真实再现。在大量的旧体文人诗词作品中,三十年代鲁迅及陈独秀的旧诗创作别出心裁,有鲜明的时代特征和强烈的爱国情怀。

陈独秀[①]虽不以诗名,但他的诗歌"雅洁豪放,均正宗也"。他的诗作现存的只有一百多首,其中在南京老虎桥监狱中所著的《金粉泪》七绝组诗,共有56首。诗集取名《金粉泪》,是因为南京曾是"六朝金粉地",而今又是中华民国首都,他被困于南京狱中,故名《金粉泪》。诗歌主要内容有以下几个方面:一、忧心于华北遭日本虎视眈眈的局势,批判国民党政府毫无抵抗外敌的自觉。"虏马临江却沉寂,天朝不战示怀柔。"眼看强敌入侵,国民党政府"攘外必先安内"的政策即将带来灭国灭种的危险,然而"要人玩要新生

[①] 陈独秀(1879—1942),男,字仲甫,谱名庆同,生于安徽安庆。

活,贪吏难招死国魂。家国兴亡都不管,满城争看放风筝"。危难时刻,中国却在推行"新生活运动",党国要人大放风筝,沉醉享乐。二、揭示和鞭挞了国民党与共产党假合作、真清剿。"清党倒党一手来,万般复古太平哉。当年北伐诚多事,笑倒蓝衫吴秀才。"诗句对"四一二反革命政变"中屠杀大批共产党员这些倒行逆施之举进行批判,认为与国民党的行为与北洋军阀的所作所为毫无二致。连旧军阀吴佩孚恐怕也会质疑:既然同样是专制集权,北伐的意义何在?"四方烽火入边城,修庙扶乩更念经",是陈独秀看到戴季陶在北京雍和宫举行"时轮金刚法会"的报道,是他忧心愤懑于民族危亡在即,政府却拨付巨款去修孔庙、祭拜孔子,悲愤之下的创作。亡国之际,政府还在用复古尊孔来麻醉民众,反动无能到了极致。三、无情地揭露了国民党要员的种种丑行。"抽水马桶少不了,洋房汽车没不行。此外摩登齐破坏,长袍骑射庆升平。"政府官员贪图个人享受,视国家为私器,将国家发展放在个人利益之后。"委员提款联翩至,心软州官挂印逃。入室无人拘妇去,婴儿索乳苦哀号"则讥讽国民政府将地方视为自己的小金库,横征暴敛,导致民不聊生。四、诉说民间疾苦。"虎狼百万昼横行,兴复农村气象新。吸尽苛捐三百种,贫民血肉有黄金。"国民党治下,苛捐杂税导致民生凋敝,贫民的骨血都成了官员觊觎的财富。"十三万万债台高,破产惊呼路政糟。"政府债台高筑时,国民党要员家里竟查出贪污公款300万元,吏治腐败可见一斑。"鸦片专营陆海军,明严烟禁暗销行。州官放火寻常事,巢县新焚八大村。"诗中讽刺政府对鸦片明禁暗不禁,国民党的陆海军不顾国家法令,暗中贩毒,百姓的烟苗却被大量铲除。

《金粉泪》是一部特殊的旧体诗集,它倾吐了政治家、文学家陈独秀入狱五年中的愤懑,在诗歌中毫不客气地批判国民党军政人物的丑行,抒发了狱中陈独秀抗日反蒋、忧国忧民的情思。陈独秀在诗中凭借个人丰富的革命经验和政治头脑,对中国社会现实和政治斗争进行分析,展现出政治交锋的规律。诗歌突破了诗人居高临下记录历史的局限性,将个体命运与爱国情怀紧密相连,读来极有感染力。陈独秀一生坎坷,五次入狱,《金粉泪》是他

第二章 审美与革命的变奏(1927—1937)

第五次入狱后的创作,他坚持自己的政治追求和道德风骨,写下"自来亡国多妖孽,一世兴衰过眼明。幸有艰难能炼骨,依然白发老书生",文人、政治家、思想家的豁达通透由此展露出来,也为后人留下了难得的革命史、文学史研究资料。

鲁迅与南京渊源甚深,少年求学于南京,青年曾在南京国民政府任职,中年后曾多次路过南京,偶有驻留。南京对他来说是熟悉的故地,1931年6月14日,他在上海创作了两首以南京为主题的咏史诗《无题二首》赠送给日本宫崎龙介、白莲女士夫妇。这对夫妇应国民政府邀请访问中国,与鲁迅的会面是由他们共同的朋友内山完造安排的。宫崎龙介与国民党关系密切,其父亲宫崎弥藏早年支持孙中山的革命活动,叔父宫崎寅藏支持帮助孙中山组建同盟会以及在南京创建的中华民国临时政府,是国民党政府的亲密盟友。宫崎夫妇与鲁迅的会面过程中大约谈及了他们刚拜访过的南京,故而鲁迅以南京为主题写作了两首旧体诗歌。书赠宫崎的诗曰:"大江日夜向东流,聚义群雄又远游。六代绮罗成旧梦,石头城上月如钩。"赠予白莲之诗云:"雨花台边埋断戟,莫愁湖里余微波。所思美人不可见,归忆江天发浩歌。"诗歌里先以"群雄远游"一句缅怀纷纷凋零的辛亥英烈,又以六朝古都南京的变迁来映衬民国南京政府的几度离散。辛亥革命时大批革命志士为光复南京在雨花台浴血奋战,他们连同刀枪已被埋入地下,幸而莫愁湖内为保卫新政府而牺牲的粤军烈士墓与丰碑犹在,革命精神犹存!第二首诗歌中"所思美人不可见"中的"美人"有双重含义,既是历史上的莫愁女,也暗指孙中山、黄兴、宫崎寅藏等革命先驱和为光复南京及北伐牺牲的革命军英灵。两首诗深切缅怀了革命先烈的丰功伟绩,以写实、抒情的手法将历史与现实、革命业绩与精神统一起来。诗句虽简短,却能展现出鲁迅的旧学功底。

南京大量刊物上留有传统诗词专栏,这对古典诗词的发展传播起到了重要作用。1929年9月,中央大学中国文学系创办的《艺林》是古典诗词和传统文学研究的阵地,栏目按国学分类具体划分成学术、文录、诗录、词录、曲录等。中央大学国文系的教授们如汪东、汪国垣、王易等是《学术》栏目的主要供稿人。《专集》栏目刊载过中央大学教授黄侃的古典诗词集《石桥集》。《文录》《诗录》《词录》栏目的作者也以中央大学师生为主,包括胡光炜、王易、何立、李家骥、王起等。

第1卷第15期《国立中央大学半月刊》上集中刊登了"上巳社诗钞"和"禊社诗钞",作者中许多是学衡派成员。《国立中央大学半月刊》登出的"禊社诗钞",显示出中央大学、金陵大学中国文学系师生文学创作崇尚古典主义的冰山一角。所谓"禊社"的"禊",原指古代于春秋两季在水边举行的一种祭礼,后来延伸为传统文人集会联句,"曲水流觞""兰亭高会"等雅聚在文学史上传为佳话。黄侃①1928年到南京后,即带来了他在日本、北京就喜欢的游山玩水时借酒赋诗联句的聚会形式。"就文学角度说,老师率弟子出游,往往也就是一次创作实践。"1929年1月1日,戣(陈伯戣)、翔(胡翔冬)、侃(黄侃)、晓(王晓湘)、石(胡小石)②、沆(王伯沆)③、辟(汪辟疆)④共游鸡鸣寺,完成"禊社"手稿《豁蒙楼联句》:

蒙蔽久难豁(戣),风日寒愈美(沆)。

隔年袖底湖(翔),近人城畔寺(侃)。

筛廊落山影(辟),压酒漤波理(石)。

霜林已齐髡(晓),冰化倏缬绮(戣)。

旁眺时开屏(沆),烂嚼一伸纸(翔)。

人间急换世(侃),高遁谢隐几(辟)。

履屯情则泰(石),风变乱方始(晓)。

---

① 黄侃(1886—1935),男,字季刚,又字季子,晚年自号量守居士,湖北省蕲春县人,生于成都。
② 胡小石(1888—1962),男,名光炜,字小石,生于南京。
③ 王伯沆(1871—1944),男,名瀣,一字伯谦,晚年自号冬饮,又别署沆一、伯涵、伯韩等,生于南京。
④ 汪国垣(1887—1967),男,字笠云,后改字辟疆,江西彭泽人。

南鸿飞鸣嗷(殳),汉腊岁月驶(沉)。

易暴吾安放(翔),乘流今欲止(侃)。

且尽尊前欢(辟),复探柱下旨(石)。

群屐异少年(晓),楼堞空往纪(殳)。

浮眉挹晴翠(沉),接叶带霜紫(翔)。

钟山龙已堕(侃),埭口鸡仍起(辟)。

哀乐亦可齐(石),联吟动清此(晓)。①

元旦的聚会两周后,王晓湘、汪旭初到好友黄侃家中聚会,诗兴大发,于是"用玉田《山阴久客》词韵,联句抒怀,后阕转趋和婉,相与抚掌高歌"②。四月,"禊社"成员黄侃、胡光炜、吴梅、汪辟疆、汪东、王瀣、王易等人多次在玄武湖、石桥禊集联句。五月,一行人应吴梅之邀游玩苏州并联句15首。1929年重阳节前一日中央大学教授黄侃、吴梅、汪辟疆、汪东、王易再游后湖,联句题为《霜花腴》。因吴梅工于词曲,他们的活动中还增加了昆曲演唱部分。此外"上巳社"这一时期活动也较为频繁,联句数量可观。1935年黄侃去世后,《制言》半月刊特别出版"纪念黄侃"专刊以表悼念,另在《制言》第11期登出"上巳社诗社第一集"和"上巳社诗社第二集",《制言》第18期又刊载"上巳社诗钞",据此可知中央大学师生是旧体诗词创作传播的主体,在新文学运动取得绝对胜利之后,传统文化仍在校园中生生不息、有声有色地传承发展着。

《国风》上只发表旧诗文,没有新文学作品,偏重南京历史地理文学,陆续发表了王焕镳《明孝陵志》、朱偰《金陵览古》、林文英《石头城》《燕子矶与三台洞》等,以及朱氏家族朱遏先、朱偰、朱偰创作的旧体诗词《金陵百咏》,既是文学价值极高的作品,也为南京历史地理做了细致的考据,促进了历史地理学作为一门单独的学科的出现。

---

① 胡小石等:《豁蒙楼联句》,《国立中央大学半月刊》,第1卷第15期,1926年1月。
② 黄侃:《黄侃日记》(1929年1月14日),中华书局2016年版,第399页。

旧文学阵营中的文人继承了传统文化精粹，致力于风物古籍的考订吟咏，在古典文学研究和旧体诗词曲赋创作方面颇有成绩，作品在《学衡》《国风》《文艺月刊》《时代公论》等刊物上屡有刊登，有明清时期文人或文人团体的清奇悠然的风骨。作品主题集中在南京自然面貌、历史古迹、四时风物的描摹，大多借物咏情、追忆前朝、感怀身世，有不胜悲切苍凉的历史感。正如郑鹤声所言，"金陵风物，最足代表南朝文明"。

这些诗文在二三十年代新文学早已占据权威位置的情况下，更显得独树一帜。中央大学《国风》上刊发的诗词细致生动地挖掘出南京自然景物中的历史感，创造出壮美秀丽的艺术形象，其中对山川、水系、历代古迹、园林别宅的描写都展示出作者扎实的传统文化功底和感时忧国的现实参与感。多入诗人法眼的景致包括钟山、栖霞山、牛首山、玄武湖、台城、莫愁湖等。钟山也名蒋山，又名紫金山，山势蔓延数里，云气山色朝夕百变，自古即为风水宝地，六朝时期寺庙极盛。民国时期因孙中山埋骨于此山，并依山建筑书院和高官别墅，政治上和文学上都备受重视。朱偰创作的《钟山行》，形式自由，气势雄浑，结合当时的民族危机，追忆南京前朝故事，恨不能再展宏图、驱逐敌寇，抒发文人对于时事的感触。"大江西来日夜流，山势尽与江东浮。钟山夭矫独西上，峥嵘桀傲胜蛟虬。朝吞朔气自东海，夜挹星辰泻斗牛。卷舒云影青苍远，叱咤风雷千里展。喧豗瀑布奔幽壑，纵横崖石偃绝巇。变化莫测疑鬼神，龙争虎斗撼乾坤。高皇开基自江左，只手擎天荡寇氛。六百年来浩灵气，江山依旧恨沉沦。君不见，孝陵弓剑今还在，石马嘶风日又曛。今日中原正多难，瞻徊无奈涕沾襟。""江山依旧恨沉沦"及"今日中原正多难"两句，贴近现实，让人闻之伤心。

汪辟疆的《江行望钟山》则继承了温婉工整的五言格律诗体，巧用妙思，在长江上航行之时远观钟山，在动静之间详察山中景色。这首诗有山水诗的散淡冲和，又有唐宋诗歌成熟后的完整意境，不失为佳作。"鸣榔意已惊，离群思先积。柁楼望钟山，晓妆想初抹。我日醉其旁，烟霞坐怡悦；如何偶乖违，旷若三秋阔。平生痴爱心，于人于物役；不到平稳地，只此一关隔。"钟山某种程度上已经成为南京的形象代表,感怀南京多半要提到此山。梁公约的《与祭钟山书院飨堂礼成有作》中将钟山视为传统文化流传下来的代表,"大雅久不作,钟山无限青",并在《送别》中慨然将钟山风景视为南京对离乡远客的温柔情思:"辽辽万里携家去,尚恋钟山一片云。远道天寒霜似雪,江南花发我思君。"

如果说对钟山的想象多刚毅坦诚,清凉山则更带有文学想象性。清凉山原名石头山,明末清初画家龚贤隐身于此。南京的别名石头城,林文英曾细加考据:"南京的别名真多,如金陵,如建业,如秣陵,如江宁,如白下,又还有所谓石头城。"这个别名与清凉山不无关系,"'金陵'两字代表'石头山以北地'"。虽然如今石头城的石头坍塌崩裂,早已失去抵挡外敌的功用,清凉山仍让文人感触颇多,尤其是山上隐居文人龚贤所筑的扫叶楼,直至今日还是文人的游处。邵祖平的《开岁二日同人游扫叶楼》描述冬日诗人至扫叶楼缅怀故去诗人、追问生命意义的情怀,诗歌具有宋诗般枯硬蕴藉的特点,借怀古人展示今人自主把握自身命运的信念。"恻恻春寒乌帽浓,吾侪腿脚几人同。独携新岁蹒跹意,来踏空山窸窣风。市远酤深微有雪,屋寒天淡不闻鸿。寻常彩胜家家见,我欲楼窗问所从。"梁公约的两首诗颇能表现出文人墨客对扫叶楼的青睐,春日赏景,携友游玩,清凉山的明媚春光,扫叶楼的丰富怀想,带给他们美好的记忆。

壬寅孟陬二日与顾石公丈杨钟武登扫叶楼口占

脱巾放带无拘缚,斗明登临思悄肰。远水江帆天际梦,夕阳春树寺瘘烟。

眼中人事因时改,上界钟声向晚圆。胜友嘉辰最难并,好开怀抱早春天。

庚戌二月望日登扫叶楼怀顾石公丈用易石甫题壁元韵

绝磴层崖忆旧攀。一天烟雨暗螺鬟。诗人老去春如梦,芳帅青青满盈山。

"好开怀抱早春天"是诗人愉快心境的写照,"诗人老去春如梦"则是诗人对逝去岁月的怀念,万物生机盎然,而人却已失去青春。卢前曾细致描述民国时期的扫叶楼:"楼中悬龚半千画像,壁间题诗,张贴两旁。住持僧亦解风雅,今已不复记其名号矣。"他的《扫叶楼》不同于上面的作品,字句简洁清新,略有少年"为赋新词强说愁"的做派,构思精巧细致,灵活化用古诗来串联南京名胜,贴切自然,没有雕琢痕迹,营造出近似宋诗的凄婉意境:"此地清凉望莫愁,霜枫点染白蘋洲。石头萧瑟人归去,秋到寒山扫叶楼。"

玄武湖、台城、鸡笼山一带是二三十年代文学作品中出场频率最高的区域。这里山光水色交相辉映,远眺钟山,近观台城,南朝时的古同泰寺香火鼎盛,胭脂井中幽魂黯然,豁蒙楼上书香盈盈,俨然是个集休闲娱乐、探访古迹、研习宗教为一体的宝地。中央大学的教授学子纷纷登临此处,留下了诸多诗篇,昔日京华内城的繁华景象在他们笔下活灵活现。如叶玉森的《予病征仲翼谋邀游鸡鸣寺归赋一诗并示步曾梦炎》一诗,语带佛性:

> 持心入万籁,喧极那能定。我非药树身,不病已潜病。乍脱簪组羁,初赋草木性。
>
> 乃闻医者言,弗若习吾静。幸逢萧散人,挈我蹑云境。幽禽时一啼,鸣鸡不可听。

《国风》第 5 卷第 1 号的《金陵百咏》里朱氏三代分别用南朝齐武帝之事,追忆景阳楼和眼前台城的历史,怀想当年风流人物,"何至中原沦九夷"之句影射时事。在民族存亡的危急关头,这组诗鼓舞士气,警惕世人莫贪图享乐,只知倚红偎翠,沦落到亡国丧家之境地则悔之莫及。

景阳楼

朱谒先

千骑鸡鸣埭,钟山猎乍回。为防宫漏杳,欲载美人来。

楼阁凭山起,钟声隔岭催。风流齐武帝,偏有治军才。

又　朱倓

鸡笼山上景阳楼,水色峦光满目收。出猎尚留齐武迹,藏书最喜竟陵谋。

白门杨柳依依恨,玄武烟波渺渺愁。一样钟声花外渡,梵宫零落不胜秋。

又　朱偰

玉漏沉沉夜未明,君王宵猎月中行。三千宫女严妆待,只听钟楼一杵声。

耿耿星河月未西,行行北埭始闻鸡。肯将射雉勤天下,何至中原沦九夷。

台城

朱偰先

建康宫阙已成尘,剩有台城尚绝伦。最占金陵佳丽处,湖山只许六朝人。

荒凉一片城头月,寂寞千秋湖外烟。多少诗情与画意,空中楼阁梦中天。

又　朱倓

古道荒凉夕照西,台城柳色最凄迷。空余一片城头月,来吊萧梁乌夜啼。

又　朱偰

故垒荒凉迹未消,秫陵风雨自飘潇。齐梁宫阙萧条尽,何处苍茫问六朝。

月色昏黄万籁空,六朝事迹太匆匆。惟余匝地寒螀泣,似语沧桑白露中。

整组诗围绕"六朝"展开,在历史兴亡的过程中,宫阙湮没、楼阁倒塌,而自然风光如钟山、玄武湖、鸡笼山经历千秋万代仍保持了旧风貌。玄武湖是这一区域中独具特点的景观,本名桑泊,因燕雀为前湖,故称之为后湖;因位置在城北,也称为北湖,宋朝时传说湖中有黑龙,故又名玄武湖。这片水域原本是六朝时的水上战场,因玄武湖内有樱花洲等五洲,民国时辟为五洲公园,四时美景引得游人如织,也成为文人结社联句的重要场地。无论新旧文学作家,都毫不吝惜地赞赏玄武湖。朱偰善用典故,一边夸赞秋日湖色,一边追忆六朝时此湖的军事意义,用"年年此日警烽烟"来告诫政府不能任由外敌欺凌。朱遏先和朱偰的诗也传达了这一寓意:

九月十六日东北沦亡前二日·重至后湖

朱偰

烟波渺渺水连天,阔别名湖又一年。秋后江山难入画,万籁风物易成妍。

长隄芳草伤心绿,半郭垂杨带雨鲜。最是金瓯残阙了,年年此日警烽烟。

玄武湖

朱遏先

习战昆明得胜谋,江山半壁不须愁。金陵王气绵千载,玄武余威压五洲。

夕照台城萦蔓草,晚烟钟阜锁灵楸。渔歌亦识兴亡恨,横海楼船与共仇。

又 朱偰

风日晴和称意游,微茫烟水足寻幽。闻歌每忆台城路,放棹频沿莲萼洲。

画舫低回怀远道,渔村潇散隐中流。湖山胜处应留恋,况有凭高览胜楼。

第二章 审美与革命的变奏(1927—1937)

汪辟疆的《后湖集》既是他个人的诗集,也是应和当时中央大学教授的诗社所创作的诗歌,文字融合新旧,别具一格,以清雅的文笔描述了春光中的玄武湖,繁花似锦,樱花、桃李争相怒放,春雨如丝,泛舟湖上,悠然欣赏湖边民居、远处群山,与友人饮酒赏景,带有旧式文人闲适的生活意趣。如《后湖看花图》中的"花时共经过,冷处偏着眼。新荷未出水,繁樱已飞槐。钟山与鸡笼,倒影入茗碗"。

除了以景观为题创作的旧文学作品外,还有一些全面描述南京风貌的诗词,如李思纯的《思游诗》(其二十八)这首短诗中囊括了秦淮水畔、后湖、栖霞山、鸡鸣寺、扫叶楼、燕子矶、紫金山、莫愁湖、桃叶渡等景观,诗人为了合辙押韵,强把这些地名嵌入诗中,有文字过于跳荡、叙述过分简洁之嫌:

六朝金粉尽,一水秦淮旧。此邦拥皋比,讲座昔耽究。
荷香后湖曲,佛影栖霞窦,鸣鸡废堞古。
扫叶秋岚瘦,榴花燕子矶。五月看江溜,横窗紫金山。
照眼画雄秀,莫愁不可见。桃叶哪能够,辱井燕支深。
艳史齐梁富,庠序植荆棘。坐叹世多缪,平生苦未忘。江南种红豆。

吴梅也曾用词概括南京遗迹,在《翠楼吟·秦淮遇京华故人》中巧妙地用旧日秦淮胜景反衬当前战乱频仍,让人倍感无奈,尤其最后一句"莫愁愁未"既将莫愁湖带入词中,又点出词中忧愁的感情基调,与李思纯的诗中生硬夹杂地名,境界差别极大。全词音韵工整,情致温婉蕴藉,让人读之沉醉。

月杵声沉,霜钟响寂,今宵水故人无寐。湖山沦小劫,正风鹤长淮兵气。南云凝睇,又水国阴晴,千花弹泪,情难寄,庾郎凭处,自伤憔悴。
可记残粉宫城?指暮虹亭阁,冶春车骑。玉京芳信阻,怕丝管、经

129

年慵理。人间何世？待冷击珊瑚，西台如意。秋心碎，板桥衰柳，莫愁愁未？

30年代的南京传统文人结社的风气盛行，大学校园及南京文化界浓郁的古典文化氛围使得传统文学社团蜂起，出现了梅社、如社、白下诗社等相关社团，传统诗文唱和频繁，多有佳作。梅社是30年代中央大学的女同学自组的词社。"梅社"一名可能来自她们共同的业师吴梅，也可能是因为1932年第一次社集在梅庵的六朝松下。第一次社集成员有王嘉懿、尉素秋、曾昭燏①、龙芷芬和沈祖棻。之后中央大学知名才女徐品玉、张丕环等人也加入进来，使梅社声势大壮。词社成员填词均以词牌名代称，惯用的词牌或与个人特征相关的词牌名成为她们的社团专用名称，如沈祖棻为"点绛唇"，徐品玉人称"菩萨蛮"，章伯璠号为"虞美人"等。这种取名与《红楼梦》中海棠诗社成员的笔名来源略有相似之处，颇具古风。梅社的创作目前找不到全本，只能零星读到。如沈祖棻词作《念奴娇》(甲戌中秋之夕，扶醉归来，南楼阒无一人。凭高对月，凄然动羁旅之感)中感慨中秋夜客居异乡的思乡之情，"楼中人去，一庭空锁明月。/谁更为慰飘零？韶华偷逝，流水长呜咽"②，情感哀婉动人，纤巧轻灵。而"西江月"尉素秋则在词作《国香慢》(与社中诸友分韵咏水仙，有所指也)借水仙描述少女心事："国香天不管，袅芳心一寸，无处安排。问春何许，惆怅春已天涯。"③

梅社成员的作品多以抒发少女缠绵情思为主，梅社是中央大学校内学生团体，其词作主题范畴较狭窄，传播范围有限，并未产生阔大的思想辐射。但它的存在表明30年代南京文坛新旧文学并存对峙，传统文化在知识分子群体中仍然绵延不绝地传承着。

如社是南京1935年成立的以词为主的社团，每月一集，活动主题在唐

---

① 曾昭燏(1909—1964)，女，湖南湘乡人。
② 沈祖棻著、程千帆笺注：《沈祖棻诗词集》，江苏古籍出版社1994年版，第214页。
③ 尉素秋：《秋声集》，帕米尔书店1984年版，第3页。

圭璋、卢前、徐益藩等人的回忆性文章中略有记载，吴梅日记里记录了如社的活动，1936年9月刊刻过《如社词钞》。该集保存了十二次社集的词作内容，其中第十二次是十二、十三合集（包括《诉衷情》和《女冠子》两个词牌的社课）。卢前曾记录：

> 南维有词社曰潜社，集上海者曰沤社，近日又有如社。如社社友除霜厓师外，有陈倦鹤（匪石）①、仇述庵（埰）②、石戬素（凌汉）③、林铁尊（鹍翔）、夏博言（仁溥）、夏枚叔（仁沂）、王东培（孝烺）④、汪旭初（东）、廖忏盦（恩焘）、乔大壮（曾劬）⑤、蔡师愚、邵濂、蔡嵩云诸先生，而吾友唐君圭璋与焉，夏蔚如、向仲坚来京则与社集。每集只限调，不限题韵。予居上海，籍列沤社，时彊村先生已下世，所周旋者夏映庵、叶退庵、陈彦通诸公。每月偶返都下，如社中人亦往往招往参加。⑥

1935年3月9日，在美丽川菜馆，如社进行了第一次社集，参与者有廖恩焘、林鹍翔、石凌汉、仇埰、沈士远、陈世宜、吴梅、汪东、乔曾劬、唐圭璋。⑦从年龄上看，参与者平均55岁，江苏籍的有5人。这些人或在南京工作，或在南京定居，原本议定每月一集，但因事务迁延，1937年6月后活动基本终止。

如社社员大致如下：廖恩焘（忏庵，凤舒）、石凌汉（戬素，云轩）、林鹍翔（半癭，铁尊）、仇埰（述庵，亮卿）、吴梅（霜厓，瞿安）、陈世宜（倦鹤，匪石）、蔡嵩云（柯亭，嵩云）、汪东（寄庵，旭初）、乔曾劬（壮殴，大壮）、程龙骧（木安）、

---

① 陈世宜(1884—1959)，男，字小树，号匪石，别号倦鹤，江苏南京人。
② 仇埰(1873—1945)，男，字亮卿，号述盦，江苏南京人。
③ 石凌汉(1871—1947)，男，字云轩，号戬素，江苏南京人。
④ 王孝烺(1875—1947)，男，字东培，号寄沤，江苏南京人。
⑤ 乔大壮(1892—1948)，男，原名曾劬，字大壮，以字行，号波外居士，江苏南京人。
⑥ 卢前:《冶城话旧卷二》，《南京文献》第4号，1947年4月。
⑦ 吴梅:《吴梅全集·日记卷》（下），河北教育出版社2002年版，第536页。

唐圭璋(圭璋)、吴徵铸(灵琐,白匋)、杨胜葆(圣褒),社课的社题多为涩调。徐益藩说:"维时先生又与林半璎、陈倦鹤诸老辈举如社,多填涩调,守四声,视潜社为严;间亦以课益藩辈曰:'词惟不复可歌也,罕见之调,不得不守四声;守四声虽艰苦,然不能以此恕其不工,习而熟焉,艰者易,苦者甘矣。'"①每次雅集,都规定社课在下次雅集前作词,誊抄或油印数份互相交流,并将每次社课的词作汇总,即所谓"月举一集,集必交卷,由值课者汇录成帙,分赠同人"。如社的活动从1935年3月9日一直持续到1937年6月,《如社词钞》内收录了前十二次的社课内容,共二百二十六阕。

第四节 散 文

20世纪二三十年代南京的散文创作仍以名家为主,杂感、游记、回忆性散文等体裁均有所发展,散文数量较丰富,文笔较上一时期更稳练成熟,与时事结合紧密,更有现实意义。袁昌英在两次游览新都后分别进行写作,描述自己对南京的美好期许及对当权政府的不满;在战火纷飞的岁月,巴金忠实地用散文记录了自己战争中的遭遇。此外还有大量文人在散文里描述自己游览新都的所见所思,文笔细腻,景物描摹别有特色。

一、杂感

杂感类散文多以景物或事件描写为切入点,重点抒发由此而生的感慨。袁昌英②1928年在《游新都后的感想》中开篇以诙谐的语调称:"这股南风的来势,真不可挡!竟把我吹送到新都去住了几天。在拜访亲友以及酬酢清谈之外,我还捉住了些时间去游览新旧名胜。"③人被风"吹"去了南京,游

---

① 徐益藩:《师门杂忆——纪念吴瞿安先生》,王卫民编:《吴梅和他的世界》,河北教育出版社2002年版,第46-47页。
② 袁昌英(1894—1973),女,字兰子,湖南醴陵人。
③ 袁昌英:《游新都后的感想》,《现代评论》,第7卷第176期,1928年4月21日。

览南京的时间是被作者"捉住"的。作者以非常规的词语使用方式,奠定了文章诙谐幽默的感情基调,更易引发读者的阅读兴趣。文中点评了秦淮河、玄武湖、台城的风光后,她自认:"对于古迹,我有的是追慕、怀忆、神驰。对着新名胜,许是与我更接近的缘故,我的情绪与精神就完全两样了。欣赏之中总不免批评神的闯入。"①下文自然地接续到对中山陵、男女金陵大学和江苏大学的批评,在她眼中,中山陵比明孝陵高一些,但"石阶太狭,趋势太陡,祭堂也不够宽宏巍峨。墓与祭堂连在一块更减少不少的气魄"。对金陵大学,作者提出真切的忧虑:"希望教会学校多与中国社会接洽,让学生去寻找她们对于社会切身的问题去问学,不必将我们好好的青年去造成一切纯西化的只会说外国话的女子。"②文章末尾以真挚的语气,将南京与上海做了对比,"新都呵,你的油然嫩翠,到处花香的美貌此刻仍在我心眼中闪灼着,嫣笑着!你有的是动人的古迹、新鲜的空气、明静的远山、荡漾的绿湖、欢喜的鸟声、绿得沁心的园地!这是何等令人怀慕呵!"③散文中自然地透露出作者对民国首都南京自然风景的赞美和对新都建立后的国家满怀的信心。六年之后,袁昌英发表《再游新都的感想》,提到"旧名胜依然如故地凄然相对着。鸡鸣寺、雨花台、秦淮河、玄武湖仍是那副龙钟老耄的表情"。放眼望去,新都一片凄凉,"枯槁的玄武湖——养活一条鱼的水都没有的玄武湖、憔悴的紫金山、瘠瘦的田野"④,这六年来,"我及我的民族是受到了极度的,人世间再无以复加的创伤,且无以自解的耻辱。慈悲的祖土,你不能怪我没有出息。我是曾经愤怒过、拼命挣扎过的,只是到头来都是失败与悲哀而已"⑤。民族危机在即,而南京却是一座"空虚的都城",职员们只是南京的过客,"新都,此岂非君之辱、君之耻吗?试问在这种散漫空虚的生活里,你如何能产生、营养、发挥一种固定的、有个性的、光荣的文化出来?你

---

① 袁昌英:《游新都后的感想》,《现代评论》周刊,第7卷第176期,1928年4月21日。
② 袁昌英:《游新都后的感想》,《现代评论》周刊,第7卷第176期,1928年4月21日。
③ 袁昌英:《游新都后的感想》,《现代评论》周刊,第7卷第176期,1928年4月21日。
④ 袁昌英:《再游新都的感想》,丁帆主编:《金陵旧颜》,南京出版社2014年版,第89页。
⑤ 袁昌英:《再游新都的感想》,丁帆主编:《金陵旧颜》,南京出版社2014年版,第89页。

若没有这种文化,你的城格从何而来,从何而高尚?你被立为都城已经不少的时间了,然而全城不见一个可观的图书馆、一个博物馆、一个艺术院、一个音乐馆、一座国家戏院!你这种只有躯壳而不顾精神生活的存在,实在是一种莫大的没面子!"①散文熔记叙、描写、抒情和议论于一炉,表明作者对国民政府的期望和失望,原本满怀信仰和希望,然而对现状又极为不满,文章酣畅淋漓,一气呵成,倾注了爱祖国爱人民的一腔深情,创造了雄浑阔大的境界,堪称佳作。

二、回忆散文

回忆散文多以平和的笔调记录事件,巴金②在散文《从南京回上海》中,却以愤慨的语调来重现"一·二八"事变。1932年初,巴金应朋友邀约到南京游玩,1月28日乘坐宁沪快车返回上海,到丹阳因突发的战事而被迫停车,前路不通,火车凌晨返回南京。一路巴金听说日军四处烧杀抢掠的情形,满心悲愤。重回南京后,他到朋友缪崇群处,一同通过报纸号外了解战况。因水陆阻隔,巴金在南京滞留数日,眼看南京官员们鼓吹迁都、四处出逃,市面上人心惶惶。直到2月5日巴金才得以返回上海,遭受战火蹂躏的上海遍地疮痍,巴金住所和同一条街的商务印书馆都遭轰炸,小说《新生》的稿本被毁。寄居友人家中的巴金一边积极参加抗日活动,一边写作了这篇散文来记录日寇的罪行。文中以真挚的情感、朴素的语言展示出战争来临时普通民众的民族情感,他们不顾一切地反抗强权,"朋友中没有一个不主张与日本帝国主义者作战到底,没有一个不希望日本兵在上海败亡"③。政府意图迁都,战况不明,在此情况下,百姓们也会起来保护自己,因为他们不是"任人宰割的牛羊"。巴金这篇回忆散文时效性极强,以个人角度记录历史事件,兼具文学价值和历史意义。

---

① 袁昌英:《再游新都的感想》,丁帆主编:《金陵旧颜》,南京出版社2014年版,第89页。
② 巴金(1904—2005),男,原名李尧棠,字芾甘,四川成都人。
③ 巴金:《从南京回上海》,丁帆主编:《金陵旧颜》,南京出版社2014年版,第135页。

三、游记

南京作为六朝古都、民国首府,是民国文人游历的重要城市,在二三十年代以南京为主题的散文中,许多作品以南京游记的形式出现。如曹聚仁[①]《南京印象》(选自《中国游记选》,上海亚细亚书局 1934 年 9 月版)将写实与象征结合在一起,将真情与讽刺结合在一起,描绘出特定历史阶段下的怪诞的南京。开篇便戏谑地称南京与十二年前并无太大分别,"我快近十二年没到南京了,早就有人告诉我:'你会不认识南京呢。'我报以微笑。我想:'小别十年,就会不认识,那还成其为中国吗?'"唯一的区别在于"南京虫越来越多,越吃越胖了!"所谓的虫应指国民党政府中的贪官污吏。曹聚仁多年记者的经历使得他对南京现状极为敏感,此处以暗喻的形式展现对南京国民政府的失望。

朱自清在 1934 年 8 月创作的散文《南京》中指出自己于南京只是个旅客,但来往多次后,对南京多少有了些认识,"逛南京像逛古董铺子,到处都有些时代侵蚀的遗痕,你可以摩挲,可以凭吊,可以悠然遐想;想到六朝的兴废,王谢的风流,秦淮的艳迹。这些也许只是老调子,不过经过自家一番体贴,便不同了"[②]。在这篇散文里,作者以游览的眼光欣赏南京,从古建筑到饮食文化,从古代遗迹到现代变迁,将南京古城的方方面面尽收眼底,自然飘逸,惹人喜爱。文中有一丝淡淡的哀愁与怀念,也透着无限的欣赏与赞美。

钟敬文[③] 1929 年发表了散文《金陵记游》,其游记散文没有停留在传统的山水意识上。游记中包含着社会内容,包含着对民族的忧患、对弱小者的悲悯以及对自己命运的感伤情怀。当他和朋友游览了鸡鸣寺、玄武湖、夫子庙、秦淮河之后,他对南京的城市面貌极为失望,这座往日的都城既没有存

---

① 曹聚仁(1901—1972),男,字挺岫,小名辐厅,浙江金华人。
② 朱自清:《南京》,《中学生》第 48 号,1934 年 10 月。
③ 钟敬文(1903—2002),男,笔名静闻、静君,广东海丰人。

留多少文化遗迹,也没有现代都市的整洁面貌,文中对南京文化衰颓的无奈悲凉感鲜明。①

朱偰②的《金陵览古》以散文形式描述自己探访古迹的历程,文笔生动,勾画出明确的南京地理方位,结合自身感受进行条理性叙述,不仅是有历史研究价值的文学赏析作品,更是一篇人文地理佳作:

> 按南京自明初已有宽敞之通衢及人行道:东西自火星庙至三山门,大中桥至石城门;南北自镇淮桥至内桥,评事街至明瓦廊,高井至北门桥,其官街之广,可容九轨,并于两旁建筑官邸,以蔽风雨酷日,而利行人。

> ……出水西门,离市辰渐远,临水人家,家家养鸭。既而行尽村落,两侧多菜畦,间以荒冢累累,棺厝未收,荒烟蔓草,不胜苍凉之感。③

> 旧院当长板桥头,隔秦淮与贡院相望,又邻东花园,当在今文德桥秦淮南岸一带。

> 因于傍晚登鸡笼山,步向台城,半山红叶,掩映斜阳影里,灿然如锦。④

朱偰的散文夹叙杂议,文笔流畅,对南京城里的遗迹景观进行了细致描摹,文章读来极有画面感,在他笔下,历史古迹在经历时光洗礼后带着新鲜的气息回归于众人的视线中。

王鲁彦⑤则将关注点凝聚在玄武湖上,别出心裁地将玄武湖中心靠近水闸的地方称为"我们的太平洋",在这里他与友人们留下了青春最快乐的

---

① 钟敬文:《金陵记游》,丁帆主编:《金陵旧颜》,南京出版社2014年版,第105页。
② 朱偰(1907—1968),男,字伯商,浙江海盐人。
③ 朱偰:《金陵览古》,《国风》,第1卷第8号,1932年11月16日。
④ 朱偰:《金陵览古(下)》,《国风》,第2卷第2号,1933年1月15日。
⑤ 王鲁彦(1901—1944),男,原名王衡,浙江镇海人。

印记，与同伴一起泛舟玄武湖上，哪怕乘坐的是毫无装饰的小船，在遍布着荷花的狭窄水路上穿行，从开阔的湖面漂到水闸和湖水最深处，一切豁然开朗，难以忘怀。①

而在王平陵笔下，玄武湖也是美丽而接近尘世的，辽阔的湖面在白雾笼罩下若隐若现，在紫金山的倒影分割下，如同亲密的恋人在热情拥吻。比拟大胆，别有意趣。"湖上泛涌起一片白色的雾，像浴女遮着的轻纱，是白天的太阳和湖波热烈地吻着留在嘴边的余沫。"②

第五节 戏 剧

20世纪二三十年代南京的戏剧活动频繁。1929年1月与7月，田汉③曾率领南国社全体成员，两度来南京进行戏剧公演，在江苏省民众教育馆礼堂上演了许多当时深受好评的原创剧，如《苏州夜话》《名优之死》《湖上的悲剧》等。两次演出引起巨大反响，促使南京戏剧活动和戏剧团体如雨后春笋般涌现，其中较为活跃的是院校社团，如"中大剧社""金大剧社""南钟剧社"和"金中剧社"，左联以"南钟剧社"为基础建立了南京分盟，为三十年代南京现代戏剧的发展壮大了队伍。

1935年10月18日，中央党部与教育部在南京合办中国第一所正规的戏剧教育学府——国立戏剧学校。1935年6月中旬，张道藩、陈立夫、覃振、褚民谊、焦易堂、马超俊、段锡朋、洪陆东、王棋、李宗黄、傅汝霖、梁寒操、罗家伦等十三人联名呈文国民党中央要求设立戏剧学校，后经中央会商教育部，于7月中批准，准予筹设国立戏剧学校。政府派褚民谊、方治、雷震、张炯、余上沅及张道藩为筹备委员，并指定张道藩为筹备主任，组织筹备委员会，负责筹备事宜。开办费由中央教育部分担，常规费用除由教育部担任

---

① 王鲁彦：《我们的太平洋》，《文艺月刊》，第3卷第11期，1933年5月。
② 王平陵：《静静的玄武湖》，《文艺月刊》，第3卷第12期，1933年6月。
③ 田汉(1893—1968)，男，原名寿昌，湖南长沙人。

三分之二外,其余由中央辅助。国立戏剧学校第一任校长为余上沅,第一任教务主任为应云卫,专任教师有陈治策、马彦祥、王家齐等。1936年,剧作家曹禺也被聘请到国立剧校任教。从创立到1937年,剧校由于时局危急而迁徙,其在南京中正堂一共举行了13届正式公演,这些演出类似于现在艺术院校的毕业演出,是戏剧专业学生的综合社会实践,在艺术上比较稚嫩,但对学生的剧本创作和表演发展有一定的促进作用。演出主要选择改编经典剧作和国内知名剧作家的代表作,包括英国剧作家莎士比亚的《威尼斯商人》、法国剧作家贝克的自然主义戏剧《群鸦》、国内知名剧作家洪深的《青龙潭》、曹禺的《日出》、余上沅的《回家》等。在当时国统区话剧界,国立剧校无论是师资还是声誉都是一流的,培养了大批戏剧专业人才。

一、戏剧组织、演出活动

1929年南京剧社与戏剧运动蓬勃,戏剧公演活动频繁,其中"南国社""中国文艺社"的公演反响巨大。1927年,南京国民政府四处拉拢政治立场中立的社团,5月,"南国社"骨干田汉应陈铭枢、何公敢、褚保衡之约,任南京总政治部艺术顾问一职,负责戏剧与电影方面事务。1927年下半年大革命失败后,田汉由南京返回上海。1930年田汉总结自己就任的原因说:一、认为北伐比内斗有意义,受到国民党片面宣传,相信蒋介石政府的革命立场和政治实力;二、天真幻想艺术可以不受政治支配;三、减轻南国社的负担,借助官方力量拍摄影片《到民间去》。时局变化,田汉认识到国民政府的真实反动面目后,带南国社的骨干力量辞职回上海。1929年1月18日,南国社赴南京公演,田汉亲自扮演《名优之死》中的名优刘振声和《湖上的悲剧》中的诗人梦梅,盛况空前。其间田汉发表题为《戏剧与民众》的演讲,他强调戏剧具有的普世价值,戏剧与民众紧密结合,但是由于历史与政治的原因,戏剧"由帝王之手,其后落于贵族之手,便变为'家伶'专供贵族之享受。再次降于资本家势威支配之下,戏剧更堕为资本家之'家伶'之制下的产物。就是近代戏剧仍不能解脱资本主义制度之压迫的现象。像今日上海及各剧场多分等级卖价,便是明证。这实在是近代戏剧的堕落。它和民众不和,它和民众渐渐地隔离得太远了"①。

1929年1月,晓庄学院陶行知先生邀请"南国社"一展风姿。田汉欣然应允,公演结束的第二天便前往学院,当晚进行演出,得到全体师生和周边农民观众的热烈欢迎。为表感谢,田汉发表题为《艺术与艺术家的态度》的答谢词,提出"贴近民众"的行动原则,演出的剧目有话剧《苏州夜话》《生之意志》《颤栗》及反映晓庄农村生活的剧作《新村之夜》等。

1929年2月28日至3月3日,狂飙社演剧部在南京公演,剧目为:《从人间来》(向培良作)、《上海之夜》(高长虹作)、《海夜歌声》(柯仲平作)、《战士的儿子》(柯仲平作)。狂飙社演剧部"没有基本的演员队伍,只能临时拉人凑合着上台",马彦祥在《从人间来》中饰祖父,因演员不够,沉樱一人饰此剧中的三个女儿,演出效果并不理想。

1931年6月13日—15日,"中国文艺社"首次公演《茶花女》。中国文艺社由国民党中宣部直接领导,王平陵参与筹建。这次公演有浓厚的官方色彩,政府投资巨大,并组织《中央日报》以大版面连续发表四期《中国文艺社戏剧组第一次公演特刊》,对这次演出进行过度宣传。这次演出虽然体现出政府对戏剧运动的支持,但表演效果德不配位,未能引起较大的社会反响。

1935年春,时为左联主要成员的田汉、阳翰笙在上海被捕,被押送到南京宪兵司令部。徐悲鸿、宗白华、张道藩联名担保田汉假释,柳亚子、蔡元培担保阳翰笙假释,但出狱后他们不得离开南京,只被允许在南京搞些戏剧活动。10月下旬,田汉与应云卫等人组建了"中国舞台协会",限于条件,为规避官方登记和备案,这个社团没有固定活动场所,除四位发起人之外没有会员,更没有大张旗鼓的明确章程,参与排演的其他工作人员都属于临时邀约的不固定班底。1935年11月,中国舞台协会在福利大戏院进行公演,剧目

---

① 田汉:《戏剧与民众》,《田汉全集》第15卷,花山文艺出版社2000年版,第24页。

为田汉编剧的多幕剧《回春之曲》《械斗》。两部剧作主题均与抗战有关,第一部主要内容是南洋侨胞在民族危亡之际归国救亡;第二部则讲述了两个村庄因私怨进行械斗的故事,村庄是党派的暗喻,械斗则影射国共战争,批判政府在强敌当前、民族危难之际仍坚持"攘外必先安内"的方针,置民族大义于不顾。这次公演共演出六场,一周内剧院爆满。首演成功后,社团活动更为活跃,1936年在世界大戏院举行第二次公演,剧目有《洪水》《黎明之前》。《洪水》揭露了在天灾面前政府的无所作为导致外敌趁机入侵,民不聊生,终于愤而抗争。《黎明之前》叙述的是一位母亲与子女因是否参加抗战发生龃龉,愤然用毒药毒死亲生的孩子,自己崩溃自杀的故事。剧中的母亲是国民党政府中的求和派的化身,演出借批判懦弱自私的母亲来批判主张不战而降的投降主义者,鼓舞民众为保国保种奋起反抗。社会的热烈反响使他们迅速推出第三次公演,1936年4月继续在世界大戏院上演由俄国作家列夫·托尔斯泰的名著《复活》改编而来的同名剧作。演出场场爆满,不断加场,观众与社会关注度呈现井喷态势,形成南京话剧演出中少见的盛况。

1937年卢沟桥事变发生后,田汉与南京报界同人组织并成立了"首都报人慰劳抗敌将士公演委员会"。田汉在两周内创作出四幕话剧《卢沟桥》,请马彦祥、洪深指导,组织宁、沪两地的戏剧工作者排演,在大华大戏院、世界大戏院、首都电影院和新都电影院每天上演两场,共演出四天。卢沟桥事变给中华民族造成了极大创伤,演出过程中演员的精彩表演激发了观众的爱国热情,剧场上下回响着口号:"保卫华北,把敌人赶出去!"

二、抗战剧代表作家:陈大悲与吴祖光

在南京30年代轰轰烈烈的演剧运动中,陈大悲和吴祖光是其中创作成绩较为独特的两位剧作家。

陈大悲被称为话剧界的急先锋,是文明戏到现代话剧发展历程中的过渡人物。他在五四时期宣传"爱美"的戏剧,这一时期他创作的剧本主题多

为暴露社会黑暗,如《英雄与美人》《双解放》《爱国贼》等,剧中多描述革命党人的蜕变、官僚家庭的内幕丑闻、军阀混战给人民带来的苦痛及妇女的悲惨命运,多用刺激的事实和曲折的情节以及偷听、手枪争斗等套路,激发早期戏剧观众的观赏快感。1928年他到南京就职后,其戏剧创作的第二个高峰期出现了。1929年在《中央日报·青白》连载了五幕剧《五三碧血》《可怜的查别麟》、独幕哑剧《真解放》。1930年在《中央日报·青白》连载了《红绿灯的威信》及改编的独幕剧《病夫》。1935年,陈大悲担任上海剧院乐剧研究所副所长,编导了乐剧《西施》,并将其带到南京公演。这部五幕乐剧是由官方资助的命题剧,有政治背景。当时潘公展指出这个故事不应该拘泥于四大美女之一的西施身上,"我们觉得西施这故事的价值,决不在其所谓'美人计',而在于越国为复国雪耻起见,即一妇人女子,亦能为国家奋斗,为大众牺牲"①。所以,剧作中没有具体史实的介绍,西施、勾践和夫差的关系中没有儿女情长,只有家国仇恨,尤其对西施主动为国家献身的爱国精神进行赞扬。这部剧音乐主创为陈歌辛,他主张以通俗的乐风、明白晓畅的白话歌词为主,为《西施》谱写的旋律朗朗上口,易于流传;舞蹈部分出自吴晓邦之手,"浣纱舞"诠释了一群少女在浣纱歌中边歌边舞的情感经历,"苏台舞"表现了西施和郑旦面对吴王强作欢颜,无法掩饰各自的乡愁,"干将舞"则以雄壮的舞蹈动作表现了吴国士兵的气势。这部乐剧强调西施个体救国的意义及剧作载歌载舞的特点。1935年《西施》在南京公演后,《中央日报》和《新民报》曾以专刊加以介绍。《新民报》1935年10月10日评价:"记者有生以来,在河北定县曾看过熊佛西和陈治策两位先生所导演的话剧可以名副其实地说是话剧以外,其次便要算这精心结构的《西施》乐剧了。"铁君后人在《看了〈西施〉归来》一文中指出:"当这剧运萧条的时期,编者运用了他的创新精神,冶歌舞与话剧于一炉,能够别出蹊径,为后世编舞剧者,开辟了一条出路,同时使得每一个观者,只觉其优美,而不感其庞杂,这实在是他的最大

---

① 潘公展:《介绍乐剧〈西施〉》,《新人周刊》,第2卷第4期,1935年9月21日。

收获。至于布景之富丽堂皇,以及道具之整齐划一,虽小至一杯一箸,都能根据史实,特别制备,我个人除了满意而外,几乎无话可说。"①石江在《〈西施〉的直觉报告》中指出:"这部乐剧已是成功到了相当程度的东西,它敢于在不伦不类、不古不今、不中不西之情形下,来了一个伟大的尝试。这就是编导者胆识的伟大。"②陈大悲备受激励,打算要在《西施》之后,继续以四大美女为原型进行创作。不料田汉对此剧泼了一盆冷水,他署名寿昌发表《评〈西施〉》一文,认为这部剧不失为新的尝试,但《西施》是以美人计救国的小市民思想,指出民族危亡之际绝不能将救国的希望寄托在美人身上,任何救亡计划不可依靠某个人,而要依靠群众的力量。

  吴祖光③四幕剧《凤凰城》是他创作的第一部剧,也是抗战期间上演次数最多的剧作。卢沟桥事变发生后日本大举进攻上海,南京政府开始向西南方撤退,当时在南京国立戏剧学校任校长室秘书的吴祖光跟随学校西迁。1937年秋,吴祖光迁到长沙后收到父亲寄来的《苗可秀烈士遗墨》,在书摊上看到《义勇军》的小册子,以这两份材料为基础,吴祖光花了四个月的时间完成了《凤凰城》剧本。这部剧作描述的是1933年中秋,少年铁血军司令苗可秀加入与日军的鏖战中,三年后,诈降日军获取大量弹药,杀死了敌人,因此铁血军遭到日军疯狂反扑,苗可秀受伤并被俘虏。日军百般威逼利诱逼他投降,被严词拒绝,战友们组织反攻前来解救他,苗可秀被带到阵前对战友们训话完毕后,气绝身亡。这部剧塑造了苗可秀这个伟岸崇高的抗战英雄形象,同时这部剧的完成缓解了抗战初期抗日剧荒的问题,抗战宣传全面展开的初级阶段需要能够鼓舞人心、激励百姓抗战意志的话剧创作,《凤凰城》正符合时代需求。1938年,《凤凰城》由曹禺、黄佐临、丹尼、阎哲吾导演,蔡松林、丹尼主演,正式在重庆上演,随后在全国多地排演,各地报刊发表评论文章。吴祖光将他一路西行看到的抗战场景及苗可秀的事迹凝练升

---

① 铁君后人:《看了〈西施〉归来》,《新人周刊》,第2卷第4期,1935年9月21日。
② 石江:《〈西施〉的直觉报告》,《新民报副刊》,第7卷第16期,1935年10月15日。
③ 吴祖光(1917—2003),男,又名吴召石、吴韶,祖籍江苏常州,生于北京。

华,写出了一个有血有肉的故事。在抗战形势不明,国内主战与投降派不断交锋之际,苗可秀这样无畏的英雄极大地激发了国民坚持抗战、宁死不屈的民族精神,鼓舞了抗战到底的勇气。

三、早期象征戏剧的奠基人:陈楚淮

陈楚淮[①]是新月派戏剧文学创作的代表人物。1927年秋,陈楚淮在闻一多先生的指导下学习写作戏剧,发起组织戏剧社,1928年《新月》月刊1卷5号发表了他的第一篇剧作《金丝笼》。同年十二月,陈楚淮的戏剧集《金丝笼》作为徐志摩主编的"新文艺丛书"之一,由中华书局出版。在新月派同人的鼓励下,陈楚淮出版了《金丝笼》《药》《浦口之悲剧》《骷髅的迷恋者》等12部剧作,类型多样,可划分为问题剧、社会剧和新浪漫剧三类。问题剧多对社会中的某一个或多个问题进行探讨,他的《浦口之悲剧》和《韦菲君》都可归入此类。《浦口之悲剧》写到幼年离散的兄弟俩被命运分拨在两支敌对的军阀队伍中,彼此不相识,恰巧弟弟随军队行进经过家乡。弟弟听说亲妹妹刚被对方一名士兵调戏,立刻出门为妹妹报仇,未料到调戏妹妹的竟然是他们的亲哥哥,兄弟二人争斗后双双毙命。这个独幕剧以命运弄人让骨肉相残的故事,探讨了人性的恶与环境之间的关系,他认为恶劣的社会环境是造成好人变坏的罪恶根源,同一个家庭的亲兄弟会在军阀这个大染缸里学会调戏民女、争强斗狠,最终两败俱伤。这个过于巧合的故事彰显着作者对社会的基本思考:环境影响着人性。《韦菲君》则针对现代女性命运进行探讨,剧中女主角韦菲君虚荣、冲动,她在私营电影厂做演员,日渐堕落,受人陷害,怀有身孕后遭爱人抛弃,她没有自怨自艾,而是奋起复仇,杀了恶人。她不是贤良的传统女性,也不是独立自尊的现代女性,她只是个自私的个人主义者,为自己而活,为自己而战。她的悲剧命运让读者陷入思考:人完全遵从自己的情感,是否能维护自己的尊严?

---

① 陈楚淮(1908—1998),男,笔名蘅子、秋蘅等,浙江瑞安人。

《金丝笼》和《药》则突破了问题剧的局限,以揭示社会真相、深挖社会困境为指归。《金丝笼》讲述了包办婚姻与婚恋自由观念的冲突,茹心和表妹浣芬青梅竹马,长大后浣芬却被父母包办婚姻,断送了这段大好姻缘。茹心伤心之余又与家中女仆小蘋相恋,小蘋却被父亲送给官僚为妾。家里给茹心包办了与二表妹灵芬之间的婚姻。茹心在多次情感挫败里终于认清了家长的真面目,父母为自己提供的优渥条件不过是豢养宠物的必要投资,在这样"金丝笼"中过安逸的生活,是要以放弃自由的灵魂为代价的,于是他勇敢反抗,剧末同小蘋一起"向光明的地方走去了"。《药》则对工人与资本家的阶级矛盾进行描述。剧中失业工人老郑的妻子郑大嫂与女儿阿香为了维持生计,熬夜赶绣缎子,却清楚自己再努力也无济于事,只能绝望地哀叹:"唉,叫我怎么办啊!"底层民众在经济崩盘时总被当作牺牲品,作者虽没有自觉地以革命意识结构全剧,但在剧作中已体现出普罗戏剧的特征。

1929—1930年间陈楚淮艺术追求有了较大转变,他创作了两部象征主义独幕剧《桐子落》和《骷髅的迷恋者》。《桐子落》写一个贫妇在贫病交迫中挣扎时,女儿阿娟给她讲了个神奇的故事,她听得忘了病痛,回光返照时她觉得肉身不断下沉,眼前飞快地飞过了不知名的事物,即将断气时她却哀叹自己的小儿子阿三不能和自己一起喝一口稀饭。对幽冥世界的期盼和对红尘的留恋,在她临死前的两种反应中体现出来。作者通过戏剧冲突内在化和情境神秘化来反映着生命通达的认识,显示着陈楚淮的"新月"风度。《骷髅的迷恋者》只有诗人、歌女、死神、仆人四个角色,剧中写一个长年与骷髅为伴、爱骷髅超过一切的老诗人,忽然雇了小姐到家里弹琴。但小姐没来,死神却来了。一生热爱骷髅的老人,强烈地感到人生还是值得留恋的,对自己未能享受人生的乐趣耿耿于怀,死神开导他说:死亡并没有什么可怕的,不过是进入和平安宁的另一个世界罢了。这时仆人引进来一个街头卖唱的流浪歌女。老诗人担心死后被人遗忘,临终时决定把自己的家产赠给素昧平生的歌女,唯一的要求是安葬于歌女父亲的坟旁,当歌女来看望父亲时自己也可以听到祭拜的歌声、琴声。他的请托得到应允后,便平静地跟着死神走了。剧作家在写作中并不关注情节、人物的塑造,他试图借剧中人物之口传达自己的生命意识,这不是宗教信仰带来的解脱,也不是现世价值的探讨,他以达观通透的态度不断叩问生命、死亡、情感和艺术的意义,完成了这部外在荒谬、本质严肃的象征剧。这部剧作意象主题繁复,形式探索大胆,被认为"标志着这时期象征剧话剧在文本意蕴上的复杂化""标志着象征剧对戏剧元素表意功能的进一步发掘"。[①]

[①] 吴晓东:《象征主义与中国现代文学》,安徽教育出版社2000年版,第247-248页。

第三章 黑暗与光明的交锋
（1937—1949）

1937年底，南京沦陷，社会经济受到沉重打击，教育文化事业备遭摧残。日军不仅对南京直接实行军事占领和特务统治，还扶植多届伪政权充当帮凶。1937年汪伪汉奸政权在南京建立后，实施亲日的奴化教育，进行反共的卖国宣传，摧残民族商业，掠夺经济资源，镇压民众抗日活动，建构配合日本侵华战争的社会秩序，城市建设则几乎停滞。这个时期是南京历史上的耻辱岁月，南京人民处于日本及其汉奸伪政权的黑暗统治与强力压迫之下。日伪利用军队、警察和特务进行暴虐统治，采取一系列措施强化治安管理和社会控制；掠夺资源，实行严格的物资统制；推行奴化教育，进行卖国宣传，统制新闻出版事业，贩卖汉奸文艺；还公然开放娼禁，纵容和鼓励鸦片买卖。古都南京的文化掠夺与破坏是侵华日军大屠杀的一项重要内容，被称为"文化扫荡"或"文化大屠杀"。1937年12月，在日军特务部的主持下，满铁上海事务所、东亚同文书院、上海自然科学研究所三家单位协力组成"日军特务部占领地区图书文献接收委员会"，日军士兵在文化特务的指挥下，劫掠了大量珍贵文献，野蛮堆放在南京市地质调查所，盘点后运往日本本土。日军的野蛮毁灭直接导致沦陷后的南京教育文化事业不断倒退。

1945年8月日本宣布投降后，原日本侵占的区域由国民政府接收，南京光复，被异族奴役的历史结束。随着国民政府的还都，南京再次成为国民党统治全国的政治中心，直至1949年4月解放。沦陷的8年，是南京以至整个沦陷区人民遭受苦难的年代，而国民政府还都后的将近4年，是国民党当局发动全面内战并走向崩溃的岁月，亦是南京以至全国人民反对独裁统治争取民主、和平的阶段，这个时期南京处于国民党统治下，经济上通货膨胀,政治上腐败,文化教育事业凋敝,直至1949年4月23日南京城在城外解放军和城内地下党的共同努力下和平解放,度过了黎明前最后的黑暗,开启了南京的新篇章。

第一节 概 述

一、悲情之下的南京文学活动

1937年12月13日,侵华日军攻入南京,制造了惨绝人寰的南京大屠杀,这使得南京城市现代化的进程受到野蛮阻挡,南京从首都变成了人间地狱。经日军连续数月的抢劫纵火,全城有三分之一的街道和建筑物被毁。从中华门到新街口,再向北到鼓楼,沿主要干道的大街小巷,都遭到了不同程度的破坏,许多工厂、商店、学校和住宅被烧成一片废墟,即使侥幸没有被烧的,建筑物内的东西也被抢劫一空。作为南京社会生产支柱的近代工业,在浩劫中被摧残殆尽。农村十室九空,农民的财物粮食基本被洗劫一空。

1. 南京陷落

南京沦陷后,日军特务机关即四处活动,物色、收罗留在南京的汉奸、亲日分子,加紧策划拼凑汉奸傀儡政权。1937年12月21日,日军特务班在日本驻南京领事馆中召集一些汉奸和亲日分子开会,12月23日伪南京市自治委员会正式登场。当时日军仍在大肆烧杀抢掠,奸淫妇女,许多难民仍然聚集在安全区内,不仅使得伪南京市自治委员会沦为空架子,而且使日伪无法有效地进行人口清查。因此,日军及伪南京市自治委员会决定采取解散难民区的办法,取缔南京安全区国际委员会。

1938年1月4日,伪南京市自治委员会召开第一次委员会议,提出设立户籍组,登记清查户口,采用"难民分区回家办法"敦促城市恢复运转,逼迫难民回居住地登记,接受伪政府管理。1月14日,伪南京市自治委员会发布公告,通令在安全区与各难民所的中国居民迁回原居住地。日本特务机关向伪南京市自治委员会及各区公所、警察厅局派驻日本顾问和宪兵队，监视并操纵伪南京市自治委员会。伪南京市自治委员会工作近4个月后，南京的社会秩序逐渐恢复，而日军当局在南京筹组华中伪政权的工作也告成功。1938年3月28日，伪维新政府在南京宣告成立。4月24日，伪督办南京市政公署取代伪南京市自治委员会。日本在扶植伪维新政府过程中，自始至终把它定义为一个地方性政权，因而在外交上并没有承认伪维新政府。1939年3月29日，伪维新政府正式宣布解散，其所属各院、部分别向汪伪政权的各院、部举行移交仪式。3月30日汪伪国民政府宣布"还都南京"，号称"中华民国国民政府"，但汪伪政府的实际统治区域，仅限于以宁沪杭为中心的长江下游地区、武汉地区以及后来的淮海地区和华南地区。华北地区名义上也属于汪伪国民政府管辖，但实际上仍由原伪临时政府控制，在华北设立直属汪伪国民政府的"华北政务委员会"，处理华北一切政务，并仍然悬挂五色旗。1943年夏后，日军在太平洋战场上节节败退，汪伪政权也摇摇欲坠。1944年11月10日，汪精卫病毙，由陈公博继任伪国民政府主席。汪伪政府内部派系斗争加剧，以周佛海为代表的大小汉奸则纷纷与国民党重庆方面挂钩。1945年8月15日，日本宣布无条件投降后，陈公博于次日在南京召集伪中央政治委员会举行临时会议，决定解散汪伪国民政府，这段屈辱历史就此落幕。

1938年伪维新政府成立后，着手对新闻出版事业进行操纵和管制。汪伪政权建立后，则进一步对新闻出版事业实行严格统制。这一时期南京文艺界沉寂，文学家们纷纷逃离南京，奔赴国统区或解放区。1938年底伪维新政府中几个官员发起组织了一个文学团体——"中国文艺协会"，推举陈廖士、尤半狂等人为理事会理事，但该会发起后在文坛上毫无声息。直到1940年1月6日，该会正式对外宣布成立，并创立《国艺》月刊。1940年6月，汪伪当局公布的《全国邮电检查暂行办法》规定，"各种新闻报纸、刊物、杂志""不论何种文字，不分发送人国籍，皆在检查之列"。凡是发现有违反"和平反共建国"的报纸杂志，一律予以扣留。9月，汪伪警政部发布公告，

第三章　黑暗与光明的交锋(1937—1949)

禁止报贩在南京及上海等地销售《大美报》《中美日报》《大英晚报》《正言报》等。10月,汪伪行政院颁布的《全国重要都市新闻检查暂行办法》规定,凡涉嫌反对投降政策、煽动颠覆伪政府、扰乱金融秩序、泄露军事外交秘密的新闻和其他稿件一律严查,如有媒体敢越雷池,可能遭受警告或停刊处分,严重者可能被永远封刊,负责人追究法律责任。为实施严格的新闻检查制度,1940年12月,汪伪政权在报刊林立的上海设立新闻检查所。由于当时南京报刊不多,未设立新闻检查所,"采本部直接检查方法"。

1941年初汪伪政权颁布《出版法》,严令出版物不得私自刊载有害中日邦交、教唆颠覆政府的作品。太平洋战争爆发后,1942年6月,汪伪公布实施《修正战时出版法》,在原《出版法》基础上,进一步强化对出版物、出版机关、出版经营人的审查制度,实行更严厉的出版控制,将具有抗日色彩的刊物全部停刊。该出版法还对图书出版、发行、登记等制定了严格的审查制度。太平洋战争爆发后,1941年12月9日,在"中央电讯社"内增设一个新闻检查机构,昼夜不息地"分别检查中央社电稿及本京大小报纸"。1943年6月,汪伪宣传部在南京正式成立"首都新闻检查所",分成三班检查伪中央电讯社稿件和南京的10家报刊。

汪伪政权成立后,南京的文艺活动在严格的监管下畸形地活跃起来。1940年10月,陈廖士、尤半狂、丁丁、陈大悲等发起组织了"中国作家联谊会",出版会刊《作家》。此后,南京地区相继出现了文学类或以文学为主的综合性杂志期刊。如《向声》《作家》《古今》《野草》《中国诗刊》《人间味》《求是》《文艺两周报》《文编半月刊》《作品》《华东文学会丛刊》《艺潮》《文艺者》《苦竹》等。整个沦陷时期,南京地区共出版50多种纯文学或含有文学的综合性杂志。《民国日报》等报刊也开辟文艺副刊,刊登各种文艺作品,其中以发表文坛掌故、考据、笔记、散文为主要内容和特色的《古今》月刊影响力较大。

2.民族意识的高扬

1937年11月20日,面对日军的迅猛攻势,当时的中华民国国民政府主席林森向全国发表了《国民政府移驻重庆宣言》，表明"为适应战况，统筹全局，长期抗战起见"而决定西迁重庆，并将其作为战时陪都的决定，进一步表明了抗战到底的决心。大批文人、知识分子跟随政府西迁，先到武汉，后至重庆、昆明等地。民族危亡之际，"抗日救亡"成为文化界创作的核心主题。1938年3月27日"中华全国文艺界抗敌协会"成立，老舍就职总务主任，负责日常工作，主编协会会刊《抗战文艺》。结合当时局势，文协提出文学创作应与抗战紧密结合，"文章下乡，文学入伍"，为了达成更好的抗战宣传效果，还组织作家进行了"文艺大众化"和"民族形式"问题的讨论。文艺工作者们如骆宾基、曹聚仁、范长江、姚雪垠、吴组缃、沙汀、丁玲等作家和知名记者怀着强烈的民族情感和爱国热情参加"作家战地访问团""抗敌宣传队"，深入一线战场，采风宣传创作，为坚持抗战贡献自己的力量。通俗小说作家张恨水也以极大的爱国热情，写出了《大江东去》《白门十记》《两都赋》等爱国作品。

1938年10月27日武汉失守后，抗战进入相持阶段，国民政府的文化政策逐渐收紧，改组了"军委政治处第三厅"，成立"中央图书杂志审查委员会"，大肆查禁进步书刊，禁演进步戏剧。1942年创办《文化先锋》，创刊号上发表了《我们所需要的文艺政策》一文，要求文艺界以"三民主义"为指导思想，在民族危机当前之时不揭露、不讽刺，用文学作品鼓励爱国抗战。

张天翼、陈白尘等作家目睹了国统区的黑暗现状，创作了《华威先生》《升官图》等作品嘲讽政府，针砭时事，试图用讽刺类作品对政治矛盾和社会黑暗进行剖析，从不同侧面表现出现实斗争中的迫切主题，这种做法扩大了抗战文学的题材，深化了创作内容，促进了文学风格与形式的多样化。

3. 国民党政权风雨飘摇

1945年底日军投降后，南京的形势日趋稳定。1945年12月初，重庆国民政府行政院派专人到南京实地考察，准备还都。12月中旬，行政院、司法行政部、外交部、教育部等政府部门首批还都人员陆续抵达南京。1946年4月30日，国民政府在重庆发布"还都令"，宣布5月5日在南京举行"还都大典"。大典当日南京城处处张灯结彩,总统蒋介石举办隆重的"纪念孙中山先生建立广州革命政府25周年典礼",借在中山陵拜谒告慰中山先生在天之灵来表明中国人民与中国政府已彻底取得抗战胜利,以洗刷沦陷的屈辱历史。

国民党政府还都南京后,因缺乏组织大规模接收处理财政金融、企业的经验,又没有健全的监督制约机制,党政军从上到下各级官员腐败严重,秩序混乱,使得南京地区的财政金融、文教事业弊病丛生。舆论斥责这些贪官污吏是"三洋开泰"——爱东洋,捧西洋,要现洋;"五子登科"——金子,房子,票子,车子,女子。接收的企业未能及时开工,机器锈蚀,粮食霉烂,浪费严重,影响了南京地区企业与近代经济的进一步发展,造成国民政府威信的降低和人心的丧失。

这一时期各大报刊陆续在南京复刊。1945年9月10日,《中央日报》复刊。1945年10月10日,《救国日报》复刊,社长仍为龚德柏,总主笔为陈健夫,总编辑为曹一凡。1945年11月12日,《扫荡报》改名《和平日报》,增发南京版。1946年元旦,《新民报》复刊。1946年4月8日,《南京人报》复刊,总经理为张友鸾,总编辑为郑时学。张友鸾为筹股而撰写《办报缘起》,宣称要办一张"超政治""中立"的报纸,强调《南京人报》是"报人之报""不为任何党派张目",为维护民主进步制造舆论。1946年11月12日,《益世报》南京版发刊。大量作家返回南京,以自己的创作进行南京文化重建工作。

1946年6月,国民党军队大举进攻中原解放区,挑起了全面内战。1946年6月21日,民建在《联合晚报》《大公报》等报刊同日发表了《为挽救国运解决国是奠定永久和平而呼吁》的声明,6月23日,上海人民团体代表马叙伦等人在赴南京向国民政府和平请愿的途中遭到特务攻击,这个反民主的"下关事件"使民主人士和社会民众认识到国民政府的反动面目。1947年随着国民党内战政策的失败,国统区政治、经济遭遇巨大危机。1947年5月20日,北平、天津、南京等地的学生举行了"反饥饿、反内战、反迫害"的游行,反对内战,反对国民政府的反动政策。国民参政会四届三次大会开幕日,苏杭沪各地高校学生集结到南京举行联合游行,国民党当局出动大批军警和特务武力驱散,重创并逮捕游行学生,对手无寸铁的学生进行屠戮,这一事件被称为"五二〇"惨案,进一步暴露了国民政府的反动面貌,促使反蒋第二条战线的正式形成,青年学生及民众反抗意识进一步觉醒。

二、文学论争与理论思潮

1937年南京沦陷后,日伪政府推出了"和平文学"的理念,在政府的大力支持下创办刊物,推行奴化思想,以期巩固殖民统治。与此同时,国统区国民政府倡导"抗战文学",抗战初期主张所有创作均应以抗战为主题,以民众喜闻乐见的民族形式进行创作,宣扬民族主义情感,鼓舞爱国热情。1942年毛泽东《在延安文艺座谈会上的讲话》发表后,国统区与解放区针对民族形式问题进行了热烈的探讨,一方面奠定了新中国成立后文艺的发展方向,另一方面则揭示了国民党专制统治的本质。

1. 抗战文学论

"抗战文学"的概念有广义和狭义之分,广义上的"抗战文学"时间范畴是1931年到1945年抗日战争时期,地理空间范围囊括沦陷区、上海"孤岛"、国统区和解放区,创作范围包括以抗战为主题的作品,也包括与抗战主题关联并不紧密的作品。狭义上的"抗战文学"则将题材限定在抗战范围内。目前文学界多以狭义的抗战文学为讨论对象。抗战爆发后,"抗日救亡"成了激动人心的、最响亮的口号,是人们发自内心地对"人道""正义"和"尊严"的呼唤。文艺界在爱国主义的旗帜下,形成了空前的大团结局面。国民党军事委员会政治部设立专司文化宣传的第三厅,下设抗敌演剧队、抗敌宣传队、电影放映队等宣传机构。教育部也组建了服务于抗战的各级演剧队。政治部则在全国范围内创办《阵中日报》,传递抗战信息,激发爱国情感。1938年3月27日,"中华全国文艺界抗敌协会"成立,孙科、陈立夫等人被推为"文协"的名誉理事,老舍负责日常工作统筹。之后文协在各大战区包括上海"孤岛"、延安和晋东南组建分会,在民族危亡时刻摒弃前嫌,团结文艺界一切力量为抗战服务。文学家们形成共识,在战争环境中要不断创作群众喜闻乐见的大众文艺作品,以"民族形式"进行创作才能激发民众爱国情感。作家们确立了以现实主义方法进行写作的路线,观察现实生活,汲取写作灵感,全面集成传统文化精粹,吸纳世界文学精华,使抗战时期的文学创作有民族特色,有现实意义,有广泛的受众群体。文艺工作者们多投入抗战主题创作,各大报刊记者及知名作家奔赴战场,在血与火的淬炼中创作了大量战地通讯、随笔与报告文学,用第一手材料展现出抗战前线军人的风采。中华全国文艺界抗敌协会几次派员参加规模较大的慰劳访问活动,不少作家到军中任职。臧克家曾在第五战区就职,阿垅在淞沪会战时担任排长,丘东平曾经参加彭湃领导的海陆丰起义,后加入十九路军参加上海的"八一三"抗战。彭燕郊17岁参加了新四军,转战闽西山区,并一路写下火热的诗篇。从日本回国的诗人孙钿,抗战时期加入新四军。

　　1938年10月27日武汉失守后,抗战进入相持阶段,国民政府的文化政策逐渐收紧。与"文协"并肩作战的"军委政治处第三厅",被国民党强行改制。郭沫若、阳翰笙率文艺工作者们频繁聚集交流,以知名作家诞辰庆祝会、创作纪念会、文艺座谈会等形式讨论抗战中文艺工作者的社会职责和实现途径,反对投降或其他消极的思想主张,坚持引领文艺导向。1940年,国民党为加强思想统治,成立"中央图书杂志审查委员会",查封进步文人著作,在思想上进行高压统治。同时派遣特务迫害进步作家,控制作家的发展甚至危害作家生命安全。1941年,国民党中宣部文化运动委员会在重庆成立,1942年创办《文化先锋》,创刊号上发表《我们所需要的文艺政策》一文,鼓吹文艺应弥合阶级矛盾,促进社会各界和平相处。这一时期出现了两次关于创作主题的论争:第一次论争由梁实秋与其他作家在1938年12月至1939年4月间展开,偏重于文学与政治的关系论证。梁实秋一直主张文学与时事政治不必紧密相连,即便在抗战期间也应允许与抗战无关的作品发表,因此在1938年12月《中央日报》副刊的《发刊词》中倡导创作主题的多元化。这一言论与当时战局格格不入,引发了文艺界一场有关文学与政治关系的论战。论争双方对抗战初期文学公式化、概念化的创作倾向并没有形成一致看法。第二次论争则集中在张天翼的《华威先生》上，按照国民党政府的宣传政策，抗战期间应少些批判讽刺文章，多作抗战正面宣传文章，《华威先生》的发表引起文学界关于文学是否应具有批判性的论争。论争最终肯定了《华威先生》的创作动机是善意的，文章取材于现实，不是对抗战的抹黑，对"华威先生"这种空谈爱国者的揭露是具有警戒意义的，这种创作主题以抗战中清醒的自省反思来扫除抗战事业中的弊病，是合理的，客观上扩大了抗战文学的题材范围，凸显出作家创作的自主性，带来抗战文学风格与形式的多元化展现。

2.《在延安文艺座谈会上的讲话》的影响

1938年中共六届六中全会上，毛泽东发表了《中国共产党在民族战争中的地位》，提出中国文艺的发展路径应去除"洋八股"，摆脱教条主义的死板创作，继承并发展具有中国作风和中国气派的民族形式。这篇文章引起包括解放区、国统区的广大文艺工作者的热切讨论。1942年5月，延安文艺座谈会召开，1943年10月，毛泽东《在延安文艺座谈会上的讲话》（以下简称《讲话》）在延安《解放日报》正式发表。《讲话》中提出"文艺为政治服务""文艺为工农兵服务"的发展方向，强调文艺工作者应脱离知识分子立场，投身到书写、鼓舞工农兵的创作中，为革命事业做出积极贡献。《讲话》的发表明确规定了今后文艺创作的发展走向和评价标准，实质上是解放区文艺政策逐渐强化的宣言书。

抗战时期"救亡图存"是所有中国人共同关注的主题，文学必须积极主动地服务于政治，以读者容易接受的民族形式的文学作品来宣传抗战英雄，激发民众的爱国热情。《讲话》中所强调的文艺与政治的关系及民族形式问题，在国统区西南联大教授们组成的"战国策派"中得到了特别的回应。他们提出"民族文学"的口号，要求在现实战争、民族危亡环境下回归中华文化，从传统文化底蕴中汲取营养和力量，培植富有民族特色的文学形式，从而增加民族自信和国族认同，同舟共济，共同迎战民族危机。陈铨是"战国策派"中理念最清晰坚定的学者,他对民族文学进行了系统总结,先后发表了《民族文学运动》《文学批评的新动向》《民族文学运动的意义》《民族文学运动试论》等理论文章,层层深入地阐释了自己的文学观,建构了一套完整的理论体系。为了将理论落到实处,1943年,陈铨创办《民族文学》期刊,并以"民族文学"理念进行剧作《野玫瑰》《蓝蝴蝶》的创作。在创作和论文中,他认为文学首先要培养国民的民族意识,"没有民族意识,也根本没有民族文学,没有民族文学,根本就没有世界文学"。对于五四以来提出的民族主义思想,陈铨认为:"第一,民族文学运动,不是复古的文学运动。第二,民族文学不是排外的文学运动。第三,民族文学运动不是口号的文学运动。第四,民族文学运动应当发扬民族固有的精神。第五,民族文学运动应当培养民族意识,民族意识是民族文学的根基。"

3. 日伪所谓"和平、反共、建国"文学论

旷日持久的抗战,战火中平民四处离散,沦陷区伪政府及幕后黑手日本当局为加强思想控制,对思想文化领域的管制极为严格。侵略者要从文化根源上让中国失去生机,成为充满奴性的顺民。在沦陷区这个类似于日本殖民统治的区域,伪政府推行奴化教育,在各级学校中大力鼓吹"中日亲善""东亚共荣"之类的理念,在文化艺术领域则建立专门的文化管理机构,扼杀有反抗意识的中国媒体,限制中国言论自由,通过亲日媒体的建立进行奴隶意识的传播,意图彻底磨灭中国人的民族认同,毁灭中国人的民族主义观念,进而使整个中华民族彻底灭亡或归化。同时日伪政府还大力扶持亲日文化团体,如中国文化协会、中国文艺协会,召开东亚作家大会,笼络威逼知名作家参与有政治色彩的文学评奖及文化交流,同时以残暴的手段对抗日作家进行压迫。

1940年代汪伪政府建立后,为配合"和平、反共、建国"三大政治纲领,提出了"和平文学"的理论纲领。其"理论"要点是把文艺作为"争取民众的工具之一","透过和平、反共、建国的理论","替和平运动,定更良好的根基"。其创作内容,强调描写陷于"水深火热的残酷的战争里"的大众生活,

反映民众的"和平"愿望,为汪伪政府的叛国实质罩上一层"和平"的外衣。这个时期汪伪南京市警察厅所办《新东方》月刊、汪伪机关刊物《中央导报》等敌伪刊物直接为"和平文学"主张摇旗呐喊,汉奸作家、旧式文人纷纷站出来为"和平文学"进行政治宣传,成为日本殖民文化政策的组成部分,对南京文学的负面影响较大,导致了1940年代沦陷区南京文坛的死寂。

第二节 小 说

20世纪三四十年代,中国政治、经济、文化的历史转型更为深刻。从二三十年代作为首都的繁华,到抗战爆发初期的反抗侵略,再到抗战后的重获新生,这一时期的南京经历的诸多变革制约着文学的生成、传播与发展。作家们多用小说或纪实文学的方式诉说或者反思这一段过往的历史。此时期众多描绘南京抗战的小说主旨大多相近,如阿垅的《南京血祭》是南京保卫战和南京大屠杀的历史见证,唐生智和刘斐的《南京保卫战》、张恨水的《大江东去》展现了悲壮的交战场面和日军的残忍,路翎的《财主底儿女们》叙述了抗战中知识分子的寻路之旅,张天翼的《华威先生》和张恨水的《八十一梦》则揭露和讽刺了抗战时期的社会与人性的丑恶,铭刻着沉重的民族伤痛。而陈瘦竹的《奈何天》《春雷》等乡土小说基于作家的真实生活体验,形象地写出了小人物的生活变动和大城市的社会变迁,张恨水的《丹凤街》《热血之花》《大江东去》《秦淮世家》等小说在展现南京风貌的同时彰显了民间家国情怀,无名氏的《塔里的女人》写南京市民的独特的爱情体验,呈现出了魔幻爱情书写特质,张资平的《新红A字》《青鳞屑》等对情爱、性爱题材的欲望书写,具有精神世界的理性探索意义。

一、战争小说与七月派小说

阿垅[①]是胡风在《七月》杂志上推出的左翼作家。阿垅早年接受五四新

---

① 阿垅(1907—1967),男,浙江杭州人。

文学运动的洗礼,曾在30年代初以笔名"S·M"发表文学作品。他曾参加过淞沪会战并负伤,而后以这段战场经历为题材创作纪实报告《闸北打了起来》《斜交遭遇战》《从攻击到防御》等,发表在胡风主编的《七月》杂志上。1939年"南京陷落"两年后,阿垅在不断遭受日机空袭的西安一气呵成地写完了报告文学体长篇小说《南京血祭》(原名《南京》)。本着力图还原历史真相的目的,阿垅在《南京血祭》中着重描绘了中国军人在南京保卫战中誓死不屈、英勇抗敌的事迹,详尽揭露和批判了日本发动侵略战争与南京大屠杀的罪恶本质。这部长篇小说以纪实报告的写作方式有效打破了当时日本作家美化侵华战争和入城大屠杀的谎言,有力地将中国军队悲壮地殊死战斗的真相向全世界传达出来。这部充溢着血与火、悲愤与抗争的长篇小说极大地震撼了全世界所有热爱和平的人民。难能可贵的是,阿垅并没有刻意去歌颂民族英雄和粉饰历史,而是更清醒地反思南京失陷的悲剧与抗战败退的历程,如实暴露了中国军队内部存在的军队窃取民宅财务、当局作战部署失误等问题。因此,《南京血祭》在当时无法通过国民党当局的审查,一直被禁止出版,直到南京沦陷50周年的1987年才正式面世。

《南京血祭》是最早以抗战时期民国首都南京保卫战为题材的长篇小说。阿垅描绘了战争的全景图,寄托了一腔悲愤之情。在小说尾声,阿垅还强化了军官严龙的形象,严龙他英勇杀敌,带领军队突出重围,而犯下罪恶的日本军队也得到了应得的报应。在政府大溃败的现实背景下,这样的虚构结尾更加增强了一种悲剧的效果。小说后记无疑是阿垅写的自序,从中可以把握小说的精神脉络。正如他所期望的,这部小说结构完整,内容全面,"写南京的战斗,得从每一个角落写,得从每一个方面写,争取写出一只全豹来"。可以说,《南京血祭》算是"一部规模较小(但意义绝不小)的战争史诗,南京沦陷的悲剧性的史诗"[①]。

抗战时期,以胡风主持的《七月》《希望》等杂志为阵地,在现实主义旗帜

[①] 何满子:《读阿垅〈南京血祭〉》,《文汇读书周报》,2005年7月29日。

下,路翎、彭柏山、丘东平、陈守梅、王兴发等作家创作了一批充满生活血肉感和直面人心的小说。作为代表作家的路翎[①]总是能穿透生活的表层直抵事实的真相,他的小说一以贯之的是穿透人心的本体体验与状态。长篇小说《财主底儿女们》写的是知识分子的寻路之旅,一经出版便被胡风称为是"中国新文学史上一个重大的事件"。小说分上下两部,这期间发生的重大历史事件,如"一·二八"事变、伪满洲国的建立、西安事变、"七七"事变、"八一三"事变等,都清晰贯穿于其中。在空间维度,小说涉及苏州、上海、南京、武汉和四川等多个区域,职业涉及了军官、政客、乡绅、记者、演员、士兵、教员、学生、商人等各行各业。上部写苏州巨富蒋捷三家族的衰落与崩溃,在上海、南京、苏州等地穿插描写了蒋家儿女的活动轨迹与思想面貌。下部则写蒋家儿女的人生道路,集中描写了蒋纯祖的曲折生活,同时穿插描写了蒋家其他儿女的麻木生活。小说着重写了青年知识分子在战争年代的精神世界与心路历程,还蕴含了对个体存在状态的思考。

对于路翎来说,南京是有着特别意义的存在。童年、少年时的路翎在南京生活过,很早就体会到了这座城市的人情冷暖,在抗战中又遭遇了难愈的心灵创伤。《财主底儿女们》就是以路翎的一段人生经历为原型来创作的,小说写到无数残败的战车无情地从南京城中人们身体上碾压过去,冷峻地中透着路翎的伤痛与震颤。小说还写到了战时南京城中残破、颓败的秦淮河景象,这条河"浮着肮脏的泡沫",在酷烈的太阳下散发出了"重浊的臭气","从两岸的密集的房屋的腐蚀了的骨架下,经过垃圾堆,黑色的臭水向河里流着,在太阳下发亮。周围是深深的,夏日的寂静和困倦。河岸上奔跑着野狗。远处有剧场的鼓声;楣桩脱落的、旧朽的花船系在河边"。[②] 可见,作为昔日烟花繁盛地的秦淮河在战乱中衰败下来,作者通过秦淮河的景观细节呈现出了南京在现代历史变迁中的尴尬处境。

除了真切描绘南京的生活景象和社会图景,路翎着重通过蒋氏家族儿

[①] 路翎(1923—1994),男,原籍安徽省无为县,生于江苏苏州。
[②] 路翎:《财主底儿女们》,希望社1948年版,第501页。

女的生活流动来描述南京的变化。南京是蒋家儿女们生活的主要聚集地。作为许多关键转折事件发生地的南京,在小说中被赋予了诸多特殊的内涵。蒋家人聚集南京构成了一场完整的斗争大戏。表现金素痕的颓唐时,小说写道:"在南京,在财产底陷阱里。"这场财产的斗争最初是发生在以蒋淑媛为代表的"蒋家优秀儿女集团"与贪婪跋扈的儿媳素痕之间的,而导火索则是金素痕执意要搬至南京生活。此外,小说还通过描绘蒋淑媛的生日宴会营造出了蒋家剑拔弩张的气氛,形象地折射出了南京激烈的斗争现状。更为重要的是,在蒋捷三尸骨未寒时,蒋家的儿女们争夺家产却是愈演愈烈。他们的情状又各有不同:蒋纯祖既渴望亲情,但又拒绝着虚伪可怕的一切;面对家人争夺局面,蒋秀菊便开始怀疑自己最初的信仰;蒋淑华原本打算拿出自己所有陪嫁,但手足的贪婪又使她感到世间和人生的凄凉;蒋淑媛则是为了财产不顾蒋蔚祖的生死,甚至不惜与蒋少祖结怨;等等。南京在路翎笔下无疑是座凄婉、矛盾的城市。

二、讽刺小说

张天翼、张恨水等作家的小说将中国新文学的讽刺小说艺术提升到了新高度。其中,张天翼[①]最擅长将平民意识和讽刺才能相融合,这种"融合"构成了他对下层人民的"含泪的笑"的写作特色。[②] 当抗日民族战争的烽火燃起时,张天翼只身回到湖南,全身心投入抗敌救亡工作。他在抗战救亡实践中以敏锐的眼力洞察到抗日阵营内部光明中存在的黑暗,写成了包括《谭九先生的工作》《华威先生》《"新生"》等在内的三篇短篇"速写"。1938年春在长沙写的《华威先生》是张天翼的作品中社会反响最热烈,也是影响最大的小说。这部短篇小说的发表标志着张天翼讽刺小说写作达到巅峰。因《华威先生》赴日"问题的发生引发了抗战以来文坛上一场关于抗战文学是"一味颂扬"还是需要"暴露与讽刺"的大论争。

[①] 张天翼(1906—1985),男,祖籍湖南湘乡,生于南京。
[②] 赵树勤:《中国当代文学名家研究》,湖南师范大学出版社2002年版。

《华威先生》于1938年4月发表在茅盾主编的《文艺阵地》创刊号上。当时国共两党建立起抗日统一战线，大量小说开始描写抗日运动，讴歌爱国主义精神，但大都对国民党当局争夺统一战线的领导权、压制人民抗日缺乏清醒的认识。张天翼敏锐地观察到其间潜伏的问题和矛盾，赶写了讽刺小说《华威先生》。小说中华威先生尤爱开会，一天奔波于四个会场，以此串联起了四个场景来揭露和批评统一战线阵营所存在的争夺领导权的问题。小说的主人公华威先生，无疑是抗战初期混进抗日队伍的官僚与党棍形象。他整日打着抗日招牌，喊着抗日口号，却只是热衷于开会、赴宴并压制他人抗日。这在很大程度上讽刺和批判了国统区一些投机分子借着抗战之名沽名钓誉的丑恶行为。张天翼曾直言："在我这爱管闲事的人看来，他们那种坏作风——在抗战之中实在是个缺点。我感到痛心之外又有几分觉得他们可笑，但这只是一种苦笑，于是就有这么一种冲动，想把它指出来。于是就把那几位先生拼拼凑凑，弄成一个人物，写了那篇速写。"[1]《华威先生》全篇仅有五千余字，除一个人物和几个速写镜头，几乎没有矛盾冲突，但因其具有浓郁的时代气息与极高的典型性而成为抗战时期难得的嘲讽辛辣力作。

　　张恨水[2]的《八十一梦》同样是一部讽刺社会现实的力作。它也是张恨水在抗战时期创作的影响最大，也是大后方最为畅销的寓言式长篇小说。这部小说自1939年12月1日到1941年4月25日在重庆的《新民报》副刊《最后关头》连载。当时重庆国民党政府对内压制人民抗日运动，对外却又纵容日军侵略，张恨水决心用小说的形式替人民呼吁政府起来反抗。《八十一梦》直指抗战时期大后方国统区的黑暗统治，因此，国民党当局下令《新民报》停止刊载，张恨水也只好停笔。尽管小说只写了"生财有道""狗头国一瞥"等十四个荒诞的"残梦"，但每个各自独立的梦又共同勾画出了重庆大后方的腐败、空谈等种种丑态。小说将并不相关联的场景与人物通过"我"串

---

[1] 张天翼：《论缺点——习作杂谈之四》，《张天翼文集》第9卷，上海文艺出版社1991年版，第87页。
[2] 张恨水（1895—1967），男，原名张心远，安徽安庆潜山人。

联起来,组成了一幅幅乌烟瘴气的社会生活图景。张恨水采取"以梦讽喻"的形式,深度揭露了政府腐败、社会黑暗、空谈误国、民不聊生等社会问题,尖锐抨击了官僚政客与投机商人囤积居奇、嫖客的豪横欺凌等可耻行径,在社会上引起了强烈反响。

小说从"号外号外"开篇到"回到了南京"收尾,采用了散点透视的叙事结构,从而提供了相当广阔的叙事时空。一是在空间上,张恨水的笔触从北京到南京、从汉口到重庆、从国内到国外、从朝廷到市井、从政界到商场,空间纵横几万里;二是在时间上,"我"的梦境从民国到清朝、从五四到唐宋、从当朝政要和王侯将相到市井草民,时间贯穿上下几千年。[1] 张恨水娴熟地运用古典章回体的形式,以春秋笔法点染勾勒出了社会百态与人间世相,融虚实古今为一体,亦真亦幻、谐趣横生,讽刺尤为刻骨,结构尤为巧妙,着实令人叹服。《八十一梦》也标志着张恨水的小说创作达到了新的高度。

三、乡土小说

陈瘦竹等作家的乡土小说是这一时期小说创作的重要维度。在抗战的中心话语下,他的小说关注个体命运,呼唤思想启蒙,不仅体现出了此期多元化的主题诉求,也使得抗战小说呈现出与抗战初期迥然不同的创作风貌。他的小说《灿烂的火光》《春雷》《奈何天》《水沫集》《奇女行》等大多都是以他的家乡江苏无锡港下南陈巷一带农村为叙事背景,用现实主义的手法,真实地反映了20世纪20年代到抗日战争期间苏南农村的社会变迁,展现了江南农村各个阶层中形形色色人物的生活面貌,具有浓郁的乡土风味。

1941年《春雷》出版,很快受到好评。在王瑶的《中国新文学史稿》中,陈瘦竹的长篇小说《春雷》被认为是"文协公开征求抗战小说后应征的十几部作品中比较好的一部","写出了在抗战中新生的英雄性格","写作上是有一定成就的"。小说详尽地描述了日军占领之下石家镇的社会百态,

---

[1] 白世星:《试论〈八十一梦〉的艺术特色》,《语文教学与研究》,2005年第9期。

刻画了诸多鲜活生动的乡村人物,如阴险恶毒的荣少爷、鲁莽勇敢的青郎、见风使舵的王大户、胆小可爱的马郎荡、刚烈不屈的梅大娘等。

尽管《春雷》是一部抗战题材的小说,但陈瘦竹毕竟是有着深厚的生活基础与丰富的人生经验的现实主义作家,"对江南乡村的故里风貌、俚语方言、婚丧嫁娶的勾勒,使小说弥漫着文化与泥土交织的气息,饱含作者的忧思与惆怅"①。除了长篇小说《春雷》,陈瘦竹还有短篇小说集《奈何天》等。

四、言情小说与性爱小说

张爱玲②虽出生于上海,但与南京渊源颇深,且多次到过南京。祖父张佩纶官场失意后带着续弦夫人即李鸿章的女儿李菊耦隐居到南京白下路小姐楼。在《对照记》里,张爱玲说自己的母语是被北边话与安徽话的影响冲淡了的南京话。在《私语》中,她所提到的家中仆人几乎都是南京人,这让幼年的张爱玲"对南京的小户人家一直有一种与事实不符的明丽充足的感受"。成年后的张爱玲虽未长期居住于南京,但因胡兰成的缘故也曾多次到过南京。1944年,胡兰成常居南京石婆婆巷并创办偏重文艺的杂志《苦竹》,张爱玲曾来此探望他。正是因为对南京的特殊情感,张爱玲在小说创作时也常以南京为叙事背景。在长篇小说《半生缘》中,有好几处专门描写了南京。如小说第四节细致描述了南京戏院、玄武湖五洲公园等地方,"玄武湖上的晚晴,自是十分可爱,湖上的游船也相当多……那边的船家称她为'大姑娘',南京人把'大'念作'夺',叔惠就也跟着人家叫她'夺姑娘',卷着舌头和她说南京话,说得又不像,引得翠芝和那夺姑娘都笑不可抑"③。另外,在沈世钧与顾曼桢的爱情障碍描写中,南京与上海的双城存在也成为推

---

① 陈思广:《全面抗战中期抗战小说检视》,《首都师范大学学报(社会科学版)》,2015年第3期。
② 张爱玲(1920—1995),女,原名张瑛,生于上海。
③ 张爱玲:《半生缘》,《张爱玲精选集》,燕山出版社2006年版,第120页。

进小说发展的重要因素,世钧父亲病重,导致他只能在南京主持家务、辞掉上海的工作,一对情侣离散两地,很快迎来了命运的考验。此外,在描述张爱玲自己身世的遗作《小团圆》中,以胡兰成为原型创作的人物邵之雍也曾有久居南京的经历,"他(邵之雍)又回南京去了"。对于张爱玲来说,南京不仅是她生命最初的暖色,更是萦绕她一生且对她创作有重要影响的城市。在她笔下,南京是一座充满温暖且富有人性之城。

张资平[①]是第一代海派作家,他对情爱、性爱题材的欲望书写,更是开创了海派文学创作的一代风潮。他的小说创作技巧已经较为圆熟,将视角投向并固定在都市生活、市井民间、情爱欲望等,这些写作特质表明了张资平作为海派作家的立场与身份。张资平的小说大多数都是以青年男女的恋爱婚姻、家庭生活为题材,很多小说直接在标题中贴上"爱"的符号、"性"的标签。在日伪政府任职时期,他接受日本的津贴,创办或主编杂志,以达到笼络学界人士的目的。他的长篇小说《青鳞屑》在南京《民国日报》副刊(1943年8月1日起)上连载。这部小说以北伐战争和大革命为背景,描写的是发生在大革命前后某县城里的故事,攻击了革命党人和革命群众。不过,小说里写到当时的物价飞涨等,日伪当局认为有"影射现实"之嫌,《民国日报》于当年9月9日停止刊载。结束了在日伪政府的任职后,张资平于1944年1月回到上海。

《新红A字》最早于1945年7月由上海知行出版社发行。邵伯周在《中国现代文学思潮研究》中指出这是张资平向日本侵略者投诚的作品:"这部小说与张资平以前的小说不同的是,没有什么'三角'和'性'的描写了,但却有了很强的'政治性':即通过主要人物的行动,宣扬'建设东亚新秩序',叫嚷'和平反共''和平卖国''唯有铲共才可以救中国',要求'建立巩固的中央政府'(按,指汪精卫卖国政府),'中日满联合起来',表示'切望理想的全面的和平能够早日实现',即希望早日实现蒋汪合流,使全国早日成为日本

---

① 张资平(1893—1959),男,原名张星仪,广东梅县人。

帝国主义的殖民地。"①这部小说也是张资平在日伪任职期间所创作的。既有的文学史对这部小说的评价不高，很多时候更是将其解读为汉奸文学。但从某种程度上来说，《新红Ａ字》仍是性爱小说。这部小说以女主角柳英的口吻讲述了她与同在日伪政府任职的上司作家黄重禾从相爱到背弃的过程。在小说中张资平表现了身处殖民权力结构中对日既想反抗又想合作的矛盾心理。一方面，在柳英身上，可以见到张资平的民族观念。比如，柳英为爱人黄重禾的才华倾倒，但又不满黄重禾为献媚而完成的中日亲善的文章；另一方面，柳英并没有愤恨指责制造这场灾难的日军，而是把日本帝国主义尊称为"东洋客人"，同时把侵略战争说成是"战事"和"事变"等。②

张资平在性爱小说创作方面有所成就，不过，他的附逆日伪的叛国行为，又使得他在文学史上的形象充满了异类意味，因此受到了思想界和文艺界的批判。从新文学的发展来说，张资平的小说创作彰显了发展的新文学与转型的通俗文学异质共生的趋向。

五、张恨水

张恨水尽管只是短暂寓居南京两年，但他创作了多部以南京为背景的小说，比如《石头城外》《丹凤街》《热血之花》《九月十八》《大江东去》《秦淮世家》等。他不仅深情地写尽了南京的地方色彩和市井民俗，而且在很大程度上展现了抗战期间的民族家国情怀。长篇小说《热血之花》是根据张恨水同名剧本改编的。剧本连载于1932年第7期至第9期《上海画报》，后收入《弯弓集》。而小说最初连载于1936年4月的《新闻报》，而后由上海三友书店于1946年6月出版。《热血之花》包含《热血之花》和《巷战之夜》两部分，共十六回。小说以五卅惨案后的日本侵华势力逐步扩张为写作背景，主要叙述了沿海县城义勇军在教员张竞存的领导下面对日寇入侵奋起反抗的

---

① 邵伯周：《中国现代文学思潮研究》，学林出版社1993年版，第677页。
② 陈言：《试论张资平小说中日本形象的嬗变——以他与日本的关联为背景》，《中日关系史研究》，2012年第2期。

故事。女主人公舒剑花的身份是军警情报机关的间谍,她接受了警备司令命令获取敌情,与日寇密探队队长余鹤鸣周旋,致使恋人也是义勇军首领华国雄产生误会,决心要与舒剑花决裂。然而,蒙在鼓里的华国雄却不知道义勇军之所以能够在夹石口一举击败日寇,主要是得益于舒剑花事前从余鹤鸣处获取的重要情报。当日寇准备大举反扑时,舒剑花又奉命潜入县城,再次刺探敌人军情,但不幸被余鹤鸣抓捕而为国捐躯。从警备司令那里得知真相后,华国雄悔恨莫及。华国雄的父亲也感慨道:"舒剑花不幸而死,不仅是为民族争生存而死,也是为人类争生存而死,这种精神,是很伟大的,所以舒女士的死,格外值得我们崇拜。"在《写作生涯回忆》中,张恨水指出:"那时我在北平,在两个月工夫内,写了一部《热血之花》,主题是国人和海寇的搏斗,当然,海寇就指日本了。"可见,《热血之花》是一部典型的抗战文学作品,借主角舒剑花对日寇的反抗激励民众坚持斗争。《大江东去》最初于1940年连载于香港的《国民日报》,到1943年出单行本时又做了一定的改写。小说是以南京大屠杀为背景,讲述了抗日战争期间军人孙志坚在上前线前将妻子薛冰如托付好友江洪护送去武汉。然而,南京陷落后,孙志坚却下落不明、生死未知。此时,薛冰如对江洪产生了爱慕之情,并想与他结婚,但江洪却婉言谢绝了。其实,孙志坚在南京保卫战中英勇作战,并在南京大屠杀中得以侥幸生还。可是,薛冰如却早已移情江洪,不顾丈夫孙志坚的诚恳挽留坚持离婚,并要求江洪和她结婚。但江洪再次坚决拒绝了薛冰如,并同孙志坚再次共赴抗战前线。尽管小说是以薛冰如、江洪、孙志坚等三人之间的情感纠葛为叙事线索,但张恨水并没有纠缠于言情小说的艳情哀婉,而是以较多篇幅描绘了保卫中华门战斗和日军屠杀南京平民的暴行。这部小说向世人展示了日军嗜血成性的罪恶,表现了抗战军人的爱国情怀,起到了振奋民族精神的作用。

  张恨水住在南京丹凤街旁的唱经楼,他的小说也往往是以南京及其地域文化为背景展开情节,如《丹凤街》《秦淮世家》等。《秦淮世家》本是应失陷"孤岛"的《新闻报》邀约而写的。小说选择了秦淮河这样具有南京典型文化特色的区域,讲述了在秦淮河边以欢场生意为生的歌妓唐二春、唐小春一家的悲惨生活。张恨水期望用南京这座饱受国难的城市,来唤醒尚在沉睡中的中国民众。小说中的唐大嫂年轻时就混迹欢场,待到年长色衰后又转到幕后做老板。她还亲自调教女儿唐小春做欢场生意。唐小春长得标致可人,歌喉出众,成了歌女后很快走红于秦淮河。后来,上海钱商杨育权看中了唐小春,屡遭拒绝后便施毒计绑架并强奸了她,甚至将她施舍给保镖魏老八。张恨水借由秦淮猎艳之名,反映了南京底层百姓的生存状态与社会现实,揭示了底层市民的觉醒与反抗,迂回曲折地表达了他的抗日意图。

《丹凤街》原名《负贩列传》,最初表明了张恨水为江南的平民英雄著书立传之意,正式出书时改为现名。小说以民国南京为背景,真实记录了以童老五为首的在丹凤街上自食其力的社会底层的群生像。在充满市井之气的丹凤街,小菜贩、小酒保们等一群最有义气的百姓,不畏强权,挺身而出,甚至不惜倾家荡产,只为解救被舅舅卖给赵次长做姨太太的穷姑娘陈秀姐。在景物描绘上,《丹凤街》呈现出浓厚的南京特色。小说第一章便以"诗人之家"为题,开篇就直白写道:"领略六朝烟水气,莫愁湖畔结茅居。"但"我知道这种思想是错误的。姑不问生于现代,我们是不是以领略烟水为事,而且六朝这个过去的时代,那些人民优柔闲逸、奢侈及空虚的自大感,并不值得我们歌颂。"[1]在某种程度上来讲,张恨水写作重心不在于简单挖掘南京的人文内涵或者丹凤街的历史变迁,而是突出写丹凤街作为菜市街的市井风貌,展现出江南文化中气节风骨的一面。[2] 小说最后一章题为"这条街变了"。童老五这群市民虽然营救陈秀姐以失败而告终,但一年以后,他们却参加了南京城的壮丁训练,义无反顾地走上了抗日的道路。不少人会觉得小说这最后一章显得有些突兀,尤其是小说前面所讲的故事与抗战似乎毫无关系,但如张恨水在小说结尾称这群人为"丹凤街的英雄",实则是寄予了对南京古城的觉醒、中国抗战以及中华民族未来的厚望。小说写于抗战最艰难的

---

[1] 张恨水:《丹凤街》,中国文联出版社2014年版,第1页。
[2] 卞秋华:《张恨水小说中的南京书写》,《中国现代文学研究丛刊》,2013年第4期。

时期,张恨水创作《丹凤街》的动因本就有挖掘抗战伟大潜力的目的,只不过张恨水并不是从现代思想或战争动员的层面上进行挖掘,而是着力从市民精神传统向现代转型的角度来探讨历史发展的动力。可以说,《丹凤街》是一部寄托了张恨水的写作理想、唤醒中国民众爱国之心的作品。

六、无名氏

抗战后期及抗战后,大多数作家以辛辣讽刺的方式描绘着南京的颓败、腐朽与黑暗,但仍有一部分作家细致展现着南京的多样的市民生活和丰厚的文化底蕴。无名氏[①]的《塔里的女人》写的就是南京市民独特魔幻的爱情体验。无名氏是20世纪40年代出现的具有轰动效应的畅销小说家,也是中国现代文学史上特色鲜明、成就卓著的文学大家。

无名氏原籍江苏扬州,出生并成长于南京。他小学时在国立中央大学实验小学读书,五年级就在陈伯吹主编的《小朋友》(上海中华书局出版)杂志发表了《夏天来了》等作品。高中时,无名氏已经在天津的《大公报》副刊《小公园》发表系列文章。抗战爆发前,他在北京大学等高校旁听自学三年;抗战爆发后,他先后流亡到武汉、重庆等地,做过记者等工作。这一时期,他与革命者有过接触和联系。无名氏自这一时期开始从事文学创作。他的小说《北极风情画》《塔里的女人》以对传奇性的深度诠释、浪漫情调的刻意营造和紧扣时代脉搏的精神内核,吸引了大批读者。两部书问世的三四年之内,每种都印了百版以上。这些小说真实反映了当时浮躁动荡的都市社会心态,同时也在很大程度上适应了当时市民阅读的普遍素质和审美心理。[②]

《北极风情画》于1943年连载于西安的《华北新闻》,约13万字,一经发表便引起了巨大的轰动。自此之后,无名氏在小说创作上一发不可收,陆续创作了《一百万年以前》《塔里的女人》等。1946年到1960年,他创作了260

[①] 无名氏(1917—2002),男,原名卜宝南,祖籍扬州,生于南京。
[②] 姜辉:《媚俗的爱情神话——从〈北极风情画〉到〈塔里的女人〉》,《新疆师范大学学报(哲学社会科学版)》,2001年第1期。

余万字的《无名书》,包括《野兽、野兽、野兽》《海艳》《金色的蛇夜》《荒漠里的人》《死的岩层》《开花在星云之外》《创世纪大菩提》等七卷。《无名书》的写作跨越两个时代,耗费15年时间,被学界称为"生命大书",也是无名氏在南京文学史乃至中国新文学史上做出的最大的贡献。

无名氏的《塔里的女人》在1943年一经发表同样引起了巨大的轰动。其实,这部小说有着现实的原型。《塔里的女人》最初的创作动机源于无名氏所熟知的南京生活经历。无名氏曾说:"《塔里的女人》的故事完全真实,仅结尾补充了一点情节,又在开首作了一点化装,那是为了艺术效果。"无名氏正是将好友周善同和瞿依的真实情爱故事进行了艺术加工与提升,于是就写成了长篇小说《塔里的女人》。《塔里的女人》的故事开端于南京的玄武湖,男主人公罗圣提是南京的一名医生,而女主人公黎薇是外交官的女儿,也是南京某女子大学的学生。小说写到黎薇是南京社交界中的一朵娇花,容貌秀美、家世出众,男子们纷纷拜倒在她的石榴裙下。在一次晚会上,罗圣提认识并诱惑了少女黎薇。对于罗圣提来说,已成事实的包办婚姻是他们的恋情中最大的障碍,若是离婚无异于杀死活在传统束缚下的妻子,但没有结果的恋爱对黎薇同样是惨重的伤害。对此,罗圣提却抱着赎罪和解脱的复杂心态,选择给黎薇介绍家世门第、财产地位、政治前途、相貌风度各方面都胜过自己的恋爱对象。黎薇原本并不喜欢这样的人,但却为了一时赌气选择嫁给了他,但不幸的是所遇非人。历经十年磨难之后,当良心发现的罗圣提再次找到黎薇时,昔日年轻美丽的黎薇早已变成了"没有光,没有热,没有运动,没有力"的疯女人。罗圣提也因此万念俱灰,遁入空门,在宗教的寄托中了却残生。

当然,小说并不仅是简单的爱情悲剧,而是蕴含深刻的隐喻和象征意义。在小说结尾,有一段来自《牧羊神》的引文可以领会"塔里的女人"的寓意:"可怜的姑娘,你死去了,神给你以永恒的安息,但那位贵人却实在不应死,或者死而又活过来。他正在造第二座石塔。……可爱的姑娘,你并没有死,你死而又复活了,因为你准备着再踏入那贵人为你所造的第二座塔、第三座塔。"[1]可以说,无名氏致力于思考生命的存在价值和心灵自由,而《塔里的女人》彰显出了他在浪漫主义小说创作中的卓越才华。

第三节 诗 歌

1937—1945年的南京,沦陷于日军铁骑之下,文化教育事业凋敝。在南京沦陷区,新文学创作基本是日本侵略文化的工具,旧体诗词成为文人或沦陷区官员们表情述志的载体。对传统文化的鼓吹宣传成为汪伪政府的文化施政纲领,诗歌创作以汪伪集团文人为主,如汪精卫、梁鸿志等。这一时期旧体诗词专刊大量出版,如《同声月刊》《学海》等,形成旧体诗词在公共空间的又一次回潮。抗战后期,国民党政府反对革命的面目日益暴露。抗战结束,国民政府收复南京后,不顾战后满目疮痍急需重建和民众渴望和平的心愿,悍然发动内战。吏治腐败、白色恐怖统治让民众人人自危,经济上特权阶层垄断利益,文化上残酷迫害进步人士,激发了多次示威游行和民众抗议行动。文学创作中于是出现大量讽刺诗、讽刺戏剧、讽刺小说。其中臧克家等人的讽刺诗辛辣冷峭,具有较强的现实批判意义。1947年国民党"总统"大选,蒋介石获胜,紧锣密鼓地筹备庆典,张慧剑[2]在《新民报》日刊编出了"西太后60寿辰",之后在《新民报》晚刊《夜航船》编出了"袁世凯"专辑,影射国民政府,集中抨击批判了南京的现状,揭穿反动派用谎言编织的面纱,显露出它狰狞丑恶的面目。

一、讽刺诗

臧克家[3]的诗风朴素凝练,以农村题材为主。20世纪40年代因国民党政府倒行逆施,诗人以强烈的使命感和敏锐的政治性,转而进行讽刺诗写

---

[1] 无名氏:《塔里的女人》,华夏出版社1999年版。
[2] 张慧剑(1906—1970),男,原名嘉谷,笔名辰子,安徽石埭(今石台县)人。
[3] 臧克家(1905—2004),男,曾名臧承志,字士先,笔名有少全、何嘉等,山东诸城人。

作。"碰眼触心的'事实'太多,把诗人'刺'起来了""黑暗的原形暴露在千万人的面前了,诗人们对它憎恨的情感,也借了有力的诗句传染了大众"。①臧克家的讽刺诗关注时事新闻,上海暴雪收割了许多无辜的生命,诗人便以此为主题写作《生命的零度》,描述"前日一天风雪,/昨夜八百童尸"的惨况,抨击政府无所作为,治下的百姓生活在水深火热中;《"警员"向老百姓说》以幽默的笔调勾画警察阴险恶毒的强权控制;《胜利风》揭示抗战胜利后国民政府政治腐败、军事动荡、经济岌岌可危的"残酷的真实"。

《谢谢了,"国大代表"们》以1946年南京举行的国大选举为创作题材,诗歌表现出代表们在会上强奸民意、钩心斗角、丑态百出之状。1946年11月15日,国民党政府在南京召开国民大会。与会代表1381人,绝大多数是国民党党员,大会在中国共产党缺席、制宪国大代表仍超过法定人数的情况下召开。中共和民盟拒绝参加,并宣布将参加国大的中国民社党开除出盟;一些民社党人员,如梁漱溟等也退出该党。12月25日,大会通过《中华民国宪法》,宣告闭幕。在这一政治背景下,1947年1月2日,臧克家创作了《谢谢了,"国大代表"们》,以反讽的手法抗议召开违背民意的国民大会。诗歌第一段写道:"谢谢你们,/两千多位/由二十几个省份的'民意'/制造出来的'国大代表'!/你们辛苦了,/冒着冷风,/冒着翻车和飞机失事的危险,/不远千里而来,/为了民族,/为了国家,/为了千秋万代的子孙!"②诗歌用夸张的言辞表达出对不合法选举而来的"国大代表"们的感激之情,并将代表们为国事奔忙提升到民族危亡、国家兴衰的高度,第二段深化讽刺:"真的谢谢你们了,/你们为了国家的'百年大法'/彼此辩论得脸红耳赤,/(又是'锅贴',又是'汽水'。)"③国大代表们在会上争辩激烈,丑态百出。因政见不同,他们互相在对手发言时发出嘘声,互相打"锅贴"(打耳光)。随后诗人又

---

① 臧克家:《刺向黑暗的"黑心"》,《臧克家文集》第2卷,山东文艺出版社1985年版,第698页。
② 臧克家:《谢谢了,"国大代表"们》,《生命的零度》,新群出版社1947年版,第4页。
③ 臧克家:《谢谢了,"国大代表"们》,《生命的零度》,新群出版社1947年版,第4页。

讥讽他们耗费民财,"你们开了那么多天的大会/才花了八十多亿",他们让老百姓"挤在公共汽车里做沙丁鱼",也"进不到馆子",还要"把澡堂让出来",才留下一部"一千万元一个字"的"宪法"。"你们走了/把整个石头城撤空了",在百业待兴的时候,一场不合法的会议耗资如此靡费。整首诗歌,诗人以反讽、夸张的手法讥讽政府夸夸其谈,耗资巨大的代表会议充斥着政客丑陋的表演。诗歌语言尖锐,诗人联想力丰富,以感情色彩层层递进的指斥、控诉揭发了政府虚伪丑陋的真面目。从表现形式上看臧克家的讽刺诗文风粗犷,"也不委婉曲折",风格朴素,作者没有精心锤炼字词,讽刺诗是他讽刺揭露政府恶行的武器,他将"带上火药味的诗"像"连发机关枪似的向着敌人射出去,射出去!"[1]

二、十四行诗

袁可嘉[2]是中国当代诗坛中"九叶诗派"的重要成员,他不是高产诗人,自 1941 年发表第一篇诗歌《死》以来,他的诗歌作品总计三十余首,他也是九叶诗派中唯一一个没出版个人诗集的诗人,在文学史上他多以诗论家、翻译家的身份出现。袁可嘉的诗歌写作早期以戴望舒、卞之琳等人为模仿对象,进行偏重于内心的玄言诗的创作。诗人自称"1947 年以后,我走上了自己的道路"。创作视角开始转向现实和社会,将个体对命运的思索和对社会的认识结合起来。诗人将现实、象征和玄学结合起来,他认为:"现实表现于对当前世界人生的紧密把握,象征表现于暗示含蓄,玄学则表现于敏感多思,感情、意志的强烈结合及机智的不时流露。"[3]《南京》正是这个阶段的优秀之作,表现出这位诗人"强烈的自我意识中的同样强烈的社会",他以诗歌来表现当前社会境况,把底层社会大众生活当作他诗歌三棱镜的观照焦点。

《南京》这首诗里,诗人采用"十四行体"即闻一多所说的"商籁体"形式,

---

[1] 苏辛:《马凡陀的〈山歌〉和臧克家的〈宝贝儿〉》,《文艺复兴》,第 3 卷第 4 期,1947 年 6 月。
[2] 袁可嘉(1921—2008),男,浙江慈溪人。
[3] 袁可嘉:《论新诗现代化》,生活·读书·新知三联书店 1988 年版,第 4 页。

他创作的"十四行体"并非严格意义上的"十四行",即"以前八行为一段,后六行为一段;八行中又以每四行为一小段,六行中或以每三行为一小段,或以前四行为一小段,末二行为一小段。总计全篇的四小段,第一段起,第二承,第三转,第四合"。这种诗歌形式受到卞之琳和冯至的影响,其自传中明确提到1942年诗人阅读了两部诗集《十年诗草》(卞之琳)和《十四行集》(冯至),对"十四行"诗体产生浓厚兴趣,在《南京》《上海》《出航》《孕妇》《北平》实践了这种创作手法。在《南京》中,诗人以强烈的现实感来描述都市的末世狂欢。"一梦三十年,醒来到处都是敌视的眼睛,/手忙脚乱里忘了自己是真正的仇敌;/满天飞舞是大潮前红色的蜻蜓,/怪来怪去怪别人:第三期的自卑结。"南京是政治中心,国民党的首都,统治者以为自己手握高压线并可以控制人间,"四面八方都负责欺骗,/不骗你的便被你当做反动、叛变",辛辣地嘲讽了当权者专制的丑态。诗歌最后一段"糊涂虫看着你觉得心疼,/精神病学家断定你发了疯,/华盛顿摸摸钱袋:好个无底洞!"[①]以跳荡的思维勾勒出南京政府糜烂且必然失败的命运,统治者昏庸,政令谬误,国家机器如发了疯一般脱轨,连背后的外援美国也对这个国家失去了信心,无底洞一般的投资,永无翻本回报的可能。诗作以辛辣的笔触讽刺揭露了国民党政府贪婪腐败的统治,以鲜明的批判态度讽刺时事。

三、汪伪时期旧体诗词创作

旧体诗词在20世纪40年代汪伪政权统治时期曾经有过畸形的繁荣阶段。参与40年代汪伪时期南京旧体诗词唱和的作者,包括汪伪政府中的高层上层、晚清民初的遗老遗少、附庸风雅的社会名流等各阶层人物。汪精卫[②]、江亢虎[③]、梁鸿志[④]等汪伪政府中的首脑为粉饰太平支持旧体诗词专

---

① 袁可嘉:《南京》,《半个世纪的脚印——袁可嘉诗文选》,人民文学出版社1994年版,第21页。
② 汪精卫(1883—1944),男,原名兆铭,字季新,浙江山阴人,生于广东番禺。
③ 江亢虎(1883—1954),男,出生于江西弋阳。
④ 梁鸿志(1882—1946),男,祖籍福建长乐。

刊创刊。其中龙沐勋[①]编辑的《同声月刊》影响较大。该刊1940年12月20日创刊,宗旨为服务于"复兴东方固有文化、中日提携、和平运动"[②],具有明显的亲日复古特征。另有《国艺月刊》《中国诗刊》《学海》等其他刊物也设有旧体诗文专栏。

除了诗词专刊外,诗人们也纷纷将自己的诗词作品独立结集出版,出现了旧体文学的出版热。《同声月刊》(1卷2号)的"诗坛近讯"和"词林近讯"中曾提到多本旧体诗词集出版的情况,如《忍古楼诗》(夏映庵)、《硕果亭诗》(李拔可)、《爱居阁诗》(梁鸿志)等,这一时期旧体诗词文集的密集出版具有特殊的时代性,伪政府的文艺主张以复古守旧为主,伪政府中的要员多托词为保国保种屈身事敌,百般身不由己,组建伪政府不是苟且偷生,而是别有所图,但是无论如何矫饰都无法规避"汉奸"的身份,诗词作品风格多低回自伤、情思悱恻。

这个时期旧体诗词活动主要以文人雅集的形式进行,汪伪时期的监察院长梁鸿志主持的西园雅集活动比较密集。梁鸿志旧学功底深厚,曾投在陈衍门下学诗,是同光体诗人中的重要人物。40年代他主动事敌,位高权重,资金丰厚,因此1939年4月至10月多次召集在行政院花园(今南京总统府内行政院花园)的雅集,参与者有陈方恪[③]、陈道量、李释戡、李石九等人,众人饮酒唱和,分韵完成《己卯上巳爱居阁主人召集,禊饮于廨宇之西园,分韵得犹字》,10月的雅集队伍进一步扩大,江伯修、陈道量、汪仲虎、曹靖陶、吴用威等十人欢聚于西园石舫"不系舟"之上,分韵创作《己卯重九爱居阁主人宴集西园夕住亭,分韵得画字》。[④] 从西园雅集的参与者来看,这是以晚清民初的遗老遗少为主的同光体诗人们的文化聚会,其用意不仅在于旧体诗词的创作传播,也是伪政府复古保守的文化政策的体现。

---

① 龙沐勋(1902—1966),男,字榆生,别号忍寒居士,又名元亮,江西万载人。
② 经盛鸿、李国瑞:《日伪时期南京的作家与文学创作》,《钟山风雨》,2010年第4期。
③ 陈方恪(1891—1966),男,字彦通,斋号屯云阁、浩翠楼、鸾陂草堂,江西义宁(今修水)人。
④ 潘益民、潘蕤:《陈方恪年谱》,江西人民出版社2007年版,第141页。

除了西园雅集之外，1942年李释戡组织的桥西草堂雅集也被称为"星饭会"，同样是40年代旧体诗词创作的重要场域，雅集成员有陈方恪、龙榆生、陈道量、冒孝鲁、钱仲联等学界专家、书画艺术专家。"星饭会"不仅是文人同好的聚会，同时也有较浓厚的政治色彩，是由汪精卫、梅思平开支经费，以李释戡出面，聚集、拉拢宁沪一带沦陷区的学者文人的文化活动。为了拉拢这些文人，伪政府借雅集作品在《学海月刊》出版发表，以支付稿费形式给他们发放生活津贴。①

以龙沐勋为中心的"冶城吟课"是以研讨诗艺、增进创作水平为目的的雅集。"予以庚辰初夏，重到金陵，获与中央大学筹备复校之役。是岁秋，决以朝天宫附近中央政治学校旧址为校舍。弦歌续作，瞬又逾半。予既纂辑月刊，以倡声学，兼与从游诸子，肆习诗词。每值佳辰，偶亦相携寻胜，咏归之乐，无减前修。爱此纷披，略加润饰，以校址在冶城山麓，爰题曰冶城吟课。"②雅集的佳作被选登《同声月刊》上。像2卷1号载的《晚菊》《重阳》《衰柳》(同题三首)等作品，2卷2号上发表的《冬夜》(同题三首)、《寒鸦》(同题两首)、《乐赋律句三首》《登扫叶楼》《秋日泛舟秦淮》等。长短不一，数量庞大，足见上行下效形成的吟咏风气之盛。有些作品腐朽气与才子气并存，生命力注定难以长久。

这一时段的旧体诗词中抒发出的关心时事的情思和不被人理解的苦闷，与作者有悖民族大义的卖国汉奸身份形成鲜明的矛盾。汪伪文人多出身望族，有较好的旧学修养，旧体诗词创作是他们最自然的传达心声的途径，屈身事敌的屈辱、功名未就朝不保夕的人生境遇使他们的诗歌基调哀怨自愧，郁结于心的无奈和痛苦难以排遣。"泥中长曳尾，酒后暂开颜""江山和泪看，风雨入愁听"③的悲凉之音在他们的诗词中比比皆是。卖国投敌、背弃民族的压力成了他们无法言说又无法摆脱的耻辱污点，虽然自己寻觅

---

① 潘益民、潘蕤：《陈方恪年谱》，江西人民出版社2007年版，第156页。
② 龙沐勋：《冶城吟课》，《同声》，第2卷第1号，1942年1月。
③ 康瓠：《荷花生日感怀四律》，《民意》，第2卷第4、5期合刊，1941年8月15日。

了许多情非得已的理由,却无法理直气壮地面对内心,只能用大量的旧体诗词创作暂解内心愁闷。当然,在大是大非面前,这种排解方式是很难获得读者同情的。

旧体诗词在40年代汪伪统治区的畸形繁荣,不仅是日本当局控制中国的文化政策的外化,同时也是中国传统文人应对家国巨变的情感出口,哀婉沉郁的诗歌展现出中国传统的巨大的包容性。汪伪时期凭借政治支持的这一诗词复古的潮流,并不符合文学本身发展的规律,可以说是旧体诗词的一次虚假繁荣。

第四节 散 文

20世纪三四十年代的南京散文主要有:记录南京沦陷后的惨状的报告文学作品,描述南京陷落后的民众生活、作者内心感受的杂感文章,以及跟随国民政府转移到西南部后方的作家对南京的追忆性散文。其中记录南京沦陷经过的报告文学作家多为南京大屠杀的亲历者,他们的记录情感真挚,有强烈的民族主义情怀和爱国意识,是难得的历史书写。杂感类文章则主要从作者个人经历及时事新闻中了解信息并以抒发个人情怀为主。在以回忆南京为主题的散文中,张恨水、卢前、黄裳等人的散文数量多,南京历史景观、风俗人情及在南京所度过的往昔岁月都是这些散文的主题,文笔清丽,极易引起读者追忆往昔的感慨,激发爱国热情。

一、报告文学

"九一八"事变后局势紧张,日本军队长驱直入,国民政府被迫迁往重庆,首都南京沦陷,日军对平民的屠杀震惊世界,血腥和阴霾笼罩着这座苦难的城市。1938年《武汉报》记者范式之根据2月16日自南京逃出的难民萧某、王某的口述资料完成了报告文学作品《敌蹂躏下的南京》,揭露日军在南京泯灭人性的屠杀,日军进城后"见我民众任意屠杀,而武装军队的无论抵抗与否皆遭格杀"。日军继之奸淫掳掠,全城纵火。1937年12月22日,日本侵略者限城内市民,一律于三日内前来登记,领取良民证,否则认作中国便衣队格杀不论,通过这一手段迫害大量青壮年男子及年轻女子。城内生活费用极高,秩序混乱,死尸遍野,作者告诫那些因生计无着、思乡心切以致开始返乡的流亡难民,千万不要低估日军的残暴,万勿落入敌人已占领的狼窝虎穴,避免被蹂躏杀戮的悲惨命运。1938年3月,陈鹤琴、海燕收录当时中外报刊上发表的揭露日军暴行的通讯报道,编为《敌军暴行记》,由中央图书公司1938年3月出版。其中《首都沦陷记》即刊载于1938年2月20日、21日《大公报》(汉口版)上的长篇电讯《陷后南京惨象》,记述几位从南京逃抵武汉的难民向记者所谈日军南京大屠杀的暴行;署名为"佚名"的《在黑地狱中的民众》是转载自1938年2月20日《大公报》(汉口版)《敌寇万恶录》专栏刊登的《陷落后的南京》一文,《陷落后的南京》系一位自称总队的小职员署名"袁蔼瑞"所写下的他在日军南京大屠杀期间的亲身经历与所见所闻。《首都沦陷记》写的是抗战期间,南京城被日寇攻陷后所遭受的劫难,笔调沉重,读来令人窒息:"自敌军进城后之一月,全部南京沦入黑暗时代,难民区外火焰蔓延,焦土一片,抢劫横行,渺无人烟;难民区内屠杀奸淫,任意摧残。""在京数十万难民,精神肉体皆惨遭奇辱",但他们对抗战仍保有信心。

蒋百里之侄蒋公榖于1937年淞沪会战期间到南京担任军医,日军进入南京城后,他在南京城中东躲西藏,苟且偷生,近3个月后才伺机逃出日军魔掌离开南京。1938年蒋公榖"凭着记忆,用日记体裁"写作《陷京三月记》,完整真实地记录了自己从1937年12月至1938年2月在沦陷的南京的所见所闻,这部日记是历史的再现,也是日军暴行的罪证。

1938年7月,《宇宙风》第71期刊载了林娜根据难民口述完成的《血泪话金陵》,文中提到日军进城后屠杀难民、烧杀劫掠、奸淫妇女的种种罪行,"全南京堆积的都是尸骸"。红十字会召集人手掩埋尸体,最初一坑200人,被虐杀者全是平民,后来"他们抓到我们的俘虏,就命令他们自己挖坑,叫第二批去埋第一批的,又迫第三批人去埋第二批的"。从 12 月 13 日日军进城到 1938 年 5 月 20 日,"掩埋尸骸的工作从未停止,其实埋也埋不了,一批被埋掉,马上又有一批新的来补充。因此时疫丛生,不死于屠杀下,也要死于时疫"。日军在城内组织汉奸横征暴敛,设立毒品公卖局和慰安所。篇末难民描述了自己逃出南京的艰难过程,呼吁"不要忘记为死难者复仇!"作品文字直白,结构简单,近似口述历史实录,对沦陷后的南京人民的生活做了真实的记载。

李克痕是南京沦陷时某文化机关职员,因妻病母衰而滞留于南京,1938 年 6 月出逃,写作了《陷京五月记》,1938 年 7 月连载于武汉《大公报》。文中记录日军 12 月 10 日开始放火烧城,作者、母亲和重病的妻子火中逃生,风餐露宿 80 余日后妻子病故。南京城内难民区有名无实,日军如入无人之境,四处烧杀抢奸,灭绝人性。篇末呼吁:"我们要亟起复仇,为我死难同胞复仇!"

南京沦陷前担任守军营长的郭岐 1938 年 8 月在《西京平报》上发表《陷都血泪录》,这部作品是他在日军攻入南京后躲进难民区,三个月后出逃成功,根据自己的亲身经历完成的。文章记录了关于南京大屠杀的诸多惨状。日军不承认难民区,派军队入驻,大举搜查。"兽兵认为可杀的人是中国兵、警察、宪兵、学生、壮丁、小学教员,到无词可措时就说是机关上的公务人员。"十余万同胞被杀害,屠杀之后的登记更是百般为难。女性惨遭蹂躏,财物和生命全无保障,作者本人也是历尽凶险、九死一生才逃出南京。

1938 年 11 月,白芜出版了《今日之南京》,这部作品集中报道了南京大屠杀后从魔窟脱身的百姓的亲身经历,字字血泪控诉日军入城后的暴行、南京民众遭遇的苦难及不屈反抗的事迹等。出版社总编张友鸾在序言中痛苦地说:"去年离开南京的时候,是一个阴雨的晚上。南京的面目如何了?《今日之南京》作整个的记录,在《南京晚报》上刊登的时候,多少人天天找这一栏看,多少人心里最难过是看这一栏。这是一篇古今中外不曾有过的'大账',白芜兄乃是脑清心细的会计师。瞧瞧恶兽欠下我们偌大的债款,我们将如何一笔一笔的索偿？扬州十日,嘉定三屠,在历史上只算得小宗贷款了。"①这些报告文学作品对沦陷后的南京惨状的记录是南京现代史的一部分,也是当时激发民族热情的有力工具。

二、杂感

南京陷落后,大批作家文人跟随政府西迁,逃亡过程中备尝人间疾苦,放眼望去,战火焚烧之处,良田变为焦土,城镇变成了人间炼狱。众多作家在后撤路途中回忆了南京的生活状况,描写战争中南京民众的艰难困境。作家们写作了大量的杂感文章,抒发对日本侵略者的切齿痛恨及高涨的爱国热情。

艾芜②在《沪杭路上》写到在战乱中,看到一位妇人独自拖着数件行李、三个孩子逃难,车过嘉善时,朋友告知日机时来侵扰,有时轰炸,有时低空机枪扫射,农民们只得将古墓当成防空洞。作者带着忧郁书写着江南的美景,深为这苦难的国和民忧虑,"恐怕难免一时不遭敌人的蹂躏"。

范长江③在南京即将沦陷时,由镇江到南京,以自己的所见所感写了《感慨过金陵》一文,其中写道:"集南京这么多文武机关,同时动作,于是整个南京成了'搬家世界',车水马龙地拼命向下关码头和江南车站集中。"④惶恐的民众不明所以,只好跟着奔逃,战事尚未开始,仓皇逃离的政府动摇了民心,以至民众怀疑抗战是否有前途,中华是否能复兴。

聂绀弩在《怀南京》中对自己曾生活过五年的这座城饱含深情,首先描写南京陷落给中国造成的巨大损失,但接着笔锋一转,说南京的陷落并不算坏事,因为战火在毁灭文明毁灭生命的同时也将腐朽没落的物质生活毁灭,"让那些秦淮河边的歌台舞榭去吧,让那些饭店、咖啡馆、影戏院……去吧,

---

① 张友鸾:《今日之南京·序言》,白芜主编:《今日之南京》,南京晚报出版社1938年版。
② 艾芜(1904—1992),男,原名汤道耕,四川新都人。
③ 范长江(1909—1970),男,原名希天,四川内江人。
④ 范长江:《感慨过金陵》,《范长江新闻文集》,新闻出版社2001年版,第708页。

第三章 黑暗与光明的交锋(1937—1949)

让那什么院什么部的衙门,什么礼堂会场之类去吧,让那些达官贵人们的邸宅和那里头的秦砖汉瓦,巴黎香水,纽约雪花膏之类去吧,在这抗战期间,那些都是无用的废物!"①

吴浊流②因不满日本在台湾地区的暴力统治,1941年1月12日至1942年3月21日在南京《大陆新报》任记者,用日文写作了自己的所见所感,这些文章后来辑录为《南京杂感》。文中吴浊流格外关注在南京的民众妥协绥靖、得过且过的状态,民族情绪似乎并不高涨。书中吴浊流描述了台湾人的尴尬处境:"章君还提醒我,应该隐秘台湾人的身份。……我们约好对外说是广东梅县人。……在大陆,一般的都以'番薯仔'代替台湾人。要之,台湾人被目为日本人的间谍,……那是可悲的存在。这原因,泰半是由于战前,日本人把不少台湾的流氓遣到厦门,教他们经营赌场和鸦片窟,以治外法权包庇他们,供为己用。结果祖国人士皂白不分,提到台湾人就目为走狗。这也是日本人的离间政策之一。开战后日本人再也不信任台湾人,只是利用而已。台湾人之中有不少是抗战分子,为祖国而效命,经常都受着日本官宪监视。来到大陆,我这明白了台湾人所处的立场是复杂的。"③这种强烈的隔膜感后来被吴浊流写入小说《亚细亚的孤儿》中,成为主人公胡太明的身份定位。

王平陵在散文《陵园明月夜》中描述了汪伪政府统治时期的南京,原本洁净崇高的中山陵,"现在是给撒旦占有着作为施展罪恶的渊薮"。"重重的黑暗,淹没了人类的良知,使光明照不到这里。本来是地上的乐园,此刻是暗无天日、惨无人道的地狱,无数的牛鬼蛇神,正在黑鼻地狱里欢唱狂舞"。汪伪政府在此间的统治如沙滩上的沙堡摇摇欲坠,"汪傀儡极有自知之明,他不仅是敌寇御用的傀儡,而实在是自己的妻所操纵戏弄的玩具"。生活在

---

① 聂绀弩:《怀南京》,《中国新文学大系续编》第6集,香港文学研究社1986年版,第456页。
② 吴浊流(1900—1976),男,本名吴建田,台湾新竹县人。
③ 吴浊流:《南京杂感》,远行出版社1977年版,第102页。

南京的民众和不屈斗争的爱国志士们认定:"南京始终是中国的领土,是中国神圣的首都,留住在那里的中国人,除了敌伪的一群,他们不做奴隶,不做敌寇的鹰犬,他们即使不能表现爱国的举动,他们的心也是光明的,纯洁的,是没有一时片刻忘记自己的祖国的。"①文章借汪精卫在抗战末期的困兽之举,来反衬出南京这座城市历经战火摧残、异族奴役之后的无限生机。

三、回忆散文

张恨水与南京极为密切,不仅多部小说以南京为背景创作,他的散文创作也多以南京为主题。1937年8月张恨水在上海《旅行杂志》第18卷8号上发表《白门十记》。《白门十记》以半文半白的语言形式记录了南京的重要景点和风俗人情,如《记夫子庙》开篇便将夫子庙的历史昭告读者:"北城指下关,南城则夫子庙上,秦淮河畔也。吾人更读桃花扇灯舫夜游之曲,板桥杂记珠帘隔水之文,可见秦淮盛事,自古云然,非今为烈。客有至首都者,固必瞻陵园山林之美,然亦未有不慕秦淮粉黛之艳者。既作白门杂记,难付阙如。"并展示夫子庙在城市中的重要功用:"首都无夜市,十时而后,街上行人即稀。唯夫子庙上,宵夜馆较多。""夫子庙吃茶去,此为至南京者所习闻之言。"用流利的文笔记录了南京城的主要景观。

1938年张恨水结束了《南京人报》,主持重庆《新民报》副刊,1944年开始在副刊上开创《两都赋》专栏,专栏名便透露出他渴望抗日早日胜利的愿望。"这里所谓两都,是指北平与南京,这两个目的地,不是咱们昼夜盼望着早日收复回来,好旧地重游吗?咱们只当是星光下乘凉,茶馆子摆龙门阵,偶然提到了这两处,悠然神往一下,倒也不失北马思乡之意。"②整部《两都赋》都浸润着作者对南京的回忆和挂念,《窥窗山是画》《白门之杨柳》《秋意

---

① 王平陵:《陵园明月夜》,蔡玉洗主编:《南京情调》,江苏文艺出版社2000年版,第170-172页。
② 张恨水:《两都赋》,徐永龄主编:《张恨水散文》第1卷,安徽文艺出版社1995年版,第170页。

侵城北》《碗底有沧桑》中记录的无论是南京的杨柳、清凉古道、秦淮河,还是南京的烟水气,都那么令人怀念和神往,虽没有直接提到"抗战",却在对和平岁月的缅怀中凸显了抗战的现实意义。谈到南京的杨柳时赞叹:"扬子江边的杨柳,大群配着江水芦洲,有一种浩荡的雄风,秦淮水上的杨柳两行,配着长堤板桥,有一种绵渺的幽思。而水郭渔村,不成行伍的杨柳,或聚或散,或多或少,远看像一堆翠峰,近看像无数绿幛,鸡鸣犬吠,炊烟夕照,都在这里起落,随时随地是诗意。""我于这半个夏季里,乃知白门杨柳之多,而又多得多么可爱。"①清凉古道,城南老巷,曾经留下张恨水的足履;南京的山、南京的水,都是张恨水讴歌、赞美的对象。然而战争让人背井离乡,只能哀叹:"我不能再写了,多写只是添我伤感。"②《两都赋》用传统白话写出,既发展了现代散文冲淡一派,又显示了自己的个性和独特的语言表达方式。张恨水的散文中对南京的欣赏别有风格,他欣赏南京六朝古都的历史气息和文化积淀,但对南京柔弱妥协的城市品性倍感不幸。在矛盾的心态中,他再三赏鉴南京的文化气息,同时又气愤地评价:"南京另一角落的景象,实在是不能估计的血和泪,而六朝金粉就往往把这血泪冲淡了。"③

卢前生于南京,对南京怀有深厚的感情。抗战爆发后举家逃难去安徽无为,之后辗转到重庆。在逃难过程中他创作了《南京杂忆》,收入《炮火中流亡记》,与《关洛劳军记》《上吉山典乐记》《还乡日记》一同被收录到散文集《丁乙间四记》(南京读者之友社,1946)。《南京杂忆》中对南京1937年沦陷后的文化屠戮深感惋惜,作为爱书之人他忧心战火中龙蟠里国学图书馆中的稀有抄本、丁松生"善本书室"、陈匪石"旧时月色斋"、吴瞿安"白嘉室"等诸多学者名士私人藏书的命运,怀恋家乡的文化遗迹,对日军野蛮损毁中华

---

① 张恨水:《白门之杨柳》,徐永龄主编:《张恨水散文》第1卷,安徽文艺出版社1995年版,第175页。
② 张恨水:《碗底有沧桑》,徐永龄主编:《张恨水散文》第1卷,安徽文艺出版社1995年版,第204页。
③ 张恨水:《清凉古道》,徐永龄主编:《张恨水散文》第1卷,安徽文艺出版社1995年版,第222页。

文化典籍耿耿于怀。魂牵梦萦于往日胜迹如中山陵、灵谷寺、明孝陵、台城等地,作者以伤感真挚的情感盼望和平的早日到来,"不知何日才得重温旧梦?多情的人将永久致其怅惘。南京,可爱的南京,我想最近的将来,我们必有重聚的一日"①。在重庆生活时,他曾出版散文集《冶城话旧》(重庆万象周刊社,1944),书中所辑录的文字是卢前在战前《南京人报》上所开的专栏里发表的文章。张恨水在该书序言中提到文章中记录的南京故事均有切实依据,足以作为南京文献存留。该散文集中的文章多半以追忆南京前朝故事、描述地名由来及历史变迁为主,如《成贤街》一文提及:"成贤街,为明国子监所在地(按:南监在今考试院),今中央大学在此。且仍旧名,亦儒林佳话。……孟芳图书馆前,洋槐夹道,皆民国十年以后光景也。惟大石桥、附属小学,仍多旧观。梅庵、德风亭、六朝松,此二十年来,亦几阅沧桑矣!"②《冶城话旧》还记录了大量与卢前交游的近现代文人的趣事逸闻,如嗜酒的林损(《酒人林损》)、狂放不羁又恪守师道的黄侃(《量守庐》)、路盲陈散原(《散原迷路》)等。《冶城话旧》记录了南京的历史风貌、文化故事和名人轶事,展现了一幅细腻的南京风情画。

黄裳③与南京关系较为密切,他也是现当代文坛中以南京为主题进行散文书写的重要作家之一。1942年冬黄裳初次访宁,敌寇铁蹄下的南京让这位大学生百感交集。《白门秋柳》中,黄裳记录了汪伪政府治下的荒芜的南京,昔日繁华的都城成了破烂不堪、管制严格的死城,挹江门有宪兵严格检查旅人的行李箱,夫子庙早就失去了往日的繁荣,秦淮河边只有枯柳和败落的河房,鸡鸣寺早就是一座废寺,门窗残破,神像都被损毁了。初次到访的印象极为凄凉,而1946年、1947年和1949年的访问则不再是观光游玩,记者黄裳对南京的历史底蕴抱有浓厚兴趣,他考证了南京名胜快园、随园和半山寺的位置、历史渊源,在《鸡鸣寺》《半山寺与谢公墩》等名篇中结合现实

---

① 卢前:《卢前笔记杂钞》,中华书局2006年版,第265-266页。
② 卢前:《卢前笔记杂钞》,中华书局2006年版,第392页。
③ 黄裳(1919—2012),男,原名容鼎昌,祖籍山东益都(今青州)。

探访,发思古之感慨。他写王安石、徐达、袁枚、马湘兰、柳如是的故事。面对丰厚的文化积淀,黄裳感慨南京是一座不可替代的历史博物馆:"没有一个游人可能游遍所有的胜迹,怕也没有一位学者在地方风土志中能著录下全部的遗迹。"①黄裳文章中的书卷气息、独立的文化判断以及轻松有趣的笔调,为南京塑造了一张独特的文化名片。

郭沫若②在1946年6月20日至6月26日作为第三方代表,参加旧政协,促进国共和谈工作。他将自己一周的经历和对南京的观感写成了散文集《南京印象》,上海群益出版社1946年11月出版。散文集中分为17小节,分别是"初访兰家庄/漫游鸡鸣寺/拜码头/梅园新村之行/'国民大会'场一席谈/以文会友/二十四小时了/谒陵/失悔不是军人/疑在马尼剌/游湖/慰问人民代表/假如我是法西斯蒂/秦淮河畔/失掉了一支笔/慰问记者/南京哟,再见"。在《梅园新村之行》中热情赞颂周公"轩昂的眉宇,炯炯的眼光,清朗的谈吐,依然是那样的有神。对于任何的艰难困苦都不会避易的精神,放射着令人镇定也令人乐观的毅力。我在心坎里,深深地为人民,祝祷他的健康"③。之后他与国民党左派将领冯玉祥等人在"阵阵浓烈的荷香扑鼻相迎"的玄武湖中畅游并纵谈国事;在工余假日晋谒中山陵、游览明孝陵;在夫子庙前、秦淮河畔沉思憧憬,何时世界才能改天换地,秦淮河水清澈,河面上漂浮的不再是卖歌的画舫,而是激昂欢快的人民的歌声。《南京印象》一书记录了国共和谈的过程,从私人的角度对南京风貌进行展示,并揭露了国民党假和谈、真破坏的反动面目。

第五节 戏 剧

20世纪三四十年代南京戏剧的发展可以分为沦陷区和国统区两部分,

---

① 黄裳:《金陵五记》,江苏古籍出版社2000年版,第33页。
② 郭沫若(1892—1978),男,原名郭开贞,字鼎堂,号尚武,四川乐山人。
③ 郭沫若:《南京印象》,上海群益出版社1946年版,第15页。

1937年12月13日南京沦陷后,日本统治者一方面大肆屠杀民众,抢掠财物,一方面又极力恢复娱乐戏剧活动来粉饰太平。汪伪政府建立后,官方支持落水文人进行戏剧创作和排演,但并未得到良好反馈。如陈大悲的《火烛之后》就是典型的谄媚之作。在40年代的国统区,剧作家借戏剧讽刺腐败的政府,用戏剧来探索知识分子的命运。陈白尘的《升官图》及路翎的《云雀》以暗喻嘲讽的口气针砭时事,将社会各阶层的丑恶展露无遗。40年代后期国民政府收复南京后,经济畸形发展,通货膨胀严重,南京大中学校的师生苦不堪言,频繁举行游行,在街头以活报剧的形式发动群众,抗争政府。戏剧在这一时期与政治息息相关,是得力的斗争武器。

一、汪伪戏剧活动[①]

1937年12月13日,南京沦陷,日军在占领南京之后实行了惨绝人寰的大屠杀。为了掩盖南京暴行,日本先后扶植"南京市自治委员会"以及"中华民国维新政府"等伪政权组织,并逐渐恢复南京的戏剧影视以及相关娱乐活动,以达到粉饰太平的目的。当时战后的南京满目疮痍,日伪南京政府决定先从秦淮河一带着手,他们不仅给予打捞沉入秦淮河底游艇的人无息贷款的奖励,而且"知照太平洋、六华春、华业嵩等酒店恢复营业,还勉励戏院营业,着职员等夜间由部送票往观唱书",极力将自己伪装成为复兴中国传统文化,以及繁荣戏剧以及影视业的功臣。在日伪的极力倡导下,到1938年下半年,南京的梨园演出便已逐渐恢复正常化。具有娱乐性质的公共场所的存在,在某种程度上也是社会"正常运转"的一个标志。进而言之,当时"处于苦闷之中又本能地害怕政治的市民观众,这一时期也是将剧场作为他们寻求刺激、转移精神苦闷的场所"。正是当时日军的政治外力和南京市民实际的内在需求的双重合力作用,极大地刺激并促进了南京沦陷时期剧场戏剧的发展。这一时期,职业性剧团大量涌现,商业化演出也出现了一定高

---

① 袁文卓:《汪伪时期南京戏剧活动史料考》,《戏剧文学》,2018年第1期。

潮。据有关资料统计："1938年伪'督办南京市政公署'登记南京全市公共娱乐场所就达19个,其中京戏院3家,古装戏院8家,电影院3家,清唱茶社4家,游艺场登记各种艺员230人。"不仅如此,为了更好地钳制当时沦陷区人民的思想并抑制其反日情绪,日伪还对当时上演的戏剧以及影片内容给予严格控制,出台了相关的出版法规。1939年日伪指使乔鸿年成立了"首都模范戏剧研究会",会址位于南京市朱雀路115号,"理事长为乔鸿年,副理事长为陈一新、李至峰,常务理事乔世清,总务戴志通、叶衡伯,会员有300多人,有专业的,也有业余的,以京、昆剧为主"。该会成立以后,曾组织和排演了《白马坡》《铁公鸡》《吊金龟》等剧。

汪伪国民政府成立后,基本上延续了之前在南京成立的"伪维新政府"的行政体制,在行政院宣传部下设立了"特种宣传司",其职权范围第四项为"关于国营电影戏剧事项;关于一般电影戏剧歌曲之检查及改进事项;关于广播电影戏剧事业及其从业员之联络及扶助事项;关于文艺宣传之规划及实施事项;关于各种艺术团体之监督改进及扶助事项;以及其他不属各司局掌理之宣传事项"。而在汪伪宣传部的"特别宣传委员会"下设立了中央宣传讲习所。如在该讲习所的章程中写道:"本部以和平运动日渐进展,因此培养和平反共建国之宣传干部人才,益感需要,故特筹设本所,以资早就。"由此可见,汪伪国民政府宣传政策基本上都秉承所谓的"和平文艺",其实质是为日军进一步控制当时沦陷区民众的思想提供服务。其实早在1941年7月,当时的日本警备司令部安部少尉就曾在"中日宣传恳谈会"上宣称:"城内之工作重点应置于城南夫子庙一带,因该地为人烟稠密之区,公共场所林立,如茶楼、饭馆、剧场等均可利用为宣传地点,张贴标语、图画、散发传单、小册子等收效必甚宏大。"由此可见,当时日军对沦陷区政治宣传工作的"重视"。汪伪国民政府在成立之后,宣传部便立即开始了媚日宣传,比如上文提到的伪中央宣传讲习所。在伪中央宣传讲习所内,还专门开设有戏剧选修课,任课老师为陈大悲。由于陈大悲在戏剧界颇有影响,相较当时讲习所的其他课程,学员们对陈大悲的戏剧授课颇有兴趣。这实际上是从文化宣传的角度,将日伪的"和平"文艺政策贯穿到戏剧的授课之中。除此之外,在1940年7月,汪伪在南京成立了一个名为"中日文化协会"的汉奸组织,在这个组织下设有游艺组剧艺股,由褚民谊任理事长。当时剧艺股的职责主要是昆曲、话剧的研究,平时也兼表演和练习等项。其当时(辑录1941年7月至次年4月)的活动主要有:"七月二十七、八、九、三十为庆祝本会周年纪念,本股举行京昆戏剧表演;九月二十四日晚,为欢迎褚大使归国,本股特要求本京名票,表演京昆戏剧;十月二十七日,首都各团体欢迎褚民谊先生重长外部游艺会,本股各职员,参加表演;十一月廿一日晚,为弘法大师铜像竖立典礼,本股参加京昆表演;一月廿五日下午二时,本会为欢迎名誉理事长重光大使及德意二国大使,在和平堂表演京昆戏剧。本股同人,将平时心得之作,搬演于红氍毹上;四月一日,本会为庆祝国府还都二周年纪念,举办戏剧音乐体育游艺大会,并请友邦柔道名家表演,及友邦军乐队,演奏军乐;四月廿二日,为东亚文艺复兴运动周,本股举办昆剧表演。"由此可见,当时在南京的戏剧以及电影活动,已经彻底沦为日伪当局实行文化控制的重要工具。而这些所谓的公共娱乐活动,在沦陷时期的南京实际上扮演着一种粉饰太平、宣扬日军文化政策的角色。

当时的汪伪国民政府接收了"原隶属于伪维新政府的'大民会'宣传部的远东剧团",而远东剧团也随即成为汪伪国民政府宣传工作中的重要组成,它的成立进一步加强和丰富了日伪的宣传效果和途径,成为日伪当局借以控制日占区民众的一个重要工具。其实追溯远东剧团的沿革,它最早于民国二十七年(1938年)六月一日成立于上海,当时"属于兴亚会,定名为特殊流动队,后来于九月改组,隶属于大民会,十一月更名为大民会总本部流动宣传队,二十八年六月四日归并于军报道部,定名为远东剧团,二十九年三月再度归并于中国大民会,三十年一跃中国大民会解散,本团即正式隶属于宣传部,正团长为钟任涛,副团长为陈大悲,经常费每月由宣传部拨给"。由此可见远东剧团始终属于宣传部门,服务于意识形态领域。而相关资料显示,远东剧团在汪伪国民政府时期,始终肩负着重要的宣传职责和使命。

如"三十年一月在团内训练。二月八日,巡回第一队出发表演宣传,所赴地点,计有丹阳、访仙桥、吕城、陵口、扬州、仙女庙、镇江、渣泽、新丰、宝捻镇、泰兴口岸、龙窝镇、嘶马镇等十五处,至三月三日归返南京;二月十日,巡回第二队出发表演宣传,所赴地点计有太平、博望镇、荻港、芜湖、湾沚、句容、金坛、下新河、天王寺、元巷、方边、中山洪蓝埠、夏家边、溧水、柘塘、陶吴镇、秣陵关等18处巡回演出,二月二十七日返回南京。三月十三日,外教宣传二部在明孝陵举行游园会,本团亦临场参加表演。三月二十八日晚在中央广播电台播送歌曲及话剧"。由此可知,汪伪国民政府时期远东剧团的宣传本质,即在日本所谓"和平"以及"东亚共荣圈"的幌子下粉饰太平,而它所进行的反动宣传,对当时抗日战争统一战线的巩固产生了极坏的影响。

值得一提的是,当时作为汪伪宣传部委员的剧作家陈大悲,当时在伪国民政府宣传部的授意下,为了迎接伪国民政府"还都南京"的周年庆典,还特地创作了新剧目《花烛之后》,希望通过这部戏剧的排演,来掩盖"南京暴行",进而宣传和平亲日的主旨,达到粉饰太平的目的。《花烛之后》从编排到后期上映,日伪都给予了极大的关注,曾演出多场,文艺效果"颇为轰动"。据当时远东剧团的相关资料显示:"四月三日,在本团招待中日各机关长官参观彩排《花烛之后》;四月四日晚在中央广播电视台播送话剧;四月八日、十日在国民大会堂公演《花烛之后》;四月十一日在中央广播电台播送歌曲;四月十二日、十三日复在国民大会堂公演《花烛之后》;四月三十日在冬夜海运汽船公司表演;四月二十七日至五月十三日在苏州、杭州、尤锡、镇江等处公演《花烛之后》,于五月十四日归返南京。五月二十四日、三十日在中央广播电台播送歌曲及话剧。"由此可见,在日伪文化控制下,在南京公演的所谓戏剧都只不过是一场场闹剧,而这种围绕着日伪当时"首都"南京的各地巡演,也实际上穿插着日军所谓"大东亚共荣圈"的伪和平幌子。有学者指出:"远东剧团的《花烛之后》刺激了汪伪统治区的话剧创作演出,受其鼓动,各省、市伪政府也纷纷效法,设立职业剧团,先后排练、演出了由伪宣传部统一制造的'官宪'剧本,如《和平之光》《新桃源》《哑夫人》以及红极一时的《花烛之后》等。"可以看出,当时在南京出现的戏剧,大多具有较为明显的"政治印痕"。这些媚日戏剧,也成为特定时期日伪为了讨好日军,并帮助其奴役沦陷区老百姓的"工具";而这种献媚的文艺宣传的"成果",艺术价值和社会意义缺失,注定会沦为历史的笑柄。

这一时期,除了远东剧团之外,活跃于该时期的剧团还有汪伪军委会政治集训训练部于1941年初创办的"建国剧社"、南京话剧界于1942年4月中旬创办的"南京剧艺社"等话剧社团。而这些话剧社团当时除奉令演出一些"和平"以及"建国"的剧目之外,多演出一些西方名家名剧的翻译之作。同时汪伪政府也加强了对京剧和其他戏曲剧种演出的控制,不时检查其演出剧目,在1939年成立的"首都模范戏剧研究会"基础上于1941年7月5日成立了"南京特别市梨园协会",通过行业协会加强对艺人的管理。"南京特别市梨园协会"当时有会员200多人,选出了以乔鸿年等21人为理事,赵沛霖等为副理事的协会机构,并且宣称以"研究戏剧改革、阐扬国策、协助推进社会教育、联络感情为宗旨",除此之外,他们还于1943年11月开会决议更名为"南京特别市剧影公会"。正如有论者所言:"沦陷区的'剧场戏剧'则由于日本殖民统治的高压,被迫失去了表达和激发民族救亡热情的启蒙功能,因而较少政治色彩,基本上是出于商业的或'纯艺术'的动因;剧作家以及导演、演员都赖此谋生,'演出职业化、商业化、剧团企业化'就成为必然的趋势;身处政治高压与思想严格控制之下,坚持剧场演出与戏剧艺术的探索,也成为有追求的剧作家、导演、演员惟一的精神出路。"由此可以看出,在汪伪国民政府的高压控制之下,一方面当时在南京排演的戏剧活动受到了严格的限制,比如剧本的题材方面不能出现煽动民族情绪,以及影射抗日等;然而另一方面也有不少剧作家和演员在暗地里与日伪及其傀儡政权进行着反抗斗争。《江舟泣血记》中扮演翻译的顾也鲁在后来的回忆文章中提到,他在群众中齐喊"东亚人联合起来,打倒英美!"时,把"打倒英美帝国主义"不经意地喊成"打倒日本帝国主义!"类似的例子很多,例如戏剧家陈大悲因于汪伪时期参与南京剧艺社《怒吼吧,中国!》的演出,被冠上了汉奸的帽子,而他在剧中演魔术师变戏法时,不小心从口袋里拉出一小面中华民国国旗……由此可见,当时在日军以及伪政权的控制下,被欺压和凌辱的南京人民身上所具有的反抗精神。

总体而言,汪伪南京时期的戏剧活动充满了"戏剧性",是在日本所谓"大东亚共荣圈"的幌子下,企图粉饰日军侵华本质的一场"闹剧"。从某种程度而言,日伪当时"从制度建设到政策实施,从明处管理到暗中监控",日伪宣传处对于戏剧从编排到最后的舞台呈现,其管理控制尽管相当严格,但是其宣传的结果却收效甚微。汪伪时期南京的戏剧活动,属于政治严重干预下的戏剧创作,美学特征低下并且打上了"汉奸"戏剧的烙印,自然不会引起人们的共鸣。进而言之,当时日本及其伪政权在南京沦陷区的统治,以及他们用于奴役广大沦陷区人民所施行的各种政策并不得人心,相反还会激起中华儿女的进一步抵制和反抗。其实当时在沦陷区的人民,尽管不具有像当时国统区以及解放区的人民那样,可以大胆地标榜和宣泄自己抗日主张的外在条件,但骨子里的爱国热情如熊熊烈火一般。沦陷时期也有相当一部分南京市民以各种各样的方式进行着抗日斗争,他们用自己的方式支持了全国抗战,这一点应该被历史铭记。

二、讽刺戏剧

抗战胜利前后,国民党政府贪腐成风、经济危机严重,在戏剧领域出现了大量讽刺时事、抨击时政的作品。陈白尘[①]发表了多幕政治讽刺喜剧《升官图》,这是陈白尘个人的政治诉求和进步思想的核心表现。这部喜剧的创作受到果戈理作品的启发,陈白尘曾提到果戈理的作品《钦差大臣》对《升官图》的创作影响巨大。[②]但研究者认为两者有差异:"《钦差大臣》无疑是世

---

① 陈白尘(1908—1994),男,原名陈征鸿、陈增鸿,又名陈斐,曾用笔名墨沙、江浩等,生于江苏省清河县(今江苏省淮安市)。
② 曹靖华:《果戈里百年祭》,《人民日报》,1952 年 3 月 3 日。

界喜剧史上最为优秀的珍品之一,但我认为,它并不是一出政治讽刺喜剧,而《升官图》却是。在这一点上,我们不仅可以找到两者的区别,同时也可以发现后者的独创性的所在。"①《升官图》以大胆荒诞的情节设置展现出作者对国民党政府的嘲讽和坚决抗争。

此剧在两个强盗的梦境中演绎出一幅荒诞的官场乱象:愤而造反的百姓冲进县衙推翻知县,打死秘书长。无法收场时强盗甲和乙挺身而出,甲伪装成秘书长,乙成了新任县长。警察到来后,强盗甲长篇大论地向警察数落旧县长和秘书长的劣行,为了自保,知县管辖的下属局长们纷纷互相攻讦。知县夫人看到如此情景,也情愿做了假知县的夫人。这些假官员真强盗同流合污,镇压造反的百姓并课以两万元罚款,这出闹剧就此落下帷幕。这出剧作中没有正面人物,所有官员都是贪赃枉法的恶棍,他们的罪行有:"第一,是苛征暴敛,滥收捐税;第二,是敲诈勒索,诬良为盗;第三,是包庇走私,贩运烟土;第四,是克扣津贴,以饱私囊;第五,是浮报冒领,营私舞弊;第六,是假公济私,囤积居奇;第七,是挪用公款,经商图利;第八,是贩卖壮丁,得钱买放;第九,是征粮借谷,多收少报;第十,是私通乱党,交结匪类。"②戏剧对腐朽黑暗的官僚体制做了极为深刻的暴露与批判。财政局局长沉湎于赌博,是"持久战的名将,一口气可以打一百二十圈麻将"。传染病肆虐时,他不考虑救灾防疫,却打算控制药物牟利,还要"囤积五百口棺材"。工务局长则在市政建设中揩油,谎报工务费用之外还巧立名目设置苛捐杂税,马路捐、水塘捐、建设捐层出不穷。警察局长吃空饷,买卖壮丁,包庇黑恶势力,在赌场、烟馆经营中抽头,对百姓凶神恶煞,对上司奴颜婢膝;教育局长道貌岸然,心狠手辣,克扣师生津贴,学潮中亲自动手屠杀学生。被推翻的知县大人手笔豪阔,就任不久搬空县衙的金库。这股腐败潮流是上行下效的结果,上到欲壑难填的省长,下至锱铢必较的小卒,纷纷撕破了自己的伪装,突破一切道德底线,不择手段地捞取金钱。

---

① 张健:《陈白尘喜剧论》,《中国现代文学研究》,2004年第4期。
② 陈白尘:《升官图》,东北书店1947年版。

此剧的讽刺性在于"以假当真,认假作真",不留情面地揭发了"权钱交易"的实质。《升官图》中官场中的恶吏们嘴脸丑恶、贪婪无度,他们的无耻使得百姓民不聊生、苦不堪言。陈白尘创作排演《升官图》时,正值抗战胜利、国民党政府接收战利品之际,讽刺对象自然是国民政府中贪得无厌的"接收大员"们。这部诙谐的讽刺剧富有现实意义,受到观众的热烈欢迎,在重庆连演40场,在上海连演100多场,光华戏院"拥挤了四个月之久,轰动的情况在上海话剧演出记录上是空前的"①。

《升官图》不仅是社会反响巨大的政治讽刺剧,其犀利的语言、荒诞的情节设置和生动的人物形象共同成就了这部经典,并对抗战之后的民主运动起到了催化作用。

三、路翎的《云雀》

1942年4月,路翎完成知识分子题材剧作四幕剧《云雀》,同年6月,南京国立戏剧专科学校附属剧团将它搬上舞台。在这出剧作中作者塑造了四位知识分子形象:李立人(自觉地以集体主义泯灭个性主义)、陈芝庆(以自戕来完成个性)、王品群(极端阴暗的个人主义者)和周望海(寻找个性主义与集体主义的契合),以四位知识分子不同的性格和命运来展示混乱时代里知识分子的心路历程。胡风在《为〈云雀〉上演写的》一文中认为:"《云雀》虽然只有四个人物,四种不同的代表的性格,但真正的主角确是通过这四个人物所宣示出来的,冷酷而磅礴的,轰轰然前进的现实历史自己。"②《云雀》以紫桐中学的四位知识分子为主角,代理教务主任李立人自幼饱受虐待,是一名孤独的战斗者,他热爱教育工作和他的学生们,为此投注了大量精力,他将自己视为世界的推动者,是肩负时代使命的知识分子,他的爱过于宏大,以至于疏忽了自己年轻漂亮的妻子陈芝庆。不同的价值观使夫妻两人逐渐隔膜乃至一拍而散。妻子无法忍受丈夫对她的漠视,也无法理解丈夫远大

---

① 蓝马:《胡风集团是怎样污蔑〈升官图〉的》,《戏剧报》,1955年第8期。
② 路翎:《路翎文集》第4卷,安徽文艺出版社1995年版,第354页。

的抱负,"我不能忍受生活,这或者是我底罪恶的地方,况且我也对不起你,你有你底理想,你有你底安慰,我一个不幸的女子,在你底生活里是占着极小的位置"[①]。妻子陈芝庆离开他后重新投入旧情人王品群的怀抱,却不料王品群是典型的品行低劣的小人,他出卖同事李立人、周望海乃至进步学生,为求名利贩卖自己的灵魂,当小报主笔诋毁老同事,与当局做见不得人的交易以图获得李立人现任的教务主任职务。陈芝庆发现自己所托非人后,百般悔恨,服毒自尽。李立人听说后试图为妻子暴力复仇,同事周望海为息事宁人阻止了他,周望海安慰李立人命运会对有罪的人予以惩戒,周望海身上所具有的泛爱倾向,是作者理想中的不受现实干扰的崇高的命运之爱,在作者看来,爱能原谅和拯救一切。《云雀》的原型故事是阿垅夫妇及路翎本人的恋爱故事,剧中人物李立人的理想是建设中国人的"新出路"。当个人之小我与人类之大我,男女之私情与人类之大爱不能相兼、不能两全的时候,他坚持人格精神的气度和历史气概,在人格精神上是崇高无私的,这也是路翎为知识分子寻求的精神出路。从这个意义上说,《云雀》所颂扬赞美的正是中国现代知识分子别具一格的思想境界。

四、活报剧

1940年代的南京戏剧演出中,活报剧是最具时效性和现实意义的戏剧类型,这类剧目常以时事为主题,通过对社会的真实反映来宣传某种思想或政策,部分承担了类似报纸的功能。20世纪20年代中国开始出现街头、广场的活报剧演出。40年代南京的活报剧多为漫画型人物结合政治斗争、战争的演出形式,起到了很好的宣传作用。

40年代的国民政府的腐败统治造成严重后果,为了支付内战巨大的消耗,国民党政府超额发行纸币,引发恶性通货膨胀,物价飞涨,变相盘剥民众,百业凋敝,学生面临着失学、失业,工人农民挨饿受冻,艰难求生。1947

[①] 路翎:《云雀》,《路翎作品新编》,人民文学出版社2011年版,第317-320页。

年5月15日南京学生举行"反饥饿"大游行,在行政院大门和影壁上画漫画,题为"民脂民膏",并演出活报剧《内战内行》《社会贤达》,齐唱《你是个坏东西》。这场爱国运动从南京始发,星星之火逐渐扩散到全国60多个大中城市,成为载入中国现代史的革命运动。1948年5月4日,南京的大中学生近万人在中央大学举行营火晚会,剧专学生上演活报剧《民主商店》。

1949年4月1日,在南京发生了镇压学生运动的"四一惨案"。这次活动以中央大学学生为主导,"四一"前夕南京剧专留校学生赶排了活报剧《他们为什么死去》和《耍猴记》。《耍猴记》的剧情是一个戴着星条蓝帽的外国佬,手牵两只活蹦乱跳的猴子,耍来耍去,这两只猴子对这老外做出各种可笑又可怜的姿态,一个像蒋介石,一个像李宗仁,这老外当然是指美国人了。四月一日游行中,剧专学生在路上演出了这两部活报剧,市民围观随行。而学生抵达白下路后,继续向前,从大中桥的路口冲出来一批国民党的军官。他们正是所谓军官收容总队的人,动用铁棍、木棒对参加游行的学生进行攻击,导致学生重伤80人,轻伤15人,死亡3人。

数次政治斗争过程中,活报剧的演出都起到了宣传革命主张、批判腐败政府、鼓舞市民革命热情的作用,具有强烈的时代特征和极大的宣传效果。

第四章 社会主义文学的兴起与探索（1949—1976）

第一节 概 述

1949年4月23日，中国人民解放军占领南京，标志着国民党政权退出历史舞台，历经沧桑的南京城迎来了新生。随着政治的变动，南京文学也翻开了新的一页，社会主义性质的当代文艺制度和文学生产机制确立。同时，南京作家在与政治、文化传统的互动中，对文学的多面性进行了积极探索，逐渐形成了独特的创作局面。

一、南京当代文学体制的建立与文学发展

1949年后，南京文学被纳入全国统一的社会主义文学版图之中。1949年7月2日至19日，中华全国文学艺术工作者代表大会在北平召开，确立了新中国"一体化"的文艺体制，大会明确了将《在延安文艺座谈会上的讲话》作为指导当代文学艺术发展的根本思想和原则，要求文艺事业服从中国共产党的领导，以工农兵生活为主要表现内容，目的是为工农兵服务。大会产生了全国性的文艺机构——中华全国文学艺术界联合会，成立了全国文联和文协等各个下属专业协会。在此背景下，南京也随之成立了统一的文学组织与领导机构，形成了统一的文学路线与格局。

南京当代文学组织最早可追溯到1949年5月9日成立的南京市青年文学工作者协会。11月20日至21日，南京市第一次文学艺术工作者代表大会召开，"中华全国文学艺术界联合会南京分会"（南京市文联前身）正式

成立，下设文学部，有会员百余名。1950年1月，南京市文联文学部创办机关刊物《文艺》，同月15日出版《文艺》创刊号，1951年8月终刊。这一刊物存在时间虽短，却发表了不少具有突破性的作品，为后来南京作家批判现实主义和人道主义的文学创作提供了借鉴。1951年6月，南京市第二次文学艺术工作者代表大会将"中华全国文学艺术界联合会南京分会"改名为"南京市文学艺术工作者联合会"，成立文学工作委员会。1957年1月，江苏省文联刊物《雨花》杂志在南京创刊，成为南京作家发表作品的重要阵地，在不同时期均产生了巨大影响。1962年1月，南京市第三次文学艺术工作者代表大会成立"南京市文学工作者协会"（南京市作协前身），协会下设小说组、诗歌组、评论组等。南京文联与作协等文艺领导机构集结了大批知识分子，著名作家、学者徐平羽、陈中凡、方光焘、胡小石[1]、唐圭璋[2]、孔罗荪、张友鸾、艾煊[3]、方之[4]、张弦[5]、陈瘦竹、孙望[6]、沈西蒙[7]等都曾担任相关职务，为南京文艺事业的发展做出了杰出贡献。更为重要的是，统一的文艺机构的成立有利于发挥宣传党的文艺政策、开展文艺运动的组织功能，通过各项文艺活动，将作家的思想统一到党的文艺路线、方针、政策上来，从而引导南京文学的发展方向。

这一时期的南京当代文学可划分为两个时段：前一个时段是1949—1966年社会主义文学的建构期与探索期（简称"十七年时期"），后一个时段是1966—1976年的曲折徘徊期。在"十七年时期"，南京作家感受着时代的变化，以真挚的情感反映党所领导的光辉革命历程，描绘火热的社会主义建设图景，关注以工人、农民、士兵等为主体的革命群众的生活与情感。歌颂

---

[1] 胡小石(1888—1962)，男，祖籍浙江嘉兴，生于江苏南京。
[2] 唐圭璋(1901—1990)，男，江苏南京人。
[3] 艾煊(1922—2001)，男，原名光道，安徽舒城人。
[4] 方之(1930—1979)，男，江苏南京人。
[5] 张弦(1934—1997)，男，浙江杭州人。
[6] 孙望(1912—1990)，男，江苏常熟人。
[7] 沈西蒙(1919—2006)，男，上海人。

党的领导、勾勒时代变迁图景、憧憬美好未来成为这一时期南京文学的主题,反映社会主义新面貌的文学作品不断问世。如艾煊的小说《战斗在长江三角洲》对解放军发动渡江战役、解放上海的战斗进行了雄浑壮阔的描写,其另一部作品《大江风雷》写新四军武装斗争的光辉事迹,影响很大。周而复[①]的4卷本小说《上海的早晨》以改造民族工商业者为题材,塑造了各具个性的资本家形象,规模宏大,构思严谨,在国内外都有较大影响。夏阳[②]的《南京,换了人间》则写南京城的历史与革命斗争历程,视野开阔。艾煊的《碧螺春汛》系列、凤章[③]的《山坞的早晨》等散文写劳动人民的新生活,笔调自然、清新。除了叙事散文、报告文学、游记散文兴盛之外,"杂感"作为迅捷反映社会现象和生活思考的文学类型尤为盛行。作家谈天说地,针砭时弊,对新官僚的权力意志、形式主义,对灰色人物的自私自利,对日常生活的阴暗面无不尽情批判,笔锋犀利,意趣盎然,深受读者欢迎。《雨花》还专设了《随笔·杂感》栏目发表杂文作品,在"双百"时期出现繁荣局面。胡小石、章品镇[④]、赵瑞蕻[⑤]、夏阳等人的诗歌则以风格各异的形态丰富着南京诗坛。路翎创作的剧本《人民万岁》描写了新中国成立前夕工人的护厂斗争,有其一贯的精神审视的气质。沈西蒙执笔的话剧《战线》《杨根思》《霓虹灯下的哨兵》等,都是反映革命者坚守革命信仰的力作,尤其是《霓虹灯下的哨兵》反映南京路上好八连保持革命传统、拒腐防变的故事。1962年由中国人民解放军南京部队前线话剧团首演,引起巨大反响,成为南京戏剧在全国范围内产生重大影响的代表性作品。

"十七年时期"的南京文学在前期创作氛围较为自由,除了大量体现普遍性的政治意识形态、采用大众化文艺形式的作品以外,还出现了不少具有

---

① 周而复(1914—2004),男,原名周祖式,安徽旌德人,生于江苏南京。
② 夏阳(1922—2002),男,原名李硕诚,江苏泰州人。
③ 凤章(1930—),男,江苏江都人。
④ 章品镇(1921—2013),男,原名张怀智,江苏南通人。
⑤ 赵瑞蕻(1915—1999),男,浙江温州人。

探索精神的作品,如方之、高晓声①、陆文夫②、陈椿年③等人在遵循社会主义现实主义创作原则的同时,更注重细致地挖掘人物身上的人性、人情因素,揭示生活的真实和矛盾。刘川④的讽刺喜剧《桥》暴露官僚主义、形式主义、保守主义等自私自利的阴暗现象,是对单纯注重政治歌颂的创作现象的有力矫正。

南京文艺界在这一时期也掀起了不少文艺批判运动,包括整风运动、思想改造运动、胡风集团批判运动等。1957年,作为南京文艺舆论重要阵地的《雨花》发表社论《在反右派斗争伟大胜利的基础上,坚决、彻底、大胆地改进文艺工作》。在整体氛围的影响和激发下,南京文坛集体性的文艺批判运动、批评活动逐渐频繁,较有代表性的包括围绕黄清江⑤小说《死亡》长达半年的论争,对王染野⑥等人筹办同人诗刊的批判以及对方之、高晓声、陆文夫等组成的"探求者"群体试图举办同人杂志的批判等。老一辈作家大都被下放至工厂、农村接受劳动改造,其后活跃在文学舞台上的大多是工农兵作者与青年作家。

随着"大跃进"运动席卷全国,江苏省文学艺术工作者联合会于1958年3月13日发出号召"江苏省文学工作者行动起来!"宣布要在5年内创作出3万部左右的文学作品,并详细规定了各文学类型及其相关理论研究的具体数字,南京文坛也随之开始了大规模的文学突进运动。浮夸气息甚浓的作品、标语口号式的新民歌 时间大量出现,与通俗性的民间戏曲、歌功颂德式的报告文学一起成为这一时期主要的文学类型。随着1961年至1962年之间文艺政策的短暂调整,南京文坛氛围变得相对宽松起来,南京作家的探索与创造意识得以短暂复活,出现了方之的小说《岁寒春》《出山》以及歌

---

① 高晓声(1928—1999),男,江苏武进人。
② 陆文夫(1928—2005),男,江苏泰兴人。
③ 陈椿年(1931—),男,江苏宜兴人。
④ 刘川(1926—),男,四川成都人。
⑤ 黄清江(1929—),男,浙江桐乡人。
⑥ 王染野(1928—),男,安徽六安人。

剧《红霞》等优秀作品。在1964年的"社会主义再教育"运动的影响下,广大知识分子纷纷接受贫下中农再教育,文学创作一度停滞,作为南京作家发表阵地的《雨花》杂志也于1964年第9期之后一度宣布停刊。

1966年至1976年的南京文学创作总体上乏善可陈。南京市文联无法运转,南京市文学工作者协会等组织的功能也无法正常发挥。南京各高校的"红卫兵"组织以及《新华日报》等报刊大鸣大放,开展了文艺路线斗争的大批判活动。文艺界的创作空间严重收缩,"十七年时期"有影响的重要文学作品几乎都被批判。1971年6月,《新华日报》开辟《工农兵文艺》专栏,1975年《江苏文艺》(原为《雨花》)复刊,两者刊登的作品主要是在极左路线影响下为政治斗争和宣传服务的标语口号式诗歌、"革命样板戏"以及小说、散文等。这一时期,黎汝清①的《海岛女民兵》《万山红遍》、海笑②的《春潮》等少数作品影响较大。

值得一提的是,这一时期江苏省委、省政府与文艺机构领导比较关心支持文学创作,同时也比较尊重文学创作规律,这虽然不能使作家们免受批判,但是毕竟尽可能地保护了一批知识分子,边"戴帽"边"摘帽"的保护性做法使其免受极左势力的残酷迫害,为南京文学的复兴保留了创作力量。这也是20世纪70年代末南京站在新时期文学的潮头,一大批优秀作家和作品纷纷涌现,从而使南京文学在全国文坛占据重要地位的原因之一。

二、文学理论与批评

从文学性质及其表现形态来说,"社会主义现实主义"是这一时期的基本创作原则,具体表现为文学内容的"革命化"与形式的"大众化"。在文学生产与批评机制上,作家、批评家的身份与生存方式也发生了重大变化,新中国成立前,分散的知识分子被纳入文联、作协等统一的文化、文学组织机构之中,成为国家文化系统中的文艺工作者,这就使得文学创作、理论与批

---

① 黎汝清(1928—2015),男,山东博兴人。
② 海笑(1927—2018),男,原名杨忠,江苏南通人。

评不是单纯地关乎个人,而被视为作者政治立场、价值观的一部分,由此卷入文艺路线斗争的旋涡之中。

这一时期南京文坛首先掀起的是学习《在延安文艺座谈会上的讲话》的热潮,作家、学者纷纷发表学习心得,进行自我批判与思想改造。与全国形势同步,南京也开展了对"胡风反革命集团及其文艺思想"的大范围批判运动。1957年前后,受到"双百"方针的鼓舞,加之根植于南京深厚的人文传统和江南士人文化的传承,创作者与批评者努力在社会主义现实主义框架之下寻找多元创作的可能性,注重对人情、人性与个体精神世界的探寻,以批判性思维提出一些新的创作理念与方法,南京文艺理论的探索空间得以拓展。其中较有代表性的是"探求者"群体的创作主张,陆文夫、高晓声、方之、陈椿年、叶至诚、梅汝恺①等人试图成立同人团体"'探求者'文学月刊社",计划出版一份同人刊物《探求者》。这一群体在《"探求者"文学月刊社章程》第一条即提出:"本月刊社系同人合办之文学刊物,用以宣扬我们的政治见解与艺术主张。"第三条提出:"我们这样来办杂志,我们是同人刊物,有自己的主张,自己的艺术倾向;我们把编辑和作者混同一起。稿件的主要来源就依靠同人,我们将在杂志上鲜明地表现出我们自己的艺术风貌。"②这就与党所掌握的官方团体、刊物表达的政治立场与党性原则区别开来。

在《"探求者"文学月刊社启事》中他们更是大胆提出了对当前社会体制、社会主义现实主义创作方法的不同看法以及形成自己的文学流派的渴望:

> 对于目前有一些文艺杂志的办法,我们很不满意;认为它们不能很好地发挥文学的战斗作用。这一些文艺杂志,虽然也明确文艺为政治服务;但是,编辑部缺乏独立的见解,显示不出探讨人生的精神;特别在

---

① 梅汝恺(1928—),男,江苏阜宁人。
② 见后来作为批判材料公开的"探求者"月刊社的《启事》与《章程》,《雨花》,1957年第10期。

艺术问题上,没有明确的目标,看不出它们的艺术倾向。

目前,中国的社会主义制度刚建立不久。如果说建成社会主义的道路还在探索,需要不断地积累经验,吸取教训;那么,在建设社会主义的过程中,人生的道路就更为复杂,更需要多方面进行探讨。

鉴于以上种种,我们将勉力运用文学这一战斗武器,打破教条束缚,大胆干预生活,严肃探讨人生,促进社会主义。

我们不承认社会主义现实主义是最好的创作方法,更不认为它是唯一的方法。

鉴于以上种种,我们认为现实主义在目前仍旧是比较好的创作方法。不断地学习马克思、列宁主义,在辩证唯物主义世界观的指导下,运用现实主义的方法创作,就是我们的主张。

我们希望以自己的艺术倾向公之于世,吸引同志,逐步形成自己的流派。

在文学上形成一个流派并非一朝一夕的事情,需要经过不断的实践不断的斗争。我们的办法,不是先形成流派再来办杂志;而是用办杂志来逐步形成流派;我们认为,只有这样,形成文学流派才有可能。[1]

他们认为文艺杂志应该发挥文学的战斗作用,具备独立的思想见解和明确的艺术倾向,需要对人生道路进行多方面的探讨。而现有的文艺杂志不能令人满意,缺乏对现实社会和人生的探索意识和进取精神。在当时文艺思想一体化、文艺组织政治化的整体背景下,"探求者"群体试图追求文艺知识分子的独特价值,通过深化现实主义的文学实践,建立自己的流派。这一建立流派的提法在当时需要极大的思想勇气,显得难能可贵。

总体而言,"探求者"群体是"双百"时期南京文坛尝试突破旧有框架与创新诉求的典型代表,其文学干预生活、关注人生的主张是对当时概念化、

---

[1] 见后来作为批判材料公开的"探求者"月刊社的《启事》与《章程》,《雨花》,1957年第10期。

公式化的"社会主义现实主义"的文学话语体系的一大突破,更接近批判现实主义、人道主义的理论范畴,与当时全国范围内产生影响的"人性论""现实主义——广阔的道路论"等理论遥相呼应。而其创办同人刊物的宣言、对个人化的艺术风格的探索、对形成文学流派的自觉追求,更是体现了这一群体对文学独立性和实现自身价值的渴望,这些诉求在当时的文坛是极为少见的。

随着反右运动的到来,"探求者"群体的理论主张及其作品受到猛烈批判。1957年10月4日、5日召开的江苏省文联常委扩大会对"探求者"群体的"反党""宗派"性质的文学主张做了重点批判。10月9日,《新华日报》发表社论《"探求者"探求什么?》,将"探求者"群体定性为"离开马克思主义的指导思想,离开共产党的领导,离开社会主义道路"的"右派"团体,"因此,他们所谓'打破教条束缚',就是打破马克思主义和共产党的领导;所谓'大胆干预生活',就是反对社会主义制度;所谓'严肃探讨人生',就是否认辩证唯物主义的世界观和人生观;这就是他们所谓'探求'的实质。至于所谓'促进社会主义',也就是要把社会主义'促进'到他们所'探求'的那些方向和目标去"①。为此,"为了保护无产阶级文艺事业,保卫社会主义文艺路线,我们要求文艺界行动起来,深入地批判'探求者',彻底批判其政治观点和艺术观点,开展文艺界两条道路的斗争,澄清文艺界的思想混乱,提高认识水平。这是一场政治路线上的严肃的阶级斗争,是不可调和的社会主义革命斗争"②。社论把单纯的艺术问题定性为政治问题和意识形态问题,随后,《人民日报》全文转载了这篇社论,将对"探求者"群体的批判扩展到了全国。

同时,《雨花》杂志也在1957年第10期至第12期集中发表十余篇批判文章,谢闻起的《对"探求者"的"政治观点"的探求》一文颇具代表性。作者分门别类地梳理了《"探求者"文学月刊社启事》中的观点,认为《启事》中提到的人们的思想意识远远落后于社会生产关系的看法是一种"意识形态落

---

① 《"探求者"探求什么?》,《新华日报》,1957年10月9日。
② 《"探求者"探求什么?》,《新华日报》,1957年10月9日。

后论";《启事》提出,"近几年来,把一切旧东西看成坏的,把一切新东西看成好的,这种教条主义的观念已经造成了严重的危害,阻碍了思想意识的健康发展,更特出地妨碍了年青一代的成长"①。在批判者看来,这是一种"好坏不分论"。《启事》认为"教条主义又把浩瀚统一的社会生活归结成支离破碎的教条,僵化了人们的正常生活"②,批判者提出这种观点是一种"人生僵化论"。《启事》指出:"我们过去在长期的阶级斗争中,由于当时的需要,把政治态度作为衡量人的品质的主要标准,往往忽略了社会道德生活的多方面的建设。阶级斗争有它历史的必然性和必要性,但是,在阶级斗争基本结束,社会的主要矛盾表现在人民内部的今天,我们看到了人们道德面貌上存在着各种缺陷,也看到了阶级斗争给人们留下了许多阴影,妨碍了人们之间正常关系的建立。人情淡薄,人所共感。"③批判者认为这种看法更是一种否定阶级斗争正确性与永久性的"阶级斗争阴影论""道德标准论"。批判者最后提出,"根据以上的论证,'探求者'的政治纲领以及艺术纲领,决不是'促进社会主义'的纲领,而是一个反党反人民反社会主义的纲领,是一个促退社会主义的纲领"④。苏隽则将批判的重点放在对"探求者"群体现实主义的看法上,认为"他们的'艺术主张'中最重要的一条,就是否定和抛弃社会主义现实主义"⑤。

其他有代表性的批判文章还有邨夫的《向何处去?》《从创作实践看"探求者"同人的反党面貌》、夏阳的《从哪里找出矛盾?》、方光焘的《驳斥"探求者"片面强调文艺特殊性的谬论》、施德楼的《且说文艺的重要性、特殊性》、陈中凡的《驳斥"探求者"所谓"人情味"》、陈瘦竹的《是文学流派还是反党宗

---

① 见后来作为批判材料公开的"探求者"月刊社的《启事》与《章程》,《雨花》,1957年第10期。
② 见后来作为批判材料公开的"探求者"月刊社的《启事》与《章程》,《雨花》,1957年第10期。
③ 见后来作为批判材料公开的"探求者"月刊社的《启事》与《章程》,《雨花》,1957年第10期。
④ 谢闻起:《对"探求者"的"政治观点"的探求》,《雨花》,1957年第10期。
⑤ 苏隽:《歧途上的探索》,《雨花》,1957年第10期。

派》、秦宣夫的《驳斥"探求者"启事中的一个观点》、以铮的《"探求者"同人之一陈椿年的几篇反动作品》等。由于批判的凶猛之势,"探求者"的理论探索无法深入持续下去,"探求者"群体大多被打成"右派",接受劳动改造,在一段时间内失去写作权利。而先前支持探求者的部分文艺界领导及《雨花》编辑部成员也被打成"右派",则显示出历史的吊诡之处。

1957年6月,黎弘(刘川)提出"第四种剧本"概念,用以概括当时南京文坛出现的一场反公式化、概念化的戏剧创作运动。这一名词是由黎弘在《第四种剧本——评〈布谷鸟又叫了〉》中提出的,"记得有人说过这样的话:我们的话剧舞台上只有工、农、兵三种剧本。工人剧本:先进思想与保守思想的斗争。农民剧本:入社和不入社的斗争。部队剧本:我军和敌军的军事斗争。除此而外,再找不出第四种剧本了"[1]。而《布谷鸟又叫了》突破了既有的模式化创作,是"不属于上面三个框子的非概念化的戏剧剧作""忠实于生活的独特形态"[2]的第四种剧本。

"第四种剧本"概念提出者敏锐地观察到"双百方针"提出后南京剧坛出现的新的创作现象,试图引导批判性的、大胆干预生活、揭露现实矛盾的创作方法和文学方向,从而突破只准歌颂不准暴露的禁区。可以说,"第四种剧本"创作和理论是南京对当时文坛的独特贡献,在当时政治意识形态占主导地位的背景下,这种探索使得文学的政治性和人物的现实性之间平衡起来,可以说是当时文坛的一大亮点。

"第四种剧本"概念提出伊始,论者多持支持意见,认为这一概念提出了一个回归现实主义、还原生活本来面目的戏剧理念。随着后来政治风向的改变,《布谷鸟又叫了》等作品开始受到严厉批评,如伊兵的《论"第四种剧本"》一文认为"第四种剧本"的提法本质是反对无产阶级的立场观点,目的是"打杀以无产阶级的立场观点表现工农兵生活和斗争的剧本,以为资产阶

---

[1] 黎弘:《第四种剧本——评〈布谷鸟又叫了〉》,《南京日报》,1957年6月11日。
[2] 黎弘:《第四种剧本——评〈布谷鸟又叫了〉》,《南京日报》,1957年6月11日。

级戏剧艺术的复辟鸣锣喝道"①。这就将单纯的戏剧观念上升到政治思想问题。黎弘因此受到严重批判,这一理论追求也随之被压制下去。

一个还未正式成立便"胎死腹中"的同人诗刊《莺啼序》(后定名为《江南草》)也受到批判。1956年至1957年初,王染野、萧亦五、曾宪洛、陆续、孙望等人聚会,试图筹办同人诗刊《莺啼序》,以建立独立的诗歌发表园地。结果"反右"运动很快到来,刊物未及正式出版便遭批判。《新华日报》《雨花》等陆续发表相关通讯报道及批判文章,如陈瘦竹提出,《莺啼序》的启事中提出的不依靠党的文艺机构的经费支持的说法是试图脱离党的文艺领导,认为这一群体的文艺思想已经脱离了社会主义的轨道;诗歌就应该歌颂社会主义生活,而王染野等人的诗歌观念及其试图创办的刊物导向有着严重问题,"今天的诗歌如果不歌颂社会主义社会的生活,那末它要歌颂什么样的生活呢?由此可见,王染野等心目中的那个'诗刊',完全和毛主席的文艺为工农兵服务的方针背道而驰,只是少数野心家用来作为反党反社会主义的工具而已"②。柳朗文认为:"事实证明,他们政治上是反共的。他们通过文艺所进行的勾当,是反对共产党领导,反对走社会主义道路的问题。从他们的阴谋活动中,人们可以看出,他们所用的文艺名辞,都是政治名辞的变相。"③其他有代表性的批判文章包括春子的《遗少的哀鸣》、江上人的《"江南草"是什么草?》等。1957年10月,《莺啼序》群体与"探求者"群体一起被打成"右派"。

自"反右"运动之后,南京文坛之前相对宽松的氛围发生很大改变。在1960—1962年文艺政策调整期间,南京批评界提出了一些符合文艺规律的观点,如陈瘦竹在《人类文艺的发展方向》一文中提出,作家应有创作的自由和揭示生活真实的权利;钱静人在《雨花》上针对现代戏的标语口号式的毛病、配合中心任务、用抽象的"人民性"到处去套等问题进行了批评。此外,

---

① 伊兵:《论"第四种剧本"》,《剧本》,1960年第4期。
② 陈瘦竹:《什么"同人刊物"》,《雨花》,1957年第9期。
③ 柳朗文:《辱骂的背后》,《雨花》,1957年第9期。

文坛还出现了一些对诸如"文艺自由""文艺特殊论""多样化的艺术""文艺的真实"的呼唤。不过这种文艺调整的时间并不长,1963年、1964年,南京展开了对毛泽东"两个批示"的诠释活动。其后,南京文坛以《林彪同志委托江青同志召开的部队文艺工作座谈会纪要》的精神为指导,狠批以周扬为代表的"资产阶级文艺的黑线",提倡文艺创作的"根本任务论"(社会主义文艺的根本任务就是塑造工农兵的英雄人物,并以此作为"文革"文学创作与评论的最高标准),以"阶级斗争为纲"等论点作为文学理论批评与创作的主要理论依据。其间虽有个别的关于单纯的创作方法和具体的文学结构、语言问题等方面的学术、文艺探讨,但都被淹没在以文学批评为名实质为政治性批判的潮流之中。之前出现的一些注重文艺特殊规律、讲求人道主义的论点都被一个个提出来加以批判,被视为资产阶级的人性论、反社会主义现实主义的文艺观点、反对文艺的政治标准等。南京文坛的批评话语主要被限制在"两条道路""两条路线"的框架之中。

在文学理论、批评空间收紧的同时,"十七年时期"南京文坛出现的一些优秀作品几乎都被打成"大毒草",被反复批判。由于文艺论争被视为两条路线斗争的表现载体,大多数作家失去了为自身文艺观念进行辩护的权利,南京文学理论批评的探索也随之进入了一段灰暗期。不过,还是有陈瘦竹、吴奔星[①]、吴调公[②]、叶子铭[③]等评论家,为发展南京文学乃至当代文学创作尽心竭力,奠定了南京文学批评的方法与范式。陈瘦竹自1957年起开始研究田汉、郭沫若、丁西林、曹禺等中国现代戏剧史上的代表剧作家及其作品。在戏剧批评上,陈瘦竹曾提出"应用历史的、比较的和艺术的方法研究文学,这样的文学评论就有立体感、透视力和审美性"。他的著作《易卜生〈玩偶之家〉研究》(1958)、《论田汉的话剧创作》(1960)等立足于戏剧本体,尤其强调

---

① 吴奔星(1913—2004),男,湖南安化人。
② 吴调公(1914—2000),男,笔名丁谛,江苏镇江人。
③ 叶子铭(1935—2005),男,笔名南草,福建泉州人。

"在剧中求剧识"[①]的重要性。吴奔星著有《茅盾小说讲话》(1954)等,他的文学批评采用历时与现时、整体与个体相融合的方法,始终有着通观古今文学变迁的文学史维度。吴调公善于融合旧学与新知,提出了许多让人耳目一新的论述,他的论著《与文艺爱好者谈创作》(1957)、《文学分类的基本知识》(1958)等结合文学创作实践探索文学发展规律,阐述了文艺理论方面的诸多重要问题。叶子铭以茅盾研究见长,他的文学批评尤为注重将史料考订、历史把握、文本阐释与理论升华相结合。他的论著《论茅盾四十年的文学道路》(1959)根植于翔实的资料,结合茅盾的文学活动与文学创作,用互相参证的方法来研究茅盾的思想和创作,是现代作家研究的重要成果。

第二节　小　说

"十七年时期"的南京小说呈现出多元化的面貌。一方面,作家创作了许多反映革命历史、工农兵生活的小说,展现出新旧社会转换过程中人民的命运变迁与新的时代精神、道德风貌,歌颂党的领导,鼓舞群众意气风发地建设社会主义;另一方面,这一时期南京出现了一股探索性小说的创作潮流,体现出了自由与内向性的文学创新意识,在批判性、人文性方面独树一帜,从而构成了南京丰富多彩的小说图景。

一、"探求者"小说

这一时期南京文坛出现了一个颇具同人色彩的小说创作群体"探求者"(以其群体的创作理念与刊物启事而命名),以陆文夫、方之、高晓声、叶至诚、陈椿年等青年作家为代表。这一群体深受南京文人传统的熏染,试图坚持现实主义创作方法,直面生活的真实,突出自然人情对革命伦理的渗透,捕捉人物内心思绪的波动和灵魂的蜕变,着力表现小说的日常性,营造文本

---

① 向阳:《论陈瘦竹戏剧研究的方法》,《理论与创作》,2010年第2期。

的诗意氛围,或以批判性的思维暴露政治生活和社会生活中的官僚陋习和灰暗面向,创作出了许多优秀的作品。

"探求者"群体主要关注工业和农村两大题材。在工业题材方面,从陆文夫的工人小说系列为代表。陆文夫以自己在工厂做工的经历创作了《葛师傅》《二遇周泰》《修车记》《棋高一着》《向师傅告别的晚上》等小说,塑造了一批技艺高超的工人形象,他们具有极强的阶级意识,经历了旧社会的苦难生活,对新中国充满了感情,小说通过一个个微小的故事挖掘工人师傅的阶级情、民族情、事业心,由此完成歌颂工人阶级、歌颂新社会的主题。

陆文夫致力于生活诗意的营造和人物细腻情感的挖掘,一般节奏较为舒缓,着眼于作品的整体氛围和生命的闪光点,具有典型的江南文人气质。短篇小说《小巷深处》写出身于旧社会的下层妓女徐文霞在新社会中的爱情遭遇、复杂的心理状态与新生历程。作者取材颇为大胆,以爱情故事为聚焦点,以旧式人物的心理挣扎和命运追问为着眼点,以心理书写为突破点,写出了人们对纯粹爱情生活的向往和人情、人心之美。小说所要表达的人物的精神蜕变和新社会变革的政治命题也隐含在主人公多变的爱情纠葛之中,显得不露声色。小说实现了思想性与艺术性、现实性与浪漫性的巧妙融合,成为陆文夫早期的代表性作品,产生了重大影响,成为"十七年文学"的经典之作。此外,中篇小说《平原的颂歌》写小站站长即将外调的心路历程,他不忍放弃自己的职责,经历一番复杂的内心情感挣扎,最终决定留守小站。小说注重写人物的精神波动与心理转折,也写出了新时代农民的奉献和自我牺牲精神,是体现作者细腻风格的上乘之作。

在农村题材方面,方之、高晓声的小说作品可为代表。方之这一时期的作品多注重在革命价值观下挖掘生命的诗意,关注生活的心理体验层面。《兄弟团圆》虽然涉及土地改革的一般政治题材,却将视角转换到了民间家庭伦理和情感的冲突方面,充满生活趣味。《在泉边》写农村青年小铁牛与刺猬姑娘的恋爱故事,小说将笔墨着重于青年男女初恋的细腻体验,在展现农村新生活和农民新面貌的同时,以质朴和口语化的语言以及行动的细节表现人物的心理波动,文笔活泼,故事性强,对话生动。

方之影响较大的中篇小说《浪头与石头》则以批判视角写出了农村变革大潮中官僚主义的负面存在。小说塑造了介于"石头"与"浪头"之间的县团委副书记"戴荣"的复杂形象,这是一个既崇拜上级石书记,按领导意志办事,又有自己的独立想法和真实的生活体验从而左右摇摆、游移不定的"中间人物"。"在作品中我们常见的人物,是'正面的''反面的',或者是从落后到转变。像戴荣这样的人物,是比较少见的。而在生活中,这样的人并不少。作者根据自己的体验来创造了这样一个人物,可以说,是有创造性的,是'这一个'。"①由于小说对人物性格的丰富性和精神的多层次性的表现和文本显示的极强的批判意识,一经问世即引起较大反响。《杨妇道》对人物性格的刻画也极为出色,与其他表现农民正面形象的小说不同,作者重点表现落后农民对物质的心理渴望与狡黠的文化性格,具有浓厚的民间色彩和历史厚重感,它是当时少有的对农民形象的独特创造。另外,《岁交春》《看瓜人》《出山》等小说都是注重意境渲染、心理描写和情感表达的精彩之作,其中不乏对革命者的生存语境的批判性思考。

高晓声以新婚姻法为背景的小说《解约》以轻松、幽默的笔调描写新社会农村青年男女的爱情故事,宣扬了打破封建婚约、自由恋爱的新婚恋观念,颇具时代色彩和喜剧意味。《不幸》写了演员李素英和身为副团长的丈夫因为演出《万尼亚舅舅》而产生矛盾和冲突的故事。小说出色地刻画了一个满口革命原则、一肚子男盗女娼的伪君子形象,揭露了人性中的阴暗面和官僚化的权力意识对人心的扭曲,是"探求者"群体"直面现实""大胆干预生活"的试验性作品,颇具生活的深度和艺术的力度。

二、其他探索性小说

由于"十七年时期"南京相对宽松的创作环境以及文艺界领导对作家艺

---

① 苏隽:《评"浪头与石头"》,《雨花》,1957年第2期。

术探索的支持,除了"探求者"群体之外,还有其他一些作家也致力于塑造极具个性的人物形象,挖掘个体的精神世界,开拓新的文学空间。任职于新华日报社的黄清江的短篇小说《死亡》就塑造了一个极为出色的地主形象,这在当时的文坛是相当罕见的。小说写了一个被革命打击后的失势地主胡老相不甘心失败的命运,在临死前试图谋杀乡指导员胡文素的故事。由于小说对地主与干部形象塑造没有表现出鲜明的爱恨和褒贬色彩,并且对胡老相的心理活动和精神挣扎做了极为丰富的展示,从而显示出与众不同的面貌。小说发表之后,引起了巨大反响和广泛争论。持负面看法的评论者认为,小说虽然构思独特、心理描写细腻,但是没有让胡老相这一形象表现出明确的批判意识,结果导致小说整体色调"消沉阴暗"[1],"无论是胡老相,无论是胡文素,作者对他们的理解和刻画,都还嫌空泛、概念"[2]"人物性格不真实,人物形象不完整。作者缺乏对所描写的生活现象的鲜明的爱憎"[3]。与这类否定性观点相反的是,另一类评论者认为地主形象的塑造是非常成功的,"只有把胡老相当作一个完整统一的性格来看:他是一个与过去的旧的东西联系着,因此他是至死不能甘心的残忍的人物。作品中的这个人物既是如此真实,而又具有说服力,因此他不但不会模糊我们的阶级观点,相反的,他会使我们在阶级观点、阶级感情上加强起来"[4]。此外吴奔星、郑造、朱彤、牛孺子、细辛、苏丛林等人也先后加入论争之中,这场论争成为当时南京文坛的一个重要事件。

除此之外,《死亡》以一个垂死挣扎的地主为主要人物,深入人物的情感世界和精神深处,这种以地主作为人物主角的写作本身就是对当时以工农兵为主要人物的写作模式的一种突破。同时,作者将革命主体与革命对象设置成侄子与叔叔的关系,胡文素对病重的胡老相的温情照料具有鲜明的

---

[1] 方之:《"死亡"读后感》,《雨花》,1957年第4期。
[2] 陈椿年:《问题在哪里?》,《雨花》,1957年第5期。
[3] 上官艾明:《生活·思想·艺术技巧》,《雨花》,1957年第5期。
[4] 张捷先:《优点是什么? 缺点是什么?》,《雨花》,1957年第4期。

人道主义色彩,这些都是《死亡》的与众不同之处。而更能表现这篇小说思想深度的是它表现了"历史与伦理的二律背反"的重大命题。胡老相与胡文素在新中国成立前因为所属阶级阵营的不同而处于对立地位,"亲族的关系已经消失,甚至在形式上也没有叔侄的称呼了",新中国成立后胡老相在革命的打击下败落,生命迅速凋零。小说中这样写道:

> 当一个人即将离开人世的时候,在他与别人之间的一切冤仇怨恨,仿佛都接近要消解了。于是,家族血缘的关系,重新恢复起来了。指导员胡文素觉得,他们还有一个同堂叔侄的关系。他就来照看照看他,就来送送茶水,而且在最近几天,作了坟墓、棺木方面的准备。

这一段描写两人关系变化的文字具有极强的历史感和沧桑意味,在经历疾风暴雨式的政治革命之后,革命的主体回归到传统伦理之中。革命者并没有消灭潜藏在农民内心深处的伦理意识和人性关怀,伦理与人性在死亡面前达成了和解,而革命历史则成为凸显伦理价值的反面背景,这种书写方式在当时不能不说是相当独特的,在整个"十七年"小说当中也都是极为罕见的。

白先勇[1]的小说创作是这一时期的独特风景。他曾在1945年后一段时间内生活于南京,后虽定居台湾,但南京的生活经历给他留下了深刻的记忆。《一把青》《游园惊梦》《国葬》中的故事以南京为背景,留下了大量南京的风景标记、艺术符号与风俗人情,蕴含着作者浓厚的故国情怀,并呈现出优雅绵长的文化韵味。

三、军事题材小说

除了工业和农村题材,这一时期的南京也出现了不少军事题材小说。

---

[1] 白先勇(1937—),男,祖籍广西桂林。

这类小说多反映波澜壮阔的革命斗争历史,从正面表现党的英明领导和革命战争期间人民军队的战无不胜,抒发革命的英雄主义、乐观主义情怀。吴强[1]在南京创作的《红日》以1947年发生在江苏涟水、山东莱芜和孟良崮的三次战争真实再现了波澜壮阔的革命历史,展现了沈振新、梁波、刘胜、陈坚等英勇善战的军人的气魄与力量。艾煊的《战斗在长江三角洲》以渡江战役为背景再现了人民军队解放上海的艰苦卓绝的斗争场景和革命军人的丰富形象。《大江风雷》写20世纪40年代初期华中敌后新四军战士打击日伪的斗争生活,各类武装势力与政治团体构成社会矛盾的网络,展现了复杂的抗日形势。曾华的《菊影》《七朵红花》描写了革命人物在激烈战斗中英勇献身的光明形象。季冠武的《风雨桃花洲》写第二次国内革命战争时期的战斗生活,情节曲折惊险。

除此之外,军事题材领域也出现了一批精彩的描写人情、人性的中短篇小说。此类小说注重将视角聚焦在革命者的精神世界和情感体验上,构成了人道主义式的革命小说,从而呈现出独具一格的艺术风采。《文艺》杂志很早就发表了这类作品,如啸平[2]的小说《马少清和他的连长》写一个前国民党兵痞参加八路军以后从落后到先进的人生蜕变的故事,是当时全国较早书写革命者思想转变故事的文本,它也成为"十七年"小说人物思想转变叙述模式的先声。其另一篇小说《恩情》则将重心放在人物的内在心理层面上。文本讲述了一个革命群众罗大娘面对敌人的搜捕,为保护革命战士,勇敢冒认受伤的八路军为自己的儿子,结果导致亲生儿子被当作八路军杀死的故事。小说细致描绘了罗大娘在决定是否要放弃自己儿子时的心理活动:

> 那站在门边的人,二十多年来,她熬星星,盼月亮,方熬长大的命根,他身上那块肉,那根汗毛,不是她亲生出来的?不是她"屎一把,尿一把"的养大起来的呢?! 但是躺在床上的人,这有了他们,好些道才能

---

[1] 吴强(1910—1990),男,江苏涟水人。
[2] 啸平(1919—2003),男,福建同安人。

保得牢,没有他们,她和新儿就要回到过去那苦世道,都要像他爸一样苦苦的熬死。那恩人的八路,她大娘能忍心说不是她的儿子吗?

这一段文字透露着母亲对儿子的亲情与不舍之爱,而面对恩人般的八路军战士,其内心又涌现出悲壮的感激之情和崇高的革命情感,两者交织在一起,心灵被来回拉扯,使她放弃自己儿子的决定变得撼人心魄,从而将人物的无奈、苦痛、决绝与革命的信念表现得淋漓尽致。

小说最终写了人物保护革命者的革命情感战胜了自然亲情,但是文本最具有冲击力的部分,却是罗大娘无比煎熬的内心挣扎,使读者感受到人生的残酷,南京小说的人文意识以及对人性的探索精神由此呈现出来。与这篇小说具有异曲同工之妙的是朱定的《兄弟》。小说描述了共产党游击队员张二保面对哥哥的叛变投敌,对于是否要杀死哥哥,内心经历的痛苦抉择。小说中这样写道:

二保抬起枪来,准星在月光下微微的发着光,准星前面就是那奔跑着的摇动的头,他紧紧的抓住了枪,手指摸到那冰冷的扳机,慢慢的扣了下去,迅即用了一下劲,只觉得自己的身子震了一震,前面那摇动着的黑影突然停住了,像断线的鹞子似的,摇摇摆摆的瘫了下去。暴风过去了,月亮直照到坡上来,二保抱着枪,站在那里,就像一尊石像一样。

这段冷峻的文字包含着极强的生命热度,在平静的笔调之中蕴藏了作者深沉的悲悯之心,此时的革命战士已回归到自然性的生命个体,人物内心体验着失去亲人的痛苦,由此给读者带来极大的情感震颤和复杂的感受。

这一时期南京革命历史小说在全国范围内产生了重大影响,代表作品是军旅作家胡石言[①]的中篇小说《柳堡的故事》。文本突破了革命小说的书

---

① 胡石言(1924—2002),男,浙江平湖人。

写"禁区",正面描述了抗日战争时期进驻柳堡的新四军副班长李进与农村女孩二妹子之间的爱情故事。小说重点关注了军队纪律与人性冲突的时代命题,心理描写突出,李进对爱情的向往和感情的挣扎凸显了革命与战争的灰暗面,情感与革命的"二律背反"占据了文本的中心地位。正是由于这一点,小说一经问世,就产出了极大反响。《文艺》杂志于第2卷第6期推出"评《柳堡的故事》专辑",评论者大都对小说持肯定态度。有论者认为"《柳堡的故事》是今天中国所能看到的最好的短篇小说中的一篇"[①]。从当时的文艺环境来看,《柳堡的故事》在新中国成立初期就将革命者的爱情经历作为推动情节发展的内在动力,开革命历史题材小说写情的先河。作者巧妙地把握到革命、战争、纪律、人情之间的平衡点,使得个人化的情感追求与革命的方向经过相悖的过程最终融为一体,从而建立了一种新的革命历史小说的写作模式,成为传世之作。正是由于这种突破性、开创性及其历史意义,此小说影响广泛、持久。小说问世之后不久就被翻译成英、德、匈、印等多国文字,并于1957年被改编成同名电影,影响深远。此外,茹志鹃[②]的《百合花》也产生了重大影响,小说写1946年"我"与一位通讯员战士以及新媳妇之间的交往过程。小说描写革命战士的淳朴、勇敢以及军民的鱼水情谊,笔调清新、俊逸,细节丰富传神,人物心理刻画细腻、敏锐,多层次地展现了革命者的人性特点。

另外,周而复的《上海的早晨》是国内少有的以上海民族资本家群体为主要描写对象的长篇小说,描写了资本主义工商业改造的宏阔历史,塑造了颇具个性的资本家形象,在国内外产生了较大影响。蒋光炽的《梅英》则描写深受旧社会毒害的女艺人梅英最终新生、成为深受群众欢迎的演员的故事,曲折的人物心理描写是其一大特色。

"十七年"前期的南京小说呈现出多元的特征。一方面,一批符合社会主义现实主义写作原则的工业、农村和革命题材小说相继问世,写出了新旧

[①] 竹可羽:《关于〈柳堡的故事〉》,《文艺》,1950年第2卷第6期。
[②] 茹志鹃(1925—1998),女,祖籍浙江杭州,生于上海。

历史的对比,写出了时代的新面貌,汇入了全国性的写作洪流;另一方面,不少作家打破了当时单纯写革命、写斗争、写英雄的藩篱,致力于探索具有南京历史底蕴与文化特色的小说风格,着眼于内向性的人性书写和细腻的艺术风格的追求,这在不少农村和革命历史题材小说中多有展现。这类反映人情、人性、人道主义的探索性小说将革命伦理放在人性、生命、情感面前,处于平等与被审视的地位,凸显了革命秩序与人性价值的内在冲突,从而给浮泛的革命价值观的书写带来极大冲击,这是"十七年时期"的南京小说对当时文坛的独特贡献。

随着全国范围内"反右""大跃进""四清运动""社会主义教育运动"的开展,广大知识分子纷纷响应党的号召,进入干校、农村、工厂接受劳动改造。在阶级斗争的浪潮中,前期相对宽松的创作环境紧缩,不少作家受到批判,被打成"右派",失去写作权利。南京小说创作急剧萎缩,为数不多的作品也被纳入极端政治化的生产轨道,现实主义的、有独立思考的、反映南京优秀人文传统的创作不复出现,而反映两个阶级、两条路线、两种思想的斗争,按照"三突出"的创作模式安排人物,成为当时小说的主要创作模式。如无论是反映路线斗争的军事题材小说《冲锋在前》、反映工人生活的《春潮》,还是反映农村生活图景的小说集《红缨》等作品,无不是极左政治意识形态控制下的产物。值得一提的是,黎汝清的长篇小说《万山红遍》写红军武装建立农村革命根据地的故事,塑造了郝大成、吴可征、宋少英等丰富的人物形象,画面壮阔,结构纷繁,情节动人,在当时产生了广泛影响,成为这一时期南京小说领域为数不多的亮点。

第三节 诗 歌

1949年之后,南京诗歌进入了纵情歌唱的新阶段。1950年5月27日,南京市诗歌工作者联谊会成立,与上海诗联合办《人民诗歌》月刊,该刊物为新中国成立后最早的一批全国性诗刊之一。与其他文学样式一样,诗歌也被纳入政治意识形态一体化的轨道之中,成为国家、革命、人民等宏大话语的载体。歌颂新中国、新社会、新生活,歌颂革命领袖和勤劳勇敢的劳动人民成为诗歌的主题,现实主义与浪漫主义的结合成为诗歌的创作趋向,革命颂歌和工农书写是两种主要题材,大众化则是其主要表现方式。

一、革命颂歌

在"十七年时期",南京诗坛响应时代的召唤,出现了一批具有生命热力的诚意之作,对民族新生的欢呼,对革命岁月的深情追忆,对新社会和新生活的无限向往,都被生动地描绘在一首首诗歌之中。其中较有代表性的诗作如赵瑞蕻的《十月欢歌——为庆祝中华人民共和国成立作》,即是为新中国的成立而欢呼:

> 黑暗的在这里结束,
> 光明的在这里开始;
> 崭新的一切在这里跃进,
> 腐朽的一切应在这里停止。
> 红色的历史在这里欢笑,
> 黑色的历史在那里哭泣;
> 旧日的噩梦从此破碎,
> 未来的美景朝阳一般升起。

诗人采用对照法结构布局,"黑暗"与"光明"相对,"黑色"与"红色"对比,具有鲜明的时代感和政治意涵。作者为新社会的来临而欢欣鼓舞,对美好的未来充满期许,其间展现的是一代知识分子破旧立新、迎接光明的赤子之心。而其另一首诗作《红色的虎踞龙盘颂——为庆祝南京解放十五周年作》也是这一时期出色的政治颂歌。全诗以"瑞雪"意象为引子,引申出壮阔、洁白的雪景使南京成为"琉璃世界""诗的世界",通过对"瑞雪""松柏"

"红梅"等意象的场景置换,将现实体验融入历史的回顾之中:

> 十五年了,我们度过了十五个春天!
> 十五年沸腾的欢乐的岁月流过,
> 为这名城增添了多少新姿和巨变!

通过新旧对比,来歌颂今日的幸福生活,充满着对今日南京美好生活的热情歌颂,对党、革命领袖、解放军的由衷赞美。作者以摇曳多姿的笔调歌颂1949年后的新南京,以眼前雪景写万象更新、历史巨变,以景寓豪迈之情,以奔放的笔调抒发激越的心情,语句明丽,节奏流畅。

丁汉稼的《战歌啊!唱吧!唱吧!——南京解放十五周年而作》通过一个厂长的回忆,将解放南京的峥嵘岁月与眼前的建设热潮结合起来,描述南京的历史变迁和革命工人的奋斗豪情。此诗的特别之处是以广播里的《国际歌》作为引题,将厂长的心理活动与情感书写融入其中,以一瞬间的情感悸动牵出宏阔的战斗场景,表现今昔对比的历史风貌,显得自然而动人心魄。

鲍明路①的《太平门外》则以景写史、以史寓情:

> 跨过遍地的紫花绿草,
> 一圈城墙碰着了臂肘;
> 恰似揭开一卷浩繁的史书,
> 邀人重新投入历史的旋涡。

全诗构思精巧,立意新颖,以眼前之景兴历史之叹,自然美景不变,却已经历沧桑巨变。此诗没有直接的抒情或歌颂,却以细微之物显示历史的张

---

① 鲍明路(1927—1977),男,江苏无锡人。

力和厚重,文笔洗练,意味深沉,是当时难得一见的佳作。

忆明珠①的战地诗歌《苏可海斯蜜打》具有浓郁的时代气息,诗人没有直接呈现战争的宏大,没有正面表现志愿军战士在战场上的果决或勇敢,而是独辟蹊径,聚焦日常生活,着重表达朝鲜普通民众的心理感受:

> 在朝鲜,
> 我们常常听到那句话,
> 常常听到那句动人的——苏可海斯蜜打!
> 人们在欢送我们出征杀敌时,说着它,
> 人们在欢迎我们凯旋归来时,说着它;
> 人们流着热热的泪感激我们时,说着它;
> 人们怀着深深的爱祝福我们时,说着它。
> 我记得在一条通往村庄的大路上,
> 有一对小姑娘冒着迷漫的风雪赶回家,
> 她们跑过我的眼前才想到这里站着个哨兵,
> 于是又急忙回转身,
> 深深地鞠下一躬,
> 说一句:
> 苏可海斯蜜打!

通过志愿军出征、凯旋等个不同场景的转换描绘军民互动的交融状态,回环式的语言蕴含着充沛的情感暖意,崇高的国际人道主义与深厚的革命友谊在人们的一声声问候中展现出来。一句"苏可海斯蜜打"(即"辛苦了")串联全诗,用意巧妙,表达了朝鲜人民对志愿军的感激与敬意,是抗美援朝题材诗歌的上乘之作。

---

① 忆明珠(1927—2017),男,山东莱阳人。

二、工农诗人群

这一时期南京诗坛的另一个重大变化是新的诗人群体的出现。除了在新中国成立前就从事诗歌创作的一些老诗人如赵瑞蕻、杨苡[①]等,许多工人、农民、士兵出身的诗人成为诗坛的主流,代表人物王德安、朱光第、渠天流等人始终兼具诗人与工农身份,创作了不少群众性的诗歌,为南京的当代诗歌版图涂抹上通俗化和大众化的色彩。

南京分析仪器厂工人王德安发表的《工厂光圈》组诗在《诗刊》连续发表,被《工人日报》《北京日报》《雨花》等评介、转载,引起诗坛关注。南京无线电工人渠天流的《元月十一不寻常》表达了对革命领袖和新生活的由衷赞美:

> 元月十一不寻常,
> 个个马达唱颂歌;
> 个个机床把话讲。
> ——歌颂领袖毛泽东;
> 歌颂恩人共产党。
> ——歌唱赞美幸福的生活;
> 歌唱赞美崭新的理想。

全诗质朴昂扬,格调欢快,充满热烈的时代气息和理想主义色彩,而其另一首诗歌《时代的鼓手》则以"站在火炉旁""挥舞着铁锤"的"锻工"作为"大跃进"时期的英雄和鼓手。朱光第的《机械工人握住炼钢工人的手——参观钢厂小记》一诗则抒发了工人兄弟的深情厚谊和对自身职业的自豪感。南京老虎厂钢铁工人仇相彬的《铁水奔流在老虎山顶》写道:

---

① 杨苡(1919—),女,安徽泗县人。

探照灯的强烈光芒划破夜空,
电焊机的蓝色火花飞溅着流星,
劳动的号子响彻云霄,
鼓风机的吼声冲破了宁静,
把讨厌的黑夜赶跑,
让新装的高炉连缝!

跳动的节奏与激越的情怀相互映衬,呈现出了极具象征意义的斗争场景,再现了疯狂"跃进"时期的个体的精神世界。此外,南京三轮车工人张正的《东方巨龙上九重》则是对"赶英超美"的政治命题的形象解读:

总路线是快马鞭,
快马加鞭飞如箭,
日行千里夜八百,
赶英何须十五年?
总路线是大洪钟,
钟声一响天地动,
霹雳一声上九重!

该诗因豪迈的气势和无以名状的自豪感成为"大跃进"诗歌的典型作品,被选入《红旗歌谣》等重要诗歌集。

可惜的是,由于时代的局限和自身文学功底的欠缺,这一批工农诗人始终没有摆脱政治化的藩篱,没有创作出具有重大影响力和艺术成就的作品,随着文学的时代主题的变化和自身创造力的匮乏,这一批从群众中走出的诗人也就逐渐销声匿迹了。

三、古体诗词等

在这一时期,一些具有深厚古典文学根底的学者、干部如唐圭璋、胡小石、吴白匋①、钱静人等感受着新旧两个时代的变化,呼应着政治潮流,创作了一批感怀时事的旧体诗词,抒发了对时代、英雄和生命的沉思,体现了与众不同的审美气质和表现形式,从而为这一时期的南京诗歌增添了几许韵味。其中较有代表性的有吴白匋的《卜算子·读毛主席〈咏梅〉词有得》:

千古咏梅人,刻意高寒境。俏不争春只报春,谁识英雄性。
岭上一飘香,无数山花醒。迎得东风着意吹,百丈冰消净。

对领袖的由衷赞美隐含在对咏梅人的评判之中,词作以对照式的手法写出了革命领袖的光辉业绩及其带来的沧桑巨变,对新时代的赞叹也隐含其中,立意巧妙,是当时难得的借鉴和隐喻之作。

程小青有感于牺牲烈士换来的新天地,写出了《雨花台吊烈士墓》:

烈士墓居百级台,
乔松郁郁绝尘埃。
当年沥血惊天地,
化作红梅万树开。

以乔松郁郁、红梅花开隐含了革命者的前世今生以及革命带来的新局,表现了诗人对革命烈士的赞叹与祭奠之意,是典型的具有传统意味的以景寓情的佳作。金启华②的《访十月人民公社》虽然描写的是特定时代的"大跃进"和人民公社,但是作者却独辟蹊径,将对领袖和革命斗争场景的书写寄寓在日常化、诗意性的场景展示之中:

---

① 吴白匋(1906—1992),男,江苏扬州人。
② 金启华(1919—2011),男,安徽来安人。

> 昔日荒山今日林,
> 万株桃李绿成荫,
> 难忘主席意殷勤。
> 十月社春浓似酒,
> 九乡河水当鸣琴,
> 茶花香处布黄金。

此诗主题是政治性的,而表现手法却是人文性的,以优美的风景隐喻美好的生活,画面感极强,诗意盎然。

以古体诗词形式抒发对世事沧桑的怀想,唐圭璋是坚持时间较久且创作成果较多的一位。其词作既有审视自身命运的悲伤之意,颇为古朴、净雅,又有古代士大夫讽喻、慨叹之风,较有代表性的如《鹧鸪天·题鹧鸪赋笺释》一词即为沉痛的感时忧世之作:

> 不辨啼痕与血痕,南枝越鸟托精魂。灵岩邓尉甘藜藿,亮节高风愧抚臣。
> 四十载,苦吟身,自抒正气满乾坤。愁心万古同怀抱,玄老回天有继人。

而《采桑子·远游》一词则承续古诗人漂泊天涯之意,以"杨柳""暮春""衰草"等意象写萧瑟的生命境遇与落寞的心境:

> 飙轮日夜飞千驿,人在天涯。轻负韶华。杨柳青青梦到家。
> 暮春三月犹萧索,无鸟无花。满目风沙。衰草连天夕照斜。

受到时代风潮的影响,唐圭璋又有歌咏盛世荣景、缅怀领袖的政治抒情之作,打下了鲜明的政治烙印,体现出一个古典学者的时代感怀和生命历程。如《采桑子·庆祝建国十四周年》一词即是对新时代的呼唤和赞颂：

> 金风送爽香飘远,弦管摩云。同庆佳辰,电播新歌处处闻。
> 年年跃进如奔马,建设辛勤。幸福无垠,日映红旗万户春。

作者被"大跃进"时代人民奋斗的激情和浪漫所感染,写下《浣溪沙》一词,以表达对"大跃进"场景和祖国欣欣向荣的兴奋之情：

> 祖国山河分外妍,红旗如海漾风前。人民十亿乐无边。
> 四化宏图新建设,长征大道各争先。歌声响彻碧云天。

词人有感于周恩来的逝世及其丰功伟绩,流露出无尽的遗憾、哀思与悲痛,借对伟人的缅怀,发出物换星移的感慨,以及对伟人浩气长存的心声,创作了《减字木兰花·瞻仰梅园新村,怀念周总理》：

> 长淮毓秀。一代英名垂宇宙。四化高标。秉政不辞日夜劳。
> 雪松如盖。一角小楼依旧在。遗爱甘棠。冉冉春晖照世间。

这一时期的南京诗歌不得不提的还有高晓声的诗歌集《王善人》,诗歌多具有口语化的特色,是叙事诗的有益尝试。高加索[①]的第一本诗集《江南谣》表达了向往新中国的赤诚之心,在当时产生一定影响。而生于南京的张贤亮[②]于1957年7月发表的《大风歌》则因浓厚的个人化色彩受到注意和批判：

---

① 高加索(1926—1998),男,原名吕健军,安徽宁国人。
② 张贤亮(1936—2014),男,江苏南京人。

那无边的林海被我激起一片狂涛

那平静的山川被我掀得地动山摇

看呀！那些枯枝烂叶在我面前仓皇逃退

那些陈旧的楼阁被我吹得摇摇欲坠

……

啊！这衰老的大地本是一片枯黄

却被我吹得到处碧绿、生机洋洋

看！那大洋汹涌的波涛也在我鼓动下

狂舞而去

拍打着所有的海岸

告知全人类我来到的消息

此诗意境宏阔，感情浓烈，尤其突出的是，诗人建构了一个个性鲜明的自我形象，抒发了倔强、豪迈的个人情感。"无边的林海""平静的山川"都被"我"征服，"枯枝烂叶""陈旧的楼阁"都被"我"扫荡。诗人以指点江山、睥睨一切的气势面对整个世界，"告知全人类我来到的消息"。此诗呈现出极为强烈的个人化风格，塑造了自我与时代对抗的斗士形象，而这些艺术特质以及诗中流露的社会反思与自我剖析意味都与当时主流的诗歌价值标准、精神指向格格不入，对当时的诗坛造成冲击。批判者将之视为诗人个人主义、英雄主义的表现以及敌视、抹黑新中国、党组织和新生活的赤裸裸的表达。1957年9月1日，《人民日报》发表批判《大风歌》的文章，全国各地对其展开猛烈批判，作者也因此诗被打成"右派分子"。

随着"反右"运动的开展，南京诗人的创作空间更为狭窄，萧亦五[1]、曾宪洛[2]、高加索、孙席珍[3]、王染野等人因试图突破政治概念化和公式化的创

---

[1] 萧亦五(1914—1977)，男，湖北光化人。
[2] 曾宪洛(1929—1966)，男，湖南湘乡人。
[3] 孙席珍(1906—1984)，男，浙江绍兴人。

作格局,筹办同人诗刊《莺啼序》(又名《江南草》)而受到批判,被打成"右派"。1958年后,南京诗歌进入了集体创作、纵情狂飙的阶段。随着"新民歌运动"的开展,南京诗坛也出现了许多具有狂想色彩的作品,民歌、标语、口号式的作品大量出现。南京市委宣传部先后编选出版南京郊区民歌集《人间胜天堂》《南京民歌选》,南京市文联创办《诗传单》,大力宣传新民歌。南京诗坛遭受重创,优秀诗歌作品急剧萎缩,极少数公开发表的诗歌也是政治口号宣传式的,阶级矛盾、路线斗争成为主要的思想主题,充满人身攻击式的情绪发泄,"十七年时期"诗歌中表现出来的质朴的感情和真诚的生活感受已荡然无存,南京诗歌也由此进入漫长的"荒芜期"。

余光中[①]的诗歌无疑是这一时期的一抹亮色。他在南京度过青少年时代,就读金陵大学外语系,后迁至台湾,有《石器时代》《天国的夜市》《白玉苦瓜》《在冷战的年代》《乡愁》等诗作。他善于以精致意象表达细腻情感,于细微之处着眼抒发宏远之思,这在《乡愁》(1971)一诗中表现得异常突出。诗人以"邮票""船票""坟墓""海峡"等意象串联起人生的重要阶段,以质朴而凝练的文字表达"我"与亲人、故土的分离之苦。全诗通过时空隔绝的意象对照与精妙的场景转换传递作者阶段悲剧性的生命体验,情感真挚,寓意深远,表达了漂泊异乡的诗人对家国的深沉眷恋,成为书写故国之思的经典之作。此外,诗人在《招魂的短笛》中对母亲的思念,在《春天,遂想起》中对江南风物的怀念,在《飞将军》《大江东去》中对历史的省思与慨叹,在《白玉苦瓜》中对民族沧桑与新生的寓意,无不表现出一代知识分子的漂泊灵魂与深沉情思。

第四节 散 文

伴随着时代主题的转换,南京散文创作发生了重大变化,革命回忆散文、报告文学、写景游记成为这一时期三种基本的散文类型。与全国性的政

[①] 余光中(1928—2017),男,祖籍福建永春,生于江苏南京。

治思潮和散文创作同步,1949年至1958年的生长期、1961年至1963年的短暂调整期是这一时期南京散文相对活跃的两个时段,出现了一些具有真情实感、语句优美的作品,描写对象由战争历史转为生产建设,由写英雄人物转为写普通工农兵,范围较为广泛。

革命回忆散文是这一时期较早出现的散文形态。作者往往以亲历者和回忆者的姿态描述国内革命战争、抗日战争、解放战争中革命者可歌可泣的英勇斗争事迹,笔调朴实,感情真挚,具有回忆录的性质。如曾如清的《追歼黄伯韬兵团六十三军》就是作者带领部队真实战斗经历的再现,夏阳的《南京,换了人间》则通过新旧对比的方式回顾了南京可歌可泣的斗争历史,歌颂了雨花台上革命烈士悲壮就义的英勇事迹,对新中国成立后南京的繁荣景象进行了绘声绘色地描写,气势恢宏,语调铿锵,字里行间充满着对国家新生的自豪感,可谓这一时期历史散文的代表性作品。此外,魏毓庆的《雨花台抒情——问苍茫大地,谁主沉浮?》也是将现实与历史记忆融合起来,以历史沧桑引出时代变革后的美好。袁飞的《苦难的童年》则通过对个人童年的痛苦、生活的窘迫、亲人的死亡等悲剧性往事的回忆,抒发对旧社会的控诉和对新社会的赞颂之情,朴实的文字背后呈现的是情感的热流。

与革命回忆散文同步,反映新时代生活的报告文学、人物特写也是这一时期出现较多的散文类型。抗美援朝、土地改革、农业合作社、"大跃进"、人民公社等都是经常表现的题材,作者来自各行各业,革命英雄和普通工农兵则是其描写的主要对象。啸平的《两个功臣》是较早对解放军战士的生活和精神面貌进行特写的文字,《初升的太阳》《钢铁英雄传》《新的起点》《在飞跃的时代里》等都是当时重要的报告文学选集,以写实性的笔调描写时代与人物的新风貌。1953年前后出现了一股通讯报告热,南京的许多文艺工作者奔赴朝鲜战场,参与战地采访与报道工作,写出了一批反映抗美援朝战斗生活的通讯、特写和报告文学。艾煊的散文集《朝鲜五十天》即是报道朝鲜战场上的志愿军士兵的精心之作,描写了中朝人民并肩作战的深厚友谊和志愿军战士的英雄气概,真实地再现了抗美援朝的生活和战争场景。

经过了"大跃进"的冲击之后,南京散文迎来了难得的调整期,1961年到1963年出现了大量的写景、抒情式的散文游记。艾煊是其中的代表性作家,他创作了《碧螺春汛》《鸟》《乡行》《指点湖山》《雨花棋》等一系列散文,以优美自然的语言营造诗意氛围,在平和欢快的劳动场面中挖掘生活的美,写人们的美好心灵,以优美景色寓意光明前景,文笔细腻,感情充沛。其中《碧螺春汛》一文对山、湖、花、乡村等景色的描写尤为出色:

  贪春眠的太湖,正沉睡未醒。远处,百里外的天目山方向,一颗颗萤火虫似的亮光,在又象是湖水又象是云彩的地方,闪闪眨眼。

  忽然,缥缈峰下一声鸡鸣,把湖和山都喊醒了。太阳惊醒后,还来不及跳出湖面,就先把白的、橘黄的、玫瑰红的各种耀眼的光彩,飞快辐射到高空的云层上。一刹间,湖山的上空,陡然铺展了万道霞光。

诗意的生活、劳动环境与充满着青春气息及欢声笑语的采茶姑娘一起,构成了一幅自然、生动的生活画面,流露出作者的喜悦之情。此外叶圣陶的《游了三个湖》、魏毓庆的《秋夜》、沈蔚德的《庐山小品》、杨苡的《秋行散记》等散文也较为出色。

这一时期还出现了许多反映现实生活和劳动、斗争场景的叙事散文。作者借此讴歌社会主义制度下幸福的生活和劳动人民无穷的热情与创造力,如锦路的《红旗号轧钢机》、陆九如的《又是一个早晨》都是写先进工人进行生产创新的感人事迹。陆文夫的《遍考古今编新书》、沈亚威的《第一个回合》、黎汝清的《打不破的铜墙铁壁》等也都是值得一读的作品。

杂文在一段时间内也较为引人注目。《雨花》在1957年至1958年上半年专门开设随笔、杂感、短论专栏,发表了不少针砭时弊、批评官僚主义形式主义、讽刺歌功颂德现象和社会陋习的作品,笔法多夹叙夹议,有些较为犀利,如吴盛的《请准谈风月》《雨花》、刘金的《赞美吧,但不要粉饰!》、以铮的《论"费厄泼赖"可以施行》等。

"反右运动"之后,散文作家的心灵束缚更多,能够取材的范围大为萎缩,思想更加僵化,批判时弊、质疑社会生活黑暗面的杂感销声匿迹,解读阶级斗争的政论文、政治宣泄式的"大字报"与无关痛痒的日常记叙成为散文的基本表现形式。虽然有歌颂人民创造力与革命热情的报告文学如南京工人写作组的《南京长江大桥》以及革命回忆录的问世,但仍然是集体运动的产物,谈不上艺术形式上的多元与创新。

从文学价值上说,这一时期的南京散文尽管出现了一些相对出色的作品,但是大多数是时代和政治的传声筒,是个人历史和生活的表面性记述,是对革命斗争生活的简单描摹和对正面人物的扁平化描写,缺乏揭示生活复杂性的一面。散文作家缺乏批判性的思维和视野,缺乏个人风格和历史深度,具有政治化、公式化和单向性的特点,体现出特有的时代局限性。

第五节　戏剧与电影

1949年至1966年期间,在南京文学领域,戏剧是除中短篇小说创作之外另一个取得较大成绩的文学类型。根据国家《关于戏曲改革工作的指示》《关于民间职业剧团的登记管理工作的指示》等各类方针政策的要求,南京对全市各种性质的剧团进行分类登记发证,将剧团的组织、创作与演出活动等纳入统一管理。各剧种的剧团组织不断成立,演出市场非常活跃。这一时期的南京戏剧和电影创作的基本特征主要体现在两个方面:一是戏剧的创作与演出的政治化,戏剧成为政治宣传与意识形态表达的绝佳载体;二是创作并不只是剧作家个人的艺术活动,而成为集体的行为和国家意志的体现。不过,沈西蒙的剧作和"第四种剧本"理论等勇敢地突破了禁区,对当代话剧的发展产生了重要影响。

一、剧团发展与演出活动

1949年5月,南京文工团戏剧部成立,这是中国人民解放军南京市军事管制委员会文艺处组织成立的第一个话剧团。该团成立后即公演《李闯王》《俄罗斯问题》《美国之音》等剧目。1953年4月,江苏省扬剧团、江苏省锡剧团成立于南京,前者在1954年的华东区戏曲观摩演出大会上,经整理改编的优秀传统剧目《鸿雁传书》《赶山塞海》《袁樵摆渡》《挑女婿》等获演出奖;后者创作、整理、改编和移植了大、中、小型剧目215部,其中影响较大的有《走上新路》《红色的种子》《海岛女民兵》《红楼梦》《珍珠塔》等,传统小戏有《双推磨》《拔兰花》等。江苏省人民艺术剧院(原名江苏省话剧团,1989年8月更名为江苏省人民艺术剧院)也于1953年在南京成立。该院创作演出了《曙光照耀着莫斯科》《家》《文成公主》《天京风雨》《雨花台下》等剧目,多次获国家、华东地区及江苏省的文艺奖项。

1955年5月,南京军区政治部前线话剧团(前身为华东军区解放军剧院,1955年组建为中国人民解放军前线话剧团,1960年改名为中国人民解放军南京军区政治部前线话剧团)成立,成为当时南京最具影响力的剧团。该团创作演出的大型剧目有40多部,其中《东进序曲》《布谷鸟又叫了》《霓虹灯下的哨兵》《第二个春天》等作品在当时都引起较大反响。同年,中国人民解放军南京空军文工团成立,演出剧目主要有《战斗里成长》《升官图》《让战魔发抖》《高空战士》《反击》《英雄的阵地》《海滨激战》《幸福》《同甘共苦》等。1956年12月20日,南京市京剧团成立(1959年该团撤销,1970年南京市革命委员会决定重建南京市京剧团)。1960年5月,江苏省京剧院在南京成立。1961年10月18日,南京市话剧团成立。此外,这一时期南京成立的剧团组织还有南京铁路分局业余话剧组(1953年12月)、南京市越剧团(1955年3月)、南京市扬剧团(1956年)、溧水县锡剧团(1956年6月)、六合县锡剧团(1956年)、高淳县锡剧团(1957年)、南京市滑稽剧团(1957年5月)、江宁县农民业余话剧团(1957年)、南京市越剧二团(1958年5月23日)、南京市青年京剧团(1958年7月30日)、江苏省青年扬剧团(1959年1月30日)、江苏省青年越剧团(1959年12月)、江苏省昆剧院(1960年)、江宁县锡剧团(1961年6月)、六合县越剧团(1964年5月)等。

除了剧团自身的创作与演出活动外,南京还定期举办大型的集体会演活动。1954年,南京举行华东戏曲观摩大会,各剧种汇聚一堂,演出了包括《双推磨》《宝公送子》《倩女离魂》等剧目。1957年在南京举办的江苏省第一届戏曲观摩演出大会上,锡剧《红楼梦》、扬剧《恩仇记》、淮剧《蔡金莲告状》、京剧《倩女离魂》等剧目精彩上演。1962年,南京军区前线话剧团首演的《霓虹灯下的哨兵》更是造成了轰动效应。1964年7至8月,江苏省戏曲现代戏观摩演出大会在南京举行,演出《湖七春风》《桃园新篇》《大年夜》《红色家谱》等25个反映革命历史和建设生活的剧目。接连不断的演出活动,丰富了南京的戏剧市场,对南京戏剧的创作也产生了积极影响。

在演出市场呈现繁荣局面的同时,南京文坛的探索意识也在戏剧作家身上体现出来。他们敏锐地把握新时代的重大革命主题,同时探索戏剧表现形式与关注现实的多种可能性,由此创作出了一系列优秀话剧作品。如路翎的《人民万岁》《迎向明天》)描写的是新中国成立前夕工人的护厂斗争,作者坚持灵魂审视的艺术特色,将李迎财、刘冬姑、张胡子、黄桂成等人物形象复杂的性格特征、心理活动和精神蜕变作为创作的聚焦点。这种写法与当时流行的工农阶级人物的思想先进性与性格单向性的表达并不相同,体现出别具一格的特色。

二、沈西蒙

沈西蒙是南京戏剧界的代表性人物,他以话剧形式再现革命的峥嵘岁月,塑造革命领袖、英雄人物的光辉形象,阐释党的重大政策、方针,回应时代命题。《战线》表现了人民军队艰苦卓绝的战斗生活,歌颂了人民、人民战争和毛泽东的军事思想,由华东军区解放军艺术剧院演出,后改编成电影《南征北战》,广受欢迎。《杨根思》采用传记式手法,写战斗英雄杨根思的英勇事迹和高贵品质,注重舞台的现场感,获1956年第一届全国话剧会演剧本创作二等奖。

《霓虹灯下的哨兵》是沈西蒙戏剧创作的一个高峰,1963年在《解放军文艺》和《剧本》杂志上先后发表,1964年改编成同名电影,在全国各地放映,受到广大观众的热烈欢迎,造成轰动效果,成为20世纪60年代全国话剧创作的代表性作品。此剧写上海的南京路上好八连拒腐防变的故事,呼应了和平时期革命者的信仰问题,即在你死我活的阶级战争之后,革命组织、革命者如何坚持革命初衷的问题。这个问题是执政党最为关注的问题,也是整个共产主义价值观的核心。沈西蒙以话剧的形式塑造了以陈喜为代表的革命者坚守革命信念的过程,形象地回应了这个宏大的政治命题,从根本上把握住了时代的脉搏,从而引起全国上下的高度评价。

除沈西蒙戏剧外,石汉编剧、张锐作曲的歌剧《红霞》也是影响较大的优秀剧目,1957年由中国人民解放军前线歌剧团首演于南京。此剧写红霞为掩护江西苏区红军赤卫队转移,不惜以身犯险,孤身诱敌,最后英勇牺牲的故事,成功塑造了"红霞"这一光辉的艺术形象。剧中的音乐吸收了江南民歌的唱法,运用了传统戏曲中的板腔化手法,曲调优美,婉转动听,感染力强。这一时期反映革命、历史与部队生活的优秀剧作还有顾宝璋、所云平的《东进序曲》,作品塑造了陈秉光这一智勇双全的新四军高级指挥员形象。白文、所云平的《我是一个兵》则以轻松幽默的对话写一对双胞胎在部队的成长故事。另外,反映国防斗争的张泽易、杨履方[①]的《海防万里》和刘川、王啸平的《海岸线》等也都是出色的剧作。

三、第四种剧本

在"双百"时期,全国文学创作氛围相对宽松,作家的艺术创新意识得到鼓励,南京剧作家以批判性思维直面当时戏剧创作的模式化、政治化弊病,创作了一批反映人情、人性与生活真实性的剧作,杨履方的话剧《布谷鸟又叫了》是其中的代表作。该剧写的是农业合作化运动中农村青年男女的爱情故事,主人公布谷鸟在两个爱情对象之间的选择,具有女性自主和反封建

[①] 杨履方(1925—),男,重庆璧山人。

婚姻观的意味。剧本真实再现了农村生活，大胆地描写了人物的精神世界与自我把握命运的心理状态，突破了以往脸谱化的农民形象。

根据此剧，黎弘在《第四种剧本——评〈布谷鸟又叫了〉》一文中提出"第四种剧本"的概念，认为《布谷鸟又叫了》突破了当时工农兵剧本的固定框架，它"完全不按阶级配方来划分先进与落后，也不按党团员、群众来贴上各种思想标签"①，"作者在这里并没有首先考虑身份，他考虑的是生活，是生活本身的独特形态！"②为此他呼吁剧作家要忠于生活，尊重生活，"让思想服从生活，而不让思想代替生活"③。后来谈到该剧的创作，杨履方说："我想，从与阶级敌人破坏合作化运动作斗争的角度，来歌颂合作化道路的作品已经不少了，而从与人民内部的旧思想、旧作风作斗争的角度，来歌颂走合作化道路的作品还不多。于是，我就试图通过青年男女的生活、爱情、劳动与理想等问题以及由此而产生的矛盾与斗争，用喜剧的形式，揭示'人才是建设社会主义的宝贝''要关心人'这个主题思想。"④这种创作思路延续了南京作家长期以来对现实生活、人性、人情的关注的传统，也是作家探索思维与开拓意识的展现。

除了《布谷鸟又叫了》，岳野的《同甘共苦》、海默的《洞箫横吹》、鲁彦周的《归来》等剧作因其相似的创作倾向，也都被归入"第四种剧本"范围。这些作品大胆探索人性话语的新领域，关注个体的真实情感、现实矛盾与心理世界，塑造鲜活的舞台形象，是对当时公式化、脸谱化的戏剧创作模式的突破，也是南京剧作家对全国戏剧创作所做出的理论和创作贡献。

四、电影文学剧本

这一时期还有一个引人注目的现象是南京剧坛出现许多出色的电影

---

① 黎弘：《第四种剧本—评〈布谷鸟又叫了〉》，《南京日报》，1957年6月11日。
② 黎弘：《第四种剧本—评〈布谷鸟又叫了〉》，《南京日报》，1957年6月11日。
③ 黎弘：《第四种剧本—评〈布谷鸟又叫了〉》，《南京日报》，1957年6月11日。
④ 杨履方：《关于〈布谷鸟又叫了〉一些创作情况》，《剧本》，1958年5月号。

文学剧本。除了一些话剧改编为电影剧本外,还有一些占据一定历史地位的电影文学剧本问世,相关影片产生了重大社会影响。较有代表性的如陈白尘[①]等编剧的《乌鸦与麻雀》,写新中国成立前夕上海弄堂里上演的国民党官僚与底层小市民争夺房产的故事,侯义伯、肖老板、华先生等人物性格特征鲜明,影片不但表现贪官污吏的霸道,而且呈现底层百姓的软弱与自私。剧本充满象征和隐喻意味,不但具有阶级斗争的意涵,而且体现出作者对国民性问题的探索,思想性和艺术性兼备。该片虽于1949年初拍摄,但产生影响是在其后,在1949—1955年的故事片评选中,它获得文化部优秀故事片一等奖。陈白尘、贾霁编剧的影片《宋景诗》写清末山东农民宋景诗组成起义军抗争清廷的故事,是当时"左"倾政治风潮影响下的产物。

沈西蒙、沈默君编剧创作的《南征北战》写解放战争期间华东野战军阻断国民党军队进攻、转战江苏山东各地的故事。剧中军人形象性格鲜明,如高营长的干练、张连长的勇敢、张军长的蛮横等,影片气势恢宏、场面浩大,构成了一幅幅生动的战争画卷,开当代电影文学军事题材史诗创作之先河,在全国范围内造成轰动效应,成为几代人的记忆。

沈默君编剧的《渡江侦察记》则以渡江战役前夕解放军侦查分队惊险刺激的侦查故事贯穿全片,情节曲折生动,颇具传奇色彩,也是具有全国影响力的影片。此外,白文、所云平编剧的《哥俩好》是当时军事题材创作中少见的喜剧片,写双胞胎陈大虎、陈二虎参军入伍力争先进的故事,以幽默笔法写革命军人的成长,也是当时电影文学的一大突破。

随着"反右""大跃进"的到来,南京剧作家的探索意识受到极大抑制,《布谷鸟又叫了》等作品被判定为"毒草","公式化""概念化""写中心、演中心"的戏剧成泛滥之势,创作质量不断下降。经过1961年、1962年的短暂调整,虽然出现了如刘川的《第二个春天》《青春之歌》等描写知识分子和技术专家艰苦奋斗、技术创新事迹的优秀剧作,但整体上已经不能和前一时期

[①] 陈白尘(1908—1994),男,江苏淮阴人。

的创作局面同日而语。这一阶段,剧作家宋词①的戏剧创作值得关注,有《喝面叶》《穆桂英挂帅》《花枪缘》《状元打更》等剧本问世。从表现形态上说,"宋词的剧作大都并非新中国成立后常见的那种'八股文章应制诗'式的东西,而是有见解、有艺术追求、有舞台生命力的作品。一出《穆桂英挂帅》,以其对传统剧目独具眼力与匠心的成功改编而获得了千千万万的观众"②。

1966年之后,戏剧界更是成为重点改造的领域。许多剧作家先后受到批判、迫害,南京戏剧创作一片萧条,以阶级斗争、路线斗争为中心的创作大行其道,脸谱化、空洞化问题严重,戏剧演出市场也面临窄化的窘境,舞台上只剩下了"八大样板戏"和几出民间地方戏曲。

---

① 宋词(1932—2013),男,河南安阳人。
② 董健:《呼唤戏曲文学性的回归——宋词剧作选序》,《艺术百家》,1998年第1期。

第五章　从复苏到新潮
（1976—1992）

第一节　概　述

1976年"四人帮"被粉碎，1978年党的十一届三中全会召开，我国进入了改革开放的新时代，伴随着文艺春天的到来，南京当代文学也进入了新时期。与全国形势同步，南京文艺界拨乱反正，重建文艺组织，对新的时代主题做出迅捷反应。在根植生活土壤、坚守人文传统的同时，如何引领文艺新潮，如何进一步展现自己的地域与文化特色、建立个人化的创作风格是南京作家们普遍关心和思考的问题，南京文学由此进入了复兴和创造的新阶段。

一、新格局的建立与文学思潮的演进

随着国家文艺路线的调整，南京文坛开始了一系列的拨乱反正，文艺领导机构、文学组织相继恢复。老一辈作家获得平反，摘掉了右派帽子，纷纷从牛棚、农场、工厂回到自己的工作岗位。1978年11月20日，南京市文联第三届委员扩大会召开，标志着南京文联及所属协会正式恢复运行，为南京文学的复苏提供了组织保障。1979年3月至4月间召开的中国作协江苏分会文学创作会议是一次标志性和象征性的会议。会议宣读了《关于〈探求者〉问题的复查结论》，对"探求者"文学群体错误的政治定性予以纠正，并重新评价了曾被定为"毒草"的作品如陆文夫的《平原的颂歌》、方之的《杨妇道》、高晓声的《不幸》、梅汝恺的《夜诊》和曾华的《七朵红花》等，为重新确立

南京文艺界的发展方向发挥了积极的示范和引导作用。

恢复后的南京文协通过建立业余创作组,编印刊物《创作新稿》,推动文学创作,创办南京市文学创作讲习所,培养文学青年。程千帆、刘舒任正副所长,赵瑞蕻、邵燕祥、公刘、萧军、张弦、梁晓声、彭荆风、何士光等著名作家开设讲座,内容涉及古典诗词、外国诗歌、小说创作等各个方面,并定期开展艺术讨论与学员创作交流活动。该讲习所吸引了大批文学青年,培养了新生的文学力量,极大地推动了南京文坛的复苏,引起了巨大反响,成为一时之盛。1984 年 10 月,南京文协又创建了青春文学院,编印《文艺学习》(后改称《青春文学》)。1984 年 10 月,南京市作协与青春文学院联合创办《朗诵报》,发表诗歌、散文和有关朗诵艺术方面的文章,为南京文学力量的成长提供了平台。

1979 年 10 月召开的全国第四次文学艺术工作者代表大会是一次重新确立当代文艺发展方向的转折性会议。会议批判了长期存在的文艺单纯为政治任务、阶级斗争、路线斗争服务的工具论,很大程度上解除了政治枷锁对作家的束缚。1980 年 11 月 28 日召开的南京市第四次文代会积极落实全国文代会精神,为南京文学发展提供了政策保障。1985 年 1 月,南京市文协改为南京市作家协会,5 月 23 日至 25 日,南京市作家协会召开成立大会,进一步健全了南京文艺组织体系。南京市作协成立后,先后设立南京散文诗学会、散文学会、杂文学会、台港澳及海外华文文学研究会等机构,并举办"金陵诗歌节""扬子诗会"等活动,不断推进文学各领域的创作、研究与交流活动。除了各类组织及活动,1986 年设立的金陵文学奖也对激发作家创作的积极性、推动文艺复兴发挥了重要作用。该文学奖每两年举办一次,初期评奖三届,1992 年后曾中断,后恢复并定期举办,评选了不少优秀作品,大批青年作家通过该奖走上文坛。

与此同时,一批文学刊物相继复刊或创刊。1978 年《雨花》杂志的复刊是南京文坛的重要事件。《雨花》曾在 1957 年创刊后很长一段时间内为南京文艺的发展提供了重要平台。进入新时期,《雨花》始终保持敏锐的洞察力,把握文学潮流,相继推出了产生重大影响、占据文学史地位的作家和作品,如高晓声的《李顺大造屋》(1979年全国优秀短篇小说奖)、陆文夫的《小贩世家》(1980年全国优秀短篇小说奖)、王辽生的《探求》(1979—1980年全国中青年诗人优秀新诗奖)、石言的《漆黑的羽毛》(1982年全国优秀短篇小说奖)等。巴金、陈白尘、韦君宜、汪曾祺、冯牧、艾煊、忆明珠、海笑、陆文夫、高晓声、方之、邵燕祥、张弦、王蒙、陈忠实、刘心武、赵本夫[①]、路遥、梁晓声、李锐、张抗抗、贾平凹、储福金[②]、朱苏进[③]、苏童[④]、迟子建等一大批作家,都在《雨花》发表过成名作或代表作,产生了全国性影响,从而与南京文坛结下不解之缘。

1978年《钟山》杂志创刊,是南京文坛的另一件大事。该刊问世以来,一直保持开拓精神,坚持创新取向,先后引领伤痕文学、反思文学、先锋写作等诸多文学潮流。1985年《钟山》与多位中青年作家签署"十七人协议",首开市场化改革先河,并先后倡导"新写实主义""新状态文学"等艺术新潮,在全国范围内产生了巨大反响。该刊物长期扶持中青年作家,发表了一系列具有广泛影响的作品,如高晓声的《"漏斗户"主》、赵本夫的《卖驴》(全国优秀短篇小说奖)、王兆军的《拂晓前的葬礼》(全国优秀中篇小说奖)、朱晓平的《桑树坪纪事》(全国优秀中篇小说奖)、王安忆[⑤]的《流逝》《长恨歌》、苏童的《城北地带》《米》、朱苏进的《醉太平》、余华的《河边的错误》、韩东[⑥]的《三人行》等,从而奠定了《钟山》在全国文艺界、期刊界的中坚地位。吴调公、刘

[①] 赵本夫(1948—),男,江苏丰县人。
[②] 储福金(1952—),男,江苏宜兴人,生于上海。
[③] 朱苏进(1953—),男,江苏涟水人。
[④] 苏童(1963—),男,江苏苏州人。
[⑤] 王安忆(1954—),女,原籍福建省同安县,生于江苏南京。
[⑥] 韩东(1961—),男,江苏南京人。

梦溪、陈辽[①]、吴功正[②]、黄毓璜[③]、丁帆[④]、王彬彬[⑤]、南帆、蔡翔、张颐武、吴炫[⑥]等一批重要的学者、批评家活跃于《钟山》,在不同阶段引领了批评话题,颇受注目,《钟山》也成为我国当代文化批评、文学批评的风向标。

1978年2月,南京市文联创办《南京文艺》,10月改版为《青春》。《青春》以扶持文学新人为宗旨,专门刊发青年作家的作品,对促进青年作家的成长起到了积极的推动作用,王安忆、林斤澜、贾平凹、梁晓声、周梅森[⑦]、邓海南[⑧]、顾城、苏童、严歌苓、肖复兴、高行健[⑨]、余华等一大批作家都曾在《青春》上发表早期或代表性作品,如梁晓声的《今夜有暴风雪》、苏童的《第八个是铜像》、赵本夫的《绝药》、周梅森的《庄严的毁灭》、黄蓓佳[⑩]的《葡萄熟了》等。此外,1979年在南京创刊的《译林》是外国文学介绍、翻译与研究的重要阵地,为我国翻译文学的发展做出了重要贡献。

除了上述因素,南京以江南文化重镇的历史地位、兼容并包的城市气质与自由、洒脱的生活方式,除了留住老一辈作家外,还吸引了各地中青年作家如苏童、朱文[⑪]、赵本夫、范小青[⑫]、周梅森、储福金、黄蓓佳等人汇聚于此,创作出了有重要影响的作品,不断引领文学潮流,成为新时期以来南京文坛乃至全国文坛的新生力量。

从地域文化与文学传统上说,南京历经兴衰巨变与文化融合,既有江南文化的典雅与温润,又有中原文化的厚重与质朴,形成了先锋与保守并存、

---

① 陈辽(1931—2015),男,江苏海门人。
② 吴功正(1943—2018),男,江苏如皋人。
③ 黄毓璜(1939 2017)男,江苏泰兴人。
④ 丁帆(1952—),男,江苏苏州人。
⑤ 王彬彬(1962—),男,安徽望江人。
⑥ 吴炫(1960—),男,江苏南京人。
⑦ 周梅森(1956—),男,江苏徐州人。
⑧ 邓海南(1955—),男,江苏泰兴人。
⑨ 高行健(1940—),男,祖籍江苏泰州,江西赣州人,现居法国。
⑩ 黄蓓佳(1955—),女,江苏如皋人。
⑪ 朱文(1967—),男,福建泉州人。
⑫ 范小青(1955—),女,江苏苏州人。

精致与世俗交织的文化风格以及"中庸""多元"的文化气质。许多作家虽然来自全国各地,却不约而同地受到南京城市气质与文化传统的影响,并将这种潜在的影响带入创作当中,因此,这一时期南京文学的一个重大特征是地域特色的彰显。如果说,改革开放前南京文学的地域特色还隐现在政治意识形态的话语体系之下的话,那么,新时期以来的南京文学与地域文化的互渗则更为明显。

体现在文学价值指向与艺术追求上,南京作家既有相对独立的创作环境,又有悠久的人文传统的熏染,所以往往能敏锐地感知文艺的新潮,屡得风气之先。同时,"相对于北京,南京是边缘写作,不具有话语霸权的中心意义"[1]"相对于上海,南京写作少了一些欧化,而更多地保存了许多东方的古典意味"[2]。南京文化积淀与人文传统而形成的士人气质、边缘心态、市民情怀,使得南京作家在解构、反叛与创新思潮中并没有走得太远,仍然是沿着地域文化影响下的艺术理路前行。

全国范围内"人道主义""文学的主体性""异化"等理论引起的广泛讨论对南京文坛产生了重要影响,关注文学本身、关注作家心灵的创作理念压倒写政治、写中心、写英雄的文艺观念,现实主义与批判现实主义文艺成为这一时期南京文学的主潮。经过短暂的"伤痕文学""反思文学"的控诉与揭露阶段(以《内奸》《漏斗户》主》等为代表),南京作家开始寻找新的艺术创作基地。高晓声接续了鲁迅所开创的"国民性"探索传统,写出了《陈奂生上城》等反映农民精神劣根性的小说。在20世纪80年代中后期对"朦胧诗"潮流的反叛中,南京的"他们"诗群及其诗歌理论成为"第三代诗歌"现象的典型代表,引起诗坛的极大反响。

这一诗歌群体"诗到语言为止"(韩东)的创作理念极大地突破了朦胧诗的英雄主义、启蒙情怀与"历史代言人"的价值指向,将诗歌拉回到真实本身,"口语化"的语言艺术追求还原了诗歌的"自然性",以叙事代替抒情,以

---

[1] 王耀文:《再论南京写作》,《山西教育学院学报》,1998年第1期。
[2] 王耀文:《再论南京写作》,《山西教育学院学报》,1998年第1期。

个人化的方式更直接、更具体地反映人的日常生活状态,"诗人的重任在于对日常事物保持审美的敏感,并用'口语化'来改写当代诗歌语言"①。韩东的《山民》《有关大雁塔》《你见过大海》等,以平实的口语消解了当代诗歌固有的宏大叙事和激情,揭示生活本来的平庸面目和悲剧色彩。经过同属"他们"诗群的朱文、吕德安、陆忆敏、杨克、于小韦②等人的共同努力,形成了南京质朴、自然而内含深意的日常化、市民性与口语化的诗歌生态。诗人以底层立场和普通个体的定位抹掉了诗歌长期被赋予的高贵光环和精英气质,将诗歌拉回地面,从而引领了20世纪80年代至90年代诗歌"底层写作""民间写作"的潮流。

同时,随着西方文艺思想和作品的译介,西方现代主义、先锋派思想的进入,尤其是经过1985年"方法年"的洗礼,这一时期的南京文学也开始了文学现代性的嬗变。众多青年作家纷纷借鉴现代主义的创作理念和方法,叶兆言③、苏童等成为先锋文学的代表性作家。早在"先锋小说"概念出现之前,《雨花》杂志就邀请了全国知名批评家在南京召开了"江苏青年作家作品专辑"研讨会。学者们认为储福金、苏童、叶兆言等九位青年作家的作品很大程度上显示出了探索性的写作风貌。此后叶兆言的《枣树的故事》和苏童的《一九三四年的逃亡》等作品被公认为是先锋文学重要的收获,这实则显示出了南京作家在先锋文学潮流中开拓文学新的可能性的探索与创新姿态。总体上来讲,叶兆言、苏童、余华、格非、马原、莫言、残雪、孙甘露等先锋作家共同推动了80年代先锋文学的形式革新和语言实验。此后,黄孝阳④、魏微⑤、毕飞宇⑥等南京作家以及金仁顺、计文君、徐则臣等"70后"作家在创作起步时都不同程度受到了先锋文学的影响。此外,《钟山》杂志在

---

① 洪子诚:《中国当代文学史》,北京大学出版社1999年版,第314页。
② 于小韦(1961—),男,江苏南京人。
③ 叶兆言(1957—),男,江苏南京人。
④ 黄孝阳(1974—2020),男,江西临川人。
⑤ 魏微(1970—),女,原名魏丽丽,江苏淮安人。
⑥ 毕飞宇(1964—),男,江苏兴化人。

全国率先提出的"新写实小说"概念引领了20世纪80年代末期文坛的新的创作趋势,受到文坛的广泛认同。正是在时代的感召和文学新潮的推动下,南京老中青作家创作出了许多反映时代命题、挖掘民族心灵、体现创新形式的作品,在全国范围内产生了重要影响,南京文学由此呈现出繁荣的局面。

二、南京文学的复苏、发展与繁荣

正是经历了文学观念与手法的不断革新以及文学思潮的演进,这一时期南京各类型的文学创作呈现出齐头并进的繁荣局面。在小说方面,复出的"探求者"群体取得了最初的实绩,揭开了南京新时期小说的序幕。方之的《内奸》是反思小说思潮的代表作,引起了全国反响;高晓声以《陈奂生上城》为代表的系列小说在挖掘农民身上的精神病症方面取得新进展,是农村题材小说创作的重大突破,也保持了长久的影响力;陆文夫的《小贩世家》《美食家》则关注了民间底层个体户的悲喜剧和江南饮食文化风俗的变迁史,成为当时文化风俗小说的代表性作品。正是由于"探求者"小说群体的努力,南京新时期小说一开始就处于全国文坛的潮头位置。80年代初到中期,南京作家的小说作品一经发表就被《小说选刊》《小说月报》等转载,在全国产生了较大的影响。如张弦的《被爱情遗忘的角落》、顾潇[①]的《梦追南楼》《依稀往事》、徐乃建[②]的《杨柏的"污染"》、李潮的《面对共同的世界》、杨汝申的《少校之死》、孙华炳的《重赏之下》、董会平的《寻找》、恽建新的《麦青青》等等。此外,姜滇、梁晴[③]、贺景文、张昌华、苏支超、王心丽[④]、丁宏昌、孙观懋、沈泰来、黄旦璇、胡丹娃、胡存廉等南京作家的小说作品也产生了一定的影响。

进入20世纪80年代中期之后,年轻的小说家开始崭露头角,显现出不

---

① 顾潇(1941—),女,江苏泰兴人。
② 徐乃建(1952—),女,江苏武进人。
③ 梁晴(1952—),女,江苏南京人。
④ 王心丽(1956—),女,江苏南京人。

同于现实主义的创作新风貌。叶兆言的《枣树的故事》、苏童的《一九三四年的逃亡》成为先锋小说的代表作,叶兆言的"夜泊秦淮"系列和苏童的《妻妾成群》则被视为"新历史主义"小说的代表作。在"新写实主义"小说写作大潮中,方方[①]的《风景》和苏童的《离婚指南》成为其中的佼佼者。除此之外,出生于南京的张贤亮创作的《绿化树》《男人的一半是女人》以及王安忆的《小城之恋》《荒山之恋》《锦绣谷之恋》则是当时性爱小说的代表性。此外,这一时期出色的中青年小说家还有赵本夫、范小青、储福金、朱苏进、周梅森、聂震宁[②]、梁骏[③]等。正是小说佳作的接连不断,使南京成为当时新时期小说的重镇。

  诗歌方面,各年龄层的诗人群体不断涌现。老一辈诗人重新焕发出浓郁的诗情,高加索、贺东久[④]、化铁[⑤]、徐明德[⑥]、孙成惠、赵瑞蕻、臧云远[⑦]、叶庆瑞[⑧]、冯亦同、王德安、孙友田[⑨]、黄东成、吴野等诗人或叙述苦痛的往事,或抒发积郁的情感,文字或朴实,或灵动,内容涉及个人遭遇、社会变迁、山水田园、生命思索等,为新时期南京诗歌的复兴做出了重要贡献。其中,刘国尧[⑩]的诗集《山丹又红了》既注重诗歌形式的构筑又有真情实感,感染力十足。高加索复出后发表了《泪花吟》《秋天里的春天》《白发吟》《生命吟》《风花雪月》等作品,深受读者好评。嵇亦工[⑪]的《捧起一月八日的日历》《新战友之歌》《山——士兵交响曲》等诗作深情抒发了对军人的致敬与赞美之情。贺东久的《恐惧》《唯一》《悬念》《法则》等诗作颇具哲理意味。徐明德的

---

① 方方(1955—),女,本名汪芳,祖籍江西省彭泽县,生于江苏南京。
② 聂震宁(1951—),男,江苏南京人。
③ 梁骏(1933—),男,笔名艾明、金陵,江苏南京人。
④ 贺东久(1951—),男,安徽宿松人。
⑤ 化铁(1925—2013),男,原名刘德馨,湖北武汉人。
⑥ 徐明德(1950—),男,江苏赣榆人。
⑦ 臧云远(1913—1991),男,山东蓬莱人。
⑧ 叶庆瑞(1942—),男,江苏南京人。
⑨ 孙友田(1937—),男,安徽省萧县人。
⑩ 刘国尧(1947—),男,江苏南京人。
⑪ 嵇亦工(1953—),男,江苏南京人。

《迷舟》《我站了一千公里》等从生活中攫取与提炼典型情境,诗情充沛、节奏鲜明。1984年前后,以韩东、小海①、于小韦等为代表,"他们"诗群作为第三代诗群的中坚力量成立于南京,有力地推动了"朦胧诗"之后的当代诗歌变革。"他们"诗群的《山民》《有关大雁塔》《温柔的部分》《尚义街六号》《纸梯》《可以吹过草地的风》《必须弯腰拔草到午后》等诗作都是极为精彩的作品,在当代诗坛占有重要地位。

在散文方面,这一时期的创作队伍不断壮大,散文家的文体意识得以恢复。南京作家们充分发挥散文包罗万象的形式特点,调动个人的才情,创作了大量优秀的散文作品。这其中既有对个人经历的回顾与思考,又有对世事、风物、乡土的描绘。高晓声的《摆渡》、陈白尘的《云梦断忆》、章品镇的《花木丛中人常在》、艾煊的《湖上的梦》等作品精彩纷呈,其中《云梦断忆》影响久远。除了叙事、抒情散文的兴盛之外,这一时期的杂文、随笔、报告文学创作也较为活跃,如叶至诚的《儿时》《烦难和容易》、陈椿年的《"先锋国"传奇》、庞瑞垠②的《姚迁之死》、董滨③的《两百个将军同一个故乡》等都是比较出色的作品。

在戏剧方面,这一时期的南京剧作家坚持创新、多元的创作理念,既坚持现实主义的戏剧理论,又致力于戏剧的现代性改造,尝试悲剧、喜剧、寓言剧、历史剧、荒诞剧、讽刺剧等多种类型。同时,他们也逐渐变革舞台表现手法和戏剧冲突的呈现方式,创作了许多产生重大影响的剧目。陈白尘创作的历史剧《大风歌》、改编话剧《阿Q正传》产生重要影响。沙叶新④创作出了《陈毅市长》《假如我是真的》《寻找男子汉》《耶稣·孔子·披头士列侬》等极具时代穿透力的作品。另外,李龙云⑤的《小井胡同》、姚远⑥的《下里巴

---

① 小海(1965—),男,江苏海安人。
② 庞瑞垠(1939—),男,江苏南京人。
③ 董滨(1955—),男,江苏南京人。
④ 沙叶新(1939—),男,江苏南京人。
⑤ 李龙云(1948—2012),男,北京人。
⑥ 姚远(1944—),男,重庆人。

人》《商鞅》、刘川的《理想还是美丽的》、赵家捷①的实验戏剧《天上飞的鸭子》也都是有突破性的作品。在剧场演出方面,1985年,前线话剧团演出的《宋指导员的日记》《哥俩好》《虎踞钟山》《"厄尔尼诺"报告》等优秀剧目在全国产生很大影响。1986年,南京市话剧团在全国发起"小剧场探索演出运动",1989年4月,由中国戏剧家协会和南京市文化局主办,该团承办的"南京小剧场戏剧节",把中国小剧场戏剧运动推向一个新阶段,载入中国当代戏剧史。此外,这一时期活跃的剧团还有南京市工人艺术团话剧队(1978年)、南京大学学生剧社(最早为1953年成立的南京大学业余话剧团,1986年更名为南京大学学生剧社,曾演出过《驯悍记》《夜店》《升官图》《选择》《小鸭林》等剧目,其中《驯悍记》参加1986年莎士比亚戏剧节演出)、金陵话剧社等。

三、文学理论与批评的自由探索

进入新时期,我国文艺理论批评界迎来了新的变革局面。南京文艺理论批评方向的调整首先是与整个国家的文艺方向和指导方针、原则的调整相一致的。1979年10月13日至11月16日,中国文学艺术工作者第四次代表大会在北京召开,这是文坛拨乱反正的重要标志,预示着当代文学指导思想、体制与运行机制的重大变革。邓小平在《祝词》中指出要解放文艺生产力,周扬在大会报告中分析了文艺界面临的问题,指出:"我们必须从林彪、'四人帮'极左思潮的精神禁锢中解放出来;必须从他们所制造的现代迷信的束缚中解放出来"②,提出文艺要出现繁荣局面,必须从教条主义、唯心主义、形而上学观念的桎梏中解脱出来,充分发挥作家的能动性,真正遵循艺术创作的规律,使当代文艺成为反映现实、为人民服务的文艺,成为"摆脱了一切庸俗低级趣味的真正自由的文艺"③。大会对给文坛带来灾难性后

---

① 赵家捷(1938—),男,江苏兴化人。
② 周扬:《继往开来,繁荣社会主义新时期的文艺》,《人民日报》,1979年11月20日。
③ 周扬:《继往开来,繁荣社会主义新时期的文艺》,《人民日报》,1979年11月20日。

果的极左文艺路线、思潮、观念、方法等多个方面进行了批判,并指出文艺变革的新方向。可以说,第四次文代会是文艺领域思想解放的大会,不但从宏观上调整了政治与文艺的关系,解决了知识分子的地位及知识分子与党的关系问题,而且从微观上也明确了文艺沿着自身规律发展的道路问题,指明了创作与理论研究的自由度问题。从根本上来说,这次会议将文艺从政治教条和权力的束缚与控制中解放出来,将作家从对政治集体彻底依附的困境中解脱出来,这为文艺工作者开展自由的创作与理论探索提供了广阔空间。其后,周扬在纪念马克思逝世一百周年大会上发表的《关于马克思主义的几个理论问题的探讨》中大胆提出了人道主义与异化概念,为文艺界的人道主义、人性论、异化话语的讨论提供了理论依据,有力推动了人道主义文学热潮的形成。刘再复在《论文学的主体性》一文中提出了作家、批评家、读者的主体性地位问题,对于推动文学自主性的发展起了重要的推动作用,"回到文学自身"的口号也成为文学界的共识。与此同步,南京文学理论批评界也经历了一个思想解放和框架结构更新的过程,对"文学的人道主义""异化""文学的主体性""向内转"等问题进行了研究与讨论。1985年前后的"方法论"热潮也扩展到了南京,各类现代主义、先锋性的文学理论与创作方法受到青睐,推动了南京文艺批评视野与方法的更新,形成了现实主义、浪漫主义、现代主义并存与相互融合的研究格局。

这一时期,以陈白尘、陈瘦竹、吴调公、吴奔星、叶子铭、许志英[1]、邹恬[2]、陈辽、董健[3]、王臻中[4]、胡若定[5]、叶橹[6]、黄毓璜、包忠文[7]、吴功正、徐

---

[1] 许志英(1934—2007),男,浙江桐庐人。
[2] 邹恬(1934—1995),男,南京大学教授。
[3] 董健(1936—2019),男,山东寿光人。
[4] 王臻中(1939—),男,上海人。
[5] 胡若定(1935—),男,湖南双峰人。
[6] 叶橹(1936—),男,江苏南京人。
[7] 包忠文(1932—2019),男,浙江东阳人。

兆淮[1]、何永康[2]、朱晓进[3]、费振钟[4]、高永年[5]、汪应果[6]、江锡铨[7]、丁柏铨[8]、周晓扬[9]、姜耕玉[10]等为代表的一批学者对南京文学的历史发展、思潮流变以及代表作家作品，进行了极具独创性的研究。陈辽在《轨迹·经验·前景——谈江苏文学创作四十年》一文中就指出，自1949年以来的四十年间，江苏文坛形成了一批在全国有重要影响的、老中青结合的优秀批评家群体。他们具有鲜明的批评品格，采用美学的、历史的、现代的批评方法，对文艺创作起到了积极的引领作用，引起理论批评界的回响。[11] 这些批评家大部分在南京从事研究工作，可以说，老中青几代批评家群体极大地推动了南京文学创作的发展。

许志英长期以来一直致力于五四新文学的研究，尤其是关注人、重视创作主体，形成了富有个性的现代文学研究路径和研究格局。邹恬对现代文学思潮、鲁迅作品等有深入研究，他和许志英主编的《中国现代文学主潮》侧重从文学创作角度理解文学思潮，别开生面。陈辽的学术研究以文艺理论和当代文学为主，也涉及近现代文学（叶圣陶等）和港台暨海外华文文学。他的文学批评以马克思主义历史的和美学的批评为基本方法，尤为注重用考证、点评的方式分析文学现象、探究文艺问题。董健坚持现代意识、启蒙理性和人文精神，特别是在戏剧研究、文学评论、文化批评等方面有较多重要成果，形成了追求真实与追求真理的学术风格。他领衔编写或撰著的《中

---

[1] 徐兆淮(1939—)，男，江苏丹徒人。
[2] 何永康(1943—)，男，江苏海安人。
[3] 朱晓进(1956—)，男，江苏靖江人。
[4] 费振钟(1958—)，男，江苏兴化人。
[5] 高永年(1952—)，女，安徽寿县人。
[6] 汪应果(1938—)，男，江苏南京人。
[7] 江锡铨(1950—)，男，安徽蚌埠人。
[8] 丁柏铨(1947—)，男，江苏无锡人。
[9] 周晓扬(1953—)，女，江苏海安人。
[10] 姜耕玉(1947—)，男，江苏苏州人。
[11] 陈辽:《轨迹·经验·前景——谈江苏文学创作四十年》，《江苏社联通讯》，1990年第1期。

国现代戏剧史稿》《中国当代戏剧史稿》《中国现代戏剧总目提要》《中国当代戏剧总目提要》等被誉为"近三十年来中国现当代戏剧研究的一套重要著作,它包含了对中国现当代戏剧发展的种种思考和大量第一手资料的搜集整理,是对20世纪中国现当代戏剧的整体描述和剧目梳理,对20世纪中国现当代戏剧和现当代文学研究具有重要的启示意义和重大的学术价值"①。王臻中致力于对文学原理和文学美的探源,提出"文学是审美创造的语言符号形态"的观点,在文学美学和文学理论的融通中,着意构建了动态的文学理论构架。胡若定长期从事中国现当代文学研究,对当代中国文学名著、新时期小说等做了深入探究。叶橹善于在理性与感性之间找寻平衡点,从诗歌文本、诗坛现状与诗歌现象出发,在诗歌批评中推崇"智慧个性化",进而与诗人诗作展开对话。他的批评"从问题出发,从历史维度出发,以他独特的'第三只眼'对诗人、诗歌和诗潮、诗歌现象做出独到的见解""构建了其独特的'标识码',因而被称为'诗海领航人''诗海中的明灯'"。② 黄毓璜出版了《文苑探微》《苦丁斋思絮》《艺文杂说》等著作。他的文学批评将社会批评与审美批评融为一体,多往文本深处开掘,抽丝剥茧,层层辨析,强调问题意识与担当精神。包忠文在鲁迅研究等方面颇有造诣,著有《鲁迅——中国文化的主将》《鲁迅的思想和艺术新论》等。他的文学批评坚持历史的和美学的标准,侧重于史论结合的宏观审视,在理论形态、范畴体系和研究方法等多方面,表现出诸多的理论建树与鲜明的学术特性。吴功正在小说美学、中国美学史、郭沫若历史剧、当代文学批评等领域有较多的研究成果。他的文学批评从美学的角度观照当代文学尤其是小说的方方面面,呈现出在理论上多层次、多视角探索的批评特质。徐兆淮对新时期小说读解、乡土小说递嬗演进的考察、当代作家作品的阐述等,充盈着学识智慧与力量。他从宏观

---

① 江萌、胡星亮:《"追求真实就是追求真理"——读三卷本〈董健文集〉有感》,《江苏师范大学学报》(哲学社会科学版),2017年第4期。
② 罗小凤:《从问题和历史出发的"第三只眼"——论叶橹诗歌批评的启示与意义》,《诗探索》,2018年第7期。

和微观的角度加以思考,时刻关注并生动记录了新时期以来的小说发展走向与新变。何永康在当代文学评论、现代小说史、小说理论史、《红楼梦》研究等方面有诸多新见。他的文学批评用一种"文学的"的方法和风格来表达文学的微言大义,体现出一种作家式的批评特点。

从80年代的时代语境来看,文学仍处在社会文化的中心,而批评家们讨论文学的问题总是与历史、时代和现实的问题相关。他们试图重新理解文学和政治、文学和现实、文学和世界的关系,并在不断的自我否定中寻找具有个性特质的批评方法。丁帆的文学研究与文学批评范围十分广泛,涉及当代文学批评、文学理论和乡土文学研究等,注重探究文学和社会的复杂关联,知识分子批判立场鲜明,冲击力大。他的《中国乡土小说史论》《中国乡土小说史》对乡土小说加以宏观把握和微观剖析,思虑深远,新见迭出,对推动乡土小说研究具有重要作用。《文学的玄览》《重回"五四"起跑线》《文化批评的审美价值坐标》《知识分子的幽灵》等著作则坚持启蒙立场,挥洒个人才情,纵论文化变迁与文艺思潮,挖掘作家作品的审美价值,深入思索知识分子的安身立命问题,相对完整地反映了他的学术思想。朱晓进在鲁迅研究、中国现代文化史研究、中国文学与政治文化关系研究等领域均有建树。他的《文化视角与鲁迅研究》从"文化视角"系统研究鲁迅,拓宽了鲁迅研究的范围,提出并研究了鲁迅研究界过去较少关注的鲁迅的文化哲学观、鲁迅式的思维和心理结构、鲁迅的伦理文化观等问题。《"山药蛋派"与三晋文化》从地域文化角度研究,挖掘了"山药蛋派"创作中包含的三晋文化的"地方色彩"和"乡土气息"等。这些研究尤其强调历史意识和问题意识。费振钟从80年代初开始从事当代文学研究和批评,90年代后转入中国文化和思想史研究。他的文学批评重视知人论世,善于挖掘作家背后的文化与心理,形成了稳健、深邃、智慧且又富有活力的批评风格。汪应果文学创作与文学批评并举,他的文学批评善于从历史中汲取资源,用思想来观照当下。他对鲁迅、巴金、无名氏等作家有较多研究,还涉及解放区文学、影视文学研究、海外华人文学研究等诸多领域。丁柏铨对鲁迅、茅盾有较为深入的研究,他的《茅盾早期人道主义思想探微》《试论鲁迅作品中的浪漫主义》《茅盾早期思想研究中若干问题商兑》等辨析了诸多学术问题。高永年主要致力于中国新诗、中国当代小说、中国现当代散文的研究。她的新诗批评将古代文学的研究方法带进新诗研究领域,较为系统地探讨了中国叙事诗的发展流程与主要特质。江锡铨对鲁迅作品、中国新诗,尤其是以闻一多为代表的格律诗有深入研究,他的《中国现实主义新诗艺术散论》《两京论诗》等注重从文化角度考察研究新诗,从而探究其新内蕴和新价值。周晓扬重点关注的是新时期小说和新时期女性写作,她的《20年小说思潮》等论著对新时期以来二十多年的小说思潮进行了深层探讨,观点新颖,别开生面。姜耕玉在理论研究和文学创作两个领域都各有建树,已出版诗集有《我那一片月影》《雪亮的风》,小说散文集《遥看草色》和长篇小说《风吹过来》等,理论研究方面主要有《艺术与美》《艺术辩证法——中国艺术智慧型式》《汉语智慧:新诗形式批评》等。

南京理论批评家大力宣扬文学的审美性,提倡文化批评,介绍现代主义的创作手法和西方的理论批评潮流,对南京作家反映时代变迁和先锋实验的作品及时给予评论,对扩大南京文学的影响力起到了重要作用。同时,在新的文艺思潮的冲击下,结合南京自身独特的文学传统,作家、批评家们开始了对自身文艺理论与批评的自由探索。"他们文学社"的"诗到语言为止""口语写作"的口号引起了全国性反响,成为第三代诗潮中最具代表性的理论。《钟山》杂志社对"新写实小说"的理论倡导,引领了一个新的小说创作潮流。日常主义诗群的"日常主义宣言"、阐释主义诗群的"阐释主义宣言"、色彩诗群的"色彩诗宣言"等也为诗歌艺术的探索提供不同的研究角度,南京文学理论批评也由此进入繁荣期。

四、文学活动与文学观念的建构

1984年前后,"第三代"诗潮兴起,各地新的诗歌群体和诗歌理论不断涌现。南京的"他们文学社"是其中颇具代表性的诗群,他们在《艺术自释》

中提出自己的创作理念:

> 创办《他们》时,我们并没有一个理论的发言。现在仍然如此。但有些问题变得越来越明确了,我们有必要总结一下。
>
> 我们关心的是诗歌本身,是诗歌成其为诗歌,是这种由语言和语言的运动所产生美感的生命形式。我们关心的是作为个人深入到这个世界中去的感受、体会和经验,是流淌在他(诗人)血液中的命运的力量。我们是在完全无依靠的情况下面对世界和诗歌的,虽然在我们的身上投射着各种各样观念的光辉。但是我们不想也不可能用这些观念去代替我们和世界(包括诗歌)的关系。世界就在我们的前面,伸手可及。我们不会因为某种理论的认可而自信起来,认为这个世界就是真实的世界。如果这个世界不在我们的手中,即使有千万条理由,我们也不会相信它。相反,如果这个世界已经在我们的手中,又有什么理由让我们认为这是不真实的呢?
>
> 在今天,沉默也成了一种风度。我们不会因为一种风度而沉默。但我们始终认为我们的诗歌就是我们最好的发言。我们不藐视任何理论或哲学的思考,但我们不把全部的希望寄托于此。
>
> 我们要求自己写得更真实一些。①

这一诗群将关注诗歌本身作为基本立场。抛弃理念性、英雄式的写作理路,呼吁诗歌回归自然和生活本位,将诗歌看作"产生美感的生命形式";充分发挥自我的主体作用,将个人的感受与体验作为诗人理解世界的基本形态和创作基石。"真实"与"个人"构成这一诗歌群体的关键话语,"真实"是自我与世界沟通的桥梁,是面对纷繁生活的评判标准,"真实"意味着抛弃外在光环,面对质朴的自我;"个人"则是审视世界的立足点与着眼点,从而

---

① 徐敬亚等编:《中国现代主义诗群大观 1986—1988》,同济大学出版社,1988 年版,第 52-53 页。

构成其诗歌创作与思维建构的两个向度。"他们文学社"在这篇"宣言"中还提到了诗歌的"语言"问题,认为这是诗歌之所以成为诗歌的核心,而韩东"诗到语言为止"的文学观念与此宣言有着某种天然联系。"他们"诗群的这一宣言极大地冲击了当时的诗坛格局,对当时诗坛启蒙性的宏大叙事和道德激情表达出鲜明的反叛态度,表现出充分的理论自觉与创作自信。

鉴于诗歌界、文艺理论批评界对"他们"诗歌理念的误读,韩东在《〈他们〉略说》一文中进行了更为详细的说明:

> 由于《他们》网罗了一批优秀作者,他们的主张或倾向不可能仅仅局限于个人范围而得不到任何共鸣。我们没有预先的理论设计,当回顾历史、开始总结时不难发现《他们》作为一个整体的影响力所在——
>
> a. 回到诗歌本身是《他们》的一致倾向。"形式主义"和"诗到语言为止"是这一主张的不同提法。诗人和任何非诗人的责任感无缘,或者他不能利用诗歌的形式以达到他个人政治的、社会的、道德的或其他价值判断方面的目的。诗人的责任感只是审美上的。把诗人坚持以诗歌自身成立为目的的写作解释成一种逃避行为是愚蠢的。
>
> b. 回到个人。未来的诗歌不是某种外在于我们的先验存在,不是跨越千山万岭经过九死一生才能获得的宝藏。它不在一个难以寻找但固定不变的地点,不在我们生存时空的任何一个永恒的位置上,但它又不可能是无中生有的。生命的形式或方式就是一切艺术(包括诗歌)的依据。生命的具体性、自足性、一次性、现时性和不可替代性必须得到理解。文化、教育等等因素必须通过个人才能发生作用。它制造多种类型的一般人格,为了保持的目的。而文化的变异部分(即创新部分)只能从个人的相对变异中去寻找。
>
> c. 回到为自己或为艺术、为上帝的写作。这是一种写作态度,有别于写作方式。它使正当的写作方式得以保证,使回到诗歌本身、回到个人成为可行的、现实的。[①]

---

① 韩东:《〈他们〉略说》,《诗探索》,1994 年第 1 期。

诗人面对外界的非议,依然坚持诗歌本位的价值立场,坚持让诗歌脱离各种外在束缚的创作理念。而"回到个人"的提法则是对诗人与世界互动关系的再次确认,是诗人表达自己的文化和生活体验的根本依据。因此,坚持为自己创作才是回归诗歌本位的真正态度。

简言之,这篇文章以回归方式和战斗姿态更为全面、清晰地阐释了"他们文学社"的创作主张。"回到诗歌本身"的宣言将诗歌的定位自然化,"回到个人"尤其是"诗到语言为止"的诗歌概念无疑是当代诗歌话语体系的一大创新,标志着"第三代诗歌"理论的正式确立。

在"知识分子写作"与"民间写作"的论争中,韩东指出,"民间立场就是坚持独立精神和自由创造的品质""所谓的独立精神就是拒绝一切庞然大物,只要它对文学的创造本质构成威胁并试图将其降低到附属地位。按此标准,90年代以西方文学继承者和守护者自居的主流诗人便是毫无独立性可言的,他们业已脱离了民间或真正的民间精神"[①]。韩东等人在诗歌的新变局中,不是追求反叛性的艺术形式的裂变,而是眼光向下,以抵抗的姿态坚守民间立场,以非主流的市民意识消解西方诗歌话语霸权与诗人高高在上的英雄情结。可以说,在诗人的文化认同上面,来自南京文化传统中的边缘心态与悲情意识是影响当代南京诗人自身定位与艺术指向的潜在因素,而追求诗歌对生活本身的呈现又是与南京诗人群日常的、市民化的生存状态密切相关的。

南京文人的底层意识、民间关怀在"新写实小说"潮流的倡导上更明显地体现出来。1989年,南京《钟山》杂志针对当时一些描写困顿人生的小说进行理论概括,率先提出"新写实小说"概念:"所谓新写实小说,简单地说,就是不同于历史上已有的现实主义,也不同于现代主义'先锋派'文学,而是近几年小说创作低谷中出现的一种新的文学倾向。这些新写实小说的创作方法仍以写实为主要特征,但特别注重现实生活原生形态的还原,直面现

[①] 韩东:《论民间》,《芙蓉》,2000年第1期。

实,直面人生。"①"原生形态的还原""真诚直面现实""零度情感"等被概括为"新写实小说"的基本特征,这一概念一直被后来的文学史和理论批评界所沿用,成为中国当代文艺批评体系的重要组成部分。

"新写实小说"现象首先被南京文坛进行理论总结。这一创作现象既来自南京开放、自由的文化土壤所形成的文艺敏锐力,又与作家的底层意识和现实情怀相契合。南京城市性格的市民化、懒散的生活状态对作家产生了潜移默化的影响,造成了南京文坛对现实生活和普通个体的格外关注,对反映生活原生态的新写实小说创作极为敏感,并从理论上引领了这一重大文学现象。

如果对"先锋小说"与"新写实小说"在南京作家那里的不同接受和处理方式做对比,可以发现,曾被列为先锋作家的苏童、叶兆言等在进行形式创新的实验过程中,依然保持江南文人优雅的语言、细腻的笔调和民间意识,并且他们很快摆脱单纯形式创新的先锋框架,将目光再次投向底层与民间社会,呈现江南城市的内在生机和众生百态。范小青、苏童、叶兆言等作家这一时期不约而同地创作了不少反映小人物的生活苦境、婚姻困境、金钱欲望等方面的作品,都关注细致入微的日常生活和底层民众无奈、尴尬的生存处境,这是与南京文化传统的悲悯意识及民间情怀相契合的。由此可知,南京"新写实小说"的创作现象与理论倡导,虽得风气之先,却没有沿着先锋文学的路数在艺术形式的颠覆上着墨,突出文学的激进性和反叛性,而是立足于自身的文化基地的新创造,其态度是平和的,视野是向下的,仍然是契合于南京文化气质的新的文学潮流。

在"他们文学社"成立前后,南京诗坛上涌现出来一批新的青年诗歌群体,成为第三代诗群的重要组成部分。他们站在朦胧诗潮的对立面,在现代主义的地基上,提出了许多新鲜有价值的诗歌主张,对当代诗歌理论概念的丰富起到了一定的促进作用。"日常主义"诗群致力于对日常生活细节的碎

---

① 《"新写实小说大联展"卷首语》,《钟山》,1989 年第 3 期。

片化处理,重构生活的场景,他们在《日常主义宣言》中叙述了自己的诗歌理念:

> 我们无意与其他人达成一致,对现存主流表示反对。在形成一种无法从传统中寻到的风格的同时,我们要为自己确定一条自由的、日渐扩张的艺术空间的途径。
>
> 那些偶然、无谓、不确定的等等琐事,成为我们表现人类日常性最为得心应手的契机。我们不去关心什么未来,对于生命环境却显露出急迫、确切的理解需求。
>
> 在对日常事件的陌生与困惑里,运用从容且较为正规的表达方式,努力缩短抽象观念与理性结构之间的距离,从而诉诸更广泛的精神现状的表白。
>
> 人类本身的危机无时不是自我围困的危机,无时不在周围事物上爆发出来。赋予被冲散的日常以确切不同以往任何时态意义上的空间,我们的第一原则:缓和调整。
>
> 人类无法提供连续生存的可能性。莫名其妙的散乱成为唯一的心理特性。我们的第二原则:片段意义。
>
> 毫无意义的事物常常与每个人形成安静激烈的对峙,逐渐成为你所依附的一部分;人类就是这样陷入无尽的盲目之中,"共同性"成为一种灾难已久。我们的诗将与同化逆反。
>
> 日常主义借助外部世界抵制自我意识的分裂,在回返精神现状自由的时刻,给予周围世界以重大的意义和价值。当这些价值超越了特定的时间,我们将接近并获得永恒。①

抱持对诗坛主流的反对立场,这一诗群试图开辟一个自由的艺术空间。

---

① 徐敬亚等编:《中国现代主义诗群大观 1986—1988》,同济大学出版社 1988 年版,第 232 页。

这个空间便是偶然性、不确定的生活细节的表现以及对生命环境的确切理解，发掘广泛的精神现状，了解生存的片段意义，转而赋予日常世界重大的意义和价值。在现实与未来之间，他们选择现实；在必然与偶然之间，他们选择偶然；在整体与局部之间，他们选择局部。总之，"日常主义"无视历史与抽象理念的召唤，将对生活琐事的把握作为理解世界的基本方式，并从中发现存在的深意，诗人坚信将因此"获得永恒"。

"日常主义"诗群将日常琐事视为诗歌最重要的元素，引细节入诗是呈现诗歌真理性的必然要求，也是建立个人化风格的基本条件，"日常"作为体现本质世界的一环，也成为一个诗学概念。这种"日常性""日常主义"的批评话语不断地被借用到对"第三代诗歌"的研究与评论中去，成为一个被广泛接受的概念，这是南京文坛除"诗到语言为止"之外另一个产生了重要影响的诗学概念。

"东方人"诗群深受寻根文化思潮的影响，努力找寻诗歌的民族特征，他们在《东方人诗派宣言》中提出了建立具有东方气质与风格的诗歌主张：

> 一个苍白的心灵无论如何也呈现不出纷繁的精神世界。灵魂的自由性和思维的色彩感直接把握着诗人那支情潮涌动的笔。"东方人"基于东方艺术产生和发展的那种直觉的自我感知与深层自然抽象而朦胧的对应，及其所体现的万物整体衡动的宇宙意识和神秘飘逸、复归自然的艺术表现，以及东方特有的悟性，去发掘东方人的人生意识、伦理意识、审美意识和东方气质特征等。并由此用诗的魅力和东方人的情感思想、哲理去启示每一个人这个类的一员；从历史的长河去思想未来、人类面临的困境并摆脱它，于此创造一个充满希望色彩的境域。

从这个意义上讲"东方人"认为"自我价值呈现""自我存在、自由、选择……"等所谓西方现代意识，早在几千年的东方神秘主义、老庄学说里就面于世。尤为突兀的是东方佛教禅宗大师所咀嚼的"骑着马找马"这句格言式的论述，已含而不露地道出了人的自我感知、自我存在、

第五章　从复苏到新潮(1976—1992)

自我价值认识、自我自由选择的辟见。冒昧断言:东方思想和艺术在揭示人的本质意义上不仅源早而且精深,这无疑是东方人的骄傲。

仅此已尽够了,"东方人"就这样来阐述她的主张:艺术为人类所需求的美而存在;艺术为希望的创造而存在。而诗作为文学艺术的最高塔尖,理所当然地对诗人大声地说:诗人不仅仅是为了揭露破坏一个旧的环境而生存,更重的任务是为了创造一个美得让人痴狂奋追的乐园。

人为希望而生活,

世界为希望而存在。

除此,一切将变得毫无意义。"东方人"将在这个基点上,摒弃以往对风格、流派的僵死的定义。绝对蔑视千篇一律、万诗一味的所谓统一性、一贯性。将从东方人的主体精神和东方人的情感、思想、哲理去开掘人类所关注的问题。至于形式,"东方人"相信,在一定的主体精神内容下必然有它最美的表现外壳。"东方人"强调艺术创作的随意性和自由组合性,反对一切束缚创造力和灵魂自由的框架。①

根植于东方艺术的"直觉的自我感知与深层自然",以自由的灵魂感悟恒动的万物,进而表现东方人的情思与哲理,诗人对以往僵化、统一的风格、流派表现出决绝的批判态度,并对东方古老文明表达充分的自信,认为东方文明更早揭示自我的本质意义,并将其视为解决人类文化问题的价值源泉。"自由""自然""东方气质""东方思维"是贯穿这个诗歌群体诗歌理念的几个关键词,"悟性"则是诗人把握东方灵魂与世界本质的基本方式。在此过程中,诗歌承担了创作美、希望的最重要任务。这一诗群注重诗歌的精神指向与价值标准的同时,对诗歌形式则采取一种自由的态度。

在当时诗坛普遍存在的向西方靠拢、追随西方诗歌理论的语境下,"东方人"宣言提出了一个建设东方式的诗歌形态的设想,认为只有沿着东方情

---

① 徐敬亚等编:《中国现代主义诗群大观1986—1988》,同济大学出版社1988年版,第248-249页。

感、思想、哲理去写诗,才能实现对诗歌主体性的建构。这种主张在当时别具一格,对于从另外一个角度探寻当代诗歌的路向具有一定的参考价值。

"新口语"诗群将"口语化"视为诗歌的本质,认为对日常生活的口语化处理是诗歌创作的应有之义。他们在《新口语宣言》中提出:

> "口语"入诗,作为诗的另一种表现形式,国外早已有人加以运用并取得了成功。在我国也有人曾提出这一主张且尝试过。可首先"口语"这一概念在他们头脑中就是模糊不清的,他们把现实生活中的"口语"与民间的"顺口溜"混为一谈。当他们用这种形式写出诗来后,我们看到的只不过是一种新型的民歌(或称为民歌体诗)。到八十年代初,轰动一时的"大学生诗派"又提出用"口语"写诗。但这时他们却犯了一个致命的错误,即认为当时国内的诗已经"老化"和"流俗",从而想独创一种未"老化"不"流俗"的"新"诗。在这一思想指导下,他们运用现实生活中地地道道的"口语"写了一些似诗非诗的诗。因此他们的失败也是必然的。
>
> 1985年,我们再次提出"'口语'入诗"这一略显陈旧的主张。我们首先认为诗歌本身不存在"老化""流俗"等问题,"老化""流俗"的只能是诗的表现形式和表现手法。对于"诗",我们主张随意和自由(但并不追求这种效果)。在我们头脑中也创造不出一条像"1+1=2"那样的公式来证明"诗"是什么或不是什么。在我们认为什么都可能是"诗":日常生活中的琐事、虚幻怪诞的胡思乱想、门外一个人的叹息以及阴天里蚂蚁搬家等等。在写法上,我们并不局限于"口语",只要对表现诗有帮助的任何一种语言,我们都可以选用。①

宣言回顾了以"口语入诗"作为诗歌主张的历史,在指出现有诗人的关

---

① 徐敬亚等编:《中国现代主义诗群大观1986—1988》,同济大学出版社1988年版,第260-261页。

于"口语"等同于"顺口溜"的错误理解的同时,提出"口语"创作要摆脱民歌体式,摆脱偏离现实的诗歌观念,建基于日常生活百态和个人情绪书写。这一诗群着眼于诗歌的语言塑造,试图赋予诗歌鲜活的现场感。与当时众多的叛逆色彩浓厚的青年诗群不同,他们并未表现出与诗歌传统分割的决绝姿态,不对现存诗歌进行所谓"老化"与"流俗"的价值判断,而是抱持自由、开放的心态,关注"口语"而不执着于"口语",渴望创造而不背叛传统,编织生活化的意象,不拘一格地将日常细节、心理思绪入诗,以此表达对世界的感悟。

从历史角度看,"新口语"诗群将"口语"作为诗歌理念的核心概念,可看作五四时期的"白话"入诗理论倡导的当代余绪。虽然从影响力和贡献度来说,他们与白话新诗写作不可同日而语,但从诗歌理念的要素构成上说,两者还是在一定程度上构成了承继关系。以共时性视角来看,"新口语"诗群提倡诗歌的"口语入诗"与"他们文学社"倡导的"口语写作"的主张颇为相似,与"日常主义"诗群的诗论概念一起构成"他们文学社"诗论的两个方面。反英雄的日常与反古典的口语成为这些团体对抗英雄主义的、象征隐喻性质的朦胧诗派的共同武器,这不能不说是一个相当奇特的现象。

与"他们文学社"、"日常主义"诗群、"新口语"诗群的诗歌主张不同,"超感觉诗"群否定感觉、表象对于诗歌创作的正面价值,认为这些都是无法抵达灵魂深处的负面因素。其《超感觉诗宣言》提出:

> 万事万物的周而复始,已不用怀疑。于是,我们站在周期俥上面,试图用诗行去表示过去已被淹没的真实和未来的必然前景。
>
> 和自己的存在一样,我们承认世界上各种存在的意义。同时,各种哲学思想的偏颇性,促使我们用诗去撞击混沌的灵魂。
>
> 人必须回到人的行列。
>
> 追求精神的自由,不是一种语言的游动,它必将忍受一种更高层次的孤独,这种孤独的最高境界就是宁静。

面对世界,重要的是:我是不是我。

价值,在于过程。

诗歌语言,应该走出任意想象的氛围。我们试图以诗行的准确手指,穿透各式各样的表象,指向灵魂。①

诗人把握自己与世界的真实形态,努力克服思想的偏颇,用诗歌关注精神和灵魂。这种关注不是对表象的理解,而是对意义的探索,对人的价值的思考,对于过程性生命轨迹的把握。诗人超越世俗的表象,以沉稳心态和内在视角体察万物的跃动,审视个体的精神,发现世界的本相。"孤独"是诗人存在的本来状态,"宁静"则是诗人追求的最高境界。诗歌的本质不在于想象,而在于理解,在于以自由的精神追问灵魂。

从哲学层面观之,"超感觉"诗群的诗歌主张具有主客两分的观念架构,现象与本质的分野使得其偏向理性一途,对内心、自然的关注胜于对世界的理解,呈现出鲜明的内向性特质。这一点与前述几个诗群的追求颇为不同,是一种新的对当代诗歌变革的理解方式。

与"超感觉"诗群具有相似性的是"阐释主义"诗群,这一诗群提倡对生命与世界的哲学观照,而现象、定义和概念则是影响诗歌创作的否定性因素。其《阐释主义宣言》提出:

有两种情况使得人们动摇,对自己的行为准则、结果、表现形式和价值意义的判断陷入了谨小慎微,即相信是否发生超逾于经验外的神祇魅力的支配作用。

生命是简单的,而经衍殖、演绎的生存却纷纭如千缕纠缠住的头绪,人类已无所依据可言。什么才是生存中一个基本观念,竟是非人化的一部戏剧?

---

① 徐敬亚等编:《中国现代主义诗群大观 1986—1988》,同济大学出版社 1988 年版,第 264 页。

第五章　从复苏到新潮(1976—1992)

诗人和艺术家特别不应该纵容享乐和贪得无厌。恰恰相反,现象、定义和概念使人类不能轻巧地操度自身。彼岸在哪里,此岸又为何物!人类进退维谷,一方面想迅速决定自为的处境,而且又愿立刻解决它。

人类平庸只标明苏醒的瞬间往返于相同的主体,忍无可忍,急不可耐,都诱发出对生存的低估。诗,抵达时亦是起始,既无地理也无时序的拓展。

必然有权利充分表达心与心的痕迹,幻想的历程及通过幻想所达到的排列与组合、没有隶属于个人的个人绝响,相同类型会通过峡谷传来回声,这当然需要文化本身具备向人类提供智慧、心力和团结,而且包括对人和自然的依附这样的保证作出之后。大概这还是难行的指约吧。①

宣言将诗歌价值放在对生命本性的演绎上,相对于外在的生命形体,决定人类命运的生存法则显得纷繁复杂。人类无所依凭,充满对世界不确定的无力感和对价值意义无从把握的渺小感。为摆脱这种无常状态,艺术创造者必须发挥主体作用,决定自身处境。诗人和艺术家必须敏锐地把握生存的裂变,脱离平庸的日常状态和世俗的欲望需求,潜心于人类灵魂的挖掘,用诗歌抵达生命深处。无论是表现心灵的痕迹,还是勾勒幻想的旅程,都指向对世界本原的本质性理解。这一宣言视野广阔,以思辨性的文字建立起个体与人类之间的沟通桥梁,将诗人和艺术家的艺术使命界定为越过现象的"此岸"到达存在的"彼岸",由对生存的充分掌握转化为对文明的拓展,进而摆脱人类碎片化的精神境遇。

从理论源头上说,"阐释主义"诗群的创作主张是从西方阐释学衍生出来的话语形态,是对西方阐释诗学的一次呼应,是诗人以沉思代替对轻飘飘的个人化的世俗立场的反驳,反映了当时诗坛向西方学习的艺术立场。

---

① 徐敬亚等编:《中国现代主义诗群大观1986—1988》,同济大学出版社1988年版,第291页。

"色彩派"诗群独辟蹊径,以色彩为支点,试图探寻世界的丰富性与复杂性。其《色彩派宣言》提出:

> 现代世界在五彩缤纷地旋转,人们寻找着各得其所的位置。只有太阳是萦绕在心头的一个神秘的光圈,而阳光不会隶属于任何一种颜色,所有已经洞开或正在洞开的窗户还原了它富有灵气的本质。
>
> 这就是色彩!它不是无数颜料拥挤的重叠,不是加水就能调和的一切,"无光"掩盖本质的表演。笔端已不再粉饰粗糙的现实,而伸向心灵广漠的空间。
>
> 这是睡梦中,目光在眼睛中所构思的单调画面;
>
> 这是痛苦辗转在无限的意境之中律动情感的触丝,而又喷射不出任何一种色彩的痉挛。
>
> 它渴望超然物体之外的同等理解力;
>
> 它呼唤和效应于抛弃一切非诗本质的第六感官。[1]

宣言以形象化的语言描绘了一幅色彩斑斓的画面,世界的丰富、绚丽与艺术的缤纷形成同构关系。诗人离开"无光"、灰暗的现实,拨动情感的琴弦,还原心灵的色彩和世界的灵性气质。与众不同的是,这一诗群将"色彩"作为理解世界、介入现实的中心概念,并隐喻个体面对世界的态度,将其从单纯的视觉名词升华为感悟世界与生命的哲学名词,并以此界定"诗"与"非诗"的本质区别。

"色彩派"的理论主张不是从诗人与生活、世界的对应关系来说的,而是从主体重构客体、理性重构感性的方式来论述的,是对全方位把握世界的存在价值与状态的形象阐释。

"呼吸派"从主体对客体的情感介入角度谈论诗歌的存在状态,其《呼吸

---

[1] 徐敬亚等编:《中国现代主义诗群大观 1986—1988》,同济大学出版社 1988 年版,第 308 页。

派宣言》提出"诗是情感的呼吸":

> 这是一个寻找形体而又失落形体的季节,这是一个回归自身又走向群体的年头,这是一个归根又失根的时代。
>
> 诗人说:我就是我!
>
> 诗说:我们就是我们!
>
> 我们说:诗不过是呼吸而已。美与丑,真与假,善与恶,过去与未来,现在与梦幻,生愿与死亡,爱情与凶杀,坟墓与乳房,天空与酒刺,历史与烟圈……都在吞吐中确定自己的时空域和张力场,认为"诗是美"只是一种单向的线性的平面的古典主义观念。
>
> 诗是呼与吸的双向运动,是灵魂正为与背为的二重组合,是情感的张力与负荷的同构,单向的情绪与情象是虚伪与浅薄。
>
> 我们要自由地呼吸。窒息产生出来的诗,是血,是泪。
>
> 呼吸就不能戴白色口罩,那会削弱自身的防疫力。呼吸要反对天空大地,反对社会自然,反对社会宇宙,不论是来自地下的,还是来自天上的,不论是屋里的,还是飞来的,都需能够吸收,那才是健美的诗,健美的人,可惜的是我们面具太多,过滤之后的空气纯净是纯净了,但也就没有多少新鲜的气息了。
>
> 我们呼吸!
>
> 让我们自由地呼吸![①]

在"归根又失根"的时代,诗人必须保持独立品格,面对世间万象,体验心灵浮沉,确立自我坐标,承受生命负重。宣言呼吁自由的艺术表达空间,外在的束缚、观念的桎梏都将使得诗歌无法呼吸。坦然面对本然的世界,不仅是外界所应赋予诗歌的准则,而且是诗人得以安身立命的主动选择。宣

---

① 徐敬亚等编:《中国现代主义诗群大观 1986—1988》,同济大学出版社 1988 年版,第 311-312 页。

言以个体面对世界的自由姿态为着眼点,连接万物而又不被外物所限,面对尘世而又不被世俗所扰,诗人的心灵始终保持开放的格局,在艺术的天空中自由呼吸。由此观之,这一宣言更多地关注诗歌与外界的互动关系,建构起诗人独立不移的艺术形象,"呼吸"的概念指向在于赋予诗人、诗歌鲜活的生命与情感意味,以生命的律动隐喻诗歌的存在价值与意义指归。

"呼吸派"将自我对世界的感应方式视为诗歌建构的要义,是摆脱外在的理论、观念与环境制约,自由地对世界的把握,是文学主体性概念在诗歌领域的应用。

相比之下,"新自然主义"诗群的主张则显得颇为洒脱,其《新自然主义宣言》提出:

> 中国当代文学史上曾走过十年的赤色创作路程,世界上最可怕的愚昧,要算是精神文化愚昧。
>
> 一个流派的兴起,往往会引起一些人不安,因为他们的脑海里已形成了一个模式,一个定格。中国现代文坛至今还渗透着封建意识的强迫,盲目个人崇拜之举。
>
> 我们觉得我们能够写诗,我们认为我们肯定是诗人,我们写了,而且写得还不错。就这样,感觉自然,写来自然,一切都很自然。[①]

宣言以批判眼光审视文学历程,指出模式化的写作造成僵化的框架。诗人本着自然而为的态度,率性而发,力图摆脱精神的愚昧状态,打破旧有的格局,自成一派。宣言以颇为自信的态度面对现状与非议,以自由的笔触表达自我,以灵活的格式呈现诗情,无论是批判还是建设,是外在否定还是自我认同,一切都来源于"自然",而又归于"自然"。

"新自然主义"诗群对诗歌的变革采取顺其自然的态度,将对自然的书

---

① 徐敬亚等编:《中国现代主义诗群大观 1986—1988》,同济大学出版社 1988 年版,第 325 页。

写扩展到面对世界的自然态度上,认为去除刻意和造作才是诗歌形成的前提,其中充满着乐观主义的精神。

可以说,南京青年诗群站在不同的理论基地上,对当代诗歌的变革做出了有价值的探索,共同构筑了第三代诗歌的理论阵地,形成了第三代诗歌"日常化""口语化""民间化""个人化""反英雄""反崇高"的特点,完成了对朦胧诗潮的否定性的理论对照。

从地域性上说,南京青年诗群在这一时期密集地提出上述诗歌主张,是与南京多元并存的文学生态、人文传统与底层关怀的精神相吻合的。南京不处于当时诗坛的中心,较少受到流行的诗歌观念的束缚,南京文化开放创造的精神气质为诗人们的自由探索提供了支撑。作为"第三代诗歌"主要理论代表的"诗到语言为止"与"口语写作"是诗人大胆抛弃诗歌的象征性之后进行的理论探索,其他的"口语入诗""日常书写"等主张也都是建立在这一基础之上的。南京文学传统固有的对生活真实性的关注、对日常细节的敏锐把握、对民间社会的深刻理解与深情投入,引导着南京诗人群强调日常生活,更加注重对普通个体的关注。同时,南京诗人群之间的理论分歧也是南京文学自由、创新特质的必然表现,从各个宣言中可以看出,诗人们都将维护主体的自由作为诗歌创作的根本,这是诗人面对世界的最基本的价值立场。

由于南京青年诗人群的理论倡导、创作实践与地域文化存在密不可分的关系,那些很好地处理了自我与现实关系的诗群、诗人就能够深入生活的内在肌理,不断夯实创作的基底,创作出优秀的诗歌作品,"他们文学社"与"日常主义"诗人能长期保持创作的活力,与这一点是相互关联的。而其他没有恰当处理好主客体关系、没有融入客观世界的诗群、诗人,便无法持续地确立个体与创作环境之间的正向关系,只能是昙花一现,后来便销声匿迹了。

需要强调的是,"他们文学社"成员后来不断补充、深化其诗歌理论主张。在20世纪80年代末期至90年代前期,"他们"群体在与"知识分子写作"群体的论辩中提出了"民间写作"的概念。代表人物韩东将"民间"这一政治学、社会学概念转化为诗学概念,并赋予其鲜明的理论内涵。民间作为对照庙堂的载体与空间,具有自在、自为的特征,天然地具有反叛色彩。立足民间,坚守民间,即意味着对抗主流,对抗体制,对抗权力话语。民间代表独立,这种独立性是诗人存在的根本前提,是摆脱奴役精神和僵化思维的凭借。在他看来,"他们"诗群创办民间社团、民间刊物,从事民间诗歌活动,正是因其民间立场才显示出价值和意义。民间立场激发诗人的创造性,激活诗人的自由意志和创新活力,打破旧有的格局,将诗人从"西方文学继承者和守护者"的自我定位中解脱出来。韩东以决绝的精神姿态批判"知识分子写作"背后隐藏的权力机制,以边缘者的视角审视诗坛主流诗人保守、堕落的创作心态,认为"民间立场的丧失是与他们自甘奴役的状况相一致的"[①]。民间写作建构起诗人的主体性,确立自我与世界的牢固联系,夯实精神的基底,以自由之姿保持对诗歌的敏锐感悟力和创造性实践。韩东将当时的诗歌、诗人分为自由的和非自由的、创造性的和非创造性的、民间的和主流的,在对诗歌创作状态和诗人生存姿态进行分野和批判的基础上,更加坚持自己原来的民间的、个人化的、边缘性的、反主流的诗歌理念。

可以说,"他们文学社"建立起自己的诗歌理论之后,就再也没有动摇过。虽然韩东后来还提出过"语言是世界之光"的概念,但是并没有和之前的理论相冲突。其主要成员在面对新的诗歌创作环境时,也能坚定不移地维持自身的民间立场,以一种边缘性的心态和姿态面对外部的变化,持续性挖掘诗歌之于个人的独立意义,从而构成了一条完整的诗歌创作和理论倡导的线索,这在当代诗坛与理论批评界不能不说是极为罕见的。

第二节 小 说

在经历短暂的徘徊之后,南京小说受控于政治意识形态的局面得到了改善。作家以敏锐的历史嗅觉和艺术创新力融入、引领了一个个小说热潮,

---

[①] 韩东:《论民间》,《芙蓉》,2000年第1期。

个人化风格逐渐形成,在全国范围内引起巨大反响。这一时期的南京小说呈现出以下几个特点:一是中短篇小说创作成绩突出。相较于长篇小说所需的时间积淀,中短篇小说因其对时代和文学思潮快捷的反应速度和能力而取得较大的成就,方之的《内奸》、苏童的《一九三四年的逃亡》、叶兆言的《枣树的故事》等是其中的佼佼者。二是题材多样化。举凡政治变迁、农民命运、革命斗争、历史想象、现实生活等方面皆被小说家关注,形成题材各异的繁荣局面。南京小说虽然也着眼于政治与历史,但多不是宏大叙事,而是以城市为背景,将目光停留在历史和现实的细节处以及人物的心理层面。三是多种创作手法的并行。现实主义、现代主义成为两种主要的艺术手段,无论在政治控诉与反思历史方面,还是对现实生活的表现,抑或是对古典传统、革命历史的戏仿想象,都体现了南京小说家的细密思维和细腻手法,这一点在全国范围内来看是独树一帜的。四是引领小说新潮流。南京文坛传承与创新思维兼备,往往能迅疾感应文艺新潮,并快速融入、引领。如南京《钟山》杂志率先提出"新写实小说"概念,对"现实主义小说"概念进行翻转,以原生态的生活流的叙述方式,表现人类虚无、孤独与苦闷的存在主义式的生存状态。这一小说概念的倡导扩展了现实书写的领域,在全国范围内引起高度重视和认同,产生了许多经典文本,体现了南京之于中国文坛的突出贡献。

从小说形态演化进程来看,新时期的南京小说经历了恢复发展期和创新期两个阶段。1976—1985年为第一个阶段,南京小说是当时全国"伤痕"小说、"反思"小说、"改革"小说潮流的优秀代表。复出的老一辈作家带着对历史与人性的深切体验,以炽热的情感和沉重的责任意识,创作出了多篇具有时代精神内涵的小说,在全国引起了巨大反响,标志着南京小说重新焕发了生机。青年作家感受着新的生活面貌,创作出了一批兼具时代性和个人化特征的现实主义小说,在对悲剧性历史进行控诉和反思、对改革时代人民的新生进行欢呼的同时,力图塑造出性格丰富的典型人物,以民间视角表现底层小人物的悲欢离合,注重以日常细节反映个体的命运沉浮,进而表现历史的重大变迁,探究国民的文化性格。

1985—1992年为第二个阶段,南京小说创作进入创新期,成为引领全国小说新潮流的佼佼者。伴随着"方法热"的兴起,一些青年作家开始尝试用现代主义的先锋手法创作小说,大胆对革命历史与传统文化进行戏仿、反转与拆解,以表现历史的虚无、荒诞和个体命运的无常。苏童、叶兆言等人的写作代表着先锋文学的突破,并通过与地域特色的结合,形成了具有地方性的现代写作风格。如《一九三四年的逃亡》虽然采用主体介入、结构错置等方法写人物的流离,但是文本依然保留了江南文学细腻与内敛的风格。在经历了形式变革的热潮之后,一股回归传统叙事的创作潮流出现。作家抛弃掉单纯的技巧创新,转而重拾以情节、人物为中心的文学传统,如《妻妾成群》以精致、优雅的语言写人物的悲剧命运,营造颓废、绚丽的艺术氛围,成为当时引领新古典小说热潮的代表性作品。

这两个阶段是承前启后的,既呼应了全国性的"伤痕小说""反思小说""先锋小说"等不同的创作思潮,同时又表现出了南京小说的自身特色,就是长期形成的人文传统、对日常细节的逼真展示和整体意境的营造。这一时期较有代表性的作家有高晓声、方之、胡石言、梅汝恺、赵本夫、黄蓓佳、范小青、周梅森、苏童、叶兆言、储福金等,形成老一辈作家和青年作家齐头并进的良好创作局面。

一、高晓声、方之

高晓声是在新时期承续鲁迅国民性叙事传统的小说家。他于1957年因"探求者"事件被打成"反党小集团"成员,被定为"右派分子"下放至江苏武进参加农村劳动。长期的农村改造生活在给高晓声带来个人不幸命运的同时,也使其沉潜下去,深切体验到中国农民的生存状态,对农村、农民问题有了更多的理解,对农民文化心理有了更多的把握,这都为其日后的小说创作提供了大量素材和思想源泉。1979年,高晓声摘掉了"右派"帽子,重回江苏作协,爆发出旺盛的创作激情,短短几年间发表了大量小说,出版多部年度小说集。这些小说对"反右""大跃进"等运动给农民群体造成的伤痕进行了控诉和揭露,对农民命运的浮沉给予极大关注,对时代变迁推动的农民新生表达了由衷的喜悦之情。

这一时期高晓声的突出贡献是塑造了极具时代内涵和文化价值的"陈奂生"形象系列,延续了鲁迅式的国民性问题的探究,在全国范围内产生了重大反响。《"漏斗户"主》是高晓声复出后第一篇引起关注的小说,文本写由于错误政策而导致常年处于贫困和饥饿状态的"漏斗户"主陈奂生的翻身过程。作者从陈奂生的生活体验和心理变化角度写出了党的农业政策的改变对农民命运的影响,小说结尾写到陈奂生终于分到了三千多斤分配粮:

> 陈奂生默默看着,看着……他心头的冰块一下子完全消融了;冰水汪满了眼眶,溢了出来,像甘露一样,滋润了那副长久干枯的脸容,放射出光泽来。当他拭着泪水难为情地朝大家微笑时,他看到许多人的眼睛都润湿了,于是他不再克制,纵情任眼泪像瀑布般直泻而出。

这一段描写极为简练,却包含巨大的历史信息,呈现出时代的纵深感,形成极强的情感张力。农民的命运翻转就在这个细节中象征性地表现出来,引起人们的唏嘘感叹,而人物精神压力的释放也预示着一个新时代的到来。

《陈奂生上城》则跳脱了单纯反映时代变迁的框架,将笔触深入到人物的文化心理层面,是当代国民性书写的经典作品。摆脱了贫穷状态的陈奂生敏锐地把握了时代新潮,感应社会跳动的脉搏,从乡村来到城市从事卖油绳的小商品活动。然而,作者的叙事重点不在于此,而是通过审视人物的心理活动,发现包裹在"新"里面的"旧"。小说截取陈奂生在县城的几个片段,构造典型场景。陈奂生因为发烧躺倒在候车室,被恰巧路过的县委书记吴楚送进招待所。当他睁开眼看到招待所的豪华摆设,下意识地恐慌起来,"陈奂生不由自主地立刻在被窝里缩成一团"。这个"缩"的下意识动作极为传神地呈现了陈奂生在面对与自己身份、地位不相称的事物时自卑的心理状态。因为怕弄脏被子,他像做贼似的下床,"把鞋子拎在手里,光着脚跑出去"。之后他又对平时很少见到的皮椅产生兴趣,"走近去摸一摸,轻轻捺了捺"。这一连串的动作描写不露声色地表现了翻身农民的质朴性格,颇具喜剧色彩,然而其间也隐藏着农民群体固有的卑微心理,引发读者的悲悯之意。

在经历了此次波折之后,作者对陈奂生形象的塑造又经历了一次翻转。他在交出五元钱的住宿费后变得愤愤不平,觉得自己很委屈。当他回到房间取包的时候,心态发生了奇妙的变化。他一改先前不好意思弄脏地板的态度,"大摇大摆走了进去"。面对之前不敢碰的椅子,也不再小心翼翼,而是故意直着身子,扑通坐上去。他直接拿起提花枕巾擦脸,不脱衣服就上床蒙上被子睡觉,对此没有任何顾忌,这与他交钱之前的谨小慎微相对照简直判若两人。他之所以发生如此明显的变化,都是出自这个心理:"出了五元钱呢。"这个心理活动反复出现,支撑着陈奂生言行的改变。作者设计这个细节,抓住了人物心理波动的关键环节,从自卑到自大的转变在推动小说情节发展的同时,也揭示了人物的道德困境和精神的漂浮状态。

陈奂生无法接受高额的住宿费,便采取一种报复性的破坏行为,以期获得心理的平衡与补偿。他终于找到了满足虚荣心的办法,以精神胜利法获得内心的解脱:通过向村民讲述自己的遭遇获得精神的安慰以及众人的尊崇。坐过吴书记的汽车,住过高级房间成了他可以炫耀的资本,这一切显得他与众不同。经此一番思虑,"唔!……他精神陡增,顿时好像高大了许多"。这种自我定位与精神认同既显得可笑,又显得可悲,"他仅仅花了五块钱就买到了精神的满足"。然而,出人意料的是,村民果然对他投以羡慕的眼光,"从此以后,陈奂生的身份显著提高了"。作者在此将陈奂生形象扩展开来,将其心理、思绪、性格延伸到一个个村民身上。每个人都被同样的观念结构影响着,一个类似鲁迅笔下"未庄"的精神空间诞生了。传统的文化心理在这种调侃、戏谑式的情节铺陈中表现出来,成为束缚个体身心的集体无意识。

正是经过这一连串人物行为与心理的精细刻画,一个勤劳、质朴、保守、自尊、自卑,同时还带有一点狡黠的农民形象就这样淋漓尽致地呈现出来。极为简单的情节却蕴含着极为深刻的思想内涵,人物的复杂性格和心理结构反映了历史形成的农民群体的精神重负。这是一个继鲁迅"阿Q"之后的又一个深刻探讨国民性问题的经典人物,为高晓声赢得了巨大声誉,同时也奠定了他的文坛地位。

从反映时代变迁和探究人物文化心理两个视角出发,高晓声创作了"陈奂生"系列小说,除了《陈奂生上城》,还包括《陈奂生转业》《陈奂生包产》《陈奂生出国》等。通过描写陈奂生各个阶段的生活选择与生命经历,写出了农村各阶层人物的丰富面貌,揭露了农村干部的官僚习气以及新的时代命题对农民的心理冲击,从而形成了新时期中国农民的精神嬗变史,这在当代文坛是极为少见的。与此主题一脉相承,高晓声还塑造了"刘兴大"(《水东流》)、"朱坤荣"(《泥脚》)、"江坤大"(《大好人江坤大》)、"崔全成"(《崔全成》)、"周汉生"(《老友相会》)等一系列人物形象,写出了农民的憨厚、质朴、保守与顺从心态下的多种面貌,从而丰富了当代农民形象画廊。

此外,高晓声还创作了一些当时未引起足够重视却颇具哲理意味的小说。《钱包》写黄顺泉试图通过捞取埋在河中的钱包改变自己的生活困境,不料却引火上身,被土匪头子陈龙生吞掉银圆,最终走上了精神崩溃的不归路,具有浓厚的宿命意味。《鱼钓》写捕鱼高手刘才宝被大鱼牵制命丧河中的故事,写出了生命的虚妄与脆弱。《山中》写宗松生因"文革"创伤而引发的精神恐惧症。《太平无事》写试图进行串联的"红卫兵"周松林因丢失"红宝书"而陷入精神自虐状态的历程,是对一代人的精神受到摧残的精彩隐喻。这类小说表明,高晓声不仅敏锐地把握到时代脉搏,创作了许多反映历史变迁的现实主义小说,而且还在一定程度上跳脱了当时流行的"伤痕"小说、"反思"小说模式,将笔触深入人的存在状态,探究生命的无常、精神的戕害与价值的破碎等具有本体意味的哲学命题,这在当时的文坛是难能可贵的。

方之是新时期"反思文学"的代表性作家。他受"探求者"群体牵连,被批判并下放到农村劳动,身心受到摧残。1978年调回南京市文联,1979年恢复名誉,1979年10月22日因患肝癌离世。在短暂的复苏期,方之除致力于《青春》杂志的创刊以及对青年作家的培养之外,还把自己多年对革命历史的体验和深入思考融入创作之中,发表了《阁楼上》《内奸》等。其中《内奸》以讽刺手法写商人田玉堂四十年的复杂遭遇。他原是保护党的革命同路人,专案组试图利用田玉堂诬陷严赤夫妇,制造冤案。田玉堂受尽辱骂、殴打,却始终本着自己的良心未做假证,最后被戴上富农帽子并被定为有"严重特务内奸嫌疑",押回原籍管制劳动,受尽屈辱。最后黄司令员复出,田玉堂终获平反。小说以戏剧化的情节、生动的对话和细致入微的心理刻画写出了"内奸"这一称谓在特定历史与政治语境中的复杂性和悲剧意味,写出了个体命运的多变、历史的沧桑、政治的残酷与荒诞,体现了作者对国民政治文化心理的深入剖析。《内奸》以对"文革"批判的深度和高超的艺术手段代表了当时反思文学的高水准,在当时即引起广泛重视,产生了全国影响,获得1979年度全国优秀短篇小说奖,并被译成多国文字,成为"反思文学"的代表性作品。

二、赵本夫

赵本夫是当代文坛少有的"大地作家",他始终以质朴而炽热的情怀关注着黄河故道土地上的生命变迁,以厚重的笔墨写出了民族文化的心灵史,并表达自己的生命理想主义的思考。1981年反映农村新变化的处女作《卖驴》一经问世,就受到广泛关注,获得当年全国优秀短篇小说奖。1985年前后,他开始转换视角,在继续描写农村图景和农民生活的基础上,更多关注传统文化的心理结构与运行机制,他对生命存在和人性的独特书写主要体现在对"国民性"的多元省思上面。正是在这一方面,当代文学对国民性问题的探索又深入一步。

赵本夫在创作早期就尝试摆脱时代与政治的限制，注重呈现传统文化价值观念渗透下的乡民的精神图景，《寨堡》《绝药》等可为代表。进入20世纪80年代中后期，赵本夫更加注重从文化层面思索黄河故道的历史兴衰、农民的命运沉浮，"他毅然放弃了从事通俗文学创作的优势，将自己的作品中注入了更加丰富的文化内涵。他不再注重摘取时代潮流中那些令人激动的浪花，而是顽强、执着地到文化潜流深处去打捞那些隔世经年的沉淀物，去寻求黄河故道乃至黄河中下游地区人类生存的历史文化底蕴"[1]。而他对传统文化心理和价值体系的思索始终聚焦在"国民性"这一问题上。

在他的第一部长篇小说《刀客与女人》中，黑虎在被政府捕获押往刑场的路上，县城居民以窥视的眼神渴望看到传统戏曲中绿林大盗的就义场面，"已经走了一段路了，他并不唱戏文；已经过了两家酒店了他也不要酒喝。有人不满意起来，大声叫道：'咋不唱？唱一段呀——！''死犯，唱呀！别装孬种哟——'"这与《阿Q正传》中阿Q刑场赴死时人们嗜血的病态与麻木的心灵何其相似。但是，赵本夫没有停留在简单的批判和暴露之中，就在同一个"示众"场景中，他随后以主体介入的姿态将围观民众的精神位置进行了置换，对民众心态进行了彻底的反转：

  一街两巷的人，随着行刑的队伍缓缓移动，没有人喧哗，没有人吵闹，没有人喝彩。……让那固有的善良和怜悯的情愫，从麻木和愚昧的浸泡中分离出来，完全投给这个素不相识的孩子。这异乎寻常的气氛的出现，仅仅是凭黑虎那张无邪的孩子气的面孔，凭他那双焦急而专注寻找着什么的眼睛。——难道还不够吗？够了！

这一段描写是《刀客与女人》的最精彩之处，它改写了现代文学经典的"国民劣根性"的叙事模式。出于美好人性的自然反应和对鲜活生命的感同

---

[1] 胡相峰：《在文化潜流中打捞——赵本夫近作论》，《徐州师范学院学报（哲学社会科学版）》，1989年第2期。

身受,曾经麻木与残酷的人群终于冲破文化潜意识的束缚,找回内心的善良与怜悯,实现了道德感情的自由释放。这种人性复归和精神更新的书写来源于作者对国人精神残缺的愤懑和渴望摆脱传统文化心理重负的努力,从而在承续五四启蒙叙事的基础上,完成了对鲁迅笔下的"示众"场面和"看客"意象的转换,实现了国民性话语书写的突破。

在对国民性话语的多元化建构过程中,《混沌世界》是一个特异的存在。乡下人地龙长期遭受生活和命运的捉弄,养成了敏感、内敛、倔强与阴沉的性格,他努力实现人生的转折,渴望获得柳镇居民的身份认同。然而,可悲的是,地龙向上挣扎的渴望与柳镇人对他的排斥、攻击紧密地交织在一起,传统文化的尊卑观念、权力伦理、地域歧视在柳镇人对地龙的书铺群起攻之的荒唐行为中表现得淋漓尽致。在小说末尾,地龙终于战胜镇上的敌人黄毛兽,获得应有的正义之后,却没有得到柳镇居民的认可与接纳。

"柳镇"成为主宰人物心理与命运的话语场,"柳镇人"则是作者用于审视国民精神疾病的透视镜,地龙最终无法获得柳镇人的内心认同。赵本夫深入人物的伦理观念和话语的内在肌理,揭示了扭曲的传统文化意识形态及其无处不在的控制性。与此相对照的是,"地龙"形象则是新的农民性格建构的载体。他一心想摆脱屈辱的境遇,冲破灰暗的人生,散发着向上的生命狂热,与柳镇人的集体无意识进行了无声的斗争,在思想层面上被作者赋予了孤独和自由的"战士"与"狂人"气质。这使他既不同于鲁迅的《故乡》中保守、萎靡的闰土形象以及赵树理的《小二黑结婚》中开朗、单纯的小二黑形象,也不同于路遥的《平凡的世界》中积极、乐观的孙少安、孙少平形象。可以说,这种形象和性格设置在当代小说中极为少见,从而丰富了五四以来的国民性话语书写体系。

《涸辙》是赵本夫重塑国民性格的另一篇经典小说。为了改变恶劣的生存环境和延续群体生命,鱼王庄村支书老扁年复一年地带领村民疯狂地植树。历经了自然环境、战争、政治运动、饥荒等各种打击,全村人的栽树行动从未停止。这里没有农民对宿命的臣服,没有人们对时代政治的趋附,村民们始终保持着自身的精神独立性。个体生命的卑微与渺小、前景的灰暗与残酷都抵消不了人们反抗自身不幸命运的激情与信仰,坚韧、倔强、执着的文化新性格在"栽树—毁树—栽树……"的历史循环过程中表现出来。"推而论之,求生保种的精神不仅仅是鱼王庄的,也不仅仅是你脚下那块土地上的文化精神,它凝聚了中国人民一个多世纪来的艰苦卓绝的斗争精神。""从这个意义上看,《涸辙》超出了地域性文化的局限,创造了一个民族的悲剧故事。它可以说是一个寓言,一个民族文化变裂期的痛苦与牺牲的缩影。"①

一方面,赵本夫创作了一些批判性文本,如《仇恨的魅力》中原先淳朴的村民在政治动员之下,以精神侮辱和肉体摧残的方式冷酷地对待原来人缘颇好的地主郝大胖的儿子狼,性格和心理都发生了畸变。《无门城》中以象征方式批判了保守、封闭的民族文化心理,"无门城"的意象颇似鲁迅"铁屋子"的隐喻特色。这类描写与早期《寨堡》《绝药》等一起接续了五四时代的启蒙叙事,构成了国民"劣根性"批判的时代链条。另一方面,他又创作了表现多元国民性格与心理的小说如《刀客与女人》《混沌世界》《涸辙》等,构建了一个重塑国人生命存在形态和价值体系的文学世界,从而在新时期为国民性叙事开辟了新的道路。

除了以国民性话语叙事为着力点的作品,赵本夫还集中创作了直面生命存在的极具哲思意味的中篇小说系列。他曾在一篇序言中提道:"《蝙蝠》是一种沧桑,《涸辙》是一种象征,《陆地的围困》写一种追寻,《走出蓝水河》则是一种跋涉。这四部作品都很饱满,且有形而上的意味,可能会成为我中篇小说中最优秀的。时间与空间、生命和死亡、白天和黑暗、此岸和彼岸、男人和女人,都是永恒的存在,其间包含着多少世事和沧桑。"②以《蝙蝠》为例,蝙蝠出没于白天和黑夜交替之间,隐喻未生未死的生命存在,破败的老城与新城街道的兴衰更替,各色人物的生死境遇,预示着历史的沧桑巨变和人生的虚无,生命的孤独与寂寞感弥漫在小城上空,引发人们对人生、历史、

---

① 陈思和:《蜕变期的印痕》,《赵本夫文集·隐士》,江苏文艺出版社1998年版,第346页。
② 赵本夫:《赵本夫文集·仇恨的魅力·自序》,江苏文艺出版社1998年版,第2页。

命运以及存在的无尽的怅惘与慨叹。与《涸辙》《碎瓦》对农民命运的感喟不同，与《那一原始的音符》《陆地的围困》对人类生存伦理和价值的反思不同，与《走出蓝水河》对人生跋涉和命运转换的沉思不同，《蝙蝠》对生命与存在的体悟更为直接、深广，表现手法更为精妙，是标志着赵本夫实现创作升华的代表性作品。

进入20世纪90年代，赵本夫的小说创作视域不断扩展，以人与土地的关系重构为着眼点，关注普遍意义上的人类存在本体和生命意识，从而提供了新的"生命理想主义"的价值形态。这种价值重构在"地母"三部曲（《黑蚂蚁蓝眼睛》《天地月亮地》《无土时代》）以及《天下无贼》等代表作中表现得异常突出。

"生命理想主义"可从历史、伦理、哲学等三个层面进行概括。在历史层面上，赵本夫小说建立了生命"缺失"与"复归"的时间序列。以"地母"三部曲为例，赵本夫将以黄河故道为代表的农耕文化作为人类文明的特殊载体，"《黑蚂蚁蓝眼睛》反映文明的断裂，《天地月亮地》写的是文明的重建，《无土时代》则是文明的反思"[①]。作者在文明演变的过程中探索不同时空背景下的生命状态。在《黑蚂蚁蓝眼睛》中，一场黄河决口使人类回到蛮荒时代，人与土地的粘连成为一切生命存在的根本。神秘的奇女子"柴姑"来到已成废墟的平原，在一群劫后余生的难民支持下，以难以想象的狂热从事土地的开垦与种植，生命力的释放与对土地的虔诚交相辉映，历史的断裂激发的却是人类对自由生命状态的找寻。《天地月亮地》将视野拉回到文明秩序时代，"柴姑"艰苦创立的"大瓦屋家族"终究抵挡不了历史的侵蚀而彻底破败，"土地"已从生命的信仰和依托，变为财富的象征、政治的符号，土地的神圣性消失殆尽。人类与自然的关系不再是共生性的，而是对抗性的，人与土地的分离使生命成为碎片。《无土时代》则聚焦当代，讲述了现代人生存状态的变化过程，不同个体的无根性以及由此产生的漂泊感导致的是虚无与孤独的

[①] 吴秉杰:《赵本夫论》,《扬子江评论》,2013年第2期。

生命体验。赵本夫以悲天悯人的情怀,偏要在无土时代建构生命的理想家园,因此,他突发奇想地让木城绿化队长天柱违反规定在城市土地上种植小麦,木城成为大地生灵的载体。由此可知,作者纵横古今,写尽历史沧桑、政治变幻,聚焦的却是人的生命状态,"地母"三部曲中人与自然、土地的关系呈现出"正—反—合"的转变过程,生命与大地最终达成和解,人类终将在大地上诗意地栖居。

在伦理层面,赵本夫在发掘国民性格中的积极性因素的基础上,实现了从特定的民族文化心理的沉思到普世性的理想人格建构的转换。在《安岗之梦》《带蜥蜴的钥匙》《寻找月亮》《洛女》等小说中,处于社会底层的边缘人渴望融入城市,得到的却是以文明自居的城市人的鄙弃,众多孤独的灵魂体验着生命的虚无,小说平静的语调中隐藏的却是作者无尽的道德义愤和对卑微生命的悲悯。

与这类否定性的人性书写不同,《天下无贼》则是表达赵本夫人性理想主义的绝佳文本。盗贼王薄、王丽在农民工傻根善良天性的感召下打消了偷窃念头,洗涤了自己的堕落灵魂,转而致力于保护傻根的钱财、护送傻根回家并与另一伙窃贼斗智斗勇。小说以一个极普通的偷窃故事表达了一种渴望人性完善的道德感情。人物羞耻感的回归与人格的重建融为一体,傻根的善良与纯粹成了引导王薄、王丽脱胎换骨的灯塔,将其从灰暗、麻木的精神深渊中解救出来。看似荒诞不经的拯救情节寄寓着作者对美好人生的价值认同,而"天下无贼"的绝妙意象则散发着迷人的生命光辉,是理想人世的象征,体现了作者悲悯人世、重塑人性的博大情怀。

在"地母"三部曲中,无论是自由、狂放的"柴姑""小迷娘",倔强、坚韧的"老大""天易娘",还是超脱、自信的"柴门""石陀"等形象,都摆脱了文明社会的道德秩序、伦理观念的束缚,以探索精神寻找安身立命之处,以执着情怀守望大地,顽强对抗命运的桎梏。无论是对黄河故道土地的重建,还是对"木城"空间的改造,无不体现出作者对生命本真状态的沉思。通过对人类生存空间、精神空间的重构,作者由此为我们建构了另一种"道德"的生活方式,那就是冲破文明和内心的羁绊,以直面人生的方式追求生命的自由。

在哲学层面上,这种"生命理想主义"跨越了时空界限,它是古典的"天人合一"哲学观念的现代转换和文学演绎。赵本夫曾在一篇访谈录中说道:"比如《无土时代》里有361块麦田,为什么不是362块呢?因为这与中国古代围棋361个点相似,象征360天,是有周期的。围棋棋盘是方的,棋子是圆的,天圆地方,这里有中国古代哲学思想。"[1]这个细节设置暗示了作者"生命理想主义"的哲学基础。人与天地、自然的关系是"天人合一"哲学观的核心命题,生命的真正归宿不是人对物的占有或臣服,也不是人与物的分裂或疏离,而是经由内心的充分解放实现人与自然的和谐,是合规律性的生命的自由状态。"生命理想主义"的文学观念关注生命的自由与完善,与"天人合一"的观念是一脉相承的。与此同时,它又不是简单地回归乡土或自然,而是建立在现代文明基础之上的再创造,在《无土时代》中,作者并没有将乡土理想化(小说中的乡村一副破败、凋零景象,留守村民的压抑、挣扎与逃离等),也没有让天柱返回乡村实现根植大地的梦想,而是通过改造城市的土地融入大地。这个情节设置并没有引起研究者的重视,但这恰恰反映了赵本夫的现代意识和苦心。"生命理想主义"不是简单地呼唤返归传统或自然,而是以悲悯的眼光关注生命的存在状态,呼唤理想的生命存在。它不仅回应了当前中国社会的灵魂沉沦与价值混乱问题,更是在本源意义上回应了人类未来的安身立命问题。从这个意义上说,它既是古典的又是现代的,既是中国的又是世界的。

赵本夫小说中的"生命理想主义"不是对理想世界的冷冰冰的理性设计,无论是以孤独的心理反思时代的喧嚣,注视残缺的人世,还是以炽热的情怀建构理想的人性,都渗透着作者对人世的深情,对孤独生命存在的悲悯,对自我现实残缺人生的超越,对美好人性世界的渴望。情感构成了"生命理想主义"的内在动因,这其中既有对故土情感的眷顾,也有对人类安身

---

[1] 赵本夫、沙家强:《文学如何呈现记忆——赵本夫访谈录》,《南京师范大学文学院学报》,2009年第4期。

立命之所的依恋。赵本夫小说往往在哲学观照中饱含深情,在热烈呼唤中隐藏深意,"生命理想主义"也因此呈现出与众不同的面貌。因此,它既不同于现代启蒙文学对人的独立性与主体性的张扬,也不同于当代寻根文学中对民族固有文化的认同或批判,也不同于当代乡土文学对道德理想主义的赞美。它既不同于沈从文、汪曾祺式的以回望姿态打捞地域文明的文化建构,也不同于张炜、张承志式的以乡土文明和民间信仰为依归的道德理想,它独树一帜地存在于当代文学的版图之中。

赵本夫虽然在不同创作阶段对当时的文学思潮保持一定程度的呼应,然而,他很难被完全归入某一种思潮或流派之中,无论是"改革小说""寻根小说"、文化风俗小说,还是先锋小说、田园小说、生态小说类型,他独立于各个文学热点之外,其特异之处就在于他始终将小说当作表达自身生命哲学的独特表现方式。他将自己刻骨铭心的人生体验融入小说,使其具有与众不同的鲜活性和现场感,他将深沉与倔强的感情赋予不同人物身上,写尽生命个体的悲苦困顿与慷慨悲歌,冷静、质朴的笔调中蕴含着对生命圆满的渴望和理想主义的价值追求。无论是时代变迁赋予农民的新生,个体在时空转变过程中产生的扭曲,还是传统文化心理机制控制下的国民性问题的反思,城市文明病渗透下的现代人对荒诞的反抗,无不体现出作者对乡土、人世、生命的执着和重构生命价值的渴望。在赵本夫那里,时空的变化没有导致其生命哲学观念的偏移,而是沿着人性沉思的道路越走越远,他对生命理想主义的思考使得南京文学具有了一种本体意味,并在很大程度上丰富了当代文学价值体系。

三、苏童

苏童是一位执着于展示残酷青春与人性幽暗的忧郁型作家。在当代文学叙事中,提到"青春""记忆""南方""江南"等关键词,苏童都是一个绕不过去的存在。苏童也是20世纪80年代较早建立个人风格的作家,他的小说创作经历了两个转变过程。早期发表过《第八个是铜像》《白洋淀红月亮》

《门》《水闸》《祖母的季节》《青石与河流》《流浪的金鱼》《岔河》等小说,反映现实问题,表达个人情思。不久他转变创作思路,采取回望姿态,以自己曾经生活过的苏州街巷为蓝本,虚构一个"香椿树街",作为承载自己文学记忆与想象的空间,挖掘、重构记忆中的生命百态,以细腻笔法写少年的青春际遇与心理体验。1987年是苏童小说风格转变的重要时间点,《桑园留念》被苏童认为是自己第一部真正意义上的小说。小说写了"我"、肖弟、毛头、丹玉、辛辛的青春往事,通过描写少年之间的纠葛表现了青春个体的欲望勃发、荒唐爱情、无法排遣的惆怅与生命的残忍。"老街""性""少年""记忆"与"死亡"这些后来成为苏童小说标志性的元素都在《桑园留念》中出现,成为作者青春残酷叙事的源头和意义建构的基石。"香椿树街"成为苏童诸多小说中的叙事背景和意义的生长之地,作者将其作为现实性与象征性相交织的场域,构建了"香椿树街"小说系列。

  1987年的《一九三四年的逃亡》是苏童的成名作。小说写了一个农村家族向城市的逃亡史,但作品更为引人注目的是关于逃亡的先锋性的叙述姿态与方法。1934年是一个虚化的历史时间,作者虚构家族史与编制逃亡情节的明确宣示则将读者带入叙事的迷宫之中,虚构时空中的记忆、幻想与传说的交织则拆解了历史的真实性与连续性,历史的虚幻性与个人化由此凸显出来,这篇小说也因此成了当时"新历史小说"的代表性作品。此外,这篇小说设置了"枫杨树乡"的故事场景,是苏童的"枫杨树系列"小说的开端之作。破败、挣扎与死亡是弥漫在"枫杨树乡"上空的意义符号,与"香椿树街"一起构成苏童的精神与文学故乡。从这两篇小说开始,苏童找到了自己的艺术基地,找到了现实与记忆、想象的连接方式,营造了苏童式的阴郁、内敛与躁动、迷乱相互渗透的艺术世界。

  1989年的中篇小说《妻妾成群》则标志着苏童创作的第二次转型。这部作品描写了一个"受过新时代教育"的女学生颂莲自愿嫁入陈府,身不由己地与二太太卓云、三太太梅珊明争暗斗、互相倾轧,最终无可避免地走向精神崩溃的悲惨命运。苏童舍弃了之前的先锋性的叙事模式与形式圈套,平铺直叙地写了一个具有深厚传统文化韵味的妻妾争宠的故事,"我尝试了细腻的写实手法,写人物、人物关系和与之相应的故事,结果发现这同样是一种令人愉悦的写作过程。我也因此真正发现了小说的另一种可能性"①。自《妻妾成群》之后,苏童在结构与语言方面的先锋性探索渐少,更加注重故事性、心灵世界与意境的营造,逐渐形成独特的艺术风格。

《妻妾成群》的另一个惊人之处是苏童对女性人物的精细把握。作者以冷静得近乎白描的笔法为读者营造了一个异常可悲的女性世界。陈府里的几位太太是一群卑微而又可怜的人物,为了维护自身的生存和地位,不得不依附于封建男权势力,这是封建礼教对女性的摧残不可避免的结果。但是,这篇小说给人带来强烈精神冲击的不是礼教对女性的束缚,而是女性之间原始性的吞噬与疯狂带来的互相伤害。人物心理的阴暗、堕落与冷酷在一个狭小的空间里淋漓尽致地表现出来,女人的哀愁、孤独、决绝与狂乱在一个个家庭场景中不露声色却又惊心动魄地展示在读者的面前,人性的自私、欲望与扭曲在一个充满腐朽与死亡气息的旧式家庭中一览无遗。颂莲是一个性格色彩极为丰富、心理层次极为分明的女性形象,给读者带来可惜、可悲、可叹、可恨的复杂的阅读体验,成为当代小说的经典人物。

《妻妾成群》的语言与意象也是一大特色。与作者以往致力于语言的陌生化效果不同,这篇小说的语言充满古典意味。作者善于选用充满画面感的文字,达到小说戏剧化的效果,用精致、华丽的语言构造了繁密的充满隐喻性的意象。如"枯井"这一意象就是人物命运的绝妙象征,陈家的后院也是个意象的集中地,是小说的空间背景和人物命运的舞台,更是人物的心理结构的象征。紫藤、海棠甚至梅珊唱的京戏等,营造出了一种颓废、神秘、怀旧、唯美的艺术氛围,与人物的命运转折结合起来,一起构成了小说叙述的内在动力。正是由于《妻妾成群》与古典文学的文化意象、历史情结的精彩关联,更由于作者对传统故事的现代改写和对人性的深刻把握,小说一经问

---

① 苏童:《寻找灯绳》,《河流的秘密》,作家出版社 2009 年版,第 194 页。

世就颇受好评,成为苏童最为人熟知的代表作。

沿着这一创作理路,苏童又创作了长篇小说《红粉》。小说写秋仪和小萼这一对曾经沦落风尘的姐妹在新社会中的坎坷遭遇与人性的自我挣扎。秋仪的身不由己与小萼的自我放逐显示了时代转换语境下人性的斑驳光影。小说借鉴了古典言情小说的欲拒还迎、回环曲折的叙事方式,对仗工整的文字表达以及忧郁的诗意氛围的营造使得小说呈现出古典韵味。

进入20世纪90年代,苏童创作出了《米》《我的帝王生涯》《蛇为什么会飞》《黄雀记》等引起广泛关注的小说。这些大多打着"枫杨树""香椿树""城北地带"精神烙印的小说,讲述着发生在潮湿阴暗、青苔和藤状植物过度繁茂、河水载着欲望的污垢流来流去的"堕落的南方"的故事。故事中那些真实又变形的,既有血有肉又有某种抽象特质,既有个性,相互之间又有着某种内在同一性,甚至就是叙事者的某一个精神分身的少男少女,成年后在各种社会文化历史关系中呈现出非理性糜烂化形象。这些形象通过叙事者穿透意识形态各种神话"绳索"的虚构镜头展现在我们面前的时候,他们被侮辱损害或者侮辱损害他人,抑或自我放逐、相互隔膜的身形在跳跃挣扎间仿佛穿越了时空,试图挣脱束在身上的牵绳,宛如嵌在某种叙事原型中渴望摆脱悲剧宿命的皮影,时而聒噪、时而无语地演绎重复叠加在个体身上的欲望、痛苦与恐惧。这在对现实和历史的本质性因素进行深刻揭示的同时,更呈现出深切的象征意义和独特的审美意蕴,既为读者还原了个体和历史混沌蒙昧延展的生存情状,又在自由建构南方叙事的精神求索中展现出写作的终极意义,最终构成独属于苏童的"枫杨树小说世界""香椿树街世界"。

从精神指向上说,苏童在这一时期深沉地思索着个体的命运,追问生命的本真意义,并表达自身对世界的悲剧性理解。作为现代个体生存空间的演绎舞台,香椿树街的日常生活在欲望/理性、个人/社会、男性/女性、自我/他者等等多维对立纠缠的矛盾中展开。从小失去母亲又不得父亲疼爱的小拐,在和哥哥天平等人玩铁路"钉铜"的游戏时断了一条腿,一瘸一拐的他渴望关爱,更幻想报仇,试图用刺青的痛感和"野猪帮"的野蛮武力宣告对这个世界的统领权,却被别人在额头刺上了"孽种"二字,从此郁郁寡欢,成为一个"孤僻而古怪的幽居者"(《刺青时代》)。作为小拐唯一的朋友,"我"和多数男孩一样崇拜着好汉,想剃一个像好汉豁子那样的板刷头,可恰在剃头时发现豁子轻而易举就被屹立在桥头的挑战者刺中掉到河里。走在路上才知道,剃头匠给"我"剃的也不是板刷头,而是光头(《午后故事》)。除了当好汉,"我"小时候还渴望上台跳舞,段老师让"我"和李小果竞争,眼看好梦成真时老师却突然死了,"我这辈子尝到的第一回失落感就是这时候","我"哭了。其实想想上台又怎样呢?清新脱俗的小女孩赵文燕因为紧张还是犯了老毛病,在台上当众尿了裤子(《伤心的舞蹈》)。和赵文燕一样,小媛和"珠珠"也是别人眼中"天使般美丽"的女孩,经常肩并肩走过香椿树街。春暖花开的某一天这友谊轻而易举就被打破了,小媛成了别人口中有狐臭的女人,珠珠的母亲是妓女的秘密也被挖出。后来小媛去了遥远的北方农场插队,再回香椿树街已经是五年以后的事了,从前那个"又细又高,眉目温婉清秀"的小媛好似换了一个人,"她的以洁白如雪著称的脸在五年以后变得黝黑而粗糙,走起路来像男人一样摇晃着肩膀"。久别重逢的两个女人在故乡的桥上狭路相逢,珠珠主动示好,小媛则淡淡地笑着摸了摸她的腋下说,"我有狐臭,而你像天使一样美丽。你知道吗?你现在又白又丰满,你像天使一样美丽"(《像天使一样美丽》)。还有比这看似赞美的咒语更灵验的,那就是香椿树街红旗小学的哀老师的目光,她透过天生丽质、高雅大方的外表,一眼认定新来的美丽的倪老师是狐狸,后来她真的看见倪老师被带走的那晚,一只白狐穿越了学校(《狐狸》)。

香椿树街的春天是残忍冷漠的,它毫不留情地在小媛们身上"留下一道又一道擦痕,那些擦痕难以磨灭,人生人死大凡与此相关"(《一无所获》)。在正午刺眼的太阳升起之前,在风丝雨帘摇曳、鸟叼虫抓兽咬或者自我放纵堕落之前,相较于成人世界,萌芽时期的个体梦想之光格外晶莹、格外热情亦格外纯粹。因之他们的创伤和毁灭也格外深切、格外脆弱:七岁的女孩小珠跟着男孩子在铁路上玩游戏,转眼被疾驰而来的火车撞飞,"她的声音在一刹那间就被庞大坚硬的火车撞碎了";喜欢在火车道边游荡的剑面对妹妹和鸟的死亡以及扳道工老严的失误感到"莫名的紧张和恐惧",将手中的鸟笼扔了出去,他再也不会沿着铁路提着鸟笼做关于飞翔和远行的梦了(《沿铁路行走一公里》)。这些"处于青春发育期的南方少年",这些"在潮湿的空气中发芽溃烂的年轻生命"和他们"徘徊在青石板路上的扭曲的灵魂……"①为我们保存了"60后"独有的政治神话笼罩下民间伦理与少年自由梦想互生互文的独特文化景观,更揭示出人性内在本质和历史文化的共时性因素:个体的脆弱、疼痛、恐惧乃至毁灭的必然宿命,这是我们每个人都无法回避的本质性现实,经由次次冲洗、曝光、显影的残酷叙说,熟视无睹的日常生活背后荒诞的生存深渊在我们面前裂现。逃亡与返乡,追梦与堕落,欲望与死亡,苏童通过对现代生命由激情到萎靡到枯竭的个体化境遇的书写深刻展示了黑暗人性与悲剧宿命的主题。

香椿树街少年的宿命本质上即是现代个体的生存真相,每个人都在这无边黑洞中挣扎、徘徊、堕落,成为飘荡在生命河流上相互纠缠又彼此格格不入的孤独的灵魂。孩童视角、家族结构、故乡情结、南方情怀,苏童用这些叙事要素和充盈着古典韵味的文笔,对身处历史重大转折或者普通日常生活中的人及其所处的现实历史关系进行了最大限度的开掘与虚构,这种叙事策略为其审美世界建构了独特的艺术魅力。

作为真实人性和作家审美情怀的显影板,香椿树街、枫杨树故乡及其表征的南方在苏童的文字世界里被赋予了文化生存空间的功能,"他上承莫言的'红高粱家族'一类寓言性作品,同时又更加虚化了地域的特征——所谓'枫杨树故乡'是比'红高粱家族'更加虚远的概念"②,在对现实文化精神进行时空性标记的过程中呈现出深切的现代意识与浓郁的审美情怀。从文学与社会生活的关系来看,真正能够反映中国当下生活本质的并非那些止于表象的现实主义创作,恰恰是那种带有魔幻现实主义或者荒诞现实主义色

---

① 苏童:《少年血·自序》,江苏文艺出版社1993年版。
② 张清华:《天堂的哀歌——苏童论》,《钟山》,2001年第1期。

彩的描摹中国乡土或者城镇生活的文本才能触及本质的真实。"其根本的原因恐怕与此不无关联:当下的现实生活本身已经充满了太多的荒诞和魔幻色彩,只是更多的荒诞和魔幻性被表面上的正常或者和谐掩盖着,不易被发现而已。遗憾的是,当代作家越来越缺乏这样一种自觉意识。"①苏童的小说不太渲染奇幻的事物,也不太着意于叙事迷宫和先锋实验,他受惠于中国文化和中国古典的小说传统,擅长白描,叙事线索明晰,多以人物延展故事的情节脉络,加之着我之色的景观描写、流动性意象诗学、回忆性的抒情视角,形成了较为强烈的中国叙事审美风韵。

苏童曾说:"因为这是我对于人性在用小说的方式做出一种推测,我把所有的东西都做到极致""五龙也好,织云绮云姐妹也好,让他们在我这里淹死""我实际上是在写不存在于我的生活印象当中的人性世界,从某种意义上来说是一种人性幻想主义小说"。② 虽然某些特殊的人性表现并不存在于作家的生活中,可是凭借高超的想象力和敏锐的洞察力,这种极致的东西反而强烈地揭示出本质的真实。这种人性幻想主义和古典审美情趣的碰撞使得苏童的叙事在诗与思之间产生显著的反差,并由此形成强大的审美张力场,营构了独特的苏氏写作的特点。

有情的文笔往往为暴力、血腥添加一层纱衣。人性幻想主义打通了生死之门,人物形象不但可以在一部作品中死而复生,还往往穿梭在其不同作品中,比如香椿树街的"我"、丹玉、毛头、珠珠、小媛等。与其说是人物自动选择命运,不如说是叙事者设置的游戏,人物的生老病死均呈现出一种后现代性的游戏特质。香椿树街的人们就这样在虚构者设置的追逐、逃脱、躲避、毁灭的种种情境游戏中,不由自主、前仆后继地受伤、自伤又伤害着别人。无边幽暗的人心人性、破碎的记忆、压抑的童年,通过虚构的幻影反射、重组又不断重复,在香椿树街、枫杨树老家演绎为传奇:端庄典雅的女老师

---

① 张光芒:《高尚是卑鄙者的通行证,卑鄙是高尚者的墓志铭》,《东吴学术》,2010年第2期。
② 苏童、张学昕:《回忆·想象·叙述·写作的发生》,《当代作家评论》,2005年第6期。

变成了狐狸(《狐狸》);好汉变成孬种(《刺青时代》)。

发表于2013年的《黄雀记》是最能代表苏童构建的"香椿树街世界"的集大成之作,其小说中关于青春、记忆、偶然性、时代与宿命的主题都在此集中展示出来,并形成一幅完整的意义图景。《黄雀记》是一部历史向现实延展却又相互缠绕的小说。从时间背景上来看,小说情节的真正起点是20世纪80年代初,保润因为八十元钱在水塔里绑架了仙女,却阴差阳错地发生了柳生在欲望刺激下强奸仙女的案件,在利益的竞争与诱惑下,柳生与仙女掩盖了事实的真相,合谋嫁祸于保润,保润被冤枉地投进监狱。之后的十年,保润承受了黑暗的牢狱生涯,出狱后迎接他的是家破人亡:父亲病逝、母亲改嫁;柳生做起了个体户,成为时代的弄潮儿;仙女不知所终,再次出现时,已是混迹于风月场所的白小姐。到了90年代,现代化的物质景观逐次展开,每个人的生活也发生了重大的变化。然而,已处于历史背景中的强奸案却无处不在地影响着现实生活中的人和事,现实的图像中一直闪烁着历史的阴影。保润生活在强奸案的冤屈之中,出狱后也无法摆脱记忆的重压,他在父亲坟墓前回应柳生放弃过去迎接未来的劝告时说:"过去的事情就让它过去?那,怎么可能呢?"柳生无法摆脱负罪和恐惧的心理,这在他照顾保润祖父的行为中,尤其是多年后再次见到白小姐时的心理体验中鲜明地表现出来:"他有点怕。她一回来,他犯罪的青春也回来了,一个紊乱的记忆也回来了。""这么多年过去了,他还在灾难的包围之中。"白小姐因为意外的怀孕又回到了香椿树街,当年的痛苦经历和恩怨纠葛也一直尾随着她,"她和柳生,多像两只兔子,两只兔子,一灰一白,它们现在睡在保润的笼子里"。现实无论如何变换,三个人都无法真正摆脱历史的记忆去开辟新的生活。最终,生命的悲剧在现实生活中再次上演,保润杀死了柳生,再次遭受牢狱之灾,仙女在产下红脸婴儿后再次不知所终。

正是通过对沉溺于历史记忆的情感书写的审视,小说呈现了世界与自我的内在分裂。保润坐牢使他与外部世界隔绝了十年,十年后已是家破人亡,面对失忆的祖父,"柳生没有料到,保润会突然扑向祖父,他用两只手夹住祖父的脑袋,发疯般地摇晃起来,给我想,我是谁?想,给我好好想,德康是谁?保润是谁?谁是你的孙子?你脑袋疼?疼死也要想,给我想!"保润爆发出来的歇斯底里的感情显示着他对亲情的无限渴望和对不公世界的控诉,面对改嫁他人不愿回来与儿子一起生活的母亲,"这一次,他看清了自己的未来,是一个剩余的未来,剩余的未来里,不会再有母亲了"。母亲的拒绝使得他万念俱灰,复仇成为他唯一的选择,这一次他以残酷的方式主动地拒绝了这个世界。这是一个封闭在内心痛苦体验里无法解脱的自我形象,记忆的噩梦决定了他一生的命运。

相比之下,柳生与白小姐的生活经历显然更为丰富。柳生顺应时代潮流做起了个体户,买了面包车往井亭医院贩菜,面对新的经济图景,他八面玲珑,如鱼得水,但是内心的罪恶感和歉疚之心却始终无法消除,外在的幸福生活依然无法安慰惶恐的灵魂,"柳生夹着尾巴做人,已经很多年了"。他十年来照顾保润的祖父,"他欠保润的,都还到了祖父的头上。与祖父相处,其实是与保润的阴影相处,这样的偿还方式令人疲惫,但多少让他感到一丝心安,时间久了,他习惯了与保润的阴影共同生活,那阴影或浓或淡,俨然成了他生活不可缺少的色彩"。外在的成功无法抵消内心的不安,他始终生活在记忆的阴影之中。这是一个无奈的形象,一个渴望挣扎却无法逃脱的囚徒形象。世界不停地前进,自我却原地踏步,每个人都深陷在记忆的迷宫之中无法自拔。

当年的强奸案过后,读者在舒缓的语言叙述中不安地等待着将来的后果,柳生以赎罪的心理照顾着祖父,白小姐无奈地回到这座城市,三人重新相遇,一切仿佛都是命中注定。但是,必然的报复却迟迟没有出现,然后在所有人都预想不到的时刻突然到来:保润在婚礼上醉酒杀死了柳生。这是《黄雀记》最精彩的情节设计,看似偶然的刺杀却喻示了命运的必然,一种恍然大悟的阅读快感由此弥漫开来,一下子使似乎松散的情节叙事获得了完整的意义。

这种回溯式叙事构成一个闭合结构,主导整个情节发展的因素不是时代的冲击,不是生活的变迁,而是历史的记忆,不是线性的展开,而是回环的显示。经过了一系列的挣扎之后,一切又回到了起点,当年强奸案的纠葛以谋杀案的方式结束,一切都回到了80年代的因果宿命,这是意料之中却又令人唏嘘的,《黄雀记》由此表达了它的哲学观照。

当自我成为记忆的绑架物,命运如幽灵一般笼罩这个世界,生命的主体性似有却无,人生的宿命感由虚到实,《黄雀记》由此落脚于偶然与必然的辩证哲思。小说开始祖父不停地拍遗照就给整个文本蒙上了一层虚无的色彩,健康的祖父不断地追问死亡,直到突然"失魂",然后被送进精神病院。祖父偶然的"失魂"却带来长久的健康,最后由他来照顾红脸婴儿的情节更是给人一种命运的无常感。

从意象叙事层面来说,《黄雀记》充满了丰富的隐喻性意象。小说以"保润的春天""柳生的秋天""白小姐的夏天"的时间叙事结构全篇,三个季节分别代表生命的躁动、负担与烦乱,事实上,小说还隐藏着一个没有明示却更为重要的季节意象:冬天。当年的恩怨以一种偶然的方式了结后,三人生命的冬天也就必然到来了,一切都归于虚无与荒凉,只剩下一个无意识却死不了的祖父和对世界发生强烈哭喊与控诉的红脸婴儿,生命的无意义、无价值由此凸显。此外如祖父的"遗照"、仙女的兔笼、保润的绳子、井亭医院、水塔等等,还有文本隐藏的最大的意象"黄雀",这些意象在小说中一次次出现,发挥了结构性作用,成为主人公心中的噩梦,代表生命的轮回与命运的必然。

苏童对待笔下女性是最无情的,他不肯赋予人物自由的生命意志和创新努力的精神追求,而是让她们深陷在历史命运的深潭中自溺。与其说作者在展示人物令人同情的悲惨命运,不如说他更在意展示人物在悲惨命运泥淖中的痛苦与恐惧。《黄雀记》中的仙女先是被强暴,后沉沦人世,变成了白小姐,她越来越漂亮,这就说明她越来越值钱,离仙女越来越远。此外,如《河岸》中的慧仙凭着革命的需要仿佛可以逃脱灾难,然而就像库氏父子一朝失去神圣的光环就无所依从一样,脱下戏服她就从"李铁梅"被打回原形。

苏童建构了南方叙事,又亲手拆解了南方意象的现实意义。其创作的动力和意义不在于提供人生航标和精神出路,而在于勇敢面对残酷的真实,以虚构和想象张扬自由的审美精神,以对残酷人性和悲剧宿命的刻画去整理世界与人心。用最自由的审美呈现最无聊、黑暗的人生,用南方的虚构来展示南方的真实,这也许就是苏童为我们穿越黑暗高高挂起的夜行船的桅灯。"我一直觉得创作的魅力很大程度上是叙述的魅力"①,小说家应该有这样一种魅力:"我们顺从地被他们所牵引,常常忘记牵引我们的是一种个人的创造力,我们进入的其实是一个虚构的天地,世界在这里处于营造和模拟之间,亦真亦幻,人类的家园和归宿在曙色熹微之间,同样亦真亦幻。我们就是这样被牵引,就这样,一个人瞬间的独语成为别人生活的经典,一个人原本孤立无援的精神世界通过文字覆盖了成千上万个心灵。这就是虚构的魅力,说到底,这也是小说的魅力"②。这也是苏童用数百万文字建构的中国叙事诗学的本质意义。

四、叶兆言

叶兆言是南京文学的绝佳代言人。他是当代文坛中为数不多的始终在小说中写南京的作家,其关于南京城市景观、历史变迁以及南京人的生存状态、文化性格的文本,已成为广大读者理解南京文化的入口。在20世纪80年代,叶兆言开始是作为先锋小说家被文坛熟知的。自短篇小说《悬挂的绿苹果》在文坛初露锋芒以后,他不断进行叙事、语言、结构等方面的创新,发表了一些写性、虚幻历史、暴力与破碎世界的实验性小说。1988年的《枣树的故事》是其早期代表作,小说写战乱背景下岫云与尔汉、白脸、老乔等人的纠葛,写女性的颠沛流离与不由自主。小说并不是按照线性时间安排情节的,倒叙、插叙等手法被频频使用,故事被叙述者主观地预告、拆解,同时让叙述者介入情节,成为叙事构造的一部分,成为作者展示叙述动机和构造历

---

① 张学昕、苏童:《感受自己在小说世界里的目光——关于短篇小说的对话》,《当代作家评论》,2008年第6期。
② 苏童:《虚构的热情》,《小说选刊》,1998年第11期。

史细节的表现载体。作者在进行形式创新的同时,也拆解了历史的必然性。岫云下意识或者无意识的生存抉择使读者产生一种生命的错位感与动荡感,历史的荒诞性也由此体现出来。与叙事方法的创新相随的是,叶兆言也注重语言的奇崛与反差场景的运用,从而产生陌生化的效果。如《最后》在描绘杀人的场景时笔墨是冷静的,反而产生一种酣畅感,更强化了小说的艺术效果。

除了将历史进行偶然性和零散化的处理之外,叶兆言尝试传统叙事,在"夜泊秦淮"系列小说中进行了古典化和民间化的建构。才子佳人、革命者、凡夫俗子、遗老遗少等各色人物轮番登场,演绎了一幕幕或张扬、或颓废、或优雅的人生悲喜剧。在《状元境》中,作者赋予了夫子庙附近的这条街巷鲜活的市井气息,描绘了一幅五光十色的市民生活图景与历史风俗画卷。民间艺人张二胡和妓女三姐在军阀英雄的主导下,阴差阳错地结为夫妇,生活于状元境。底层民众的争斗、倾轧与街道的混乱、污浊融为一体,先后上演着三姐的偷情和张二胡的放纵,生存的悲哀感弥漫其间。作者有意回避了宏大的历史事件,但却在历史的边缘处探寻生命的真实。在《十字铺》中,亦新亦旧的人物士新、季云与姬小姐在秦淮河畔上演着剪不断、理还乱的情感纠葛,"十字铺"无疑暗示着三人命运的转换,革命作为情感叙事的背景失去了主导性。在《追月楼》中,"追月楼"这一自然空间成为丁老先生维护民族气节的最后一道屏障和心灵寄托,是士人传统在现代的精彩演绎。《半边营》中,阴沉、乖戾的华太太与儿女阿米、斯馨在深宅大院里耗费着无望的生命,依附性的人格与生存方式成为摧残青春年华的利刃,人性的倾轧与自我封闭导致悲剧性命运的无可避免。这一系列小说极大地拓展了叶兆言的创作空间,将秦淮河边上演的悲欢离合纳入古典意象与情节编织成的世界,接续了江南文人优雅而伤感的文学传统,同时赋予人物以现代意义,成为表现南京文化特质的重要代表,作品一经问世,即广受文坛关注,历久不衰。

进入 20 世纪 90 年代,以南京为叙事载体,写人的命运与历史的多重面向,则是叶兆言小说的基本精神指向,浪漫与世俗交织是其这一时期的情感底色与叙事特点。"夜泊秦淮"系列独树一帜,为作者赢得巨大声誉,也奠定了叶兆言小说浪漫感伤的风格特质,而出版于1994年的《花影》则把这种风格发挥到了极致。小说开篇写道:

> 二十年代江南的小城是故事中的小城。这样的小城如今已不复存在,成为历史陈迹的一部分。人们的想象像利箭一样穿透了时间的薄纱,已经逝去的时代便再次复活。时光倒流,旧梦重温,故事中的江南小城终于浮现在我们的面前。

作者以慨叹口吻回首往事,将目光投向1920年代的江南小城,历史陈迹被复活,尘封往事被重构,江南这一充满诗性的文化空间成为作者展示命运、书写性灵的载体。在凄清哀婉的历史氛围之中,小说讲述了封建大家族权力的争斗、性的欲望爆发与爱情的无可奈何。在恢宏与破败并存的甄家大宅,甄家父子纵情声色,荒淫无耻,令人瞠目结舌,终受命运惩罚,非死即残。妤小姐继承家族权力,"她决心毫不含糊地创造一个由女人统治的全新世界"。经过多年压抑之后,她开始爆发疯狂的权力欲望,将甄家统治秩序彻底翻转,不断与堂兄弟怀甫、纨绔子弟查良钟沉溺于肉体之欢;其后不知不觉地爱上对甄家恨之入骨的复仇者小云,阴差阳错之下,却又为证明自己对小云的爱情吞食毒品成为植物人,行尸走肉般存在于这个世界。《花影》语言瑰丽而精致,意象典雅而古朴,格调颓废而迷离,是典型的才子佳人、生死恩怨、爱恨情仇的家族模式和情节结构,叶兆言以一个凄婉诡异的故事,对江南城市历史与文化做了一次精彩演绎。

《一九三七年的爱情》写了1937年1月到12月的南京,出现了学潮、首都篮球赛、防空演练、新生活运动、禁娼运动等南京抗战时期特有的城市生活画面,卢沟桥事变、淞沪会战、南京保卫战等历史事件也多有涉及,历史的现场感扑面而来。在此背景下,作者别出心裁地为我们讲述了一个不可思议的爱情故事。小说以丁问渔和雨媛看似荒唐却又动人心魄的爱情叙事为中心,山雨欲来风满楼的历史变故并没有阻碍滑稽可笑的丁问渔对有夫之妇雨媛的疯狂追求。小说不但描写了丁问渔一系列夸张的爱情举动，而且这种荒唐举动并未受到雨媛丈夫、父母姐妹、同事们的强力阻止，甚至还得到了一干人等的宽容以至默许，在危城毁灭之际，两人终于结合在一起。"在叶兆言看来，南京这个城市本质上是浪漫的，而且是一种颓废的浪漫。"[①]作者通过一个奇绝的爱情故事凸显出南京文化的自由与浪漫、生命的洒脱和纯粹。而在结尾处丁问渔为了雨媛坚守危城，被日军流弹击中身亡，至真至纯的倾城之恋最终化为一曲悲歌，回荡于1937年的南京上空。浪漫文化的颓败与城市的倾塌、时代的变幻相互交织，产生了荒诞而又明丽的艺术效果。

叶兆言对城市的描绘还存在另外一种类型：世俗与欲望城市。《没有玻璃的花房》中，"文革"时期的南京则是小孩"木木"眼中混乱、疯狂的文攻武斗与欲望横流的战场。各色人物不可避免地陷入相互倾轧的境地之中，相互的攻击和背叛激发出个体原本潜藏的自私与冷酷，性成为人物释放自我的出口，权力意识控制着成人的世界，打着崇高革命旗号进行的斗争在少年看来只是一场游戏。而作为卑微个体挣扎的背景，城市如同一个巨大的玻璃罩和封闭的花房，每个人都无法逃离黑暗的遮蔽。《我们的心多么顽固》叙述了从"文革"到改革开放时代的知青的生命浮沉。知青插队时主人公"我"与阿妍相爱，却又抵挡不住谢静文的性诱惑。"文革"后开小餐馆的"我"忍受不了生活的挤压与婚姻的昏暗，开始了长期的淫乱生活。一旦涉及现实生活，叶兆言笔下的城市则显得灰暗与污浊。虽然小说也试图在灰暗中寻找一丝光亮，在污浊中挖出一点洁白，如"我"与阿妍最后重归于好，"过去的一切都变成了亲切回忆，我和阿妍仿佛又回到当年，回到了恋爱关系刚敲定下来的那一阵，甚至回到了刚下乡时的那条老式拖船上"。但是，这个美好的结局仍然无法掩盖小说整体的混乱与灰暗色调。《苏珊的微笑》写出身卑微的杨道远与张慰芳的无爱婚姻及其与苏珊的婚外恋，写出了当

---

① 曾一果：《叶兆言的南京想象》，《上海文化》，2009年第2期。

代婚姻的虚伪、人性的自私与个体情感的畸形。杨道远的出轨,与其说是寻找真挚的爱情,不如说是对自身不幸婚姻的补偿与自尊心的证明:

> 张慰芳永远是一面镜子,在这面镶着金边的镜子里,杨道远所能看见的只是过去,这过去就像一幅幅黑白照片,永远是历史记忆,是贫穷,是屈辱,是巨大的绝望,是与张慰芳的出身所形成的强烈反差。

这段话可以看作全书情节发展的心理线索,写出了现代城市人的生活困顿与心灵挣扎。《马文的战争》中的马文与杨欣离婚后峰回路转,重新找到爱情后却引起了杨欣的嫉妒,演出了一幕幕拆台的闹剧,在经历一场公开争执和争斗之后,马文又一次走向了婚姻抉择的交叉路口,作者由此写出了现代人婚姻的尴尬状态。《别人的爱情》以钟氏家族两代人的爱情婚姻遭遇为中心、线索,描写钟天与包巧玲荒唐的婚姻、钟秋与丈夫名存实亡的婚姻、钟夏与妻子离婚后对陶红的疯狂追求以及天真的陶红与杨卫字的畸形爱情生活,而杨卫字说谎成性,整日游走在不同女人之间,是典型的现代小白脸的形象。另外,道貌岸然的过路与女编剧黄文之间的偷情,还有女大款包养男人、男暴发户到处猎艳等一系列充满欲望时代印记的小说情节,构成混乱、堕落的时代氛围。各色人物的事业困局,爱情的背叛与不可得,婚姻生活的昏暗与心灵的失落,无不营造出灰暗与感伤的氛围,构成了数十年来人物个体生存与情感体验的底色。

叶兆言在书写南京历史与现实生活时,拥有两套笔墨:一是舒缓、自由和精致的,一是琐屑、灰暗和世俗的,但是其中贯穿的文化意识却是一以贯之的,那就是对南京辉煌历史、贵族气质、浪漫情怀的失落感与无奈感。而对南京的边缘性与庸俗化图景的现实描绘内在地蕴含着对往昔南京的回望与追寻,这也成为作者今昔对比时的主要精神姿态和文化立场,并由此产生一种文化的颓败感。这在《很久以来》(单行本改名为《驰向黑夜的女人》)中表现得更为突出。小说以 20 世纪 40 年代的南京为背景展开,汪伪时期的政治动荡并没有阻碍竺欣慰与冷春兰的悠闲自在,两个女孩在学昆曲的优雅生活中走上故事的舞台。而20世纪50至70年代的南京却处于历史的阴影之中,两人不断遭受命运的捉弄,一连串的政治事件构成人物滑向深渊的结构性因素。历经动荡的南京终于迎来了历史的变革,两人却无法找回曾经的美好。文本具有宏阔的时代感,通过人物的命运变迁表达作者的文化思绪,时间线索向未来延伸,情感线索却向过往伸展,渗透着作者面对南京沧桑巨变以及个体浮沉的伤感与怀旧意趣。南京的短暂繁华和竺欣慰与冷春兰自足、精致的小姐生活荡然无存,欣慰婚姻破碎、事业失意,死于自身追求的革命,春兰孤独生活、被欣慰丈夫强奸,后又荒唐地与其结合在一起。生活的压抑、政治的冲击、内心的失守、情感的无助在极端的政治乱局中一览无余。作者将个体生命遭遇的诡谲与荒诞以冷峻、舒缓的笔触自然地表达出来,城市生活的政治化带来的是个体精神世界的崩坍与文化的颓败。尤为出人意料的是,叶兆言在小说末尾以元小说的叙事手法讲述"我"与心灵扭曲、沉浸于历史阴影中的欣慰女儿小芊一起参加2010年的上海世博会,混乱、无聊的城市遭遇更是将文本时空错乱的荒诞体验和文化的失落感张扬到了极点。

叶兆言在书写南京地域风貌和历史风情时,从来就不是孤立和表面的,各种标志性的建筑、地标、时间、人物、事件无不浸润在文化的氛围之中。他注重物质形态所体现的文化底蕴,如"秦淮河""夫子庙""玄武湖"等意象象征着古都金陵的浪漫气质,"总统府""中山陵""新街口""中山大道"等标记则隐含着现代南京的繁荣风貌和开放精神。在写城市与时间的关系时,他注重揭示南京在历史巨变过程中的文化性格的变异,从自由、洒脱、开放的城市心态到中庸、保守、庸俗的城市性格的转变。叶兆言以逆向式的文化思维将南京作为充满地域和历史特色的文化载体尽情书写,将个体命运置于南京独特的地理空间之中,建构了一个繁华、颓废、世俗与怀旧相交织的想象的文学空间,从而赋予了叶兆言作品独特的精神气质,这也是他在当代文坛独树一帜的秘密所在。

五、朱苏进

朱苏进是这一时期优秀的军旅作家。他打破军事题材小说长期存在的英雄主义、浪漫主义、理想主义的创作倾向,善于把握军营生活的多重面向,挖掘军人复杂的生命体验,从而赋予军事题材小说更加丰富的哲学意蕴。其代表作有《射天狼》《引而不发》《凝眸》《绝望中诞生》《醉太平》《接近于无限透明》等作品。朱苏进将军人置于命运审视的语境之中,通过对军人性格多面性的展示与价值选择的剖析,构建起丰富的当代军人形象画廊,从而极大地拓展了当代军事题材小说的意义空间。《射天狼》中连长袁翰背负着家庭的重担,却没有过多考虑个人利益,对军人职业有着强烈的责任感。虽遭排挤,仍然承受着无法照顾家庭的内心的煎熬,全身心地投入到军队训练工作中,最后虽然获得了一张立功证书,代价却是女儿病亡。朱苏进将人物置于矛盾的处境之中,表现了一个英雄人物在面临抉择时的精神困境,从而刻画了一个既正面又丰满的有血有肉的军人形象。

如果说《射天狼》表现的是军人的激情奉献和牺牲精神,那么《引而不发》则描写了战争背景下军人经受的心理与意志的磨炼。小说聚焦战争来临之前的军人的言行,时刻备战、引而不发的状态如一支支放在弦上的箭,悬置了前进与后退的空间,无休止地淬炼军人的筋骨与神经。西帆、西丹石两代军人渴望沙场建功,却与战争擦身而过,不得不经历壮志未酬的失落。小说没有渲染军人的豪迈与奔放,而是将重心放在军人封闭压抑的日常生活与周而复始的训练上,这一看似普通的循环状态却给军人带来身体的折磨、情感的耗损与心灵的苦痛。小说揭示了军营现实的生活苦境以及军人所遭受的精神煎熬,这种空无的写法从反面揭示了军人真实的存在状态,是对长期存在的军事题材小说英雄浪漫主义写作模式的一大突破。

《凝眸》写的是鲨头屿和鲨尾屿两个临近小岛上属于国、共阵营的军人的故事,紧张的军事对峙使得双方始终保持高度的警惕,不断向对方窥视。但是,作者没有简单展示外在的武装冲突,而是写人物之间的精神探寻,作为主人公的"我"(古沉星)试图去理解对方,把握敌人的生存与情感状态,通过对敌人动作与行为的细节剖析,将对方人性化,并将自己的心理投射到对方身上,"我"对三十三号的专注与同情更多地体现了小说对普遍人性的理解。"凝视"的动作既是外在的行为,又是心理的冲突与沟通。作者如此描写国共双方的对峙场面,不能不说是极为独特的。小说不动声色地铺陈双方在重压下的心理波动与情感震颤,写敌人的难以承受精神的重压和心理的崩溃等,写"我"为三十三号的死自发降半旗致哀,呈现出对个体生命的尊重,"我忽然明白了,为什么在半旗下面,千万人会低下头来,不出一声……因为那一刻,人们都获得了一颗沉重的头颅"。这就使得小说的政治性与意识形态性大为降低,而呈现出了人性探索的先锋意识。

小说的另一个出色之处是塑造了一个复杂的敌军上尉角色。上尉在国民党阵营属于精神与信仰的象征,他多年驻守鲨头屿,忍受着内心难以排遣的孤独,却无时无刻不在与共产党军队对峙,无论是在阵地上还是在精神上,表面上的冷酷蕴含的是强大的意志力和生命力。他无法容忍己方阵营的软弱与消沉,面对三十三号翻看邮册这一思乡的动作,也会横加干涉。即使三十三号引爆地雷自杀,他也粗暴地阻止士兵降半旗致哀,即使三十三号是自己的亲生儿子。作者没有将敌人首领脸谱化,而是精心刻画出一个精神世界异常复杂的军人形象,以此表达对人性的倔强、坚韧的认同,上尉形象由此具有了高度的艺术价值。

《第三只眼》则比《凝眸》更进一步,将人物之间的相互窥视转到自己阵营的军人之间,精神剖析更为深入。守卫沙滩前线的一班战士性格各异,各有心思,相互保持着无法言传的微妙关系。南琥珀内心潜藏着控制欲望,不时在阴暗的角落窥探战友的行为,力图掌握别人的把柄,使得人人自危,战士之间也相互猜忌。司马成在叛变投敌之后,不断揭发往昔战友们不堪的隐私,击垮了战士们的心理防线。小说描绘了一班被解散分到其他队伍,却被视为不洁者、叛变者因而被监视、被轻蔑,在冷漠的氛围过着压抑的生活的战士,"谁煮我们?不是对面的敌人,是我们周围的同志、战友在煮我们"。

这是小说的最为大胆之处,作者打破军事小说中革命者形象塑造单向性、神圣化的固定框架,没有展示外在的战争,而是通过写革命战士之间的心理战争,呈现残酷的人性倾轧的真实图景,从而将军事小说主题探索提升到普遍意义上的对个体存在状态的审视层面。小说意象浓密,构成了人物生存的隐喻世界,尤其是南琥珀的"第三只眼"的意象则是窥视人性阴暗面的精彩象征,给人以不寒而栗之感。

《绝望中诞生》中的孟中天具有超凡的地质学能力和无法满足的发展欲望,是一个兼具天才与疯子、理想主义者与野心家多重身份的人物。他具有狂热与冷静两种精神气质,有着常人所未有的执着、刻苦以及无与伦比的智慧。如荒野的求生者面对苦境,不断锤炼身心,以恶兽般的野性向猎物进攻,向着心中的目标前进。在经历漫长的失落与挣扎之后,他在绝境中通过地质学研究寻找内心的安慰,发泄无法排遣的欲望。在政治机遇再次到来之际,他果断抛弃了使其暴得大名的地质学研究,重新走上权力追逐的道路。这篇小说没有写军事战场,却写了人物内心的战场。写人物在价值实现与功利目标之间的挣扎,意义的建构在孟中天那里发生了翻转,权力成为他自我定位的坐标,军人的生命存在由此呈现出了不同的面貌。在这一点上,作者将军人形象的塑造深入人性层面并向纵深扩展,对分裂灵魂的细腻刻画超越了以往军事题材小说政治层面的、道德层面的人物性格与心理描写,实现了从对特定军人形象心灵的把握到对广泛意义上的人心、人性冷峻审视的飞跃。

朱苏进在这一时期表现出极强的创新活力,将军人放置于不同的生存环境中,执着于挖掘军人这一特定群体的心灵颤动与性格裂变,赋予军人鲜活的生命气息。以往军事题材小说中常见的激越风格、浪漫情怀在这里不复存在。不同军事阵营的意识形态化和道德化的对立式的形象塑造和价值分野在此被抛弃,代之以普遍意义上的个体之间的窥视、倾轧,呈现的是人性的复杂与生动和关于生命的体悟。他在很大程度上改写了当代军事文学的叙事模式,打破了政治性的写作框架,极大地拓展了军事小说的意义空间,使得军事小说呈现出前所未有的开放性,从而丰富了当代文学的面貌。

进入20世纪90年代,朱苏进尝试新的文学体裁,视野更为开阔,思考更为深入,到了《接近于无限透明》,朱苏进从个体存在的哲学层面展开对人的存在状态的探寻和对生命价值的思索,揭示了隐藏在个体内心深处的记忆才是自我区别于他人的根源。通过对真实与虚幻的对立性理解、对自我与社会的分裂式呈现,作者表达了对"有"与"无"的冷峻审视和对存在与死亡关系的辩证透视。小说另一个突出之处是语言的层次感较为丰富,对病患个人化记忆的叙述、人生经验的议论与对生命的诗意表达结合在一起,如文中对玫瑰与玉兰构成的花廊的描写就显得意味无穷:"我从它们身边走过时,感觉到它们的浪头击溅,花瓣的每一次颤动都滴落下阳光,叶脉丝丝清晰轻灵无比,明亮之处亮得大胆,晦暗之处又暗得含蓄。"类似这种意象性的隐喻与生命状态的象征性书写丰富了文本的意义空间,与自我剖析式的论辩式文字融为一体,形成了小说厚重而细腻的精神气质。

六、黎汝清等

黎汝清在这一时期爆发了极强的创作活力,以高度的历史责任感与巨大的勇气直面革命历史,尤其是以反思的心态再现了曾经对人民军队产生重大影响的历史事件,创作出了被称为"悲剧三部曲"的《皖南事变》《湘江之战》《碧血黄沙》,成为当代战争文学的经典之作。

《皖南事变》以1941年的皖南事变为中心,在1月4日至1月14日的短暂的时间跨度内描写了事变前、事变中、事变后的全过程。全书视野之开阔、人物形象之丰富、情感之真挚、思想之深沉,在当代军事题材作品中极为罕见。作者以宏大视野交代了皖南事变的来龙去脉,揭示政治的格局和战争的走向,展开了波澜壮阔的战场全景图。小说以开放的思维、细腻的笔触刻画了各色人物形象,赋予不同立场、阵营和处境的人物以鲜明的性格,如叶挺的无奈与痛苦、顾祝同的阴险与狡猾、袁国平的犹疑不决、林志超的倔强、刘厚忠的愚昧与疯狂都在战争的抉择过程中极为生动地表现出来。作者不仅从国民党阵营角度分析皖南事变的成因,而且将重点放在新四军内部的矛盾上,大胆揭露新四军的组织病症以及长期存在的官僚主义、形式主义、悲观主义等严重问题,通过对革命者内在的性格剖析和心理世界的建构,揭示战争的走向,使得皖南事变这一重大历史悲剧具有鲜明的人性化色彩和浓重的自我批判意味。小说大胆揭示了作为新四军实际负责人的项英与军长叶挺之间的矛盾与冲突,重点剖析了项英这一形象的性格复杂性。他一方面廉洁自律、勤勉为公,在军中享有崇高威望,另一方面又狭隘自私、刚愎自用,有着浓重的家长制与宗法意识。为维持自己对新四军的领导权,无视中央"北上"的政策执意"南进",一步一步地将军队带入国民党的包围圈中,几乎全军覆没。作者以大量的心理描写剖析了项英的人格缺陷尤其是浓重的封建权力意识,指出了其悲剧性的历史命运。作者通过一个惨痛的战争教训,指出了党内斗争与路线分歧的弊端,提出了英雄人物的自我革命问题,这是难能可贵的。小说格调深沉,笔力雄劲,人物语言鲜活、生动,结构宏大,采取小切口、大背景的叙事方式,呈现历史的纵深感。文本的细节描写十分突出,具有极强的现场感,对大、小不同战争场面的描写极为生动。《皖南事变》在历史真实与文学虚构之间取得了平衡,在思想性与艺术性两个方面都取得了很高的成就,从而成为黎汝清的代表性作品。

《湘江之战》与《皖南事变》的创作思路具有一致性,通过描写红军长征途中惨烈的湘江之役,反思了由于李德、王明等人的错误路线而造成的历史悲剧。《碧血黄沙》描绘了红四方面军西渡黄河被马家军疯狂围剿全军覆没的悲壮历程。这两部小说直面革命的曲折,反思领导人物的缺陷,追问历史的责任,如林彪的冷酷、博古的专断、陈昌浩的家长制作风等被当作反思的一环在小说中表现出来。革命人物性格的复杂性和道德失范被放置在极为严峻的战争环境中,被作者冷峻地审视、批判,人物的文化心理的保守性被揭示出来,成为小说最引人注目的精彩之处。除此之外,黎汝清还创作了多部反映历史沧桑的小说,包括《生与死》《故园暮色》《故园夜雨》《故园晨曦》《深谷英魂》《芳茗园之夜》《滴血的夕阳》《多露的早晨》《蒙尘玉》《黄洋界上》

《风雨征途》等。

艾煊在这一时期开展繁忙的组织工作的同时,继续致力于小说创作,有《山雨欲来》《乡关何处》《散发弄扁舟》等作品问世。艾煊这一时期的小说充满历史的厚重感,尤其是《乡关何处》以南京大屠杀和皖南事变为背景,再现了一段苦难而动荡的历史。作者以细致的笔触描写了南京城遭受的深重苦难,对日寇的穷凶极恶进行了血泪控诉,批判了蒋介石集团的抗战政策,歌颂新四军和人民群众坚决抗日的战斗精神。作者将小说的重点放在一群青年知识分子的"寻路"上,他们面对国土沦丧、民不聊生的境况,虽然身处不同境遇,但都在时代的大变动中寻找救国救民的道路,都在探寻生命的意义,在克服各自的局限性后,最终在党所领导的抗日队伍中找到了真正的归宿。

胡石言在这一时期再度燃起创作的热情,发表了不少中短篇小说,有《漆黑的羽毛》《秋雪湖之恋》《江江的"香格里拉"》《陪同》等。他在现实和历史题材两个方面进行开掘,对"文革"和现实体制等进行反思,如《胡"司令"赴宴》是关于党的接班人问题的思考,《江江的"香格里拉"》是关于青年一代理想信念问题的判断等。《大爆炸》则写出了战争给人带来的死亡、病痛和疯癫,体现出一种悲悯的情怀。《魂归何处》写军人悲剧性的自我价值选择,注重对人物内心的探寻和人物复杂性格的展示,写出作者对革命信仰的认同趋向。胡石言提出了重建信仰的问题,《漆黑的羽毛》中陈静对党的信仰的坚持,《年年七夕》中青年与老一辈革命者的人生价值观的辩论等,无不表现出作者在不同时空环境下对个体意义与信仰重建的深沉思考,体现了对祖国下一代健康成长的殷切之心。

海笑在这一时期笔耕不辍,先后有长篇小说《红红的雨花石》《盼望》《燃烧的石头城》《青山恋情》《白色的诱惑》《部长们》《织女和书记》等作品问世。海笑小说题材多样,在现实观照和革命历史题材上转换。作者视野开阔,文笔洗练,既有对一线工人的生活、性格与情怀的细腻描写,又有对改革时代的总体面貌的宏观把握,尤其是小说《部长们》刻画了五个性格各异的部长形象,表现了社会变迁过程中各类重大的矛盾冲突以及不同人物的不同抉择,从而构成了一幅宏阔的社会画卷。

梅汝恺在被错划右派改正之后创作了多篇小说,有《青青羊河草》《女花剑传奇》《哀感扬州罗曼史》《晴雨黄山寄情录》等。他将创作目光投射在知识分子与女性人物的人生际遇上。文志国、武志雄、林继业、老王等人物都有着悲剧性的遭遇,体现了作者对知识分子道路和命运的思考,苦闷与挣扎、奋斗与追寻是他们的生存姿态。另外,《女花剑传奇》中的计菊杰、《青春羊河草》中的施桂香、《真理与祖国》中的乐美琪都是作者着力塑造的淳朴、善良、动人的女性形象。作者不断变换新的结构方式,如《哀感扬州罗曼史》就是跨越了数十年的政治与社会生活,多线索地展现不同人物的情感世界,共同构成历史变迁的图景;《晴雨黄山寄情录》则将几个相对独立的爱情故事串联起来,表达作者对生命的整体思考。

张贤亮是这一时期产生重要影响的作家,有《灵与肉》《绿化树》《男人的一半是女人》等代表性作品。作者根据自身在西北的苦难生活经历,塑造了许灵均、章永璘、黄香久等出色的人物形象,写出个体在时代冲击下对自身命运的审视,对革命、情感、自我与价值的思索与抉择。他善于塑造人物的复杂性格,通过出色的心理描写呈现个体身体与灵魂的对抗、道德与情感的碰撞、生存与死亡的纠缠,从而表现一代知识分子对革命理想信念的坚守、对苦难的自我承担,从而为一代知识青年坎坷的生命历程和价值抉择赋予了崇高的意义。

薛冰[①]这一时期的小说有《群芳劫》《青铜梦》《爱情故事》《本色》《夜色编织的不都是梦》《星火》《阎王庙》《无价之宝》《空白》《绿光》等。其小说多以南京为背景,广泛涉及南京的文化风物、民俗民情、地理人文等,文笔洒脱,趣味盎然。作者同时注重挖掘底层民众的文化心理与价值取向,通过刻画陈云和、金一凡、肖一飞等人物形象挖掘南京厚重的文化内涵与士人气

---

① 薛冰(1948—),男,浙江绍兴人。

质,而人物悲剧性命运的展示则意味着地域文化的失落。

这一时期不得不提的还有徐乃建的知青小说《杨柏的"污染"》和《在父亲的屋顶下》。《杨柏的"污染"》写一群知青在杨柏相处的故事。开始,大家其乐融融,一起劳动、吃饭、娱乐,充满了温暖与欢快的气氛。随着时间的推移,黄震球走后门参加大学招生的事件打破了这种氛围,尤其是王宁对自身的境遇渐渐感到不满,并将这种不满发泄在黄震球身上。王宁与黄震球的一段对话隐秘地揭示了知青之间的不平等:

> "不要忘了,这儿是杨柏!"
> "杨柏又怎么样?"
> "杨柏的空气不许被你这样的人污染!"

王宁以维护集体团结和名誉的名义,发泄着内心的不平衡。他开始了思想的动荡,从一个纯洁的知青转换为野心勃勃的于连式的人物,并为自己的蜕变寻找理论依据:"生存竞争,就是这么回事儿。""任何人,只要他愿意,就可以把某种东西变为商品,进行交换。"杨柏的知青群体变得越来越紧张,空气中充满着冷淡与空虚的气氛,在小食堂解散的晚上,每个人都学动物的样子发泄着自己的情绪:

> 看他模仿得那副惟妙惟肖的样子,大家笑得嚷得更厉害,一起抢着表演起来,一个比一个学得过火,一个比一个姿态丑,真是群魔乱舞,一种疯人院的气息。说来丢人,我也学了——我们一起笑哇,叫哇,病态心理的人在笑病态身体的人。嘴肌笑得发酸,心肌在痛苦地抽搐。

有一年冬天回城招工开始了,杨柏的知青顿时混乱起来,"气氛顿时紧张起来,人人都在活动。狭窄的通道,拥塞的人流,个个身上都长着刺,像豪猪般要挤出去"。人人充满着猜忌,进行着一场无情的权力厮杀,而"我"和王宁成为最后的胜利者,人性的倾轧与冷漠在此被无情地展示出来。多年以后,叙述者以回望的姿态谈论自己的知青往事,以感慨的语气无奈否定了当年努力守护杨柏纯净天空的天真想法,散淡的语言中充满着情绪和思想的张力,徐徐描绘出一幅人性与道德蜕变的画卷,人性的自私与残酷就这样不露声色地表达出来。《杨柏的"污染"》与当时流行的知青小说写外在的苦难经历,或者写人物对悲剧命运的辉煌承担的体验不同,作者致力于从知青群体内部的分裂、争斗来挖掘普遍意义的人性主题,从而呈现出了知青文学的另外一种面貌。徐乃建之后的另一个短篇小说《在父亲的屋顶下》,写一个回城知青在第一次发工资后的回家之旅,充满温润的气氛与经济独立后的喜悦之情,是作者对知青心理变迁的一次新的把握。

七、黄蓓佳等

黄蓓佳在初期致力于儿童小说的创作,其1981年出版的小说集《小船,小船》,写少年儿童的欢乐与悲伤,充满着浓厚的江南水乡气息。进入20世纪80年代中期,她以自己的生活经历和情感体验为基础,创作了一些表现青年知识群体对生活、爱情、理想的浪漫追求以及在此过程中遭遇的苦闷与挣扎,最终从昂扬走向沉沦的作品。无论是《这一瞬间如此辉煌》中卫伟对音乐事业的狂想,还是《逃遁》中郝晨文学梦的破灭,《冬之旅》中应天明爱情的破碎,《忧伤的五月》里小丛激情的退却,《夜夜狂欢》中温婉的堕落,《给你奏一支梦幻曲》中晓立的自尊、敏感与脆弱,都写出了生命个体的多彩与忧伤。而《热风》则通过女作家的幻觉将现代人的孤独感表现出来。跳动的阳光让人眩晕,高楼幻化为怪兽向"我"扑来。"我"身处困局却无处逃脱、无人理睬,被各种空间物体挤压、碰撞。作者采用夸张、变形的手法,将渺小的个体放置于宏大的场景之中,隐喻心灵的困顿,凸显人物的脆弱与人性的冷漠。这种场景设计体现出了女性作家特有的细腻与敏锐以及对现代意识的深层把握能力。与新感觉派小说所呈现的个人存在的动荡感和虚无感颇为相似,黄蓓佳突出了现代女性的精神困境,预示着其小说创作的新变。

进入20世纪90年代,黄蓓佳将写作聚焦在知识群体与儿童两类对象上,把握历史变迁,审视命运转换,挖掘生命的诗意,创作出了许多时间跨度大、空间意识鲜明、人物形象丰满、充满哲理意味的优秀作品。在知识分子题材方面,她不断挖掘自身的生存经验,致力于描写青年尤其是知识女性的生活遭遇与生命体验,爱情、性、尊严等被包裹在现实或者历史的外衣之下,纯真的坚守或消逝、诗意的追寻或失落是这一类小说所要表达的基本主题。《新乱世佳人》跨越了十余年的历史沧桑,勾画出了董心碧一家跌宕起伏的命运轨迹,突出了乱世之中董家几个子女的悲剧性人生。大女儿因难产而死,二女儿和三女儿互相残杀而丧命,四女儿死于日军之手,儿子吸毒而死,小女儿远走他乡。小说具有通俗叙事的格调,充满传统言情小说的画面感,表现了美的消亡与生逢乱世的无奈感。《目光一样透明》写江心岛上一群右派与知青的经历,与伤痕或苦难叙事模式不同,小说透过单纯善良的少女小芽的目光,写人性的美好与生活的希望,充满诗意。《没有名字的身体》以唯美的语言写"我"的爱情体验,突出了爱情的恒常与纯洁。《所有的》是作者倾力呈现的一部总结性的自叙传色彩浓厚的小说。透过艾早、艾晚姐妹与陈清风之间复杂的情感纠葛写爱情的疼痛、人性的隐忍与命运的曲折,大时代变幻中的小人物的精神漂泊与挣扎是这本书的主题所在。作者以细腻而温润的笔调去铺排一个个生活细节,历史与现实相交织、时代与个人相映衬,勾勒出了一幅幅生动而迷人的画面,个人的生命史占据着舞台的中心,绵密的文字里面隐藏着作者关于知识女性青春记忆与爱情遭遇的敏锐感悟,带给读者丝丝入扣的情感冲击,而这也是本书最为动人的地方。与这种关于爱情和生命的叙事模式相吻合,黄蓓佳在多篇中短篇小说中表达对爱情的悲剧性思考,如《爱某个人就让他自由》中写青年画家的理想失落,《枕上的花朵》写曾经的爱情至上主义者余爱华的庸俗化,《眼球的雨刮器》写郑晓蔓爱情幻想的破灭。作者逐渐从早期的理想型的浪漫爱情书写转换到后期的对爱情与婚姻多面性与悲剧性的审视,小说的境界与格局也更为广大。

黄蓓佳的另一个重要贡献是她长期致力于儿童文学的创作。她不会一味地求新求变,不追求故事的传奇性,而是始终关注少年儿童的日常生活,聚焦孩子们的身心健康,以真诚笔触刻画人物性格,善于从平凡事物中发现问题、书写美好,呈现生活的精彩。《我要做好孩子》《亲亲我的妈妈》《芦花飘飞的时候》《心声》《童眸》等作品写儿童的生活问题、教育问题、尊严问题等,写儿童之间的真挚友情,表达作者对家庭、社会、学校等多元空间对孩子身心影响的丰富感悟,贯穿着作者的情感热流。如《我飞了》将少年之间的友谊和信任通过"鸽子"这一意象表达出来。单明明受杜小亚之托照看鸽子,它有着红宝石一样的漂亮眼睛,柔滑得像缎子一样的羽毛,其灵动的模样引人喜爱。单明明将鸽子看作是杜小亚的化身,其间透露出的是他与杜小亚的深厚友情,作者以质朴的笔调呈现出来,温暖人心。《你是我的宝贝》写的是智障儿童贝贝在众人的照料下心智逐渐成熟的故事。作者以挚爱之心对关乎孩子成长的诸多问题进行饱含深情的呈现,提出解决之道,提示亲情、友情、师生情等之于儿童的人格塑造作用。

  黄蓓佳的儿童小说现实感极强,直面问题并出之于温暖笔调,同时,《漂来的狗儿》写特殊年代的"梧桐院"里孩子们的快乐而忧伤的成长,诗意盎然而略带感伤。"5个8岁系列"(《草镯子》《白棉花》《星星索》《黑眼睛》《平安夜》)则更进一步,五篇小说既相对独立又构成内在的时间线索,塑造了梅香、克俭、小米、艾晚和任小小等鲜活生动的少年形象。作者采取历时与共时相结合的方式,在不断变迁的历史背景下,书写这几个孩子眼中所看到的人世、人情。既表现轻盈的少年的童趣,也勾勒少年心灵的灰暗色调。它们各自成篇,又具备内在精神指向的统一性。孩子们的情感体验既具有独特性,又体现为生命的共相。这五部长篇相互连接,少年儿童的生活轨迹被演绎成一个个精彩的故事,历史沧桑通过孩子的眼睛扑面而来。黄蓓佳以儿童视角写百年巨变,写出了大时代背景之下的少年的成长与遭遇,欢乐与苦痛。这一系列作品时间从1924年跨越到2009年,有着对历史细腻而宏阔的思索,具有了儿童史诗格局,是当代儿童文学极为罕见的力作。总体来说,黄蓓佳的儿童小说题材多变,表现手法各异,无论是现实性的儿童日常生活的书写,还是隐喻性的以儿童视角呈现对世事的洞察,都表达了作者对儿童群体的关爱和怜惜。她善于在灰色的儿童世界中发现洁白,在平庸者的身上发现高贵,在残缺的心灵里捕捉人对善与美的渴望。她的写作不仅起到解决现实问题、矫正人心的作用,而且努力建构一个美好而充满诗意的心灵世界,这也正是黄蓓佳所坚守的世界观、价值观和写作观。

这一时期,南京儿童文学有了长足发展。1978年,江苏省作家协会与江苏人民出版社在南京联合成立了江苏儿童文学创作评论委员会,定期举行儿童文学作家作品的讨论会。在《江苏儿童》《少年文艺》等文学刊物的基础上,江苏人民出版社还创办了儿童文学丛刊《未来》,而江苏作协也创办了儿童文学报纸《春笋报》等。这些文学刊物为南京儿童文学创作提供了园地,有效推动了儿童文学的发展。南京作为江苏儿童文学创作的大本营,这一时期的南京作家奉献了不少优秀的作品。老中青作家或出于问题意识、或出于关爱之心,积极投入到儿童文学的创作之中,作品题材、创作手法、思想意趣不断更新、变化,出现了一大批充满浓郁生活气息的、颇具时代感的作品,不断丰富着南京的儿童文学版图。除了黄蓓佳,海笑创作的反映"十年浩劫"的长篇小说《盼望》、获1990年陈伯吹儿童文学奖的《那年我16岁》等都是具有代表性的成果。刘健屏①的短篇小说《我要我的雕刻刀》(1983)写的是教师"我"和章杰及其父亲两代学生之间所发生的故事。小说通过父亲和儿子两代人的性格与命运,深刻反思了"十七年"教育的问题。《今年你七岁》生动地记录了小学一年级生刘一波读书一年来的所作所为,焦点落在他所生活的家庭中掀起的波澜。小说的特别之处在于以父亲的感受为出发点来引出儿子的生活故事。可以说,这部小说贴近当代的现实生活,具有浓郁的时代气息,各种人物都具有鲜明的性格特征,使小说具有较高的审美情趣与文学价值。程玮②在1970年代末就发表了《我和足球》《淡绿色的小草》等儿童文学作品,1980年代以来出版了"少女"主题小说、"周末与爱丽

---

① 刘健屏(1953—),男,江苏昆山人。
② 程玮(1957—),女,江苏江阴人。

丝聊天"系列、"周末与米兰聊天"系列等。其中,她的中篇小说《来自异国的孩子》获第一届全国优秀儿童文学奖,长篇小说《少女的红发卡》(系"程玮少女三部曲"之一)获第二届全国优秀儿童文学奖等。

20世纪90年代以来,南京的儿童文学又有了进一步的发展与深化。黄蓓佳、程玮、祁智①、章红、韩青辰②、余丽琼、张晓玲、赵菱、邹抒阳、孙卫卫等作家成为此期儿童文学写作的中坚力量。祁智的长篇小说《呼吸》《芝麻开门》《小水的除夕》以及长篇童话《迈克行动》等以独特的叙述视角、生动流畅的语言展示了理想的儿童世界。《芝麻开门》讲述了发生在大钟亭小学四(1)班和都市普通家庭的故事。小说塑造了少年老成的中队长尹露露、转学的男孩张天、帮爸妈约会的杨晨、想当元帅的迟速、小服装设计师孙新悦、心眼比炮粗的胖女孩姜珊、热心肠的李强等儿童形象。《小水的除夕》讲述了四年级的小水和刘锦辉、小麦、孙定远、熊一菲等小伙伴们腊月里等候家人的故事,深情描摹了遥远的故乡与飞逝的岁月。祁智的儿童小说充满智慧的语句和温暖的文字,以诙谐的语言、生动的细节,诗意化地再现了儿童生活。同时,他还关爱儿童的成长,全景式地讴歌了纯真童心。

韩青辰著有《龙卷风》《风吹草动》等"少女"成长小说和校园剪影"小茉莉"系列等。在她看来,儿童阶段是人的一生的基石,必须投以关爱的眼神。创作儿童文学即体现为一种责任感,也是引发人们向善之心的良药。她还利用警官这一特殊身份,深入采访各种陷于心灵困苦和现实逆境之中的少年群体。正因如此,她的纪实文学作品使人震撼,催人警醒,如小说集《我们之间》写的是一群进入重点高中努力向高考冲刺的高才生们。在紧张的学习生活中,他们逐渐显现出了多面性与复杂性:一方面,他们都积极乐观向上;另一方面,他们又不知道应该如何去克服所面临的难题。作家用解剖刀一样的笔深入到这群孩子的内心,让我们真切看到了校园中最为真实的心理冲突,看到了高才生们的心理困顿和成长烦恼。作家以独到的视角表现

---

① 祁智(1963—),男,江苏靖江人。
② 韩青辰(1972—),女,原名韩鸣凤,江苏泰兴人。

了丰富的校园生活,关注来自不同阶层学生的心灵世界,既表现了校园生活的清新和美,同时也不回避人性人情冷暖的复杂。这种介于报告文学和小说之间的写法,使其儿童小说具有别样的风采。

第三节　诗　歌

这一时期的南京诗歌是小说之外另一个取得较大成绩的部分。这不仅表现为诗歌创作异常丰富,涌现出许多优秀的诗人,而且南京地域文化的滋养,推动了第三代诗歌的变革,使这一时期的诗歌成为当代诗歌的重要组成部分。从时间上看,这一时期的诗歌可划分为两个阶段:恢复发展期和创新期。1976年至1984年为恢复发展期,化铁、赵瑞蕻、高加索、丁芒[①]、文丙[②]、沙白[③]、杨苡、叶庆瑞等一批诗人复出,在经过对"文革"的短暂的控诉与反思之后,他们逐渐摆脱了公共性的、集体化的情绪抒发和精神回望,开始各自寻找独特的创作基地,书写自我的性灵,创作了许多出色的山水诗、田园诗、风物诗、儿童诗、乡土诗、散文诗、军旅诗等,极大丰富了南京诗坛。1984年至1992年是创新期,除老一辈诗人继续贡献自己的优秀作品之外,韩东、小君、小海、于小韦、海波、叶辉[④]等一批青年诗人迅速崛起。在第三代诗歌的大潮中,成立了多个诗歌团体,发表了许多颇具探索意义与实验性质的诗歌,成为当时诗坛变革与诗歌转型演进的中坚力量,产生了全国性影响。

一、归来者的诗

经历过一段灰暗期后,南京诗歌创作重新焕发了生机,逐渐从政治化的、标语口号式的模式中解脱出来,开始走向个人化和审美性的创作道路。

[①] 丁芒(1925—　),男,江苏南通人。
[②] 文丙(1938—　),男,原名王文丙,河南登封人。
[③] 沙白(1925—　),男,原名李涛,江苏如皋人。
[④] 叶辉(1964—　),男,江苏南京人。

先前遭遇不幸的诗人回到诗坛,纷纷拿起搁置已久的笔,重新激发隐藏已久的热情,将个人遭遇的不幸、苦难,对历史的深沉思索,对国家的新生与改革的渴望化为诗情诗意,将自己独特的生命体验融入一行行诗中,推动了南京诗歌的复苏。高加索复出后诗情迸发,《风·花·雪·月》《泪花吟》《白发吟》《生命吟》《秋天里的春天》《写给故乡的山水》《烈士,在雨花台前独白》等作品相继问世。无论是对友人的纪念、对家乡的怀念、对党和革命的信念、对时间的思索,无不充满时代的沧桑和充沛的情感,尤其是诗歌中关于个人的心灵遭遇和对生命的深切体验,契合了历经苦难的知识分子的心声,引起诗坛反响。如《白发吟》一诗通过今昔头发的对比,描写时代的转换与自我的生命怅惘:

> 谎言弥天的岁月,权欲熏心的年代,
> 你为何还要我的大脑保持冷静保持清醒?
> 啊! 一场梦魇耗去了我多少个冬春,
> 今日见你,你竟悄悄化成了一团云。

作者经历了灰暗年代的噩梦之后重回诗坛,却已是两鬓斑白。时代给予个人的印迹通过"白发"这一意象表现出来,象征着生命的蹉跎与无奈。全诗采用对照手法对"谎言弥天的岁月,权欲熏心的年代"发出控诉,对自己的新生发出呼喊,"你是一朵白洁的花,一团白热的火/我是才从解冻港湾启程远航的水兵",体现出一代归来诗人的自我期许与对未来的信念。

丁芒复出后笔耕不辍,创作了许多反映时代悲剧、个人不幸命运与民族新生的作品,写出了烈士暮年壮心不已的倔强心声。著有诗集《欢乐的阳光》《怀念》《军中吟草》《天风集》等,诗论集有《当代诗词学》《诗的追求》等。诗人致力于塑造顽强的自我形象,如诗句"捧出保存下来的爱/砥砺十多年的忠贞/捧出你的坚韧、虔诚/和你火焰般的激情"(《火星》),"风暴中,才识那铁枝的峥嵘/冰雪里,才知那寒梅的浓芬"(《忠贞》),皆是作者在遭受苦痛之后的不屈心声的表达。在《我是一片绿叶中》中作者写道：

  当我还是嫩芽
  就把生命许给大树
  当生命已经枯萎
  誓言却没有褪色

  作者以意象化的手法形象地写出了个人生命的转换，短短几句既有生命流逝的沉痛感，又有不甘心命运摆布的反抗意识，反映了当时复出的一批历经磨难而重获新生的作家的心声和情感。《眼光沉落在深海里》一诗则是对知识分子抛弃过去、面向未来的绝佳写照：

  你的眼光沉落在
  文字和公式的深海里
  没有一丝风能吹动
  你凝重的呼吸
  世事的纷扰，个人的荣辱
  恍如过眼云烟飞去
  在你静谧的湖面上
  留不下一圈波纹，一丝影迹
  你的心里没有闭锁
  你有你特殊的旋律
  向广阔的世界张开神经
  敏捷地感应需要的信息
  沸腾的血液，瀑布似的
  倾向你的视野
  又何曾有闲

搔你早生的华发，对镜太息

此诗颇具象征意味，写出了一个知识分子安身立命的沉静、遭受苦难后的洒脱无畏与奋发不已的激情，写出了诗人面对世事纷扰而保持内在的独立性与开拓进取情怀的生命体验史。

化铁遭遇到"胡风反革命集团案"及之后政治运动的极大冲击，生活困苦不堪，靠在工地打零工、干苦力挣钱养家，后返回南京，个人被错划右派也迟迟得不到改正，但他并没有屈从于命运的打击，没有停止对世界与自我的思考。进入新时期，他的诗歌已经从主观主义、人道主义的关怀转换到对个体存在状态与本体价值的沉思上，经历了从热情到冷漠的转变过程。《初恋》一诗就表达了诗人生命的热烈与奋斗的渴望：

有时滔滔不绝
有时默默无语
静悄悄的亲吻
无声的拥抱
热血在沸腾
心脏在狂跳
我要歌唱未来迎接挑战

诗人以场景化的叙事手法塑造了一个散发着生命活力的人物形象，鲜活生动，充满节奏感。而《在我心中没有秘密》一诗更是其反抗苦难命运的巧妙呈现：

在我心中没有秘密
只有阳光滤过了的火把
只有桥下凝固的影子如画

在我心中没有秘密

只有消失了的叫喊

只有坠落着的雨滴

在我心中没有秘密

只有残缺的长城一段一段

只有旋转的长江把崖石碰撞

在我心中没有秘密

渴望吞下烈火

让生命重新发芽

该诗有对个人经历的隐秘喻示,"火把""雨滴""崖石""烈火"等意象隐喻着生命的几个不同阶段。这既是对个人存在状态的展示,又是对不幸与残缺人生的冷峻审视,是对自我价值的内在期许。而到了生命的晚期,化铁回顾一生,更多了一层苦痛、孤独与决绝,《梦》一诗可以看作是其遭遇苦难命运而沉吟不已的关于生命的总结:

扑面而来的是森林

涌入怀中的是海水

蓝色的眼睛

身体阳光一般

是寒冷的无知

还是恐惧的战栗

墙壁在哪里

门窗在哪里

喊不出叫无声

一生都已凝固

忽然一脚滑落

第五章 从复苏到新潮(1976—1992)

醒来大汗淋漓

原来床下是深渊

此诗色调黯淡,冷峻无比,以梦景入诗写自己单纯、挣扎与深渊般的一生。"原来床下是深渊"一句则是诗人对个人劫难的大梦初醒般的体悟,生命的牢笼般的感受与心灵的破碎感就在此淋漓尽致地表达出来,读之令人嗟叹不已。可以说,此诗是对特殊历史语境下一代知识分子的精神失落与悲剧性命运的绝佳概括,呈现出当代诗歌特有的历史沧桑感和生命虚无的现代主义意味。

除了表达个人生命体验与历史感悟的抒情诗作外,这一时期的南京诗人还将视野向外扩展,举凡人生百态、山水游历、田园风光、友谊爱情、悼亡赠别、城市工矿、乡土风物、军旅生涯等各类题材、场景皆能入诗,南京诗歌由此呈现出多姿多彩的面貌。赵瑞蕻这一时期写了不少新诗,写泰山的诗作就有《心愿》(如今,在晚年,我攀登东岳泰山/在日观峰前眺望日出壮观/眼前闪烁着暗夜后的青春光辉/我应唱支歌,献给人民的泰山)、《泰山晨歌》(你披着晨曦彩光/如今是如此辉煌/清风迎日竞姿/白云环绕欢唱)、《岱顶日出放歌》(一切显得如此肃穆、空濛/整个世界沉落在银雾之间/云的海洋恬静地移动/点点岛屿漂浮在云端)、《读杜甫诗〈望岳〉》(我们要在高峰写下你未写的诗篇/向着前人未见过的壮丽境界攀登/如今祖国万马奔腾,诗泉喷射/一个群星闪烁的新时代即将来临)等。作者在国家万象更新之际登上泰山游览,写泰山之雄伟、绚烂、奔放,不由自主地抒发登山的豪迈之感和民族永存与新生的喜悦之情。

赵瑞蕻还有一些怀念友人、悼念伟人的诗篇,如《赠巴金先生》《再赠巴金先生》(慷慨的人,多么慷慨/把自己的心血凝结在书中/让精神的花朵开放在暗夜中/对未来微笑,点燃一盏希望的灯),以表达对巴金的敬意。《百年诞辰献词——为纪念鲁迅先生诞辰一百周年作,并纪念他逝世四十五周年》(巨星陨落了!但是,鲁迅的思想/鲁迅的艺术,鲁迅所开创出来的路/仍在！光热在增强,路在延长/闪亮在所有爱国、正直的人们心上)则表现了对鲁迅精神传承的信念。类似的纪念诗歌还有《访歌德园林故居——为纪念歌德逝世150周年》等。

贺东久的军旅诗写军营火热的生活,不仅表现战士的英勇,而且将笔触深入到人物的内心深处,写出了生命在战争面前的勇敢或决绝,格调深沉激昂,情感炽热,主要作品有《带刺刀的爱神》《相思林》《暗示》《光荣三重奏》《浮雕》等。在《活着,永远记住》一诗中作者将"活着"这一存在状态与战士的使命感结合起来,面对罪行与不义,士兵要永远保持"血性的冲动",对军人神圣的职责给予高度的赞扬。《以各自不同姿势倒卧——给牺牲者》一诗对军人的牺牲与奉献致以崇高敬意:"当生命的潮水/缓缓地/从嘴唇上/退去迷人的绯红/勇士呵/你便以横亘的躯体/架起桥/把胜利渡向彼岸",通过极具现场感的场景描写将军人的悲壮具象化,并赋予这种牺牲精神以光明的未来感,"相约在一个春天/吐露流血的意义"。《夜思》写出了失去战友的士兵的孤独与苦痛,抒发悲伤之情,而且有了对生命无常的体验,具有本体意味。《面影》则是诗人对军旅生涯的回望,抒发军人九死未悔的信念与激越的情感,伸向天空的"手臂"是军人永远保持战斗意志和精神信仰的象征,在与时间的对抗中,追问生命存在的意义。同时,贺东久还创作了一些爱情诗篇,以浪漫、热烈的情怀表达爱情的美好,赋予生命以朦胧的诗意。如《回声》以动作化的场景描写个体内敛的情感体验,亲吻大地的行动与亲吻爱人的意念形成了同构关系,从而写出了爱情的悲壮与深沉。《眼睛》以诗人探寻的"目光"为线索,漂泊与靠岸构成了个体追寻爱情的空间隐喻。寻找成为希望与失望碰撞的关键语态,对爱情的执着守望在此过程中明确了方向。《请望窗外吧,朋友》("让我们也靠紧一些吧/高举起手/拆掉这间古老的房子/把爱/裸露给自由")呼吁打破内在封闭的空间,让爱自由地呼吸,从而写出了对爱情的渴望与承担。

沙白著有诗集《杏花春雨江南》《大江东去》《砾石集》《南国小夜曲》《独享寂寞》等。他的一些写景小诗善于处理细节,于细微处营造优美的意境,如《无题》写了一个清新幽雅的生活场景:"夜来香有意/用一缕清香/推开我绿色的小窗/明月无心/爬在树顶上/把清光洒了半床";《秋》一诗则以寥寥数语写出了"一叶知秋"的意境:"湖波上/荡着红叶一片/如一叶扁舟/上面坐着秋天",构思奇特,境界深远。

此外,文丙的乡土诗、儿童诗别具一格,出版有诗集《迟熟的高粱》(文丙、王德安合集)、《文丙诗选》等。其诗多口语化,如《水乡歌》(水乡什么多?/水多/千条渠,万条河/河塘一个连一个/处处绿水扬清波)以"水""船""帆""歌"等营造出江南水乡的秀美与韵味,用语自然,格调清新。此外,文丙还写了一些讽喻性的诗歌,揭露了社会的弊端和陋习,颇具现实意义。

孙友田在这一时期写了不少工矿诗,反映矿场的生产场景和矿工的生活与情感,是当时工业题材诗歌的典型代表。《矿山的孩子》(四首组诗)写孩子接待下班归来的矿工爸爸的欢乐场景,具有极强的生活实感和童趣。臧云远的咏物诗很有韵味,有诗集《炉边》《云远诗草》等。邓海南的工矿诗也很出色,充满奋斗的热情,有诗集《机器与雕像》《青铜与瓷》等,他在《圆圈和三角的进行曲——写在自行车厂》一诗写道:"坐垫上将坐着一个快乐的生命/车轮将画出他生活的轨迹/地面的银河里/将增加一个丁当作响的行星/祖国的脉动中/将多出一个加速流动的血滴",写自行车厂热闹的生产场景,构思奇特,想象丰富。

此外,杨苡的赠别悼亡诗《知识》《一本黑色的书》等以及忆明珠的诗集《春风啊,带去我的问候吧》《沉吟集》《天落水》等也都显示了当时的创作实绩。

二、"他们"诗群

1984年前后,作为对强调宏大叙事、精神承担与历史使命感的朦胧诗潮的反拨,新一代的青年诗人开始另辟蹊径,寻找新的创作基地。南京以其自由多元的创作环境和长期形成的勇于创新的人文意识,孕育出了许多青年诗歌群体,创作出了一批颇具探索意义的作品,使得南京诗歌产生了全国性影响。

"他们文学社"是这一时期南京最为引人注目的诗歌群体,1984年成立,主要成员有韩东、于坚、朱文、刘立杆、于小韦、吕德安等。1985年3月7日,《他们》出刊,其文学宣言关注诗歌本体,"诗到语言为止"和"诗的口语化"等主张倡导口语入诗,聚焦日常生活现象和个人体验,具有世俗化倾向,是对当时"朦胧诗"宏大叙事的否定和消解,在诗坛引起巨大反响。《他们》的创刊标志着第三代诗歌的崛起,韩东、于坚成为其中的代表性人物,其多篇诗歌也被视为第三代诗歌中颇具代表性的作品。

《有关大雁塔》是了解"他们"诗群诗歌理念的范本。全诗以登大雁塔的生活化场景消解了人们英雄化的情结:

> 有关大雁塔
> 我们又能知道些什么
> 有很多人从远方赶来
> 为了爬上去
> 做一次英雄
> 也有的还来做第二次
> 或者更多
> 那些不得意的人们
> 那些发福的人们
> 统统爬上去
> 做一做英雄
> 然后下来
> 走进这条大街
> 转眼不见了
> 也有有种的往下跳
> 在台阶上开一朵红花

第五章　从复苏到新潮(1976—1992)

那就真的成了英雄

当代英雄

有关大雁塔

我们又能知道些什么

我们爬上去

看看四周的风景

然后再下来

大雁塔在诗中被定位为平凡的空间载体。被虚幻的语言所迷惑,各色人群从远方赶来,爬上大雁塔,为了"做一次英雄"。然而,自然、真实的物质形态脱去了大雁塔无形的神奇魅力,人们无法实现预期的满足。

"有关大雁塔,/我们又能知道些什么"一句是全诗的诗眼,消解了大雁塔历来被诗文所赋予的历史文化意义与政治变迁的象征意味。诗人祛除了大雁塔的魅惑色彩,以纯客观和零度情感的介入方式书写大雁塔。大雁塔被还原成物质世界的普通物体,登塔者也是普通的人,一切都是那么索然无味与司空见惯。全诗态度冷静甚至带着一些漠然和嘲讽的口吻,将一切还原到生活和真实本身,大雁塔作为宏大叙事的象征物的光环也消失殆尽,这一点与朦胧诗派的代表作《大雁塔》崇高化的写作风格相比,显得尤为明显。与杨炼史诗性的《大雁塔》不同,韩东诗中的大雁塔没有绚丽的建筑外形、浪漫的想象空间、宏阔的历史感和浓重的文化意味,他只是将大雁塔看作一个由质朴的结构、简约的形式和内敛的气质构成的遗迹。这种感悟既是诗人实地体验的结果,也是其诗歌美学观影响下的结果。他将繁复还原为单纯,发现事物的本相,从而实现对当时诗歌主流的偏移。正是从《有关大雁塔》开始,"他们"诗群实现了对浪漫主义诗歌、朦胧诗风格与气质的有力消解,同时形成了以韩东为代表的口语化、世俗化的南京诗坛新风格。

同样地,与朦胧诗派舒婷的《致大海》的宏阔风格与象征性的写作手法相对照,韩东的《你见过大海》则显得现实和平淡无比。诗人围绕大海展开所见、所思,将大海的自然形态置于诗歌的中心位置,面向大海的身临其境的现场感并未激发诗人的哲思,表现的只不过是普通的旅程与经历,大海带给人的豪迈奔放或惊心动魄在此消失。诗人以"见"和"想象"作为两种不同的对大海的认识方式,想象赋予大海的虚构性的文化意义。大海多被赋予崇高、辽阔、雄伟、深沉、热烈等方面的文化意味,但在这首诗里,大海就是大海,它只是人们现实生活中所接触到某种普通的事物,如此而已。"就是这样""顶多是这样""人人是这样"等口语化的语句反复出现,构成连续的节奏感,强化了真实的必然性与想象的无意义性,如此,现象即本质,现实就是一切。韩东类似的诗歌还有《山民》《中秋夜》《横渡伶仃洋》《去栖霞寺烧香》等。作者以还原式的再现手法摆脱了事物被赋予的历史、文化、政治、思想等方面的想象、象征与隐喻意味,还事物、生命以本来面目,把这种现象质朴平实、不加雕饰地呈现出来,从而摆脱了以朦胧诗为代表的英雄主义式的、崇高化的诗歌观念,开掘出了当代诗歌口语写作、民间写作、底层写作、个人化写作的新道路。

除了以上特点,韩东还善于在诗中营造戏剧化的场景,通过写人物一连串的行动构成某种生活的氛围,从中体现生命或孤独或热烈的状态。如《写作》一诗通过片段式地描绘窗内窗外的人物活动,勾勒个人的生活样态。全诗在一连串的动作指引下,构成一幅完整的、动静结合的图像,渗透着隐隐波动的情绪。室内的"我"望向窗外,电线杆上的工人望向窗内,"我"微笑、写作、移动,空间感和时间感相互作用,其间流淌的是悠然、活泼,最终归于静谧。作者采取对照法,将"我"在窗内写作与"电工"在窗外劳动的动态画面交相映衬,互为坐标,形成了时间与空间的绝妙组合。"一切空虚又甜美"一句显示了"我"的存在状态以及内心的体味。此诗以工笔式的手法构造连续画面,营造了一种恬淡而略带萧瑟的生活意境。虽然写的是个人生命的某一个瞬间,却又有某种咀嚼生活情趣的审美意向,读来令人兴味盎然。类似的诗歌还有《一切安排就绪》《我们的朋友》等,作者通过具有家庭氛围的活动场景写生活中的热烈与喜悦。

此外,"他们文学社"的重要成员小海创作颇丰,他执着于乡村写作,常以家乡北凌河为背景写乡村的自然性、边缘化,透过诗人对土地、河流、鸟兽、农人等日常场景的展现以及对往昔生活经历的回望表达对村庄的忧郁的怀想,代表作有《村子》《村庄》《必须弯腰拔草到午后》《田园》《置换》《月色》《父性之夜》等。诗人善于运用口语化的语言展示村庄的不同形态,既有如《村子》(这些村子的名字/很久就流传下来/而今,这些村子/只有在黄昏来临时/才变得美丽)、《边缘》(北凌河绕着村庄/月光进入更深的睡眠)《置换》(深绿静谧的大地/不断摇荡变异的河水)等诗表现乡村的宁静与和谐,也有如《作为表象的村庄》表现田园诗般乡村的虚幻。小海也致力于对日常细节和叙事手法的探索,如《客人》就通过构造生动的场景,抓住日常生活的某个瞬间,呈现平淡背后的复杂情绪,以此表达时间的流逝感与生命的隐秘悲哀:

> 十五年以后
> 我再来拜访你
> 你的妻子站在门口
> 那扇门已年久失修
> 现在可以听到嘎嘎的声音
> 我惊动了你
> 打搅了你如梦的生活
> 我站在门槛上
> 对你说过什么
> 没有回音
> 就像一块石头砸在花朵上

三、其他青年诗群

除了"他们文学社",这一时期南京还出现了其他一些重要的青年诗歌群体，成为第三代诗歌团体的中坚力量。"日常主义"诗群成立于1983年1月，与"他们"诗群交相辉映，在诗坛产生一定影响。这一群体致力于呈现日常人生和生活的细节，对"日常"进行陌生化处理，将"日常"上升到本体高度，审视普通个体的精神现状，从中挖掘生命的意义，和"他们文学社"的创作主张有类似之处。主要成员有海波、叶辉、祝龙、林中立、亦兵、海涛、马亦军等，有作品结集《路轨》。叶辉的诗充满了生动的细节，构成了生活与生命的日常景象，在看似散乱的结构中隐藏着统一的思绪。在对表象进行重组的同时，他不动声色地揭示生活的真相。其代表性作品《难以回头的现象》以回望姿态梳理了日常生活的几个现象和细节：

> 想回过头去。你现象中的面目
> 急于要道明某个姿态里的事件
> 来自你。来自你不育的关节，指向不明的
> 我们所熟知的那些气流
> 几种趋向的偏见
> 反过来穿过你。古老的躯体
> 镜头里的一张脸。我们手中以前的物品
> 而我还得去那里
> 这些事实应有的另一种辩证
> 被认为你是我是，我们都仍然是
> 想拿起某种概念，或者
> 拿起一枚生锈的剃刀
> 去对付这个世界

诗人抓取过往生活中的几个片段，勾勒出生命个体的基本状态。人们无法根据某种概念去理解这个世界，需要面对日常细节并从中寻找存在的意义。海波的《一个当代诗人的日常生活》节奏感很强，充满浓重的生活

第五章 从复苏到新潮(1976—1992)

气息：

> 有空在就近的路边散散步
> 早晚各进一次地窖看看
> 黄掉一束诗大概要多少时间
> 想一想将要到达的流行性感冒
> 预测一排栅又要多少时间
> 这个蒙面人下午才找到我家
> 问那狗主人在家吗
> 那狗昨天叫狗
> 今天是不是还叫狗

此外，"日常主义"诗群的代表作还有祝龙的《对话》、林中立的《评价》、亦兵的《背景》等。

"超感觉诗"团体成立于1982年10月，倡导诗歌要进行超出现象的灵魂追问，"我们试图以诗行的准确手指，穿透各式各样的表象，指向灵魂"。主要成员有常征、王一民、樊迅、陈飙、马巧令、姚永宁、张启龙，有油印诗刊《超感觉诗》，代表作有川流的《猎熊者》、姚渡的《清明》等。

"阐释主义"诗群成立于1983年6月，要求超越人的平庸状态去开展对生命的诠释，"诗，抵达时亦是起始，既无地理又无时序的拓展"。主要成员有陈建、糜志强、刑国富、王玉炳、祁冠宇、杨云宁，代表性作品有杨云宁的《其它，及其它的》，糜志强的《秋之吟》等。社团自编诗集有《无心集》《魂是风》《过江的无轨电车》《明明扬侧陋》等，自办诗歌刊物《东方潮》。

"新口语"诗群成立于1985年，主张"口语入诗"，提倡诗歌创作的随意和自由。主要成员有赵刚、朱春鹤，诗歌作品集结有铅印本《诗集》，代表作有赵刚的《祖宗》《我们家的第五处住房》、朱春鹤的《下午》等。其中《下午》一诗以极其传神的口语描绘了一个百无聊赖的场景：

整整一个下午
都被我们坐在屁股下了
你看我无聊地抽烟
我看你无聊地写诗
一个下午就不见了
风把房门推开又关上
你把嘴张开却不说话
太阳从窗前蹑手蹑脚地走
我们却没去招呼它
你起身要走了
我说我肚子疼就不送你了
你请走好

房间里面的两个人缺乏生活的意趣,"整整一个下午/都被我们坐在屁股下了",抽烟、写作只不过是为了打发空洞的时间。房门的开关、欲言又止、阳光的消失、人的离开都失去了意义,一切都显得慵懒而平淡。诗人运用口语构造行动的细节,使得人物的行为生动起来,达到戏剧化的造景效果。狭小空间中的两个人物的言行举止在静与动之间来回切换,营造出无聊、空虚的氛围,从而绝妙地传达了诗人的生活体味。

"新自然主义"诗群倡导诗人按照自己本来的面目去写诗,以顺其自然的立场和态度体会外在自然和内在自然,从中发现生命的况味。在形式方面,则提倡以不拘一格的方式进行诗歌创作。主要成员为程军,代表作有《赠卢梭》,诗歌作品集结有《百花园》《觅》。

"呼吸诗"团体成立于1985年5月,认为"诗是呼与吸的双向运动""窒息产生出来的诗,是血,是泪",要自由地发挥情感。主要成员有盲人(茹础耕)、贝贝(贡文海)、月斧(王干)、岸海(段岸海)、南岛(张兆华),代表作有月斧的《失题》、贝贝的《默许》,诗歌作品结集有铅印本《青春的白鸽》、油印诗刊《我们》。

"色彩诗"团体成立于1985年5月,追求诗歌的多姿多彩以抵达世界的本质,"它呼唤和效应于抛弃一切非诗本质的第六感官"。主要成员有王彬彬、张晓梅、王全红、蔡飞、静静等,代表作有王彬彬的《日子》、静静的《声色对峙》等。

"东方人"诗群成立于1986年6月,提倡基于东方艺术的特点,"去发掘东方人的人生意识、伦理意识、审美意识和东方气质特质等"。主要成员有柯江、闲梦、也耕、林林、晓阳等,代表性作品有闲梦的《尴尬》、柯江的《孤独》等,有自办诗报《白帆》。

第四节 散 文

在经历了短暂的恢复期后,南京散文创作迎来了百花齐放的繁荣局面。南京散文诗学会、散文学会、杂文学会、报告文学学会等文艺协会相继成立,通过开展各项评奖、作品联展、交流等活动,激发作家散文创作的积极性,活跃散文创作。散文家纷纷摆脱政治环境的束缚和自我心灵的阴影,勇敢地回望历史、迎新忆旧、纵情山水、针砭时弊、剖析自我、思索人生,创作了许多题材多样、风格各异、充满真情实感的散文作品。总体上看,南京散文的怒气和火气较淡,在审视历史、呈现不幸时也能做到哀而不伤,文章格局较为开阔,心态较为平和而舒缓。作家多注重审美个性,结合自身经验的内向型创作的倾向比较明显,这是与南京平和中庸的文化氛围相一致的。

一、《云梦断忆》与回忆散文

从散文类型上说,回忆散文、乡土田园散文(游记)占据中心地位,报告文学和杂感也取得不俗成绩。复出的老一辈作家纷纷从牛棚、工厂、农村走出来,重新回到文坛,面对苦痛的过往,开始了对悲剧性历史的控诉和对往事的深情回顾,创作了大量回忆性散文。蒋元椿、魏玉翠的《钟山风雨起苍黄》是对"四人帮"的倒行逆施进行揭露和控诉的代表性散文。文章以1976年悼念周恩来总理逝世为背景,详细叙述了南京人民反抗"四人帮"的英勇事迹以及不惧恐吓发起大规模游行示威活动的全过程,描绘出南京群众运动的全景图。以工人、学生为主体的人群不惧"四人帮"的禁令,潮水般地涌向梅园新村等周总理曾经生活过的地方,到雨花台寄托对革命者的哀悼,送花圈表达无尽的哀思,表达对"四人帮"的愤怒。作者以长江流水、火山爆发比喻历史前进的步伐无可阻挡,"四人帮"终究会被钉在历史的耻辱柱上。作者怀着慷慨激昂的心情,大声控诉"四人帮"对周总理的污蔑与攻击,写出了人民的觉醒,语调铿锵,爱恨分明,体现了特定时代的氛围和价值指向。

　　同样是以纪念周恩来为背景,陈白尘1979年初发表的《献——纪念敬爱的周总理诞辰八十一周年》一文则显得别具一格。文章并未把重点放在悼念周恩来的活动和对"四人帮"的谴责上,而是集中展示自己在悼念过程中的心路历程,表现了被错误批判而戴上"黑帮分子""右派"帽子的文人的悲剧性。文章开始写道:"从举世悲痛的一九七六年一月八日起,已经三易寒暑,我才提起笔来,敢于公开写作这样的标题。"这就奠定了纪念的基调,作者的恐惧、犹疑展露无遗。作者随后写出了自己在下放过程中、在悼念活动中的沉默、压抑、孤独与苦闷的心理状态,知识分子的脆弱性在此惊心动魄地呈现出来。待到自己终于被落实政策、获得平反之后,内心隐藏已久的激情才尽情宣泄。这篇散文文笔质朴,充满内在的情感张力,表现了作家的敏感和坦诚。作者对自己的复杂心理进行了细微的展示,浓缩了一代知识分子在历史转折时期思想、情感和心灵的变迁史,颇具象征意味。

　　几年之后,陈白尘已然摆脱了那种梦魇式的沉重的精神负担,展开回忆时的笔调已舒缓起来,这在回忆散文集《云梦断忆》中表现得尤为明显。《云梦断忆》描述了作者在湖北咸宁古云梦泽边"五七干校"的往事,涉及交友、吃穿、劳作、探亲等多个主题。笔调多变,旨趣统一,立足苦景,报以微笑,审视人心,剖析自我,整体风格似轻而实重。在《忆云梦泽》一文中,作者以从容而略带风趣的姿态回顾了自己下放到"五七干校"的前前后后。这是当时复出作家所涉猎的一般题材,但不同的是,这篇回忆并没有当时流行的文章中普遍存在的对政治的沉重控诉和对自身不幸遭遇的感伤,反而带有某种幽默和讽喻意味,对于即将下放干校的境遇,作者也能保持快乐之心。经历长期大鸣大放的苦境,"我"反而向往农村的恬静生活了。蚊虫、沼泽不在话下,青山绿水常驻于心。回首三年多的干校生活,感觉"如云如梦,总觉美丽的"。灰色的干校境遇被作者蒙上了一层色彩,成为作者感悟世事、体味人生的源泉,洒脱的心态、开阔的心境在此一览无余。作者与人、与物接触皆遵循顺其自然的态度,往往从可恼之事中找出可喜的东西来。经此一番叙述,作者面对厄运时的洒脱、豁达与乐观的形象顿时跃然纸上,引起读者的会心一笑,这在当时的作品中是极为少见的,显示了作者心灵的解放,开创了记忆散文、"文革"叙事的另一种形态,具有典范意义。

在《忆房东》一篇中,作者回忆了自己被房东贾大爷一家尊重、照顾的往事,感情真挚。在"五七干校",陈白尘是被监督、被改造的人,不属于"革命群众",而房东儿子却坚定地相信自己是"好人",称呼自己为"陈大爷",暗地里帮助自己,"陈大爷,别放在心上!我们相信你!"来自暗夜的一点亮光都给作者带来无比的慰藉,作者发现了农民兄弟的质朴与善良,揭示了时代的荒谬。

《忆眸子》一文构思奇特,意味深长,通过描写各式各样的眼睛,呈现复杂的人生百态,挖掘各种眼神透出的丰富意义。作者将"眸子"这一生理器官置换为心理载体,在荒诞时代呈现出政治性的内涵和人性反思意味。朋友之间的注视带来温暖和安慰,是特定语境下人们表达情谊的无奈之举。阶级敌人之间的观看,则带给个体难以言传的痛苦,窥视、冷眼、怒目、侧目、邪目都是政治性的压制动作,变为一种控制机制,透露着个体或阴暗或疯狂的内心。形态各异的眸子代表着各式各样的灵魂,作者以此为出发点,截取关键细节,通过眸子功能的不同运用,建构起不同的形象系列,在干校上演一出出悲喜剧。

作者以夹叙夹议的方式写出了各色人等的真实面目,展示了"爱抚的、同情的、怜悯的,甚至为我愤慨的目光与眼神",以讽刺性的笔触写各式眸子带给自己的心灵冲击,具有强烈的政治讽喻意味,尤其是那个本来有着乌黑透亮眸子的小女孩对"我"由喜爱到仇恨的前后态度的剧烈转变,给作者带来了刻骨铭心的心理震撼。当"我"忍不住想去抚摸她漆黑的头发时,她猛然叫出:"大黑帮!""大坏蛋!"小姑娘的突然爆发让"我"痛苦不堪,仿佛被置于无法逃脱的境地,心灵受到沉重撞击。"文革"给孩子们套上的精神桎梏就这样从日常言行中表现出来,作者痛心疾首:青年的灵魂"被搞得天翻地覆而又地覆天翻""十亿人们的灵魂都触动了",由此显示出来的是作者无以名状的绝望之感。作者只能发出无奈的呐喊,希望小姑娘一辈能从压抑、灰暗的精神困局中解放出来,重新闪动明亮的眸子,迎接新世界的到来,其间呈现出的是作者对国家未来的忧虑之心。

《忆茅舍》一文写了一个良心未泯的"革命者"与"我"的交往过程。当"我"为对方顶替错误受到惩罚时,这位革命者的良心受到了冲击,晚上向"我"检讨,和"我"的关系也变得融洽。即使在"文革"后,他也出于道德的负罪感,对"我"避而不见。这是一个被扭曲的精神残缺者,是斗争年代的牺牲品,只是无处不在的权力机制让其身不由己。作者呈现特殊政治语境下的人性的复杂状态,并以同情之态度对时代之荒谬做出宽容理解。

在《忆"甲骨文"》中,革命群众"甲骨文"迫于压力,咬出"反动"同盟,牵连多人,自己因此受到赏识。等到形势转换,事情败露,"甲骨文"因良心未泯,遭受身心折磨,经此变故,神魂不安,可见"我们这干校和社会比,还算'世外桃源'哩!"作者以讽喻笔调写人物浮沉,从中发现被扭曲的人性中还残存着的善良和纯洁,在污浊的世事中发现灵魂的自我救赎,这个灰暗世界还能现出一丝光亮。

在《忆鸭群》中,作者将重点放在一群鸭子身上,以充满温情的语气写了自己在干校当"鸭倌"的点点滴滴,在苦闷的下放生活中寻找一丝慰藉,发现一点乐趣,尤为引人注目的是,作者采用幽默与讽刺的手法,将自己与鸭群相处的过程社会化,将自己对社会、人群、政治、真理等方面的思考连接到对鸭子的理解上。联想到当时自己所受的批判,作者认为自己与鸭子的关系超过与人群的关系。在疯狂年代,人远不及鸭子"和平温良",虽然不能把人比作禽兽,但与人的互动相比,"我"与鸭子的来往显得更为温暖而充满人情味。这不能不说是一种绝妙的讽刺。作者看清了社会关系的复杂,欣赏自己与鸭子之间的自然与单纯,由此揭示特殊政治语境下人性的灰暗面。类似这种比拟在文中多次出现,如将鸭群不改变行走路线与政治上的路线斗争相类比。鸭子作为真理掌握者引导"我们"脱离错误路线,行走变为对政治道路的抉择。"我"对鸭子不敢横加干涉,也即是遵循正确的政治方向。作者感受到当时的政治斗争与路线斗争的荒谬,以戏谑语言和游戏笔法隐隐地表达自己的不满以及对真实与真理的渴望。同时,作者目睹鸭子被杀掉的结局,展开对自我与社会的反思。"我"是否像鸭子一样被无情地抛弃,那些站在敌对立场的人是否如鸭子一样不由自主,无论是凶神恶煞般的打击、声嘶力竭的控诉,还是不屑一顾的鄙弃,是否都是在一种无所不在的意识形态和组织运行机制下采取的违心之举。作者由鸭子的死亡命运以及人们领命宰掉鸭子的行为发现社会的多重面向,探索特殊政治机制下人的生存之道,并推己及人,换位思考,反省每个人内心深处的无奈和身不由己的处境,抛弃那种非黑即白的观念,发现人性的复杂和局限性,由此将对政治的批判上升到对人性的反思层面。

《忆探亲》一文则写了干校末期"我"回家探亲的往事。作者怀着喜悦的心情回到南京家中,却经历了家人相见的悲喜交加,感受着无处不在的监控与审视的眼光,心情变得跌宕起伏、阴晴不定。而"我"探亲假满而返回干校之时,内心充满了离别的锥心之痛:

> 这种离愁别绪,当我假满离家,全家在车站月台上送别时总爆发了。妻子儿女个个都热泪盈眶,对车上的我一再叮咛珍重,我确实后悔了:我这十天没能给予他们足够的安慰!特别是金玲,一位医生曾背后告诫我:她这神经质的人,已有神经官能症的征兆了,不能再受刺激。但我此时如何安慰她呢?我只能忍住泪水,强颜欢笑说些闲话。但四

双泪眼正对着我,而火车迟迟尚未开动。我受不了,只好将视线避开。此时发现一只小手提包不知放在哪儿了,便借机找寻。等寻找到了,车厢已缓缓移动。我再看看金玲和儿女,他们仍然含着泪水,伸长颈项在张望着我哩!一阵愧怼的心情袭击着我,要说什么,但已无济于事,车轮滚动,人影渐远渐远了!

长时间的隐忍与沉默在离别的车站月台上让"我"的心灵备受折磨,对自己无法照顾家人充满悔恨。作者的情感波动夹杂着遗憾与无奈。"我"无法承受离别的苦痛,强颜欢笑,故意避开亲人饱含泪水的目光,然而内心依然难以摆脱愧疚的煎熬。作者以动作写情绪,以场景写心理,将人物的情感震颤缓慢而深沉地表达出来。这段文字质朴而饱含深情,直击人心,情感展示细腻而回环曲折,欢笑中渗透着眼泪,离愁中夹杂着悔恨,表现出作者对亲情的依依不舍,体现了一个父亲、一个丈夫的无力和脆弱。写出了个体无法把握人生与命运的隐痛,呈现出了特定时代的知识分子的漂泊感,引发读者的无尽感慨。

《云梦断忆》是一部融合了多种笔法的回忆性散文集,既诙谐风趣,又庄重辛辣,既有平和的往事叙述,又有对人性的冷峻审视,身处苦境能泰然处之,面对丑陋能反躬自省。作者对"文革"的多面性展示,对自我灵魂的挖掘,对知识分子生存与精神状态的剖析,都切中肯綮,发人深省。陈白尘摆脱了当时流行的沉溺于血泪控诉的创作框架,能以从容的心态面对苦难,从困苦中发现乐趣,于污浊中看见洁白。其文字也妙趣横生,读来既能使人会心一笑,又能引人掩卷沉思,可谓庄谐并存,雅俗共赏,成为当代回忆散文的典型文本。《云梦断忆》不仅是南京当代散文的优秀代表,而且在全国范围内也占据重要地位,一经问世,就引起广泛回响,历久不衰。

张晓风[①]的回忆散文带有一种乡愁与怀旧感。这一时期有《愁乡石》

---

① 张晓风(1941—),女,江苏铜山人。

《步下红毯之后》《你还没有爱过》《再生缘》《我在》《从你美丽的流域》《玉想》等作品,内容包括对于自然的敬畏、故乡的怀想、人世的关怀和中国文化的认同。她八岁随父母迁台,离开大陆后总是念念不忘江南的幽幽荷香、南京城晶莹的雨花石。在《给我一点水》中,她深情写道:"最初恋水,是在玄武湖。"失去了故园,"我们所有的只是超载的乡愁,只是世家子弟的那份茕独"(《愁乡石》)。不知道"南京的古老城墙是否已经苔滑?柳州的峻拔山水是否也已剥落?"(《雨天的书》)

这一时期,郭枫①创作了《黄河的怀念》《早春花束》《老家的树》《草虫的村落》《空山鸟语》《九月的眸光》《我想念你,北方》等散文,以强烈的历史意识、民族意识传达出了对于中华大地的深情怀念和游子的思乡之情。

艾煊的《雨花棋》《醒时的梦》《湖上的梦》也是较为出色的回忆性散文集。回忆既是作者对往昔太湖农村生活的回顾,也包括作者重回旧地的感想,通过描写各色人物、生活百态,营造江南水乡的诗意氛围,抒发自己的或悲哀或喜悦的心灵体验,整体较为真切而充满韵味。此外,海笑的《春夜苦闹思银杏》、丁芒的《老柳犹飞三月絮》、姜滇的《窗前有棵石榴树》等作品是对个人生命历程的回顾。苏叶②的《能不忆江南》《纸雁儿》《夜色清凉》《总是难忘》等作品既有经过"文革"后产生的痛苦,又有"一种无法命名的生命清唱。生命清唱是散文的一种高度,一种理想"③。高峰的《新枝绿且艳》、章品镇的《花木丛中人常在》也体现出了强烈的自我意识,有着对自我灵魂的拷问。

除了对个人经历的回顾之外,这一时期的回忆性质的散文还包含许多悼念、追怀、纪念性质的作品。陈白尘的《哭翔鹤》是对诗人陈翔鹤的深情追忆,叶至诚的《忆方之》则是对挚友方之不幸命运的控诉和深情缅怀,魏毓庆的《秦淮月·春蚕篇》是对同窗好友的回忆,忆明珠的《表姑》《迎春花》是对

---

① 郭枫(1933—),男,江苏徐州人。
② 苏叶(1949—),女,江苏南京人。
③ 丁晓原:《苏叶散文,无法命名的生命清唱》,《当代作家评论》,2013年第3期。

亲人的追忆。这类散文往往情感真挚,有特定历史的思想痕迹,充满着对亲友故旧的敬意、惋惜之意与追思之情。

二、游记散文

表现山水田园、乡土风物的游记散文是与回忆性散文并存的另一种散文类型。作家多以寄情山水、流连于地方风情来表现历史、社会的变迁,隐喻个人的价值取向,塑造一种理想人格或精神品质,抒发自己对美好生活的向往,充满浓郁的文化气息。以南京为背景的游记写景散文是这一时期南京散文的一大特色,作家沉浸在南京的山水城林、古物风情之中,寄托着作者对这座城市的沧桑巨变的感慨及其对这座城市与自我互渗关系的深情回顾。程千帆多年后复返南京,勾起了对玄武湖的回忆,《玄武湖忆旧》一文表达对玄武湖的难忘之意:

> 那时,每逢微雨的秋日,我就上台城登眺。从九华山附近登城一直向西走,随着视野的移动,玄武湖的风光尽收眼底。而烟雨迷蒙,远山近湖,若隐若现,眼前斑驳的树,脚下枯黄的草,比起万紫千红的春景,又是另外一番境界。春景使人蓬勃、热烈,而秋景则使人冷静、清醒。

梅汝恺的《石城花树》写出了"我"对南京"古老石城的墙缝里"生发出来的花树野草的喜爱,"我对'石城花树'怀有一种独特的私爱和独特的恋情"。"石城墙缝上,鲜花何等娇艳,藤萝何等葱茏,树木何等精神!那儿闹忙着的又是何等动人的生命!是的,每次经过那里,我都流连不能遽去,因为它们不仅是我的故人,同时也是我的恩师。"

忆明珠的《鸡鸣寺》写自己登鸡鸣寺赏景的悠闲往事,寓情于景:

> 我喜欢坐东北间临窗处,这里取景最佳。东望台城,北望玄武湖。台城荒芜,玄武湖秀媚,两相毗邻,互为关照,顾盼之间,每生异想。若

在清明前后,坐此楼头,隔濛濛春雨,看玄武湖的柳陌桃林嫩绿浅红,如渲如染,蕴藉而凄艳欲绝。

赵瑞蕻《秦淮河上的遐思》结合个人经历写秦淮河的时代变化,为秦淮河在新时期的重生而欢呼。魏毓庆的《枝带晋时春》写桃叶渡的历史典故与人文古迹。丁家桐的《秦淮百姓家》写作者在秦淮一带游览的观察与体会,写出了秦淮河的历史变迁及对兴衰的感慨。秦淮几度兴废,经历繁华沉落。纸醉金迷不是它的本色,重温旧梦不是它的方向,复兴之要在于接纳平常百姓在此安身立命。作者本着平民立场,呼唤人间烟火气,探寻历史的脚步,书写秦淮文化的浮沉和个体命运转折,饱含深情,充满人道关怀。

梁晴的《魁光阁小憩》借到魁光阁酒楼吃点心的经历引发出咀嚼历史的兴味。伴随着茴香蚕豆,"我"以悠闲的态度观看夕阳西斜,透过充满古朴韵味的花窗,尽览充满历史气息的文德桥与古秦淮,在文物古迹中体味文化兴衰。黄蓓佳的《樱花大道》写出了鸡鸣寺旁樱花盛开的绚丽姿态,给作者带来的如梦如幻的奇妙体验以及观赏樱花时难以名状的惬意心情:

> 长长宽宽的一条大道,樱花在大道两旁无声地微笑,温柔而且沉静。沿着大道慢慢往前走,视线里总觉得樱花不是长在树上,而是飘浮在半空中,在晴朗的蓝天和辉煌的夕阳之下呈现出一种半透明的神奇状态。事后想起来,该是由于樱花的花瓣极薄、色质又极淡的缘故吧,否则它不会有这种仙女裙裾般的飘逸透明感的。这就是樱花与众不同的独特气质。站在树下痴痴地看那樱花,看得久了便会产生幻觉,仿佛自己的身体也变得轻柔无比,而灵魂早已经升浮起来,在樱花的云霞中快乐翱翔。

这段描写樱花的文字极细腻,体现出女性作家特有的敏感,外在的樱花盛开与内心生发出的丝丝甜蜜交相辉映,形成淡雅的艺术氛围,引发读者无尽的遐想,令人回味无穷。此外,薛冰的《从周处台到芥子园》、黄裳的《秦淮拾梦记》、姜滇的《桃云》、王德安的《秦淮河边拾瓷乐》等散文写南京的各色建筑、景色、文物,让人读来兴味盎然。凤章的散文集《蔷薇河风情》写江南地区的风景、民俗以及新的生活之美;赵翼如[①]的《家乡的阁楼》写家乡的风土人情,其中渗透着温暖、文化反省与批评意识,也都是较为出色的散文作品。

三、报告文学

国家改革开放之后的新变化、社会上涌现出来的英雄人物、政治与生活领域的阴暗面等内容都进入报告文学家的视野,使得这一时期南京的报告文学呈现出多元发展的局面。江广生的《在希望的田野上》写了一个普通农民家庭在党的十一届三中全会前后的变化过程,预示着农村、农民的新生。姜琍敏的《我们的目标是"皇冠"》写了一个人造革厂的发展史,是对当时的经济体制改革题材的呼应。任斌武[②]的《无声的诰歌》写坚持党性原则的范熊熊却遭到打击而失去生命的悲剧,揭示了党内封建意识和权力等级机制对人的戕害,引发读者对党的政治生态的关注和对民主改革的呼唤。全文格调高昂悲壮,写了一个为信念矢志不移的正直人物,是当时批判性报告文学的典型文本。杨旭[③]著有报告文学集《汤》《田野上的风》以及长篇报告文学《三峡之梦》《非》等。《检察官汤铁头》塑造了一个刚正不阿的检察官的形象,作品展示了广阔的社会生活,揭露了村镇层面的官僚黑暗,生发出要让"老百姓主宰自己的命运,而不是由好官为民做主"的时代呼唤。凤章的《法兮归来》写了一出由一连串的错误决策导致的冤假错案,描写了官僚主义、权力意识对法制的侵蚀和裂解,法律的独立、尊严在权力面前显得如此脆弱,引人沉思。庞瑞垠的《姚迁之死》则以悲愤的笔触写了南京博物院院长

---

① 赵翼如(1955—),女,江苏无锡人。
② 任斌武(1928—),男,山东平度人。
③ 杨旭(1932—),男,江苏无锡人。

姚迁被污蔑打击而自缢身亡的悲剧,此事件发生在"文革"结束多年之后,萦绕在某些组织和人员头脑中的极左意识仍然像幽灵一样伺机出动,导致了一个优秀知识分子的死亡,读来令人悲愤不已。周涛[①]有报告文学《探险在中国》《跨世纪抉择》《圣火》及新闻作品集《从零点到零点》等,视野较为开阔。李克因[②]的长篇报告文学《向暖一枝开》《戏剧名画妙说》等也较为出色。

这一时期一些即时反映社会重大事件、紧跟时代步伐反映新人新风貌的报告文学作品也不断问世。如1991年由《周末》报龚惠民、速泰春、吴晓平、徐慨合作采写的《悲壮的爆破》,反映特大洪涝灾害中保护津浦铁路的动人故事,表现群众的集体主义精神以及高尚人格,获得积极评价,也获得江苏省作协报告文学佳作奖、江苏省委宣传部纪念中国共产党诞生70周年征文奖等。赵翼如的报告文学《她给生活带来了美》《改革者的脚步》《哦,十里秦淮》《八月十五日的情思》《灵魂的球场》《远虑》等作品有鲜明的时代精神和对现实的思考。

南京市文联为反映时代变革新貌,还推出了报告文学《当代企业家丛书》《明星闪耀》《先行轨迹》《群星璀璨》《新星升腾》《希望之星》《天堂凡人赞》等。作者扎根生活,以文学视角描写改革大潮、企业家的奋斗经历,及时呼应了社会热点,反映了时代趋势的新变化。另外,反映公安战士英雄事迹的纪实文学《金盾星辉》,也受到读者好评。

四、杂文

这一时期的南京杂文、杂感批判性极强,对社会的感应、对阴暗面的揭露,对人性缺陷的剖析都非常出色。陶白[③]是这一时期南京杂文界的代表性人物,有着全国性影响。其作品取材广泛,充满时代感和历史纵深感,大胆泼辣,直面真相,针砭时弊,讽刺意味浓厚,代表作有《南北云水集》《秣陵

---

① 周涛(1954—),男,江苏南京人。
② 李克因(1925—),男,河北赞皇人。
③ 陶白(1909—1993),男,江苏江阴人。

拾草集》等。陶白的杂文观在《不要说》一文中体现出来:"我们所需要的,正是要有创见性的文章,而不是四平八稳、人云亦云的文章。作为一个不甘寂寞,想有所作为的文人,要沿这条路走下去,是要有点勇气的,关键就是不要怕。其实一旦事到临头,怕也没有用,所谓在劫难逃。"

  正是出于对真理、真实的追求,陶白始终抱持真诚的创作态度,其杂文作品不遮掩、不媚俗,直抒胸臆。他在《缅怀李达老师》《怀邓拓同志》等文中批判极左思潮,笔锋犀利。在《闲话衣装》中他为当时人们穿着奇装异服的行为进行辩护,认为这是思想解放的标志,预示着社会的新变。在《也来议一下皇帝》中提出要消灭封建皇权制度、集权意识赖以生存的土壤,消除各式各样的家长制、官僚主义,从根本上走人民真正当家做主的道路。作者在这篇杂文中提出一个发人深省的大问题,即需要对控制人们心灵、精神的权力运行机制与封闭性、等级化的价值体系弊端进行冷峻审视。"议论皇帝"即一种自我反思的态度,需要打破传统观念意识形态的桎梏,以自由、平等的姿态建构新的文化心理结构,这既是对旧有格局的破坏,更是对未来新的精神园地的建设。《提倡毛遂自荐的献身精神》一文指出了我国干部任用制度的缺陷,对种种弊端进行大胆的揭露,"委任制"的广泛存在使得人才无法脱颖而出,"任人唯贤"的原则在自上而下的权力分配格局中难以彻底实践,人才得不到发展,反而为庸才留下了空间。作者敏锐地把握到这一影响社会高效运转的干部选拔机制问题,文章具有极强的现实性与社会意义。《鞋子》一文揭示了各式鞋子的象征意义,并从鞋子引申到眼睛。"穿小鞋"往往是掌权者排斥异己尤其是知识分子的手段,这与"红眼病"具有异曲同工之妙,争权夺利者多患有此病,由此显现内心的卑劣。作者抓住这两个普遍存在而不为人警觉的行为,深刻剖析了弥漫在社会上的官本位思想与相互倾轧的病态心理,发人深思。

  乐秀良[①]的杂文创作往往紧贴时事,文笔犀利。针对"文革"后仍然大

[①] 乐秀良(1924—),男,浙江镇海人。

量存在的极左思想以及罗织罪名的行为,他在1979年8月4日发表的《日记何罪》和11月21日的《再谈日记何罪》中进行了严厉批评。文章认为在林彪、"四人帮"横行的日子里,私人日记被断章取义,用来作为"反革命"的罪证,造成大量冤假错案。作者呼吁应该保障公民的合法权利,保障公民表达个人思想与情感的自由与隐私权,应该改正因日记问题被错判的案件。这两篇文章涉及当时敏感的思想和政治问题,引起了广泛的社会反响,并使得不少错划"右派"案件得以改正,将杂文改良社会的功能充分发挥出来。

姚北桦也是比较出色的杂文家,对文化灰暗面和体现集体无意识的社会问题有着敏锐的观察力,《"九斤老太"新说》一文重新改写了鲁迅笔下的"九斤老太"形象,此文中九斤老太处处虚与委蛇,变成一个不得罪人的老好人。作者通过一个文学人物的形象变化展开了自己对新时期社会问题和丑恶现象的揭示与批判,颇具新意。

除了上述作品,这一时期有代表性的南京杂文还被收录在1989年出版的《栖霞枫语——南京杂文选》一书中,书中分设了鼎新篇、励志篇、史鉴篇等五个小辑。这些文章以各自独特的笔触描绘世事、评古论今,文笔犀利,充满忧患意识。另外,赵力田的《长天秋水》、李克因的《樽前花下集》《长天秋水集》等也都是较为出色的杂文集。

第五节 戏剧与影视

这一时期,南京戏剧迸发出极强的活力,之前被迫撤销或下放、停止演出活动的剧团纷纷恢复建制,返回演出舞台。不但话剧团体演出得以复兴,而且传统戏曲团体也走入市场,推动了南京戏剧市场的兴旺。剧作家的探索意识也得以复苏,创作出了许多思想性与艺术性兼具的产生全国影响的作品,在当代戏剧史上占有重要地位。

在戏剧演出方面,各类话剧与戏曲活动频繁,较为重要的有1986年南京市话剧团创作演出的六场风俗话剧《九十九间半》,在江苏省新剧目观摩演出中获剧本、表演、导演等8项奖。江苏省文化厅、江苏省剧协等单位举办的"江苏省青年戏曲演员汇演"活动,于1986年6月在南京举行,历时一周,反响热烈。南京军区政治部前线话剧团蒋晓勤创作的《强台风从这里经过》,描述一支守岛部队指战员在与自然台风作斗争的同时,对社会上的"台风"也展开了激烈的搏斗,讴歌了军人崇高的奉献精神,获"中国人民解放军文艺奖"。

南京剧团以极大的探索热情在全国范围内率先提倡"小剧场戏剧"运动,引发热烈反响。由中国戏剧家协会和南京市文化局联合主办的小剧场戏剧节,于1989年4月20日至5月1日在南京举行。北京人民艺术剧院、中国青年艺术剧院、南京市话剧团、前线话剧团、上海青年话剧团等10个院团演出了13台话剧,观众万余人次。江苏省、南京市话剧团联合演出的《天上飞的鸭子》,采用全方位舞台景观的演出形式,获得积极评价。演出期间,南京举行了小剧场艺术研讨会,陈白尘、黄佐临等专家学者参加了会议,有18个省市的代表参加了戏剧节活动。此外,南京还先后举办了江苏省第二届戏曲青年演员大奖赛、市属剧团青年演员汇演、第二届华东地区戏剧小品赛等重大演出活动。1990年10月23日至28日,首届中国曲艺节在南京人民剧场举行,来自全国的300多位曲艺艺术家演出了由29个曲种组成的近百个优秀曲目。

在戏剧演出活动呈现出活跃局面的同时,南京戏剧创作也取得了可喜的成绩,其中比较突出的有作品《城下城》《红旗飘飘》《向前!向前》《宋指导员的日记》《强台风从这里经过》《生者与死者》《不能这样生活》《江山恋》《黄桥决战》《带血的谷子》《阿Q正传》《下里巴人》《路在你我之间》《红红的雨花石》《莲莲的奇遇》《卫星上的交响乐》《傅尔外传》《五月潮》等。

总体来看,这一时期的南京戏剧创作具有以下特点:一是现实主义戏剧传统得以恢复,占据剧坛主流。一批判现实主义、革命现实主义的话剧作品纷纷问世,剧作家采取直面生活的态度,不粉饰太平,紧紧把握时代脉搏,涉猎重大题材,如实地反映社会的弊端与阴暗面,表达对未来的憧憬。二是人道主义、人性关怀成为戏剧作品的主题指向。与之前政治化、意识形态化的表达不同,这一时期的南京戏剧注重对人的生存状态、人的性格、人的命运及人物内心世界的复杂性的挖掘,表现的对象也从外在的冲突转为对人物的灵魂冲突与精神多面性的展示。三是自由探索的戏剧精神的延续。南京戏剧建立在自由、多元的文化基础之上,一直都具有关注戏剧的多样性与先锋性的传统。新时期以来的南京戏剧接续了"十七年时期"的探索传统,开始了对戏剧艺术尤其是讽刺艺术的深化、现代主义艺术手法的运用以及戏剧的文化品格的探求,产生了一系列有价值的作品。

一、陈白尘

陈白尘是现代以来优秀的戏剧作家、戏剧活动家,作品有《乱世男女》《结婚进行曲》《岁寒图》《升官图》等。复出之后,他于1977年创作出了历史剧《大风歌》,1981年改编话剧《阿Q正传》,都成为中国戏剧史上的经典之作。

《大风歌》根据《史记》和《汉书》的有关内容演绎创作而成。全剧分为七幕,围绕吕雉集团与拥刘派的政治斗争,提出支持国家分裂还是维护统一的命题。剧本以"白马之盟"为线索,刘邦死后,吕雉阴谋篡位称帝,而陈平、周勃等人为维护朝廷统一,与吕氏集团进行了激烈的斗争,最终击败吕雉,维持了汉朝的统一局面。作者肯定了维护国家统一、社会安定的一方,表现了现实的政治倾向性,这在"文革"刚结束的时期是具有隐喻意味的。

从艺术形式上说,《大风歌》遵循以真实历史为基础并适当虚构的创作原则。一方面,剧中的人物、情节、服饰以及风俗等都根据史料进行详细考证,体现了陈白尘戏剧一贯的严谨风格;另一方面,为增强戏剧的冲突效果,作者又不拘泥于历史,进行了大胆的细节虚构,如陈平奏"大风歌"、独臂老人参加路祭、刘章监酒杀侯封、明玉刺杀吕雉等,这些虚构与真实的历史情节融为一体,推动情节发展。本剧塑造了几个栩栩如生的历史人物,如嚣张、果断、狠辣的吕雉,工于心计、不露声色的陈平等。《大风歌》整体气势恢弘，情节层层递进，人物形象鲜明，语言采取拟古方式，与现代口语拉开距离，各种艺术因素巧妙地融合在一起，形成一出宏大而充满张力的戏剧。

1981年，陈白尘将鲁迅的小说《阿Q正传》改编成了话剧。1984年，江苏省话剧团为纪念鲁迅一百周年诞辰首演该剧。剧本基本按照原著的情节展开，以阿Q的命运转换为线索，呈现了未庄的众生相，表现了阿Q无处不在的"精神胜利法"，深刻揭示了国民劣根性及其产生的社会历史根源。作者改编的一大特色是将鲁迅其他小说中的人物也放到剧本中来，与赵太爷、假洋鬼子、吴妈、衙门老爷、狱卒小鬼等一起构成未庄的生活世界。这种改编是极为巧妙的，一方面使得戏剧的情节更为丰富，另一方面又将各色人物纳入阿Q的精神网络中，使得作者对国民劣根性的批判更具有普遍意义。此剧的另一个改编之处，是在结尾处众人关于阿Q之死的对话：

> 小D(突然发问)：七斤，你先前不是说，阿Q也喊过一声"过了二十年又是一条好汉！"么？
>
> 七斤：是喊过的，可是城里人说，他到底没有唱一句戏！
>
> 小D：(独排众议)我看啦，阿Q哥他(走出酒店离开众人)还是一条好汉！……
>
> (小D的精神、姿态都更像阿Q了)
>
> (解说词：阿Q死了！阿Q虽然没有碰过女人，但并不像小尼姑所咒骂的那样断子绝孙了。据我们考据家考证说，阿Q还是有后代的，而且子孙繁多，至今不绝……)

作者以冷静的语气不动声色地揭示了一个残酷的真相，就是阿Q虽然死了，但是阿Q式的精神病态及其所表现的国民劣根性却会一直延续下去，"而且子孙众多，至今不绝……"。"精神胜利法"不仅仅属于阿Q个人，而属于一个社会和文化的共同体，阿Q的精神病症其实是民众共有的文化心理。阿Q死了，还有小D存在，精神疾病的遗传造成桎梏人性的链条，令人无从解脱。作者如此设置就一下子将对特定时代、地域、人物的批判推向了历史和文化的深处,使人深思这种国民劣根性的深层原因、生成机制,达到振聋发聩、催人猛醒的艺术效果。

从精神取向上说,作者对阿Q的态度是笑中带泪、喜中带悲的。在表面的讽刺和嘲笑之下是无以名状的悲哀,在呈现喜剧效果的同时,也投来同情之目光。在这一点上,陈白尘的改编并没有偏离鲁迅原来的"哀其不幸、怒其不争"的价值取向与艺术原则,同时将鲁迅的文化反思延伸到了当代。另外,在戏剧结构上,作者采用了叙述人的方式连接全剧,一个是鲁迅,一个是剧作家,这样全剧的视角就发生了转换,将鲁迅小说的原话融进戏剧情节,这样的设置表现了作者对原著精神的忠实,同时也构成了一个复杂的网络,增强了对人物、事件进行深层剖析的力度,使得戏剧的深度进一步表现出来。

二、姚远

姚远是这一时期涌现的青年戏剧作家,1979年就读于南京大学戏剧研究所,师从陈白尘先生,有《补票》《大树下》《下里巴人》《天堂里来的士兵》等剧本问世。姚远的创作类型较为丰富,喜剧、悲剧、现实剧、历史剧兼备,其人物性格的鲜明、语言的丰富与艺术风格的多变尤为人称道。《大树下》虽然有着浓重的时代氛围,但作者并不着眼于外在苦难的展示,而是着重揭示人物所遭受的精神苦痛。在慕容春那里,精神的戕害与信仰的坍塌更甚于肉体的折磨,原因在于对自我存在价值的怀疑以及理想与希望的破灭。无处不在的精神桎梏使其看不到改善的希望,而采取自杀的方法解除痛苦。面对慕容春的死亡,严振民发出了沉重的呐喊,"花儿败了,这一代人毁了!"理想与信仰在时代的污泥浊水中荡然无存。是非已被颠倒,正邪已然易位,个体失去了勇敢面对世界的自我确信,无奈地接受残酷的结局,这是时代置于生命上的阴影。作者借慕容春、严振民之口对激进政治造成的精神灾难进行了深刻反省与悲愤控诉,对青年人的悲剧性命运发出深沉的悲叹。与之前的剧作相比，此剧的艺术表现方式与思考的深度有所提高，但是人物的塑造还是略显单薄。

1981年，姚远创作出成名作《下里巴人》，这也是他的作品走向成熟的标志。全剧分五幕，讲述了"文革"期间身处社会底层的县锡剧团演员的种种遭遇。作者在戏剧艺术上更进一步，主要体现在坚持生活的真实性和以性格逻辑结构全剧，塑造了一群真实可信、性格鲜明的戏曲艺人形象。剧本写出了沙局长的责任与担当、庄月娟的僵化心态与跋扈作风、裘团长的忍辱负重、上官淑华的倔强与清高、周阿鑫的油滑与正直、冯少春的狭隘与自傲等，众人轮番登场，在极具现场感的舞台上演出了一幕幕人生悲喜剧。作者对极左路线、权力意识的强烈揭露与控诉隐藏在剧团的命运变动过程中，人物之间的自然互动推动主题的演进，尤其是马大年因为老师冯少春的抵制而登台丧命的情节，也是在性格冲突的推进下实现的，而冯少春由承受心理负罪的重担到最后重新融入剧团也是性格转变的结果。《下里巴人》的另一个特点是地方口语的运用。作者在普通话中掺入了各地方言，如华美芳的苏州腔、周阿鑫的苏锡常一带的口音、沙一峰的河南口音、冯少春的北京味等。作者如此设置既能增加戏剧的趣味性，又能使人物的地域性与性格融为一体，体现鲜明的地方韵味和文化色彩。

姚远任职于南京军区前线话剧团后开始创作军旅剧。《天堂里来的士兵》以对越自卫反击战为背景，主要着眼于革命战士的精神蜕变，包括军官李宝庆因挂念家庭而贪生怕死到最后为掩护战友而英勇牺牲，富家子弟潘大立从战场逃兵到战争勇士的心理转变，都是从人性角度写个体的性格缺陷，写革命英雄主义对人格完成的推动，是作者对战争与人性辩证关系的一次新的把握，开拓了军旅剧写人性的新领域。从艺术表现上说，此剧整体节奏张弛有度，人物对话生动，兼具幽默风趣与激昂悲壮的风格。

到了1989年，历史剧《商鞅》横空出世，奠定了姚远在剧坛的地位。此剧写商鞅变法的过程，写改革的艰辛、复杂，写改革者遭遇到的重重阻力但不改其改天换地的斗志。尤其值得重视的是,本剧集中展示了改革者得不到理解而茫然四顾的境遇,描写了改革者本身遭遇的痛苦、屈辱与心理的冲击,商鞅最后被五马分尸的结局预示了改革的惨烈与震人心魄的悲壮。商鞅面对魂灵对自己改革的质疑,抱着九死而未悔的心态:"魂魄既已甩脱了躯壳,天命便是无稽之谈!"商鞅直面拷问,有着改革者舍我其谁的英雄气概和功在千秋的自信,"这又如何?"等反问式语句的反复出现,显示改革者对自身追求的执着与豪迈情怀。而改革过程中的痛苦体验,一人对抗整个保守势力的打击与报复,则成为改革者光辉形象的加冕礼。

姚远抓取了商鞅变法这一重大历史事件,写出了带有普遍性质的改革的艰难与曲折、改革者的决绝与悲壮,商鞅形象也因此超出了历史的局限,具有典范意义。这在改革开放的变革进程中显得象征意味十足,作品所具有的时代隐喻性与改革人物的悲剧性命运对当时的社会心理形成巨大冲击,导致此剧的上演几经波折,迟至1996年才得以正式公开演出,旋即造成强烈的社会震撼,引起巨大轰动,历久不衰。此外,1991年的历史剧《李大钊》改编自王朝柱的同名报告文学,此剧以夹叙夹议的方式塑造了李大钊等历史人物的丰富形象。

三、李龙云等

李龙云是这一时期优秀的青年剧作家。他师从陈白尘学习戏剧艺术,在南京期间创作了五幕话剧《小井胡同》。此剧写北京小胡同里五个家庭从1949年之前到1980年间三十年的生活变迁的故事,塑造了一群出色的人物形象,包括幽默乐观的刘家祥、人穷志坚的滕奶奶、善良正直的刘嫂等。他们经历不同的时代、社会,身处抗美援朝、"大跃进"等不同的历史变局,有的因战争而牺牲,有的被迫害致死,有的身陷牢狱,终于等来了新时代,重新焕发了生活的激情。此剧虽然描写基层小人物的生活点滴,却有着反映时代变迁的宏大视野,是典型的以小见大、于细微处见真意的戏剧写法。北京胡同特有的民俗风情、人际关系与小市民的喜怒哀乐紧密地融合在一起,构成了一幅生动的社会风俗画面,形成李龙云戏剧特有的细密特点。

同时,在结构上,本剧各条线索纵横交错,相互连接,丝丝入扣。既从空间上写了五户人家的家长里短与复杂的勾连关系,又从时间上横跨了不同历史阶段如1949年前、"大跃进"时期、"四人帮"垮台与十一届三中全会召开后等,构成时代变迁的宏阔背景,从而展望了人民命运转换的缩影。作者对宏阔时代精神与戏剧场景、对细节的出色的把控能力在这种交错的时空网络中展示出来,不能不引起读者的赞叹。

赵耀民[1]是这一时期南京出色的荒诞喜剧作家,在创作早期有独幕剧《红马》、中型喜剧《街头小夜曲》问世,体现出明显的象征主义的色彩。1982年他考入南京大学后,赵耀民跟随陈白尘先生研究戏剧,1984年完成《天才与疯子》。该剧共分十场,写思想复杂的大学生任渺的心路历程与精神追问,任渺兼具天才与疯子的气质,对自我价值的追求与因循守旧的社会环境之间产生矛盾,生命的激情与追求目标的空虚构成冲突,导致了其发出彷徨无助的呐喊:"我是谁?我在哪里?我要干什么?"本剧打破了传统现实主义的创作框架,探索以现代主义的夸张、变形、象征手法结构全剧,"即以喜剧的形式来表现悲剧的主题"[2],通过塑造言行乖张、人格分裂的青年追问者形象,思索一个存在主义式的问题,充满荒诞意味。作为赵耀民第一部"荒诞喜剧",《天才与疯子》发表于1985第6期《钟山》杂志,并由上海青年话剧团首演,不久因"思想问题"被禁演。1986年解禁后在上海、南京等地公演,连续4个月演出100余场,引起社会各界特别是青年观众的热烈反响,轰动一时。

赵家捷在这一时期醉心于对喜剧艺术的探索,有《卫星上的交响曲》《傅尔外传》《天上飞的鸭子》《别人的房子》(后三部又称为"傅尔三部曲")等作

---

[1] 赵耀民(1956—),男,上海人。
[2] 赵耀民:《三十年戏剧创作自述》,《南大戏剧论丛》,2017年第2期。

品问世。作者对剧坛的贡献是"傅尔"形象的塑造,这个人物生活在变动的社会,却与周围人的价值观、生活态度格格不入。与其周旋的三个女性分别代表一种价值形态,傅尔与她们之间失败的交往过程预示着他无法融入这个"聪明"的社会体系之中。"傅尔的这种不懂世故、不愿妥协、不会抓住机会的执着,如果以客观外界的现实为参照,确实是傻得可以。然而,透过作者对这一人物的调侃、婉讽,我们发现作者是在歌颂这一人物。作者怀着焦虑和沉痛,要在这'聪明'的世界里,肯定和挽回一点'傻'劲。作者显然是想把傅尔写成另一个'好兵帅克'式的人物。与周围那些形形色色的'小聪明'相比,这是一种大智慧。傅尔要在华丽中找到朴素、在喧嚣中找到平静、在忙碌中找到思想、在繁复中找到简单,一句话,他要在异化的人性中找回人性。"①赵家捷戏剧的另一个贡献是幽默的语言与偶然性情节、巧合元素的应用。《天上飞的鸭子》中傅尔与小白、小王、女诗人的对话非常幽默生动,其中蕴含浓郁的生活气息与价值观念的冲突。而偶然性细节的设置为人物巧合的情节推动提供了可能,使得傅尔的追寻总是阴差阳错,在引起读者会心一笑的同时,又营造荒诞的氛围,使人掩卷沉思。

刘川在这一时期坚持现实主义的创作手法,宣扬英雄事迹,揭示生活的阴暗面,强调理想、信念的价值和意义,先后创作了《红旗飘飘》《理想还是美丽的》《生者与死者》《灵魂的代价》等。《红旗飘飘》颂扬"硬骨头六连"的英勇事迹。六幕话剧《理想还是美丽的》讲述了一个理想失而复得的故事,赵力文怀着贡献国防科研事业的伟大理想,不料却被陈永浩陷害入狱,感到人生的幻灭。陶思政本着对青年人的关怀,解决了雷达事故,重新唤起了赵力文的理想信念。《生者与死者》写军中两种不同的军事思想和观念的矛盾、冲突,写由于团长乔斌的错误命令而造成的惨重代价,表达了作者对掩盖战争真相的愤懑之情。本剧不同于以往的理想主义的、革命乐观主义的创作

---

① 赵耀民:《〈天上飞的鸭子〉所做的探索》,《戏剧报》,1988年第6期。

思路,而是以冷峻的目光审视军队中存在的问题,揭露军队领导者的冷漠、自私,对无辜牺牲者报以同情,并表现出对普遍的人性价值的关怀,成为军旅剧的优秀代表。《灵魂的代价》写革命干部在市场经济侵蚀下精神堕落的故事,是作者对改革开放背景下如何保存革命信念、理想,守护灵魂纯洁的追问。

沙叶新在这一时期致力于戏剧艺术的创新,《约会》《假如我是真的》《陈毅市长》《寻找男子汉》等作品相继问世。其中《假如我是真的》写知青李小璋冒充高干子弟招摇撞骗的故事,是新时期较早对党内特权体制及腐败现象进行揭露和讽刺的剧作之一,引起强烈反响。《陈毅市长》则以喜剧手法塑造幽默风趣、平和果敢的陈毅形象。《寻找男子汉》则以舒欢寻找真正的男子汉为线索,反映当时社会对刚健之气的呼唤。

高行健是这一时期实验戏剧的代表性人物。其戏剧形式多变,善于突破现实主义的戏剧理论的限制,采用现代主义的戏剧结构,探索加强戏剧的音乐性与现场感,试验"无场次话剧",获得强烈反响,《绝对信号》《车站》《野人》《彼岸》《生死界》《冥城》等都是其戏剧探索的重要收获。《绝对信号》(与刘会远合作)打破时间线性设置的局限性,丰富舞台的层次,将现实、回忆与想象交错,运用声光电等现代舞台呈现方式将人物内心具体化,通过光影的变化和音乐调性的调整表现黑子、蜜蜂等人面对彼此时复杂的心理活动与情感冲突,从而加强了戏剧的现场感和观众的代入感。《车站》则写了一群抱着不同目的的人在一个废弃的车站无望地等待公交车,陷入群体性的生命虚无状态,充满荒诞色彩,而结尾"沉默的人"离开车站的行为则是对绝望处境的否定。《野人》在形式创新方面走得更远,剧本以生态学家林区考察被误认为找野人为线索,揭示生态污染与文明进化等问题,并尝试用民谣、歌舞、傩戏等多种表现形式构成一种宏大的场景,而多声部的语言、音乐、音响构成复调式的演出效果。《彼岸》则是以表现主义的手法写人对理想世界的追寻。

除了上述几位代表性剧作家外,这一时期的南京剧作把握时代的脉动,直面社会和生活的复杂面向,挖掘不同的题材,形成了政治剧、历史剧、社会剧、生活剧、军旅剧等不同类型并存的创作格局,推动了南京戏剧的多元发展。顾尔镡、方洪友的《峥嵘岁月》以爱憎鲜明的态度发出了对"四人帮"的控诉。漠雁、肖玉泽的《宋指导员的日记》则涉及新时期部队建设中的矛盾冲突问题,批判了特权思想和等级意识。冠潮的《向前,向前》写出了师长关天雄的墨守成规、埋没人才,批判了副团长梁家烈见风使舵的小人行径,揭露了军中干部的思想弊端,发出了作者的忧思。李培健[①]的《孙中山伦敦蒙难记》致力于塑造革命先行者孙中山先生的光辉形象,情节较为流畅,作者后来在《国民公仆》中又颂扬了孙中山为国为民、甘当公仆的道德品质。肖明的《笑的联想》由《无弦琴》《问号与惊叹号》《胖汉、少女、行者》《彩色的面纱》和《爆炸》等五个独立成章的片段组成,作者对现代主义的戏剧框架与表现手法进行了大胆尝试,将生活中不合情理的人和事加以夸张变形,在滑稽可笑的娱乐氛围中产生荒诞意味,从而引发读者的思索。

王承钢的《路,在你我之间》写王莹创办"金陵茶社"的故事,回应了改革开放初期到底是要铁饭碗还是要自主创业、是依附体制还是实现自我价值的社会热点问题,获得热烈反响。其另一部作品《本报星期四第四版》则塑造了新闻工作者水亦光坚持新闻良心为小人物发声、伸张正义的故事,心理描写较为突出。邹安和的《月色溶溶》写了一个家庭经过动乱后重新组合的故事,写了时代造成的创伤及新家庭带来的希望。方洪友在这一时期有《不能这样生活》《愿你了解我》《胡同里的月光》(与邹维先合作)《幸运女神》等剧作问世。《不能这样生活》写曾受到迫害的老干部受极左思想影响而迫害别人的故事。《愿你了解我》写青年技术员推动工厂改革发展的事迹。《胡同里的月光》写了两个家庭的日常生活、痛苦与挣扎。每个人都在困苦的生

---

① 李培健(1930—),男,安徽宿县人。

活中对爱情、亲情、工作等充满期待,相互支持,患难与共,保持生活的韧性和精神的乐观。此剧笔法细腻、生动,氛围温婉动人,人物形象鲜明突出,形成浓郁的诗意氛围。《幸运女神》写中学生毛妹因偶然的机会被选为电影演员,全家人几近疯狂地对其进行包装改造,导致赵毛妹无所适从而失去自我,剧作充满荒诞意味,表达作者对追名逐利现象的批判态度。

这一时期传统戏曲演出活跃,多种久不上演的剧目如《势僧》《红拂传》等也重回南京舞台,焕发出生机和活力。传统曲目的整理也被关注,吴白匋整理、改编、创作了30余种戏曲剧本,其中有锡剧《双推磨》《庵堂相会》《红楼梦》《吕后篡国》、扬剧《袁樵摆渡》《百岁挂帅》《金山寺》《义民册》、昆剧《活捉罗根元》等。王染野单独或与他人合作编导了沪剧《定风波》、话剧《谭嗣同》、京剧《原野》《三转乌纱帽》等,担任了《中国戏剧志·江苏卷》的编委与综述总撰,出版有《传统剧目考》。

四、影视

这一时期南京的电影、电视文学成绩斐然。张弦的《被爱情遗忘的角落》获得1980年全国优秀短篇小说奖,1981年经本人将小说改编成电影剧本后,获1982年第二届中国电影金鸡奖最佳编剧奖。爱情电影《被爱情遗忘的角落》主要讲述了20世纪80年代生活在封闭又贫困山村的沈存妮和小豹子在劳动间歇嬉闹,却被村人双双捉拿,沈存妮含冤自杀,小豹子则因所谓"强奸致死人命"被捕入狱。沈荒妹因为姐姐沈存妮的不幸在心里留下阴影,从小对男生有异常强烈的戒备心理。然而,当许荣树从部队复员回来后,沈荒妹喜欢上了这个有见识、有理想的青年,但荒妹依旧难以摆脱矛盾的心理。不久,母亲打算将沈荒妹嫁出去来偿还沈存妮的彩礼。为了解救家庭的困危,荒妹原本甘愿做出牺牲。正在关键时刻,十一届三中全会的春风吹进了这闭塞的乡村,沈荒妹终于选择了勇敢面对爱情。处在1980年代社会转型和改革的时期,张弦通过爱情婚姻来写时代和社会的变迁,不仅代表了作家的文学观念和追求,而且还包含了深刻的政治、经济和道德内容。[①] 此后,他相继推出了《青春万岁》(1983)、《秋天里的春天》(1985)、《井》(1986)、《湘女萧萧》(1986)、《金镖黄天霸》(1987)、《银杏树之恋》(1988)、《安丽小姐》(1989)、《独身女人》(1991)、《唐明皇》(1992)、《焚心欲火》(1992)、《玫瑰楼迷影》(1993)等作品。其中,《井》获得意大利国际电影节银奖,《湘女萧萧》获得西班牙堂吉诃德奖。

这一时期,朱苏进、江奇涛[②]、顾潇、姚远、邓海南、周梅森、姜滇等都有大量影视佳作问世。电影《阙里人家》《鸦片战争》《红樱桃》《红色恋人》《漂流瓶》《青春卡拉OK》、电视剧《浪漫风暴》《朱元璋》《康熙王朝》《大树底下》等,都是八九十年代具有代表性的优秀影视剧。其中,顾潇的电视剧剧本《大树底下》获中国第五届电视金鹰奖。

---

① 庄汉新、刘瑶:《中国20世纪乡土小说史话》,中国矿业大学出版社2006年版,第212页。
② 江奇涛(1954—),男,安徽无为人。

第六章　生气蓬勃的多元格局
（1992—2017）

第一节　概　述

进入20世纪90年代，南京文学进入多元化与个人化写作的新阶段，迎来持续性的繁荣发展期。1992年，我国进行社会主义市场经济体制改革，文化和文学生产机制也随之发生了重大变化，市场对文学生产发挥了更为直接和重要的作用，文学创作在很大程度上成为文化工业的一环。在此背景下，南京作家一方面迎接新的文学市场化的冲击，融入大文化产业体系之中；另一方面，又始终与文学的商业化保持一定距离，坚守自身的文学传统，坚持创作的人文色彩和个人化的写作风格，从而独树一帜，在当代文学版图中占据重要地位。

一、文艺领导与文学运行机制的变革

随着新的经济、文化体制与文学生产机制的形成，南京文艺领导机构的功能也发生了变化，脱离了简单的政策宣传、组织领导的范畴，更加着重从宏观政策和激励机制方面引导文学创作，如南京市委宣传部出台了《南京重点文艺作品创作资助办法》等文件，为重点文艺作品提供资助。南京市文联成立了市文学艺术创作指导委员会、市文联专业文艺创作组，作协召开会员代表大会，确立文艺发展的新目标，激发文艺领域的创新活力，并为促进南京文艺的繁荣提供了坚强的制度保障。总体上看，官方对作家的影响方式由路线、政策、思想方面的指导转变为方向性的引导与鼓励，由组织行为调

整为市场机制,直接介入作家创作的力度大为减弱,从而为作家自由创作提供了巨大空间。

同时,南京作为文化古都,各类文艺活动层出不穷。南京文学艺术节、金陵文学节、"金陵五月风"大型文学艺术节、"戏曲演出季"等活动吸引了社会各界的目光,金陵文学奖、南京文学艺术奖、紫金山文学奖及各类专项奖和扶持青年作者的鼓励政策也为激发南京作家的创作热情提供了有利条件。如2000年9月至10月,第六届中国艺术节在南京举行,话剧、戏曲、歌剧等剧目精彩上演,成为南京文坛的一大盛事。2002年12月28日,经过长期停办之后,由南京市文联和市作协主办的第四届金陵文学奖颁发,李伶伶的长篇文学传记《梅兰芳全传》、化铁的诗集《生命中不可重复的偶然》获一等奖。2005年5月17日,第五届金陵文学奖评选在市文联举办,叶庆瑞的诗集《都市冷风景》、傅宁军[①]的纪实文学《李敖:我的人生不可复制》、李萍的组诗《陌生的城市》、顾前的中篇小说《打牌》、郑敏的散文集《迎着命中的狂风》、王正平的诗集《纸船上的船队》等作品获奖。

这一时期对文坛产生重要影响的政策还有"作家签约制"的推广。南京市文联因应市场化变革趋势推行的"作家签约制"保持了长久的生命力,经过作家报送创作项目、专家论证、签约、作品发表、提供津贴等一系列流程,为广大青年作者提供多方面支持,先后推动一批优秀作家走上文坛。1995年12月26日,在南京市文学创作会议上,"南京市文艺创作组"宣布成立,创作组向社会公开招聘签约作家,确定1—2年的签约期限,并拟定创作计划和选题,推动作家弘扬主旋律,努力创作思想性、艺术性兼具的在全省、全国产生影响的作品。这一文学生产机制行之有年,获得了青年创作者的积极响应,产生了一大批文学成果,如人物传记方面有王永泉的《风流雅士吴敬梓》《吴承恩全传》《刘鹗全传》《乾隆与曹雪芹》《乾隆与高鹗》、俞律的《肖娴传》、李伶伶的《葛健豪传》、王　心的《陶行知传》等;小说方面有祁智的

[①] 傅宁军(1955—),男,江苏南京人。

《芝麻开门》《呼吸》、贺景文的《天道》、鲁敏①的《爱战无赢》、王心丽的《落红三部曲》、王大进②的《阳光漫溢》、章红的《最后一艘飞行战舰》、缪云的《穗子》、王清平的《骗商》、修白③的《女人，你要什么》、谢峰的《逝于阳光》、丹羽④的《归去来兮》、耿萧的《四级爱情备忘录》等；诗歌方面有吴野的《孙中山》、王正平的《男低音》等。

"作家签约制"作为一种尊重创作规律的官方激励计划，有力地激发了广大作家的创作积极性，为年轻作者提供了广阔的舞台，多个签约作品荣获全国及省级各类奖项，如孙玉亭的电视剧文学剧本《金陵子潮》获第四届中国戏剧文学奖金奖，黄慧英的传记文学《拉贝传》获第二届紫金山文学奖等。傅宁军、朱成山、杨国庆、朱文、王传宏、朱秀君、格格、许金华、李敬宇、黄慧英、周伟、高晶、吴晓平、申赋渔、马士诚、章红、吴晨骏、李美皆⑤、邹雷、雪静、鲁敏、谢峰、李伶伶、李子悦、周荣耀、赵锐、姚世仁、荞麦等一批签约作家取得不俗成绩，已经成为南京文坛的重要力量。与此相似的是，南京市文联、《青春》杂志社等单位开展的"青春文学人才计划"也采取协议形式选择青年作家进行创作活动，葛亮⑥、曹寇⑦等签约作家都是其中的佼佼者。此外，还有一批"70后"小说家、诗人和儿童文学作家的创作同样引人关注，如冯华、朱庆和⑧、李樯、刷刷、刘畅、赵志明、李黎、杨莎妮等。

除了南京的文艺政策与鼓励机制有利于南京文坛的活跃之外，南京尚文的传统、发达的市民社会、包容的城市性格使得四面八方的作家都能在南京找到安身立命之处，并激发出创作灵感。南京繁荣的市场经济和现代的生活方式、文化的多元和开放使得作家能及时接触到世界范围内的潮流，同

---

① 鲁敏(1973—)，女，江苏东台人。
② 王大进(1965—)，男，江苏盐城人。
③ 修白(1966—)，女，原名王秀白，现居南京。
④ 丹羽(1978—)，女，江苏南京人。
⑤ 李美皆(1969—)，女，山东潍坊人。
⑥ 葛亮(1978—)，男，江苏南京人。
⑦ 曹寇(1977—)，男，江苏南京人。
⑧ 朱庆和(1973—)，男，山东临沂人。

时南京又保留了传统的、悠闲的、世俗化的生活方式,使得作家融入其中,能以从容自在的心态从事文学创作,在自己的园地潜心耕耘,从而产生了许多具有重要影响的文艺作品。

二、长篇小说的繁荣与文学类型的多样

从文学类型上说,这一时期的南京小说尤其是长篇小说成就最大。许多作家进入创作的成熟期和稳定期,由于个人经历的不同和观察世界的角度差异,南京作家各自寻找自己的艺术基地,致力于建构带有鲜明个人印记、体现自我风格的小说世界,产生了许多有重大影响的作品,苏童的《黄雀记》、毕飞宇的《推拿》、赵本夫的《无土时代》、范小青的《我的名字叫王村》、韩东的《扎根》、鲁敏的《六人晚餐》、叶兆言的《驰向黑夜的女人》、黄蓓佳的《家人们》、储福金的《黑白》等都是能代表这一时期文坛成就的作品。

这一时期的南京小说在现实和历史之间转换,在内心和外在之间纠缠,作家在不断拓展题材空间的同时,延续了南京文学对人的生存状态和生命意义长期观照的传统,在现代人的心灵审视方面走得更远。无论是对农民工遭遇的书写、现代转型过程中人对土地的眷恋、日常生活困境中的盲人生命丰富性的展现,还是对青春躁动期的抑郁青年的刻画、跨越几个时代的女性命运的关注,作家无不在纷繁复杂的生活表象背后,审视历史变革与时代变迁中个体的生命遭遇,建构人的灵魂嬗变的丰富图景。从生活走向生命、从社会走向自我是这一时期南京小说创作的基本走向,人性的审视、灵魂的剖析与对存在意义的象征性呈现是其基本特征。与这种精神指向相一致的是,这一时期的南京小说大多注重心理描写与氛围铺陈,注重语言的细腻与象征意味,注重意象的营造和细节的把握,注重在历史、革命与现实的背景下表达个人的想象与体验,在个体生活的细流中发现普遍性的生命状态,由此展开对命运、自我与存在的探索和沉思,从而构成了南京小说的内向性呈现和个人化写作的鲜明特征。

这一时期,由于时代主题的转换与文学转型,诗歌群体曾经所产生的轰

动效应不复存在,南京青年诗群纷纷解散,个人化写作成为南京诗歌的基本存在形态。注重对日常生活的细节把握和象征性意象的呈现,在山川风物之中抒发对历史的沉思与生命的体悟,是这一时期南京诗歌的重要特征。"他们"诗群虽然仍作为一个群体存在于诗坛之上,韩东在经历过诗歌民间立场与知识分子立场的论争之后,依然坚持诗歌的日常化与批判本质,但诗坛的关注点却转向对其主要成员的个人风格的理解与阐释。作为"日常主义"诗歌群体的代表性人物的叶辉在这一时期进入了创作的成熟期,其作品于日常化生活的细微之处发现生命的复杂性与对个体存在状态的剖析,颇具哲理意味。其他诗人或以宏大的视野表达思绪,或追求以细腻、精致的语言写景抒情,使得这一时期的南京诗歌风格各异,精彩纷呈。

这一时期的南京散文题材形式多样、内容丰富,家长里短、生老病死、乡土往事、山川河流、古迹风物、家国情怀、历史变迁、社会批判、生命行思皆在作品中呈现出来。散文家于生活中的某个场景、细节中发现意义,将转瞬即逝的生命感悟留在纸上。许多小说家、诗人致力于散文的创作,表现自己对生活、过往与世界的真实想法,与其小说、诗歌创作交相辉映。学者散文则是指从事文学研究的学者在严肃、规整的学术性写作之外创作出来的散文作品,因其写作背景的专业性特点,这类散文往往以严谨的态度、论证式的方式表达对知识分子命运、历史变迁、道德生活、社会百态的沉思,境界深远,韵味醇厚。另外,学者编撰的人物传记也颇具特色,一类是古代名家评传。匡亚明主编的《中国思想家评传》丛书总计 200 部,共收入约 2500 年间的文、史、哲、经、法等诸多学科领域传主,是思想文化研究的重要成果。冯保善领衔的"话说文学读本"(第一辑和第二辑各九种),包括冯保善的《话说吴敬梓》《话说冯梦龙》、徐永斌的《话说李汝珍》、萧相恺的《话说〈水浒传〉》等,是具有原创性的文学普及成果。另一类是现当代名家评传。如刘俊[①]的《情与美:白先勇传》、余斌的《张爱玲传》等以文献为依据,对作家生平及

---

① 刘俊(1964—),男,江苏南京人。

其作品做了全面深入的论述与评价。王振羽①的《吴梅村传》《瓶庐遗恨——常熟翁氏传奇》《漫卷诗书》《书卷故人》《江南读书记》《龚自珍传》《江南彩衣堂》《且去题壁》《梅村遗恨》《诗人帝王》等,视野开阔,见解独到;孔庆茂②的《钱钟书传》《钱钟书与杨绛》《辜鸿铭评传》《魂归何处——张爱玲传》《杨绛评传》《林纾传》等以客观生动翔实的叙述、新颖独到的观点、透彻深刻的分析、生动流畅的语言,呈现传主精彩的一生。

为加强戏剧创作与演出的导向性,繁荣戏剧市场,国家及江苏省设立各类戏剧奖项,举办"南京戏剧节""梅花戏剧节"等大型戏剧节,开展汇演活动,以鼓励剧作家和剧团创作出思想性强、艺术水平高的剧目。从其价值指向与主要受众而言,此类戏剧可称为"主旋律戏剧"。在这一时期,南京戏剧界坚持主旋律意识,加之具有部队剧团创作演出的传统,两者结合,创作出了许多有重要影响的剧作,不少剧作获得"江苏戏剧奖""五个一工程戏剧奖""白玉兰戏剧奖"等各类戏剧奖项。随着戏剧进入市场化变革的新阶段以及电影、电视等新型艺术形态的普及,话剧的社会影响力不复以往,剧作家更多朝着专业化、个人化的创作方向发展。在遵循主流价值观的同时,仍力图继承人文探索的艺术传统,不断实验新的戏剧表现形式,坚持鲜明的批判立场,对历史进行反思,对现实弊端进行揭露,坚守知识分子的自主性。这一时期南京校园戏剧较为兴盛,批判色彩和讽喻意味浓厚,以《蒋公的面子》为代表,南京校园戏剧以其独有的活力与艺术成就,受到社会各界尤其是高校师生的热烈欢迎,成为南京剧坛一道亮丽的风景线。与此同时,传统戏曲在南京演出市场出现了兴旺局面,出现了一大批经过改良、再创作的戏曲作品,获得了不俗的业界评价和市场反响。

三、文学理论、批评与文学活动

这一时期的南京文坛感受着时代主潮的转换和文学现象的演进,敏锐

---

① 王振羽(1968—),男,河南叶县人。
② 孔庆茂(1964—),男,河南济源人。

地把握住文学表现形态与文学价值观的新变化,文艺期刊率先提出"新状态文学"概念,引发热议。诗人、小说家发起的"断裂"问卷调查事件引起极大回响。作为"中国南京·现代汉诗研究计划"的一部分,高校学者引发的"年度诗歌排行榜"现象,引起诗坛的巨大反响,都显示了南京文艺界、学界对文学的敏锐把握能力与理论建构的总体性格局。

1994年,为推动形成新的文艺潮流,南京的《钟山》和《文艺争鸣》联合倡导"新状态文学"。《钟山》从1994年第4期到1995年第5期共推出8期"新状态文学特辑"。倡导者提出"新状态文学是走出80年代的文学""新状态文学是'写状态'的文学"。"新状态文学是90年代的文学。它书写90年代中国社会经济和文化变迁所导致的人的生存和情感的当下状态,无论是'与往事干杯'还是渴望未来,都是通过呈现当下状态来体现的。它表现为一种自然流动的状态,仿佛拙于设计和结构,突破了主题表现的寓言模式。"[1]总体上说,"新状态文学"关注新的社会、生活与生命的真实而复杂的状态,在一定程度上契合了多元化社会的发展趋势,为文学反映时代的新变提供了理论支点。但是由于这种对各种新状态的文学表现缺乏一致的观念体系,缺乏整体的艺术风格的界定与追求,使得理论倡导者的概念阐释显得不够统一与精确,与先前"新写实小说"的理论倡导相比,"新状态文学"概念的影响力相对较弱。

在20世纪末引起巨大反响的"断裂"事件,则是南京文坛试图重构当代文学图景的又一个重要行动。1998年5月,朱文发起了一份针对新生代作家的问卷调查,并整理出《断裂:一份问卷和五十六份答卷》,发表于1998年第10期的《北京文学》。问卷提出了多个与90年代文学秩序相联系的问题,包括中国当代作家是否对答卷者产生重要影响或指引?作家是否需要汉学家对自己作品的评价?陈寅恪、顾准、海子、王小波是否应受作家崇拜?海德格尔、罗兰·巴特、福柯、法兰克福学派等人的作品对作家写作有无影

---

[1]《文学:迎接"新状态"——新状态文学缘起》,《钟山》,1994年第4期。

响？是否以鲁迅作为自己的写作楷模？是否把基督教、伊斯兰教、佛教等宗教教义作为写作的指导原则？如何评价作协等机构？如何评价《读书》《收获》杂志？《小说月报》《小说选刊》等文学选刊是否真实体现文学状况？是否认可茅盾文学奖、鲁迅文学奖的权威性？对此,绝大多数作家都做出否定性乃至戏谑式的回答,显示了应答者对当时文坛结构、文学价值体系的不屑与反叛。

朱文在附后的《问卷说明》中明确表示他们的挑战对象是现存文学秩序和表意系统。而另一个重要参与者韩东则旗帜鲜明地指出,当时在文坛占主流和中心地位的作家是一个"利益共荣圈",他们从事的是"一种平庸有毒的写作"。"断裂"即是以突破现有文坛格局和文学框架的决绝姿态,将自己与主流作家隔离开来,"实际上这一行为要划分的是一空间概念,即在同一时间内存在着两种水火不容的写作""文学的本质——创造、自由、美和真实规定它是广大而无垠的事物,在此意义上我们反对因循守旧、作茧自缚,反对隔绝、逃避、冷漠和自卑的姿态"。① "断裂"作家试图重构当时的文学版图,主流与边缘、控制与抵抗、勾结与自由、群体与个人是其解读占据中心地位的作家与非中心地位作家的二分法,他们试图开创一种民间的、自由的、个人的新的写作形态。由于其决绝的反叛态度与极端的批判思维引起了文坛的一片惊呼,造成轰动效应。

"断裂"现象发端于南京,正是南京作家追求文学的自由性、个人化的结果,"而追求个性自由、创作自由、思想自由,恰恰正是'断裂'事件的正向意义所在,'断裂'事件的作家们通过这种追求,与绵延数千年的江南文化传统在精神上达成了某种相通或一致"②。这是南京追求自由的地域文化赋予作家的洒脱和气魄所形成的产物。与此同时,与"断裂"作家激烈、飞扬的批

---

① 韩东:《备忘:有关"断裂"行为的问题回答》,《北京文学》,1998年第10期。
② 吴秀明主编:《江南文化与跨世纪当代文学思潮研究》,浙江大学出版社2009年版,第21页。

评话语形成有趣对照的是,韩东、朱文、鲁羊[①]等代表人物的创作却是内敛而沉重的。《我的柏拉图》《人民到底需不需要桑拿》和《在北京奔跑》等"断裂丛书"的代表文本都是致力于刻画灰暗、庸俗的生活图景与漂浮、卑微的生命状态。在这些小说中,现代、浪漫而自由的城市想象不复存在,而代之以破败、封闭、边缘性的生命体验。"断裂"作家以自己的切身经验和审美探索,还原了城市的世俗面目。对世俗人生的关注一直是南京文学的传统,"世俗性"构成南京文学实践的重要精神面向。在这一点上,他们依然延续着南京文学长期以来的民间化、现实性、悲剧性的人性书写的理路,而在文学结构、语言、叙事等方面形式创新并不明显。断裂作家的关注点依然是向下的、向内转的。虽然有对欲望横流的混乱时代的批评,内在却仍是对普通个体命运的深切关怀和对个体存在意义的悲悯,是南京深沉、内倾的人文传统的延续。

"断裂"宣言着眼于文学秩序的反叛,但是其实践文本却是南京文化基地上的传承与变革,轰动一时的"断裂"现象就是这样奇妙的存在。在韩东等人看来,与占主导地位的作家群体相对比,处于边缘地位的另一种写作者有勇气直面自身被忽视、被压抑的处境,坚持民间立场,以挑战者的姿态消解中心作家的权威性。"断裂"作家不是以文学英雄的姿态登高一呼,建立新的文坛权力格局,而是以被迫害者的立场和姿态反抗主流话语、文学秩序。这一点与南京文化心理中固有的边缘心态、悲情意识相契合,同时当代南京作家的底层意识与市民情怀也影响了作家的艺术取向,从而形成了"断裂"文学向下的、现实性的风格。如果将其与海派文化影响下的上海市民文学、欲望小说等具有的靡丽的语言、狂乱的思绪、复杂的结构、动荡的场景与迷失的灵魂等特征相比,南京"断裂"作家的创作是更为沉稳、平实的。可见,"断裂"作家的批判话语与创作实践之间存在的一定程度的偏离,正是南京自由与创造性的文化氛围以及市民文化特质对"断裂"作家产生的综合影

---

① 鲁羊(1963—),男,江苏海安人。

响的结果。批评姿态虽然激进,文学创作却还是扎根于南京深厚的文化土壤,从而降低了"断裂"事件的文学冲击力和激进性,形成了中和式的文学现象。而且,总体来说,"断裂"姿态主要限于文化、审美范畴之内,实际上,作家的社会姿态与身份意识并没有发生显著的改变。比如代表性作家韩东入职《青春》杂志,并担任南京市作协副主席。顾前、周伟、赵刚、曹寇等一批自由作家或与省、市作协签约,或积极参加相关文学活动。

自 2006 年起,南京学者发起的"诗歌排行榜"成为诗坛热点,年度好诗榜、庸诗榜等排行榜的推出成为诗坛争论的焦点。反对者对评委的诗歌评判标准以及背后的动机提出了强烈质疑,支持者则对诗人的心态与文学价值观进行了批驳。总体上说,诗歌排行榜事件显示了南京理论批评界对当代文学尤其是诗歌矛盾性问题的敏锐感受力与介入能力,它对诗歌创新的推动作用以及由此引起的对诗歌价值体系重构的争议,也都成为文坛自我调整、自我更新的一部分。

以江苏省作家协会、南京大学、南京师范大学等为中心,南京形成了对当代文坛产生重要影响且具有南京品格和精神特质的批评家群体。批评家们对江苏文学尤其是南京文学的发展历程、审美风格、未来趋势等做了全面论析,总结了江苏、南京文学的地域特质。如董健的《江苏短篇小说五十年》以新中国成立后江苏 50 年的短篇小说创作为研究对象,通过分析文化背景,梳理发展趋势,评估美学价值与艺术特色,溯流派、明正变、指瑕瑜、辨盛衰,总结江苏小说创作的经验教训,为中国当代文学研究提供了有益参考。① 他的《现代启蒙精神与江苏话剧百年》则论述了江苏各时期的话剧发展历程,阐述了在中国话剧百年的历史上,江苏尤其是南京因其地理、历史、人文等方面的特点和优势而占有"首善之区"的独特地位,分析话剧之于启蒙的内在关系,进而总结江苏话剧的基本特征。② 丁帆的《三代风流,一片辉煌——江苏中篇小说五十年》则回眸了江苏 50 年中篇小说创作。他指

---

① 董健:《江苏短篇小说五十年》,《江海学刊》,2001 年第 2 期。
② 董健:《现代启蒙精神与江苏话剧百年》,《艺术百家》,2007 年第 4 期。

出,新时期以来一个具有全国影响力的创作队伍已经形成,顾潇、赵本夫、朱苏进、苏童、范小青、毕飞宇、叶兆言、黄蓓佳、储福金、韩东、祁智等南京作家是其中的佼佼者,其作品往往成为文坛广泛瞩目的焦点,成为重要的研究对象。

研究界很早就关注到南京文学写作与文学批评所形成的独特风貌和强大的影响力,并以"南京作家群"加以命名和研讨。如早在2008年,就有学者试图系统地论证"南京作家群"的概念内涵、命名依据与命名意义。命名者从地域性、群体性两个角度出发,以南京文化的影响力和渗透力为着眼点,研究"南京"这一地理空间和文化符号对于生活于其中的作家、批评家的潜移默化的精神影响。一批在南京文艺界和学界的知识分子逐渐形成了趋近的艺术风格、价值取向以及审美趣味,逐渐形成一个独属于南京的创作与批评群体。"开放性"是这一群体的基本特征,构成这一群体的,除了20世纪90年代以前的作家外,"当下还有一批作家,或是出生或谋生于南京,或是大学毕业工作于南京,曾经或依然在南京勤恳地耕耘着,这些作家主要有苏童、叶兆言、毕飞宇、魏微、荆歌、鲁敏等。此外,黄毓璜、王干[1]、汪政[2]、晓华[3]、张光芒[4]、王彬彬、何言宏[5]、贺仲明[6]等南京批评家对于当代作家及其作品的直面和发言也对'南京作家群'的形成起到了不可替代的作用,他们共同构成了当代'南京作家群'"[7]。

南京批评家群体活跃于理论批评界,并致力于对文学史观的重新认定,出现了《中国当代文学史新稿》(董健、丁帆、王彬彬主编)、《中国新文学史》(丁帆主编)等以人性、启蒙、审美为主线的新编文学史著作。总体上来看,

---

[1] 王干(1960—),男,江苏扬州人。
[2] 汪政(1960—),男,江苏海安人。
[3] 晓华(1963—),女,原名徐晓华,江苏如东人。
[4] 张光芒(1966—),男,山东沂南人。
[5] 何言宏(1965—),男,江苏淮安人。
[6] 贺仲明(1966—),男,湖南衡东人。
[7] 李徽昭:《当代"南京作家群":命名及意义》,《淮阴师范学院学报》,2008年第3期。

南京批评家们致力于对经典名著的再解读、对文坛旧事的新观照、对乡土创作的总体概括、对启蒙思潮与百年文学的关系研究、对文学与政治关系的辨析、对现代文学社群的阐述、对文学与宗教互渗的透视、对华文文学与中华文化互动的考察、对当下创作的及时跟踪,尤其是对南京、江苏文学的艺术价值的深层挖掘,使得南京文学作为一种独特艺术风格和价值形态的地域性文学的形象逐渐清晰起来。

供职于江苏省作协、省文联、省社科院等机构的批评家深耕于南京文学,表现出了南京批评家的独有气质。汪政长期进行当代文学追踪研究与批评,对南京作家有较多的关注,在当代文学的宏观考察和作家作品细读等方面形成了突出的特色和鲜明的风格。汪政认为,当代文学批评需要"在场",只有获取一手的"物证"才能对作家作品做出准确的判断,也才能始终保持批评的活力。他对批评家提出很高的期许,指出一个优秀的批评家需要有独立的思想、丰富的知识、敏锐的鉴赏力、非凡的表现力和道德感,如此才能真正发挥对文学的引领作用,赢得作家和读者的尊重。可以说,汪政的文学研究与批评活动正是对这一理念身体力行的实践,是这样一种批评理想的生动写照。晓华和汪政是当代文坛著名的"双打"批评家,晓华的文学批评善于从日常叙事中发现文学的独特性,敏锐而富有个性。她以宽广的视野和不拘一格的态度深入文学世界,研究不同类型的艺术作品,对作家投以尊重目光,注重切实把握作品的语境,开展审美批评。张王飞[1]对曹禺、朱自清等现代名家、当下文学现象和作家作品等均有涉猎,他的文学批评始终坚持知识分子的批判立场,将作家作品置于文学流派或文学思潮之中予以定位,考察文学作品所投射的社会公共生活和世态人情。贾梦玮[2]的文学批评试图建构一种"将心比心"的批评理念,"以自己的心去体会作家作品的心"。他主编的"零点丛书""21世纪江南才子才女书"以及《河汉观星:十

---

[1] 张王飞(1955—),男,江苏如东人。
[2] 贾梦玮(1968—),男,江苏东台人。

作家论》《当代文学六国论》等很大程度上是"将心比心"批评理念落实与贯彻的体现。李静[①]对乡土文学、乡贤文化等领域有深入研究，她的文学批评将文学史料与基本判断相结合，具有清醒的政治敏锐性、突出的问题意识和强烈的现实关怀。姜建[②]在鲁迅、朱自清等现代作家作品研究、世界华文文学研究、"开明派"研究等方面成果丰硕。刘红林[③]主要从事港澳台与海外华文文学研究，著有《日据时期台湾新文学风貌》《台湾女性主义文学新论》等论著。她的文学批评注重从华文文学的发展中解读作家作品，具有女性学者特有的细腻与知性。

在宁的学院派批评家阵容庞大整齐，尤其引人注目。南京大学的王彬彬对鲁迅、高晓声、毕飞宇等作家作品有着独到见解，对当下文坛有着敏锐的观察，也有文史的修养。他对材料的考据辨识功夫、老辣睿智的春秋笔法，都显示出富有个性的批评家思想与情怀。他坚持人文知识分子的批判立场，对道德理想主义缺失的透彻剖析，对人心浮躁的冷峻审视，对价值失衡的痛心疾首无不振聋发聩、发人深省。在色彩鲜明、气象万千的批判文字背后，隐藏的是一个涌动着生命热流的智者对人间的深切关怀。吴俊[④]在鲁迅研究、当代文学史料等领域有诸多重要的研究成果，同时还长期跟踪当下文学现象和重要作家作品，"才情自由挥洒，神来之笔不断冒出"。他的文学批评始终坚守着与作家作品的对话关系，既能够对新时代、新形势保持自我调整的开放姿态，又有着"重新恢复和建立严肃文学"的坚定价值立场。沈卫威[⑤]对胡适、茅盾、高行健、学衡派、保守主义文化思潮、东北流亡文学史等方面的研究已形成系列成果与个人独特的研究风格。他的文学批评往往是在依据大量第一手材料的基础上，以述史的笔法，客观地展示中国现当

---

① 李静(1961—   )，女，江苏南京人。
② 姜建(1957—   )，男，江苏南京人。
③ 刘红林(1955—   )，女，北京人。
④ 吴俊(1962—   )，男，上海人。
⑤ 沈卫威(1962—   )，男，河南南阳人。

代学术史与文学史的历史面貌。刘俊的研究重心在白先勇研究、世界华文文学研究等领域,他"把自己的工作定位在做基础研究上面,老老实实地从具体的作家、作品和问题入手,分析一些特定的学术现象,评析一些作家创作的成败得失"[1],他构建了"世界华文文学整体观"学术视野,提出了诸多富有个人创见的学术观点。张光芒将学术视野集中在近百年文学思潮尤其是启蒙文学思潮研究的拓展与范式转型、当下文学现象和作家作品批评等方面。他的文学批评从"启蒙哲学"出发,既有鲜明的问题意识,又有敏锐的现实感受,显示出了独特的思想气质和深广的文学和文化史背景。王爱松[2]的研究多关注中国现当代文学思潮和小说叙事学等,他以文学现象、文学史、作家作品等为观照中心,展示了文学批评的延展性、完整性与丰富性。傅元峰[3]的研究方向主要是中国当代文学思潮、都市文化与当代文学关系、当代诗歌研究等,他的文学批评以审美批判与审美救赎为支点,开掘空间深处,力图复苏审美主体并激活现代汉语的魅力。

南京师范大学的杨洪承[4]的文学研究批评主要集中在作家作品研究和社团流派研究。前者包括对鲁迅、郭沫若、王统照等作家的个案研究,后者包括对现代文学史上文学研究会、创造社等几个重要社团的社会学梳理与审美性批评,成果颇丰。谭桂林[5]在鲁迅研究、宗教与文学、中西诗学关系、当代文学发展研究、跨学科比较研究等领域都有重要的研究成果。他的文学批评以历史和文化为根基,具有宽广的学术视野、扎实的学术功底和敏锐的比较意识。何平[6]的文学批评着力于个人日常审美生活、职业研究与思

---

[1] 肖画、刘俊:《兼容并蓄,守正出奇——刘俊教授访谈录》,《世界华文文学论坛》,2019年第1期。
[2] 王爱松(1965—),男,湖南隆回人。
[3] 傅元峰(1972—),男,山东临沂人。
[4] 杨洪承(1954—),男,安徽芜湖人。
[5] 谭桂林(1959—),男,湖南耒阳人。
[6] 何平(1968—),男,江苏海安人。

想表达。他尤为专注于将文学史研究与文学批评相结合,重返文学批评现场,力图探测文学批评史和思想史之间相互生发的关系。王文胜[1]的研究主要集中在"十七年文学"、基督教文学和港台文学等方向,她的文学批评多从文学作品出发,将个人的理论思考建立于扎实的文本分析基础之上,研究切实又令人信服。谈凤霞[2]的主要研究方向为中国现代文学、比较文学,特别是在儿童文学、儿童电影等方面有较多成果,她的文学批评多以纵向与横向的文化坐标来研究文学本体,颇有新见。

除了南京大学和南京师范大学,南京其他高校的批评家,如张宗刚[3]对当代散文、小说、影视文学等有较深入的研究,他紧贴文本,立论有据,色彩鲜明。钱旭初[4]对转型期的文学嬗变、文学与影视的跨学科互动等有较多研究,他的文学批评有着鲜明的文学史意识,表现出了理性思考和审美解读并重的批评特点。邵建[5]主要是从思想史角度研究胡适、鲁迅等,他的文学批评意在打破没有"对话"的批评现状,在西学话语与国学话语相融合的基础上追求一种"对话"性。秦林芳[6]潜心于鲁迅、丁玲和当下作家作品研究,他的文学批评以文学史料为根基,回到历史和时代的语境,将对作家生命的体悟与文学文本解读相融合,"论从史出,平正立论,不虚美,不隐恶,在平正基础上显创见"[7]。温潘亚[8]的研究主要在文学史理论和形态、文学史学以及当代作家作品批评等领域,他的文学批评将理论与实践相结合,立足于文学史的理论观点,建构了自己的理论体系与批评个性。

还有一批90年代以来曾经在南京工作多年的批评家,显示出南京批评

---

[1] 王文胜(1968—),女,江苏扬州人。
[2] 谈凤霞(1973—),女,江苏常州人。
[3] 张宗刚(1968—),男,山东潍坊人。
[4] 钱旭初(1962—),男,江苏常州人。
[5] 邵建(1956—),男,江苏南京人。
[6] 秦林芳(1961—),男,江苏海门人。
[7] 杨学民:《丁玲研究的新收获——评秦林芳教授新著〈丁玲评传〉》,《东吴学术》,2013年第6期。
[8] 温潘亚(1964—),男,江苏响水人。

家群体的气质。如王干"是江南才子型的批评家,聪明、敏感,有很好的艺术感觉,能迅速抓住作家作品的艺术特征",批评直接犀利,敏锐中透着醇厚之味。① 贺仲明的研究领域跨越现代和当代,涵盖作家作品和现象思潮等,他重视批评家主体精神的张扬,其文学批评以现实关怀为出发点,关注文学的审美特征,有原则、个性、精神和尊严。② 黄发有③的研究既有对作家文本的深入细读,又有对文学期刊、出版、传播的审视辨析,他的文学批评"坚持独立与自由的个体性",力图"实现历时分析与共时分析、文化批评与审美批评、创造美学与接受美学的共生与互动"。④ 何言宏对文学史、文学现象、文学热点等有浓厚的兴趣,尤其对典型作家作品有较多细致入微的解读。他的文学批评尤为强调抵达文学现场,注重对作家进行"个性化、深入性、有效性"的分析。王洪岳⑤对现代主义文学、先锋文艺、文学审美与启蒙的关系等有较多研究,他的文学批评既注重对文史资料的考辨和文学审美的挖掘,又表现出环环相扣的严密推理和理性思辨色彩。吴炫主要从事文艺学和美学研究,提出了"穿越""独象""文学性程度"等概念和范畴,力图建构自己的"否定主义文艺学"理论体系。他的文学批评多以中国文化、中西文论为批评基石,特别强调形成"自己的理解"。李美皆的文学批评既有锋芒毕现的"犀利"而又有女性特有的"周到",表现出成熟的析疑能力、体贴的同情态度、朴素的常识主义等特点。⑥ 范卫东⑦的研究主要集中在现代散文、当代

---

① 陈晓明:《感性批评的魅力与转型的时代——王干文学批评论略》,《当代作家评论》,2018年第2期。
② 杜昆:《关怀现实,凝眸远景——读解贺仲明的文学批评》,《创作与评论》,2015年第14期。
③ 黄发有(1969—),男,福建上杭人。
④ 黄发有:《准个体时代的写作——20世纪90年代中国小说研究》,上海三联书店2002年版,第381页。
⑤ 王洪岳(1963—),男,山东济阳人。
⑥ 李建军:《犀利而体贴的常识主义批评家——论李美皆的文学批评》,《南方文坛》,2005年第6期。
⑦ 范卫东(1968—),男,江苏海门人。

作家作品批评等方面,他的文学批评以问题为出发点,具有较强的文学史意识。

第二节　小　说

　　小说是这一时期取得成就最大的文学门类,主要体现在以下几个方面:一是小说创作繁盛,佳作迭出,许多作品在全国范围内产生了巨大反响,如《推拿》《黄雀记》《我的名字叫王村》《六人晚餐》等可为其中的代表作,是新世纪以来南京文坛的重要收获。二是个人化小说世界的确立。南京小说家长期致力于营造具有个人特色的艺术世界,已产生具有独特的"意象群"与象征性的文学符号。如提到苏童不能不想到香椿树街、少年、记忆、想象与忧郁等关键词,讲到叶兆言则想到秦淮河、怀旧、浪漫等话语,提起赵本夫不能不关注黄河故道、悲悯、大地情结等,说到毕飞宇不得不说起王家庄、人性关怀与世俗笔法等。正是出于对文学意象、结构形式、历史意味与精神意绪等艺术元素的独特性的长期探索,几个重要的作家都已经形成了自己的"小说世界",形成了具有内在统一的、连续性的小说系列。可以说,个人化的"小说世界"的形成是南京小说具有自身独特性和历史地位的最佳证明。三是小说的艺术创新较以前力度更大,小说家在对现实的精细把握、对细节的痴迷、对心理探索的渴望、对历史的戏仿、对语言色彩的不懈追求等方面都达到了很高的境界。

一、范小青

　　范小青早期小说主要写知青和大学生的生活,注重个人化的心理描写与情感抒发。在20世纪80年代中后期,她致力于民间生活和地域文化、风情的挖掘,几年间创作出《裤裆巷风流记》《个体部落纪事》《顾氏传人》《栀子花开六瓣头》《瑞云》《沧浪之水》等作品。关于这一重要变化,范小青写道:"于是为之大振,跃跃地便去叩那被称之为现实主义的门,写小巷风情、市民生活,那可是实打实,少有花腔的。写来竟也左右逢源。心中大喜,以为终于是找到了自己的根。"①这种转变主要体现在两个方面:一是她致力于建构"小巷文学"系列,承接与延续了陆文夫开创的"苏味小说"的风格。展现一幅幅苏州民间风俗画,描写苏州地域的生活百态与人物的言行举止,着重体现其内在的连续性与封闭性,"韧性""小家子气"就是她对苏州人性格特征的典型概括。范小青不仅通过塑造人物呈现地域文化,而且出色地运用苏州方言,突出吴侬软语的优雅品格,来表现苏州地区自然、散淡的文化韵味。在表达对苏州文化亲近感的同时,范小青也注重从文化心理层面对人的精神局限性进行了批判性的剖析。而在文本风格上,她则注重用笔淡雅细腻,节奏舒缓流畅。二是描述生活的"真相",向新写实小说的方向转变。《裤裆巷风流记》通过描写裤裆巷里吴家、乔家等各色人物的喜怒哀乐表现了苏州市民平淡而琐屑的生活状态。作者客观地呈现小巷的变迁与生活的真实面目,叙述小巷人物的家长里短、生老病死与进退腾挪,这种悲欢离合不是轰轰烈烈的,而是细水长流的。在表现底层个体执着生活态度的同时,也预示着日常人生的困顿以及底层个体的心灵疲惫。作者发现了生活的普遍存在状态,小说的精神境界也显得颇为开阔。

　　进入20世纪90年代中后期,范小青逐渐从小巷叙事扩展到对社会重大问题、改革开放、现代化建设等方面的关注上,创作出了大量现实性和反思性小说,包括反映城乡问题以及底层民众生活真相的城市小说系列(《城市民谣》《城市片断》《城市之光》《城市表情》《城乡简史》)等。她以巨大的热情呈现以苏州为代表的城市转型过程中的斑驳面貌,关注城市个体的悲欢与努力、无奈与挣扎,关注传统与现代的冲突,《城市民谣》写下岗女工钱梅子为生活和尊严而奋发自强的故事,塑造了一个乐观的女性形象。《城市片断》是由一个个片段连缀而成的长篇小说,透过茶馆、鹰扬巷、豆粉园、绢扇厂、长洲路、乐园等场景的展开表现苏州传统、自在的城市生活。《城市之

---

① 范小青:《我是谁?》,《青春》,1985年第9期。

光》写田家岭村农民田二伏在城市的遭遇,他对城市生活充满渴望,先后走进歌舞厅、建筑工地、饭店等,质朴而善良的性格使其在城市逐渐安定下来,最后却因帮助女孩田七而绑架了老板的儿子,并失手导致其儿子窒息而亡。小说描绘了进城务工农民的众生相,写农民对城市的向往与隔膜,文笔鲜活,其中充满了大量的断句、口语和对话,充满生动的现场感,生活的气息扑面而来。

《城乡简史》构思精巧,视角独特,以对照手法写城乡个体的互动,居住在城市里的蒋自清在捐赠书籍的时候丢失了一个账本,这个账本最终落到农村王才父子手中,由此串起了城市与乡村两个场域。自清下乡后受到了灵魂洗礼,王才进城后改变了自身的命运,两者的生活交错以及城乡嬗变的隐喻指向,表达了作者对城乡发展以及个体身心安顿的严肃思考。《女同志》以女性作家特有的细腻、敏锐,写机关女干部万丽的生活经历、情感体验及其与上级、同事之间的故事,表现现代女性的心灵蜕变和心理成长过程,具有极强的生命审视意味。《赤脚医生万泉和》对农村医疗状况和空间的紧迫性有着极为出色的表现,关于农村人尴尬的生存状态,不乏犀利的批判,然而作者依然在平淡的日常生活中发现生命的温情与立世的恬淡态度。

《我的名字叫王村》的问世,是范小青小说叙事和精神格局进一步向深度和广度扩展的证明,是范小青少有的具有荒诞意味的、先锋色彩浓厚的长篇小说力作。故事起笔就让人过目难忘:"我的弟弟是一只老鼠。当然,这是他妄想出来的,对一个精神分裂的病人来说,想象自己是一只老鼠,应该不算太过分吧。"弟弟只能给家人带来麻烦,令家人蒙羞,且康复无望,于是家人商量之下让作为叙事者的"我"把弟弟丢掉。虽然"我"对弟弟深恶痛绝,但丢掉之后却背负上了难以排解的罪恶感,良心发现之后,"我"决定无论如何也要找回弟弟。小说以"丢掉—寻找"为结构主线串起了各色人物、世态百相。在寻找的过程中,城市中的救助站、精神病院等一连串的荒诞场景与滑稽、混乱事件的渲染,表现了现实的荒唐与寻找的徒劳。王村各色人物的斗争则是黑暗现实与人性灰暗的缩影,充满了对世界虚无性的体验与价值判断。小说兼具讽喻意味与忏悔意识,自我救赎与社会救赎的精神指向共存,都使其充满道德感与悲悯情怀。范小青是一个对于生活的本质真相具有超强的审美敏感度的作家,小说中发生在乡村、医院、救助站等诸多场景的几乎每一个细节、每一句对话,都是一种艺术的象征、一个深刻的隐喻、一次尖锐的揭示。正是在小说不无荒诞现实主义色彩的叙事流程中,容纳进对于当下世界的运行逻辑诸多洞若观火发人深省的反思。

《桂香街》出版后被评论界视为当代"小巷文学""街道文学"的重要收获,堪称当代中国"第一部社区文学"。小说以居委会为窗口,以桂香街为审美空间,所有的大大小小的矛盾都缠绕在这里。正如居委会的余老师所说:"管的可多啦,城管、卫生、防疫、公安、工商、税务,谁都可以管,谁都应该管,但事实是谁都不管,谁都管不了——"这一空间凝聚了各种群体与各个阶层,凝聚了人们的工作与日常生活、私人领域与公共领域,复杂的社会关系纠结其中。通过这一独特的审美空间,小说深刻地展现出当下社会生活的某些后现代本质。小说的深层逻辑线索则是在"人心"层面上展开的。在小说的故事流程中,情节展开的动力,即叙事动力是人心。在某种程度上,主人公林又红的"人心",决定着情节的走向。也许,林又红的"文化心理"不能决定生活的走向,但在这部小说的时空之中,她的"人心"却对情节的走向起着相当大的决定作用。更重要的是,在另一个方面,小说还显示出,解决问题的真正路径是了解人心、深入人心、改变人心。

二、毕飞宇

毕飞宇是当代文坛罕见的充满灵性的作家,这种灵性不仅体现在他的生动而饱含韵味的文字、敏锐犀利的审美眼光上,而且体现在他对人性的精细探察以及对个体命运、价值存在等细致入微的哲学观照上。他的出现,将当代中国文学的本体性叙事向前推进了一大步。

自1991年发表《孤岛》以来,毕飞宇已发表多篇长、中、短篇小说,代表性作品有《是谁在黑夜说话》《雨天的棉花糖》《哺乳期的女人》《青衣》《上海往事》《玉米》《推拿》等。毕飞宇的创作历程经历了一个从先锋叙事到现实观照、从农村书写到城市省思的转换过程,而对人与权力的纠缠、历史与现实的碰撞、情感与理智的冲突则是始终贯穿在其各个阶段的重要内容。在创作早期,毕飞宇对先锋小说较为关注,在小说叙事、修辞方面对当时正流行的先锋笔法多有借鉴。在《孤岛》中,与世隔绝的扬子岛上演着文延生、熊向魁、旺猫儿之间残酷的权力斗争,先锋小说中常有的阴谋、暴力与罪恶构成一幅荒诞的图景,而文本运用的自叙事手法则是当时先锋小说典型的叙述策略。《楚水》则沿着暴力叙事的方向展开,冯节中为发财泯灭良知诱骗女性卖淫,人性的自私与冷酷由此展现出来。

毕飞宇沿着先锋文学的理路,将目光聚焦在历史叙事上面。消解历史的真理性、呈现意义的虚无是其主要指向,《是谁在深夜里说话》是其中的一篇代表性作品。小说的叙述人是一个"梦游者","我住在南京城的旧城墙下面,失眠之夜我就在墙根下游荡"。"游荡"为人物探寻、发现事物表象背后的本质提供了条件。作为研究者的"我"在城墙下游走、观赏,试图在破败的城墙景观中体验历史的辉煌与昔日的荣光。破损的明城墙是文化的遗迹,自有一种残缺的美,"至少,在每天的黄昏过后,月亮总是从四百年前升起,笼罩了一圈极大的古典光晕"。等到兴化建筑队使用旧城砖修复城墙时,历史有了一次回复原貌的机会。然而,这只是一个虚妄的设计,"我突然想起来了,为了修城,我们的房子都拆了,现在城墙复好如初,砖头们排列得合榫合缝、逻辑严密,甚至比明代还要完整,砖头怎么反而多出来了?这个发现吓了我一大跳"。多余的旧城砖是对历史完整性的讽刺,这一努力修复历史文物的行为使得真实变为虚假,圆满也就意味着残缺。作者通过这种自我否定的方式对历史的真实性及其文化意义进行了消解,使得恢复过往的历史细节、呈现历史本来面貌的尝试"充满了不确定性"。

在经过短暂的先锋实验后,毕飞宇开始重点关注现实语境中农村与城市群体的生存状态。《哺乳期的女人》写了断桥镇上的留守儿童旺旺对母爱的渴求及其病态地啃咬惠嫂乳房的故事,其间透露出的是乡村小城镇的空洞化与个体贫瘠的心灵。《生活在天上》中的蚕婆婆从农村来到城市生活却处于无根状态的叙事，写出了城市人封闭与孤独的情感状态。《生活在边缘》《和阿来生活的二十二天》等小说则写出了来自农村的卑微个人的现实困顿与精神异化的现象。其他如《架起飞机飞行》《九层电梯》《相爱的日子》《家里乱了》《遥控》《火车里的天堂》《男人还剩下什么》等小说也写出了城市对人的精神自由的束缚、感情的破败与自我的迷失。

《青衣》的问世标志着毕飞宇的人性思考到达了一个新阶段。小说通过描写筱燕秋对艺术的畸形追求呈现人性的扭曲与对自我存在价值的省思。青年时代的筱燕秋有着极强的领悟力和天然的艺术敏感，充满古典韵味和哀怨气息，人与戏剧融为一体，飘然行走于世间。她沉溺于艺术的语境之中，超越世俗的眼光，将自己活成了嫦娥。然而，岁月的变迁导致其自身价值的丧失与地位的失落。筱燕秋退居边缘，却不堪忍受自己现实的角色，内心翻动情感的波涛，这是年龄的悲剧和性格的悲剧。她不甘心自己被舞台淘汰，开始了心灵挣扎并走向堕落，仍然无可奈何地面临被替换的结局。失去角色和身份的筱燕秋无法承受命运的重击，穿着戏装来到了剧场大门口，在漫天的雪花中开始了一个人的表演。蜂拥而至的人群形成了一个天然舞台，将她置于梦幻般的中心。"筱燕秋边舞边唱，这时候有人发现了一些异样，他们从筱燕秋的裤管上看到了液滴在往下淌。液滴在灯光下面是黑色的，它们落在了雪地上，变成了一个又一个黑色窟窿。""液滴"出之于动作，演绎为颜色，构成一幅残酷、冷艳的画面。她试图以生命的代价找回昔日的荣光，无奈只能以悲剧收场。最后的这一幕既表现了筱燕秋对艺术表演的执着，也是其对自身边缘地位的绝望的反抗。凄美的文字背后是作者对时代变迁后人事已非的无尽喟叹，悲剧性书写的背后是作者对人的生存方式与存在价值的冷峻审视。

2001年发表的中篇小说《玉米》为毕飞宇赢得了巨大声誉。小说写了王家庄村支书的王连方从呼风唤雨到权力失落的过程，身为女儿的玉米对王家失去权力感到无以名状的焦虑并试图以自己的方式重获权力。"玉米是个讷言的姑娘,但是心却细得很,主要体现在顾家这一点上,最主要一点又表现在好强上。玉米任劳,却不任怨,她绝对不能答应谁家比自己家过得强。"然而王连方的失势却让她失去了骄傲的资本,恋人彭国梁的拒绝则使她失去了拯救自我的最后一根稻草。"不幸的女人都有一个标志,她们的婚姻都是突如其来的","玉米仰起脸,说:'不管什么样的,只有一条,手里要有权。要不然我宁可不嫁!'"失去权力的痛苦推动其不惜出卖自己的身体嫁给了比自己大很多的公社领导郭家兴,以期重获权力的荣光。

小说的出色之处在于,"王家庄"作为一个等级秩序与权力倾轧的场所,充满中国社会的隐喻意味。玉米与权力的纠缠不仅表达了权力对人物心理的腐蚀与束缚,而且表现了农民与权力的同构性。全村所有人都生活于权力的笼罩之下,王连方的随心所欲以及玉米的高傲都是人们认同权力的结果,而王家的失势带来的是村民的疯狂报复,玉米的两个妹妹玉秀、玉叶惨遭强奸。玉米最后的选择显示出了生活于这块土地上的人们对权力近乎本能的认同,这一点强烈地震撼着读者的心灵,而这正是作者所要表现的国民性格中最具悲剧性的部分。"王家庄"与鲁迅笔下的"未庄"有几分相似,都是等级秩序与国民劣根性的展示场与欲望迸发的舞台,毕飞宇接续了鲁迅式的国民性叙事,与赵本夫等作家一起描绘出一幅幅新时代的国民性嬗变的生动图景。作为姊妹篇的《玉秀》写了玉秀始终背负着被强奸的阴影无奈地挣扎、最终迷失自我的故事。《玉秧》则写了玉秧为摆脱众人的歧视与怀疑而自甘堕落的青春故事,延续着《玉米》的创作思路,写出了一种笼罩于每个人心灵深处的"集体无意识"。

后来的长篇小说《平原》的叙事伦理与《玉米》有异曲同工之妙。文本叙事将高中生端方、村支书吴蔓玲、知青混世魔王等青年群体的挣扎放在"文革"这一大背景下,并聚焦于人物行动的内在动因。端方不甘心农民的宿命,充满欲望和野心,一心想走出王家庄,但是始终无法如愿,不得不如困兽般在王家庄徘徊。吴蔓玲真诚遵从党的号召,渴望完全融入农村,时刻经历着内心的煎熬和自我否定,却被混世魔王强奸,最后的防线也崩溃了。她对

第六章　生气蓬勃的多元格局(1992—2017)

端方的暗恋无法变为现实,最后在无法抑制的绝望中发疯了。这是一个时代悲剧的典型人物,写了政治对一个鲜活女性的精神桎梏,写了生命个体在自我扭曲之后的枯萎,令人唏嘘感叹。混世魔王无所事事、随波逐流,他不惜强奸吴蔓玲以要挟她同意他参军,这种无耻的行径暴露了知识青年在农村中的荒诞境遇以及由此导致的人性的畸变。端方、吴蔓玲等人既有革命的狂热,又有着对爱情的炽热追求。然而革命伦理对人性的束缚与权力机制对心灵的控制都导致个体挣扎的无奈以及希望的破灭,个体的死亡或发疯都喻示了一代青年的悲剧性命运。此外,孔素珍、沈翠珍、三丫、顾先生、红旗等人物形象性格也十分鲜明,散发着苏北大地特有的鲜活气息。

小说善于从心理层面描写人物的命运,往往预示着生命的脆弱感。如文本在表现端方的绝望心情时写道:

> 满世界都黑洞洞的,端方却还要为自己的前程奔波,其实也是垂死的挣扎了。这么一想端方突然就感受到一丝凄凉,私底下有了酸楚和悲怆的气息。被它们包围了。无力回天的。王家庄就是他的世界了。世界就是这样的。有的只是看不见的天,看不见的地,看不见的风,看不见的寒冷。还有,看不见的远方与明天。端方就行走在黑暗中,一刹那都有点恍惚了。

前程无望的端方咀嚼自己的处境,扩展出无穷的心理波纹,感受着世界和内心的冰冷,自己垂死的挣扎伴随的只是凄凉的情感体验。生存的空间与心灵世界被缩小成王家庄这一方天地,自己无法动弹,四周充满浓密的黑暗。"黑暗"作为一个精神意象为端方的心理打上了绝望的底色。人物的无力感与挫败感在心理的挣扎过程中淋漓尽致地表现出来,从而将小说的精神指向从时代转向命运。与此相关的是,小说的语言自然、质朴而意蕴深厚,意象生动,多采用比喻、象征手法表达作者关于生命的思考,如"生活是一块豆腐,时光一巴掌把它拍碎了,白花花的四处飞溅"。生活如豆腐般脆弱,它看似完整,却经不起拍打,一击即碎。而这些破碎的豆腐才是生活的真实状态,它让人面对生命的残缺,最终达到内在的认同,悲剧性也就蕴含其中了。诸如此类的表达在文中多次出现,既具口语色彩,充满生活气息,又与作者的时空体验相结合,呈现出形而上的沧桑意味,从而将小说关于命运的书写带到了一个新的境界。

毕飞宇不断扩展自己的写作视域,丰富艺术表现手法,《推拿》标志着他对个人风格的追求又达到了一个新的高度。他以短篇小说的写法支撑起长篇小说的规模和格局,小说以一个推拿店里的盲人为中心,写出了王大夫、沙复明、小马、都红、小孔等盲人按摩师的日常悲喜剧。作者没有突出这一群体的独特性、悲剧性,而是极力突出他们与健全人一致的喜怒哀乐与悲欢离合,正常人的生活细节与情感遭遇在这群盲人身上都细致入微地呈现出来。毕飞宇将创作的关注点从对权力与人的纠葛命题的冷峻审视转换到对日常人生的悲悯性情怀的抒发上。《推拿》采用了分线并进的结构,写了一组形态各异的鲜活的盲人群像。各个盲人的日常生活看似散乱而无意义,人物几乎没有主次,每个人都在为工作、生活、家庭琐事而烦恼,都在为实现有尊严的生活而体验着内心的苦恼或喜悦,都在为各自婚姻的维护或爱情的追求而挣扎,人物精神的波动与心灵的震颤就在这些不动声色的缓慢叙述中得以表达。虽然情节安排在表面上看比较零散化,但是内在却有一条贯穿各色人物的主线,那就是个体对生命尊严的追求,人性的质朴与高贵就在一处处细节渲染中呈现出来。作者对盲人的日常描写带给读者的却是取消盲人特殊性的效果,这种逆向叙事极大地扩展了盲人推拿师的生命空间,从而使得《推拿》对人生与人性的透视达到了既不露声色又无比宽广的境界。

尤其值得一提的是,毕飞宇长期致力于以细致绵密的语言实现对生动细节的把握和微妙氛围的营造,表达对世界与人心的深入思索,这一点在《推拿》中更是表现得淋漓尽致。作者立足于实,却着眼于虚,通过一个个精妙细节的呈现,借助盲人的生命体验表达自己对爱、同情、尊重与价值等要素的深沉追问。"《推拿》是一部有关尊严的作品。它以正面的方式书写了人的尊严,歌颂了人性的光辉。""《推拿》的出现提供了使这一新的小说美学站到前台的机会。作品以人物来划分章节,以时间为经,以人物的命运为纬,织成了一个立体的小说世界。它挣脱了传统长篇之'重',同时又躲开了时尚小说之'轻'。"① 由此可见,本书的立意极为深远,盲人群体的生命自觉性的表达不仅体现在突出盲人这一群体的生存状态,冲击读者的思想桎梏,而且在带给读者反思的同时,促使人们思考人的存在意义这一哲学命题。作者不仅在立意上追求这一点,而且在语言叙述上也表现了这一点,如作者通过小马的视角思考时间与存在意义的关系问题:

> 看不见是一种局限。看得见同样是一种局限。高傲的笑容终于挂在了小马的脸上。时间有可能是硬的,也可能是软的;时间可能在物体的外面,也可能在物体的里面;咔与嚓之间可能有一个可疑的空隙;时间可以有形状,也可以没有形状。小马看到时间魔幻的表情了,它深不可测。如果一定要把它弄清楚,唯一可行的办法就是贯穿它,从时间的这头贯穿到时间的那头。人类撒谎了。人类在自作多情。人类把时间装在了盒子里,自以为控制它了。还让它咔嚓。在时间面前,每一个人都是瞎子。要想看见时间的真面目,办法只有一个:你从此脱离了时间。小马就此懂得了时间的含义,要想和时间在一起,你必须放弃你的身体。放弃他人,也放弃自己。这一点只有盲人才能做到。

时间犹如不停变换的魔术,呈现出不同的面貌,"它深不可测"。时间既融入人的日常状态,又超脱一切状态。人类自以为对时间有充分的把握,将它固定下来,却还是无法弄清时间的真面目,无法理解时间之于人生的价值。人只能放弃自己的尊贵立场,脱离身体、世界的束缚,将自己放入时间

---

① 汪政:《〈推拿〉:黑暗中的阳光》,《文艺报》,2011年9月19日。

的河流,随之变幻、生发。"小马就此懂得了时间的含义,要想和时间在一起,你必须放弃你的身体。"而盲人因其生理的局限,放弃身体成为一种自然选择,从而可以在心理层面体味时间的流动,在此过程中,发现生命存在的意义。

类似这种借助盲人的视角表达作者对时间、空间、信念与人心等问题的思考的辩证文字在小说中不断出现,与人物命运的细节展示及日常化叙事融为一体,互为表里,构成了强烈的时空超越感,从而达到了形而上的哲学境界。这种虚实结合、由实向虚的写作手法也就构成了毕飞宇式的叙事特点。

三、周梅森

周梅森是致力于宏大叙事、以政治小说闻名于世的作家。在20世纪80年代,他以自己的生活经历为基础,创作了许多反映煤矿生活的作品和军旅小说。1983年的小说《沉沦的土地》引起文坛关注,小说写民国初年兴华公司开采黄河故道上的刘家洼煤田引起农民反抗的故事,塑造了秦振宇、三先生、刘广田等丰富的人物形象。以此为开端,后来的《庄严的毁灭》《崛起的群山》《喧嚣的旷野》《黑色的太阳》等小说接连发表,构成"历史·土地·人"系列。文本以洋务运动、五四运动、台儿庄战役、解放战争为背景,工人、地主、资本家等各阶层人物轮番登场,残酷、血腥的镇压与反抗场面接连上演,进步与保守、文明与愚昧、背叛与忠诚在历史的风云变幻与土地的裂变过程中相互冲撞,最终构成一幕幕震人心魄的民族悲喜剧。小说结构宏大,具有极强的纵深感,既有对民族资产阶级在现代文明进程的价值及其局限性的剖析,又有对凝固于土地的农民群体保守的文化心理结构的反省,具有鲜明的时代色彩和史诗品格。

在军事题材方面,《国殇》以陵城保卫战为线索,表现抗战的惨烈、悲壮,写杨梦征、毕元奇、白云森、杨皖育等人在民族大义面前的不同抉择。《大捷》写由地方武装、自卫队组成的新三团在前线拼死抵抗日寇的进攻,在后方却被属于己方阵营的23路军暗算,最终在祝捷大会向韩司令复仇的故事。《日祭》写淞沪战争期间营长林启明带领的中国守军不屈服于失败的命运,在租界坚持精神升旗与上操以维护民族尊严与抗战决心的故事。这些小说突出战争的残酷与英雄人物的坚强不屈,视角广阔,情感热烈,气势磅礴,形成悲壮的艺术风格。周梅森在军事题材小说中善于将人物置于战争的极端环境下,发掘军人在重压下的精神面向,以逆向思维剖析人性,如《军歌》写被俘的国民党官兵在越狱过程中的人性的卑劣与疯狂,《冷血》中的尚武强在生命受到威胁之际心理发生畸变,不顾战友死活离队潜逃最终死于非命,显示了作者对堕落人性的冷峻审视。

进入20世纪90年代,周梅森将创作视野转向官场,致力于对变动的当代社会主题做出回应,其作品描绘了波澜壮阔的改革画卷,是当代的官场现形记和政治沉浮录,代表作有《人间正道》《至高利益》《绝对权力》《国家公诉》《我主沉浮》《梦想与疯狂》等。从小说与时代共振的角度看,周梅森自觉地将自己置于政治和市场的大潮之中,把握社会嬗变的脉搏,抱着极为强烈的问题意识,让小说发挥针砭时弊、引领人心的现实作用。从题材上说,他聚焦经济变革、官场腐败、资本掠夺、贫富差距、法制建设等一系列中国市场经济发展过程中出现的重大问题,揭示官场百态,探寻时代真谛,表达自己的政治期许。正如《我主沉浮》中的省长赵安邦所说的那样:"一个繁荣伟大的时代决不能朱门酒肉臭,路有冻死骨,也不能没有灵魂、没有信仰、没有道德!"正是出于高度的历史责任感和道德信念,周梅森以时代见证人的姿态指点江山,完成了一幕幕历史正剧。

周梅森小说视野宏大,思虑深远,往往以政治领域的权力运行为着眼点,全景式展现社会生活的方方面面。《人间正道》写平川轰轰烈烈的经济改革之路,展开了一幅栩栩如生的改革画面,写出了改革的必然和艰难。《绝对权力》以反腐败为线索,探讨新形势下权力与人民的关系问题,提出了如何进行权力监督这一涉及体制的核心问题。《国家公诉》以调查一宗火灾案件为线索,塑造检察长叶子菁的正面形象。她不畏权力,面对副省长王长恭的威逼，坚守法律正义，使失火案真相大白。小说抽丝剥茧、层层递进，官场百态与权力运行机制一览无遗，叶子菁在法庭上关于法律、正义、道德与责任的长篇发言震撼人心，小说从普通的案件调查与审判上升到关于建设法治国家与坚守政治信仰的高度。《中国制造》通过描写领导班子交接过程提出异常敏感的政治体制改革问题，《我本英雄》提出改革主体自身的历史局限性与自我革新的问题，《天下财富》对疯狂投机现象进行了深刻揭露，《我主沉浮》《至高利益》等写资本市场的侵蚀与政治改革家的勇于承担，《梦想与疯狂》描绘股市风云激荡背景下各色人物的利益追逐与经济转型的弊端。作者以天下兴亡为己任的热情和勇气，为改革过程出现的种种弊端痛心疾首，为官场腐败而忧心忡忡，为改革的成功、正义的胜利而欢欣鼓舞。

周梅森小说的另一个贡献是建构了一个丰富的官员形象画廊，包括《人间正道》中真抓实干的吴明雄以一往无前的气魄推动平川各方面改革，勇于承担政治责任，是新时期典型的改革家形象。《绝对权力》中的刘重天不计个人得失，坚定推进反腐事业。《至高利益》中的李东方勇挑改革重担，以人民利益为中心，坚持科学发展的理念。这些官员形象能坚守党的宗旨，面对错综复杂的改革与发展局面，周旋于各色人物中间，以高度的党性面对权力的侵蚀，以铁腕手段除旧布新，开拓新局。这种形象设置既是政治小说主题需要，也寄托了作者的美好愿望，体现了当代知识分子的家国情怀。

与此相关，周梅森经常采用对照的手法，在小说中设置与正面人物对立的反面人物系列，如肖道清、王长恭、钱惠人等人身居高位，却狗苟蝇营，为一己之私破坏改革，拉帮结派建立关系网，成为改革、正义的绊脚石。这些官僚干部形象集中了中国官本位思想与等级意识的各种负面元素，是传统权力观念熏染之下的落后力量的代表。《人民的名义》则更进一步，深入探索导致官僚腐败的社会机制与权力结构，深刻剖析腐败分子的堕落史，全方位、多角度地表现党开展反腐败斗争的坚定立场与光明前景。

周梅森紧紧把握时代脉搏，直面改革、反腐败等重大议题，以史诗气魄写官场生态，以无比的道德勇气揭露社会与体制的阴暗面，构成独具特色的文学意象群，构成标签式的小说系列，将中国反腐小说、政治小说推向了一个新阶段。从艺术形式及其指向性上说，其小说题材广泛，结构恢宏，人物性格鲜明，呈现历史的广阔性与纵深感。他在歌颂和暴露之间、思想性与艺术性之间、个人化书写与集体话语表达之间取得巧妙的平衡，很好切合了当代的社会心理，其作品往往一经问世就受到市场和读者的强烈反响与普遍欢迎。

四、储福金

储福金在20世纪80年代发表了多篇小说，有《石门二柳》《生命交响诗》《绿井》《羊群的领头狮》《奇异的情感》等。在摆脱了问题小说的写作模式之后，1982年的中篇小说《石门二柳》可视为储福金的一大突破，初步形成了其内敛温婉的艺术风格。《石门二柳》中大柳、小柳的爱情温润而生动，平淡自然的叙事背后是对生命生意盎然的体味，语言优美，结构匀称。沿着这个理路，《花野》《紫楼》《青衣》等作品以清新淡雅的笔调写青年男女的生活、爱情遭遇，以回望方式写小县城剧团的聚散离合，表达隐秘的人生悲哀。"紫楼"是作者在多篇小说中精心构造的意象，它既是人物活动、情节展开的现实场所与舞台，也是人物尤其是青年女性试图超脱政治、庸常的心灵空间，是时代精神、艺术追求与个人意趣相互碰撞的所在，从而表现出丰富的文化内涵。

进入20世纪90年代之后，储福金除了一贯地塑造美丽温柔的女性形象系列之外，创作视野更为开阔，文笔多变化，厚重与精致并存。《心之门》以平行线式的创新结构探索各式各样的人心之门，作者用色彩斑斓的文字将宗教、愿望、爱情、社会、成功、幻想、幸福等七种人生要素赋予不同的人物身上，让他们经历种种悲喜，以体味得失、成败、苦乐等各类人间滋味。冯曾高、陈菁、江志耕、童秀兰、林育平等人拥有不同身份、性格，表面上的开放与心灵的封闭相互对照，各色人物之间的试探与沟通无不染上悲剧色彩。作者通过塑造社会各阶层人物的尴尬的生存状态，展现不同人物面临的人生抉择与心理困境，《心之门》也就成了一篇关于人性、人心存在状态的生命省思录。

《心之门》的艺术形式颇为新颖，从表现手法上说，小说通过日常叙事表现人物的心理活动，具象与共相相结合，使客观现实具有心理学意义，反过来又通过人物的幻想、省思的变形将之落脚于客观事物，实现对各类心门的展示。从语言风格上说，作者精心描绘不同语境与心境，出之于冷清、热烈、低沉、抒情等各类文字，形成文本不同的语调、语态、语气，与人物的生活遭遇、生命体验与价值皈依融为一体。从结构上说，小说不同章节的人物、情节自成一体，表达不同的主题指向。但是各个故事又在人生之门这个总的主题上相互勾连，在精神层面上相互映衬，回环互证，共同构造人生格局。作者打破了单向性的时空线索，将不同人物平行地置于人性审视的平台之上，呈现出不同人性话语相互论辩的复调色彩，从而将生命意义的探究丰富起来。

同时，储福金在这一时期延续了精致、哀婉的语言风格，并在纯美、幽深的艺术境界的营造上更进一步，将优雅、浪漫的江南文化推向了新的阶段。《细雨中的阳光》描写现代版的才子佳人的故事，在江南小城上演多情文人与几个性格各异的美丽女子的情感纠葛，文笔优雅、清新，韵味十足，体现了南京文学古典性的一面。如"我"回忆往事时的心理波动仿佛充满诗意的画卷，"恍惚隔着的便是雨，飘飘浮浮的雨景，所有的天色与所有的情景都笼在一层如烟如雾之中"，连续的如梦似幻的记忆画面建构起了小说自由而迷离的氛围，将读者带入美丽而忧伤的爱情故事中。

尤其需要指出的是，《细雨中的阳光》没有强烈的道德感和伦理意识，而是遵循着情感的逻辑结构全篇。主人公"我"是一个典型的江南文人的形象，他游走在应玫、铁敏、万平萍之间，陷入感情的旋涡。小说以优美、浪漫的语言描写"我"与陶成的女友应玫的鱼水之欢，"这一刻我没有说任何的话，我的心里仿佛静如一片空廓的天空，就像在露天的月夜中。我与她静静地拥着，完全地拥着，超越欲望地融入了那份静中"。然而，第二天"我"便怀着哀伤的心情投入铁敏的怀抱,"她又示意我移身过去,我在她身边坐着,背靠着她的左侧腿,头便在她的胸腰处。女性的身体照例有暖暖而松软的感觉""我的心似乎在慢慢地舒展开来,一种感伤的心绪淡逸了"。"我"从南城回来没几天,又躺在了万平萍的床上,"一缕长发散开来,铺在我的眼上鼻上,随着我的鼻息轻轻抖动。头顶晕着的光亮有晕圈闪动"。这是江南自由、绮丽、开放文化的当代演绎,主人公任凭情感的自由流淌、情感的转换以及对不同女性的接纳毫无道德感的在场与世俗伦理的束缚,性欲与爱情成为展示知识分子自我价值观和青春叙事的支点,文人的漂泊感与忧郁气质也无可避免地渲染出浪漫底色,文本因此具有了迷幻色彩。

与这种风格相类似,《婆娑之舞》写一位身居城市却向往山林的文人形象,他周旋于莲儿、周馨等女性之间,经历爱与美的纠缠、灵与肉的碰撞。莲儿的纯净、自然、美丽代表远离世俗与尘嚣的理想,周馨的身心挣扎则代表着污浊与无奈的现实。"我"与两者交往,不断经历心境的转换,对于一个时刻处于心灵漂泊状态的知识分子而言,这种转换是对自我与社会关系的重新界定,是对超越而内在的生命状态的提示。作者将人物置于如梦似幻的美景中,善于以精妙的文字营造浪漫、迷离的意境,小说中有一段文字是对这种意境的绝佳展现:

恍惚间,我感觉回到记忆的一幕中:深秋,我正走到山谷的林中,一阵风卷过,整片高大的树林,同时飘落下黄叶来,漫天飘洒着,如飘雪般地落得那么均匀,整个天地中都是金黄色的叶片,林中,一个美丽的女人正缓缓地旋舞着,身形飘飘,衣衫拂拂,仿佛满世界的黄叶都是由她之舞而飘洒的,作为了她舞的背景……

类似黄叶飘洒的场景在小说中多次出现,构成热烈、绚烂的意象群,并与竹林溪流、清风明月、斑驳光影一起,构成一幅幅浑然天成的诗意画面。

到了《黑白》,储福金将创作的视点从审美转向文化。作为当代较早反映围棋文化与棋人生活的长篇小说,《黑白》在表现中国文化的博大、悠久与渗透力方面达到了很高的境界,一经问世便迅速引起文坛的关注和热议。陶羊子自幼一心向棋,在民初到抗战胜利数十年的时间跨度内与棋为伴,经历了一场又一场精彩绝伦的棋局。时代的变动、命运的沉浮、人生的毁誉都落在棋盘之上,最终实现了一个天才棋手的蜕变。作者将棋手、围棋与儒释道三种文化相连接,在黑白对弈之中表达淡泊人生的生命哲学。小说以雅致的语言营造江南地区的诗意氛围,以质朴的文字表达对围棋之道的感悟,如这一段文字出色论述了棋子与人生的关系:

> 人生如棋,自然亦如棋。棋中一个局部的地方有得失,棋上大块战斗如生死。但是从观望的角度,也就是你跳出来看整个的棋局,把生死与得失都丢开来看,棋就具有了一种美。扎实与空灵,相辅相成,形成一种整体的美。

小说将棋道哲理化,表现的是深受传统文化熏陶的陶羊子的价值选择与人生态度。陶羊子于方寸之间悟万千变化,在棋局博弈中悟人生真谛,尤其在小说末尾,他与方天勤的对弈,则是将这种文化的感悟推向了极致:

> 丢开战胜,自我完全融入棋,融入自然,融入一切,融入天地之间,物我两忘,我便是天,我便是自然,我便是棋。慢慢地,陶羊子由空的境界升到了一片山峦之上。无数云在飘,在浮,在动。

陶羊子达到了入乎其内而出乎其外的超脱境界,黑白之间是对无我状态的体味。《黑白》由此实现了由技术性的棋艺叙述到文化性的棋势的升华。在经历执着与放下、热烈与虚静、真实与空无的纠缠与冲突之后,陶羊子最终成为文化性的象征和载体,"黑白"也成了传统文化价值的现代转换的隐喻。

与《黑白》现代的时空跨度与单线性的叙事结构不同,《黑白·白之篇》"写的是当代生活,便用了现代手法,人物也不再以陶羊子一人贯穿到底,我写了四代棋手,从棋与文化,棋与生存,棋与情感,棋与金钱来反映时代的变化,棋的发展与社会发展的相通"①。第一代陶羊子隐匿市井之中,在棋盘中发现虚静,在乱世中超越尘俗。第二代陶羊子的徒弟彭行经历农村下放、矿山做工,走南闯北,结交棋友,失手伤人仓皇逃命的一连串经历将其与棋运结合在一起,棋子颠倒人生,最终峰回路转,返回南城成为九段冠军、棋院院长。第三代彭行的弟子柳倩倩、杨莲与棋为伴,杨莲身患绝症,却肆意人生,在棋赛上争强好胜,在爱情上放逐自我。柳倩倩在棋子与爱情之间摇摆,在冷静与热烈之间转换,在棋赛的起伏之间体验自我的悲剧命运,峰回路转之后夺取冠军。第四代杨莲的弟子小君天资聪颖,有着对围棋的天生感悟力,在因缘际会之下,成为世界棋坛的耀眼新星。小说写了不同棋手与时代的纠缠,写了不同时代的棋手对围棋的理解和感悟,第一代棋手体味的是哲学意境上的空无,第二代是政治意义上的命运,第三代是情感意义的起伏,第四代是经济意义上的利益。作者借助描绘不同主体的棋运人生及其关于围棋的价值、意义的思索,表达自己对人类安身立命问题的思索。顺应自然、物我两忘、诗意人生、空无境界是作者要表达的围棋文化的真谛。

小说以围棋写文化转换、悟人生真意,棋如人生,人生如棋,结尾则是一幕精彩的收官戏。在这场陶羊子与小君的跨代对决中,后者执黑处处"寻衅"和求转换,前者执白则"以不变应万变",表现出清明凝定、坦然无碍的最高境界。甫一局终,陶羊子便在棋上"圆寂"亦带走了他所代表的精神体系。陶羊子经历政局变幻、时代沧桑,却能持中守静,物我合一,以空无柔和之心看待人生,以自然、中和之意把控棋局,最终做到无往而不胜,胜而不争,在棋局中实现了涅槃,走完了自己禅宗般的一生。人道与棋道的暗合,使这一场富有象征意义的搏杀染上了浓厚的悲剧色彩。《黑白·白之篇》延续《黑

---

① 储福金:《有关黑白·白之篇》,《长篇小说选刊》,2014年第5期。

白》而来,充分表现出作者挑战生活与自我的自觉意识,开辟出了新的艺术境界。

五、庞瑞垠、黄梵等

庞瑞垠是具有宏阔历史感的作家,他善于写作"三部曲",在20世纪80年代有"故都三部曲"(《危城》《寒星》《落日》)。进入90年代,庞瑞垠创作《逐鹿金陵》,结合史事,加以虚构,写周恩来在南京梅园新村的斗争故事,视野开阔,人物性格塑造丰富而有力,反映了时代的风云变幻。具有史诗品格的"秦淮世家三部曲"(《钞库街》《桃叶渡》《乌衣巷》)是庞瑞垠的代表作,小说全景式地展开了金陵百年风俗画卷,以谢庭昉家族的悲欢离合、兴衰成败为线索,写几代人在不同历史时期的人生沉浮,表现历史动荡之下个体的命运多舛,秦淮河畔的人物命运转换反映时代的风云流转。文坛虽然有不少作家着墨秦淮风景、故事,"但是,如此浩大规模地描写秦淮文化的鸿篇巨制还是第一次。所以,将它称之为开江苏现代长篇风俗画小说先河的扛鼎之作,似乎并不为过"[1]。小说人物众多,形象鲜明,结构宏大,情节环环相扣,张弛有度,完整生动地展示了秦淮河畔的历史风情,地域文化的熏染与人物命运的转换相互交织,是反映南京近代以来文化嬗变的绝佳文本。除此之外,庞瑞垠另有中短篇小说集《鸳梦难言》、散文集《梅园的黎明》《相思又一年》、报告文学《沉沦女》《陈布雷之死》《光明行》《华西纪事》、传记文学《早年周恩来》《吴健雄》等作品。

王朔[2]出生在南京,早年当兵,转业后经商。1978年开始小说创作,主要发表了《空中小姐》《玩的就是心跳》《千万别把我当人》《看上去很美》《动物凶猛》《无知者无畏》《我是你爸爸》《我的千岁寒》等小说。他的小说是市场经济语境影响下城市平民文化兴起的产物,带有浓厚的市民趣味。王朔小说中最为突出的特征是塑造了一系列"顽主"形象。比如,方言(《玩的就

---

[1] 丁帆:《略论庞瑞垠长篇小说》,《文艺报》,2006年4月13日。
[2] 王朔(1958—),男,祖籍辽宁岫岩,生于江苏南京。

是心跳》)、石岜(《浮出海面》)、张明(《一半是火焰一半是海水》),以及杨重、于观(《顽主》)等,他们抛弃社会奉行的核心价值,辞去公职,四处漂流,以玩世不恭的态度对现实生活加以无情嘲讽和揶揄。这种嘲人与自嘲的姿态充满了"痞子"气息。在20世纪八九十年代的社会语境中,王朔小说中的顽主们表现出强烈的与传统和社会对立的姿态。如此,这些人物的确在一定程度上显示出了张扬个性、确立自我和探寻生命本真的意味。然而,顽主们以另类的价值观念与行为方式来获得特别的情感和生命体验,这行为实质是一种极端的自我主义的扩张。在根本上来讲,一方面,他们嘲弄知识分子、社会与时代,放弃对社会和自己的责任,通过怀念过去的生活来抵抗现实生活的失落;另一方面,他们追求所谓的世俗人生的自由与快乐,他们损害社会与他人的利益来填补个人物质的需求,借助生理感官的刺激来获得心理的满足,也体现出了一种世俗的人生享乐价值观。可以说,王朔小说用调侃与戏谑的审美趣味迎合了大众的阅读心理,这也影响了他的小说对人性深层和人心的探究。

鲁羊是以本体性思维见长的作家,著作有《银色老虎》《黄金夜色》《佳人相见一千年》《在北京奔跑》《鸣指》等。其小说以自叙或他叙的先锋手法,借助人物的对话或以解剖式、介入式叙事写自己对生命、生活、情感与存在意义的思考,对个人卑微的生存境遇与价值追求投入或嘲讽或悲悯的目光,文本充满思辨意味或象征色彩。如《在北京奔跑》中"我"与马余奔跑着去见北京姑娘的情节设置,即是人物对自我的身份和价值认同的表征。《鸣指》通过"我"与马余的对话,写马余的情感经历、生活困境与人生思考,以此表达对个体卑微与孤独的存在状态的探寻。鲁羊小说的另一个特色是将沉思与叙事结合起来,通过语言表达直接介入文本的精神走向。如《风和水》开篇即是关于死亡与文明关系的论述:"人死后要被搬入炉中烧成灰再装到黑匣了里,正是眼下这个历史阶段的一种文明标志。我想这也是人类因惧怕死亡而设计的软弱的障眼法。他们不愿意让先落黄泉的人留下完整尸骸。他们不愿意在某个下雨的夜晚去梦见那个赤裸而洁白的骨架。他们不愿已经死去的人有一天惊吓了自己和年幼的后代。"死亡的形式是人类所谓文明的标志,骨灰盒是对生命的隐藏、逃避以及对人性的否定性呈现,小说写"我父亲"被疾病折磨与"我"对亲情与生命的悲剧性体验,正是对这种生命状态与价值指向的生发与扩展。即使如《佳人相见一千年》这样的欲望叙事文本,也充满关于生命意义的本体性思考。"我"与姑姑在生活的两端对峙,在关于存在价值的舞台上时刻上演无声的战争,"姑姑端坐着,那种端坐姿态有无法言喻的锋利性,割裂了有史以来重重叠叠的空间,并从空间的裂口处往此刻渗漏,或者说渗漏到此刻的端坐因素,又重新作为姿态得以完成"。"端坐"既是对世界的否定,又是对自我的确认,是自我割裂外部世界与试图充盈内在空间的一种证明,由此显示鲁羊小说具有的论证式的结构形式与超越性的关于存在本相的哲学论辩色彩。

王心丽1974年赴江浦县农村插队务农,1984年开始发表作品,著有长篇小说《越轨年龄》《陌生世界》《雾水情缘》《青春崇拜》《单身逃亡》《无聊约会》《夜色天街》《无奈恋情》《紫色梦魇》《白色水鸟》等。她的《落红三部曲》(2002)包括《落红沉香梦》《落红浮生缘》《落红迷归路》,其以20世纪20年代至40年代的江南都市和乡村为背景,以穆栩园家族的兴衰史展现了时代的变迁和几代人的命运。她以女性视角将何妈、伊人、予美、若美、阿翠、扁子等女性生活置于传统文化和现代意识中加以透视,寄寓了作者对现实社会的观察和对人性的剖析。

学者型作家姜耕玉的长篇小说《风吹过来》以白梦魁、杨小陶与靳生之间的情爱纠葛为主线,描写了发生在"文革"初期的一段刻骨铭心的爱情故事。先是高中生"我"(白梦魁)爱上了美丽的女教师杨小陶。接着由于"裸体画事件"以及"资本家二姨太私生女"的身份,杨小陶受到了摧残。身为杨小陶丈夫的靳生为求自保竟然也落井下石。在神秘的爱情力量的驱使下,白梦魁虽为"红卫兵"造反派骨干,却一反常态挺身保护杨小陶,不过已经不足以阻挡事件演变的疯狂方向,结果导致杨小陶悲愤自杀,白梦魁被打断腿,靳生则断指偷生。小说对于这场悲剧的描写直逼历史与人性的深处,给人以面对黑洞的恐惧之感。不过,作家叙述的动因不止于此,还有着更为深刻的形而上追求与哲学沉思。小说以耄耋之年的"我"坐着轮椅在养老院里沉重地回忆和写作为开场白,小说最后的部分叙写"文革"后对直接导致杨小陶自杀的凶手的追查,但终成一场没有结局的官司。小说的这种结构设计,使全篇充满了痛彻的反思与灵魂的自审意味。在叙述者的笔下,关于爱情的回味越来越神圣而强烈,但与爱情有关的欲望的成分亦愈来愈真实而清晰。"我"最终意识到自己才是侵犯个人隐私权的首犯,当年"出于泄私愤,也为了追求杨小陶",就鬼使神差地把偷看到的靳生对杨小陶的裸体素描泄露了出去,点燃了悲剧的导火索。爱情悲剧与伤痕叙事由此上升为一代人的当代心史。

黄梵[①]1983年开始文学创作,从此走上现代诗歌和小说的创作道路。现已出版短篇小说集《女校先生》,长篇小说《第十一诫》《等待青春消失》《浮色》等。《第十一诫》被视为书写年轻知识分子校园青春忏悔录的杰作,小说绘制了姜夏、齐教授、教授夫人等知识分子扭曲的心灵地图。作者以冷峻、幽默并带有思辨色彩的文字展开关于生活、灵魂与知识分子话语的深沉思索。他善于穿透生活的表象,精细观察事物的多重面向并发现其本质,在不动声色的冷静叙述中,泄露关于人心、人性的秘密。《等待青春消失》则是一部展示青春体验、底层人生和心灵震颤的作品,表现主人公陈晓楠的青春成长历程,如青春期的反抗和叛逆、少年的情谊和早恋的青涩、父亲的病逝和家庭的艰辛等。母亲清月独力撑持着贫寒之家,将所有希望寄托在儿子身上,但在青春的躁动中的陈晓楠却消耗着清月的母爱。可以说,清月和陈晓楠母子两代人的错位,不仅凸显出了代际差异,而且强化了对代际关系纠葛的理性思考。《浮色》在题材领域的开拓上走得似乎更远。小说突出了雷壮游与儿子雷石的成长过程及其心路历程,但时间跨度从20世纪40年代至新时期,再跃到300年后的科幻世界。小说发表后引发了较多的讨论,人们

[①] 黄梵(1963—),男,湖北黄冈人。

多称其为成长小说与科幻小说的结合。从艺术形式与审美精神上来说,《浮色》可谓是一次成功的先锋实验。

余一鸣①从1984年开始发表作品,有《流水无情》《什么也别说》等小说集。他的小说中有两类题材颇为引人注目,即教育题材和走出乡土的农民题材。这两类题材的背景都离不开高淳老街、固城湖,所写都是他熟悉的生活。《不二》《入流》《放下》构成了他的"高淳三部曲",写出了在当下转型社会之中以亲情为内核的"内心风景"逐渐消逝的现实。《不二》写的是大师兄东牛等农村能人进城谋生,并不择手段脱贫致富的故事。小说从一场生日聚会开始,展示了孙霞、东牛、银行行长等人的奢靡生活,以及三人内心的疼痛和挣扎。作者以"理解的同情"的笔触写出了人物的复杂性格,以破碎的爱情叙事写物质、利益对于生活的羁绊以及人性深处的幽暗。被称为"教育三部曲"的《愤怒的小鸟》《种桃种李种春风》《漂洋过海来看你》等都取材于社会生活,问题尖锐,有极强的现实感,这些小说使余一鸣在当前教育题材领域中的成就得以凸显出来。余一鸣小说笔法多元而新颖,以真诚之心写社会变革、底层个体以及人生百态,既对生活现实抱以同情之理解,又不乏批判、谴责之意,体现了作家的社会责任感。

姚鄂梅②在1996年发表了处女作中篇小说《脱逃》。2003年她来到南京,进入了创作的繁盛期,其作品多数被《小说选刊》以及各种年度选本选载。《像天一样高》《倾斜的天空》《白话雾落》《真相》《融》《一面是金,一面是铜》《西门坡》、中篇小说集《摘豆记》等细腻揭开了平凡人的梦想是如何被生活一点点击垮乃至零落成泥的生存境遇,在日常生活中窥见时代的痛处。总体上来看,她的小说主题多写女性命运,将都市生活场景与人生命运的思考进行多元化展示。长篇小说《一面是金,一面是铜》通过讲述廖明远和马三翔及其两个家庭的矛盾和恩怨,揭示了人性的深度与复杂。《西门坡》以辛格耶城生活为线索,集中展示"我"、庄妈、阿玲、白丽莎和安旭等的"妇女

---

① 余一鸣(1963—),男,江苏高淳人。
② 姚鄂梅(1968—),女,湖北宜昌人。

生活",建构了带有乌托邦意味的女性互助组织"西门坡",从而追问了女性在现代都市的存在困境和自我救赎。

修白自2000年开始文学创作,就立足于南京观察时代变迁和社会生活,并从中发现问题。获得金陵文学奖的《产房里的少妇》记录了女性那种痛彻心扉的生育体验。长篇小说《金川河》的叙事从日本侵略中国开始,中国军队和人民与日本侵略者展开了不屈的斗争。小说在人与人、人与自然、人与社会、人与历史的复杂而幽深的关系中发现了一些带有规律性的卓识、哲思,增强了其思想内涵的深度与广度,使得这部小说的审美意蕴达到一个新的高度。在艺术结构上,修白打破了传统的叙事手法,依据创作主体回忆性的意识流或情感流的自由联想,重构了适应内容表达和人物塑造需要的错综交叉、循环往复的时空结构,在美学上有所创新。《女人,你要什么》通过紫月和绿云两个女人把都市经验书写鲜灵、逼真地铺展在读者面前,她笔下有玻璃幕墙轰然倒塌的颤抖,还有那墙内女人心灵深处的啜泣。总之,修白的小说所展现出来的整体的审美世界,不仅是一种敞开的时代面貌与当下社会生活,更直抵当代人心文化深层结构的人生形态。[1]

姜琍敏[2]的小说关注现代女性的精神问题,《苏舒的武器》写一个对爱情婚姻充满怀疑与抗拒的美女苏舒的精神扭曲。苏舒白天以母亲般的姿态照顾着丈夫卓为,晚上以病态的心理要求卓为无微不至地照顾自己,"失眠"成了苏舒控制丈夫的手段,以使自己畸形的情感得到满足。小说写了一个现代女性的内在恐惧、精神的压抑以及潜意识的分裂,揭示了现实生活的残酷面向以及生命无法排遣的孤独感。

张生[3]自20世纪90年代在南京大学读书期间就开始小说创作,先后出版小说集《一个特务》(2000)、《刽子手的自白》(2000)、《地铁一号线》

---

[1] 陈进武:《修白新世纪的中短篇小说管论》,《南京理工大学学报(社会科学版)》,2015年第1期。
[2] 姜琍敏(1953—),男,山东乳山人。
[3] 张生(1969—),男,原名张永胜,河南焦作人。

(2004),以及长篇小说《白云千里万里》(2004)、《十年灯》(2005)等。《十年灯》被视为是出生于1960年代的知识分子的"青春之歌"。小说以张生、高前、方湄、桃叶等人的校园生活为叙事中心,展示了社会变革中的知识分子的感伤与迷惘,反思了商品经济对当代人的心灵冲击。

潘向黎[①]一向坚持着都市生活的展示与反思。她的《十年杯》《轻触微温》《白水青菜》《穿心莲》等小说不仅细致讲述了都市男女的疲惫与叹息,而且还表现了他们的憧憬与梦想。

六、韩东

韩东在这一时期将写作重心转向小说创作,将其诗歌理念引入小说创作中去,以民间立场和日常化叙事写历史与自我的存在状态,有《西天上》《三人行》《美元硬过人民币》《我的柏拉图》《我们的身体》《扎根》《我和你》《知青变形记》等作品问世。韩东小说关注人与人之间的情感和人与历史的纠缠,《我的柏拉图》中大学教师王舒开始了一场柏拉图式的精神爱恋,从自我精神的戏谑到对女学生费嘉的假戏真做、无法自拔,最后落得离婚、离职的结局。小说的独特之处在于写了爱情的不可触及、不可捉摸,人物的爱情心理与精神挣扎在一个看似荒唐的单相思故事中表现得淋漓尽致。王舒在经历精神的煎熬之后得到了自我的释放。当他回想起自己的荒诞行径,被一种莫名的情绪所激发不断地给费嘉写信的场景便作为一个不断闪回的画面出现在他眼前。惶恐、羞愧覆盖了他的整个身心,让他时刻意识到自己的丑陋。当他以超脱的心境面对这段往事时,"王舒明白他已经从对费嘉的迷恋中摆脱出来了"。"摆脱"是王舒对妻子的行为动机,也是费嘉对王舒的相处方式,更是王舒对自己内心的切入动作,他终于摆脱了记忆与情感的阴影。这个动作结构全篇,是推动小说情节得以向前推进的根本要素,也是人物面对情感与自我的实践方式。在完成这一转向之后,王舒得以冷峻地审

---

① 潘向黎(1966—),女,福建泉州人。

视自己的处境与灵魂,"他明白自己已不再爱她,他关心的只是自己"。他终于回到了自我,确证了自我。这种类似的微妙的心理描写贯穿全文,人物对爱情意义的理解从迷乱到悔恨表现出了爱情的无可奈何与现实的荒谬之处。《我和你》同样写一段爱情,却着重呈现"我"与苗苗的爱情游戏中的欺骗,背后透露出的是作者对人性虚伪的失望。《美元爱上人民币》写就职于机关大院的杭小华在 N 市与朋友成寅的一段嫖娼经历,写出了欲望横流的时代对人性的腐蚀与人心的放逐。《中国情人》写主人公瞿红与男人的欲望游戏,透露出的是作者对人性堕落的无奈。

除了情感叙事,韩东小说的另一个重要领域是知青叙事。《扎根》写下放干部老陶一家在农村扎根落户的故事,以此写出人物精神上的扎根,后来回到城里的老陶仍然将农村视为自己的精神依归。这是人物自我设定的命运,也包含着作者对特定时代的精神号召与革命叙事的反思。到了《知青变形记》,下乡知青罗晓飞为躲避判决而被替换成范为国最后扎根农村。小说的叙事奇绝而荒诞,反讽意味浓厚,是一个时代的隐喻。

韩东以日常化的文本叙事写不同人物的悲剧性遭遇,写革命的荒谬、人性的阴暗以及生存意义的消解,其琐屑与平淡的叙述风格背后却是作者深切而炽热的人性探索的欲望。《欢乐与隐秘》(发表于《收获》2015 年第 4 期,单行本以《爱与生》为题由江苏凤凰文艺出版社出版)在切入当代都市与情爱领域之时,更是模糊了真实与虚构、通俗与荒诞的界限,因为它承载了作家勘探人生哲学真相的审美选择。小说故事的叙述者"我"——老秦,是一个集佛教徒与同性恋于一身的人,也是小说主人公——我行我素的姑娘林果儿的男闺蜜,在"我"的劝说下,为男朋友张军堕胎七次的林果儿,与张军进山拜佛以祈祷那些夭折的"小婴灵"得以超脱。途中,他们巧遇某企业老总齐林,并引发后来一系列意想不到的故事。张军希望林果儿利用齐林对她的好感主动接近他骗取钱财。林果儿一方面为报复张军的确向齐林投怀送抱,而另一方面她也没把齐林对自己的爱情当成一回事,继续与张军保持着关系。后来发生的事情更为离奇荒诞。以作家本人的说法,"我们生活中这些素材库，里面充斥着男的、女的、情感、关系，我最关心的还是关系吧，人和人的关系，人和动物的关系，'关系'这个层面的东西我比较感兴趣，比较敏感"①。"关系思维"在面对日益错综复杂的生活面相与人性本相时，无疑是一种值得肯定的审美探索途径。

七、朱辉

朱辉②是南京实力派小说家，有《牛角梳》《和辛夷在一起的星期三》《视线有多长》《要你好看》《夜晚的盛装舞步》《看蛇展去》等多部作品问世。他善于将人们习以为常的生活细节陌生化，关注普通个体的生存欲望，挖掘隐藏在日常琐事里面的精神病症。他的小说既有时代变迁下的现实感和对底层人物的深切关怀，又有着冷峻的审视意味，对人的不堪的命运、扭曲的心理与卑微的灵魂多有着墨。他的多元书写关乎历史与命运、尊严与堕落，建构起了关于人情、人性的全景图。

从写作内容来讲，朱辉一方面将故乡作为资源或参照，以自己的家族史为依托来架构小说内容，另一方面，他关注现代城市，特别是在都市男女情感问题书写上尤为深刻。《白驹》《暗红与枯白》《大河》《红花地》等都是以苏北的里下河为叙事背景，生动地展现了里下河地区的人情风俗和社会百态。如《白驹》所写的是抗战期间白驹镇卖烧饼的炳龙颠沛流离半生的故事。小说以一匹日本军马进入炳龙的家中拉开序幕，以军马最终被战争逼走、炳龙妻离子散、家中只剩白马与驴交配生的骡子而落下帷幕。很显然，小说通过炳龙的悲剧命运透视出战争的残酷与诡异，展现了 20 世纪 40 年代中国南方乡镇的民风人情。《和辛夷在一起的星期三》《止痒》等短篇小说则专注于都市男女的隐秘的情感世界，表现出了社会急剧变化之中男女情感的不稳定和不确定。

从创作题材来看，知识分子题材很大程度上贯穿了朱辉 30 多年小说创

---

① 陈曦：《"诗人小说家"韩东再推长篇新作》，《现代快报》，2016 年 2 月 1 日。
② 朱辉(1963—   )，男，江苏兴化人。

作的全过程。不过,他近些年来的小说多关注落拓的边缘人或是小人物,如洗头妹、外来民工、拾荒者、医院代检、挫败的年轻人等。如《红花地》《阿青与小白》《视线有多长》《吐字表演》等小说通过"小人物"的际遇与运命投射了时代和社会的剧变。从写作形式来说,他的小说总是在日常生活的场景框架之中展开富有荒诞意味的叙述,如《夜晚面对黄昏》中偷情者的梳子被狗发现,《郎情妾意》中女主人公选择刻意怀孕,《要你好看》中的"他"竟然用剃须刀把"她"的头发剃了个精光,等等。当然,这些看似离奇的情节并不是随意为之,而是契合小说的叙事逻辑,很自然地依据小说叙事需要所生长出来的。

从《暗红与枯白》《红花地》到《天知道》《七层宝塔》,朱辉的小说结构奇崛精巧,叙事自然,颇具匠心。《七层宝塔》直面乡土中国城市化转型中出现的新问题。小说以"世情小说"的形式,透过唐老爹和阿虎等两代人之间的观念冲突,揭示了新时代农村建设中的乡村伦理变迁和邻里道德守望。与他之前的乡土题材小说不同,《七层宝塔》的叙述语态是现时性、省思式的。作者以现实手法直面农村变革过程中出现的问题,表现乡民面对新的未知的惶惑与沉重感,并提出一个农村文化心理结构更新的严肃命题。乡村面貌的改变给乡村文化生态造成了巨大变动,人际关系、生存方式、情感方式也随之变化。在坚持传统与追随现代之间,人们面临多重抉择。作者敏锐地把握到时代变迁对农村生活图景与文化心理造成的巨大冲击,既不是站在民间立场单纯地批判现代文明对于乡村造成的污染,也不是对即将消失的传统乡村发出哀鸣,既不怀旧,也不尚新,而是以深沉的目光关注乡村的常与变、乡民的进与退。正是在这一点上,小说超越了单一的价值评判立场,还原了城乡变动、文明嬗变的复杂面貌。

朱辉小说创作现实感较强,有着强烈的问题意识,同时,他又善于进行心理层面的书写,着重突出人物的心灵颤动和情感体验,并由此实现对复杂性格和心理空间的建构。在审美特质上,朱辉的小说存在双重的美学面向。他写乡村的"小说叙述的节奏在总体上是张弛有致的,细针密线的白描引人入胜,人物塑造与景物描写、意象营造的交融使得文字弥散出淡雅的诗意",呈现出某种古典韵味;而"在表现都市生活的作品中,朱辉的文学趣味更加接近西方的现代主义,形式上有较为明显的寓言化特征,在修辞上采用反讽手法,揭示人生的吊诡、人性的悖谬和存在的荒诞"。[1] 这种价值和审美上的自我分化,很大程度上说明了朱辉的小说有特殊的"磁场",形成了一种难以忽略的审美能量。

八、王大进

王大进从1984年开始发表文学作品,现已出版小说集《救赎》《像雪一样温暖》《漂亮的疤痕》、长篇小说《欲望之路》《阳光漫溢》《婚姻生活的侧面》《这不是真的》《我的浪漫婚姻生涯》《地狱天堂》《虹》《欢乐》《春暖花开》《眺望》等十余部作品。他的小说植根于时代和现实,但又往往跳出固有的写作套路,如《窥视》就以蒙太奇和精神分析的手法写一个患妄想症的写作者"周异"的生命体验。他以虚幻的意念想象对面楼房里的男人的荒唐而堕落的生活,最后却发现是一场空无。小说写出了躲避在城市角落里的人物的阴暗与平静表面之下的狂放,周异对世界与自我的分裂式理解,表现的是一个臆想者的挣扎与心理的扭曲。

长篇小说《欲望之路》以鲜活生动的细节讲述了农村出身的贫寒大学生邓一群跳出农门后如何在社会上挣扎并且最终成功的故事。为了改变所谓卑微的身份,主人公邓一群以欲望作为自身奋斗的全部驱动力,先是在大学毕业时千方百计留在省城机关,而后一心想讨漂亮的城市女人做老婆。在"欲望之路"的狂奔中,他扭曲了灵魂,出卖了人格,但他得到想要的一切后再也无法控制膨胀的欲望,人格再度沦丧。如果说《欲望之路》生动而典型地展现了主人公如何走上欲望之路,又如何失败和走上不能重返人性本真状态的不归之路,揭示了人性异化的命题,那么《眺望》则理性地塑造了一个

---

[1] 黄发有:《朱辉:内心的勘探者》,《文学报》,2016年12月29日。

既具有传统美德又勇于追求梦想和自我实现的当代女性形象,凸显了人的现代性正在缓慢建立起来的主题。小说以鲜活生动的细节讲述了一位农村姑娘在城市打拼的故事,通过主人公汤小兰的心路历程独到地呈现出当下中国的日常生活经验。《眺望》的故事架构很容易让人误以为它延续了多年来流行的"底层叙事"模式,但实质上小说在勇敢地挑战读者的阅读期待,并跳出一个作家的"惯性写作",给予读者一种寓神奇于平凡、融理性于世俗的审美感受。在王大进擅长的城乡叙事领域,《眺望》可视为作家从欲望之路到理性之旅的转型之作。

从走出《欲望之路》到写出《眺望》,经过近二十年的观察思考和审美历练,王大进对于人性与土地、社会与文学的关系都有了认识上的极深刻的变化,敏感而理性的强大审美张力灌注于《眺望》的字里行间。与邓一群表现出的欲望膨胀、灵魂扭曲、人格沦丧不同,汤小兰尽管也备尝成功与挫折、幸运与不幸、艰辛与无奈,但她始终保持了人格的完整。汤小兰高考失利,原因竟然是被人冒名顶替。这一打击并未打消她追求未来生活的理想,即使在知晓被人顶替的惊人内幕后,也不认同周美爱嫂子"一穷心就狠"的逻辑,并未丧失生活的信心。汤小兰进城打工后,先后结识程蕊蕊、公司经理郎宇光和区长杜江民等,在无业、做小工与当白领间几经沉浮。她洁身自好,勇于追求,几经挫折,矢志不渝,坚守纯真的爱情和价值底线。

作家借村里一位八十多岁的老奶奶的话说,汤小兰"这孩子有一颗玲珑心",见一次说一次,长长地叹气。从中似乎可见作家对笔下主人公不无偏爱的成分,但作家并未一味地强化汤小兰人性闪光的色彩,也写到了她性格中逆来顺受、软弱懵懂的一面。这使人物形象塑造得更为独特而丰满,有着更深刻的现实根据,也更符合人物性格的发展逻辑。可以说,汤小兰这一人物形象是近年文坛少有的、鲜活的女性典型形象。

九、黄孝阳、丁捷等

黄孝阳的《乱世》似乎讲述的是为亡兄报仇这样一个古老的故事,然而小说叙事真正展示给读者的却是真相假象难辨、人性鬼心变幻莫测。刘无果在追踪案情的过程中遭遇军统、中统、袍哥、土匪、汉奸、共产党、致公党等重重势力的纠结，令这个战场上纵横捭阖的英雄陷入困境危机之中。小说中不时掺杂着议论、抒情和追思，更显多元混融，扑朔迷离。恰如主人公的名字刘无因、刘无果所暗示的，历史有无因无果的一面，人心人性与人的命运亦常陷入无因无果之境地。

较之《乱世》的"元叙事"姿态与开放性有过之而无不及，黄孝阳的另一部小说《旅人书》更像是一部挑战读者阅读神经的天书。旅人游历的七十座"城"是面相各不相同的"乌有之乡"，它们涉及了有关人类知识的方方面面。每一座城莫不充满了关于某一个主题的狂轰滥炸般的思想和意象，给人以无尽的回味和反刍的空间。这个开放性的文本是一部重新定义世界的小说，也是一部重新定义小说的小说。

黄孝阳的《众生·设计师》则是在挑战汉语想象力的相反方向上，勇闯出一条小说表达的新路径。这部小说的第一个故事颇具魔幻现实主义的色彩。一个叫林家有的官员突然坠楼死亡，由此引发出复杂的人物关系与社会众生相。这一切由死者的灵魂叙述出来，令人感喟于人性的复杂性和人心变迁的无奈。当读者惊叹小说揭示生活真相的力度时，第二个故事却转而告诉人们，关于林家有的故事其实是一位天才大学生为获得女辅导员的芳心而杜撰出来的。接下来，小说的第三个故事将场景转到一个人工智能日益崛起的时代，原来上述的人和事不过是两位人工智能研究者的毕业设计。是上帝创造了人，还是人设计了人？世间一切的善恶悲喜剧，是被制造的，还是众生的自我设计？小说的过去、现在与未来彼此纠缠，在三个维度的故事环环相套的非线性逻辑链中，读者不能不由这些新的路径产生对人与生活本身更深层面的思索。

丁捷[①]早年写有《缘动力》《与群魔共舞》《青春期突围》《初夏的颤栗》

[①] 丁捷（1969— ），男，笔名晓波，江苏南通人。

《青春期点击》等系列青春文学作品,近些年来出版了长篇小说《亢奋》《如花如玉》《依偎》、短篇小说集《现代诱惑症》等。丁捷是讲故事的高手,他的小说创作题材广泛,故事情节跌宕起伏,人物形象精雕细琢。长篇小说《依偎》写的是美院毕业生栾小天和酒吧大龄女歌手安芬的梦幻爱情故事。在遥远的雪亚布力思,安芬"收留"了栾小天。他们忘记了身份、地域和年龄,各自倾诉自己的过去,漂泊的灵魂得以依偎。作者对爱情做了纯净、伤悯和浪漫的诠释。长篇小说《亢奋》则具有鲜明的网络文学的特征,小说通过某城市电视台长的"狼性人生"和"电视圈里的癫生活",表现了时代变迁中的精神症候和文化体制改革的复杂图景。

丁捷对生活于其中的南京有着深厚的感情,他的多篇作品都将南京作为人物活动的空间与舞台。短篇小说集《现代诱惑症》包括《现代诱惑症》《锁》《走不出鬼穗子亩》《永远的玩笑》《归宿》《西河涨,西河落》《六月主题曲》《春天》《大学小说》等,正是聚焦了传统与现代交织的南京,近距离观察了当下南京人的生活。如《锁》写了一个南京工人的落魄生活;《现代诱惑症》通过痴迷于技术的丈夫、自恋而变态的医生、工厂的拾垃圾者等,揭示了环境对现代人的挤压;《西河涨,西河落》则通过回想知青生活,描摹了过去农村的风俗画;《归宿》写的是一辈子生活在船上的长德面对日益繁荣的乡镇和日渐衰颓的传统捕鱼业的无所适从等。这些短篇小说的语言劲道,叙述简练,具有浓厚的抒情和戏剧意味。

2017年以来,丁捷出版了《追问》《初心》《撕裂》等聚焦当下反腐败问题的"问心"三部曲。其中,《追问》从600多个案例撷取8个鲜活的反腐典型案例,通过一群落马官员的口述纪实,揭示了腐败分子灵魂堕落和矛盾复杂的内心世界。这部作品被视为一部力透纸背的反腐警示录。《撕裂》融官场题材、商场生活与文化圈三位一体,将心理描写的精神分析与情节设计的戏剧性巧妙结合,生动地描述了主人公张一嘉成功—失败—再成功—再失败的人生轨迹,成功地塑造了张一嘉果敢圆通、复杂多元的典型性格特征。与一般反腐小说的叙事模式不同,该作着力于挖掘精英人物真实的内心世界。

当张一嘉从传媒公司总经理的位子上被推下来时,小说更为关注的是他内心世界的动荡;在他利用潜规则东山再起的过程中,小说尤为细腻地描写了他人性异化的微妙和复杂性。小说从普通人的基本根性入手,既写出了主人公在欲望驱使下无所不用其极的一面,又写出了内心道德底线对于他的潜在影响,可以说非常精准地剥开了光鲜人生表相下面的焦虑脆弱和孤独凄凉。同时,《撕裂》也与一般反腐小说的价值指向不同,它更多的笔墨聚焦于人生与成功的关系的思辨,深入于灵魂本身的价值的探讨。

魏微在南京生活了六年,南京也是她文学起步的地方。她对南京这个文学都市、历史名城有着切身的温暖感受,其小说中写到的"江南省城"其实就是南京,南京云锦、南京的鸭、南京人及其生活等都被融入到小说中。短篇小说《大老郑的女人》通过大老郑和他的女人的生活揭示了小城80年代以来的风习演变,细致刻画了其间的人情世故和人心冷暖。此外,《一个年龄的性意识》《从南京始发》《在明孝陵乘凉》《薛家巷》等小说深入南京的传统与现代,表现其安静、内敛而内向的城市气质。

李凤群[①]熟悉乡村与城市交接地带的生活,这使得她的小说创作能深入探寻当下社会的底部,展示出人的生存境遇与精神困境。《骚江》《悲江》《离江》等是她写故乡江心洲的生活场景及其变化的三部曲。《大江边》原本属于《离江》的部分,小说通过吴四章与马兰英、吴家富与吴家义、吴保国与吴革美三代人的人生选择与追求,揭示了不同时期的乡土渐变和乡民躁动,很大程度上呈现了20世纪90年代以来乡土中国的历史演变进程。从当下文学的发展来说,《大江边》算得上是一部关于长江流域农民生活和生存的编年史。

2013年发表的长篇小说《颤抖》是李凤群的转型之作,她用细笔勾勒出了母亲、父亲、爷爷、奶奶、万玲珑、建新等典型形象,通过一位从乡村来到城市的长江女儿的生活转变与心灵变化,深度探寻了个人心灵进化史。长篇

---

① 李凤群(1973—),女,安徽无为人。

小说《大风》以第一代太爷张长工的诈死为契机,引发了四代七个人物形象的心灵轨迹。他们在逃离中茫然,在谎言中寻找,在压抑中愤怒,在漂泊中畸变。他们是话语上的沉默者,主流之外的离散者。小说以个人私语的形式结构全篇,并且每位倾诉者都有一个明确的倾诉对象。这又使得这部小说远离了代言体写作的痕迹,充满着鲜活的心灵史意味。在《大风》"后记"中,作家写道:"写作尤其是向历史更深处回望的写作是无时无刻不在发生的遗弃、隔绝与尘封做着对抗,小说超过了小说家想展示的容量和潜力,小说像一根暗黑的丝线,连接着过去、现在和将来。"可以说,《大风》以六十余年的家族史与人物命运的沉浮为主线进行了一次完整的当代史叙述,表现出"当代史诗"的气象。

葛亮是这一时期以现代手法写古典故事的新小说家,有作品《七声》《谜鸦》《浣熊》《戏年》《相忘江湖的鱼》《朱雀》《北鸢》等。他以南京为创作基地,通过小说写南京的前世今生,以家族往事写历史沧桑与人物的命运沉浮。其作品跨越几个时代,写人物随时代而起舞,弥漫在字里行间的悲剧色彩与古典情怀尤为突出。《七声》描绘洪才、泥人尹、于叔叔、阿霞、安等人的悲喜人生及其与大时代的共振,写卑微的人生与时代的宿命。《谜鸦》写由一只乌鸦而引起的离奇遭遇,充满对荒诞时代的隐喻意味,以先锋笔法写个体无法排遣的宿命感。在《朱雀》中,三个有着血缘关系的女性叶毓芝、程忆楚、程囡随经历了不同的历史,但她们执拗的性格以及与时代的冲撞而导致的悲剧性命运却一脉相承,也就成了南京这座城市悲剧性与没落的象征。

《北鸢》则以自叙传的形式写卢、冯两家的风云变幻,以工笔手法细致勾勒政客、军阀、寓公、文人、商人、伶人等众多民国人物的人生百态,各色人物在民国纷繁的画卷上行走。而民国时期烹调、书画、服饰、曲艺等艺术风物的展示,构成了特定时代鲜活的文化背景,文本充满温润而伤感的氛围。这既是作者在叙述人物时个人情感与家族记忆投入的结果,又是其关于人生常与变的思考的结果。葛亮小说往往讲究细节,讲求故事的完整性,营造极具历史感与现场感的生活场景,为人物的活动提供变幻的舞台,并以现代手法营造古典意境,写南京这座城市的悲剧性遭遇和自我面对历史与人性的宿命感。

曹寇出生和成长于南京八卦洲,他的小说也多写南京。他写作的地理空间主要集中在葫芦乡、塘村、鸭镇等城市边缘处的乡村。小说集《操》《越来越》《屋顶长的一棵树》《躺下去会舒服点》以及长篇小说《十七年表》等反复出现高敏、李峰、张德贵、王奎、张亮等小人物形象。很显然,这些形象都是根据他在八卦洲所见到的人物提炼出来的。他写小人物的喜怒悲欢与摸爬滚打,在很大程度上呈现出新的美学气质。他的首部中篇小说集《越来越》以诙谐与同情的语气捕捉了都市与乡村双重视域下的小城镇青年们。这些曾在城市求学和生活的青年努力融进城市但仍被城市无情拒绝。曹寇以漫不经心的笔调叙述城市化进程中青年们的纠葛、挣扎,但却又从深层揭示了乡村人的精神压抑和小镇青年的成长叹息。在《十七年表》《屋顶长的一棵树》等小说中,曹寇表面上用看似无聊的语言消解了日常生活的意义,实则更真切传达了他对生活、文学和人本身的理解。

崔曼莉[①]2002年开始创作,著有长篇小说《最爱》《浮沉》《琉璃时代》《书巫》等。《琉璃时代》写的是凤仪从十岁到三十五岁的成长故事,写不同商业模式的生存之道及时代的变迁。

娜彧[②]2006年开始小说写作,《纸天堂》《钥匙》《薄如蝉翼》《广场》《秦淮》等小说不注重生活实感,而是着重以细腻、敏锐的笔调写人物的情感与内心世界,尤其是现代都市中女性的心灵困境。"情感"和"体验"是结构小说的关键词,人物的挣扎、困顿都以内向式呈现出来。

丹羽是"70后"南京作家群中的独特存在。她的《水岸》《归去来兮》《别了,肖邦》《玻璃天堂》《隐私》等小说中人物谱系自成一格,思想情感展现出独特的轨迹与人性底蕴。小说的主人公总是追求着欲望与情感背后的真实,并隐含了渴望上升与难以超越的悖论。

---

① 崔曼莉(1975—),女,江苏南京人。
② 娜彧(1971—),女,原名朱杏芳,江苏金坛人。

姞文①的《琉璃塔》《朝天阙》《歌鹿鸣》《琉璃世琉璃塔》等长篇小说着力于"讲好秦淮故事、南京故事、江苏故事、中国故事",向世界推介大报恩寺琉璃塔、江南贡院、朝天宫、瞻园等南京文化名景。《朝天阙》以南京的朝天宫为叙事背景与审美主线,串联起朝天宫四大弟子助张永铲除刘瑾、帮王守仁平乱、开琉球国等可读性极强的传奇故事,又纠结了江湖恩怨与颇具感染性的爱恨情仇。小说在以朝天宫传奇故事为叙事的表层结构之下,符合逻辑地嵌入人物性格发展的深层结构,将王守仁从为道所惑,到上下求索,到创立心学的过程描写得极为微妙可感、细腻可信。《朝天阙》既有大量类似的审美想象与细节刻画,也虚构了朝天、飞天等历史上没有但性格鲜明丰满的人物形象,他们与王守仁形象的塑造相得益彰,表现出了作者在历史真实和艺术真实相统一、生活逻辑与性格逻辑相结合方面难能可贵的审美追求。

朱庆和的小说集《山羊的胡子》收录了《兄弟,有什么伤心事》《贫贱与哀怨》《你有从33层高的楼上跳下来的想法吗》《登门来访》《微光》《夜游》《傍晚来到了麦场上》《我无法保持住判给我的那份快乐》《每个人内心都有一条奔涌的河流》等24篇小说。这些小说写出了乡村生活的辛酸、城市生活的狼狈和情感生活的困顿等,戳动人心,引人共鸣。

汪明明的《零度诱惑》也是一部自觉追求叙事实验与人性重构相结合的先锋之作。这是个有关戏仿的故事。主人公尤嘉霓是影像时代的产物,从小她就喜欢模仿电视里的芭蕾舞演员,寻求影像与真实的完美贴合。为了迅捷地拥有美服、华车、豪宅,尤嘉霓融入了这个女性身体成为消费品的时代。"一夜情""性移情"、公共情妇、"换爱俱乐部"……这些都在不断地上演着,而最终迎来的不过是一个大骗局。这也是一部哲理性与思辨性极强的文本,甚至可以视为西方"消费社会"理论与"景观社会"哲学的中国审美演绎版,表现出强烈的视觉冲击力和思想的尖锐感。

孙频②于2016年来到南京生活和工作。从2008年至今发表小说百余

---

① 姞文(1971—),女,江苏南京人。
② 孙频(1983—),女,山西交城人。

万字,有长篇小说《绣楼里的女人》,以及小说集《九渡》《疼》《裂》《盐》《隐形的女人》《不速之客》《同体》《三人成宴》《松林夜宴图》等。她笔下的人物以底层人民为主或完全为女性角色,她善于从线头凌乱的现实中梳理出妥帖精准的叙述,用极寒笔触道尽人生辛酸。比如,《同体》在描摹山区走出来的小人物城市底层生活的经验的同时,对其复杂微妙的心理状态进行了细腻揭示。她的底层叙事具有自我反思的意味,既有对外部语境的否定性表达,又建立起立体的灵魂空间,聚焦人物的精神困境与心理波动,呈现为清冷的气质。

张嘉佳[1]著有《几乎成了英雄》《情人书》《刀见笑》《从你的全世界路过》《让我留在你身边》等,他的小说是以细腻情感文字见长的,特别是对于人生和爱情的态度,有很多成熟而独到的见解。

朱婧[2]出版了《关于爱,关于药》《美术馆旁边的动物园》《幸福迷藏》《惘然记》等小说集。她的小说或回望民国时代和人物,或关注人物从身体到精神上的成长历程。平淡中饱含深情,是朱婧的小说独特的审美追求与写作特质。

这一时期庞羽、重木(宋杰)、钱墨痕等"90后"作家群体也迅速崛起。特别是庞羽的《葵花葵花不要和星星吵架》《树上的孩子》《薄荷如醒》《佛罗伦萨的狗》《福禄寿》等聚焦童年生活过的小城兴化和工作的江边城市南京,以此探寻人的生存、人性阴暗面和命运哲学。此外,一批网络作家如陈彬(跳舞)、朱洪志(我吃西红柿)、徐震(天使奥斯卡)、徐炜(真邪)、雨魔、白艾昕等尝试穿越、玄幻、修真的类型写作,成为此期的独特风景。

十、鲁敏

鲁敏是执着于探寻爱情婚姻、人生与人性幽微之处的新生代小说家。她的小说主要分为两类,一类是以"县城"或"南京"等为叙述背景,探讨当代

---

[1] 张嘉佳(1980—),男,江苏南通人。
[2] 朱婧(1982—),女,江苏扬州人。

人的精神困境和人性问题的小说,另一类是以"东坝"的农村生活为叙述中心,表现生活的有"根"的写作,有作品《博情书》《方向盘》《白围脖》《镜中姐妹》《思无邪》《风月剪》《逝者的恩泽》《伴宴》《六人晚餐》等。《白围脖》是鲁敏的成名作,小说写崔波、忆宁、王刚、崔波太太等人物的欲望泛滥与人性的堕落。《暗疾》写父亲、母亲、姨婆、小梅等人物的琐屑、滑稽而又荒谬的生活场景,以此表现对生活的荒诞本质的思考。《取景器》则批判了个体的肉体欲望,性在爱情道路上扮演着建构却又摧毁的角色,一段婚外恋开始于浪漫,结束于荒唐,"取景器"成了人性萎缩的透视镜。

在对现代人精神困境的书写方面,她早期所写的《百恼汇》是个有益的尝试。小说写姜氏三个家庭的日常人生,老大姜宣深受父亲的影响,是一个典型的内向、软弱的知识分子形象。他在《地方志》编辑部工作,经常受到妻子晓琴的责备和无视,内心长期处于压抑和苦闷的状态,养成了在办公室翻垃圾桶以窥视别人隐私的怪癖,并与胡兰发生了婚外恋。他在胡兰面前颐指气使,嚣张跋扈,大发脾气,以此获得男人的尊严和满足感,从软弱、胆小、可怜的胡兰那里找回他在家庭中失去的自我。老二姜墨是一个出租车司机,经历了生意从盛到衰的失落,发生了性功能障碍,但是妻子左春却是一个性欲旺盛的世俗女子,两人的夫妻生活发生了重大问题。他为了治愈自己的障碍不幸被敲诈,最终心灰意冷,辞去了出租车的工作。老三姜印是一个机关的小人物,他处处察言观色、谨小慎微,一心上进,却事与愿违。他的上升之路被堵死,万念俱灰,与处于饥渴状态下的二嫂发生了苟且之事。作者描绘了都市家庭的灰暗图景,表现渺小个体的精神失衡、堕落与对生活的虚无体验,从而揭示了当代婚姻生活的脆弱与人性的沉落。

与《百恼汇》相比,《博情书》在观察生活的细致程度、对人性刻画的复杂程度上更胜一筹,显得别具一格。小说写了林永哲与央歌的"柏拉图式"的婚外恋。林永哲是一个主流社会的机关办公室主任,结交各类人物,左右逢源,春风得意,但其内心却是孤独与苦闷的。他有着对世界的分裂式理解,渴望情感的释放与精神的自由。央歌则是一个表面平静、内心保守却渴望认同与激情的孤独者。两人在盲人按摩店相遇，开始了一段不可思议的精神爱恋。他们小心翼翼地维护着这种若即若离的微妙的情感，现实中不多的几次见面与无间断的精神交流、心理纠缠相互对照，造成荒诞的效果。人的言不由衷、身不由己与精神的漂泊都在两人的欲说还休的交往中丝丝入扣地表现出来，现代人的伪装、怯懦、孤独与挣扎显露无遗。最后两人爱情的不了了之隐喻了这个时代的情感的虚妄性、人性的脆弱与自我的无法确证。

小说以现代主义的精神剖析方式与蒙太奇手法结构全篇，不同家庭夫妻之间相互隔绝，却都在向外寻找另一个精神寄托。婚姻的无味、无情、无奈都在压抑、平静与庸俗的日常生活场景中呈现出来。小说涉及林永哲的婚外恋、央歌丈夫鲁阳的嫖娼经历、林永哲妹妹的被强奸、林永哲妻子伊姗的畸形母子恋。文中大胆地写到双性恋、同性恋等话题，体现了作者对社会的敏锐观察与先锋意识。文本中大量对当代社会欲望、性、爱情、生活的议论性文字，与故事情节一起构成一幅灰暗、堕落与支离破碎的人生图景。所谓博情，也是无情；所谓寻找，也是失落。作者以几个人物的畸形爱恋与悲剧性遭遇，揭示了渴望寻找自我的现代人的精神困境。

鲁敏聚焦人物的精神问题，显示出与众不同的面貌。她"对人们精神'暗疾'的揭示，不同于以鲁迅为典型代表的'国民性批判'。鲁迅所批判的'国民性'，有着更多的历史、文化和社会性内涵。而鲁敏所揭示的'暗疾'，虽然并非与社会性因素完全无关，但却更多的是一种精神性的东西，一种心理性的表现。它似乎植根于人性深处，或者说，也是'普遍人性'之一种。这样一种对人性的观察和把握，自有一种独特的价值"[1]。沿着这个理路，鲁敏最近几年的小说对个体的精神结构有了更为深入的把握。小说集《荷尔蒙夜谈》收录了《大宴》《荷尔蒙夜谈》《三人二足》《万有引力》《西天寺》《徐记鸭往事》《坠落美学》等作品，通过肉身的载体，鲁敏对个体精神做冷峻考察，往往证之以极端的案例：以恋足癖诱惑空姐的大毒枭、渴望被当作宠物狗鞭

---

[1] 王彬彬：《鲁敏小说论》，《文学评论》，2009年第3期。

打的官员、杀死布店经理妻子的徐记鸭老板等。这些小说对于性、暴力、畸恋的描写颇为大胆,作者不回避肉身黑暗锐利的能量,毫无保留地剥除还原,真切地理解和看待世间所有。

在经过创作心态的调整之后,鲁敏在《颠倒的时光》《逝者的恩泽》《思无邪》《风月剪》《纸醉》等小说中写人物的善良、爱与生活的温情,开始着重挖掘人性之善的一面。《思无邪》写聋哑人与痴呆者既卑微又生动的情感故事,在平静的语调中写人性的美好。《颠倒的时光》写的是现代性进程中传统文明的魅力,传达一种深刻的无奈与哀婉情绪。《逝者的恩泽》写红嫂、青青、古丽等人物之间的爱与宽容,在浪漫与哀婉的故事情节之中突出人性的高贵。在《镜中姐妹》中,作者写张家春华、秋实等五姐妹不同的婚姻观念、心路历程与生活境遇,写求而不得的爱情悲剧,表达了她对女性命运的悲悯之意。

《六人晚餐》是鲁敏从浪漫性的、幻想式的、存在主义式的写作向现实书写的一次成功转型。小说写生活在工厂区十字街的苏琴一家与丁伯刚一家的纠葛。苏琴与粗俗不堪的丁伯刚的结合是悲剧的开始,她在偷偷摸摸的心虚与内心欲望的释放之间不断地拉扯,在肉体满足与道德羞耻感之间冲撞,最后放弃两人的关系,为了子女回归单身。然而,剪不断理还乱,两人的子女晓蓝、丁成功却阴差阳错地产生了爱情。晓蓝外表沉静,内心汹涌,渴望走向成功、赢得社会尊重,对于丁成功取舍不定,进退维谷。丁成功内敛纯粹,对爱情有着卫道士般的信仰与虔诚,晓蓝离去,他选择放手以示成全,但他依然确信内心的情感,将其作为心灵世界的净土。丁成功在玻璃屋中默默独处、守护这一画面是一个极有生命内涵的意象表达。当晓蓝决意离开丈夫走向他时,他却趁着地下管道爆炸的机会用碎玻璃自杀身亡,以阻止晓蓝的决定。情感的纯粹性、神圣性的内在认同在他那里表现为一种牺牲精神,他以放弃表示坚守。

这篇小说以典型的中国式的晚餐作为中心意象结构全篇。依次以六个人物为叙述对象,不断变换视角,写出了特定时空背景下普通个体的生存、道德与精神折磨,写出了普遍的而又不同凡响的爱与恨、束缚与放纵、攫取与牺牲,写出了时代变迁过程中人生意义的转换、人物心灵的蜕变,在生活的纵深处挖掘生命的诗意,确定灵魂的坐标。从艺术风格上看,小说用笔凝练而厚重,对生命、道德、社会等方面的体验式文字能较好地融入作品的叙事结构之中,表现出作者的思考深度,产生了虚实结合的效果,引发读者的深沉叹息。

《奔月》延续了鲁敏关注当下都市人的精神与情感困境的主题指向。小说情节从一辆旅游大巴意外坠崖展开,小六在这场事故中成为失踪者。然而,车祸将小六抛到一个陌生空间,激发了她内心深处潜藏已久的逃离意识。她渴望摆脱以南京的家庭为支点的庸常、麻木生活的束缚,释放压抑的情绪,脱离世俗羁绊,寻找身心安顿之所。她来到小城乌鹊,冒名顶替开始了一段新生活。"逃离"既是一种行为选择,也是一种精神姿态。远方、未知、陌生成为人物试图安身立命、灵魂皈依的所在。这是一个典型的现代主义的文学命题,背后揭示的是作者对现代都市个体无根、无依的精神和心灵困境的体悟。"奔月"的意象渗透着人物的绝望和希望、放弃和追寻,"漂泊"成为个体自我实现的方式。然而,小说没有停留于此,而是在精神探寻的道路上更进一步。身在异地的小六并未获得梦想中的自由、平静与洒脱,短暂的精神飞扬之后,灵魂重又遭遇现实的桎梏与无法自抑的躁动。当她回到南京,却发现自己原本的家庭已支离破碎。如此一来,她真正处于漂泊的状态了。小说的精神指向与价值判断发生了巨大翻转,"逃离"成了对自由的讽刺,"寻找"成为一种虚妄。作者揭示了都市人的庸常与激情的纠缠、生活静流之下的暗潮。对自我的质疑与挣扎、对精神存在的不确定性的指涉使得小说从实向虚升华。小说的语境是现实性的,指向却是虚无的。正是在这一点上,《奔月》成了一部哲思小说。

总体来看,鲁敏早期小说关注人性的丑陋,对生活、生命做出存在主义式的理解,为文坛贡献了诸多新奇、怪诞的文本。近期她则增强现实感,选择对人生、人性报以更多宽容,从而在两个方面呈现自身对人性存在状态的丰富体验与思索。不论是思想的淬炼、写作方式的创造性,还是叙述的经营等,鲁敏对城市空间的书写和把握更加得心应手,显示出了比"东坝"乡镇叙事更出众的才华。可以说,鲁敏不仅深度揭示了城市的现代化与乡村的城市化的不可逆社会进程及其群体人格、价值取向,而且极大拓展了当代中国城市文学的表意空间,成为文坛不可或缺的存在。

十一、朱山坡等其他作家

朱山坡[①]的小说以题材独特、想象奇崛、叙事从容而见长。近些年来,他已出版了《懦夫传》《十三个父亲》《灵魂课》等多部作品。朱山坡用诗人般的想象与人道主义情怀,尽心关注底层民众的灵魂,《革命者》《旅途》《鸟失踪》《天堂散》《一个冒雪锯木的早晨》《一夜长谈》《送口棺材去上津》《败坏母亲声誉的人》等小说将普通人物置身历史和时代之中,讲的是人世苍凉与人性复杂,用魔幻与现实相结合的笔调传达了作家关于世界、环境、生存和人的思考。

在朱山坡的小说中,虚构的米庄、蛋镇等是具有南方特色的城市小镇,凸显了作家坚守"在南方写作"的自觉意识。《风暴预警期》写的是养父荣耀和"我"及四个哥哥的故事。养父是曾身经百战的国民党老兵,而我和四个哥哥都是街头弃婴。在日常相处中,兄弟们对荣耀心怀敌意,甚至恨之入骨,五兄弟之间的亲情更是淡薄。某年的台风预警期,荣耀意外死亡。风暴的到来最终唤醒了良知,在街坊的压力下,兄弟们决定为荣耀办一场葬礼。作者将蛋镇作为各色人物表演的舞台,风暴、洪灾成了推动情节发展和人性嬗变的关键事件。危机将人群潜藏的丑陋、肮脏激发出来,命运推动转折,人性受到锤炼。个体对于命运的挣扎、逃离的无望以及人性的复归成为小说聚焦的主题。

岳红[②]毕业于南京大学中文系,已出版长篇小说《不能说出来》、短篇小

---

① 朱山坡(1973—),男,广西北流人。
② 岳红(1969—),女,江苏沭阳人。

说集《我吃的是草》、散文集《土豆的哲学》《今生重逢》《让爱为你导航》《零落一地的风》《北京伽蓝记》、诗集《那世的我》和绘本短语集《旁观》等多部作品。长篇小说《不能说出来》写的是一位身心受伤的女性误杀继父被迫踏上了逃亡生涯。不无巧合的是,她途中昏迷却被误认为另一个女人。最终她以他人的身份生活,先后遭遇婚姻失败,独自抚养儿子长大,始终在心灵探索中自我救赎。

宋世明[1]出版了长篇小说《死街风筝》等四部,曾任电视剧《人民的名义》的策划和剧本编辑。《死街风筝》写的是发生在南京新兴的民国老街的恐怖事件,讲述了在聚会活动中接连发生的两起凶案故事。这部小说采用了悬疑小说通用手法,直击都市惊悚现场,揭出了人性贪婪所引发的恩怨和仇恨。他的短篇小说《流沙》《人山人海》《兔子快跑》等回望了20世纪80年代中期的苏北乡镇,撕开了地域的封闭和人群意识的钝拙。

伊歌[2]著有《琉璃年代》《报社》等。她的职场小说《报社》写的是大学毕业生吴非青进报社工作后被领导发配去拉广告等,亲历了职场的灰色人生。"要美貌,更要智慧",这大概是女性立足职场的和社会的生存宝典。小说用现实笔触深度揭示了当下的职场潜规则、办公室恋情等社会现实。

刘国欣[3]近几年来出版了《沙漠边的孩子》《城客》等作品,集中体现了作者自成一体的文学探索和写作风格。中短篇小说集《城客》包括《星辰闪烁》《上心头,下眉头》《女博士的饥饿》《明朝会》《余情书》《红云落》《城客》等。这些作品着重书写的是女性的独异性和现代人生活伦常的复杂性,可以见到作者对小说叙事的把控能力、对小说陌生化的创新追求和对个人体验的看重。

---

[1] 宋世明(1976—),男,江苏连云港人。
[2] 伊歌(1974—),女,江西吉安人。
[3] 刘国欣(1985—),女,陕西榆林人。

第三节 诗 歌

在经过20世纪80年代的诗歌热潮之后,这一时期的南京诗歌进入了个人化写作的稳定发展期,表现为以下几个特点:一是南京诗人与民间诗刊众多,韩东、叶辉、小海、黄梵、育邦①、吴晨骏、朱朱、马铃薯兄弟、胡弦②、雷默、梁雪波、刘畅、半岛③、胡也、草原之夜、马永波④等诗人活跃于诗坛。《扬子江诗刊》《陌生诗刊》《先锋诗报》《他们》《诗歌通讯》《原样》《缺席》《南京评论》《南方评论》等官方或民间诗刊林立,为诗人提供了发表阵地。一大批青年诗人先后在文坛崭露头角,并逐渐形成具有个性的诗歌风格,如梁雪波、何同彬、杨澄宇、吉小吉、王勇(海马)、王忆荣、杨隐、麦豆、王方方、张晓东、朱慧劼、兰童、杨万光、王子瓜、李梦凡、崔馨予、刘德胜、李黎、毛振虞、曾昊清、焦窈瑶、刘蕴慧、耿玉妍、陈文君、秦三澍、赖思彤等。二是除"他们"诗群仍保留某种程度的团体性质外,其他在第三代诗潮中出现的诗歌群体大多解散,团体性的诗歌组织已不多见,诗人的个体化写作成为常态。三是南京诗歌题材多样,涉及历史、革命、现实生活、个体沉思等多个面向。同时,诗人善于从内在视角观察世界,体味人生,思索存在的意义,普遍呈现出一种沉静气质。四是南京诗歌注重修辞、意象的优美和雅致,偏于形象的暗示与事物的隐喻性,讲求结构的完整性与对照性。

韩东在这一时期虽然将写作重心转向了小说,但是仍然创作出了不少优秀的诗歌。在诗歌立场选择上,他维护"他们"诗群长期以来的立场,依然坚持民间化的写作方式。在艺术追求上,他更为注重诗歌的语言美感和本体意味,抓住对事物的瞬间体验,捕捉对生活的细微感触,呈现自我对世界

---

① 育邦(1976—),男,江苏灌云人。
② 胡弦(1966—),男,江苏铜山人。
③ 半岛(1964—),男,江苏南京人。
④ 马永波(1964—),男,黑龙江伊春人。

的理解,文字更为洗练,思虑更为深广。如《美好的日子》一诗写个人细腻的心理体验,"春天的风""温暖的阳光"使我的灵魂融化,变得柔软、善感,如河蚌从铠甲里探身出来。诗人抓住春风吹拂的微妙感受写精神的苏醒以及淡淡的喜悦,巧妙地以动物的形态写心情的活跃。在《格列高里圣歌》一诗中,诗人以动作渲染崇高的宗教情怀,"户外""高寒地区"显示了环境的严峻。"仰着脖子"的动作,表现了对宗教的虔诚之意,"唱着唱着""就变成了坚硬的松木"则隐喻了宗教对人的潜移默化的影响。全诗以几个相关联的抽象动作呈现出了强烈的仪式感,字句简洁而境界深远。《投递》一诗则表达了人生际遇的转换这一主题:

>   我和你偶尔相遇
>   情同手足
>   后来分开了
>   音信全无
>   隔着市声喧嚣
>   有一个寂静的点
>   投递我心间

全诗动静结合,在生命的某一瞬间与投递员的相遇,既是生命的偶然性的表现,又是情感连接的支点。随着时空的转换,人与人之间的关系也随之变化,生命便也在这个过程中流转。

韩东善于抓住生命的某个瞬间、某个场景、某种思绪以表达对存在的探寻。如《雨》一诗通过对下雨的不同感受写时空变幻后的空虚感:

>   什么事都没有的时候
>   下雨是一件大事
>   一件事正在发生的时候

> 雨成为背景
>
> 有人记住了,有人忘记了
>
> 多年以后,一切已经过去
>
> 雨,又来到眼前
>
> 淅淅沥沥地下着
>
> 没有什么事发生

同是下雨,却呈现出不同的意味,一场雨后所有过往都消失殆尽,虚静语境中的雨与下雨之后的虚无体验并不相同,是湮没了历史、事件的另一番风景,下雨也就具有了时间意义。类似的诗作还有《圆玉》(这收敛的光依然陌生/不照亮靠近的任何物体/幽冥有如盲人眼里的光明),诗人在黑暗之中注视圆玉发出的绿光,却生发出沉重的思绪;《我们坐在街上》(火热的锅冷了/酒寒像心情/开始的清晨在熬夜的人看来/像惨淡的结局)一诗表达渴望交流却无话可说的人的孤寂心情;《一些人不爱说话》(一些人活着就像墓志铭/漫长但言词简短/像墓碑那样伫立着/与我们冷静相对)则表达了沉默寡言者的人生寂寞感。韩东挖掘生活的细节并赋予其本体性的意义,在口语化的表达中呈现人生的诗意,并以此实现对生命的体味和现实的超越。

与韩东诗歌有异曲同工之妙的是叶辉的诗。叶辉作为第三代诗潮中"日常主义"的诗论倡导者,在这一时期同样关注日常生活与细节,不断对自我、个体的存在意义进行探索。在《山谷中》一诗中,诗人表现了一个理想主义者的非理想的存在状态:

> 山谷中,一位画家正与四周的景色搏斗
>
> 他让火舌吞掉远处的荆棘
>
> 让智慧堆成一座房子
>
> 他画下一块石头
>
> 像大地眼中的砂粒

他哭泣流下一滴眼泪

　　他感到自己在现实世界中徘徊

　　(在他左边的草地上

　　坐着一个为家人采摘食物的男人

　　他从篮子里挑选蘑菇

　　将有毒的扔掉)

　　他画下这个男人

　　在蘑菇中,植物的叶子

　　遮住他的裸体

　　他还在边上画下他的画架

　　说:一把天梯

　　(不错,它的确像把天梯

　　男人说:只是它的顶端

　　好像已经被锯掉了)

　　充满激情的画家试图寻找生命的崇高,却发现自己在现实中徘徊,诗中的另一个居家男人构成了画家的参照物,画家对意义的寻找被这个看似平常的男人无情地否定了,最后的戏剧性对话造成了诗歌意义的翻转,个体存在的价值追问也便成了难以完成的艺术画作。叶辉的诗作多连续性的生活场景,主体既入乎其中,又出乎其外,在日常言行中传达某种微妙的思绪,着重表现人物的落寞与自我的精神放逐。

　　叶辉关于人的存在状态的探究,还有另外一个面向,那就是对自我与世界多重对应关系的把握,它既可以是建立在血缘与亲情之上的联系,也可以是人与物之间关系的审视。如《慢跑》中写"我"想起女儿终会长大"奔向远处","而我穿着洁净的练功服/慢跑。独自一人/在空荡、灰青的马路上",诗人以时间的流逝描写空间的疏离,其间透露出情感的无依与作为父亲的内心的丝丝隐痛。《飞鸟》写个体之间的互渗与冲突,《关于人的常识》写个体关于时间的体验、父与子的关联以及无以名状的孤独感,《面孔》一诗通过建立"我"与"圣容""飞逝而去的灵魂"的相遇,写灰暗的生活中出现的光亮:

> 夜晚我看到一张脸
> 在窗玻璃上,在户外未完成的建筑上
> 被台灯照亮
> 仿佛废墟上出现的圣容。在我身后,书架排列在
> 远处的村落中。一阵黑暗里的犬吠
> 或者上一场暴雨在地上
> 留下了持久的光亮
> 而在这一切的后面,高过群山之上
> 云团飞舞,急速奔涌
> 有如多少年来飞逝而去的灵魂

无论是个体灰暗生活的呈现,还是对光亮的追寻,都是诗人对存在意义和价值的形而上思考。与众不同的是,诗人对世界与自我的绝望感并不彻底,而是透着生命的亮色,表现出诗人面对自身悲剧性体验的对抗意识,从而使得诗歌出现绚丽的色彩,而这一点在当代诗坛是尤为特别的。

探索人与世界的关系,表达个体对存在意义的追问是南京诗人的基本倾向,这在鲁羊、育邦、代薇[①]等诗人那里也有鲜明的表现。如鲁羊的《退缩之诗》《我仍然无法深知》写自我的脆弱与生命的无法自主,《接近夜晚的祷词》一诗涉及自我存在的价值确认。育邦倾向于表达自我面对世界的孤寂感,如《无题》一诗中所言:"老虎,冥想/我偏于一隅/在光明的废墟边缘/自由呼吸/靠冥想生活/独自品尝孤独。"代薇在《我没有哭,只是在流泪》中表达了自我对伤痛的倔强态度,"我没有哭,只是在流泪/是那些液体经过我/

[①] 代薇(1964—),女,四川成都人。

就像一条河流经过它必经的地方"。子川①也在诗中表达自我存在的多种面向,如《秋歌》一诗表现自我对未来的抗争之意,而他的另一首诗《糟糕的生活》则表现了自己对艺术的执着追求以及承担的勇气。除了以内在视角写自我与存在关系的诗之外,这一时期的南京诗坛还出现了许多从外部视角出发的景物诗、讽喻诗、叙事诗、抒情诗等,从而丰富了南京诗歌的面貌。

在中国尤其是南京诗坛,关于南京大屠杀的悼亡诗是一个独特而持久的存在。作为民族耻辱的象征,南京大屠杀不断冲击着诗人的心灵,引发诗人深沉的思索。关于这一事件的诗集、诗作层出不穷,如南京市作家协会和侵华日军南京大屠杀遇难同胞纪念馆合编的诗集《不屈的城墙——祭奠南京大屠杀30多万遇难同胞》就是其中的佼佼者。诗集选编了化铁、丁芒、王德安、叶庆瑞、冯亦同、蔡克霖等众多诗人的百余首诗歌,从宏观和微观两个角度表现民族的苦难、人民的反抗意志和历史的嬗变。其中化铁的长诗《不朽的城墙——南京屠城的63周年》以今昔对比的手法写南京城遭遇的战争浩劫,"听不到房屋坍塌/看不到人头落地鲜血喷洒/只留下满城的孤儿/和披头散发女性的挣扎",诗人勾勒出战争的轮廓,描绘惨烈的群像图,造成强烈的冲击力,其间夹杂着愤怒、压抑的情绪,并通过时间的流转以热烈的情感呼唤和平:"树一块/纪念永远和平的碑石吧/就在抠出我骨骸的地方/像城墙一样挺立起胸和腰/在这一片曾经流过血的土地上/再也不要战争应该树立人的尊严/要有爱/要有永久的安宁与和平"。大跨度的时空转换与诗人的沧桑体验融合在一起,形成深沉凝重的艺术氛围。吴其盛②的《城市和它的纪念馆》一诗气势磅礴,"听不见祷告/江东门外的秋虫/年年播放无言的安魂曲/四季狂雪/纪念馆内的断垣/站立成永远的墓志铭/每一根出土的白骨都是惊叹号/让城市在市声的晃荡间/保持情感的警醒向度"。诗人以锥心之痛描写日本侵略者制造南京大屠杀惨案的罪恶,情感炽热,构思巧妙,动静结合,字里行间透露的悲愤之意和对铭记历史的呼吁、对民族复生

---

① 子川(1953—),男,江苏高邮人。
② 吴其盛(1953—),男,江苏南京人。

的渴望与呐喊紧密地联系在一起。此外,王德安的《庄严的凭吊》、叶庆瑞的《拒绝遗忘》《中华门》《拉贝日记》《南京城墙》、冯亦同的《江东门沉思》《亚洲的飘蓬》等作品也是其中的优秀作品。可以说,众多关于南京大屠杀的诗作构成了南京悲剧性形象的符号载体,在很大程度上建构起世人关于南京忧郁、悲情都市的文化想象。

南京诗人在这一时期致力于对诗歌艺术的创新与探索,寻找形式、语言、结构创新的多种可能性,形成个人化的艺术风格,如胡弦的凝练奇崛、马永波的具体聪颖、沙白的典雅淡远、黄梵的内敛深沉、朱朱的质朴冷冽等。胡弦的《十年灯》《更衣记》《金箔记》《寻墨记》等诗将物与人的特殊关系以一种蒙太奇式的手法呈现出来,以物拟人,以物喻世;马永波的早期诗歌侧重"美"的表述,他的诗集《炼金术士》《存在的深度》《树篱上的雪》等推动了汉语诗歌语言的后现代转型。

此外,半岛的《致思想者》《船》《深度表情》《孤独与沉思》等诗作充满先锋色彩,语言简洁而意义朦胧,表达对混乱世界的批判意识和独立自我的认同,如《在情人节,玫瑰狞笑着,堆在房间》一诗即是作者诗艺的绝佳展现:

> 我看到小雪萦绕清晨的江南
> 我和母亲栽种的竹子幸福地披上婚纱
> 情人节的太阳难以面世,稀疏的云絮网住天空
> 几乎所有的玫瑰狞笑着,堆在房间

本诗构思奇崛,意象丰富,空间的跳跃性极强,日常性的拆解与作者对意义的诘问相混合,实验意味十足。古筝的《虚构的房子》《湿画布》《水街》充满生动、轻盈的意象,字句简洁而纯净。方政以抒情哲理短诗见长,有作品《诗羽栖霞》《人生况味》等。屠海燕、张泰霖、祭宁、王青海、季川、屏子和俞可森等人的诗歌也各有特色。

第四节 散　文

这一时期的南京散文精彩纷呈，具有以下几个方面的特点：一是山水游记散文创作长盛不衰，散文家寻觅南京及各地的山川风物、名胜古迹，表现自然之趣，寄托个人幽思。二是小说家、诗人对散文投入极大热情，成为南京散文创作队伍的重要组成部分，表达个体的生命体验、创作体会、家国情思等，内容丰富，佳作频出，促进了南京散文的多元发展。三是众多学者、批评家投入散文创作中，对历史人物、重要文化现象与知识分子问题多有关注，创作了不少文化散文，具有鲜明的人文色彩和文化的厚重感。四是南京的杂文、报告文学内容广泛，感应现实的神经，深入社会的肌理，具有明显的批判精神和现实观照意识。

一、山水游记散文与回忆散文

山水游记散文历来是南京散文的重要组成部分。南京自然风景兼具雄浑与秀美，既有北方之厚重，又有江南之雅致，历来为文人墨客流连垂青之地。南京散文家秉承江南士人传统，多寄情自然，各地风物尤其是南京山水成为其寄怀之处，白鹭洲、雨花台、石头城、鸡鸣寺、秦淮河、文德桥、莫愁湖、玄武湖、紫金山、汤山、栖霞寺、夫子庙、总统府等地经常出现在作家的笔下。作家于游记之中谈古论今，涉及地理、建筑、饮食、风俗等诸多方面，既抒发性情，也极大丰富了当今南京的文化内涵。除了单个作家关于南京的作品之外，各类围绕南京历史、景点、饮食、风俗等编写的散文集、选本也是层出不穷。

总体上说，这一时期的游记散文除延续之前写景状物、以景写情的创作思路之外，在思维的纵深感、文化的多元表达等方面更为突出。如诸荣会[①]

[①] 诸荣会(1964—　)，男，江苏溧水人。

的《风生白下：南京人文笔记》寻迹台城、乌衣巷、夫子庙等南京各处人文景观，通过梳理南京自然风景的独特韵味，发怀古之幽情，探寻文化之兴衰。邓海南的《东郊的风韵》写南京东郊的道路、墓地、湖泊、绿树等，驻足南京自然与文化相交融的名胜古迹，寻找金陵王气与林间野味，呈现南京现代与古典相结合、喧闹与宁静相渗透的城市气质。作者由点及面，移步换景，写出了南京幽深风景的独特韵味。王干的《闲话南京》系列写南京四季变换的气候与风景，描述春的短暂、夏的酷热、秋的灿烂与冬的寒冷，其关于南京秋季飘落的银杏叶的描写尤为形象而生动："银杏树的叶片金黄金黄的，透明得像个稚气的小男孩，一阵秋风吹过，金色叶片哗哗地像一阵清脆的童音飘落下来。"范小青的《苏州小巷》写出了小巷的别样与精致，苏州小巷"像古装戏里的长长细细的水袖，柔柔的，也有的时候有点弯，这弯，就弯得很有韵味"，小巷的历史感与艺术气息是其着重表现的内容。梁晴的《大方巷里的烟火》写作者沉醉于大方巷的市井气息，表达了对生活的热情。储福金的《鹭巢与气根》写及金湖的水上森林公园，写林中的山鸡、野鸭、黑腰燕、白鹭等动物，从中引申出对事物与世界的辩证思考。此外，冯亦同的《风雪威尼斯》《在紫金山星座上》、储福金的《普陀》、陈键的《江海二题》、王德安的《寻觅在秦淮河边》、魏微的《街景与人物》、田琳的《走进故宫》、张群的《廊棚下的西塘》、傅长胜的《南京二题》、朱金梅的《到中山陵去》等散文或以游览记胜，或以古迹表达历史沉思，或以场景描写记叙个人的经历，文笔洗练，情感真挚，皆为一时之选。

  回忆性散文在这一时期也有突破，许多作家回顾人生经历，描写生活百态，毕飞宇的《苏北少年"堂吉诃德"》是其中的优秀代表。全书由"衣食住行""玩过的东西""我和动物们""手艺人""大地""童年情景""几个人"等七部分组成，以自叙传的形式讲述了作者在苏北的童年生活，细致地描写了农村的生活画面以及"我"的种种遭遇，其中不乏快乐或温情的场面，对"木匠""瓦匠""锡匠"等各类人物的刻画令人印象深刻，也有作者以直接介入的态度对童年往事进行评价，抒发生命之思。此书既是对往事的回顾，也是对记忆的重塑,既朴素庄重,又诙谐幽默,具有纪实性与虚构性的双重品格。

叶兆言回忆起父亲与方之的交往,在《父亲和方之的友谊》一文中叙述了一段悲剧性的往事,由此引起对历史的沉痛思索。"反右"带给人们的不仅是身体的痛苦,而且是精神的折磨,更可怕、可悲、可叹的是自我主体性的丧失。被划定的"右派分子"不但被别人歧视,自己竟然也鄙视自己。个体主动放弃对自我的确信,完全淹没在无处不在的权力机制与政治意识形态的密网之中,精神与人格彻底崩溃与沉沦。这是特定时代的人性扭曲的惨烈图景,反映出一代知识分子的精神困局。作者将回忆引向人性的深处,平实的文字背后却是内心的悲凉。高尔泰[①]的《敦煌四题》是其用生命诠释"美与自由"的生动佐证,散文集《寻找家园》分为《梦里家山》和《流沙堕简》两卷,真切回忆了20世纪五六十年代的人和事。尽管文字难掩苍凉和悲情,但仍可见到其中渗透出的人间温度、人伦亲情与人性悲悯。

曹寇的随笔集《生活片》写个人的乡村生活、学习生活、家庭生活、教师生活、个人生活和友情生活等,其作品特色是语言简洁明了,寓意深远,将日常化的事物或场景陌生化,产生奇崛的艺术效果。其中《父亲》《忆同志》《我的祖母》《七月半》《七仙男》《我在弥留之际》等写个人的苦痛青春与卑微的生命体验,直击人心。此外,郑敏的《迎着命中的狂风》、姚永福的《阳光行吟》、杨一星的《独自飞翔》等也都是艺术手法独特的优秀作品。

二、文化散文与文化寓言散文

文化散文是这一时期南京散文的一大亮点。许多小说家、学者都创作了有历史纵深感和文化温度的散文系列,通过记述具有深厚文化内涵的文化人物、历史事件、重要公案与城市变迁,抒发自己的文化幽思。叶兆言在这一时期创作了大量散文,有散文集《流浪之夜》《旧影秦淮》《杂花生树》等问世。他在散文中对南京历史尤其是近代以来的文化变迁多有着墨,颇有

[①] 高尔泰(1935—),男,江苏南京人。

叹息之意。如《旧影秦淮》一书基本上按时间顺序叙述民国南京的秦淮河的兴盛与衰落、变革与保守,描写中山陵兴建的全过程,回忆高校往事,表现各种抗战生活等。作者摘取几个有趣的片段,描绘一幅幅生动、日常的生活图景,历史在此变得鲜活起来。无论是人物的聚散、遗迹的生灭,还是家国遭际、命运浮沉,都有一个文化的线索,即对曾经的浪漫、繁华时代消逝的怅惘和叹息。作者以回望姿态铺陈前尘往事,表达的是对文化理想主义破灭的哀悼之情。

《南京人》系列是叶兆言对南京城市变迁、南京人的文化性格进行深刻体察的散文结集,全书分为《怀旧情结》《南京的沿革》《诗人眼里的南京》《金陵王气》《亡国之音》《城市的机遇》《东南重镇》《流民图》《六朝人物与南京大萝卜》等篇章,分别写南京的历史沿革、兴衰浮沉、文化气质、市民性格等方面,对南京的城南城北、南京的吃喝玩乐、南京的各类人群等进行了细致生动的描述,突出了南京悲情城市的文化气质。《南京人》文字简练而富有张力,语调轻快而灵动,叶兆言对南京城市性格与南京人这一群体的精神和灵魂的梳理,往往能引起读者的会心一笑,是当代解读南京文化的不可多得的散文作品。他的另一部随笔集《陈年旧事》塑造了蔡元培、傅斯年、陈立夫、马寅初、胡适、徐志摩、黄侃等近现代文人雅士的形象,通过挖掘历史上不为人知的名人掌故,写名士风度及其与时代的互动,表现历史变动之中的文化灵魂人物的戏剧人生。作为典型的怀旧性文本,王彬彬的《并未远去的背影》也是写民国人物的旧事,不过却是以考古方式剖析鲁迅、胡适、顾顺章、瞿秋白等人的争议性事件,探究历史的真相。文本从旧材料中提出新观点,义笔犀利,情感态度鲜明,是兼具学术性与趣味性的优秀作品。

薛冰在散文创作方面成果颇丰,有《旧书笔谭》《止水轩书影》《淘书随录》《金陵书话》《纸上的行旅》《家住六朝烟水间》《金陵女儿》《江南牌坊》《钱神意蕴》等作品问世。其中《家住六朝烟水间》一书梳理南京的建城历史,并进行"秦淮溯源",探寻"散落郊原的六朝瑰宝",流连"东郊的风景",通过详细描写南京的历史、风景、建筑、人物等,建立南京沧桑巨变以及文化兴衰的叙事链条,从而引出作者对南京文化变迁的喟叹之意。诸荣会的《风景旧曾谙》也是一部文化散文,通过写典型的江南物象、人事,表达作者对江南文化的深沉思索。其他如许志英主编的《学府随笔》收录了南京大学中文系50位教师的散文随笔,展示了南大几代中文学人的精神人格与人文关怀。冰夫[①]的《黄昏絮语》《匆匆飘去的云》《海,阳光与梦——澳洲散记》等散文集表达了对故乡南京的怀想、对异乡澳洲生活的体悟、对人生旅程的思索。费振钟的《黑白江南》以及《南京——我的家乡》《金陵颂》《金陵特色文化》《金陵文脉》《金陵人杰》等观照南京风物与人文的文化丛书也不断涌现,不断丰富南京的文化形象。

　　丁帆的文化随笔充分地表达出自我的主体意识,从中可以体会到一个思想者的精神气质以及知识分子的人文情怀,代表作有《江南悲歌》《夕阳帆影》《枕石观云》《知识分子的幽灵》等。《江南悲歌》以江南文化人物和文化事件为中心,审视江南士子的精神人格。作者对曾经在历史上占据重要位置的钱谦益、方孝孺、顾炎武、金圣叹、孔尚任、袁枚、王国维、章太炎、鲁迅、胡风等数十位人物进行品评,从气节、性格、艺术、道德等多个角度阐释人物的生命际遇与文化抉择,表达自己对一代代知识分子的思想伦理与人格建构问题的态度,在文化层面梳理了一条精神变迁的线索。从文化嬗变角度看,这部散文集是一部明清以来江南知识分子文化心灵的解剖史。《夕阳帆影》《枕石观云》则深入现代作家的心灵世界,同时又对现实社会知识分子的问题和精神进行思考和审视。基于鲜明而坚定的知识分子立场,丁帆在人格审美的传承、自我人格的审视、思维方式的破立、文体形式的创新等方面,为20世纪90年代以来的随笔创作提供了可供借鉴和研究的审美价值。还需要看到的是,他在随笔中反复讨论的知识分子人格精神重建的理想,无疑有超出了其随笔自身的文学价值,也正是当代知识分子精神的典型体

[①] 冰夫(1932—),男,江苏南京人。

现。① 近几年来,丁帆陆续发表"金陵食话"系列散文(2017年结集为《天下美食》),代表作品有《永和园汤包》《饶有风味马祥兴》《醉翁之意》《长江四鲜谁为最》《寻觅旧时味蕾上的南京美食》等。这些散文写饮食中的世道人心,从美食延伸到历史记忆,趣味盎然,表现当代学人的真性情。

这一时期还出现了类似文化寓言性质的散文作品,以叶兆言的《动物的意志》和毕飞宇的《人类的动物园》为代表。《动物的意志》包括《动物和男人》《动物和女人》《动物和儿童》《巴兰的驴子》《拉车的和坐车的》《贫穷的和富有的》等多篇散文,以动物意志为名,阐述了人与动物、人与人之间的互动关系,引申到对人的生存条件、精神需求、道德品质与审美理想等方面的探索。《人类的动物园》写狗、狼、狮子、蚂蚁等多种动物的生存状态,并将其拟人化,形成人与动物的互文性,对人类的动物本性进行嬉笑怒骂,引起读者对人类世界法则的反思,从而达到讽刺性的艺术效果。如其中关于狗的奴性与狼的独立性的判断通过犀利的议论性文字表现出来,"狗的不幸是学了人,且通了人性。这真是狗的大不幸。人类的精明之处在于不让狗做真正的狗"②。狗的悲哀之处在于被人类圈养,狼的幸运之处在于它始终保持自己的独立性。如此,在人类那里,狗的地位便不如狼了。狼自信自己与人类在上帝面前的灵魂平等,狗则对此不抱奢望,它的处境决定了它的心态。作者以讽喻手法写狗与狼的分别,引申开去,自卑的人类与自信的人类便在这种分野中区别出来。自卑的人类如狗一样,越是怯弱,就越是凶狠,战争就是怯弱的群体发动的结果。即使获得了胜利,也要躲在远处,"等吃完了死尸,才敢弄出一副王者的模样来,舔舔唇边的血迹,踱着四方步,对夕阳款款而行"③。作者从文化层面与心理角度发现世界的内在秘密,将人类社会的争斗杀伐与狗的进攻相类比,将狗的生存经验和处事法则拟人化,从而暗示

---

① 张王飞、林道立、吴周文:《人格审美、忧伤情怀与悖论式思维——丁帆随笔审美意义的探寻》,《南方文坛》,2011年第2期。
② 毕飞宇:《人类的动物园》,《散文选刊》,2011年第11期。
③ 毕飞宇:《人类的动物园》,《散文选刊》,2011年第11期。

了人类的道德堕落和精神低劣：人还没有超越动物层面。动物与人的同构性叙事，极大拓展了散文的表意空间，作者对人与动物的寓言式描写由此上升到文化批判与反思的高度。

三、杂文和报告文学

杂文一直以来都受到南京文坛的重视。在这一时期，南京杂文家以强烈的忧患意识、批判精神和社会责任感，直面现实人生，匡正时弊。乐朋[①]、吴非[②]、金陵客[③]等人是其中的优秀代表，乐朋多剖析社会性、体制性的弊端，作品有《西窗听雨》《白鹭秋枫》《飞絮集》等。吴非则多涉及教育及日常生活等，作品包括《不跪着教书》《致青年教师》《阿甘在跑》等。金陵客有杂文集《山不在高》《人格的力量》《我是一个怪物》《巴子自白》等，以强烈的社会责任感和直面现实的勇气，针砭时弊，讽刺社会不正之风以及丑陋的官本位文化等，引起了文坛的广泛关注。如《"来头"》一文借一桩领导干部殴打监察员的事件讽刺官员根深蒂固的权力意识、等级观念，所谓"来头"只是虚张声势地吓唬、压制别人的手段而已，背后隐藏的是可笑的阴暗心态和陈旧思维。他的历史随笔《直道铸史》以古代王公贵族、文人墨客、文学故事、历史典故等为对象，探求官场真相、历史兴衰，以古论今，文笔犀利。《红楼絮语》《水浒国风》《儒林视野》等作品分别以古典名著《红楼梦》《水浒传》和《儒林外史》为题材，结合当代现实生活，或分析其中的典型人物，或剖解其中的典型细节，从中探究国民性格演变，挖掘历史积淀的民族心理，独具慧眼，借古讽今，鞭辟入里，趣味横生，开拓了杂文创作的新境界。

报告文学、纪实文学在这一时期也取得了重要成果，对南京发展变化的全景式展示，对先进人物与时代典型的纪实，对新生事物的追踪，对南京大屠杀事件的整理，对地域文化的关注，对改革开放进程中现实问题的剖析都

---

① 乐朋（1944—   ），男，原名杨岳鹏，江苏武进人。
② 吴非（1950—   ）男，原名王栋生，江苏南京人。
③ 金陵客（1949—   ），男，原名王向东，江苏泰州人。

是创作者关注的问题。傅宁军长期致力于报告文学的写作，有《台湾海峡悲欢录》《吞吐大荒：徐悲鸿寻踪》《大学生"村官"》《淬火青春——大学生从军报告》《亲历震区：谁在感动我们》《此岸，彼岸》等。其作品视野开阔，聚焦作家、艺术家、科学家、大学生等不同群体，如《大学生"村官"》选取几个大学生到乡下任职的事例，写出了这一特殊群体不同的现实境遇与职业规划，侧面反映了当代社会文化心理变化的过程，引起广泛关注。《南京先生》时间跨越百年，因百年前的救死扶伤的往事，台湾马祖乡亲寻找"南京先生"的故里，写出了海峡两岸的情感连接。傅宁军、鲁敏、章红、李凤群等作家集体创作的《创者赢》是关于优秀企业家的纪实文学，反映了经济领域企业家奋斗的时代风貌。丁捷的《追问》以口述的方式描述腐败官员堕落违法的人生巨变过程，融合了纪实性与文学性，写出了腐败分子的心路历程，警醒意味浓厚，剖析人性的指向性使得《追问》不只是社会阴暗面的展示台，也是体制改革与政治文化转型的启示录。雪静的《一个女作家眼中的当代村庄——侯村见闻录》写农村的丰富图景与农民的生存之道，其《大美浦口》则梳理了南京浦口地区的风土人情、历史沿革等，为浦口绘制了一张生成变化的全景图，兼具叙事性与抒情性。

第五节　戏剧与影视

在文化体制市场化改革的大背景下，这一时期的南京戏剧出现了三个方面的变化：一是戏剧舞台表演受到电影、电视等新的艺术形式的严重挤压，大批剧团改制，人员流失，只有前线话剧团、南京话剧团等少数剧团比较活跃。二是国家设置戏剧奖项，激发剧团积极性，并发挥意识形态的引导功能，出现戏剧作品国家化、戏剧演出节庆化、戏剧创作组织化的现象。三是戏剧的艺术创新仍在继续，剧作家试图在市场化与艺术性、政治性与独立性之间取得某种平衡。

为促进戏剧市场繁荣，南京在这一时期举办了多项戏剧活动，较为重要的有:1993年12月7日—16日,江苏省首届戏剧节在南京举行,全省16家剧团、9个剧种、17台剧目、1500多名演职员参加演出。南京市京剧团的《醒醉记》和南京市越剧团的《洞房文武错》参加了首届戏剧节的演出活动,此后江苏戏剧节在南京连续举办多年。1995年6月5日"陈白尘纪念会暨中国话剧文学研究会第6届年会"在南京召开。1996年5月11日—26日百花艺术节在南京举行。2014年3月29日南京青年戏剧节开幕,赖声川导演的《让我牵着你的手》、周深导演的《驴得水》、田水导演的《12人》、杨世彭导演的《步步惊笑》、孟京辉导演的《两只狗的生活意见》以及赖声川和王伟忠导演的《宝岛一村》参加演出。2015年5月8日,由南京团市委主办的"红色青春记——2015南京高校戏剧节"于青春剧场举行,《恋爱的犀牛》《一个无政府主义者的意外死亡》《青春禁忌游戏》《东方快车》等剧目受到观众欢迎。

由于戏剧运作机制的转变,为获得更多荣誉、扩大发展空间,这一时期的南京剧团纷纷加大新剧创作力度,演出了一系列产生良好反响的剧目,获得了多项荣誉。在1993年4月的文化部第三届"文华奖"评选中,江苏省京剧院的《青蛇传》、江苏省人民艺术剧院的《甲申纪事》获文华新剧目奖。在1995年4月文化部第五届"文华奖"的评选中,江苏省人民艺术剧院的话剧《热线电话》获"文华新剧目奖",编剧王承刚、蔡伟获"文华剧作奖"。1996年前线话剧团演出的《窗口的星》获得第三届中国话剧金狮奖,《海风吹来》获得全国歌剧观摩演出剧目奖和优秀编剧奖。1997年南京市话剧团的《大江奔流》获江苏省第二届戏剧节优秀剧目奖等8项大奖,在文化部主办的第八届"文华奖"评比中获文华新剧目特别奖,这是南京剧作首次获此奖项。该剧还被评为省、市"五个一工程"奖以及南京市文学艺术奖荣誉奖。1998年9月,前线话剧团的大型话剧《虎踞钟山》荣获1998中国曹禺戏剧文学奖。1999年邓海南、姚远、蒋晓勤创作的《青春涅槃》获得中国剧协曹禺文学奖,《厄尔尼诺"报告》获全军文艺会演一等奖。2000年6月7日至22日,南京市文化局与江苏省文化厅共同主办了江苏省第三届戏剧节,南京市的京剧《胭脂河》、话剧《春在秦淮两岸边》分获优秀剧目奖和新剧目奖。2000年话剧《秦淮人家》荣获文化部第九届文华新剧目奖和中国艺术节大奖。2004年6月,由南京市话剧团创作演出的小剧场话剧《我的第一次》参加"第八届中国戏剧节小剧场演出季"评奖演出,获优秀剧目奖、优秀编剧奖等多个奖项。2004年9月,南京市话剧团创作演出的话剧《平头百姓》,继荣获第十一届文华新剧目奖后,再获第七届中国艺术节大奖——文化部第十一届文华大奖,以及文华剧作奖、文华导演奖等5个单项奖,实现了南京市在这一国家级奖项上零的突破。2004年底,该剧又被评为2003—2004年度江苏省舞台艺术精品工程精品剧目,列入国家舞台精品工程参评剧目,应邀参加庆祝中华人民共和国成立55周年优秀现代戏展演活动。南京市话剧团用3年时间精心筹划创作的话剧《沦陷》于2007年4月进京参加"话剧百年·全国话剧优秀剧目评比展演",获剧目一等奖和10个单项一等奖;参加第八届中国艺术节演出获得"文华剧目奖"和4个单项奖。此外,该剧还获得第五届江苏戏剧节金奖,被评为2006—2007年度江苏省舞台艺术精品工程精品剧目,获第五届南京市"五个一工程"优秀作品奖。

  除了频频获得官方荣誉外,南京剧作家没有放弃对艺术的探索,努力在话剧语言、结构、场景、舞台等方面有所创新。姚远在这一时期先后创作了《李大钊》、《伐子都》(合作)、《青春涅槃》(合作)、《"厄尔尼诺"报告》(合作)、《马蹄声碎》等。剧作《李大钊》表现了李大钊为人民求解放而革命的大无畏的斗争精神。《伐子都》是五幕喜剧,情节设置巧妙,戏剧张力十足,剧作充满荒诞色彩。《青春涅槃》写的是革命青年的奉献和牺牲精神,全剧充满悲壮色彩。《"厄尔尼诺"报告》写离休干部郭海家受到商品经济大潮的冲击而产生的思想危机,颇具忧患意识和时代精神。《马蹄声碎》是姚远军事题材创作的一大突破,该剧改编自南京部队作家江奇涛的同名小说,姚远大胆地将人道主义、人性原则应用到革命者的自我选择上面。剧作描写了红军长征途中冯贵珍、隽芬、少枝等五个女兵为赶上大部队进行的牺牲,红军部队为了生存决意放弃女兵班,最后真相暴露导致女兵班长的报复。在革命叙事伦理中,由于革命与道德的悖反而产生的心理撕裂是本剧最具突破性之处。表现革命队伍内部的两难选择以及革命者的伦理困境,这是以往的戏剧作品极少涉及的。

除了姚远外,这一时期的南京剧作家紧紧扎根生活,回应社会热点,发现生活的戏剧性冲突,创作出了许多优秀的作品。王承刚、蔡伟编剧的《热线电话》写善于帮听众解决情感问题的主持人苏琴、江远自己也陷入情感危机,剧情由此发生了反转。邵钧林、嵇道青编剧的《虎踞钟山》写刘伯承元帅为培养高级将领而启用国民党降将的故事,情感真挚。王立信编剧的《世纪彩虹》写石松生、黄乐水、周铁林对大桥的坚守。赵家捷、杨智编剧的《大江奔流》关注社会问题,写程之光面对金融大案进行的复杂的斗争。南京市话剧团的《秦淮人家》描写秦淮河边的许经年、秋月、莫克和薛中行等几户家庭的荣辱与共,写社会变迁过程中各色人物的精神冲突与新生的历程,贯穿其中的是秦淮文化的兴衰史。本剧视野开阔,以诗性语言写个人的价值选择与对秦淮文化的坚守,从平凡中见崇高,充满浓郁的文化韵味。沙叶新的《精神家园》《尊严》《幸遇先生蔡》等剧作涉及自我、精神自主的价值判断问题。此外,南京市话剧团创作的《沦陷》以全新的艺术手法展现南京大屠杀,带给观众强烈的心灵震撼。

南京校园戏剧的兴起成为这一时期南京戏剧的新亮点。学生剧团比较活跃,除了南京艺术学院、中国传媒大学南广学院外,有代表性的团体还有南师大南国剧社、南农大草帽剧社、南理工话剧团、南大第Ⅱ剧社、南信大火柴盒剧社、南航青春剧社等。这些学生剧团大多在学校演出,有时也到青春剧场等舞台表演。其中,南京大学的校园戏剧、小剧场演出较为活跃,并且在戏剧老师的指导下,创作演出了《选择》《歌声遥远》《罗密欧,还是奥赛罗》《〈人民公敌〉事件》《收信快乐》《心之罪》等剧作,获得观众认可,尤其是2012年创作演出的《蒋公的面子》更是造成了轰动效应。此剧写南京大学三个教授时任道、夏小山、卞从周本着各自政治立场与为人处世的原则,对是否要参加蒋介石的宴请发生的争执,从中表现的是不同知识分子的道德与价值选择。剧作充满喜剧色彩,对人性的多面向展示也比较到位。该剧首演便大获成功,此后走出校园,走向全国巡演,获得广泛反响。可以说,《蒋公的面子》的成功,预示着南京校园戏剧的多种可能性与广阔的发展空间。此外,南京师范大学、南京艺术学院、南京林业大学、南京理工大学等其他学校剧团演出的《恋爱的犀牛》《一个无政府主义者的意外死亡》《青春禁忌游戏》《东方快车》等也获得一定反响。

90年代以来,张弦、朱苏进、江奇涛、范小天①、冯华、杨骏等南京剧作家的影视剧作品在全国产生了较大反响。张弦编剧的儿童电影《陌生人》和传记电影《杨开慧》,显示了剧作家不凡的功力。朱苏进担任了《江山风雨情》(2003)、《朱元璋》(2006)、《郑和下西洋》(2009)、《嘎达梅林》(2011)、《铁血红安》(2013)、《封神》(2016)等电视剧的编剧。2009年,他担任编剧的战争剧《我的兄弟叫顺溜》入围第16届上海电视节白玉兰奖最佳编剧奖;2010年,他担任剧情电影《让子弹飞》的编剧,该片获得第48届台湾电影金马奖最佳改编剧本奖;同年,他以中国古典四大名著《三国演义》原著为蓝本改编的古装剧《三国》,入围第17届上海电视节白玉兰奖最佳编剧奖等。江奇涛新世纪以来担任编剧的有警匪悬疑剧《追踪》(2004)、革命传奇剧《人间正道是沧桑》(2009)、军事题材剧《血战长空》(2011)、人物传奇剧《少帅》(2015)等。其中,《人间正道是沧桑》入围第16届上海电视节白玉兰奖最佳编剧奖,《少帅》获得第22届上海电视节白玉兰奖最佳编剧奖。作家出身的范小天将文化人对故事的敏锐很自然地融入影视剧创作之中。神幻电视剧《春光灿烂猪八戒》等紧抓住青少年的需求和定位,呈现出了神话魔幻、青春浪漫、轻快好玩的特征。由他编剧或导演的《叶问》《新江山美人》《水浒后传》《派克式左轮》《离婚指南》《太极宗师》《明星制造》《武林外史》《真爱无敌》《新闻小姐》《红粉》《唐朝浪漫英雄》等好评如潮。冯华的《警察有约》《中年计划》《桃花灿烂》等也有不错反响。

---

① 范小天(1954—),男,江苏南通人。

这一时期南京影视文学的另一个重要内容是集中叙述南京大屠杀的历史,揭示战争的残酷以及对人性的摧残。尽管编剧或导演并不出生或工作在南京,但他们的影视剧呈现出了显著的"南京写作"特点。较重要的有两种类型:一种类型是纪录片,主要包括美籍华人作家张纯如《张纯如——南京大屠杀》(2008)、郎恩·乔瑟夫的《南京梦魇》(2007)、比尔·古登泰格和丹·斯图曼的《南京 Nanking》(2007)、武田伦和的《南京:被割裂的记忆》(2009)等。这些纪录片真实再现了1937年日本军队侵占南京期间犯下的种种暴行,直指南京大屠杀的真相。另一种类型是电影,如牟敦芾的《黑太阳:南京大屠杀》(1995)、吴子牛的《南京1937》(1995)、杜国威的《五月八月》(2002)、郑方南的《栖霞寺1937》(2004)、陆川的《南京!南京!》(2009)、佛罗瑞·加仑伯格的《拉贝日记》(2009)、张艺谋的《金陵十三钗》(2011)等回到历史现场,将日军的暴行从历史中发掘出来,重新编织到叙事史诗中,极具震撼力。

　　此外,由南京市委宣传部、南京广播电视集团等共同承制,时间和周兵共同担任总导演的纪录片《百年南京》深入讲述了兼具现代性和浓郁人文气息的南京城。该纪录片以南京空间带动南京发展历史,从城市规划、教育推广、科学精神、传统保护、民生建设等五个方面展示了百年南京的科学、人文、教育传承精神。姚梦野的纪录片《摇滚南京》讲述了李志、高川子、赵勤等三位摇滚人与南京的不解之缘。其他纪录片如《南京城》(2010)、《发现·南京》(2014)、《南京》(2016)等系统地解读了南京城从古代到当代的历史文明,全面呈现了南京风情和魅力。而郑方南的《栖霞寺1937》(2004)、王飞飞的《下关》(2008)、金良言与虞军豪的《南京的那个夏天》(2009)、沈悦与沈严的《决战南京》(2010)、金锋的《南京爱情故事:我们的那些年》(2012)、赵晟的《南京·201314》(2013)、娄烨的《推拿》(2014)、穆丹的《环城七十里》(2014)、张嘉佳的《摆渡人》(2016)等影视聚集南京城市与社会的方方面面,诠释着南京的文化传统与现代性转型。

附录一　南京百年文学作家名录

序号	年份	作家	简介
1	1853—1937	陈三立	字伯严，号散原，江西义宁客家人。近代同光体诗派重要代表人物。国学大师陈寅恪之父，另一子陈衡恪为画家。陈三立被誉为中国最后一位传统诗人。1900年，陈三立移居南京，未几丧父。著有《散原精舍诗》及其《续集》《别集》，死后有《散原精舍文集》十七卷出版。
2	1864—1912	丘逢甲	字仙根，号蛰庵。辛亥革命后以仓海为名。晚清爱国诗人、教育家、抗日保台志士。1911年底赴南京参加民国临时议会期间，连作《谒明孝陵》《登扫叶楼》《雪中游莫愁湖》等十首诗。
3	1871—1944	王伯沆	名瀣，字伯谦，生于江苏南京。1908年为两江师范学堂文科教习。1911年于南京江南图书馆任事。历任南京高师、东南大学、中央大学教授，被誉为"金陵诗派的先行者"。其《红楼梦》研究自成一派，被称为"王氏红学"。
4	1871—1947	石凌汉	字云轩，号烎素。曾从薛时雨、缪荃孙等游。业医，擅词，富藏书。住南京大石坝街，因自号淮水东边词人。曾结蓼辛社、如社，有《烎素遗稿》传世。
5	1873—1945	仇埰	字亮卿，号述盦，江苏南京人。光绪间留学日本弘文书院，习教育，宣统元年拔贡。曾任江苏省第四师范学校校长。五十岁后着力填词、专治词学，参加如社、午社，与石凌汉、孙睿源、王孝煃结蓼辛社，合称"四友"。辑《金陵词钞续编》，著有《鞠谦词》。
6	1874—1933	陈去病	原名庆林，字佩忍，号垂虹亭长，江苏吴江人。近代诗人，南社创始人之一，1923年担任国立东南大学（1928年改为国立中央大学，1949年8月更名为国立南京大学）中文系教授。1928年后曾任江苏革命博物馆馆长、大学院古物保管委员会江苏分会主任委员。

续　表

序号	年份	作家	简介
7	1874—1963	夏仁虎	字蔚如,号枝巢,江苏南京人。清光绪二十八年(1902年)举人,清末官御史;曾任北京政府盐务署秘书、国务院秘书长。后先后执教于北京大学、北京师范大学等校。1949年后,受聘为中央文史馆馆员。作《清宫词》200首,著有《啸庵诗存》《啸庵词稿》。
8	1875—1947	王孝煃	字东培,号寄沤,江苏南京人。近代诗书画印有全面修养的艺术家,学术成就首推诗词。与仇埰、石云轩、孙阆仙号称"蓼辛社四友"。一生不趋权贵,在乱世浊流中坚持操守,毕生追求艺术,追求真善美。门生弟子众多,为传承优秀传统文化做出贡献。
9	1876—1973	包天笑	初名清柱,字朗孙,笔名天笑,江苏苏州人。著名报人,通俗小说家,鸳鸯蝴蝶派代表作家之一。先后在启秀编辑局、广智编译所、珠树园译书处任职。1909年加入南社,并在南社的第三次雅集上,当选为庶务。
10	1876—1923	陈师曾	又名衡恪,号朽道人、槐堂,美术家、艺术教育家。1898年随父亲陈三立定居南京,1923年9月病故于南京。陈衡恪遗著有《槐堂诗钞》《陈师曾先生遗墨》《染苍室印存》《陈师曾印存》《中国绘画史》《中国文人画之研究》《陈师曾先生遗诗》及其门生俞剑华搜集其论文、讲稿与题画诗词等资料编辑而成的《不朽录》,鲁迅与郑振铎合编的《北平笺谱》中也有他的作品。
11	1878—1956	顾实	字惕生,江苏武进人。古文字学家。早年攻习法科,1922年在国立东南大学文学院执教。其著述兼涉史、子、集三部,主要著述有《汉书艺文志讲疏》《穆天子传西征讲疏》《墨子·辨经讲疏》《庄子天下篇讲疏》《中国文学史大纲》等。但"刊者十不盈一,盖慎之也"。曾与陈中凡等人共同主编《国学丛刊》。
12	1879—1942	陈独秀	字仲甫,号实庵。主要著作收入《独秀文存》《陈独秀文章选编》《陈独秀思想论稿》《陈独秀著作选编》等。
13	1880—1956	柳诒徵	字翼谋,号知非,晚年号劬堂,江苏镇江人。中国近现代史学先驱,中国文化学的奠基人,现代儒学宗师。1914年2月应聘为南京高等师范学校国文、历史教授;1929年重返南京,任教国立中央大学,并曾任南京图书馆馆长、考试院委员、江苏省参议员。

续　表

序号	年份	作家	简介
14	1881—1936	鲁迅	原名周樟寿,后改名周树人,字豫山,后改豫才,浙江绍兴人。1898年到南京江南水师学堂、矿路学堂学习,1902年东渡日本求学,1912年1月在南京国民政府教育部工作,4月离开南京回到绍兴。从1913年6月21日到1932年11月30日,鲁迅十次途经南京,三次稍做停留。鲁迅写于南京、回忆南京、在南京印行和涉及南京的论文、著述、日记和书信有50余篇。
15	1883—1954	江亢虎	原名绍铨,号洪水,祖籍安徽旌德。1940年担任汪伪政权的国民政府国务委员、考试院副院长等职。著作和文集有《洪水集》《缚虎记》《新俄游记》《台湾追记》《南洋巡回记》《天宪管窥》《中国近代元首印象记》《中国社会改革》《江亢虎文存初编》《江亢虎最近言论集》《江亢虎博士演讲录》等。
16	1884—1939	吴梅	字瞿安,号霜厓,江苏苏州人。近代戏曲理论家和教育家,诗词曲作家。1922年秋至1927年春,在南京大学的前身国立东南大学任教五年。1928年秋至1932年春,1932年秋至1937年秋在中央大学任教8年半。在文学上有多方面成就,在戏曲创作、研究与教学方面成就尤为突出,被誉为"近代著、度、演、藏各色俱全之曲学大师"。
17	1884—1959	陈世宜	字小树,号匪石,江苏南京人。曾任中央大学教授。其先辈久居南京明瓦廊,其父陈道南重新从事藏书,却于1937年南京城失陷时失去其半,所残余下来的钞校之本,连同陈世宜自藏之本,编有《旧时月色斋藏书目》。后由其女陈芸全部捐献给了陈氏供职的上海文物保管委员会,遗著有油印本《陈匪石先生遗稿》。
18	1886—1935	黄侃	字季刚,号量守居士,蕲春青石岭大樟树人。1928年在中央大学、金陵大学等学校任教授。主要著作有《黄季刚先生遗嘱专号》(中央大学《文艺丛刊》1936年第2卷第2期)、《黄侃论学杂著》(中华书局上海编辑所1964年版)、《集韵声类表》(上海开明书店1937年版)、《日知录校记》(中央大学出版组1933年版)等。

续 表

序号	年份	作家	简介
19	1886—1936	俞剑华	名锷,原名侧,又字一栗,江苏太仓人。1902年留学日本,并加入中国同盟会。1909年组织参加南社,研究文学,鼓吹革命,从事推翻满清帝制、振兴中华民族精神。曾任东南大学图书馆馆长、暨南大学南京分校教授等职务。著有《萤景集诗》《萤景集词》,其中遗著《翩鸿传奇》《考古学通论》等在兵灾中散失,其子辑成《娄东俞剑华诗词选》。
20	1887—1966	汪辟疆	字笠云,后改字辟疆,别号展庵,因故乡近方湖,晚年自号方湖,江西彭泽黄岭乡老屋湾汪村人。近代目录学家、藏书家。1927年起在南京第四中山大学、中央大学、南京大学任教授。其间曾任监察院委员、国史馆纂修。著有《光宣诗坛点将录》《近代诗人述评》,均为近代诗学的重要著作。
21	1887—1958	柳亚子	原名尉高,字安如,后更名弃疾,字稼轩,号亚子,江苏吴江人。1905年创办《复报》,同年加入同盟会和光复社。1909年与陈去病等创立南社。民国成立任临时大总统府秘书,后历任国民党江苏省宣传部部长、中央监察委员、上海通志馆长等职。1949年后,任中央人民政府委员、全国人大常务委员会委员。著有《磨剑室诗词集》《磨剑室文集》《南社纪略》《怀旧集》及《柳亚子诗选》等。
22	1888—1962	胡小石	名光炜,字小石,号倩尹,斋名愿夏庐,江苏南京人。国学大师,兼为文字学家、文学家、史学家、书法家、艺术家,尤以古文字学、书学、楚辞、杜诗、文学史最为精到。1909年毕业于两江优级师范学堂,1924年出任金陵大学教授兼国文系主任,1946年任中央大学中文系教授兼系主任、文学院院长,后为南京大学中文系教授兼系主任、南京大学图书馆馆长。
23	1888—1982	陈中凡	原名钟凡,字斠玄,号觉元,江苏盐城人。中国古典文学家、红学家。1911年毕业于两江师范学堂。1921年任国立东南大学教授兼国文系主任,1926—1928年任金陵大学教授,1935—1949年任金陵女子文理学院教授,1952年起为南京大学教授,兼江苏省文史馆馆长。

续 表

序号	年份	作家	简介
24	1888—1950	王钝根	名晦，字耕培，号钝根，江苏青浦（今属上海）人。宣统三年（1911年）受聘于上海《申报》馆并首创副刊《自由谈》，1914年应中华图书馆之聘，主编《礼拜六》周刊。著有小说《工人之妻》《劫后缘》等。
25	1890—1945	梅光迪	字迪生、觐庄，安徽宣城人，中国首位留美文学博士。最早信奉白璧德的新人文主义，也最早对胡适倡导的文学革命提出了异议。《学衡》杂志的创办人之一。1921年任国立东南大学洋文系主任。1924年去美国讲学。1927年回国后任中央大学代理文学院长。梅光迪"述而不作"，惜墨如金，著述较少。后人先后整理出版的《梅光迪文录》《梅光迪文存》，对于研究梅光迪以及"学衡派"具有较大的指导意义。
26	1890—1963	汪东	原名东宝，后改名东，字旭初，号寄庵。语言文字学家，能铁血也能风雅的革命者。早年追随孙中山先生，从事反对帝制、宣传民主革命活动，参加过辛亥革命。曾任《大共和日报》总编辑、国立中央大学文学院院长。1934年，曾与吴梅、陈匪石、林铁尊、乔大壮、唐圭璋等在南京组织"如社"。
27	1890—1976	陈衡哲	女，笔名莎菲，原籍湖南衡山，江苏武进人。1914年考入清华学堂留学生班，成为清华选送公费留美的女大学生之一。陈衡哲以白话从事文学创作，是中国新文学史上最早的作家之一。胡适在《小雨点·胡序》里说："当我们还在讨论新文学问题的时候，莎菲（陈衡哲）却已开始用白话做文学了。"1922年受聘于南高师。1924至1925年在东南大学西洋史任教半年。之后重点关注子女教育，并逐渐从学界淡出。
28	1891—1966	陈方恪	字彦通，斋号屯云阁等，江西义宁人。1938年任汪伪政府教育部编审，后任汪伪政府考试院"考选专门委员会专门委员"、伪"南京国学图书馆馆长"、伪"中国文艺协会"理事等职，1944年因"掩护中共地下党电台"被抓到日本宪兵队拘留所关押，新中国成立后在《江海学刊》杂志社任编辑，著有《陈方恪诗词集》。

续 表

序号	年份	作家	简介
29	1891—1962	胡适	原名嗣穈,笔名胡适,字适之。著名思想家、文学家、哲学家。安徽绩溪人,以倡导"白话文"、领导新文化运动闻名于世。1920年暑假曾在南京高等师范学校暑期学校讲学,二三十年代多次赴南京访友、参加政府及学术会议。
30	1891—1946	曹经沅	原字宝融,后字缵蘅,四川绵竹人。任国民政府军事委员会委员长、南昌行营参议、南京行政院简任秘书。1934年组织豁蒙楼重九登高和玄武湖上巳修禊,后编有《甲戌玄武湖修禊豁蒙楼登高诗集》。擅书法、诗文,著有《借槐庐诗集》。
31	1892—1973	赛珍珠(Pearl S. Buck)	生于美国弗吉尼亚州,1921—1935年与丈夫居住于南京,在金陵大学教英文。1930年出版长篇小说《东风·西风》,1931年出版第二部长篇小说《大地》(The Good Earth);1932年凭借《大地》获普利策文学奖。1938年,赛珍珠的《大地》荣获美国历史上第二个诺贝尔文学奖。1933年翻译《水浒传》,1934年发表小说《儿子们》和《分家》,与《大地》合称为"大地上的房子"三部曲。
32	1892—1978	郭沫若	原名郭开贞,字鼎堂,号尚武,四川乐山人。现代文学家、历史学家、新诗奠基人之一。1946年6月20日到6月26日作为第三方面的代表到达南京,参加旧政协,促进国共和谈工作,写作散文集《南京印象》。该文集记录了国共和谈的过程,从私人的角度对南京风貌进行展示,并揭露了国民党假和谈、真破坏的反动面目。
33	1892—1948	乔大壮	原名曾劬,字大壮,号波外居士。近代词人、篆刻家。1935年任国立中央大学艺术系教授,南京"如社"发起人之一。著有《波外乐章》《波外楼诗集》《乔大壮印集》等。
34	1893—1959	张资平	原名张星仪,广东梅县人。1939年在汪伪政府任职,创办或主编杂志,以笼络学界人士。
35	1893—1968	田汉	乳名和儿,学名寿昌,笔名有田汉等,湖南长沙人。1927年任南京总政治部艺术顾问,20世纪30年代曾参加中国民权保障大同盟、中国左翼作家联盟,1935年被捕软禁于南京,组织多次戏剧公演。代表作有《关汉卿》《名优之死》《卢沟桥》等。

续 表

序号	年份	作家	简介
36	1894—1978	吴宓	字雨僧,笔名余生,陕西泾阳人。中国现代著名西洋文学家、国学大师、诗人。"学衡派"创始人,《学衡》创办人之一,1921年至1924年受聘在国立东南大学文学院任教授,讲授世界文学史等课程。中国比较文学研究第一人,著有《吴宓诗集》《文学与人生》《吴宓日记》。
37	1894—1968	胡先骕	字步曾,号忏盦。植物学家和教育家,"学衡派"创始人,《学衡》杂志创办人之一,与秉志联合创办中国科学社生物研究所、静生生物调查所,还创办了庐山森林植物园、云南农林植物研究所。
38	1894—1973	袁昌英	字兰子,湖南醴陵人。1928年回国后历任上海中国公学文理学院教授,国立中央大学商学院讲师。戏剧有《孔雀东南飞》《活诗人》等;散文有《巴黎的一夜》《琳梦湖上》等;代表作《游新都后的感想》等被选入高中课本,出版《法国文学史》《法国文学》等著作。
39	1894—1970	陆志韦	原名陆保绮,浙江湖州人。语言学家、心理学家、教育家、诗人。1920年回国任南京高等师范学校——东南大学教授。1923年亚东图书馆出版其诗集《渡河》,后有诗集《渡河后集》《申酉小唱》等。1924年卷入东南大学"易长风潮",支持杨杏佛反对校长郭秉文。
40	1895—1967	张恨水	原名张心远,安徽潜山人。中国章回小说家,鸳鸯蝴蝶派代表作家。1911年开始发表作品,1924年凭借90万字的《春明外史》一举成名。1936年举家迁往南京,与张友鸾创办《南京人报》,并以南京为背景创作了小说《丹凤街》,书中人物口语系地道的南京方言。除此之外,还有小说《大江东去》、散文《白门十记》《两都赋》等作品与南京有关。
41	1895—1992	郑逸梅	原名郑际云,号逸梅,江苏吴县人。早年参加辛亥革命组织南社,曾任上海文史馆馆员。著有随笔《南社丛谈》《逸梅小品》《逸梅谈丛》《艺坛百影》《清末民初文坛轶事》《人物和集藏》《书报话旧》及《郑逸梅选集》等。
42	1896—1970	陈源	字通伯,笔名陈西滢,江苏无锡人。散文家,毕业于南洋公学附属小学。1924年,在胡适的支持下,与徐志摩、王世杰等共创《现代评论》杂志,并主持《闲话》专栏。其间与鲁迅爆发多次笔战。著有《西滢闲话》,1928年曾创作以南京为主题的散文《南京》。

431

续　表

序号	年份	作家	简介
43	1896—1988	朱东润	原名朱世溱,江苏泰兴人。曾任武汉大学讲师、教授,中央大学、无锡国学专修学校、无锡江南大学、齐鲁大学教授。1949年后任上海复旦大学教授。有专著《中国文学批评史大纲》《后汉书考索》《梅尧臣集编年校注》,传记《张居正大传》《陆游传》《梅尧臣传》。
44	1897—1931	徐志摩	原名章垿,字槱森,浙江海宁人。留学英国时改名志摩,中国现代著名诗人、散文家、新月诗社成员,倡导新诗格律。1929年就任南京国立中央大学英文系教授,1930年与陈梦家、方玮德编辑出版《诗刊》。
45	1897—1986	宗白华	原名宗之櫆,字伯华,祖籍江苏常熟,安徽安庆人。1925年自德国回国后在南京大学、北京大学任教。1949到1952年任南京大学教授。著有《美学散步》《中国美学史》等。早年在南京求学,是20年代风靡文坛的"小诗"的重要实践者之一,著有诗集《流云》。
46	1897—1976	方令孺	女,散文作家和诗人,安徽桐城人,为清代文学家方苞的后代。1930年结识陈梦家、徐志摩,创作新诗并参加新月派文人活动。与南京渊源颇深,《琅琊山游记》《家》都写于当时位于南京娃娃桥的家中。此外,她的《南京的骨董迷》一文轻松诙谐、尖刻犀利,是散文名篇。
47	1897—1952	陶晶孙	原名陶炽,笔名晶孙,江苏无锡人。曾编过《大众文艺》《学艺》杂志,20世纪30年代以后,主要从事医学教学和研究工作。1945年日本战败,作为日军陆军医院接收委员,在南京完成接收任务。后赴台任教于台湾大学医学院。1950年旅居日本,任教于东京大学中国文学系,直至去世。著有小说集《木樨》《音乐会小曲》,戏剧集《傻子的治疗》,译有《间谍》和《晶孙日文集》,随笔《给日本的遗书》。
48	1898—1948	朱自清	原名自华,号秋实,后改名自清,字佩弦,江苏扬州人,原籍浙江绍兴。中国现代散文家、诗人、学者、民主战士。1920年代曾携友多次游览南京并留下作品,如以南京浦口火车站为背景创作的散文名篇《背影》;还有携好友俞平伯同游南京著名的景点秦淮河而写下的名篇《桨声灯影里的秦淮河》,记叙了泛舟秦淮河的见闻感受。

续　表

序号	年份	作家	简介
49	1898—1964	王平陵	本名仰嵩，字平陵，笔名西泠等，江苏溧阳人。早年于杭州求学，毕业后曾在沈阳美术学校、南京美术专科学校任教。1924年主编《时事新报》副刊《学灯》，并为《东方杂志》撰稿。1928年任上海暨南大学教授，主编《中央日报》副刊《大道》与《清白》等。1930年与黄震遐等人发表《民族主义文艺运动宣言》，提倡民族主义文艺，主编《文艺月刊》，受到鲁迅等左翼作家的批判。
50	1898—1997	徐庆誉	湖南浏阳人。1923年由基督教会资助赴英国牛津大学攻读哲学。任国民党中央考试院编译局主任、国民党军事委员会秘书及中央内政委员、蒋介石的侍从室秘书等职。1935年南京正中书局出版《新生活与哲学思想》。抗日战争爆发后，回湖南担任湖南第一行政区督查专员兼保安司令、浏阳县县长，坚持国共合作，推动抗日救亡运动。1947年，弃政从教，担任长沙民国大学教授，1950年担任香港大学教授，退休后居住在美国纽约。
51	1898—1964	方光焘	原名曙先，浙江衢县人。语言学家、作家、文艺理论家、文学翻译家。1914年赴日留学，与郭沫若、郁达夫、成仿吾等同为早期创造社的成员。1924年毕业后回国任教。1931年加入中国左翼作家联盟，早年曾在《创造》杂志上发表过小说和论文多篇，翻译了英国、日本等国作家的作品，合作编译出版了《文学入门》。1949年前后一直任教于国立中央大学中文系，担任中国科学院哲学社会科学部委员会委员等职。
52	1899—1980	陆维钊	原名子平，字微昭，浙江平湖人。书法家。1920年考入南京高等师范学校文史地部，师从竺可桢先生攻读气象地理。受业于柳翼谋、吴ır庵、王伯沆诸名师，在文学和书学等方面都打下了坚实的基础，"潜社"成员之一。
53	1899—1987	钱南扬	戏曲史家、教育家。1959年任南京大学中文系教授，在宋元南戏方面造诣颇深，1934年在《燕京学报》上发表了《宋元南戏百一录》，辑录了54种戏曲，奠定了近代南戏研究的学科基础，被誉为是继王国维《宋元戏曲考》之后，在戏曲史研究上的又一次重大突破。

433

续 表

序号	年份	作家	简介
54	1900—1942	侯曜	字一星,广东番禺人。编剧、导演。1920年考入南京高等师范学校,课余从事戏剧创作及演出活动。1921年加入文学研究会,求学期间开始戏剧创作,1924年商务印书馆出版其戏剧集《复仇的玫瑰》。1924年东南大学发生火灾,学生自治会议决定演戏筹款复建校园,侯曜为此创作剧本《山河泪》。
55	1900—1990	俞平伯	原名俞铭衡,字平伯。祖籍浙江湖州,生于江苏苏州。现代诗人、作家、红学家。1919年毕业于北京大学,后在燕京大学、北京大学、清华大学任教。曾参加中国革命民主同盟、新潮社、文学研究会、语丝社,与朱自清等人创办《诗》月刊。1923年8月与朱自清同游秦淮河,之后同以《桨声灯影里的秦淮河》为题创作了游记散文,这两篇散文成为现代文坛上的双生花。
56	1900—1976	吴浊流	台湾新竹县新埔镇人。幼时受日语教育,毕业于台湾总督府"国语"学校师范部,做过教谕、小学教员,后来因郡视学凌辱台籍教员,抗议无效,愤而辞职,结束了近二十年的教师生涯。1941年赴南京任《新报》记者,一年后返回台湾,以南京见闻写作系列散文《南京杂感》。曾参加诗社,1936年开始写作,吴浊流是台湾早期的乡土文学作家,前期的小说以日据时代的生活为背景,代表作为《亚细亚的孤儿》;后期的作品以反映战后台湾社会为主,代表作有《波茨坦科长》《狡猿》等。
57	1900—1971	金满成	曾用笔名东林等,四川峨眉人。1926年加入叶灵凤、潘汉年等组织的幻洲社。1929年在南京和吴竹似、张友鸾等创办《新民报》并任副刊《葫芦》主编。后与聂绀弩创办"甚么诗社",出版《甚么诗刊》。曾任人民文学出版社文学翻译,翻译了《红百合》《剥削者》《金钱》等。
58	1900—1960	罗根泽	字雨亭,河北深州人。著名古典文学研究专家。新中国成立前曾任教于中央大学,新中国成立后任南京大学教授。罗根泽先后师从梁启超、陈寅恪、冯友兰和黄子通以及郭绍虞等先生。尤以诸子学、中国文学批评史和中国文学史研究最为突出,《中国文学批评史》一书备受赞誉。著有《乐府文学史》《中国古典文学论集》。

续　表

序号	年份	作家	简介
59	1901—1986	徐震堮	字声越,浙江嘉善人。自幼酷爱文学。十四岁入嘉兴浙江省立第二中学,学习文字、音韵、训诂、考证和辞章。1919年入南京高等师范学校文史部读书后,又从王瀣、吴梅习诗、词、曲之学。所作诗词受著名学者柳诒徵激赏,称许为"清隽苍老,卓然名家"。
60	1901—1990	唐圭璋	字季特,江苏南京人。中国当代词学大师,著名的中国文史学家、教育家、词人,南京"如社"发起人之一。1928年毕业于国立东南大学中文系,"潜社"成员之一。曾任南京第一女中、钟英中学、安徽中学教师,新中国成立前曾任中央大学、金陵大学中文系教授。新中国成立后曾任南京大学、东北师范大学中文系教授、南京师范大学中文系教授。
61	1901—1970	倪贻德	笔名尼特,浙江杭州人。中国油画家,美术评论家,作家。1924年4月至6月中下旬,田汉组织大批艺术家、文人赴南京参与国民革命军总政治部的政治宣传工作,倪贻德参与并被田汉分配至国民革命军日报馆,与张若谷等人从事编辑校对工作。1926年下半年曾在南京女师教手工。著有小说集《玄武湖之秋》。
62	1901—1972	曹聚仁	字挺岫,小名辐厅,浙江金华人。民国著名记者、作家;30年代曾定居南京,创作散文《南京印象》。毕业于浙江第一师范,1922年到上海,并先后任教于爱国女中、暨南大学、复旦大学等校。曾主编《涛声》《芒种》等杂志。抗日战争爆发后,任战地记者,曾报道淞沪战役、台儿庄大捷。1950年赴香港,任新加坡《南洋商报》驻港特派记者。著有《中国学术思想史随笔》《万里行记》《现代中国通鉴》等。
63	1901—1944	王鲁彦	原名王衡,浙江镇海人。20世纪20年代著名的乡土小说家。代表作有短篇小说集《柚子》《黄金》等;30年代写有长篇小说《野火》(《愤怒的乡村》)、《童年的悲哀》《小小的心》《屋顶下》《河边》《伤兵旅馆》和《我们的喇叭》等。1928年春至1930年在南京国民政府国际宣传部任世界语翻译,创作散文《我们的太平洋》。

435

续 表

序号	年份	作家	简介
64	1902—？	濮舜卿	女,原名濮傍,浙江杭县人。1920年毕业于浙江省立女子师范学校,后赴南京,入东南大学专攻政治经济,兼习文学。她自中学时代就爱好戏剧,所写剧本多反映妇女的婚姻问题,揭露社会的弊端。1925年大学毕业后,曾与剧作家侯曜组织东南剧社,从事戏剧电影活动,并亲自演出,饰影片《弃妇》中主角彩兰,受到观众欢迎。为中国电影史上第一位女电影编剧,五四时期女作家,代表作《人间的乐园》。
65	1902—1966	龙榆生	字沐勋,又自称龙七,别号忍寒居士等。为20世纪最负盛名的词学大师之一。早年师从黄侃、陈衍和朱祖谋等名师习诗词及文字音韵学,后遂终身致力于词学研究。曾任伪国立中央大学文学院院长。并在南京先后创办《词学季刊》《同声月刊》等词学期刊。
66	1902—1969	何逎黄	广东兴宁人。上海三育大学商科、黄埔军校第五期步科毕业。30年代曾任南京特别市政府科长,江苏省淮安、泰县公安局长,江苏省民政厅中校警务督察官。为线路社主要成员,曾发表民族主义论文《革命与文艺》《明日的文学》,收入《民族文艺论文集》。著有《心物合一论》《统制经济论》《苦味诗集》等。
67	1903—1983	胡梦华	名昭佐、字圃荪,安徽绩溪人。1920年考入南京高等师范英文科,随校转国立东南大学(今东南大学),入西洋文学系。1927年毕业后,留校任教,后任商务印书馆编辑、安徽省立第一师范校长。著有《表现的鉴赏》《南京大学的八十年》及《胡适外传》。
68	1903—2002	钟敬文	原名钟谭宗,广东汕尾人。毕生致力于教育事业和民间文学、民俗学的研究和创作工作,是民俗学家、民间文学大师、现代散文作家。代表作品有《荔枝小品》《西湖漫话》《海滨的二月》《湖上散记》等。曾创作散文《金陵记游》,传诵一时。
69	1903—1986	聂绀弩	原名聂国棪,笔名绀弩等,湖北京山人。1928年任南京中央通讯社副主任。1931年"九一八"事变后,编辑《新京日报》副刊《雨花》并和"甚么诗社"组织文艺青年反日会,发表抗日文章,遭当局查办,逃往上海,转赴日本东京。

续　表

序号	年份	作家	简介
70	1903—1965	顾仲彝	名德隆,浙江嘉兴人。1920年考入南京高等师范学校(后扩展为国立东南大学)英文科。1923年毕业于国立东南大学文学院。编著剧本有《生财有道》等,译著剧本《英美独幕剧选》,小说集《人生小讽刺》《乐园之死》等。
71	1903—1977	高二适	现代书法家、学者、白话诗人,江苏东台人。1935—1937年在南京国民政府任职,1945年回南京生活,其诗造诣颇深,作品寄兴高远。代表作品《校录》《刘宾客辨易九流疏记》以及《高二适书法选集》。
72	1904—1996	常任侠	笔名季青,安徽颖上人。艺术考古学家、东方艺术史研究专家,诗人,中国艺术史学会创办人之一。1922年入南京美专,1927年加入北伐学生军。1928年入南京国立中央大学文学院,研究古典文学及印度、日本文学,1931年毕业后留校任教。1936年底日本留学归国,继续在中央大学任教。"土星笔会"主要成员。
73	1904—1990	张友鸾	字悠然,笔名悠悠等,安徽安庆人。1926—1937年,在南京担任报刊编辑等工作;抗日战争结束后回到南京继续从事报刊编辑工作。1953年调入人民文学出版社任古典文学编辑,20世纪80年代中后期回南京定居。与张恨水、张慧剑并称"三张"。有《白门秋柳记》等小说,被誉为"南京左拉"。
74	1904—2005	巴金	原名李尧棠,四川成都人,祖籍浙江嘉兴。另有笔名佩竿等,字芾甘,作家、翻译家。1923年到上海,后到南京,在东南大学附中学习,1925年毕业。1928年创作散文《从南京到上海》。在"文革"后撰写的《随想录》,内容朴实,感情真挚,充满着作者的忏悔和自省,巴金因此被誉为"20世纪中国文学的良心"。
75	1904—1986	丁玲	原名蒋伟,字冰之,湖南临澧人。1922年与好友王剑虹从湖南至上海,后到南京自学。1923年从南京至上海大学学习。1925年与胡也频结合。1933年至1936年被国民党特务绑架,关押在南京,其间创作发表小说《松子》《一月十三日》《团聚》《陈伯祥》《八月生活》,结集为《意外集》,1936年11月由上海良友图书公司发行。

续 表

序号	年份	作家	简介
76	1904—1976	左恭	字胥之,湖南湘阴人。1927年失业辍学,辗转到南京,经萧同兹介绍,到国民党宣传委员会(即后来的中宣部)工作,先后任征集科干事、总干事、主任。1930年7月由国民党中宣部直接领导的"中国文艺社"成立,左恭为骨干成员之一。1942年任国民党立法院立法委员、行政院顾问。
77	1904—1992	艾芜	原名汤道耕,笔名刘明等,1932年加入中国左翼作家联盟,并开始发表小说。在上海期间,出版有短篇小说集《南国之夜》《南行记》《山中牧歌》《夜景》和中篇小说《春天》《芭蕉谷》以及散文集《漂泊杂记》等。
78	1904—1981	徐仲年	原名徐颂年,笔名丹哥等,江苏无锡人,曾在南京大学和上海外国语学院任教。译有《敦煌曲》《杜尔总统政论集》。著有散文集《陈迹》《海外十年》《沙坪集》《流离集》《旋磨蚁》《春梦集》、长篇小说《谷风》《七色的霓虹》《彼美人兮》《双尾蝎》、短篇小说集《人间味》《鬻儿集》《双丝网》、长诗《逝波》、剧本《大青山》等。
79	1905—1951	卢前	原名正绅,字冀野,自号饮虹。江苏南京人,著名的戏曲史研究专家、散曲作家、剧作家、诗人。1922年卢前被东南大学破格录取,从吴梅先生治曲,被誉为"江南才子"。此后十年间先后在金陵大学、中国公学、南京中学等校任教,出版了新诗集《春雨》。曾任南京市文献委员会主任,南京通志馆馆长,主持历史地理类刊物《南京文献》的编辑出版,出版杂记《丁乙间四记》《东山琐缀》。主要剧作有《饮虹五种》《楚凤烈》传奇十六出,并著有《明清戏曲史》《中国戏曲概论》等。
80	1905—1989	汪铭竹	原名汪宏勋,江苏南京人。1931年中央大学哲学系毕业,先后在南京的中华中学和安徽中学教书。他从学生时代就写诗。1934年首先倡议组织"土星笔会"并成为其中的核心成员,同年创办定期刊物《诗帆》(并在其上发表诗作最多),1937年11月日军逼近南京,举家逃亡。1948年去台湾。著有诗集《自画像》《纪德与蝶》。
81	1905—1980	赵万里	字斐云,别号芸盦。著名文献学家、敦煌学家,精于版本、目录、校勘、辑佚之学。1921年考入东南大学中文系,从吴梅习词学,"潜社"成员之一。撰写了《唐写本文心雕龙残卷校记》等文。他主编的《中国版刻图录》在版

续　表

序号	年份	作家	简介
			刻资料的搜集和考订上都超过了前人；还主编有善本目录《北平图书馆善本书目》《北京图书馆善本书目》《海宁王静安遗书》等。参与编写《古本戏曲丛刊》。
82	1905—1975	叶灵凤	原名叶韫璞，笔名叶林丰等，江苏南京人。毕业于上海美专，现代小说家、编辑家。1925年加入创造社，主编过《洪水》半月刊。1926年与潘汉年合办《幻洲》，后改《戈壁》，又改《现代小说》。1929年创造社被封，一度被捕。1937年到香港，编过《星岛日报》《立报》和《国民日报》副刊。著有短篇小说集《女娲氏之遗孽》《菊子夫人》《鸠绿媚》等，长篇小说《红的天使》《穷愁的自传》《时代姑娘》《未完的忏悔录》等。
83	1905—1959	向培良	笔名漱美，湖南黔阳人。在《女师大》周刊上曾使用过静芳、静、青方、白蚁等笔名。现代著名作家、剧作家、美学家、翻译家。1929年曾在南京主编《青春》月刊，1931年在南京建立青春文艺社，公开反对革命文学，提倡民族主义演剧运动，宣扬"人类的艺术"。
84	1905—2004	臧克家	曾用名臧瑗望，笔名少全。山东潍坊人，山东大学知名校友，是闻一多的学生，现代诗人，忠诚的爱国主义者，曾任中国民主同盟会会员。曾根据1946年南京国大会议写作《再见了，国大代表们！》。
85	1906—1985	张天翼	原名才宁，一名元定，号一之，江苏南京人。1920年考入杭县宗文中学，模仿程小青侦探小说练习写作。1926年考入北京大学预科，始用"张天翼"笔名在《晨报副刊》《贡献》等发布作品。在鲁迅影响下，张天翼走上了坚实的现实主义之路。
86	1906—1970	张慧剑	原名嘉谷，笔名辰子，著名报人。自其祖父起始定居南京。20世纪20年代初开始创作小说，向报社投稿，受到北京《舆论报》社长赏识，遂被聘为该报副刊《瀚海潮》编辑。后在南京先后主编《南京朝报》、《新民报》副刊达20余年，被誉为"副刊圣手"。1952年加入中国作家协会，1958年自上海归居南京，在城南白酒坊埋头读书、著述。20世纪60年代当选为中国作协江苏省分会副主席。

439

续 表

序号	年份	作家	简介
87	1906—1996	王起	字季思,浙江永嘉人。著名的戏曲史论家、文学史家。生于温州。1925年考入国立东南大学中文系,"潜社"成员之一。先后任教于浙江大学、中山大学。潜心于元杂剧和中国文学史研究,治学严谨。先后主编过高校文科教材《中国文学史》《中国十大古典悲剧集》以及《中国十大古典喜剧集》,作品被译成日文与印尼文,在国内外学术界中有重大影响。
88	1906—1992	吴白匋	名征铸,以字行,江苏扬州人。1931年毕业于金陵大学历史系并留校任教,后历任金陵大学副教授、四川白沙国立女子师范学院、江苏省立教育学院教授、无锡国学专科学校、东吴大学等校兼职教授。1952年起任职于江苏省文化部门,先后任江苏省文化局戏曲审定组组长、戏曲编审室主任、江苏省文化局副局长,1973年执教于南大历史系,1978年起改任南大中文系教授、戏剧研究室副主任。主要作品有扬剧《百岁挂帅》、锡剧《双推磨》等。
89	1906—1984	孙席珍	原名彭,笔名丁非等,浙江绍兴人。从十六岁起发表诗歌。先后发表《稚儿的春天》《黄花》等新自由诗数百首,被鲁迅、钱玄同、刘半农称赞为"诗孩子"。小说《槐花》引起读者较大反响,被人称为"京华才子",新中国成立后任南京大学教授。
90	1906—?	汪锡鹏	笔名双贝子,江苏南京人。1934年在《国闻周报》发表小说《嫌疑犯》等。曾出版长篇小说《结局》(上海水沫书店1929年版)、短篇小说集《前奔》(上海良友图书公司1931年版,其中收录有《穷人的妻》《街头独唱的人》《前奔》等9篇)、短篇小说集《丽丽》(上海良友图书公司1932年版)、《汪锡鹏小说集》(上海矛盾出版社1934年版)等。
91	1907—1968	朱偰	字伯商,浙江海盐人。1932年回国,曾任中央大学、南京大学教授、江苏省文化局副局长、江苏省文物管理委员会副主任等职务。著有《金陵古迹名胜影集》《玄奘西游记》等。

续 表

序号	年份	作家	简介
92	1907—1945	缪崇群	笔名终一,江苏南京人。生于一个知识分子家庭。早年曾游学日本。1929年开始创作散文,大部分都是回忆少年时的生活或抒写在日本的经历。1931年回国,在湖南任杂志编辑。1933年出版散文集《晞露集》。1935年赴上海专事写作,形成用精细而平实的文字诉说自己落寞情怀的风格。多才多艺,著作甚丰,在小说、散文、翻译等领域都有耕耘和收获。曾出版《味露集》《寄健康人》《废墟集》《夏虫集》《石屏随记》《眷春草》等多部散文集和小说集《归鸟与客》。
93	1907—1982	关露	原名胡寿楣,又名胡楣,原籍河北延庆,山西右玉人。1927年至1928年,先后在上海法学院和南京中央大学文学系学习。1930年初,第一篇短篇小说《她的故乡》发表于南京《幼稚》周刊,1936年出版诗集《太平洋上的歌声》。与潘柳黛、张爱玲、苏青并称为"民国四大才女"。曾在中国诗歌会创办的《新诗歌》月刊任编辑,诗作《太平洋上的歌声》蜚声当时上海文坛。
94	1907—1967	阿垅	原名陈守梅,浙江杭州人。"七月诗派"骨干成员之一。早年就读于上海工业大学专科大学,后为南京中央军校第十期毕业生。参加过淞沪抗战,写有《闸北打了起来》等报告文学。1939年到延安,在抗日军政大学学习。后在重庆国民党陆军大学学习,毕业后任战术教官。1946年在成都主编《呼吸》。次年曾遭国民党当局通缉。新中国成立后任天津市文协编辑部主任。1955年因胡风案被捕,1967年患骨髓炎死于狱中,1980年获改正。著有《南京》(《南京血祭》)、《无弦琴》《人和诗》《诗与现实》《作家的性格和人物的创造》等。
95	1908—1997	陈楚淮	字江左,笔名阿淮等。浙江瑞安人,著名剧作家。1924考入南京国立东南大学预科,1929年毕业于南京国立中央大学外文系。30年代新月派话剧的代表,受闻一多、梁实秋、徐志摩、洪深等先生的鼓励,在《新月》杂志上先后发表了剧作《金丝笼》《药》《浦口之悲剧》《骷髅的迷恋者》等剧作,被文学史研究者誉为新月派戏剧创作中的一枝独秀、唯美派的剧作家。

续 表

序号	年份	作家	简介
96	1908—1935	方玮德	字重质,安徽桐城人。新月派后起之秀。1929年在南京中央大学外文系读书时,曾在《新月》《文艺》《诗刊》等刊物发表诗作,受到闻一多、徐志摩的赞赏。著有《玮德诗集》《秋夜荡歌》《丁香花诗集》以及陈梦家编的《玮德诗文集》。其代表作有《我爱赤道》《第二稿》《丧裘》《秋夜荡歌》等。
97	1908—1994	陈白尘	原名陈征鸿,中国剧作家、戏剧活动家、小说家。1930年参加左翼戏剧家联盟,从事戏剧活动,1966年调江苏文联,1978年后受聘为南京大学中文系教授、系主任,主持建立了戏剧影视研究所,乃是当时国内第一个戏剧学专业博士点,培养了一大批戏剧专业人才。代表作有《乱世男女》《结婚进行曲》《岁寒图》以及抗战时期影响较大的讽刺剧《升官图》。
98	1909—1990	陈瘦竹	原名定节,又名泰来,江苏无锡人。历任南京国立编译馆编译,国立中央大学、南京大学中文系教授、博导、中文系主任,著有长篇小说《春雷》、中篇小说《灿烂的火花》《声价》、短篇小说《奈何天》《奇女行》《水沫集》等,在南京国立编译馆工作时,曾在《申报月刊》《东方杂志》《文学》上发表了十多个短篇,后结集为《奈何天》。1949年后主要从事戏剧理论的教学与研究。
99	1909—1977	沈祖棻	字子蕊,浙江海盐人。1934年毕业于南京中央大学中国文学系,1936年毕业于金陵大学国学研究所。在校时就从事文学创作,发表过短篇小说、诗歌及散文,同时致力于古典诗词的研究。1942年起,在金陵大学、华西大学任教。新中国成立后,在江苏师范学院、南京师范学院、武汉大学教授古典文学史、诗词和戏曲。
100	1909—1964	曾昭燏	湖南湘乡人。1929年入南京中央大学外文系,翌年转国文系,获得国学大师胡小石教授的器重和培养,为"梅社"重要成员。1939年初,曾担任国立中央博物院筹备处专门设计委员,抗日胜利后随中央博物院筹备处迁返南京,1950年3月国立南京博物院正式成立,任副院长兼南大历史系教授。潜心于考古研究,与尹焕章先生合撰《湖熟文化》和《江苏古代历史上的两个问题》等文,对湖熟文化和江苏古代文化提出了独到的见解。

续　表

序号	年份	作家	简介
101	1909—2000	卜少夫	原名宝源,笔名邵芙等。原籍山东滕州,江苏镇江人。1929年入上海中国公学学习,一学期后转入上海中央艺术大学。1930年就读于日本明治大学新闻科。1937年毕业回国。曾任南京《扶轮日报》《新京日报》采访部主任、香港《立报》编辑、重庆《中央日报》副总编辑、南京《中央日报》总编辑。
102	1909—1993	潘子农	浙江湖州人。20世纪20年代后期开始从事文学创作,是当时著名的话剧编剧和导演。22岁担任南京《矛盾》杂志主编,积极参与话剧活动。1937年年末,应邀加入中央电影摄影场,1948年在中央电影摄影场编导著名影片《街头巷尾》。50年代后,其电影作品有《彩凤双飞》等。他编辑的抗战电影《活跃的西线》《我们的南京》被誉为中国电影的新起点。
103	1909—1993	陶白	本名谢祖安,又名谢祖良、谢客,江苏江阴人。职业革命家和教育家,同时也是杂文家、书法家和收藏家。从1952年起,先后担任江苏省教育厅副厅长,省委文教部、卫生部、宣传部副部长,并兼任省体委主任、党组书记,南京体育学院党委书记、院长。代表作有《南北云水集》《秣陵拾草集》等。
104	1909—1970	范长江	原名希天,四川内江人,我国杰出的新闻记者,社会活动家。范长江在南京即将沦陷时,正由镇江到南京,以自身亲历写了《感慨过金陵》一文,影响较大。写过大量出色的新闻报道,曾担任新闻机构的领导工作。1991年中国记协与范长江新闻奖基金会联合设立了"范长江新闻奖",2005年与"韬奋新闻奖"合并成为"长江韬奋奖"。
105	1910—1994	杨晋豪	字寿青,号青涛,笔名杨非等。奉贤(今属上海)人,曾编辑南京《新京日报》副刊《前哨》周刊,致力于"普罗文学"运动,后在上海当过编辑。著有小说集《少女的追求》、纪实小说《入狱记》、回忆录《我与鲁迅先生》。

443

续 表

序号	年份	作家	简介
106	1910—1997	徐苏灵	原名徐玉麟,笔名苏灵,原籍天津,生于上海。曾就读于南京东南艺术大学,之后又转入上海晞阳美术学院和上海中华艺术大学,专学西洋画,并开始创作小说。处女作《征鸟》发表于现代书局出版的《现代》文艺月刊上,署名苏灵。1934年,进上海艺华影业公司任编导,创作电影剧本《花烛之夜》,翌年拍成电影。接着编导《小姐妹》、导演《海天情侣》《满园春色·东北一歌女》等故事片。
107	1910—2013	陈鲤庭	曾用名陈思白,笔名麒麟等,中国著名电影导演、艺术理论家。1930年毕业于大夏大学。在戏剧和电影的理论研究方面卓有建树,其导演艺术于40年代形成了自己的独特风格,既大刀阔斧又精雕细琢,既善于导演夸张的喜剧,又善于导演严谨的正剧。历任中国文学艺术界联合会委员、中国戏剧家协会理事等职。
108	1910—2000	卞之琳	生于江苏海门,祖籍南京溧水。现当代诗人("汉园三诗人"之一)、文学评论家、翻译家,曾用笔名季陵、薛林等。诗《断章》是他不朽的代表作。对莎士比亚很有研究,西语教授,并且在现代诗坛上做出了重要贡献。被公认为新文化运动中重要的诗歌流派新月派和现代派的代表诗人。
109	1910—1996	曹禺	原名万家宝,字小石。祖籍湖北潜江,出生于天津,1922年入读南开中学,并参加了南开新剧团。1936年,曹禺任教于南京戏剧专科学校期间,在南京写下了唯一的涉及农村阶级斗争的剧作《原野》,揭露了封建社会的黑暗,表现被压迫、被摧残的农民对美好生活的向往,还更深地发掘了人性的复杂多面性。
110	1910—1990	吴强	原名汪大同,江苏涟水人。1935年9月发表短篇小说处女作《电报杆》,同年以短篇小说《苦脸》获《大晚报》征文奖。1938年参加新四军,1939年参加中国共产党。解放战争期间参加莱芜、淮海等著名战役。新中国成立后任华东军区政治部、文化部副部长。1952年后任上海市文联副主席、中国作协上海分会副主席、上海小说家联谊会会长等职。

续　表

序号	年份	作家	简介
111	1911—？	周子亚	原名炽夏,杭县人。1923年就读于杭州蕙兰高级中学。1935年公费赴德国柏林大学留学,专攻国际法。1937年毕业后回国。1938年任中央政治学校研究部外交组研究员。1940年受聘为中央政治学校法政、外交系教授,同时兼任语文专修科主任,其间还发起成立了"渝社"学术社团,为中国文艺社成员,同时也是当时《中央日报》副刊的主要撰稿人。
112	1911—1973	费明君	曾用名陶荻亚,笔名雷白文等,浙江宁波人。1936年留学日本早稻田大学,1938年回国。曾任电影导演,汉口《平报》、南京《新京日报》文艺副刊编辑并在大专院校执教外国文学。此外还从事外国文学的翻译工作,译有波兰作家莱蒙托夫的四卷本长篇小说《农民》和显克微支的《你往何处去》,俄罗斯作家车尔尼雪夫斯基的《做什么》(一译《怎么办》),苏联作家卡达耶夫的《盗用公款的人》以及高尔基和日本文学家藏原惟人的部分作品,先后共译出作品三十余部,是位多产的翻译家。
113	1911—1966	陈梦家	笔名陈慢哉,祖籍浙江上虞,南京人。1927年至1931年就读于国立中央大学法学科,并与方玮德一起创办《诗刊》。30年代曾与闻一多、徐志摩、朱湘一起被称为"新月诗派的四大诗人"。1929年10月,在《新月》杂志发表处女作新诗《那一晚》,引起诗坛瞩目。后又以"陈慢哉"为笔名发表大量新诗。1931年1月,编成《梦家诗集》;同年9月,编成《新月诗选》出版。著有诗集《梦家诗集》《不开化的春》《铁马集》《在前线》《梦家诗存》及其他学术研究等多种专著,是后期新月派享有盛名的代表诗人和重要成员。
114	1912—1990	孙望	原名自强,字止匮,江苏常熟人。1932年考入金陵大学中文系。1934年和同学程千帆及校外友人汪铭竹、常任侠、滕刚等组织"土星笔会",从事新诗创作,出版期刊《诗帆》。曾任金陵大学副教授。1949年后,历任金陵大学、南京师范学院、南京师范大学教授、中文系主任,中国作协江苏分会第一、二届副主席,江苏省高等学校语言文学教学研究会第一届会长。著有诗集《小春集》《煤矿史》,专著《元次山年谱》《全唐诗补遗》《蜗叟杂稿》等。

445

续 表

序号	年份	作家	简介
115	1913—2000	程千帆	原名逢会,改名会昌,字伯昊,笔名千帆。祖籍湖南宁乡,后迁居长沙。1928年入金陵中学,1936年毕业于金陵大学,是"土星笔会"的重要成员。历任金陵中学、金陵大学、四川大学、武汉大学教职。1978年8月被聘为南京大学中文系教授,程千帆是公认的国学大师,在校雠学、历史学、古代文学、古代文学批评领域均有杰出成就,代表著作有《校雠广义》《史通笺记》《文论十笺》《两宋文学史》《唐代进士行卷与文学》《古诗考索》等。
116	1913—1991	臧云远	笔名季沅,山东蓬莱人。1932年参加中国作家左翼联盟。是20世纪40年代成名的诗人,与臧克家并称"山东二臧"。1952年,任新成立的南京艺术学院副院长兼党委书记,江苏省政协委员,中国作家协会会员。著有诗集《炉边》《云远诗草》、诗剧《苗家月》、长诗《静默的雪山》、组诗《延安灯火》等。
117	1913—1983	鲍雨	原名钦鲍雨,又名钦国祥(钦国贤),江苏宜兴人。小说家、戏剧家。18岁,在家乡与文学同人组织"狮吼社",到沪后,鲍雨结识了左联作家叶紫,成为聂绀弩主编的《中华日报——动向》副刊的特约撰述员。1934年,首次以"鲍雨"的笔名在《新中华》杂志发表短篇小说《盐》。有短篇小说《夜半》、中篇小说《飞机场》、长篇小说《活跃在敌人后方》等。
118	1913—2004	吴奔星	湖南安化人。我国现代著名诗人、学者、中国现代文学史家、鲁迅研究专家,中国作家协会会员。主要著作有诗集《暮霭》《春焰》《奔星集》《都市是死海》《人生口哨》《吴奔星新旧诗选》《吴奔星短诗选》、专著《语文教学新论》《阅读与写作的基本问题》《茅盾小说讲话》《文学作品研究》《鲁迅旧诗新探》《文学风格流派论》,以及《鲁迅诗话》《历代抒情诗选》《当代抒情诗拔萃》《中国新诗鉴赏大辞典》等。新诗名作有《晓望》《都市是死海》《小鸟辞》《门里关着一个春天》《别》《萤》等,诗歌理论著作《虚实美学新探》是其立说之作。

续 表

序号	年份	作家	简介
119	1914—2004	周而复	原名周祖式,祖籍安徽旌德,出生于江苏南京。自幼受庭训,入私塾。文化部原副部长、中国作家协会名誉委员、中国书法家协会顾问。国内最早介绍白求恩事迹的作家。所著长篇小说《上海的早晨》先后出版过多种外文译本,被拍摄成电影和电视连续剧,赢得广泛赞誉。
120	1914—2000	吴调公	笔名丁谛,江苏镇江人。1935年毕业于大夏大学(华东师大前身)国文系。1949年后,历任江苏师范学院、南京师范学院等教职。主要论著有《谈人物描写》《与文艺爱好者谈创作》《李商隐研究》等。
121	1914—1977	萧亦五	湖北光化人。1949年后历任北京文学艺术工作者代表大会代表、南京军事管制委员会文艺处民艺组组长、南京市艺术科长、南京市文化局副局长、江苏省文联常委。1937年开始发表作品,1964年加入中国作家协会。著有中篇小说《炮弹和烧鸡》、评书《小玲儿》《王老虎》《三河镇》、论文《谈王少堂的说书艺术》等。
122	1915—1999	赵瑞蕻	笔名阿虹等,浙江温州人。1940年毕业于西南联合大学外文系。曾参与成立"南湖诗社",1942年被聘为中央大学外文系助教,1952年调入南京大学中文系任教,为中国比较文学学会发起人之一。1933年开始发表作品。有译著《红与黑》《梅里美短篇小说选》、论文集《诗歌与浪漫主义》、回忆录《离乱弦歌忆旧游》等。1990年获全国首届比较文学图书荣誉奖、江苏社会科学奖。
123	1915—1999	舒强	原名蒋树强,江苏南京人,曾在中央戏剧学院话剧系、中央实验话剧院任职;在中国左翼戏剧家联盟南京分盟大众剧社、上海业余实验剧团任演员。1944年赴延安,任鲁艺教员,参加了新歌剧《白毛女》的导演工作。1946年任华北联合大学文艺学院戏剧系主任、华北大学文工团团长。1949年后,历任中央戏剧学院表演系主任,中央实验话剧院副院长、院长、总导演,中国文联第四届委员,第六、七届全国政协委员。导演话剧《大风歌》等。论著有《新歌剧表演体系问题》《导演和表演问题》等。

续 表

序号	年份	作家	简介
124	1916—	江帆	原名朱文渊,笔名文白等,江苏南京人。中国外文局文学出版社副社长、副总编。1938年肄业于南京中央大学历史系,1949年加入中国作家协会。著有短篇小说集《女厂长》、散文集《水泉村纪事》《阳光照耀的日子》《白菜的故事》《寸草集》、歌剧剧本《欢天喜地》等。
125	1917—2002	无名氏	原籍江苏扬州,江苏南京人。本名卜宁,又名卜乃夫,当代小说家。20世纪30年代从事写作,抗战时曾做过记者和教育部职员。1943年,首次以"无名氏"为笔名发表小说《北极风情画》,轰动一时。其后续撰《一百万年以前》《塔里的女人》等作品,文名斐然。1946年至1949年,创作"无名书"首卷《野兽、野兽、野兽》,次卷《海艳》及三卷《金色的蛇夜》上册。1950年到1960年续写"无名书"多册。
126	1918—	韩塞	原名韩厚德,笔名唐伶等,江苏南京人。文化部艺术局戏剧音乐处干部。著有话剧剧本《矿工》《张志勇捉俘房》《史国良押担架》《回到祖国怀抱》《墙头草》。
127	1918—	王楠	原名王自英,笔名金陵,江苏南京人。1942年毕业于华北联合大学戏剧系。曾任《志愿军》报主编、《解放军报》文艺处副主编。1940年开始发表作品,1959年加入中国作家协会。著有长篇小说《龙城飞将》、中篇小说集《我为祖国做了什么》、散文集《书画情缘》(合作)等。独幕剧剧本《生与死》获晋察冀边区文协鲁迅文艺奖三等奖。
128	1918—	周微林	原名周瑞华,笔名阿林等,江苏南京人。1940年毕业于国立浙江大学外国语文学系。1944年开始发表作品。1986年加入中国作家协会。《湖南文学》编辑。译有《悲惨世界》《海的女儿》《迷宫斩妖记》《我的安东妮亚》《教授之家》《大主教之死》。
129	1918—	胡奇	回族,江苏南京人。曾担任《解放军文艺》杂志社总编辑,后任中国作家协会儿童文学委员会委员,兼任《儿童文学》编委。主要作品有《解放军文艺》《解放军歌曲》《解放军文艺丛书》等。著有中篇小说《五彩路》《绿色的远方》《难忘的冬天》、话剧剧本《模范农家》《报功单》等。

续 表

序号	年份	作家	简介
130	1919—2006	沈西蒙	笔名沈西门,上海人。新中国成立后,先后任华东军区解放军艺术剧院院长,南京军区文化部副部长、部长,总政治部文化部副部长,上海警备区副政委以及中国剧协副主席等职。1938年开始发表作品。1953年加入中国作家协会。著有歌剧剧本《买卖公平》,话剧剧本《重庆交响乐》《甲申记》(合著)《杨根思》,电影文学剧本《霓虹灯下的哨兵》(合著)、《南征北战》(合著)等。
131	1919—2003	王啸平	祖籍福建同安,生于新加坡。新中国成立后曾在华东军区政治部剧院、总政驻南京话剧团、南京军区政治部话剧团、南京军区前线话剧团及江苏电影制片厂、江苏省话剧团等单位担任编导与领导工作。妻子茹志鹃以及女儿王安忆均为中国当代文坛著名作家。
132	1919—	杨苡	安徽泗县人,生于天津。先后就读于西南联大外文系、重庆国立中央大学外文系。翻译家,译著有《呼啸山庄》等。著有儿童诗《自己的事自己做》等作品。新中国成立后加入南京市文联和诗联,后任职于南京师院外语系。
133	1919—2011	金启华	安徽来安人。1947年毕业于国立中央大学,获硕士学位。西南联合大学研究院肄业,国立中央大学文学硕士。历任国立中央大学、国立戏专、山东师大、南京师大教授,全国高等教育自学考试委员会中文专业委员,中国唐代文学学会、中国杜甫研究会、江苏诗词学会顾问,江苏省文联委员,江南杯诗词大奖赛评奖委员会主任委员,全球汉诗总会名誉理事等。
134	1919—2012	黄裳	原名容鼎昌,祖籍山东青州。现代散文家、高级记者、藏书家、版本学家。肄业于交通大学机械专业,1945年参加革命工作,历任《文汇报》记者、编辑、编委,上海电影剧本创作所编剧,中国作协理事,上海文联委员,中国作协全委会名誉委员。作品有《榆下说书》《银鱼集》《翠墨集》《黄裳论剧杂文》等。1946年、1947年和1949年,多次以记者的身份来到南京,探访石城古迹、回溯南朝旧事,寻访珍本古籍,写下了《鸡鸣寺》《半山寺与谢公墩》《柳如是》等散文名篇。

续 表

序号	年份	作家	简介
135	1920—1995	张爱玲	原名张瑛,生于上海。祖父张佩纶、祖母李菊耦晚年隐居南京。上海沦陷时期,张爱玲陆续发表《倾城之恋》《心经》《金锁记》等中短篇小说,震动上海文坛。40年代张爱玲曾多次到过南京。小说《半生缘》以南京为背景的书写:"烟水苍茫的玄武湖,清凉山上荒凉残破的石阶,荸荠圆子和素烧鹅,木讷被动的南京人",令人印象深刻。
136	1920—	刘令蒙	原名刘锡荣,笔名杜谷,江苏南京人。1940年毕业于成都航空机械学校,后又毕业于四川大学文学院。1943年加入中华全国文艺界抗敌协会四川分会,历任中央大学柏溪分校教务员、成都等地中学教师、永州县人民政府文教科长、永州中学校长、《西南青年》杂志主编、中国青年出版社文学编辑、四川人民出版社副总编辑。1982年加入中国作家协会。著有诗集《泥土的梦》《流失的低诉》。
137	1921—2013	章品镇	原名张怀智,江苏南通人。1940年参加革命工作。历任青年抗日协会会长,南通县参议会参议员,《廖角丛刊》《文综》杂志主编,华中工委城工部政交工委驻沪、苏负责人,《苏南日报》副刊组组长,苏南文联筹委会常委,《苏南文艺》主编,江苏文联筹委会常委,《江苏文艺》主编,《雨花》主编,江苏省文联副秘书长,中国作协江苏分会秘书长,江苏人民出版社副总编辑,《钟山》主编。中国民间文艺研究会江苏分会副会长、顾问,江苏省民俗学会顾问。1982年加入中国作家协会。著有诗集《花木丛中人常在》等。
138	1921—2008	袁可嘉	浙江余姚人。民盟成员,1941年开始发表作品。1940年代曾创作题为《南京》的十四行诗。1946年毕业于西南联合大学外国语文系英国语言文学专业。历任北京大学西语系助教,中共中央宣传部毛泽东选集英译室翻译,外文出版社翻译,中国社会科学院外国文学研究所助理研究员、副研究员,社科院研究生院教授、博士生导师。全国文学翻译工作者协会理事。1962年加入中国作家协会。著有《西方现代派文学概论》《现代派论英美诗化》《论新诗现代化》《半个世纪的脚印——袁可嘉文选》,主编《欧美现代十大流派诗选》等。

续 表

序号	年份	作家	简介
139	1921—1996	顾宝璋	江苏南京人。1939年赴新四军二部教导队文化队学习,历任新四军军部战地服务团及苏中军区一师服务团演员、演出组长,《七一报》编辑,苏中公学文工队队长,华中军区文工团研究组组员,军文工团编导组长、队长,华东军区政治部文化科研究员,前线话剧团副导演、演员队长、编剧,上海艺术研究所剧目研究室主任、《新剧作》编辑部主任。著有话剧剧本和同名电影文学剧本《东进序曲》(合著)、《焦裕禄》(执笔)、电影文学剧本《南征北战》(合著)。
140	1922—2002	李进	原名李硕诚,笔名夏阳,江苏泰州人。1939年参加革命,次年加入中国共产党。抗战时期及解放战争时期,曾任中共苏北特委宣传干事、泰州城区区委书记等职。新中国成立后,曾任中共泰州地委宣传部长、江苏省《雨花》杂志主编、江苏省文化局局长兼党组书记、江苏省文联主席兼党组书记。1935年开始发表作品,著有长篇小说《在斗争的路上》、通讯报告集《从祖国到朝鲜》、电影文学剧本《红色的种子》等。
141	1922—2001	艾煊	原名光道,安徽舒城人。曾任《新华日报》编委、特派记者、副刊主编,中共江苏省委文艺处处长,江苏省文联副主席、秘书长,江苏省作家协会主席、党组书记。1943年开始发表作品。主要有小说《战斗在长江三角洲》、散文集《金陵·秣陵》、散文系列《烟水江南绿》以及电影文学剧本《风雨下钟山》等,均与南京有着密切联系。
142	1922—	胡海珠	江苏南京人,1946年开始发表作品。1955年毕业于中国作家协会文学讲习所。1960年加入中国作家协会。北京电影制片厂编导室主任。著有短篇小说《光荣》《少红子》《朝着太阳出来的那边走》、长篇传记文学《侯金镜传略》、秧歌剧剧本《夫妻团圆》等。论文《改革开放为侯金镜同志彻底平反》获中央人民广播电台改革开放征文奖。
143	1923—1994	杨犁	笔名苏平,江苏南京人。1948年肄业于北京大学外语系。在北京大学学习期间,担任北平学生剧联领导工作,后转入解放区参加革命工作,1949年后历任全国第一次文代会筹委会成员,《文艺报》编辑部编辑,中国作协秘书室、研究室副主任,《新观察》杂志副主编,中国现

续表

序号	年份	作家	简介
			代文学馆馆长,《中国现代文学研究》丛刊副主编、主编,研究馆员。1949年开始发表作品。1956年加入中国作家协会。主要从事文学工作,发表散文、文学评论100余篇,主编文集《胡适文萃》等。
144	1923—1994	路翎	原名徐嗣兴,原籍安徽无为,江苏苏州人。中国现当代著名作家。两岁时举家迁至南京,是七月派中作品最多,并且成就最高的作家。1949年,出任南京军管会文艺处创作组组长,并与方光焘、铁马等一同组建并领导了南京市青年文学工作者协会(南京市作协前身),以及当时的南京市文联的文学部等早期市文学组织,推动了南京文学的发展。著有长篇小说《财主底儿女们》、中篇小说《饥饿的郭素娥》、短篇小说集《朱桂花的故事》《初雪》《求爱》、话剧剧本《英雄母亲》《祖国在前进》等。
145	1924—2002	胡石言	浙江平湖人。历任新四军第一师第三旅七团文化教员,第一师第七团《战斗报》编辑、宣教干事、团宣教股股长,师宣教科副科长,政治部文化科副科长,南京军区前线歌剧团团长,话剧团团长,南京军区创作室主任,《陈毅传》编写组组长。
146	1924—	乐秀良	浙江镇海人。1958年任江苏省委《群众》杂志副主编。1979年发表的《日记何罪》《再谈日记何罪》,首先举起了杂文拨乱反正的旗帜,1983年离休。1989年参与创办江苏省杂文学会,为首任会长,现为名誉会长。著有《日记悲欢》《日记何罪》《乐秀良文集》。
147	1924—	王火	原名王洪溥,江苏如东人。曾就读于南京国立中央大学实验学校(现南京师大附中),20世纪40年代开始发表作品,是第一批报道南京审判和采访南京大屠杀幸存者的新闻记者之一。1980年加入中国作家协会。著有长篇小说《战争和人》(三部曲)、《血染春秋——节振国传奇》《外国八路》《霹雳三年》等。其中《战争和人》(三部曲)获第四届茅盾文学奖。
148	1924—1995	赵少伟	江苏南京人。毕业于北京大学西语系。曾任中国社科院外文所英美室副主任。1942年开始发表作品。1983年加入中国作家协会。著有论文《戴·赫·劳伦斯的社会批判三部曲》,译有论文《论传记艺术》《罗曼·罗兰:一个诚实的折衷主义者》《海明威的文体风格》。

续　表

序号	年份	作家	简介
149	1925—	杨履方	重庆璧山人。1949年毕业于上海实验戏剧学校研究班。新中国成立后任华东军区艺术剧院编剧，中国剧协第三届理事。作品有话剧剧本《布谷鸟又叫了》(1957)、《我们的队伍向太阳》等。京剧《千秋节》1982年获全国戏曲现代剧汇演优秀剧目奖。
150	1925—	沙白	江苏如皋人。原名李涛等，后更名理陶，笔名鲁珉等。1949年初参加工作，1958年任《萌芽》诗歌编辑，1980年调至江苏省作家协会从事专业创作。著有诗集《杏花春雨江南》《大江东去》《砾石集》《南国小夜曲》《沙白抒情短诗选》《独享寂寞》等。《独享寂寞》获中国诗歌学会主办的"中坤杯·首届艾青诗歌奖"。
151	1925—	丁芒	江苏南通人。当代著名诗人、作家、文艺评论家、散文家、书法家。1966年以后调入江苏人民出版社工作，著有新诗集《欢乐的阳光》、小说集《蓝色的征途》等40部作品，2002年出版了600万字左右的《丁芒文集》。
152	1925—2013	化铁	原名刘德馨，湖北武汉人。抗战期间，流亡四川，在国民党政府"中央气象局"当小职员。写诗不多，但有特色，"七月诗派"成员。出版诗集《暴雷雨岸然轰轰而至》。新中国成立后参军，从事电讯技术工作。1955年，受"胡风反革命集团案"牵连。1957年被开除军籍，直到1981年获错划右派改正。
153	1925—2006	李克因	笔名李泗，林尚之，河北赞皇人。1949年参加革命工作，历任中共南京市委宣传部干事、指导员，《南京日报》记者、编辑、文艺组长，南京文联文学戏剧协会秘书长，《雨花》编辑部主任，江苏省作家协会副秘书长。
154	1925—1998	茹志鹃	浙江杭州人。当代著名作家，1955年从南京军区转业到上海，在《文艺月报》做编辑。1960年起从事专业文学创作，中国作家协会会员。创作以短篇小说见长，笔调清新俊逸，情节单纯明快，细节丰富传神。善于从较小的角度去反映时代本质。作品如《百合花》《静静的产院》《如愿》《阿舒》等都受到过茅盾、冰心、魏金枝、侯金镜等老一辈作家好评。其女王安忆为当代著名作家。

续 表

序号	年份	作家	简介
155	1925—1999	顾尔镡	江苏南通人,历任国华剧社、复旦剧社演员,上海银行职员,中共地下组织工作人员,工会干部,《雨花》编委、主编,江苏省作家协会秘书长、主席,江苏省政协委员。40年代开始发表作品,著有话剧剧本《雉主飞上天》《雨花台下》《峥嵘岁月》《民主在血路中前进》、报告文学《过岔》、中篇小说《被留在昨天的人》《收藏家》、电视连续剧剧本《尉凤英》等。
156	1925—	李伟	原名李缵绪,笔名韦木,江苏宜兴人。1945年入苏浙公学。历任《苏南日报》(无锡)编辑、《文汇报》无锡特约记者、《新经济周刊》特约撰述、《江苏工人报》编辑、江苏总工会干部学校教师、江苏南社研究会理事、南京港澳台文学研究会理事。著有传记文学《曹聚仁传》《报人风骨——徐铸成传》《神秘的无名氏》《爱河中沉浮的无名氏》、纪实文学《喋血国门外》《功败垂成》《崩溃的王朝》、人物随笔《凡人眼中的名人》等。《曹聚仁传》获江苏省第二届紫金山文学奖,评论《特价乎?涨价乎?》获1985年全国新闻一等奖。
157	1926—	刘川	四川成都人。1949年后历任前线话剧团编剧、南京军区创作室创作员、江苏省戏剧家协会副主席等职,作品有话剧《青春之歌》《烈火红心》《第二个春天》《理想还是美丽的》等。话剧《红旗飘飘》1977年获第四届中国人民解放军文艺会演创作奖。
158	1926—1992	叶至诚	江苏吴县人。叶圣陶次子,30年代开始发表作品。1949年后,先后任中共江苏省委宣传部文艺处干事,南京市越剧团编剧,江苏省剧团编剧,《雨花》编辑部副主编、主编。1980年加入中国作家协会,1988年曾获中国作家协会颁发的全国老编辑荣誉奖。
159	1926—	高加索	原名吕健军,安徽宁国人。1942年开始发表作品。1949年后在南京市委宣传部、南京市政协供职,加入南京诗歌工作者联谊会,参与了《人民诗歌》的编辑工作,著有诗集《江南谣》《秋天里的春天》《正午的瞳孔》。

续 表

序号	年份	作家	简介
160	1926—1998	黄悌	江苏南京人。1948年毕业于北京大学。历任华北大学文工团、中央戏剧学院创作室、文化部剧本创作室、中国剧协剧本创作室编剧,西安话剧院副院长,西安市文联主席、党组书记。1949年开始发表作品。著有话剧剧本《钢铁运输兵》《巴山红浪》《卧虎镇》《延水长》、《西安事变》(合著)等。
161	1927—2017	忆明珠	原名赵俊瑞,山东莱阳人。著名诗人和散文家。江苏省作家协会常务理事,专业作家,文学创作一级。1957年开始发表作品。著有诗集《春风啊,带去我的问候吧》《沉吟集》《天落水》《忆明珠诗选》,散文集《墨色花小集》《荷上珠小集》《小天地庐漫笔》《落日楼头独语》《白下晴窗闲笔》等,并有杂文集《小天地庐杂俎》。《荷上珠小集》曾获全国第一届优秀散文作品奖。
162	1927—1977	鲍明路	曾用名行健,江苏无锡人。1949年后,历任中国作家协会江苏分会办公室主任。江苏省文联创作办公室副主任、中共江苏省委宣传部文艺处副处长等职。其1949年前后发表的诗作结集为《重渡松花江》《夜渡大凌河》《浪花集》。另创作有锡剧《金红梅》、话剧《雨花台下》。
163	1927—2018	海笑	原名杨忠,江苏南通人。曾任江苏省委宣传部文艺处处长。"文革"中下放农村劳动。1953年开始发表作品。1977年调江苏省文化局从事专业创作。1978年任江苏省出版局副局长并主编大型文学期刊《钟山》。1979年加入中国作家协会。长篇小说《红红的雨花石》《燃烧的石头城》等均与南京有着密切联系。
164	1928—1999	高晓声	江苏武进人。1949年入苏南新闻专科学校,次年毕业。先后在苏南文联、江苏省文化局从事群众文化工作,曾任《新华日报》文艺副刊编辑。1957年划成右派,1979年获错划右派改正,重返文坛,曾任中国作协理事、江苏作协分会副主席。代表作《李顺大造屋》《陈奂生上城》分别获得1979年、1980年全国优秀短篇小说奖。

续　表

序号	年份	作家	简介
165	1928—2005	陆文夫	江苏泰兴人。1957年调江苏省文联从事专业创作,曾任苏州文联副主席、中国作家协会副主席等。50年文学生涯中,在小说、散文、文艺评论等方面都取得了卓越的成就,以《献身》《小贩世家》《围墙》《清高》《美食家》等优秀作品和《小说门外谈》等文论集饮誉文坛,深受中外读者的喜爱。
166	1928—	梅汝恺	江苏阜宁人。1949年毕业于国立上海商学院。1949年开始发表作品,历任《苏南日报》社记者,江苏人民出版社文艺编辑,江苏省作家协会理事、常务理事、专业作家,文学创作一级。1981年加入中国作家协会;著有长篇小说《农场女儿》《青青羊河草》《女花剑传奇》,中篇小说《真理与祖国》,中篇小说集《晴雨黄山寄情录》,报告文学《开火在清水塘》,长篇纪实文学《梦回波兰》,译著长篇小说《火与剑》《洪流》等。
167	1928—2015	黎汝清	山东博兴人。1949年后,先后任担任南京军区前线歌舞团编剧、军区政治部文艺创作室创作员等职。1979年加入中国作家协会。著有长篇小说《海岛女民兵》《皖南事变》等,儿童文学集《秘密联络站》,诗歌散文集《在祖国的土地上》等,电影文学剧本《长征》等,评论集《黎汝清研究专集》等。
168	1928—	任斌武	山东平度人。1949年后任南京军区政治部创作组组长,专业作家,江苏省作家协会理事。著有长篇小说《浪淘天涯》《没有消逝的梦》、长篇报告文学《中国有个雅戈尔》、短篇小说集《开顶风船的角色》《红山人》《猎手的歌》《女儿寨》、报告文学集《女儿国内的宇宙》等。
169	1928—2017	余光中	祖籍福建永春,出生于江苏南京。1947年入金陵大学(1952年并入南京大学)外语系(后转入厦门大学)。1948年发表第一部诗集。1949年随父母迁香港,1950年赴台,就读于台大外文系。1953年,与覃子豪、钟鼎文等共创"蓝星"诗社。后赴美进修,获爱荷华大学艺术硕士学位。返台后任师大、政大及台大教授。代表作有《白玉苦瓜》(诗集)、《记忆像铁轨一样长》(散文集)、《分水岭上:余光中评论文集》(评论集)等。

续　表

序号	年份	作家	简介
170	1928—	俞律	江苏扬州人。1946年毕业于上海中学,1951年毕业于光华大学。曾任南京市作协副主席、秘书长,南京市文联研究室研究员,青春文学院教务主任,南京市政协常委。现为中国作家协会会员、江苏省政协书画室特聘画师、南京市政协京剧联谊会副会长等。
171	1928—	王智量	笔名茜子、芮明等,江苏南京人。1952年毕业于北大西语系,曾任北京大学教师、中国社会科学院文学研究所实习研究员。1978年调入华东师范大学。1993年,以小说的形式把下放甘肃的经历写出来,名为《饥饿的山村》,是第一部反映20世纪60年代中国大西北农村生活的长篇小说。王智量还创作了长篇小说《海市蜃楼墨尔本》,散文集《一本书,几个人,几十年间》《人海漂浮散记》等。译有《叶甫盖尼·奥涅金》《我们共同的朋友》等。
172	1928—	王染野	安徽六安人。著名戏剧家,曾用笔名王稼等,叶圣陶研究会常务理事。1944年开始创作生涯。自1948年起至目前为止,先后出版小说《红村》《葛麻》,歌剧《光荣人家》,戏曲剧本《铸》《南汾》《兵困禅林》,话剧《鼓风炉旁四十年》《嫦娥与后羿》《谭嗣同》。1990年出版了《传统剧目考》和诗集《依依江南草》。曾任南京市人民广播电台戏曲组责任编辑,中国戏剧家协会会员,江苏省戏剧家协会资深理事,中国作家协会江苏分会会员,《中国戏剧志》编务,"江苏卷"主编委。
173	1929—	黄清江	浙江桐乡人。1948年开始发表作品,1949年参加革命工作,历任《苏北日报》社见习编辑,《苏北大众报》助理编辑,南京《新华日报》社编辑、记者,江苏盐城《盐阜大众报》编辑、记者、编委、副总编辑,江苏《常熟市报》总编辑、主任编辑。1988年加入中国作家协会。著有长篇小说《流浪者情缘》、短篇小说集《张望雨的家事》《出嫁》、短篇小说《死亡》等。
174	1929—1982	哈宽贵	回族,笔名小龙,江苏南京人。毕业于复旦大学新闻系。1951年开始发表作品。1961年加入中国作家协会。1958年调宁夏工作,先后担任宁夏日报社文艺组组长、宁夏群众艺术馆副馆长、宁夏文联副主席、作协宁夏分会副主席等职。著有特写集《少年游击队员朴金素在前进》(合著)、《江上红灯》《铁牛号拖拉机手》《哈宽贵小说散文选》等。

457

续　表

序号	年份	作家	简介
175	1929—1966	曾宪洛	湖南湘乡人。为曾国藩后代,宪洛曾分别就读于南京临时一中、金陵中学。1947年考入上海法学院,次年转入金陵大学历史系,同年加入中国共产党。南京解放后在南京市军管会工作,任军管会文教委员会大专部联络员。1955年在南京市文化局工作。曾宪洛曾为中央人民广播电台写过一些介绍南京风貌的对台广播稿,为著名程派京剧表演艺术家新艳秋写了两万多字的传记,发表在《江苏文史资料选辑》。
176	1930—1979	方之	原名韩建国,祖籍湖南湘潭,生于江苏南京。毕业于南京市第一中学,曾先后在南京团市委和南京文联工作。创作上注重探求与创新,其小说多与现实密切相关,故事性强,对话生动,心理刻画细致入微,以农村生活为题材的作品尤为成功。其代表作《内奸》(亦为绝笔)被评为1979年全国优秀短篇小说。
177	1930—	凤章	原名滕凤章,江苏江都人。1958年被选为中国作家协会江苏分会筹备委员会委员。1960年被选为第三次全国文学艺术工作者代表大会代表。同年,调任江苏省文联专业作家。1996年12月被选为中国作家协会第五次全国大会代表。江苏省作家协会一级专业作家。
178	1930—	李培健	安徽宿县人。曾在江苏省话剧团工作,1979年调任江苏省文化厅剧目工作室任主任,为国家一级编剧。1993年离休后笔耕不辍,著有《平民大总统》等影视剧、小说、话剧、广播剧10余部。
179	1930—	金敬迈	江苏南京人。广州军区文化部创作组创作员。著有长篇小说《欧阳海之歌》、话剧剧本《双桥会》(合作)、电影文学剧本《铁甲008》等。话剧剧本《神州风雷》(合作,已公演)获庆祝新中国成立30周年文艺调演创作奖。创作大型历史剧《南越王》(合作,已公演),出版自传体小说《好大的月亮好大的天啊》。
180	1931—	陈椿年	江苏宜兴人。新中国成立后,历任江苏人民出版社编辑组组长,《雨花》诗歌散文组组长、主编,《十字街头》主编,江苏省作家协会专业作家。著有多幕剧剧本《敌我之间》,长篇报告文学《断头台》《古代幽默小品选译》等。《铁疙瘩》获首届《雨花》文学奖,多幕剧剧本《浪潮》获全国首届创作奖,《她的家屋临街》获上海市首届文学奖,报告文学《桃色案件与研究所》获首届《三月风》文学奖。

续 表

序号	年份	作家	简介
181	1931—	陈辽	笔名曾亚、曾阳,江苏海门人。1945年肄业于海门高中。1945年参加新四军,历任教员、干事、记者、记者组组长、文教助理员、大尉教员,江苏省作家协会秘书,中共江苏省委宣传部文艺处指导员,《雨花》编辑部理论组组长,江苏省社科院研究员。江苏省第五、六、七届政协委员。1979年加入中国作家协会。著作有《叶圣陶评传》《露华集》《陈辽文学评论选》《新时期的文学思潮》《马克思主义文艺思想史稿》《文艺信息学》等。
182	1932—	杨旭	江苏无锡人。曾任旅大警备区政治部文化部文艺干事,1978年任江苏省作家协会副秘书长、《雨花》杂志副主编、创作研究室主任、书记处常处书记等职。著有报告文学集《检察官汤铁头》《田野上的风》《流星》,长篇报告文学《三峡之梦》《荣氏兄弟》,短篇小说集《非正式谈判》,长篇小说《半个冒险家》等。
183	1932—2019	包忠文	笔名倪斌,浙江东阳人。1953年毕业于南京大学中文系。1950年开始发表作品,1953年参加工作,历任南京大学教师、教研室主任、系主任、文艺学专业负责人。1982年加入中国作家协会,曾担任江苏省作家协会理事,省大众文学学会会长,南京市文联名誉主席、市作家协会主席。主要学术论著有专著《鲁迅的思想和艺术新论》《艺术与人学》和《文学初步》等。主编或参编《现代文学观念发展史》《当代中国文艺理论史》和《世纪之交论鲁迅》《马恩列斯文艺论著选读》《马列文论一百题》《世界学术名著导引丛书》等23部著作。
184	1932—2013	宋词	河南安阳人。1949年参加工作,历任创作员、编剧等,系专业作家。新中国成立后定居江苏南京。1949年4月参加当时由地下党领导的南京文工团,并开始戏曲写作。1950年开始发表作品,1952年开始从事戏剧创作。著有《宋词文集》(4卷)、长篇小说《南国烟柳》《一代红妆》、中篇历史小说集《书剑飘零》、短篇小说《落霞一青年》、戏曲剧本《穆桂英挂帅》《花枪缘》《状元打更》《喝面叶》、电影文学剧本《一叶小舟》、古典诗词《宋词诗词集》等。

续 表

序号	年份	作家	简介
185	1932—	冰夫	原名王沅,笔名楚子、裂冰,江苏南京人。诗人、散文家。上海美术电影制片厂文学部编剧。少年时期就热爱文学,早年参加革命。诗作元气充沛、激情澎湃,富有独特个性。1996年旅居澳大利亚后,仍坚持创作,蜚声海外。上海三联书店出版的9卷本《冰夫文集》,汇集了冰夫创作的诗歌、散文、评论、影视与小说、书信等作品。著有诗集《浪花》《萤火》《凤凰树情歌》、中篇小说《雾都报童》(合著)、散文集《匆匆飘去的云》。
186	1933—2011	裴显生	笔名南达,浙江天台人。中国作家协会会员。1950年参加革命工作,1956年毕业于南京大学中文系。历任青年团苍山区工委宣委、天台县工委秘书,南京大学中文系教师、写作教研室主任、当代文学教研室主任,大众传播研究所所长、教授,是南京大学新闻学学科创始人。主编有《全国大学生短篇小说选》《写作学新稿》《油豚壮歌》等。
187	1933—	郭枫	原名郭少鸣,江苏徐州人。曾任《新地文学》双月刊社长兼总编辑。高中时代,在《宝岛文艺》发表长篇叙事诗《北方》即备受文坛瞩目。作品有散文集《早春花束》《九月的眸光》《老家的树》《永恒的岛》、诗集《郭枫诗选》《第一次信仰》《海之歌》、论文集《高举民族文学的大旗》等。
188	1933—	梁骏	笔名艾明、金陵,江苏南京人。1959年毕业于南大中文系。1975年开始发表作品。1988年加入中国作家协会。著有评论集《古今名作欣赏》《现代散文名篇赏析》、散文集《石城烽火恨茫茫》等。《中国山河的传说》获首届冰心优秀图书奖,中篇小说《懒王之国的秘密》获山西省首届赵树理文学奖二等奖。
189	1933—	杨汝申	南京作家。著有短篇小说《少校之死》《王洪文下乡》等。
190	1934—1997	张弦	原名张新华,上海人。编剧、作家。在南京读完高中。1953年,从清华大学毕业后被分配到鞍钢设计院当技术员,之后创作个人第一部电影文学剧本《锦绣年华》。1956年调到北京黑色冶金设计总院工作,并在《人民文学》上发表小说《甲方代表》。1978年,创作短篇小说

续 表

序号	年份	作家	简介
			《记忆》,该小说获得全国优秀短篇小说奖。1979年,加入中国作家协会。1983年,作品《挣不断的红丝线》出版,同年担任编剧的剧情电影《青春万岁》上映,该片根据王蒙的同名小说改编。1984年,出版《张弦电影剧本选集》。
191	1934—2007	许志英	浙江桐庐人。1960年7月毕业于复旦大学中文系,分配到中国科学院(现中国社会科学院)文学研究所工作,任实习研究员、助理研究员。1977年10月调入南京大学中文系任教,任副教授、教授、博士生导师,曾兼任副系主任、系主任,江苏省中国现代文学学会会长。著有《中国现代文学主潮》《"五四"文学精神》《"五四":人的文学》(合著)等。
192	1934—1995	邹恬	笔名彬陶。历任南京大学中文系副教授(1981年)、教授(1992年),主要从事中国现当代文学研究。编写或撰有《中国现代小说史》《中国现代文学主潮》等。
193	1935—	黄东成	笔名东方白。江苏南通人,祖籍江苏海门。肄业于南通中学。1949年参加革命,历任南通军分区文工团团员、102师文工队创作员、江苏省淮剧团编剧、《江苏文艺》《雨花》杂志编审、《扬子江诗刊》执行主编。著有写作辅导丛书《怎样处理写作材料》、民歌集《公社新人物》、民歌体叙事长诗《兄弟俩》、剧本《满堂红》等,诗集《冬娃》《花魂吟》《青春的旋律》《香港多棱镜》《爱的琴弦》《黑风暴》《山魂》《黄东成抒情诗》等十余部,散文随笔集《绝顶之忧》等。
194	1935—	高尔泰	江苏南京人。1955年肄业于江苏师范学院美术系;1957年因发表美学论文《论美》被打成右派,70年代开始发表作品。先后在敦煌文物研究所、中国社科院哲学所、兰州大学、南开大学、南京大学任职。1992年出国,在海外从事绘画、写作,并在多所大学访学。著有论文集《论美》《再论美》、论文《艺术的觉醒》《什么是艺术》等。
195	1935—	金志平	江苏南京人。1957年毕业于北京大学西方语言文学系。1958年开始发表作品。1982年加入中国作家协会。现为《世界文学》主编。译有《苦难与光明》《改邪归正的梅莫特》《双重家庭》、《康素爱萝》(合译)等。

续 表

序号	年份	作家	简介
196	1935—2005	叶子铭	福建泉州人。南京大学中文系教授。从1982年起主持40卷《茅盾全集》的分类编辑、组织分工及校注审定工作,著有《论茅盾四十年的文学道路》《茅盾漫评》《梦回星移》等。
197	1935—	胡若定	湖南双峰人。1960年毕业于中山大学中文系。专著有《新时期小说论评》,主编和参与编写《当代中国文学名著提要与评价》《中国当代文学史初稿》,论文有《论赵树理小说中的农村新人形象》等。
198	1935—2013	马绪英	江苏泗阳人。诗人,曾任《青春》杂志社诗歌编辑,发掘出一批文学新人。
199	1936—	何同心	江苏南京人。1959年毕业于西南师范学院中文系。历任《峨嵋》及《现代作家》杂志编辑、编辑部主任,《四川文学》月刊编辑、副主编、编审。曾获中国作家协会文学编辑荣誉证书。1960年开始发表作品。1991年加入中国作家协会。著有论文集《杂文的文学性与题材》。
200	1936—2014	张贤亮	祖籍江苏盱眙,生于江苏南京。20世纪50年代开始从事文学创作,1957年被划为右派分子。1979年错划右派改正后恢复名誉,重新执笔后创作小说、散文、评论、电影剧本,成为中国当代重要作家之一。其代表作有短篇小说《灵与肉》《邢老汉和狗的故事》《肖尔布拉克》等,中篇小说《绿化树》等,长篇小说《男人的一半是女人》等。
201	1936—	苏支超	安徽巢县人。毕业于南京大学中文系。长期在苏北农村或农或教。后任南京晓庄学院中文系教授、全国师专写作教学研究中心常务理事、江苏省叶圣陶研究会理事。从少年时代起,苏支超便向往文学创作,但自1957年后便被迫辍笔。十一届三中全会召开以后,写出了《笑》《醉》《撼》等短篇小说及报告文学。
202	1936—2019	董健	山东寿光人。1951年参加工作,1956年考入北京俄语学院,次年转南京大学中国语言文学系。1987年被聘为教授,曾任中文系主任、南京大学副校长。1982年加入中国作家协会。学术论著和思想随笔有《陈白尘创作历程论》《田汉传》《戏剧艺术十五讲》《文学与历史》《戏剧与时代》《启蒙、文学与戏剧》《跬步斋读思录》《跬步斋读思录续集》《董健文学评论选》等。

续 表

序号	年份	作家	简介
203	1936—	谢光宁	江苏南京人。1952年参加工作。1961年始先后在南京市文联、南京市文化局剧目工作室、南京市话剧团工作。1974年调入南京市越剧团创作组任编剧。创作颇丰，主要作品有越剧《报童之歌》（与王庆昌合编）;《秦淮梦》（与刘荆原、邢雁合编），1985年拍摄成戏曲连续剧。另有《巫山燕》《湖畔盲女》等。系中国剧协会员，江苏省剧协副主席、常务理事，江苏省作协会员，中国电影与电视协会江苏分会会员，江苏省民间文学与红楼学会会员，曾任南京市第七、八、九届人民代表大学代表。
204	1936—	叶橹	江苏南京人。扬州大学文学院教授。著有《艾青诗歌欣赏》《现代哲理诗》《诗弦断续》《诗美鉴赏》《中国新诗阅读与鉴赏》等。
205	1937—	孙友田	安徽萧县人。1973年5月从徐州矿务局调至江苏省文化局创作组从事专业创作，后任《雨花》杂志诗歌组组长、编委，《扬子江》诗刊主编等。著有诗集《煤海短歌》《矿山锣鼓》《煤城春早》《石炭歌》《金色的星》《矿山鸟声》《花雨江南》《带血的泥哨》《孙友田煤矿抒情诗选》《打开大自然绿色的课本》、散文集《在黑宝石的家里》等。
206	1937—	白先勇	祖籍广西。抗战胜利后，白先勇跟随父亲白崇禧从战时陪都重庆回到南京，住在梅园新村附近的大悲巷雍园1号。后于1948年迁居香港，1952年移居台湾。代表作有短篇小说集《寂寞的十七岁》《台北人》《纽约客》、散文集《蓦然回首》、长篇小说《孽子》等。
207	1938—	文丙	原名王文丙，河南登封人。1957年2月开始发表诗作，同年夏毕业于南京市第十中学高中部。曾任南京《青春》杂志编辑。在全国各地报刊共发表诗歌六百多首。诗作曾被选入《中国当代短诗选》《百家诗选》《中国新时期儿童诗选》以及《新华文摘》等。出版有诗集《迟熟的高粱》（文丙、王德安合集）、《文丙诗选》，散文游记《写在青山绿水间》等。

续　表

序号	年份	作家	简介
208	1938—	赵家捷	江苏兴化人。1975年调南京市文化局,1978年以后担任专业编剧。1985年起任南京市文化局剧目工作室副主任、主任,1988年兼任南京市话剧团团长。现任南京市文联顾问,市剧协名誉主席,江苏省剧协副主席,南京艺术学院特聘教授。二十多年来,创作大型话剧十余部,如《傅尔外传》《天上飞的鸭子》以及三幕喜剧《三单元502》等,产生较大反响。其创作追求朴实、自然、流畅,语言精致,尤其擅长普通人和小人物的刻画,被戏剧理论家陈恭教称为"一个热爱普通人的喜剧作家"。
209	1938—	汪应果	江苏南京人。南京大学文学院教授。著有《巴金论》《科学与缪斯》《解放区文学史》《艰巨的啮合》《无名氏传奇》等。
210	1939—	庞瑞垠	江苏南京人。1964年毕业于徐州师范学院中文系,1965年底调至江苏省作家协会。1974年下半年受命筹备省级文艺刊物《江苏文艺》。中国作家协会会员,一级作家,曾任《雨花》杂志副主编,江苏省文联创作研究中心主任。代表作有长篇小说"故都三部曲"(《危城》《寒星》《落日》)、《逐鹿金陵》、《秦淮世家》《钞库街》《桃叶渡》《乌衣巷》)等,报告文学《沉沦女》,短篇小说《东平之死》,传记文学《早年周恩来》等。
211	1939—	沙叶新	江苏南京人,回族。国家一级编剧。中国戏剧家协会常务理事、中国戏剧家协会创作委员会副主任、中国作家协会会员、上海戏剧家协会副主席、上海作家协会理事、上海市文学艺术界联合会委员。其剧作《假如我是真的》《大幕已经拉开》《马克思秘史》《寻找男子汉》及小说《无标题对话》等,曾引起强烈反响。
212	1939—	王臻中	上海人。历任南京师范学院助教、讲师,南京师范大学教授及文艺学硕士、博士生导师,南京师范大学中文系主任及文学研究所所长、副校长、校党委书记,江苏省作家协会党组书记、主席,中国作家协会全国委员会委员、主席团委员,中国文艺理论学会顾问。1998年加入中国作家协会。著有专著《文学美探源》,主编《文学原理》《中国当代美学思想概观》《毛泽东诗词大典》《毛泽东诗词鉴赏》等,合著《美学基本原理》《美学基础》《文学语言》《文学学》《文学概论》等。

续 表

序号	年份	作家	简介
213	1939—2017	黄毓璜	江苏泰兴人。1960年毕业于盐城师专中文系。历任盐城师范学校文学教师、教导主任,县文化局剧目室主任,江苏省作家协会书记处书记、创作研究室主任及理论工作委员会主任,专业作家,文学创作一级。曾为江苏省评论家协会副主席。主要从事文学批评,兼及散文创作。著有论文集《文苑探微》,系列随笔散文《乡忆》《逆旅琐记》《云烟过眼》等。主编《江苏青年作家论》《江苏文学五十年理论卷》。
214	1939—	徐兆淮	江苏丹徒人。1964年毕业于南京大学中文系。历任北京社科院文学所当代室干部,南京江苏省人民出版社文艺编辑室编辑,江苏省作家协会《钟山》副主编、执行主编、编审。中国当代文学研究会理事,江苏省作家协会理事。著有评论集《艰难的寻找》、《新时期小说读解》(合著)、《编余丛谈》等。
215	1940—	高行健	祖籍江苏泰州,生于江西赣州。1950年全家迁往南京。1952年,高行健就读于南京市第十中学(金陵中学),该校原为教会学校金陵大学附属中学,因此接触到许多西方翻译来的著作。1962年毕业于北京外国语大学法语专业,1987年移居法国,1997年取得法国国籍。2000年获得诺贝尔文学奖,并因此成为首位获得该奖的华人作家。截至2010年,他的作品已经被译为36种文字。代表作有小说《灵山》《一个人的圣经》,戏剧《绝对信号》《车站》等。
216	1941—	冯亦同	江苏宝应人。1963年毕业于南京师范学院中文系,曾长期从事教育工作。20世纪60年代初参加省作协诗歌组活动,后因"文革"长期搁笔。1981年底调入南京市文联工作,历任第四、五、六届市文联委员,文学工作者协会驻会干部、常务理事、副秘书长,南京市文学创作讲习所诗歌班辅导员、青春义学院辅导部主任。1985年南京市作家协会成立,历任第一届作协副秘书长、秘书长,第二届作协副主席兼秘书长。

续 表

序号	年份	作家	简介
217	1941—	张晓风	笔名晓风等,生于浙江金华,江苏铜山人。随父辗转于重庆、南京、柳州、台中、台北等城市,毕业于台湾东吴大学中文系,教授国学及中文创作40年。为享誉华人世界的古典文学学者、散文家、戏剧家和评论家。张晓风的小说创作虽不很多,亦取得了不俗的成绩。出版有小说集《哭墙》《晓风小说集》等,包含《白手帕》《红手帕》《梅兰竹菊》《潘渡娜》等代表作。
218	1941—	顾潇	江苏泰兴人。1965年毕业于南师大中文系。历任中共江苏省委宣传部干事、五七干校学员,解放军3304工厂宣传干事,《雨花》编辑部编辑、小说散文组组长,江苏省作家协会文学报刊研究组副组长,江苏省作家协会创作室专业作家,文学创作一级。1980年开始发表作品。1991年加入中国作家协会。著有中篇小说自选集《梦追南楼》,中篇小说集《名门望族》(合作),报告文学集《运河之光》(合集),报告文学《金陵华佗》《魂系长城》《三条汉子和一个工厂》,中篇小说《依稀往事》《杨叶飘飘》《魂断沙场》等。
219	1941—	王德安	笔名王耽、宋风等。江苏宿迁人。历任南京分析仪器厂工人、工会干事,南京青春文学院编辑,江苏《莫愁》杂志主任编辑。江苏古陶瓷研究会副会长,《收藏快报》专家委员会委员。著有诗集《迟熟的高粱·霜叶集》《心底珊瑚》,笔记文集《迷你世界》,散文集《昔日吻痕》及散文《青花写意》等。散文诗《黄山哲理》获《江南春》诗歌大赛一等奖,《庄严的凭吊》获牡丹杯全国诗歌大赛头等奖,《忠厚的窃贼》获江苏省首届法制文学一等奖,另获第一、二届金陵文学奖。
220	1941—	吴野	安徽泾县人。1964年毕业于南化大专班。历任《南京工人报》《江苏工人报》编辑,《新华日报》城市组副组长,南京艺术学院音乐系创作员,南化第二中学教师,《青春》杂志社副主编、副编审,《百家湖》杂志执行总编。南京市政协常委。1997年加入中国作家协会,文学创作一级。著有抒情长诗《孙中山》《正午的瞳孔》,长篇小说《秦淮恨》,评论集《作家之门》等。《孙中山》获1998年南京市委"五个一工程"奖、南京市政府第三届文学奖,《秦淮恨》获南京市政府第四届文学奖。

续　表

序号	年份	作家	简介
221	1942—	胡兆才	江苏丹阳人。1962年入伍,长期从事新闻工作,先后在江苏省军区政治部、南京军区人民前线报社、南京军区司令部编研室工作。参与撰写《中国大百科全书》军事卷。自1989年起,从事军事文学创作,出版作品有《新四军演义》《八路军演义》《中国红军演义》《解放军演义》等反映人民解放军光辉战斗历程系列丛书。陆续出版了传记、纪实作品《叶飞传》《战殇——国民党对日抗战实录》《李宗仁的戎马人生》《彭德怀兵法》《抗战烽烟》《宋美龄传》《总统官邸》等。有长篇小说《成吉思汗》《万水千山》《军歌嘹亮》《十大卧底将军》《蒋介石与南京保卫战》等作品。
222	1942—	叶庆瑞	江苏南京人。1995年毕业于南京师范大学新闻传播学院。《南京日报》社原文艺处处长。现为江南诗画院副院长,中国作家协会会员。1960年开始发表作品。著有诗集《爱的和弦》《她,就是缪斯》《爱的化石》《多梦季节》《人生第五季》,散文诗集《相扶的绿叶·无名花》《A弦的咏叹》,散文集《山水二重奏》等。还有作品收入50多本选集。获首届金陵文学奖、首届南京文学艺术奖、首届江苏省紫金山文学奖。
223	1943—	姜滇	原名江广玉,江苏南京人。1981年毕业于南京艺术学院研究生班。历任南京电视台文艺部编导、南京市文化局局长、南京市文联副主席、南京市作家协会主席,南京市文联文学创作组组长、专业作家,文学创作一级。1961年开始发表作品。1983年加入中国作家协会。有长篇小说《市长夫人》,散文集《美在斯》,长篇报告文学《世纪之举》,中篇小说《清水湾,淡水湾》,短篇小说集《阿鸽与船》,中篇小说集《花湿红泥村》《雪之舞,雪之恋》《姜滇中篇小说选》,中短篇小说集《拥抱生活》等。
224	1943—	何永康	江苏海安人。南京师范大学文学院教授。著有《红楼美学》等。

续 表

序号	年份	作家	简介
225	1943—	孙观懋	江苏南京人。1960年参加工作。1979年至1988年任南京市第十九中学教师、语文教研组副组长、副校长。1988年9月至2000年1月,任民进江苏省专职副主委兼秘书长。2000年1月至2009年6月,任江苏省社会主义学院副院长。著有作品《撒旦的礼物》《淮水东边旧时月》《幸福,请你回来》。
226	1943—2018	吴功正	江苏如皋人,笔名吴文、埝任等。1967年毕业于南京师范学院中文系。1970年8月至1976年12月在如皋师范学校教书;1976年12月至1982年12月在南通师院中文系教书;1982年12月调至江苏省社会科学院,历任江苏省如皋师范学校教师、南通师专中文系教师、江苏省社会科学院《江海学刊》主编。1983年加入中国作家协会。著有《小说美学》《郭沫若历史剧研究》《中国文学美史》等。
227	1944—	姚远	生于重庆。1970年调入江苏高淳县(今属南京)剧团工作,1979年被录取为南京大学中文系戏剧专业研究生,师从陈白尘,1981年毕业后留校任教,1983年调入南京军区政治部前线话剧团,作品有《下里巴人》等。
228	1944—	金宏达	回族,笔名子通,江苏南京人。中国华侨出版社社长。1966年开始发表作品。1967年毕业于北师大中文系,1981年获华中师大文学硕士学位,后又获北师大文学博士学位。曾历任宁夏教育厅副厅长,北京师范大学图书馆馆长,北京图书馆副馆长、党委副书记,中国华侨出版社社长、总编辑,中国华侨国际文化交流促进会副会长。1987年加入中国作家协会。著有《鲁迅文化思想探索》《谈艺术风格的发展》,散文集《玉殇》。
229	1944—	乐朋	原名杨岳鹏,江苏武进人。1968年毕业于上海华东师范大学。长期供职于江苏省政协研究室,业余从事当代文学评论及鲁迅研究。自20世纪90年代初,开始写作杂文、随笔。江苏省作家协会会员。作品曾获《南方周末》《四川文学》《杂文月刊》《南京日报》《杂文报》等举办的征文大赛奖。已出版杂文集有《西窗听雨》《白鹭秋枫》《随笔百题》《飞絮集》《乐朋杂文》等。

续　表

序号	年份	作家	简介
230	1944—	贺景文	河南郑州人。中国作家协会会员。历任南京油脂化工厂工人、技工学校教师,江苏省作协创联部副主任,《春笋报》社长兼主编。南京市文联委员、作协理事,江苏省作协理事。著有长篇小说《替身》《红榴莲》《孽狱》《骚客》《尘寰》,中短篇小说集《同居长干里》,散文集《月照台城》。
231	1944—	张昌华	江苏南京人。1961年肄业于南京市师范专科学校,同时应征入伍。1966年退役,到南京晓庄师范短暂学习,是年底分配到南京市建宁中学当教师。1984年调入江苏人民出版社,次年转入江苏文艺出版社,历任编辑、室主任、副总编辑、副编审。发表短篇小说、散文计20万字。出版散文集《书香人和》《书窗读月》《青瓷碎片》,人物随笔集《走近大家》《曾经风雅——文化名人的背影》《民国风景——文化名人的背影之二》。《曾经风雅》《放低风雪》在台湾地区出版。
232	1946—	徐志耕	笔名越民,浙江绍兴人。1964年入伍,历任部队勤务士、宣传科干事、《解放军报》记者、《人民前线报》记者,南京军区政治部文艺创作室创作员、副主任,中国报告文学学会理事,江苏省作协理事。1966年开始发表作品。1989年毕业于南京大学中文系。1990年加入中国作家协会。文学创作一级。著有报告文学集《两用人才的开发者们》(合著)、《情海望不断》《莽昆仑》《忧乐万家》《我是一个兵》《好大一棵树》、《九江狂澜》(合著)、《步鑫生十年沉浮记》《是是非非李庆霖》等。
233	1947—	龚惠民	江苏扬州人。1983年毕业于南师大中文系。高级记者,著名报人兼作家。现任南京市作家协会副主席。1974年开始发表作品。2004年加入中国作家协会。著有报告文学集《平视美国》,主编《周末》报十年。著有文集《周末丛书》,主编报告文学集《春满金陵》等。共出版作品十余部。报告文学《下岗工人的正气歌》获中国新闻奖报纸副刊金奖,《平视美国》获江苏及华东地区优秀图书一等奖。

续 表

序号	年份	作家	简介
234	1947—	刘国尧	笔名阿尧等,江苏南京人。1982年毕业于宁夏大学中文系。1967年参加工作,历任西北轴承厂技术员,宁夏大学中文系教师,海南出版社副总编辑、副编审。专业作家,文学创作二级。著有诗集《山丹又红了》,报告文学集《厚土》。
235	1947—	俞胶东	笔名黑子,江苏如皋人。中共党员。毕业于南京大学干部专修科。曾参加黑龙江生产建设兵团,历任农工、哈尔滨炼油厂工人、江苏人民出版社编辑、中国作协江苏分会党组副书记。1978年开始发表作品。1991年加入中国作家协会。著有短篇小说《种菊南山下》《鼾声》,中篇小说《三人畈》,诗歌《英雄碑下》,电影文学剧本《在软卧包厢里》等。
236	1947—	丁柏铨	江苏无锡人。南京大学新闻与传播学院教授。著有《茅盾早期人道主义思想探微》《试论鲁迅作品中的浪漫主义》《茅盾早期思想研究中若干问题商兑》等。
237	1947—	姜耕玉	江苏苏州人。现任东南大学艺术学院教授。著有《红楼艺境探奇》《艺术与美》《汉语智慧:新诗形式批评》等。
238	1948—	赵本夫	江苏丰县人。1988年毕业于南京大学中文系。1971年参加工作,江苏省作家协会专业作家,徐州市文联主席,江苏省作家协会专职副主席,《钟山》主编。专业作家,文学创作一级。中国作家协会第五届全国委员会委员,江苏省作家协会第三、四、五届副主席,江苏省文联第五、六届委员。代表作品《天下无贼》《刀客和女人》《混沌世界》《黑蚂蚁蓝眼睛》等。
239	1948—	薛冰	浙江绍兴人。自幼生活于南京,1968年赴苏北农村插队,1975年底调南京钢铁厂,1984年调江苏省作协创联部工作,历任《雨花》杂志编辑、《东方文化周刊》副总编辑,现任南京市藏书家协会主席、南京市作家协会副主席。江苏省作家协会专业作家。著有长篇小说《群芳劫》《天长地久》《青铜梦》,中短篇小说集《爱情故事》,随笔集《旧书笔谭》《止水轩书影》《家住六朝烟水间》《淘书随录》《江南牌坊》《钱神意蕴》《金陵女儿》《金陵书话》等作品400余万字。

续　表

序号	年份	作家	简介
240	1948—2012	李龙云	祖籍河北河间。1948年出生于北京南城罗圈胡同，1968年起在黑龙江历经北大荒生活十年，70年代开始戏剧创作。1978年入黑龙江大学中文系，同年创作《有这样一个小院》，在北京公演，引起争议，为戏剧家陈白尘赏识。1979年破格录取进入南大中文系，师从陈白尘等。此间创作《小井胡同》，1981年获南京大学文学硕士学位。毕业后在北京人民艺术剧院任专职剧作家，2002年调入中国国家话剧院工作。代表作有《小井胡同》《荒原与人》等。
241	1948—2007	丁宏昌	南京作家。著有小说《代人怀孕的姑娘》等。
242	1948—	沈泰来	南京作家。著有短篇小说《心的碰撞》等。
243	1949—	金陵客	原名王世奎，现名王向东，江苏省泰县人。现为《新华日报》评论部主任编辑，江苏省杂文学会会长。著有杂文集《山不在高》《人格的力量》《我是一个怪物》《巴子自白》《火师年代》《当了一回猪》《水浒国风》《儒林视野》以及旧体诗词集《雨花词》，主持编选《江苏文学五十年·杂文卷》。
244	1949—	孙华炳	出生于安徽合肥。1969年毕业于南京汽车制造厂中等专科学校。1970年参加工作，历任南京汽车制造厂底盘分厂车工，南京市作家协会干部、常务理事，南京市文联第五届委员、南京市作家协会副秘书长。著有中篇小说集《秦淮半边月》，中篇小说《悬崖》《反戈的御林军》《伴读》《沉钩》《刑警笔记》，散文集《金锁链》，短篇小说《重赏之下》《烟笼寒水》等。另外还发表报告文学等100余万字。
245	1949—	苏叶	原名苏必显，祖籍湖南，生于江苏南京。1970年毕业于江苏戏剧学校话剧班，1989年毕业于南大中文系作家班。1970年在江苏省歌舞团合唱队工作，1972年调南京电影制片厂，先后任电影解说、电影文学编辑、编剧等，参与创办江苏省作协中学生文学报《春笋报》，中国《三月风》杂志社江办记者站站长，南京艺术学院影视艺术系文学班写作教师，南京散文学会副会长。1979年开始发表作品。1981年加入中国作家协会。著有散文集《总是难忘》《苏叶散文自选集》。

续　表

序号	年份	作家	简介
246	1949—	肖元生	江苏东台人。现为江苏省作家协会专业作家。一级作家。著有长篇小说《坤母》，中短篇小说集《梨花雨》《平原的尽头》，中篇小说《远音》《潮涨潮落》、短篇小说《去了层皮》、散文集《走笔古角直》等。短篇小说《临街的窗》获国际青年金鸽奖，短篇小说《新月弯弯》获青春文学奖。
247	1950—	朱秀君	笔名未一，江苏盱眙人。1966年参加工作，曾任南京六合化工机械厂工人，苏州北库钛金厂推销员，《东方家庭》《河南城乡经济报》《河南新闻出版报》外聘编辑、记者。现为南京市文联签约作家。20世纪80年代开始发表作品。2007年加入中国作家协会。著有长篇小说《回家》《传奇将军罗炳辉》，长篇历史小说《管仲》《晏婴》《伍子胥》《越王勾践》《中国古代名人故事》，小说集《怪世奇谭》。
248	1950—	王栋生	笔名吴非，江苏南京人。1968年下乡插队，1977年入南京师大中文系就读，1982年春毕业于南京师大中文系，并于同年任教于南京师大附中，为江苏省特级教师，南京市名教师，同时也是著名杂文作家。出版杂文体专著《中国人的人生观》《中国人的用人术》，杂文集《污浊也爱唱纯洁》，随笔集《不跪着教书》《前方是什么》《致青年教师》等。
249	1950—	徐明德	江苏赣榆人。1989年毕业于南京大学中文系。1968年高中毕业回乡务农。1972年应征入伍，历任排长、副指导员、干事、副教导员等。1986年转业至江苏省作协，先后任《雨花》编辑部编辑、江苏省作协办公室副主任、联络部主任，《扬子江》诗刊执行主编。江苏省作协第四、五、六届理事，省作协诗歌工作委员会副主任。1973年开始发表作品。2000年加入中国作家协会。文学创作一级。著有诗集《迷舟》《徐明德短诗选》《我站了一千公里》等。作品曾获《萌芽》文学创作奖、紫金山文学奖等五项奖。《我站了一千公里》选入中国新诗年编。
250	1950—	江锡铨	安徽蚌埠人。任教于江苏教育学院中文系。著有《中国现实主义诗歌艺术散论》《中国现代文学实用教程》《两京论诗》等。

续　表

序号	年份	作家	简介
251	1950—	谷代双	江苏南京人。江苏省作协会员，南京市作协理事，二级作家。中国作家协会会员。有报告文学《我欲因之梦寥廓——高淳："螃蟹文化"现象》（江苏文艺出版社2013年出版）。
252	1951—	聂震宁	江苏南京人。毕业于北京大学中文系首届作家班，中国作家协会会员、首届庄重文文学奖获得者，1986年起担任广西作家协会副主席至今。著有小说集《去温泉之路》《暗河》《长乐》，散文集《西出阳关》（合著）。
253	1951—	方政	江苏南京人。中国作家协会会员，南京市作家协会顾问，江苏省中华诗学研究会副会长，江苏省作家协会书画联谊会常务理事，中国人民大学艺术学院鸿达书社社员，南京市书法家协会会员，《栖霞山》文艺季刊主编。出版《诗羽栖霞》《人生况味》《方政现代哲理诗选》《鸡鸣唤醒的时候》《驾车的过程》等诗集。
254	1951—	贺东久	安徽宿松人。1976年参加江苏省诗歌创作学习班，调入75师宣传科任宣传干事。1978年到南京军区前线歌舞团任专业创作员。1980年加入中国音乐家协会。后为南京军区前线歌舞团专业作家。著有诗集《带刺刀的爱神》《相思林》《暗示》等。
255	1951—	王明皓	江苏南京人。江苏省作家协会专业作家，文学创作二级。1976年后历任南京市粮食局船队修理厂车钳工，1979年参加南京市文联开办的文学创作讲习所。1980年考入南师大夜大中文系学习，并开始发表作品。1983年毕业于南京师范大学中文系。1999年加入中国作家协会。著有短篇小说集《快刀》、长篇历史小说《武则天》《台湾巡抚刘铭传》等，并与导演张艺谋合作，撰写电影剧本。
256	1951—	孙尔台	祖籍江苏泰州。1978年考入南京师范学院中文师资班，毕业后长期从事文化工作。历任南京市委党校图书馆馆长、南京市社科联秘书长、南京市文联副主席等职。曾任《教学资料》主编、《南京社会科学》常务副主编、《青春》杂志主编、《明日风尚》杂志社编委会主任。发表过学术论文、散文、随笔、诗歌和音乐、摄影作品。

续　表

序号	年份	作家	简介
257	1951—	沈乔生	原名沈侨生,原籍上海。1982年毕业于上海华东师范大学中文系。1969年赴黑龙江七星泡农场下乡十年。曾任《钟山》杂志编辑部主任。1979年开始发表作品。1991年加入中国作家协会。文学创作一级。著有长篇小说《白楼梦》《股民日记》《就赌这一次》《狗在1966年咬谁》,中短篇小说集《娲石》《儒林新传》《黑房子》《饥饿与饕餮》,散文集《生命旅行》等。中篇小说《苦涩的收获》获《小说界》首届优秀作品奖,短篇小说《小月迢迢》获《人民文学》1993年优秀作品奖,长篇小说《狗在1966年咬谁》获第二届紫金山文学奖。
258	1952—	谌宁生	祖籍湖南安化,现居南京。1983年开始在《绿风》《山花》《星星》《扬子江诗刊》等发表诗作,出版个人诗集《我的隐痛与生俱来》。现为中国诗歌学会会员、中国散文学会会员、中国音乐家著作权协会会员、江苏省作家协会会员、南京作家协会会员。主张热血文字、灵魂担当,追求文字美感和情感的率性表达。
259	1952—	梁晴	江苏南京人。历任《青春》杂志编辑、《雨花》杂志副主编,文学创作二级,江苏省作家协会第四届理事。
260	1952—	傅晓红	江苏苏州人。1985年毕业于南京大学中文系,1986年进入《钟山》杂志社,任文学编辑,1987年开始文学创作。主要撰写散文随笔,偶有小说发表。1991年任《钟山》杂志社编辑部主任。出版著作《新中国英雄模范人物谱》(合著)、《二十五史故事丛书》史记卷、《冰心》(中外名人传记丛书)、《沈从文》(中外名人传记丛书)等。
261	1952—	储福金	江苏宜兴人。一级作家。江苏省作家协会副主席。1968年冬插队到宜兴。曾在《雨花》编辑部担任小说编辑。1984年考入鲁迅文学院,毕业于中国作协鲁迅文学院与南京大学中文系,江苏省作协专业作家。
262	1952—	丁帆	笔名风舟、马凤,祖籍山东蓬莱,生于江苏苏州。1977年毕业于扬州师院中文系,1978至1979年在南京大学进修后于1988年调入南大中文系,1993年被聘为南大中国现代文学专业教授,1994年被聘为博士生导师。任南京大学中国新文学研究中心主任、中国现代文学研究学会会长、国务院学位委员会中文学科组成员、江苏省作家协会副主席、中国当代文学研究学会常务理事、中国文艺理论研究学会理事等职。有系列随笔集《江南悲歌》《夕阳帆影》《枕石观云》《江南文化散步》等。

续　表

序号	年份	作家	简介
263	1952—	徐乃建	江苏武进人,生于江苏南京,国学大师徐复先生女儿。20世纪80年代就读于南京师范大学并开始发表小说,文笔细腻,具有较强的艺术感染力,尤以知青题材的小说最具代表性,现为江苏省作家协会会员。
264	1952—	董会平	江苏南京人。毕业于南京师范大学中文系。1968年赴农村插队务农,后为苏州市高级中学教师、江苏省作家协会干部。1979年开始发表作品。著有长篇小说《春魂》,短篇小说《王谷雨小传》《寻找》,中篇小说《水的神话》《山的神话》等。《春魂》获春风文艺出版社长篇小说奖,短篇小说《寻找》获首届《青春文学》一等奖。
265	1952—	高永年	安徽寿县人。南京师范大学文学院教授。著有《中国叙事诗研究》,主编《20世纪中国文学作品选》等。
266	1953—	朱苏进	江苏南京人。20世纪90年代以一系列军旅小说成名文坛。《射天狼》《接近于无限透明》《醉太平》等刻画了新一代军旅人物的光荣与梦想、无奈与痛楚,表现军人生命本色的光辉及为之付出的巨大代价等,极富艺术个性。90年代,朱苏进初涉影视创作,创作的第一部剧本被谢晋导演为电影《鸦片战争》。
267	1953—	子川	本名张荣彩,曾用名晓石等,江苏高邮人。中国作家协会会员,一级作家,曾任《钟山》《雨花》《扬子江诗刊》编辑,江苏作协理事、专业作家。著有诗集《总也走不出的凹地》《子川诗抄》《背对时间》《虚拟的往事》,散文集《把你凿在石壁上》《水之书》等。长篇小说《江山风雨情》据朱苏进同名电视剧改编。曾获江苏省优秀文学编辑奖和紫金山文学奖。
268	1953—	吴其盛	江苏南京人。江苏省交通厅公路局《江苏公路通讯》报编辑,曾任加拿大《海外诗刊》副主编。中国诗歌学会会员,江苏省作家协会会员,江苏省台港暨海外华文文学研究会会员,江苏省郑和研究会会员。诗歌(散文诗)、散文、艺术评论、报告文学等作品曾在海内外多种报刊发表,作品多次获奖;著有诗集《心是一盏灯》等。

续　表

序号	年份	作家	简介
269	1953—	周晓扬	江苏海安人。1982年毕业于南京大学中文系。专著有《新时期小说思潮和小说流变》(合著),论文有《试论丰子恺的散文创作》《试论近年来小说的散文化倾向》《五四新文学和新时期的同构与异构》等。
270	1953—	刘健屏	江苏昆山人。1974年开始发表作品。1984年加入中国作家协会。著有长篇小说《初涉尘世》《今年你七岁》,短篇小说集《漫画上渔翁》《第一次出门》《刘健屏小说选》等,中篇小说《大将军和小泥鳅》,中篇报告文学《生活,对强者微笑》,长篇报告文学《张子祥之歌》等。
271	1953—	姜琍敏	山东乳山人。一级作家,中国作协会员,江苏省作协理事。1976年开始发表作品。迄今已在《人民文学》《中华散文》等报刊发表中短篇小说及散文随笔、报告文学等逾200万字。部分作品被《读者》《中华文学选刊》《小说月报》等刊物选载。自1994年3月《十月》全文发表长篇小说《多伊在中国》后,先后又出版了9部作品。
272	1953—	嵇亦工	江苏南京人。南京《西湖》杂志社社长、主编。杭州市作协主席。1974年开始发表作品。1991年加入中国作家协会。文学创作一级。著有长篇小说《踏儿歌》《人与狗》,中短篇小说集《父亲躺在花丛中》,诗集《面对雕像》等五部。长诗《捧起一月八日的日历》、组诗《新战友之歌》以及长诗《山——士兵交响曲》先后获南京军区政治部文学创作奖,诗集《密密的小树林》《蓝蝙蝠》《面对雕像》、中篇小说《花之幻像》等也先后获奖。2004年获首届郭沫若散文随笔奖优秀编辑奖。
273	1953—	柯江	原名柯强兴,笔名柯江,江苏南京人。毕业于南京师范大学。中共江苏省委宣传部文化发展基金会秘书长、江苏省美术家协会省直分会副会长、江苏省《紫金艺术专辑》主编、中国百家金陵画展组委会副秘书长、江苏省特殊教育师范学院特聘教授、策展人。美术书法作品《万峰秋色初见红》《家在青山绿水间》《天圆地方》《逸气轻绕林间》《飞思在江南》《山涧听春雨》《卧游不知还》《春山藏古意》、毛泽东诗词系列作品(《沁园春·雪》《卜算子·咏梅》《西江月·井冈山》)等入选参展于中国美协、中国书协、省美协、徐悲鸿研究会展览。

续　表

序号	年份	作家	简介
274	1953—	黄旦璇	女,出生于广东新会,现居南京。毕业于南京师范学院美术系。著有短篇小说《黑背》《天远·水远·人远》《赵平安轶事》等。
275	1954—	王安忆	生于江苏南京,原籍福建同安。当代作家、文学家。1972年,考入徐州文工团工作。1976年发表散文处女作《向前进》。1987年调上海作家协会创作室从事专业创作。1996年发表个人代表作《长恨歌》,获得第五届茅盾文学奖。2004年《发廊情话》获第三届鲁迅文学优秀短篇小说奖。2013年获法兰西文学艺术骑士勋章。中国作协副主席、上海市作家协会主席、复旦大学教授。
276	1954—	周涛	江苏南京人,少将军衔。中国作家协会会员。曾先后担任福州军区《前线》报编辑,驻闽某集团军团政治处副主任,《解放军报》驻南京军区记者站、驻总后勤部记者站站长,《中国国防报》总编辑,《解放军报》副总编辑等。1989年开始发表作品,著有长篇报告文学《探险在中国》,报告文学集《跨世纪抉择》(合著),中篇报告文学《黄河漂流探险目击记》《圣火》,新闻作品集《从零点到零点》等,参加抗美援朝转业后担任高等学校教员、讲师、副教授、教授等职。离休后从事纪实性文学创作和理论研究,1995年加入中国作协。
277	1954—	范小天	江苏南通人。毕业于北京师范大学中文系,苏州福纳文化科技股份有限公司董事长。中国作家协会会员、中国电视艺术家协会会员、导演、电视出品人、制作人。1976年开始发表作品。1991年加入中国作家协会。曾任中国大型文学刊物《钟山》杂志副主编,出版中短篇小说集《青楼》《桂花掩映的女人》《好梦难寻》等,长篇小说《情与欲》《幻境摄制组》《恐龙的悲怆》等,共计200余万字。
278	1954—	江奇涛	安徽无为人。1989年毕业于解放军艺术学院文学系。1971年应征入伍。历任防化学兵部队战士、营部书记及侦察排长,《人民前线报》记者、编辑,南京军区政治部文艺创作室专业作家。中国影协江苏分会理事。1973年开始发表作品。1986年加入中国作家协会。文

续 表

序号	年份	作家	简介
			学创作一级。著有中篇小说集《马蹄声碎》《雷场上的相思树》,电影文学剧本《马蹄声碎》《红樱桃》等。中篇小说《雷场上的相思树》获第二届解放军文艺大奖,电影文学剧本《雷场上的相思树》获第七届金鸡奖特别奖,《神秘王国的领衔主刀》获全国1990—1992年优秀报告文学奖。
279	1954—	毛贵民	北京人。曾任江苏省文联创作研究部主任、江苏省文艺评论家协会副主席、秘书长。为江苏省书法家协会会员、江苏省美术家协会省直分会顾问。自幼学习书法,临习毛泽东体及《东方画赞铭》《郑文公碑》《石门铭》多年,于怀素《小草千字文》林散之体犹下功夫。多次参加书作展览、拍卖、捐赠,获得各种荣誉。出版有书法理论专著《毛泽东书法赏析》,另有多篇书法理论文章见诸各类报纸杂志。
280	1954—	杨洪承	安徽芜湖人。现任南京师范大学文学院教授。著有《王统照评传》《文学史的沉思》《人与事中的文学社群——现代中国文学社团与作家群体文化生态研究》等。
281	1955—	范小青	江苏苏州人,生于上海松江。1978年初考入苏州大学中文系学习,1980年开始发表作品,1982年毕业于江苏师范学校(现苏州大学)中文系,后留校负责文艺理论的教学工作。1985年初调入江苏省作家协会从事专业创作。擅长写小巷间的人情琐事,颇具人情味道。著有长篇小说《裤裆巷风流记》《个体部落纪事》《采莲浜苦情录》《锦帆桥人家》等,中短篇小说集《在那片土地上》《看客》《还俗》等,散文随笔集《花开花落》等。曾任江苏省作家协会主席。
282	1955—	方方	原名汪芳,笔名方方,原籍江西彭泽,生于江苏南京。1975年开始写诗,1982年发表小说处女作《大篷车上》;1987年发表《风景》,获1987—1988年全国优秀中篇小说奖,被批评界认为"拉开'新写实主义'序幕"。作品主要有《大篷车上》《十八岁进行曲》《江那一岸》《一唱三叹》等。湖北省作家协会主席。

续 表

序号	年份	作家	简介
283	1955—	黄蓓佳	江苏如皋人。1982年毕业于北京大学中文系并分配至江苏省外事办公室工作,1984年调入江苏作协任专业作家。历任江苏省外事办公室干部,省作协理事、副主席,中国作协第六、七届全委会委员。1973年开始发表作品。1984年加入中国作家协会。文学创作一级。代表作有《夜夜狂欢》《午夜鸡尾酒》《何处归程》《世纪恋情》及《含羞草》等。
284	1955—	邓海南	江苏泰兴人。《南京日报》文艺组编辑,江苏省歌剧院编剧。1974年开始发表作品。1989年毕业南京大学汉语言文学系。所从事过的职业有:士兵、工人、报纸的编辑和记者,中国人民解放军南京军区前线话剧团。中国国家一级编剧,为中国作家协会会员,中国戏剧家协会会员,南京市作家协会副主席。著有诗集《机器与雕像》,短篇小说《龙泉剑》《介质》《平等四边》《翡翠钻石》等,中篇小说《自燃煤山》《莫戈尔少校》,长篇小说《垓下悲歌》《戏人》等。
285	1955—	赵翼如	笔名林林等,江苏无锡人。1982年毕业于南京师范大学中文系。历任江苏《新华日报》记者、江苏省作家协会驻会干部。专业作家,文学创作一级。1978年开始发表作品,1988年加入中国作家协会。著有长篇传记文学《球场内外》,散文集《倾斜的风景》等。散文《豆芽小姐变迁记》获1985年获双沟散文奖,《男人的感情》获1987年《家庭》优秀作品奖,《有一种"毒药"叫成功》获冰心散文奖。
286	1955—	董滨	笔名石城,江苏南京人。1970年应征入伍,历任战士、干事,武汉军区后勤部新闻干事,南京总后勤部基地指挥部政治部副团职干事。1975年开始发表作品。著有报告文学《两百个将军同一个故乡》《中国原子弹之父》《确有此人》,电视剧剧本《血沃中原》(合著)、《西部没有雕像》等。报告文学《确有此人》获《解放军文艺》优秀作品奖。
287	1955—	傅宁军	江苏南京人。中国作家协会会员,国家一级作家。1986年毕业于解放军艺术学院文学系。1975年开始发表作品。1992年加入中国作家协会。中国报告文学学会理事,中国散文学会会员,中国电视艺术家协会会员,江苏省作协报告文学委员会副主任,南京市作协副主席,

479

续　表

序号	年份	作家	简介
			南京市文联签约作家。著有长篇报告文学《大学生村官》《李敖：我的人生不可复制》等十余部，中篇报告文学《亲历震区：谁在感动我们》《生存之道》等数十部，散文集《淹没在江涛中的书简》等。
288	1955—	周伟	江苏南京人，民盟成员。1971年参加工作。1984年毕业于上海师大中文系，毕业后任上海梅山冶金公司教师，电视编导。2002年至今，自由撰稿人。2007年加入中国作家协会。有译著《谁怕谁》、电影剧本《卡车上掉下的小提琴》、长篇小说《世纪末的黑洞》、中篇小说《大马一丈高》、电视剧剧本《设防2020》等。
289	1955—	张王飞	江苏如东人。1977年考入扬州师范学院中文系，1982年2月毕业后留校任助教、讲师，并在职攻读中国现代文学硕士，1992年开始任扬州师范学院中文系副主任、副教授等职。1998年4月调至江苏省作家协会，2004年10月任江苏省作家协会书记处书记、党组成员。著有《朱自清散文艺术论》（合著），参撰《抒情美文100篇》《中国散文精品分类鉴赏辞典》等。
290	1955—	刘红林	北京人。江苏省社会科学院文学研究所研究员，主要从事台港澳与海外华文文学研究。著有《日据时期台湾新文学风貌》《台湾女性主义文学新论》，合著有《中国现代主义文学史》《中国新诗诗艺品鉴》《百年中华文学史论》等。
291	1956—	周梅森	江苏徐州人。1979年任《青春》杂志社编辑，1985年任江苏省作协创作组专业作家。主要作品有《人间正道》《中国制造》《绝对权力》《至高利益》《国家公诉》《我主沉浮》《人民的名义》等政治小说，这些小说多被改编成影视剧，受到社会的广泛关注并引起了较强反响。
292	1956—	陆新民	笔名在时，安徽南陵人。1987年毕业于南京政治学院历史系。历任工兵技师、宣传干事，安徽省军区警备团指导员，南京军区总医院政治部干事、干部专修科教员、政治部协理员，南京军区后勤部生产部干事、联勤部生产部政治部副主任等。陆军上校。2000年起供职于江苏省交通厅。2000年加入中国作家协会。著有军校诗选《繁星》（合著），诗集《蓝墙》《拾穗集》《陆新民短诗选》《高处与背面》《陆新民短诗选》《陆新民长诗选》《在时短诗选》等。

续 表

序号	年份	作家	简介
293	1956—	赵耀民	出生于上海。1982年毕业于上海戏剧学院戏剧文学系戏剧文学专业。1985年毕业于南京大学中文系戏剧创作专业研究生,师从戏剧大师陈白尘,获文学硕士学位。主要作品有话剧《街头小夜曲》《天才与疯子》《原罪》、电视剧《长恨歌》等。
294	1956—	邵建	江苏南京人。现任教于南京晓庄学院。著有《瞧,这人——日记、书信与年谱中的胡适》《知识分子与人文》《文学与现代性批判》等。
295	1956—	朱晓进	江苏靖江人。1975年3月参加工作。现任民进中央常委、江苏省主委,省政协副主席,省社会主义学院院长,南京师范大学副校长。著有《政治文化与中国20世纪30年代文学》《中国现代文学史研究的视阈》《鲁迅概论》《中国现代文学现象研究》等。
296	1956—	王心丽	江苏南京人。1983年毕业于南京师范大学。1974年赴江浦县农村插队务农,后历任南京某企业工人、南京某企业职工教育中心教师。1984年开始发表作品。1995年加入中国作家协会。现已在海内外发表文学作品五百万余字。著有百万字长篇三部曲《落红沉香梦》《落红浮生缘》《落红迷归路》。另著有《越轨年龄》等11部长篇小说、中短篇小说集《不安分的春天》、随笔集《感性的旅途》等。
297	1956—	黄慧英	江苏南京人。1983年毕业于南京大学历史系。中国作家协会会员,南京市博物馆协会副会长、文博研究馆员,南京市作家协会理事。多年从事中国近现代史的研究及传记文学、散文的创作。发表有《南京大屠杀前后拉贝思想变化研究》《1949年中美南京谈判内幕》《南京城墙谜雾探析》《北京城墙与南京城墙比较研究》等文章近百篇。出版有专著《一代人杰廖仲恺》《西路军的故事》《拉贝传》等。
298	1956—	李潮	南京作家。曾任《青春》杂志社编辑。
299	1957—	叶兆言	原籍江苏苏州,生于江苏南京。1982年毕业于南京大学中文系,1986年获南京大学中文系硕士。中篇小说集《艳歌》《夜泊秦淮》、散文集《旧影秦淮》等,均与南京有着密切关联。其中《追月楼》曾获得过1987—1988年全国优秀中篇小说奖、首届江苏文学艺术奖。

续 表

序号	年份	作家	简介
300	1957—	姜健	江苏南京人。现任江苏省社会科学院文学所研究员。著有《大地足印》《朱自清 陈竹隐》《完美的人格》,合著《朱自清年谱》《毛泽东与李济深》等。
301	1957—	李小山	1980年考入南京艺术学院,1987年研究生毕业,获硕士学位。现任教于南京艺术学院。出版著作有《中国现代绘画史》(合著)、《批评的姿态》《新中国》《阵中叫阵》《我们面对什么》以及长篇小说《木马》《作业》《有光》《箴言》。策划并主持过数十个艺术展览,参与过国内一些重要的艺术活动,在中国当代艺术批评中有很大影响。
302	1957—	程玮	江苏江阴人,儿童文学作家。1982年毕业于南京大学中文系,1988年又毕业于西柏林国际电视中心。高中毕业后曾赴农村插队务农,后任江苏电视台电视剧编剧。20世纪70年代末开始在《少年文艺》发表儿童文学作品,如《我和足球》《淡绿色的小草》等,深受小读者喜爱,被评论界誉为"80年代最有才情的少儿文学作家之一"。中篇小说《来自异国的孩子》、长篇小说《少女的红发卡》分别获得第一、二届全国优秀儿童文学奖,由她编剧的电影《豆蔻年华》获金鸡奖及政府奖。2018年11月8日凭借《海龟老师1:校园里的海滩》获2018陈伯吹国际儿童文学奖。
303	1958—	王朔	出生于江苏南京,祖籍辽宁岫岩,作家、编剧。1978年后发表了《玩的就是心跳》《看上去很美》《动物凶猛》《无知者无畏》等中、长篇小说。出版有《王朔文集》《王朔自选集》等,代表作有《玩的就是心跳》《看上去很美》《动物凶猛》《无知者无畏》《致女儿书》《我的千岁寒》等。
304	1958—	顾前	江苏南京人。1985年开始发表小说,后因故辍笔多年,与韩东、苏童同属"他们"作家群。近年来在国内外各种文学刊物上先后发表小说多篇。现为自由作家。作品有《打牌》《平安夜》《困境》《杯酒人生》《去别处》《嗨,好久不见》等,《去别处》获第六届紫金山文学奖·长篇小说奖。

续　表

序号	年份	作家	简介
305	1958—	费振钟	江苏兴化人。1986年毕业于扬州师范学院中文系。历任《雨花》杂志编辑,江苏省作家协会创作研究室副主任、副编审。1990年加入中国作家协会。著有随笔集《悬壶外谈》《堕落时代》,专著《江南士风与江苏文学》,散文随笔《橄榄核铭》《缘在南方》《清明茶亭》《生病纪事》《学医》《古村的雨》等40余篇,文学评论《寻梦者恪守的田园》《民间的陷落》《生长着的思想与写作》《谁看护文学》等40余篇。
306	1958—	李风宇	江苏南京人。中国作家协会会员、一级作家,江苏省作协原副巡视员,南京市、江苏省作家协会理事。曾任《雨花》《石头城》杂志主编;被聘为江苏省残联作协名誉主席、鼓楼区作协名誉主席等。作品主要以小说、报告文学、传记为主。出版有小说集《神石》、长篇传记《花落春仍在》《靠右行驶》《鹰在飞翔》等。作品被列入国家出版基金项目,小说作品曾入选《小说选刊》,散文作品入选《新华文摘》《海外文摘》《散文选刊》等选刊。文字被译为英、德语,印行国外,曾获"1993—2003江苏10年报告文学奖"、第五届中华优秀出版物奖(原国家图书奖)提名奖、第五届紫金山文学奖、江苏省"五个一工程"奖、河南省优秀图书一等奖、江苏省第一届优秀版权作品奖等。
307	1959—	谭桂林	湖南耒阳人。南京师范大学文学院教授。著有《20世纪中国文学与佛学》《本土语境与西方资源:现代中西诗学关系研究》《长篇小说与文化母题》等。
308	1959—	臧巨凯	江苏扬州人,笔名巨凯。早年供职于江苏省农业科学院江苏农业科技报社,后供职于江苏省法制办公室。知名报告文学作家和小说家,主要作品有长篇小说《手腕》、报告文学集《撬开钢嘴铁牙》、中短篇小说集《特殊病号》,现为南京市文联签约作家。
309	1960—	雪静	满族,河北承德人。原名高晶,笔名高雪静。1986年毕业于河北廊坊师专中文系文学班,2005年毕业于鲁迅文学院第四届全国少数民族中青年作家班。曾任《青春》杂志社副主编。2003年加入中国作家协会。文学创作二级。著有长篇小说《梦屋》《红肚兜》《带警犬的女探长》《从白天到夜晚》《半杯红酒》《空白》等。

续 表

序号	年份	作家	简介
310	1960—	王一心	江苏南京人。中国作家协会会员。本科毕业于南京师范大学文学院汉语言文学专业,研究生毕业于江苏省行政学院政治经济学专业。插过队,当过兵。现为南京师范大学教育科学学院副研究员。1989年开始发表文学作品。2002年加入中国作家协会。著有传记《惊世才女张爱玲》《丁玲外传》《苏青传》《林语堂》《丁玲》《梁实秋》《张爱玲与胡兰成》《劳谦君子陶行知》,以及百万字历史小说《太平天国》。
311	1960—	汪政	江苏海安人。任江苏省作家协会书记处书记、江苏省作家协会副主席。著有《涌动的潮汐》《自我表达的激情》《我们如何抵达现场》《无边的文学》《解放阅读》等。
312	1960—	王干	江苏扬州人。1979年在《雨花》发表作品。1985年毕业于扬州大学中文系。1990年加入中国作家协会。著有《王干随笔选》《王蒙王干对话录》《世纪末的突围》《废墟之花》《南方的文体》《静夜思》《潜伏我们周围的》《潜京十年》等学术专著、评论集、散文集。
313	1960—	吴炫	江苏南京人。曾任教于南京师范大学。著有《中国当代思想批判》《中国当代文学批判》《否定主义美学》等。
314	1961—	韩东	江苏南京人。"他们"诗群代表人物,南京自由作家,著名诗人。1980年开始发表作品,1985年组织"他们文学社",被认为是"第三代诗歌"最重要的代表诗人。1990年加入中国作家协会,现为江苏省作家协会理事。著有小说集《西天上》《我的柏拉图》、长篇小说《扎根》《我和你》、诗集《吉祥的老虎》《韩东的诗》《奇迹》、诗文集《交叉跑动》、散文《爱情力学》、访谈录《毛焰访谈录》等。
315	1961—	于小韦	原名丁朝晖,《他们》的主要诗人之一。现居住于深圳。少年时代一直在苏北生活。18岁时随父母回到出生地南京。一直跟随自己的老师学习绘画,1985年开始写诗和小说,1989年搁笔,现已恢复诗歌写作。著有诗集《火车》等。
316	1961—	李静	江苏南京人。江苏省哲学社会科学联合会秘书长、《江苏社会科学》杂志主编、南京师范大学博士生导师。著有《启蒙、革命与女性——以20世纪女性作家乡土小说为例》《乡村振兴与新乡贤文化建设》《当代乡村叙事中乡贤形象的变迁》等。

续　表

序号	年份	作家	简介
317	1961—	秦林芳	江苏海门人。现任南京晓庄学院副院长。著有学术专著《浅草—沉钟社研究》《丁玲评传》,译著《现代小说中的空间形式》等。
318	1962—	马铃薯兄弟	原名于奎潮,江苏东海人。先后在华东师范大学、北京大学、南京大学学习或进修。20世纪80年代开始写作。著有个人诗集《马铃薯兄弟的诗》《块状语言》《静若白光》《歌谣》等。曾主编《中国网络诗典》《现场——网络上的中国先锋诗歌》等。
319	1962—	王彬彬	安徽望江人。现任南京大学文学院教授。著有《在功利与唯美之间》《鲁迅晚年情怀》《为批评正名》《文坛三户:金庸·王朔·余秋雨》《城墙下的夜游者》《风高放火与振翅洒水》《一嘘三叹论文学》《往事何堪哀》《并未远去的背影》等。
320	1962—	沈卫威	河南南阳人。现任南京大学文学院教授。著有《胡适传》《茅盾传》《回眸学衡派——文化保守主义的现代命运》《望南看北斗:高行健》《民国大学的文脉》等。
321	1962—	吴俊	上海人。现任南京大学文学院教授。著有《冒险的旅行》《鲁迅个性心理研究》《文学的变局》等,主编《中国现代文学期刊目录新编》《中国当代文学批评史料编年》等。
322	1962—	钱旭初	江苏常州人。长期从事中国现当代文学的教学和研究工作,现任江苏广播电视大学文化艺术系教授。论著有《跨学科互动——文学与影视比较研究》《鲁迅的人格追求》《中国知识分子的历史命运——比较鲁迅与郁达夫笔下的"多余人"形象》等。
323	1963—	苏童	原名童忠贵,江苏苏州人。1984年到南京艺术学院工作,1985年任《钟山》编辑,现任江苏省作协副主席。代表作包括《园艺》《红粉》《妻妾成群》《河岸》《碧奴》等。中篇小说《妻妾成群》入选20世纪中文小说100强,被张艺谋改编成的电影《大红灯笼高高挂》,获第64届奥斯卡最佳外语片提名,蜚声海内外。2015年,苏童《黄雀记》获第九届茅盾文学奖。

续　表

序号	年份	作家	简介
324	1963—	胡竞舟	笔名百舸,安徽芜湖人。1982—1984年任地矿部石油物探研究所工人,1984年至今任职于江苏省作协创联部。2008年加入中国作家协会。著有小说《月光光》《七月流火》《看咱像坏人吗》《星期五》《夫妻之间》《陶器》《焚稿》《佳期如梦》《老爸下海》《一些无法续接的真实》《千纸鹤》《爷爷》《祝祝祝,祝你平安》。1998年获汉林文学奖二等奖。
325	1963—	朱辉	江苏兴化人。江苏省作协专业作家,《雨花》杂志主编。为江苏省有突出贡献的中青年专家、享受国务院特殊津贴专家。发表长篇小说《我的表情》《白驹》《牛角梳》《天知道》,出版小说集《红口白牙》《我离你一箭之遥》《要你好看》《和辛夷在一起的星期三》《夜晚的盛装舞步》等。曾多次获得紫金山文学奖、汪曾祺文学奖、作家金短篇奖等文学奖项。短篇小说《七层宝塔》获第七届鲁迅文学奖短篇小说奖。
326	1963—	余一鸣	笔名喻晓,江苏高淳人,1984年毕业于苏州大学中文系。历任高淳县砖墙中学、高淳县二中教师,现为南京外国语学校高级教师,南京市语文学科带头人,江苏省"333"中青年科学技术带头人。1984年开始发表作品。2007年加入中国作家协会。著有中篇小说集《流水无情》,短篇小说集《你什么也别说》,随笔集《我自守望》等。
327	1963—	徐晓华	江苏如东人。1982—2001年任江苏省如皋师范学校教师,2001年就职于江苏省作协创研室。2008年加入中国作家协会。著有文学评论集《涌动的潮汐》《自我表达的激情》,评论《一片闲心又推花》《略论新时期散文的家园意识》《雅俗变奏》《有关短篇小说技术的断想》《意义:报端经验和日常生活》《作家传记与文学研究》《江山放眼细论文》等。
328	1963—	鲁羊	江苏海安人。曾先后就学于南京大学外文系和中国社会科学院研究生院。学生时代开始写诗,多毁弃,直至1990年冬天才开始保存一些诗歌作品。1991年开始以小说形式发表作品,是"新生代"代表作家之一。迄今著有《银色老虎》等小说选集五种,长篇小说一部,诗集一部。现任教于南师大文学院。

续　表

序号	年份	作家	简介
329	1963—	雷默	原名裴其明,江苏海安人。1980年开始写诗,1983年起留南京工作,参与《诗歌研究》编辑,80年代参加南京《先锋诗报》《诗歌研究》等民刊运动,90年代初提出新禅诗概念,并尝试新禅诗写作。作品入选《2012中国最佳诗选》《新世纪诗典》等多种选本。2007年出版诗集《新禅诗:东壁打西壁》。
330	1963—	黄梵	原名黄帆,湖北黄冈人。诗人、小说家。1983年开始诗歌、小说写作,1985年起陆续发表《南京哀歌》《第十一诫》《南方礼物》《女校先生》等作品。现任教于南京理工大学。
331	1963—	祁智	江苏靖江人。作家、诗人,中国作家协会会员,1983年毕业于扬州师范学院中文系。历任南京市第三十四中学教师,南京教育科学研究所科研员、编辑,南京《周末》报记者、主编助理,江苏少年儿童出版社编辑、社长。1998年加入中国作家协会。著有长篇小说《呼吸》《芝麻开门》,中短篇小说集《反面角色》,长篇童话《迈克行动》,中篇小说《天凉好个秋》《纸婚》等。现为江苏省作家协会理事、南京市作家协会副主席。
332	1963—	王成祥	江苏南京人。1981年考入扬州师范学院中文系。大学期间开始文学创作。大学毕业后当过教师、干过媒体记者,后供职于《青春》杂志社。中国作家协会会员,文学创作一级。从事小说创作,已发表作品百万余字,曾获首届路遥青年文学奖、1993—2003年度江苏十年报告文学奖、第六届金陵文学奖等奖项,系南京市作家协会理事,南京市文联签约作家。
333	1963—	王洪岳	山东济阳人。曾在南京师范大学工作,任浙江师范大学教授。著有《中国现代主义文学的启蒙性质研究》《审美的悖反——先锋文艺新论》《现代主义小说学》等,主编《美学审丑读本》等多部作品。
334	1964—	叶辉	江苏高淳人。第三代诗人,著有诗集《在糖果店》《对应》,曾获第十九届柔刚诗歌奖。作品入选中国作家协会主编的《中国年度诗歌》、美国国家艺术基金会编选的《当代中国诗歌集》等。曾获多种诗歌奖项。

续　表

序号	年份	作家	简介
335	1964—	半岛	原名孙拥君。南京大学自考法律毕业。曾参加长篇历史小说《上官婉儿》著作权司法活动。作品在《人民文学》《钟山》《光明日报》等发表,系中国作协江苏分会会员,中国写作学会会员,中国图书评论学会候补会员,当代作协一级作家,南京江宁区作协秘书长,江宁区诗词楹联学会内刊副主编,南京金家园文库总编。
336	1964—	毕飞宇	江苏兴化人。1987年毕业于扬州师范学院(现扬州大学)中文系,获文学学士学位。20世纪80年代中期开始小说创作,作品曾被译成多国文字在国外出版。现为南京大学文学院教授、江苏省作家协会副主席。中国作协第九届全委会委员。2017年8月21日荣获法兰西文学艺术骑士勋章。代表作有《玉米》《青衣》《平原》《推拿》等。
337	1964—	马永波	黑龙江伊春人。著名诗人、翻译家,文学博士。南京理工大学人文学院副教授。《东三省诗歌年鉴》主编,省重点科研项目"龙江文学大系·翻译文学卷"主编。主要作品有《炼金术士》《存在的深度》《树篱上的雪》,译著有《美国诗选》《艾米·洛厄尔诗选》《史蒂文斯诗学文集》《1940年后的美国诗歌》,学术专著有《文学的生态转向》《美国后现代诗学》《英国当代诗歌研究》等。
338	1964—	孔庆茂	河南济源人。1986年毕业于河南大学中文系,1990年、1999年分获南京师范大学中文系硕士、博士学位。历任江苏高教杂志社编辑,江苏省委《江苏南北经济通讯》编辑,江苏文艺出版社副编审。全国中外传记协会理事。1986年开始发表作品。1999年加入中国作家协会。著有长篇传记《辜鸿铭评传》《魂归何处——张爱玲传》等、专著《科举文体研究》《色彩符号的文化阐释》等。
339	1964—	代薇	原名戴薇,祖籍浙江宁波,生于成都,长在重庆,现居南京。历任重庆长江轮船公司电报员,南京长江油运公司报纸编辑,助理政工师。现供职于南京某报社。南京市作家协会理事、南京市青联委员。1980年参加工作并开始发表作品,1999年加入中国作家协会。著有诗集《代薇诗季》《随手写下》和散文随笔等。

续　表

序号	年份	作家	简介
340	1964—	诸荣会	江苏溧水人。民盟成员。1989年毕业于南京师大中文系。当过多年教师,历任江苏教育出版社编辑、副编审、杂志社社长兼主编等。1983年开始发表作品。2008年加入中国作家协会。出版散文集《最后的桃花源》《风生白下》《秋水蒹葭》《风景旧曾谙》,随笔集《我本教师》等。
341	1964—	刘俊	江苏南京人。现任南京大学文学院教授。著有《悲悯情怀——白先勇评传》《世界华文文学整体观》《越界与交融:跨区域跨文化的世界华文文学》《复合互渗的世界华文文学》等。
342	1964—	温潘亚	江苏响水人。南京财经大学党委副书记。著有《追寻文学流变的轨迹——文学史理论研究》《象征行为与民族寓言——"十七年"历史剧创作话语形态论》《文学史形态学》等。
343	1965—	小海	本名涂海燕,江苏海安人,1985考入南京大学中文系,从20世纪80年代起,在海内外报刊发表诗千余首。诗歌获得过《作家》杂志诗歌奖(2000年),《诗林》"天问杯"诗歌优秀奖(2002年)等奖项;诗集《必须弯腰拔草到午后》(河北教育出版社2003年8月版)获江苏省第二届紫金山文学奖。曾参与"他们"诗群,和杨克一起主编《他们十年诗歌选》,代表作品有《必须弯腰拔草到午后》等。
344	1965—	王爱松	湖南隆回人。现任南京大学文学院教授。著有《当代作家的文化立场与叙事艺术》《虚构的可能性及其限度》《对话性阅读与批评》等。
345	1965—	赵刚	江苏南京人。著有作品《抄近路》《小家伙我不懂你在说什么》《我的姓氏,父亲的帽子》等。2017年凭借《魔术师或吹口哨的发动机》获得江苏省第六届紫金山文学奖短篇小说奖。
346	1965—	何言宏	江苏淮安人。曾任教于南京师范大学,现任上海交通大学教授。著有《精神的证词》《坚持与抵抗:韩少功》《介入的写作》等。

续　表

序号	年份	作家	简介
347	1965—	杨骏	江苏南京人,导演、编剧。现任中国文化书院戏剧研究中心执行主任、南京大学文学院戏剧影视艺术系兼职教授等职。出版有长篇小说《罪案终结》(江苏文艺出版社2002年出版);中篇小说《七日谈》,发表于2015年第5期《绿洲》文学杂志社。2000年,任长篇电视连续剧《等你归来》剧本统筹;2001年,任长篇电视连续剧《罪案终结》编剧;2006年至今,任江苏电视台影视频道《百姓聊斋》总编导;2010年,任中央电视台全总(工人)春节晚会总导演、总撰稿;2012年,担任中央电视台电视剧频道"八一"晚会总导演。
348	1965—	施京吾	江苏南京人。文史学者、随笔作家。对法国革命史、纳粹德国史、欧洲宪政史以及"革命样板戏"的研究略有心得,在《同舟共进》《炎黄春秋》等国内知名刊物发表过百余篇文章。为《财经》《新闻晚报》等报刊专栏作家。著有《自由引导人民——纪念法国大革命222周年》《政治春宫——法国大革命的另类解读》《神圣的救赎——写给一切忠于良知的人》《冯友兰之沉浮》等。
349	1965—	王大进	江苏盐城人。1994年考入南京大学中文作家班。当过农民、代课教师、新闻干事。后从事报社编辑工作。江苏省文联创研中心专业作家。1984年开始发表作品。2001年加入中国作家协会。著有长篇小说《欲望之路》《欢乐》《这不是真的》等多部,另有中、短篇小说300余万字。《同居者》《第七日》和《我的浪漫婚姻涯》被译介到海外。
350	1965—	柳再义	湖北人。毕业于南京大学。《读者》杂志签约作家,《思维与智慧》签约作家,中学生作文竞赛专家评审,《江苏工人报》副刊评论部主任。曾在《人民日报》《文汇报》《羊城晚报》《读者》以及《青年文摘》等多家报刊发表诗歌、散文、小说等作品。有散文《高淳老街》、小说《抢劫》等作品。其作品清新雅致,内涵深邃,曾入选苏教版配套教材以及新加坡高中课本,并被南京电视台采访报道,现居南京。

续　表

序号	年份	作家	简介
351	1965—	李伶伶	女,江苏南京人。教师职业,律师资格,南京市文联签约作家,所著《梅兰芳全传》获第十三届中国图书奖、江苏省第二届"紫金山文学奖"、"江苏省1993—2003十年报告文学奖"一等奖、第四届"金陵文学奖"一等奖。2004年获市委宣传部、团市委颁发的"南京市首届十大青年文化新星"称号。另著有《梅兰芳画传》等。
352	1966—	张光芒	山东临沂人。现任南京大学文学院教授。著有《启蒙论》《中国当代启蒙文学思潮论》《混沌的现代性》《道德嬗变与文学转型》等。
353	1966—	胡弦	江苏铜山人,现居江苏南京,为《扬子江诗刊》主编。2012年5月,当选为江苏省中华诗学研究会副秘书长。90年代开始写作,在《人民文学》《诗刊》《星星》《诗选刊》等刊物发表大量诗歌,在《散文》《散文天地》《散文百家》等刊物发表散文作品数十万字,出版诗集《十年灯》(2007)、散文集《菜蔬小语》(2008)等,曾获《诗刊》社授予的新世纪(2000—2009)"十佳青年诗人"奖。
354	1966—	贺仲明	湖南衡东人。曾任教于南京师范大学文学院,现任暨南大学文学院教授。著有《中国心像——20世纪末作家文化心态考察》《何其芳评传》《一种文学与一个阶层——中国新文学与农民关系研究》等。
355	1966—	修白	本名王秀白,现居江苏南京。1999年开始文学创作。2009年加入中国作家协会。著有长篇小说《女人,你要什么》,中篇小说《残云碎雨》《不想分手》,短篇小说《择校》《还是你狠》《老关送礼》等,小小说《惊梦》《情变》等。其中短篇小说《产房里的少妇》获中国第十二届人口文化奖铜奖,中篇小说《残云碎雨》获第四届"金陵文学奖",累计发表小说、散文、诗歌、评论50余万字。现为南京市文联签约作家。
356	1966—	吴晨骏	1989年毕业于东南大学动力系,现居南京。著有小说集《明朝书生》《我的妹妹》《柔软的心》,诗集《棉花小球》,长篇小说《筋疲力尽》。

续 表

序号	年份	作家	简介
357	1966—	潘向黎	女,福建泉州人。1988年开始发表作品,2000年加入中国作家协会。2012年获南京大学文学博士学位。文学杂志和报社副刊编辑。著有小说集《无梦相随》《十年杯》《轻触微温》《我爱小丸子》《白水青菜》《穿心莲》、随笔集《茶可道》和《看诗不分明》、散文集《红尘白羽》《纯真年代》《相信爱的年纪》《局部有时有完美》等。
358	1966—	古筝	女,本名王玉琴,江苏无锡人,中国作家协会会员。著有诗集《虚构的房子》《湿画布》《水街》,诗歌批评专著《古筝弹诗》,主编《陌生诗刊》。作品散见各类省级报刊,并收入《2008中国诗歌年选》等多种诗歌选本和年鉴。现居南京。
359	1967—	朱文	福建泉州人。1989年毕业于东南大学动力系,获工学学士学位,大学期间开始诗歌写作,1991年开始小说写作。1994年辞去公职,现为自由作家。著有诗集《我们不得不从河堤上走回去》,小说集《我爱美元》《因为孤独》《弟弟的演奏》,长篇小说《什么是垃圾,什么是爱》等。"断裂"问卷发起人为20世纪90年代青年作家代表人物之一。
360	1967—	刘立杆	诗人,小说家,江苏苏州人。1989年毕业于南京大学中文系,现居南京。著有诗集《低飞》、小说集《每个夜晚,每天早晨》等。
361	1967—	柳荫	女,原名麻旭亮,浙江台州人。早年学工,毕业于南京工业大学建筑工程学院,2003年获荷兰马斯特利赫特管理学院——南京大学EMBA。曾从事水利工程技术及报刊编辑、记者等工作,后长期在江苏省计划经济委员会、江苏省发展改革委员会从事宏观经济和社会发展研究。20世纪八九十年代,柳荫在报刊上发表了大量诗歌作品,蜚声国内诗坛,是我国有广泛影响的青年诗人。其作品多次获奖并入选《青年诗选》等数十种选本,笔记作品多次被《读者》等杂志选作卷首语,著有《柳荫诗选》《悠着活:柳荫散文随笔选》《我的大海翻滚火焰》等诗集。

续　表

序号	年份	作家	简介
362	1968—	姚鄂梅	女,湖北宜昌人。1996年开始文学创作,中国作协会员。曾就读于上海首届作家研究生班,历任湖北作协会员、南京市作家协会副主席,曾长期在南京工作和生活。先后在《人民文学》《收获》等刊物发表小说100余万字。中篇小说《穿铠甲的人》入选中国小说学会2005年度小说排行榜,短篇小说《黑眼睛》入选中国小说学会2006年度小说排行榜、名家推荐原创小说年度排行榜。著有长篇小说《像天一样高》《白话雾落》。现居上海。
363	1968—	章红	江苏南京人。曾就读于南京大学中文系,1995年获文学硕士学位。原江苏《少年文艺》主编,现供职于江苏少年儿童出版社文学读物编辑室。著有"章红'时光'系列文集"——含《放慢脚步去长大》《白杨树成片地飞过》《小猪和圆妈》《踏上阅读之路》《青春之羽》《木雕面具》六种。还著有长篇纪实散文《对幸福我怎能麻木》、长篇小说《我的日子还没来临》等,在香港出版有《章红阅读随笔》《黑夜与花瓣》,曾获冰心图书奖、金陵文学奖、南京市"五个一工程"奖等。
364	1968—	王振羽	笔名雷雨等,河南叶县人,现居南京。国家一级作家,资深出版人。中国作家协会会员,江苏省作协理事,南京市文艺评论家协会副主席。出版《漫卷诗书》《书卷故人》《江南读书记》等专著,主编《读书台文丛》《六朝松文库》《新鸡鸣丛书》等丛书。
365	1968—	愚木	江苏南京人。诗人,江苏省作家协会会员。80年代中期开始习诗,1990年11月与江雪等人合编诗选《先锋诗》,同年发表作品。1992年首次在全国性的诗赛中获奖。1993年辍笔,中断写作12年后,2005年重新写作。曾在《诗刊》《文学报》《诗歌月刊》《青春》等发表作品,有诗作收入《2010中国诗歌精选》《诗刊2013年度诗选》等,代表作有《第三条道路影像》《日出新城》等。
366	1968—	何平	江苏海安人。南京师范大学文学院教授。著有《中国现代小说还乡母题研究》《何平文学评论选》《重建散文尊严》等。

续表

序号	年份	作家	简介
367	1968—	海力洪	广西柳州人,毕业于南京大学中文系,获文学博士学位。1997年6月起成为广西八名签约作家之一,从事专业创作。大学期间开始写作,发表了大量诗歌散文作品,同时有小说发表。1995年起先后在《钟山》《作家》《小说家》《上海文学》等刊物发表中短篇小说近40万字。现执教于同济大学设计与艺术学院。
368	1968—	王文胜	江苏扬州人。现任南京师范大学文学院教授,著有《在与思:"十七年文学"现实主义思潮新论》《中国大陆与台湾乡土小说比较史论》等。
369	1968—	贾梦玮	江苏东台人。任江苏省作家协会书记处书记、党组成员。著有随笔集《红颜挽歌》《往日庭院》《南都》等,主编《当代文学六国论》《河汉观星:十作家论》等。
370	1968—	张宗刚	山东潍坊人。现任教于南京理工大学。著有《诗性的飞翔与心灵的冒险》等,曾获全国第四届"冰心散文奖·理论奖"、"长江杯"江苏文学评论奖等。
371	1968—	范卫东	江苏海门人。主要从事中国现当代文学教学与研究工作,主攻散文研究。著有《抗战时期中国散文的自由精神研究》等。
372	1969—	朱朱	江苏扬州人,现居南京。1991年毕业于上海华东政法学院,1998年10月辞去公职。朱朱被称为"南京硕果仅存的诗人",他坚持以"艺术本身的立场,个性化的表达方式"写作,不隶属于任何文学流派,著有诗集《驶向另一颗星球》《枯草上的盐》《青烟》,散文集《晕眩》《空城记》。曾获《上海文学》2000年度诗歌奖,第一届刘丽安诗歌出版奖,第二届安高诗歌大奖,长诗《鲁滨孙》获《诗林》优秀作品奖。
373	1969—	张生	河南焦作人。毕业于南京大学中文系,获博士学位。现任教于同济大学。出版有中短篇小说集《一个特务》《刽子手的自白》《地铁一号线》,长篇小说《白云千里万里》,随笔集《可言,可思》及专著《鸡尾酒时代的记录者——〈现代〉杂志》,译有《文化批判理论:主题的变奏》等。

续　表

序号	年份	作家	简介
374	1969—	丁捷	江苏南通人。20世纪80至90年代活跃的中国校园作家。任江苏省作家协会书记处书记、副主席。著有长篇小说《依偎》《亢奋》《如花如玉》，长篇非虚构文学《追问》、短篇小说集《现代诱惑症》、诗集《沿着爱的方向》、大散文《约定》、青春文学《缘动力》等十多部著作。
375	1969—	孙冬	女，黑龙江人。南京大学博士，南京财经大学外国语学院副教授。主要从事英美文学的研究。有诗集两部《残酷的乌鸦》(南京大学出版社2009年版)和《破乌鸦》(江苏凤凰文艺出版社2017年版)，在各类文学期刊上发表诗歌百余首。诗歌被翻译成英语、法语、土耳其语、罗马尼亚语和印度语在多个国家出版。
376	1969—	黄发有	福建上杭人。曾任教于南京大学文学院，现任山东大学教授。著有《准个体时代的写作——20世纪90年代中国小说研究》《诗性的燃烧——张承志论》等。
377	1969—	李美皆	山东潍坊人。主要从事中国现当代作家作品研究及文化现象分析。著有评论集《容易被搅浑的是我们的心》等。
378	1969—	岳红	女，江苏沭阳人，作家。著有长篇小说《不能说出来》，短篇小说集《我吃的是草》，散文集《土豆的哲学》《今生重逢》《让爱为你导航》《零落一地的风》《北京伽蓝记》，诗集《那世的我》和绘本短语集《旁观》等。
379	1970—	王一梅	江苏太仓人。中国作家协会会员，江苏省签约作家，苏州市作家协会儿童文学分会副会长。曾就职于苏州大学社会学院，2012年8月调入苏州职业大学教育与人文学院。主要从事儿童文学创作，其作品深入探讨儿童成长问题、心理健康问题。出版长篇童话《鼹鼠的月亮河》《住在雨街的猫》《恐龙的宝藏》《木偶的森林》，系列童话《糊涂猪》，短篇童话集《第十二只枯叶蝶》《书本里的蚂蚁》等。
380	1970—	魏微	江苏沭阳人。1994年开始写作，1997年在《小说界》发表作品，迄今已在《花城》《人民文学》《收获》《作家》等刊物发表小说、随笔近百万字。小说曾登2001年、2003年中国小说排行榜。2003年获《人民文学》奖，2004年获中国作家大红鹰文学奖。部分作品译介海外。著有小说《乔治和一本书》《在明孝陵乘凉》等。

续 表

序号	年份	作家	简介
381	1971—	屏子	原名李萍,南京江宁人。被称为"打工诗人"。中国诗歌学会会员,江苏省作协签约作家,南京市作家协会理事。诗歌曾获《诗刊》《文学报》《文汇报》征诗奖项、第五届"金陵文学奖"等。诗集《屏子的诗》获第六届南京市委市政府文艺奖银奖。代表作有《父亲,我们坐在餐桌前等你》《送水工》等。
382	1971—	娜彧	原名朱杏芳,祖籍江苏金坛,1997年之后定居南京,现暂居美国。南大戏剧专业硕士,中国作协会员,读研期间创作剧本《流水哗啦啦》获曹禺戏剧编剧三等奖。曾用笔名"娜语"出版小说集《薄如蝉翼》。在《收获》《花城》《当代》等杂志发表小说若干。先后获得《西湖》新锐小说奖、金陵文学中篇小说奖等奖项。代表作有《刺杀希特勒》《广场》《薄如蝉翼》《麦村》《纸天堂》等。
383	1971—	姞文	女,江苏南京人。2012年移居加拿大温哥华。2016年起开始发表作品,入驻爱奇艺文学明星作家团。两年时间完成"秦淮故事"明朝四部曲。因四本书的背景均设在明朝时期的南京,且每一本小说都对应几处南京文化名景,如大报恩寺琉璃塔、江南贡院、朝天宫、瞻园等,被海外读者们亲切地称为"南京的文化名片"。主要作品有《歌鹿鸣》《琉璃世琉璃塔》《朝天阙》等。
384	1972—	戴来	江苏苏州人。主要从事小说创作。2000年获首届河南文学奖,2002年获首届春天文学奖,2003年获《人民文学》年度短篇小说奖,第十一届庄重文文学奖,江苏省第四届紫金山文学奖。曾为河南省委宣传部首届签约作家,现供职于苏州市文艺创作中心。代表作有《鱼说》《爱上朋友的女友》《甲乙丙丁》等。
385	1972—	傅元峰	山东临沂人。南京大学中国新文学研究中心新诗研究所教授。主要论著有《思想的狐狸》《寻找当代汉诗的矿脉》《景象的困厄》等。
386	1972—	韩青辰	主要从事儿童文学创作,曾获得全国优秀儿童文学奖,《儿童文学》首届十大青年金作家奖、"周庄杯"全国短篇小说大赛一等奖、江苏省紫金山文学奖荣誉奖、全国侦探小说奖、金盾文学奖和江苏省"五个一工程"奖等。出版长篇小说《LOVE天长地久》《爱就爱了》《山诱》

续　表

序号	年份	作家	简介
			《水印》《守口如瓶》《茉莉天使的成长圣经》，报告文学集《飞翔哪怕翅膀断了心》，中短篇小说集《我们之间》《水自无言》等。
387	1972—	冯华	女，江苏南京人。小说家，编剧，曾经是军人。从28岁开始创作，已推出《花非花》《如影随形》《当局者迷》等9部推理悬疑作品，另有《中年计划》《桃花灿烂》《完美结局》《爱就爱到底》《美丽谎言》《边关烽火情》《警察有约》《英雄之战》等，都反响不凡，有的作品还被翻译成法语、韩语。曾荣获中宣部"五个一工程"奖。
388	1973—	鲁敏	女，江苏东台人，江苏省作家协会签约作家，江苏省作家协会副主席。短篇小说《伴宴》获第五届"鲁迅文学奖"。长篇小说《六人晚餐》获2012年度《人民文学》奖。著有长篇小说《博情书》《方向盘》等，另有《白围脖》《风月剪》《逝者的恩泽》等。
389	1973—	梁雪波	笔名江离，黑龙江桦南人。南京师范大学中文系毕业，诗人、自由思想者。1991年开始写作，主要以诗歌为主，兼及随笔、评论、小说等。作品发表于《钟山》《诗刊》《山花》《诗江南》《扬子江诗刊》《扬子江评论》《南京评论》等，诗作被多种选本收录。2007年加盟"非非主义"，为"后非非写作"代表诗人之一。出版诗集《午夜的断刀》。
390	1973—	李凤群	安徽无为人。曾用笔名格格，主要从事小说创作，曾获得金陵文学奖、第三、四届江苏省紫金山文学奖，江苏"五个一工程"奖，2013年度青年作家奖等。
391	1973—	朱山坡	本名龙琨，广西北流人。作家，漆诗歌沙龙核心成员之一。南京大学中文系毕业。早年主要写诗，曾在《诗刊》《当代》《星星》《诗选刊》等刊物发表过一定数量的诗歌。2005年开始在《花城》《钟山》《中国作家》《大家》《天涯》《青年文学》《江南》《小说界》《山花》《上海文学》《北京文学》等刊物发表中短篇小说70多万字，著有长篇小说《拯救大宋皇帝》《大宋的风花雪月》《玻璃城》《蛋镇电影院》等。

续 表

序号	年份	作家	简介
392	1973—	朱庆和	山东临沂人。毕业于东南大学马克思主义哲学专业,诗人、小说家,江苏省作协签约作家,现居南京。曾与李樯、林苑中、轩辕轼轲、育邦等创办文学民刊《中间》,与韩东、于小韦、刘立杆、李樯等创办"他们"文学网。公开发表诗作300余首、中短篇小说40多万字,著有小说集《山羊的胡子》、诗合集《我们柒》,曾获第三届紫金山文学奖、首届雨花文学奖、第六届后天文艺奖。
393	1973—	谈凤霞	江苏常州人。著有《边缘的诗性追寻——中国现代童年书写现象研究》《场域与格局:江苏儿童文学观察》《坐标与价值:中西儿童文学研究》等。
394	1973—	刘畅	诗人,江苏省作家协会会员,星期五画派成员(以全球诗人、作家为主的绘画群体)。2010年参加《诗刊》社第二十六届青春诗会,被评为"少见的勇于对自我进行审视的女性写作者";在《诗刊》等发表组诗,入选"影响力中国"网当代女诗人及多种诗歌年度选本,出版诗合集《十三人行必有我诗》、诗画合集《美文美画》。
395	1974—2020	黄孝阳	江西临川人。江苏省第三届、第四届签约作家,获第三届紫金山文学奖。江苏凤凰文艺出版社原副总编辑。著有《人间世》《遗失在光阴之外》《网人》《时代三部曲》《阿槑冒险记》等多部长篇小说。
396	1974—	李樯	诗人,小说家。1996年毕业于南京师大中文系,大学期间开始发表小说,先后为南京市文联、江苏作协签约作家。2008年获《青春》最受读者欢迎小说奖,2015年获紫金山文学奖。有数十万字中短篇见于《钟山》《芙蓉》《中国作家》等,代表作有《星期五晚上干什么》《长安行》《七频道》,著有长篇小说《寻欢》《非爱不可》。曾与林苑中、朱庆和、育邦一起创办民刊《中间》,参与创办"他们"文学网。现居南京,为《青春》杂志主编。
397	1974—	伊歌	江西吉安人。原名黄海燕,小说家。毕业于南京大学中文系。著有《报社》等。

续　表

序号	年份	作家	简介
398	1975—	崔曼莉	江苏南京人。现居北京。毕业于南京大学中文系。著有中短篇小说集《卡卡的信仰》、中篇小说《求职游戏》、长篇小说《最爱》《琉璃时代》《浮沉》等。2012年,由《浮沉》改编的同名电视剧获第二十九届中国电视剧飞天奖。
399	1975—	王彦	江苏南京人。笔名刷刷,儿童文学作家。江苏省作家协会会员,江苏省科普作家协会理事,南京市文联重点签约作家。曾获2010年中国童书金奖。2008、2009、2012年均有作品入选国家新闻出版总署"向全国青少年推荐的百种图书",获南京市2012、2015年"五个一工程"奖等。代表作品有《男生密码》《女生密码》《蘑菇班的秘密》、"吉姆的科学工厂"系列等,出版的多部作品版权输出到新加坡、马来西亚等国。
400	1976—	育邦	诗人,小说家、评论家。现为《雨花》副主编,居住于南京。著有小说集《再见,甲壳虫》、小说《身份证》、诗集《体内的战争》、随笔集《从乔伊斯到马尔克斯》。
401	1976—	宋世明	江苏连云港人。小说家,出版长篇小说《死街风筝》等四部,曾任电视剧《人民的名义》策划和剧本编辑。
402	1977—	曹寇	南京人。先锋小说家。小说语言独树一帜,简洁直接,粗野而不失优雅,构思奇特,意蕴深远,被誉为最具才华和潜力的当代青年小说家。代表作有《割稻子的人总是弯腰驼背》《能帮我把这袋垃圾带下楼扔了吗》《我和赵小兵》《挖下去就是美国》《朝什么方向走都是砖头》等。
403	1977—	赵志明	江苏常州人。小说家,就读于中国人民大学"创造性写作研究生班",南京市"青春文学人才成长计划"签约小说家。曾获得第十二届华语文学传媒大奖最具潜力新人奖。出版小说集《中国怪谈》《无影人》《我亲爱的精神病患者》《青蛙满足灵魂的想象》《万物停止生长时》。
404	1978—	葛亮	原籍南京,现居香港。哲学博士,毕业于香港大学中文系。现任香港浸会大学副教授。著有长篇小说《朱雀》,小说集《七声》《谜鸦》《浣熊》《戏年》《相忘江湖的鱼》,文化随笔《绘色》等。

续　表

序号	年份	作家	简介
405	1978—	丹羽	祖籍浙江宁波,现居南京。毕业于南京大学中文系,曾执教于中国传媒大学南广学院。1996年开始文学创作,在国内各大文学期刊发表中短篇小说60余万字。曾为江苏省作协签约作家。2004年出版中篇小说集《归去来兮》。有长篇处女作《水岸》。主要作品有《隐私》《玻璃天堂》《归去来兮》等。
406	1979—	张羊羊	原名张健。南京大学中文系毕业。中国作家协会会员,江苏省作家协会签约作家。主要从事诗歌、散文创作。曾获常州市第六届"五个一工程"奖、第五届江苏省紫金山文学奖文学新人奖、2014年江苏省优秀科普作品图书类奖。著有诗集《从前》《马兰谣》,散文集《庭院》等。
407	1980—	张嘉佳	生于江苏南通。作家、编剧、导演。毕业于南京大学,大学毕业后担任过杂志主笔、电视编导等。2005年出版首部长篇小说《几乎成了英雄》。2010年出版小说《情人书》。2011年担任电影编剧,凭借《刀见笑》获第48届台湾电影金马奖最佳改编剧本提名。2013年,出版书籍《从你的全世界路过》,年销售超400万册,创下单本小说历史纪录。
408	1980—	李黎	江苏南京人。2001年毕业于南京师范大学文学院,现居南京。1998年开始发表作品。其作品散见于《人民文学》《雨花》《上海文学》《长江文艺》等刊物,多篇作品被《小说选刊》转载。曾获第四届"红岩文学奖"、《扬子江诗刊》2016年度青年诗人奖等奖项。著有小说集《拆迁人》《水浒群星闪耀时》。
409	1981—	陈彬	笔名跳舞,江苏南京人。2011年加入中国作家协会,成为继唐家三少之后第二位加入中国作家协会的网络作家。2016年担任江苏省网络作家协会主席。代表作品有四大西方奇幻小说《变脸武士》《恶魔法则》《猎国》《天骄无双》以及四大都市小说《欲望空间》《嬉皮笑脸》《邪气凛然》和《天王》。此外还有东方玄幻小说《至尊无赖》,都市异能小说《天启之门》等。
410	1982—	朱婧	江苏扬州人。毕业于南京大学中文系。江苏省作家协会会员。2003年始在《萌芽》《花溪》《布老虎青春文学》《青春》《青年文学》等杂志发表作品数十万多字,多篇作品被收入各种选集、丛书。作品以小说为主,兼及评

续　表

序号	年份	作家	简介
			论、童话。出版个人作品《关于爱,关于药》《惘然记》《幸福迷藏》《美术馆旁边的动物园》。现任教于南京师范大学文学院。
411	1982—	雨魔	江苏南京人。原名张铠,毕业于北京大学。幻剑书盟网专栏作家,乐文善侃,现居北京。曾创作小说有《驭兽斋》《兽王》《仙途》《魂游天下》《蜘蛛情缘》《结界师》《鬼面》《仙人传奇》《浮沉》《曹见》《域外仙尘》《战穹》《异术超能》《神兽少年》《宠兽星球》《乘龙伴凤》《兽神》等。自《驭兽斋》开始,雨魔便以独特的宠兽系列在奇幻小说阵营中独树一帜。
412	1983—	孙频	山西交城人。2008年开始小说创作,至今在各文学期刊发表中短篇小说100余万字,代表作有中篇小说《同屋记》《醉长安》《玻璃唇》《隐形的女人》等。部分小说被《小说月报》《小说选刊》《中篇小说选刊》等选载。曾获《小说月报》百花奖,"赵树理文学奖"新人奖,第二届"紫金·人民文学之星"新人奖等。
413	1984—	向迅	土家族,湖北恩施人。中国作协会员,省作协少数民族文学委员会委员。散文集入选中华文学基金会"21世纪文学之星"丛书和中国作协年度少数民族文学重点作品扶持项目,曾获冰心儿童文学新作奖、林语堂散文奖、孙犁散文奖等奖项。
414	1985—	刘国欣	女,陕西榆林人,曾就读于南京大学文学院,获文学博士,现为陕西师范大学文学院写作教研室教师。作品发表于《散文》(海外版)、《钟山》等,出版作品集《城客》等。
415	1989—	白艾昕	祖籍辽宁,河北唐山人,现居南京。江苏省大众文学学会会员,毕业于南京大学文学院。出版有长篇小说《等到花开成熟时》《狼藉》《悲伤的左手之年》,文集《赤脚青春》。作品见于《青春》《大众文学》《青年文艺》《芳草(青春)》《第七感》《文艺生活》《最小说》等杂志。
416	1993—	庞羽	女,江苏兴化人。2015年毕业于南京大学戏剧影视文学系。曾在《人民文学》《天涯》《山花》《青年文学》等刊物发表小说《一只胳膊的拳击》《佛罗伦萨的狗》《福禄寿》等。小说《佛罗伦萨的狗》《福禄寿》《步入风尘》《操场》被《小说选刊》《小说月报》选载。现为江苏省作家协会签约作家。

附录二 南京百年文学报刊年表

序号	存续时间	报刊名称	出版周期	编辑者(主办者)	备注
1	1919—1919	南京学生联合会日刊	日刊	南京学生联合会	
2	1920—1920	少年世界	月刊	少年中国学会	
3	1922—1933	学衡	月刊	中华书局/南京钟山书局	刊物宗旨:"论究学术,阐求真理,昌明国粹,融化新知。以中正之眼光,行批评之职事。"
4	1922—1923	晨光	不定期	晨光杂志社	
5	1923—1923	文艺评论	周刊	新江苏日报社出版发行	
6	1924—?	诗学	半月刊		
7	1926—1926	文艺半月刊	半月刊	东南大学文艺研究社	
8	1928—?	海角	不定期	海角社	
9	1929—1929	艺林	半年刊	中央大学组	
10	1929—1929	新星月刊	月刊	新星出版社	
11	1929—1931	潮州旅京学会季刊	不定期	潮州旅京学会附研究部	
12	1930—1936	中国文艺	月刊	正中书局	
13	1930—1933	流露	月刊	拔提书店	

续　表

序号	存续时间	报刊名称	出版周期	编辑者(主办者)	备注
14	1930—1930	文化	不详	南京文化学院学生自治会	
15	1930—1933	橄榄月刊	月刊	线路文艺社	
16	1930—1931	文艺周刊	周刊	国民党中央宣传部中国文艺社	
17	1930—1930	中国文化	季刊	拔提书店	
18	1930—1931	开展	月刊	开展书店	
19	1930—1941	文艺月刊	月刊	国民党中央宣传部中国文艺社	当时"大型化""长刊期"的国民党官办刊物，主要编辑为王平陵。至1937年8月出版第11卷第2期止，共出版73期。因抗日战争爆发改为《文艺月刊·战时特刊》，卷期号另起，后迁往武汉、重庆出版，1941年11月终刊，共出版125期。
20	1930—1930	长风	半月刊	时事月报社	
21	1930—1930	幼稚	周刊	幼稚社	
22	1930—1930	美艺	月刊	美艺社	
23	1931—1931	创作	月刊	拔提书店	
24	1931—1931	新中华杂志	月刊	新中华杂志社	
25	1931—1931	青春月刊	月刊	拔提书店	

续　表

序号	存续时间	报刊名称	出版周期	编辑者(主办者)	备注
26	1931—1931	春野	不详	三民中学春野社	
27	1931—1931	杠杆	半月刊	杠杆半月刊社	
28	1931—1931	甚么月刊	月刊		
29	1931—？	线路	半月刊	线路社	
30	1931—1931	创作月刊	月刊	拔提书店	
31	1932—1932	骚谭	半月刊	骚谭社	
32	1932—1934	图书评论	月刊	图书评论社	
33	1932—1937	亚洲文化	半月刊	亚洲文化协会	
34	1932—1932	青春	周刊	亚东新闻社	
35	1932—1934	矛盾	月刊	矛盾社出版社发行部	
36	1932—1932	南华文艺	半月刊	未央书局/南华文艺社等	
37	1932—1932	微星	不详	微星社	
38	1933—1937	文艺丛刊	半年刊	中央大学组	
39	1933—1934	新垒半月刊	半月刊	新垒文艺社南京分社	
40	1933—1933	彗星	月刊	彗星月刊社	
41	1933—1933	长风文艺	不详	长风文艺社	

续　表

序号	存续时间	报刊名称	出版周期	编辑者(主办者)	备注
42	1933—1933	文化战线	旬刊	文化战线社	
43	1933—1933	金钟	半月刊	金钟学艺社	
44	1933—1933	文化杂志	不详	南京文化学院	
45	1933—1934	文社月刊	月刊	文社	
46	1934—1937	诗帆	半月刊	土星笔会	民国二十三年(1934年),孙望和同学程千帆及校外友人汪铭竹、常任侠、滕刚等组织"土星笔会",从事新诗创作,出版期刊《诗帆》。
47	1934—1935	读书顾问	季刊	正中书局	
48	1934—1936	新文化月刊	月刊	新文化月刊社	
49	1934—1934	中国文学	月刊	读者书店/现代书局	
50	1934—1934	新野	月刊	新野文艺社	
51	1934—1934	创作与批评	月刊	虹社	
52	1934—1934	壁报选刊	不详	国民党中央政治学校附设蒙藏学校	
53	1935—1936	读书季刊	季刊	中国文化建设协会北平分会	
54	1935—1936	西风半月刊	半月刊	西风半月刊社	
55	1935—1935	十日文坛	十日刊	十日文坛社	

续 表

序号	存续时间	报刊名称	出版周期	编辑者（主办者）	备注
56	1935—1935	国衡	半月刊	国衡半月刊社	
57	1935—1937	晨熹	月刊	晨熹社	
58	1935—1937	文化周报	周刊	文化周报社	
59	1936—？	雄风	半月刊	雄风半月刊社/花牌楼书店	
60	1936—1949	中苏文化	月刊	正中书局	
61	1936—1939	妇女文化	月刊	上海杂志公司	
62	1936—1936	创造诗刊	不定期	创造诗刊社	
63	1937—1949	文藻月刊	月刊	文藻月刊社	
64	1937—1937	生活文学	月刊	中央大学文艺研究会/群众杂志公司	
65	1937—？	文艺月刊·战时特刊	不详	中国文艺社	
66	1938—1942	南京晚报·文艺副刊	不定期	社长为曹建微	
67	1938—1941	民心			
68	1938—1940	南京新报·文艺副刊	不定期	总编辑先后为关企予、周雨人，社长先后为秦墨哂、武仙卿	
69	1939—1940	新生命	月刊		

续　表

序号	存续时间	报刊名称	出版周期	编辑者(主办者)	备注
70	1939—1939	妇女文化	月刊	妇女文化月刊社	其《文艺》与《妇女生活》两栏刊载文学作品；南京保卫战时期曾出特刊15期，南京沦陷后继续出刊。
71	1939—1940	新东亚	旬刊	汪伪行政院宣传局	南京沦陷后出现的第一本含文学创作的杂志，主要刊发诗歌与散文，诗歌部分以旧体诗词为主。
72	1939—1945	中华日报	报纸	林柏生为社长，代理社长为许立球	
73	1939—1939	东亚评论	月刊		
74	1939—1940	时代晚报	报纸	庞明儿为总编辑，朱朴为社长	
75	1940—1942	大亚洲主义	月刊	大亚洲主义月刊社	汪伪时期政治文化刊物，主要撰稿人有汪精卫、陈公博等，宣扬所谓日本的"大亚洲主义"，为媚日刊物。
76	1940—?	中报译丛	半月刊	顾仲韬为主编	译文期刊，旨在帮助国内人士了解世界局势以及外国文化及文学作品等。
77	1940—1942	平议旬刊	旬刊	由"平议编译社"出版发行	
78	1940—1943	现代公论（前名：时代公论）	半月刊	邵松如为主编，孙铮为发行人，自第2卷第1期起由现代学会编辑发行	

507

续 表

序号	存续时间	报刊名称	出版周期	编辑者（主办者）	备注
79	1940—1942	青年良友	月刊	青年良友社	该刊主要是对青年进行奴化教育、反共教育、新国民运动教育等反动思想教育。在刊登有关青年问题的论述文章的同时，也发表一些文学作品，尤其是青年文学习作，以招揽吸引青年人。
80	1940—1942	国艺	月刊	陈寥士任主编，朱重绿、陈彦权、屠焕衡任编辑	为"中国文艺协会"会刊，以集合作家同志研究文艺发扬东方固有文化为宗旨，是南京沦陷后最早出现的文艺刊物。
81	1940—1948	中报·文艺副刊	不定期	金雄白为主编，王代昌为总编辑；社长先后为罗君强、顾仲韬	后改为《复兴日报》，主要宣扬汪伪政府时期的"和平反共建国"方针。
82	1940—1944	新东方	月刊	苏成德为社长，由新东方杂志社编辑发行，实为南京特别市警察厅所办刊物	刊内有不少华中与华北沦陷区名作家之作，也转载国统区名作家的作品。
83	1940—1942	中华青年	月刊	汪伪内政部中华青年指导部	
84	1940—1940	中报周刊	周刊		
85	1940—1943	民意	月刊		南京沦陷时期刊物。
86	1940—1940	中报译丛			
87	1940—1945	京报·文艺副刊	不定期	朱率斋为总编辑，葛伟昶、李六爻先后任社长	

续 表

序号	存续时间	报刊名称	出版周期	编辑者(主办者)	备注
88	1940—1943	中央导报	周刊	汪伪南京国民政府	
89	1940—1941	民宪旬刊	旬刊		
90	1940—1945	民国日报·文艺副刊	不定期		
91	1940—1944	文化汇刊		伪南京国家编译馆	为当时南京国家编辑馆刊行的介绍世界各国情况的丛书汇刊。
92	1940—1945	同声	月刊	龙沐勋(龙榆生)为主编	以复古为特色,为日伪文化政策服务的刊物,是南京沦陷期间出刊历时最久的文艺杂志。
93	1941—1944	中日文化·日语版	月刊	张资平为主编,褚民宜为社长	该刊是"中日文化协会"下属的主要刊物之一,南京汪伪政府和日本合作的代言媒体。
94	1941—1941	热血	周刊		
95	1941—1942	中华留日同学会会刊	月刊	中华留日同学会所办刊物	
96	1941—1944	译丛	月刊	郭秀峰任总编辑,薛逢元为副总编辑,查士骥为编辑主任,实为中日文化协会所办刊物	全国沦陷区最集中译载日本文学作品的刊物。
97	1941—1944	公议	半月刊	何海鸣、张资平、陈彦道	先由南京公议出版社出版发行,后改为公议杂志社出版部发行,为汪伪时期政治刊物,鼓吹"东亚共荣"。
98	1941—1941	民报·文艺副刊	不定期		

续 表

序号	存续时间	报刊名称	出版周期	编辑者（主办者）	备注
99	1941—1941	青年之南京	月刊	南京特别市青年团指导部	
100	1941—1944	作家	月刊	龚持平（龚冰庐）、丁丁（发行人）为主编	为"中国作家联谊会"会刊，以散文创作为主。
101	1941—1943	中大学生	月刊	南京中央大学学生编委会	
102	1941—1949	中国日报·文艺副刊	不定期		
103	1942—1942	草原	月刊	草原文艺月刊社	
104	1942—1942	南京青年	月刊	南京特别市青年团指导部	
105	1942—1945	中日文化·中文版	月刊	中日文化协会所办刊物	
106	1942—1942	画剧文化	月刊	中国画剧协会	"画剧"本是日本特有的戏剧形式，它的出现反映了日本文化对中国沦陷区文化影响的广度与深度。
107	1942年5月创刊	中心日报·文艺副刊	不定期		
108	1942—1942	野草	月刊	田野	严肃的纯文学期刊。
109	1942—1943	校光	双月刊	南洋电力学校同学会	
110	1942—1943	更生平议	半月刊	由平议编译社编辑	主要对当时的政治局势、经济状况和文化发表评论，如《一年来之国内外情势》等。
111	1942—1942	中国诗刊	月刊	陈寥士为主编	为复古旧体诗刊。

续 表

序号	存续时间	报刊名称	出版周期	编辑者(主办者)	备注
112	1942—1943	中国学生	月刊	南京中央大学研究部	
113	1942—1943	都市生活	半月刊	王嘉辛发行	是全面研究南京沦陷时期文学状态的综合性杂志,对从整体上把握当时南京沦陷区作家群的创作心态以及当时的文学生态具有一定的文史价值。
114	1942—1943	大众生活	月刊	由汪伪政权的御用文人主办的杂志	发刊词:"要联系上层社会和下层社会,对政府传达民意,对大家宣传政府政情。"该刊的最突出内容是"粮荒"问题。
115	1942—1943	炬火	月刊	由新国民运动促进会以炬火月刊社名义编辑,以全国优秀大学生新民国运动暑期训练班同学会名义发行	为政治宣传刊物。鼓吹"与日亲善、反共反英美、共建大东亚共荣圈"的所谓"新国民运动"。
116	1943—1944	月报	月刊	月报社	
117	1943—1943	人间味	月刊	滕树谷为主编,胡志宁为社长,由《人间味》杂志社发行	该期刊主要以散文创作为主。
118	1943—1944	佛教文艺	月刊	南京毗庐佛学院办	
119	1943—1943	象牙塔	月刊	由肇明编辑,王耀明发行	

续　表

序号	存续时间	报刊名称	出版周期	编辑者(主办者)	备注
120	1943—1944	中国青年	旬刊	《中华青年》的续刊,由汪伪内政部中华青年指导部所办	
121	1943—1944	新流	月刊	姚大均,新流出版社出版	
122	1943—1944	学生	月刊	学生月刊社	青年学生刊物,内容包括时事评论、青年问题、青年生活、读书心得等社会问题及文学评论。
123	1943—1943	文艺两周报(后改为《文艺》月刊)	双周刊	南京"文艺社"编辑出版发行	小报型刊物,以刊登篇幅短小的作品为主。
124	1943—1943	文艺周刊	周刊	该刊隶属于南京文艺社,由傅彦长、穆穆、东野平等主办	
125	1943—1944	文编	半月刊(1943年改月刊)	南京文编社主办,夏炫为主编	是一本文摘选编性质的刊物。
126	1943—1943	作品	月刊	田野为主编,王耀南为发行人	
127	1943年7月(出版至第6期后终刊)	田野	月刊	由南京野草书屋出版发行	以刊载随笔、清淡小品、作家日记为主,是当时除《华东文学会丛刊》之外的一份极具分量的民间性文学刊物。
128	1943—1944	出版月报	月刊	出版印刷协会	
129	1943—1944	文艺	月刊	文艺月刊社	
130	1943—1944	文艺青年	半月刊	文艺青年社	

续 表

序号	存续时间	报刊名称	出版周期	编辑者（主办者）	备注
131	1943年（出版至第2期后终刊）	的了	月刊	的了社	
132	1943年（出版至第3期后终刊）	流沙	月刊	流沙社	
133	1943年（仅出1期）	大千	月刊	大千月社	
134	1944—1945	干	月刊	干月刊社	1944年10月起出版者改为知行出版社。
135	1944—1944	文耕	月刊		
136	1944—1944	艺潮	月刊	姚大钧为主编、蒋傅雷为发行人，由中央书报所、新国民书局等发行	进步期刊，旨在"唤起年青人的热烈，暴露社会的黑暗面，提倡教育性文艺，激发时代精神"。
137	1944—1945	同胞			
138	1944—1945	求是	月刊	纪果庵为主编，龙沐勋为社长	
139	1944—1944	文艺者	月刊	黄军为主编	日据时期南京少见的大型纯文学刊物。
140	1944—1945	学海	月刊	学海月刊社	
141	1944—1945	苦竹	月刊	胡兰成为主编，南京中央书店/上海五洲书报社出版发行	由苦竹社编辑出版，虽为小型杂志，但因刊发了较多日占区名家之作，为日据后期南京最重要的文学刊物。
142	1945—1945	时代火炬	月刊	时代火炬社	

续 表

序号	存续时间	报刊名称	出版周期	编辑者（主办者）	备注
143	1945—?	苏北	不定期		
144	1945—1945	读书杂志	月刊		
145	1945—1945	青年	半月刊	青年半月刊社	
146	1945—1945	民族魂	旬刊	《民族魂》旬刊社，吉凡主编	
147	1945—?	大公	周刊		
148	1945—1945	世界文艺季刊	季刊	世界文艺季刊社	
149	1945—1945	读书	月刊	读书出版社	
150	1945—1945	东南风	月刊	东南风社	
151	1946—1946	新中国月报	月报	新中国月报社	
152	1946—1946	文艺世界	半月刊	文艺世界社	
153	1946—1946	大白周刊	周刊	编者为吴大森	
154	1946—1946	文艺月刊	月刊	中国文艺社	
155	1947—1947	浅草	季刊	浅草社	
156	1947—1949	中国新闻	半月刊		
157	1947—1947	夜月	月刊	夜月社	
158	1947—1949	学原	月刊	商务印书馆	
159	1947—1948	芸芸	月刊	芸芸月刊社	

续 表

序号	存续时间	报刊名称	出版周期	编辑者(主办者)	备注
160	1947—1948	西北文化	月刊	西北文化社	
161	1947—1949	主流	月刊	主流社	
162	1947—1948	世纪评论	周刊	世纪出版社印行;何廉创办、张纯明主编	撰稿人包括萧公权、吴景超、潘光旦、蒋廷黻、翁文灏等。办刊方针为批评时政,倡导民主。
163	1947—1947	东方与西方	月刊	杨阴渭发行	
164	1948—1948	太阳与旗	不详	正风图书公司	
165	1948—1948	建中周报	周刊	建中周报社	
166	1948—1948	新风	月刊	新风月刊社	
167	1948—1948	国际文化	月刊	国际文化月刊社	
168	1948—1949	大学评论	周刊	大学评论社	
169	1948—1948	回族文化	月刊	回族文化社	
170	1948—1948	希望	不定期	未央社	
171	1948—1948	青年文化	月刊	中国文化协会/中国青年文化协会	
172	1948—1948	时代文学	月刊	时代文学社	
173	1948—1948	未央诗刊小集	不定期	未央社	
174	1948—1948	诗行列丛刊	丛刊	诗行列社	
175	1948—?	新风	月刊		

续 表

序号	存续时间	报刊名称	出版周期	编辑者(主办者)	备注
176	1948—1948	诗星火	月刊	述作出版社	
177	1948—1949	报学杂志	半月刊	青年文艺社	
178	1949—	新华日报	日刊	新华日报社	
179	1950—1951	文艺	月刊	南京市文联文学部	
180	1950—？	人民诗歌	月刊	南京市诗歌工作者联谊会	
181	1956—	南京日报副刊	日刊	南京日报报业集团	2003年《南京日报》进行了改扩版，重新明确了定位，即"现代都市新型党报"；将读者定位为"社会主流人群为主的全体市民"，并增加了《文艺副刊》等新栏目。
182	1957—	雨花	月刊	江苏省作家协会主办	1964年在文艺"整风"中停刊；1965年至1966年上半年，曾以《江苏文艺》为名出版，后停刊；1975年复刊，仍名《江苏文艺》，由江苏省文化局主办；1978年恢复《雨花》刊名，仍由省文联主办；1984年作协单独建制后，改由江苏省作协主办。
183	1957—	探求者	月刊	陆文夫、高晓声、方之等	
184	1957—	莺啼序(江南草)	月刊	王染野、萧亦五、曾宪洛等	
185	1958—	诗传单	月刊	南京市文联	

续　表

序号	存续时间	报刊名称	出版周期	编辑者(主办者)	备注
186	1967—1976	工农兵文艺	月刊	江苏省工农兵文学艺术战士联合会	1966—1976年,《新华日报副刊》改为《工农兵文艺》。
187	1976—	少年文艺	月刊	江苏少年儿童出版社	坚守纯文学理想,第一时间刊发反映当代少年生活和精神面貌的各类高品质文学新作,作者大多是一线儿童文学作家,在全国少年读者受众群中具有广泛影响。
188	1978—	钟山	双月刊	江苏省作家协会	改革开放后创刊最早的几家大型文学刊物之一。30多年来,《钟山》首发的多部作品先后获得茅盾文学奖、鲁迅文学奖等近百项文学大奖,在文学界赢得了较高声誉。
189	1979—	青春	月刊	南京市文联	以发表短篇小说、纪实文学、散文、诗歌为主。办刊宗旨为:"青年写、青年读,面向当代青年,为无名者铺路,培养文学新人,用优秀作品鼓舞人。"
190	1979—	新华日报·新潮	周刊	新华日报社	《新华日报》副刊在1976年后曾短暂更名为《钟山》《扬子江》,后由《新华日报》老编辑王劭(笔名高风)效仿五四时期的著名刊物《新潮》,将其更名为《新华日报·新潮》。

续　表

序号	存续时间	报刊名称	出版周期	编辑者(主办者)	备注
191	1979—	译林	双月刊	译林出版社(前身为江苏人民出版社《译林》编辑部)主办	主要出版面向海外的外文版图书、外语工具书、外语学习教材及学习辅导读物、外国文学作品、外国社科著作和外国文学及语言研究论著等。拥有英、法、德、俄、日等语种较强的编辑力量和年富力强的高水准翻译队伍。
192	1980—	当代外国文学	季刊	由教育部主管，南京大学外国文学研究所主办，译林出版社和上海外语教育出版社共同协办	专门研究当代外国文学的学术期刊，力求客观介绍和评价当代外国文坛的各种文艺思潮、创作风格、流派，以及重要作家作品和其他文学现象，以繁荣高校外国文学教学和科研事业为宗旨，努力为建设我国社会主义先进文化提供借鉴。
193	1981—	创作新稿	不定期	南京市文学工作者协会	后更名为《文艺学习》《青春文学》。
194	1982—	超感觉诗	不定期	超感觉诗社，常征、王一民、樊迅、陈飚、马巧令、姚永宁、张启龙为成员及编者	油印诗刊，民间刊物。
195	1983—	乡土	月刊	江苏省文联	
196	1983—	东方潮	不定期	阐释主义诗社，糜志强、邢国富、王玉炳、祁冠宇、杨云宁等	自编诗集为《无心集》《魂是风》《过江的无轨电车》《明明扬侧陋》等。
197	1983—?	江南岸	不定期	南京师范大学江南岸诗社	

附录二　南京百年文学报刊年表

续　表

序号	存续时间	报刊名称	出版周期	编辑者(主办者)	备注
198	1983—	日常主义	月刊	南京日常主义诗社,海波、叶辉、祝龙、林中立、亦兵、海涛、马亦军	由海波执笔撰写《日常主义宣言》,刊载有海波的《静物》《一个当代诗人的日常生活》、祝龙的《对话》等。刊登的诗歌作品结集为油印诗集《路轨》(共6期)。
199	1984—	春笋报	半月报	中国作家协会江苏分会主办,贺景文曾任社长兼主编,苏叶、汤国、杨刚、高欢、柳依依等为该报编辑	报刊由叶圣陶先生题字,该报受众定位清晰,即面向广大中学生的少年文学刊物。每周二出版。该报当时在全国产生了较为深远的影响,发掘并培养了一批后来活跃于文坛的年轻作家。
200	1985—	我们	不定期	盲人(茹础耕)、贝贝(贡文海)、月斧(王干)、岸海(段岸海)、南岛(张兆华)	油印诗刊,民间刊物。
201	1985—	他们	不定期	韩东、于坚、小海等	综合性民间刊物,主要发表诗歌作品,出版9期后,1995年停刊。《〈他们〉十年诗歌选》(小海、杨克编)收入该刊发表的主要诗歌作品。关注日常生活和追求口语化是"他们"的共同特点。
202	1985—	南京诗报	不定期	南京诗社	民间刊物。
203	1985—	呼吸诗	不定期	呼吸诗社	民间刊物。
204	1985—	乡土情	双月刊	江苏民间文艺家协会	

续 表

序号	存续时间	报刊名称	出版周期	编辑者(主办者)	备注
205	1985—	风流一代	月刊	共青团江苏省委	2011年全面改版升级,分别为《风流一代·青春》(原创版)、《风流一代·经典文摘》(文摘版)和《风流一代·TOP青商》(财经版)。
206	1986—	对话	不定期	周俊、柳萌主编,《对话》文学社会刊	该杂志为铅印版16开,民间刊物。
207	1986—	扬子江	不定期	周俊、柳萌主编,《对话》文学社会刊	民间刊物。
208	1986—	第三诗界	不定期	苏扶风诗社创办	民间刊物。
209	1986—	东方人	不定期	东方人诗社创办	代表作有《东方人诗社宣言》以及闲梦(覃贤茂)的《尴尬》。
210	1986—	白帆诗报	不定期	东方人诗社主办,陈跃勇主编,编辑有柯江、闲梦、也耕、林林、晓阳等	南京下关区白帆文学创作学会创办同名刊物。
211	1986—	扬子晚报·繁星副刊	不定期	由中共江苏省委机关报《新华日报》主办,隶属于新华报业传媒集团	2006年全面改版,除仍然保留"繁星"、书籍连载外,增加了若干全新版面,如"网罗天下""大阅读""人物故事""传奇解密""美文拔萃",探讨情感问题的"男左女右"以及读者可以亲自参与互动的游戏版"读报闯关"等。

附录二　南京百年文学报刊年表

续　表

序号	存续时间	报刊名称	出版周期	编辑者(主办者)	备注
212	1987—	东方纪事	双月刊	江苏文艺出版社	《东方纪事》杂志到了1988年下半年之后,由《人民文学》编辑朱伟承办,他将杂志由南京迁移到了北京,并自搭编辑班子。朱伟很有创意地实行了"主持人制",一时名家荟萃,受到了读者的追捧,产生了较大影响。
213	1989—	实验诗歌	不定期	更夫、成南、彭成	另有小岛主编的《实验诗歌》诗刊。
214	1989—	先锋诗报	不定期	岩鹰、黄梵、晓川	1989年创刊,在出版9期后,于1992年初停刊,2010年复刊。复刊号收录晓川、黄梵、雷默、雪丰谷、愚木、育邦、阿西、苏野、阿翔、胡应鹏、臧北等人的作品。
215	1990—	原样	不定期	黄梵、周亚平、朱朱、叶辉、代薇(南京大学中文系作家班主办)	共出版3期。
216	1991—1993	诗歌研究	不定期	江雪(主编)、闲梦、雷默、江月、雨冰、三陵、丁汀、黄凡、甘霖、晓川、阿翔等	民间刊物,《诗歌研究》一共出了5期,于1993年停刊。
217	1992—	江苏政协	月刊	江苏省政协办公厅主办	主要栏目有《要文摘报》《主席讲话》《特别报谊》《理论园地》《委员风采》《市县连线》《建言立论》《工作研究》《八面来风》《诗词文苑》等。

521

续 表

序号	存续时间	报刊名称	出版周期	编辑者(主办者)	备注
218	1996—	诗歌通讯	年刊	该刊为轮流编辑,主要同人:唐城、姜涛、颜峻、兰苏、蓝文、单小海等	
219	1997—	扬子江诗刊	双月刊	江苏省作家协会主办,子川主编	
220	1997—1999	东方文化周刊	周刊(后改为双周刊)	江苏文联主办;华夏南京分行联办	刊物顾问有王世襄、冯其庸、冯亦代、刘梦溪、季羡林、柯灵、钟敬文、施蛰存、萧乾等先生;刊物定位为有一定"品位"而又有较强可读性的文化综合刊物,在当时具有较大的受众群,1999年停刊。
221	1998—	中间	不定期	李樯、朱庆和、林苑中、育邦	主要刊发小说和诗歌。
222	2000—	开卷	月刊	民间读书月刊,原为南京凤凰读书俱乐部的会刊,创办人为蔡玉洗,执行主编为董宁文,杂志封面由艺术家速泰熙设计	早期刊登一些文史大家写的小文章。现今吸纳了不少年轻作家。杂志文字清新恬静,富有书卷气息和人文底蕴。作者有王辛笛、范用、黄裳、流沙河、钟叔河、朱正、朱健、绿原、舒芜、白桦、章品镇、韩沪麟等。
223	2001—	缺席	不定期	老刀、阿翔等	民间刊物。
224	2003—	南京评论	不定期	主编张桃洲,编委有代薇、朱朱、的克、西渡、臧棣、岩鹰、赵刚、马铃薯兄弟、沉河等	2001年诗人黄梵和吴晨骏发起创办"南京评论"网站,2003年纸刊问世。为以书代刊的方式,一年4期。

续　表

序号	存续时间	报刊名称	出版周期	编辑者(主办者)	备注
225	2004—	金陵晚报·雨花石	日刊	《南京日报》报业集团	《金陵晚报》创刊于1993年,时名为《金陵时报》,1994年1月1日起改名为《金陵晚报》,为综合型都市类报纸,报头由著名书法家赵朴初题。
226	2005—	东方文化周刊	周刊(报)	江苏广播电视总台报刊中心	刊号为1999年停刊的《东方文化周刊》原刊号,但主办单位和刊物风格已经发生改变。该刊现在秉承大众性、生活性、娱乐性和时尚性的办刊个性,打造一本属于城市白领的杂志。
227	2005—	雨花·青少年刊	月刊	江苏省作家协会	坚持把对青少年的关心放在首位,多角度多方面深层次地反映他们的成长和生活,提倡一种积极健康的心态和干净明朗的为文风格,讲求深度,注重品位。
228	2007—	陌生	半年刊	主编:古筝;副主编:陈鱼观、应闻、江雪	《陌生》诗刊以其特立独行的办刊宗旨,通过每期新颖的主题专刊,使得诗刊与同时代的诗刊相比,蕴含一种陌生化的艺术气韵,让读者体会到其与众不同的审美概念和全新的理念。

续　表

序号	存续时间	报刊名称	出版周期	编辑者(主办者)	备注
229	2010—	南京我们	半月刊	马号街、卢山、潘西	持续出刊,举办诗会,既与知名作家保持密切联系,又广罗潜在而有实力的新人,力争成为南京乃至江苏民刊"第三代"的标杆。
230	2012—	江南时报·中国诗歌地理	不定期	《新华日报》报业集团	
231	2013—	江苏文化	双月刊	江苏省文化厅	前身为2002年创刊的《江苏文化周讯》。
232	2016—	少年诗刊	双月刊	共青团江苏省委主办,《风流一代》杂志社编辑	我国首个少年诗歌刊物。
233	2016—	群言·江苏专刊	月刊	中国民主同盟江苏委员会	《群言》杂志为民盟中央主办的政治性与学术性相结合的综合性月刊。1985年创刊,宣传民盟地方组织和当地经济、文化、社会发展成果。《群演》杂志社继2015年推出首个地方专刊《群言·福建专刊》后,于2016年6月推出了《群言·江苏专刊》。
234	2016—	扬子晚报·《诗风》周刊	不定期	新华日报社主办,主编为龚学明	《扬子晚报》于2016年5月推出的诗歌纸质周刊,随日发行量最大的晚报《扬子晚报》纸质版全国发行。

主要参考文献

1. 陈昌凤:《蜂飞蝶舞——旧中国著名报纸副刊》,福建人民出版社 1999 年版。

2. 邓集田:《中国现代文学出版平台:晚清民国时期文学出版情况统计与分析》,上海文艺出版社 2012 年版。

3. 丁帆编:《金陵旧颜》,南京出版社 2014 年版。

4. 丁帆选编:《江城子——名人笔下的老南京》,北京出版社 1999 年版。

5. 丁守和、马勇、左玉河等主编:《抗战时期期刊介绍》,社会科学文献出版社 2009 年版。

6. 丁守和等编:《五四时期期刊介绍》,生活·读书·新知三联书店 1959 年版。

7. 费振钟:《江南士风与江苏文学》,湖南教育出版社 1995 年版。

8. 郭延礼:《中国近代文学发展史》,高等教育出版社 2001 年版。

9. 胡朴安选录:《南社丛选》,解放军文艺出版社 2000 年版。

10. 黄裳:《黄裳说南京》,四川文艺出版社 2001 年版。

11. 黄万华:《史述和史论:战时中国文学研究》,山东大学出版社 2005 年版。

12. 贾植芳、俞元桂主编:《中国现代文学总书目》,福建教育出版社 1993 年版。

13. 蒋赞初:《南京史话》,南京出版社 1995 年版。

14. 经盛鸿:《南京沦陷八年史》,社会科学文献出版社 2005 年版。

15. 李惠芬、周能俊编著:《南京文学小史》,东南大学出版社 2012 年版。

16. 李小杰:《九十年代南京青年作家群论》,复旦大学博士学位论文,2010年。

17. 刘黎红:《五四文化保守主义思潮研究》,中国社会科学出版社2006年版。

18. 刘增人等纂著:《中国现代文学期刊史论》,新华出版社2005年版。

19. 陆耀东等主编:《中国现代文学大辞典》,高等教育出版社1998年版。

20. 栾梅健:《民间的文人雅集:南社研究》,东方出版中心2006年版。

21. 莫砺锋主编:《薪火九秩:南京大学中文系九十周年系庆纪念文集》,南京大学出版社2004年版。

22. 南京百科全书编纂委员会编:《南京百科全书》,江苏人民出版社2009年版。

23. 钱理群主编:《中国沦陷区文学大系(史料卷)》,广西教育出版社2000年版。

24. 沈卫威:《学衡派谱系——历史与叙事》,江西教育出版社2007年版。

25. 孙之梅:《南社研究》,人民文学出版社2003年版。

26. 王德滋主编:《南京大学百年史》,南京大学出版社2002年版。

27. 王娟、张遇主编:《老南京写照》,安徽文艺出版社1999年版。

28. 吴俊等主编:《中国现代文学期刊目录新编》(全三册),上海人民出版社2010年版。

29. 徐廼翔、黄万华:《中国抗战时期沦陷区文学史》,福建教育出版社1995年版。

30. 徐耀新主编:《南京文化志》,中国书籍出版社2002年版。

31. 薛冰:《家住六朝烟水间——南京》,上海古籍出版社2000年版。

32. 杨四平:《20世纪中国新诗主流》,安徽教育出版社2004年版。

33. 杨心佛:《金陵十记》,古吴轩出版社2003年版。

34. 叶兆言:《老南京》,江苏美术出版社 1998 年版。

35. 叶兆言:《南京传》,译林出版社 2019 年版。

36. 张勇:《文学南京——论 20 世纪二三十年代南京文学生态》,中国社会科学出版社 2013 年版。

37. 中共南京市委党史工作办公室、南京市地方志编纂委员会办公室编:《南京辞典》,方志出版社 2005 年版。

38. 中国第二历史档案馆编:《汪伪政府行政院会议录》,档案出版社 1992 年版。

39. 周欣:《江苏地域文化源流探析》,东南大学出版社 2010 年版。

40. 祝均宙主编、上海图书馆编:《上海图书馆馆藏近现代中文期刊总目》,上海科学技术出版社 2004 年版。

后　记

这部《南京百年文学史》终于要面世了！它的撰写前后历时七年之久，较大规模的修改有五次之多，凝结了数位学者的心血与汗水，聚集了许多专家的关注与指导。值此出版之际，理应将该课题复杂的组织、领导与设计过程，以及该书往返无数次的写作、增删与修改过程交待一番。

本书的撰写工作启动于2013年2月1日召开的南京市文艺评论家协会理事会议上。市文艺评论家协会主席汪政先生将文联组织撰写南京文学史的工作计划通报给理事会，宣布成立编撰委员会，并商议由我负责南京现当代文学史的撰写工作。我深感这是一项重要而艰难的任务，虽力有不逮，也有涉猎不周之虞，但身为协会理事，有义务承担理事会交派的任务，而且其他几位撰写者，我的同行或学生，对南京作家与南京文学一直较为关注。汪政先生与当时负责文艺评论家协会的李海荣书记明确表示，一方面要求该书的撰写坚持应有的学术标准和独立性；另一方面，该书在出版时将给予充分的经费保障。这给了我很大的信心和鼓舞。

执笔写作的课题组由我与4位年轻学者组成。南京信息工程大学的张勇副教授，其博士论文即聚焦于现代时期的南京文学生态，并出版有学术专著。在南京师范大学工作的赵磊，其博士论文选题是当代南京城市文化与文学，对此有较长期的钻研。江苏第二师范学院的陈进武副教授已经是颇有名气的青年批评家，对南京作家作品颇多关注。已经在南京大学留校任教的袁文卓博士，早在读博期间即开始系统地调研、搜集和整理南京文学报刊史料与作家年表，为查证到全面而准确的资料信息，他不辞辛苦地多次走访报刊社或当事人，奔波于图书馆与档案馆等。

全书初稿完成于2017年底。具体分工如下：

张光芒负责全书大纲设计、修订方案、修改落实和统稿定稿,执笔章节包括绪言、第五章第二节(部分)、第六章第二节(部分)。张勇执笔章节:第一章,第二章,第三章的第一、三、四、五(部分)节。赵磊执笔章节:第四章,第五章的第一(部分)、二(部分)、三、四、五(部分)节,第六章的第一(部分)、二(部分)、三、四(部分)、五(部分)节。陈进武执笔章节:第三章的第二节,第四章的第一(部分)、二(部分)节,第五章的第一(部分)、二(部分)、四(部分)、五(部分)节,第六章的第一(部分)、二(部分)、四(部分)、五(部分)节。袁文卓执笔章节:第三章的第五节(部分)、附录一、附录二。需要说明的是,这一分工主要是初稿的撰写。实际上,从2018年开始,主要的任务是根据编委会和专家们的审阅意见进行不断的增删、调整、修改和完善,定稿的过程与初稿写作有很大的不同。定稿的过程中,除了我对全书各部分都做过修改以外,另外几位作者也交换修改过,该书完全可以称得上是精诚合作的集体智慧的结晶。

编撰委员会各位成员为本书的研究和写作付出了长期的实实在在的努力。从大纲的讨论确定,到初稿的数次审阅和修改,再到最后的统稿和定稿,都经过了编委会各位委员认真负责和高屋建瓴的指导和建议。仅我能够查到的全体编委会成员参加的讨论书稿的会议记录就有五次之多。该课题延展时间很长,南京市文联的分管领导从书记李海荣先生到一级调研员王维平先生,统筹该工作的评协秘书长则从陈敏到毛敏再到蒋灿灿,尽管许多工作及业务问题需要有个熟悉过程,但他们总是克服重重困难,不厌其烦地联络统筹。任家龙书记一直十分关心本书的写作及进展,并提出了重要的意见和建议。王维平先生长期在南京文学界工作,对南京文学界掌故十分熟悉,尤其对年轻的南京作家群体了如指掌,提供了许多珍贵的一手资料。他们在该课题的组织工作中表现出的高度的事业心和责任感令人敬佩!

特别感谢南京市文联为本书聘请的各位审稿专家!他们是中国现代文

学研究会会长,南京大学中国新文学研究中心主任、教授、博士生导师丁帆先生;江苏省作协党组成员、书记处书记、副主席汪政先生;南京大学文学院教授、博士生导师,南京大学校长助理吴俊先生;凤凰出版传媒集团副总编辑,南京市文艺评论家协会副主席王振羽先生;南京师范大学文学院教授、博士生导师,南京市文艺评论家协会副主席何平先生;南京市作家协会原副主席冯亦同先生;南京市作家协会原副主席孙华炳先生;江苏省委党史工办原副主任,党史专家赵一心先生等。南京市党史办刊物编撰处原处长、副研究员,作家肖振才先生则由南京市文联聘请承担了本书的内容勘校工作。各位权威学者于百忙之中审阅书稿,慷慨赐教,不但多次提出详尽的思路调整与修改建议,而且提供了许多宝贵的资料和线索。审稿专家的指导和建议大到整体定位与章节设计,小到一个字、一句话的表述方式,都反复推敲,每每给人豁然开朗之感。如果没有诸位重量级专家的审阅和指导,本书要顺利完成是难以想象的。

《南京百年文学史》的主体内容及两个附录的设计与写作是一次全新的尝试,它所涉及的内容信息极为丰富,有些作家作品系首次在文学史著作中出现。巨大的信息量以及某些资料搜集的困难度,也导致更容易出现内容上的错讹、处理上的偏颇,以及挂一漏万之处。欢迎大方之家与广大读者不吝批评赐教。

教育部人文社会科学重点研究基地
南京大学中国新文学研究中心副主任、教授、博士生导师
张光芒
2020 年 9 月 8 日于南京仙林

图书在版编目（CIP）数据

南京百年文学史/张光芒等著.—南京：江苏凤凰文艺出版社，2021.8（2022.11重印）

ISBN 978-7-5594-6116-2

Ⅰ.①南… Ⅱ.①张… Ⅲ.①地方文学史-南京 Ⅳ.①I209.953.1

中国版本图书馆CIP数据核字（2021）第140359号

南京百年文学史

张光芒 等 著

出 版 人	张在健
责任编辑	李 黎 项雷达
装帧设计	私书坊_刘 俊
责任印制	刘 巍
出版发行	江苏凤凰文艺出版社
	南京市中央路165号，邮编：210009
网 址	http://www.jswenyi.com
印 刷	苏州市越洋印刷有限公司
开 本	718毫米×1000毫米 1/16
印 张	34
字 数	470千字
版 次	2021年8月第1版
印 次	2022年11月第3次印刷
书 号	ISBN 978-7-5594-6116-2
定 价	128.00元

江苏凤凰文艺版图书凡印刷、装订错误，可向出版社调换，联系电话 025-83280257